PENELOPE DOUGLAS

NIGHTFALL

Traduzido por Marta Fagundes

2ª Edição

2024

Direção Editorial:	**Revisão Final:**
Anastácia Cabo	Equipe The Gift Box
Tradução:	**Arte de Capa:**
Marta Fagundes	Bianca Santana e glancellotti.art
Preparação de texto:	**Diagramação:**
Ana Lopes	Carol Dias

Copyright © Penelope Douglas, 2020
Copyright © The Gift Box, 2021

Todos os direitos reservados.
Nenhuma parte do conteúdo desse livro poderá ser reproduzida em qualquer meio ou forma – impresso, digital, áudio ou visual – sem a expressa autorização da editora sob penas criminais e ações civis.
Esta é uma obra de ficção. Nomes, personagens, lugares e acontecimentos descritos são produtos da imaginação da autora. Qualquer semelhança com nomes, datas ou acontecimentos reais é mera coincidência.

Este livro segue as regras da Nova Ortografia da Língua Portuguesa.

CIP-BRASIL. CATALOGAÇÃO NA PUBLICAÇÃO
SINDICATO NACIONAL DOS EDITORES DE LIVROS, RJ
MERI GLEICE RODRIGUES DE SOUZA - BIBLIOTECÁRIA - CRB-7/6439

D768n
2. ed.

Douglas, Penelope
    Nightfall / Penelope Douglas ; tradução Marta Fagundes. 2. ed. - Rio de Janeiro : The Gift Box, 2024.
    640 p. (Devil's night ; 5)

Tradução de: Nightfall
ISBN 978-65-85940-03-0

1. Romance americano. I. Fagundes, Marta. II. Título. III. Série.

24-87861   CDD: 813
                  CDU: 82-31(73)

Oceano Atlântico

THUNDER BAY

A. Mansão dos Ashby
B. Mansão dos Torrance
C. Mansão dos Crist
D. Mansão dos Fane
E. *St Killian*
F. Campanário
G. Cemitério
H. Armazém
I. Casa dos Scott
J. Escola Preparatória de Thunder Bay
K. Mansão dos Mori
L. Casa do Misha
M. Mansão dos Grayson
N. Catedral
O. Cinema
P. Joalheria Fane
Q. *Sticks*
R. Taverna *White Crow*
S. Teatro
T. Gazebo
U. *The Cove*
V. Ilha *Deadlow*

Oceano Atlântico

Meridian

NOTA DA AUTORA

NIGHTFALL É O ÚLTIMO LIVRO DA SÉRIE *DEVIL'S NIGHT*. TODOS OS LIVROS SÃO interligados, e recomendo que leiam os outros antes de começarem a ler este romance.

Se você decidir pular os livros *Corrupt*, *Hideaway*, *Kill Switch*, ou o conto *Conclave*, por favor, fique ciente de que você talvez perca partes do enredo e elementos importantes das histórias anteriores.

Todos os quatro livros estão disponíveis no Kindle Unlimited.

Se você gosta do Pinterest, todos os meus livros possuem painéis específicos lá. Por favor, divirta-se enquanto estiver lendo *Nightfall*.

Adiante!

Beijos, Pen

"Você não precisa sentir pena dela. Ela era do tipo que gostaria de crescer. No final, ela cresceu muito mais rápido do que qualquer outra garota."
— J.M. Barrie, Peter Pan

Para Z. King

CAPÍTULO 1
EMORY

Dias atuais...
Era quase como um sussurro, mas eu ouvi.

Água. Como se eu estivesse por trás de uma cascata, no fundo de uma caverna.

Que diabos era isso?

Pisquei, despertando do sono mais profundo que já tive na vida. Caramba, eu estava cansada.

Minha cabeça repousava sobre um travesseiro macio, e quando movi a mão, rocei o tecido branco felpudo e frio de um cobertor.

Toquei meu rosto e percebi que estava sem os óculos. Olhei ao redor, me sentindo confusa ao me ver aninhada, confortavelmente, no meio de uma cama enorme, com tanto espaço que quase me senti um M&M sozinho dentro do pacote.

Esta não era a minha cama.

Passando uma olhada pelo quarto luxuoso – branco, dourado, cheio de cristais e espelhos por toda a parte, com uma elegância suntuosa que nunca vi na vida –, perdi o fôlego quando um medo instantâneo se alojou dentro de mim.

Este não era o meu quarto. Eu estava sonhando?

Ergui o corpo e a cabeça doeu na mesma hora; cada músculo tenso como se eu tivesse dormido por uma semana inteira.

Relanceei o olhar e avistei meus óculos na mesinha de cabeceira ao lado. Assim que os coloquei, fiz uma breve vistoria no meu corpo. Eu ainda estava com a calça *skinny* preta e o pulôver branco que vesti hoje de manhã.

Se ainda fosse hoje, claro.

Eu estava sem sapatos, mas, por instinto, espiei ao lado da cama e vi meus tênis bem ali, perfeitamente posicionados em um chique tapete branco com filigranas douradas.

Senti uma camada fina de suor cobrir minha pele à medida que eu fazia uma varredura pelo quarto nem um pouco familiar, e meu cérebro se embaralhou com o que diabos estava acontecendo. Onde eu estava?

Desci da cama e minhas pernas bambearam assim que fiquei de pé.

Eu estava na empresa. Trabalhando com as plantas arquitetônicas do Museu DeWitt. Byron e Elise haviam encomendado umas quentinhas para o almoço, enquanto eu decidi comer fora – apertei a ponte do nariz, sentindo a cabeça martelar – e... e então...

Argh, não sei. O que aconteceu?

Assim que avistei a porta à frente, nem ao menos me incomodei em conferir o restante do quarto ou ver para onde levavam as outras duas portas que havia ali. Agarrei meus tênis e cambaleei para o que imaginei ser a porta de saída, dando um passo para o corredor. Meus pés tocaram o piso frio de mármore.

Continuei listando os eventos na cabeça.

Eu não havia bebido nada.

Não encontrei ninguém desconhecido.

Não recebi ligações esquisitas ou encomendas estranhas. Eu não...

Engoli em seco diversas vezes até conseguir produzir um pouco de saliva. Meu Deus, eu estava com tanta sede e... com fome também, a contar pela pontada no estômago. Quanto tempo fiquei apagada?

— Olá? — chamei, baixinho, me arrependendo na mesma hora.

A não ser que tivesse sofrido um aneurisma ou desenvolvido amnésia seletiva, então eu só poderia deduzir que não estava aqui por vontade própria. Mas se tivesse sido sequestrada ou estivesse sendo mantida em cativeiro, minha porta não estaria trancada?

Senti a bile subir pela garganta, e vários cenários de filmes de terror se passaram pela cabeça.

Por favor, que não tenha nada a ver com canibais. Por favor, que não tenha nada a ver com canibais.

— Oi — disse uma voz baixa e hesitante.

Segui a direção do som, observando todo o corredor, por cima do corrimão e do outro lado da escadaria, onde havia uma outra ala de quartos. A pessoa oculta pela penumbra deu um passo à frente no patamar.

NIGHTFALL

— Quem está aí? — Eu me aproximei de leve, piscando para afastar o sono que ainda pesava minhas pálpebras.

Eu achava que era um homem de cabelo curto e vestido com uma camisa social.

— Taylor — ele, finalmente, disse. — Taylor Dinescu.

Dinescu? Das Indústrias Petrolíferas Dinescu? Não podia ser da mesma família.

Umedeci os lábios, engolindo em seco outra vez. Eu precisava encontrar água para beber.

— Por que não estou trancado no meu quarto? — ele me perguntou, saindo da total escuridão e se posicionando sob a luz fraca do luar que se infiltrava pelas janelas.

Ele inclinou a cabeça de leve, o cabelo despenteado e a ponta dos sapatos Oxford agora à vista.

— Não estamos autorizados a ter mulheres por perto — informou, parecendo estar tão confuso quanto eu. — Você está aqui com o médico? Ele está aqui?

De que diabos ele estava falando? *Não estamos autorizados a ter mulheres por perto.* Eu ouvi isso direito? Ele parecia fora de si, como se estivesse sob efeito de drogas ou tivesse sido mantido preso em uma cela pelos últimos quinze anos.

— Onde estou? — exigi saber.

Ele deu um passo na minha direção e eu recuei outro, saltando em um pé só enquanto lutava para calçar um dos tênis.

Fechando os olhos, ele inspirou profundamente quando se aproximou um pouco mais.

— Jesus… — ofegou. — Faz um tempão que não sinto esse cheiro.

Cheiro de quê?

Assim que abriu os olhos, percebi que eram de um distinto tom de azul, penetrantes, ainda mais destacados por conta do cabelo escuro.

— Quem é você? Onde estou? — esbravejei.

Eu não reconheci esse cara.

Ele chegou um pouco mais perto, com movimentos quase animalescos e um olhar predatório que fez com que um arrepio se arrastasse pela minha pele.

De repente, ele pareceu estar em alerta. *Porra.*

Procurei por qualquer coisa que pudesse usar como arma.

PENELOPE DOUGLAS

— Os endereços sempre mudam — disse, e eu retrocedia em meus passos a cada novo que ele dava —, mas o nome permanece o mesmo. *Blackchurch*.

— O que é isso? — perguntei. — Onde estamos? Eu ainda estou em São Francisco?

Deu de ombros.

— Não posso te responder isso. Podemos estar na Sibéria ou a quinze quilômetros da Disneylândia — replicou. — Somos os últimos a saber. Tudo o que nós sabemos é que é um lugar distante.

— Nós?

Quem mais estava aqui? Onde eles estavam?

A propósito, que raio de lugar era esse? O que era essa tal de *Blackchurch*? O nome parecia vagamente familiar, mas não conseguia pensar com coerência agora mesmo.

Como ele podia não ter a menor noção de onde estava? Em que cidade ou estado estávamos? Ou país, talvez?

Meu Deus. *País*. Eu ainda estava na América, certo? Eu tinha que estar. Senti o estômago nauseado.

No entanto, água. Ouvi o som de água quando acordei, e agucei os ouvidos, escutando o som monótono e constante à nossa volta. Estávamos próximos de uma cachoeira?

— Não há ninguém mais aqui com você? — ele perguntou, como se não pudesse acreditar que eu estivesse de pé à sua frente. — Você não devia estar tão perto de nós. Eles nunca deixam as mulheres perto de nós.

— Que mulheres?

— As enfermeiras, faxineiras, a equipe… — respondeu. — Eles vêm uma vez por mês para reabastecer, mas ficamos confinados em nossos quartos até que tenham ido embora. Eles te esqueceram aqui?

Rangi os dentes, já perdendo a paciência. Estava cansada de tantas perguntas. Eu não fazia a menor ideia do que ele estava falando, e meu coração martelava no peito com tanta força que chegava a doer. *Eles nunca deixam as mulheres perto de nós*. Meu Deus, por quê? Recuei em meus passos até alcançar a escada, no entanto, não desviei o olhar de onde ele estava, vendo-o avançar à medida que eu descia os degraus.

— Quero usar o telefone — murmurei. — Onde fica?

Ele apenas balançou a cabeça, em negativa.

— Também não há computadores — informou.

Tropecei em um degrau e tive que me agarrar à parede para não cair.

NIGHTFALL

11

Quando olhei para cima, ele ainda estava lá, me encarando e com os lábios torcidos em um sorriso irônico.

— Não, não… — Desci mais alguns degraus.

— Não se preocupe — sussurrou. — Quero só dar uma cheirada de leve. Ele vai querer te provar primeiro.

Ele? Olhei escada abaixo, avistando um suporte para guarda-chuvas. Os bicos eram bem pontiagudos. *Isso tem que servir.*

— Não temos mulheres por aqui. — Ele chegou cada vez mais perto. — Ao menos, não uma que podemos tocar.

Afastei-me mais ainda. Se eu disparasse em busca de uma arma, ele seria capaz de me pegar? Ele me agarraria?

— Nada de mulheres, nenhum contato com o mundo externo — avançou —, nada de drogas, bebidas ou cigarros, também.

— O que é essa *Blackchurch*? — perguntei.

— Uma prisão.

Olhei ao redor, notando os caríssimos pisos de mármore, as luminárias e tapetes, e os acabamentos dourados chiques das estátuas.

— Bela prisão — murmurei.

Independente do que fosse agora, era óbvio que aquele lugar já fora usado como a residência de alguém. Uma mansão ou… um castelo ou algo do tipo.

— Está fora do circuito — suspirou. — Onde você acha que os CEOs e senadores enviam seus filhos problemáticos quando precisam se livrar deles?

— Senadores… — Parei de falar, como se algo tivesse estalado em minha memória.

— Algumas pessoas importantes não podem ter seus filhos, seus herdeiros, nos noticiários por terem ido parar na cadeia ou numa clínica de reabilitação ou sendo flagrados ou apanhados depois de fazerem suas atividades ilícitas — explicou. — Quando nos tornamos riscos, somos enviados para cá para esfriar a cabeça. Às vezes, por meses. — Ele suspirou novamente. — E alguns de nós, por anos.

Filhos. Herdeiros.

Então me dei conta.

Blackchurch.

Não.

Não, ele tinha que estar mentindo. Eu me lembrava de ter ouvido falar sobre este lugar, mas não passava de uma lenda urbana usada por homens endinheirados como forma de ameaçar os filhos para os manterem na linha.

Uma residência escondida onde seus filhos eram enviados para ser puni-
dos, mas onde teriam rédeas soltas para estar à mercê uns dos outros. Era
como uma espécie de *O senhor das moscas*, porém com ternos chiques.

Mas não existia de verdade. Existia?

— Tem mais…? — perguntei. — Mais de vocês aqui?

Um sorriso malicioso se espalhou pelos seus lábios, dando um nó no
meu estômago.

— Aaah, sim… muitos — cantarolou. — Grayson estará de volta com
o grupo de caça, hoje à noite.

Estaquei em meus passos, sentindo a cabeça flutuar.

Não, não, não…

Senadores, ele disse.

Grayson.

Merda.

— Grayson? — murmurei, mais para mim mesma. — Will Grayson?
Ele estava aqui?

No entanto, Taylor Dinescu, filho do dono da Petrolífera Dinescu,
ignorou minha pergunta.

— Temos tudo o que precisamos para sobreviver, mas se quisermos
carnes, temos que caçá-la — explicou.

Então era isso que Will – e os *outros* – estavam fazendo. Arranjando
carne para a refeição. E eu não sabia dizer se foi a expressão no meu rosto,
ou outra coisa, mas Taylor começou a rir. Uma gargalhada maléfica que fez
com que eu cerrasse os punhos.

— Por que você está rindo? — grunhi.

— Porque ninguém sabe que você está aqui, não é? — zombou, parecendo estar deliciado com essa constatação. — E seja lá quem sabe disso,
tinha a intenção de te deixar de qualquer jeito. Só daqui a um mês outra
equipe vai aparecer para reabastecer os suprimentos.

Fechei os olhos por um segundo, ao ver com clareza o que suas palavras implicavam.

— Um mês inteirinho — debochou.

Seus olhos varreram meu corpo de cima a baixo, com malícia.

Eu estava no meio do nada, com sabe-se lá quantos homens que têm
sido mantidos longe de seus vícios e qualquer contato com o mundo exte-
rior por sabe-se lá quanto tempo, sendo que um deles, provavelmente, tem
um imenso desejo de me torturar, caso coloque as mãos em mim outra vez.

NIGHTFALL

E, de acordo com Taylor, minhas chances de receber ajuda pelo próximo mês eram mínimas.

Alguém se deu ao trabalho de me trazer aqui e assegurar que minha chegada passasse despercebida. Será que realmente não havia nenhum tipo de funcionário na propriedade? Seguranças? Vigilância? Ninguém que controlasse os prisioneiros?

Rangi os dentes, sem saber que diabos eu faria dali para frente, mas ciente de que precisava fazer alguma coisa, e rápido.

No entanto, ouvi algo e meus olhos dispararam para Taylor. Gritos e uivos ecoavam do lado de fora.

— O que é isso? — perguntei.

Lobos? Os sons estavam ficando cada vez mais próximos.

Ele ergueu o olhar e se concentrou na porta às minhas costas, voltando a me encarar em seguida.

— O grupo de caça — respondeu. — Eles devem ter voltado mais cedo.

Grupo de caça.

Will.

E os outros prisioneiros que possivelmente são tão assustadores ou ameaçadores quanto este…

Os uivos se mostravam cada vez mais perto agora, e, incapaz de manter a respiração calma, encarei Taylor. O que aconteceria se eles entrassem e me vissem?

Ele apenas sorriu para mim.

— Por favor, corra… fuja — disse. — Estamos loucos de vontade de arranjar alguma diversão.

Senti o coração acelerar. Isto não podia estar acontecendo. *Isto não estava acontecendo.*

Recuei mais alguns passos escada abaixo, mantendo o olhar focado a ele, que me perseguia, sentindo a adrenalina correr pela veias.

— Quero conversar com o Will — exigi.

Ele podia até *querer* me machucar, mas não faria isso. Faria?

Se eu pudesse só conversar com ele…

Taylor riu, os olhos azuis brilhando com diversão.

— Ele não pode te proteger, amor. — Então as tábuas do piso superior rangeram, e Taylor inclinou a cabeça para trás, encarando o teto. — Aydin está acordado.

Aydin. Quem era esse?

Eu não estava nem um pouco a fim de ficar mais um tempo para descobrir. Eu não sabia se estava realmente em perigo com esses caras, mas tinha certeza de que não correria esse risco se fugisse dali.

Disparando pelos degraus, dei a volta no corrimão e voei em direção aos fundos da casa, ouvindo Taylor uivar à medida que eu desaparecia por um corredor escuro. Uma camada fria de suor cobria minha testa.

Isto não estava acontecendo. Tinha que haver algum tipo de vigilância. Eu me recusava a acreditar que as mamães e papais enviavam seus herdeiros e trunfos para este lugar sem qualquer tipo de garantia de que eles ficariam em segurança. E se algum deles se ferisse? Ou ficasse gravemente doente?

Isto era uma... piada. Uma brincadeira inapropriada e de muito mau-gosto. Era quase Noite do Diabo, e ele estava acertando as contas comigo. Finalmente.

Blackchurch não era de verdade. Will nem mesmo acreditava que esse lugar existia, quando estávamos no ensino médio.

Passei correndo por quartos, alguns com apenas uma porta, outros com duas, e mais alguns com nenhuma, à medida que eu corria a toda a velocidade pelos corredores, sem saber para onde diabos estava indo. Eu simplesmente corria.

As solas de borracha dos meus tênis guinchavam pelos pisos de mármore, e o cheiro de coisas antigas se infiltrou pelo meu nariz. Não havia nada de confortador aqui.

As paredes iam do tom creme ao marrom e preto; papéis de parede podres e esmaecidos do chão ao teto alto. As cortinas cobriam janelas enormes que tinham quase que oito vezes mais a minha altura. As luzes dos candeeiros lançavam um brilho lúgubre em cada cômodo, salas de estar e de jogos pelos quais passei.

Parei de supetão, virei à direita duas vezes e me enfiei em um corredor, grata pelo silêncio e nervosa ao mesmo tempo. Eles estavam do lado de fora da casa agorinha há pouco, então já deviam ter entrado. Por que eu não estava ouvindo nada?

Porcaria.

Meus músculos estavam queimando, bem como meus pulmões, e não consegui conter o gemido quando cambaleei para dentro do último quarto no final do corredor. Corri até a janela e a abri, sentindo o ar fresco entrar e soprar por entre as cortinas. Estremeci ao avistar a vasta floresta à distância, quase tão negra como a noite.

NIGHTFALL

Abetos. Meu olhar percorreu todo o terreno. Havia pinheiros vermelhos e brancos por todo o lugar. O cheiro úmido de musgo atingiu minhas narinas, e eu hesitei. Eu não estava na Califórnia mais. Estas árvores eram nativas de terras muito mais distantes ao norte.

E não estávamos em Thunder Bay. Em nenhum lugar perto da minha cidade natal, para dizer a verdade.

Deixando a janela aberta, recuei em meus passos, pensando duas vezes sobre o assunto. O ar frio se infiltrou por entre as mangas da minha blusa branca, e eu não tinha a menor noção de onde estava, ou o quão distante estava de uma cidade. Além disso, eu não sabia em que tipo de elementos eu poderia esbarrar caso fugisse desprotegida.

Saí do quarto às pressas e grudei o corpo à parede do corredor, andando o mais silenciosamente possível e mantendo os olhos alertas. *Pense, pense, pense…*

Nós tínhamos que estar perto de alguma cidade. Havia inúmeras pinturas nestas paredes, antiguidades valiosas, candelabros enormes e uma porrada de dinheiro investida em móveis e artigos de decoração.

Nem sempre este lugar foi uma prisão.

Ninguém gastaria rios de dinheiro em algo que um bando de mimadinhos ricaços poderia destruir por puro prazer. Isto aqui era a casa de alguém, e eles não teriam construído essa mansão tão distante assim de alguma cidade. Um lugar desses servia como palco de entretenimento. Havia um salão de festas, pelo amor de Deus.

Retorci as mãos, nervosa. Não queria nem saber quem me largou aqui. Neste exato momento, eu só precisava chegar a algum lugar seguro.

E, então, eu ouvi.

Um chamado – um uivo – acima de mim. Parei, sentindo o corpo paralisado. Levantei a cabeça e segui a direção do som que derivava de um lado ao outro. Minha pulsação acelerou quando as tábuas acima rangeram como se estivessem sob o peso de alguma coisa.

Passadas simultâneas. Em diversos pontos.

Eles estavam no andar superior, e havia mais de um ali em cima. Taylor me viu correr nesta direção. Por que eles teriam subido as escadas?

Então me lembrei do que mais havia ali em cima. *Aydin*.

Taylor falou dele como se fosse uma ameaça. Será que eles foram até ele antes?

Vozes ecoaram pelo corredor, e agucei os ouvidos, cada vez mais atraída pela janela às minhas costas.

Outro grito ressoou mais abaixo, possivelmente do vestíbulo, e então outro uivo ecoou em algum lugar ao meu redor.

Dei a volta, me sentindo zonza. O que diabos estava acontecendo? Meus nervos estavam à flor da pele, e engoli a bile que teimava em subir pela garganta.

Eles estavam se espalhando.

Lobos. Parei, ao me lembrar dos uivos do lado de fora. Era como se fossem lobos. Uma alcateia se separava para cercar a presa e testar sua fraqueza. Eles a flanqueavam pelos lados e por trás.

Lágrimas inundaram meus olhos, mas ergui a cabeça, afastando-as. *Will.*

Há quanto tempo ele estava aqui? Onde estavam seus amigos? Ele me trouxe aqui como alguma espécie de vingança? Mas que porra?

Eu disse para ele não me pressionar tantos anos atrás. Eu o avisei. Isto não era minha culpa. Ele mesmo se colocou aqui dentro.

Entrei em um salão de jogos e peguei um bastão de críquete de um suporte. Esgueirei-me para as sombras e me recostei à parede, olhando para todos os lados, em busca de qualquer sinal deles. Arrepios se espalharam pelos meus braços, e apesar do frio, uma camada fina de suor cobriu meu pescoço. Apurando os ouvidos, fiquei alerta à medida que dava um passo atrás do outro.

Algo caiu com um baque surdo no andar acima, quase me fazendo perder o fôlego. Olhei para o teto e fui em direção às escadas.

Que diabos estava acontecendo?

Um tom azul, como o de um luar atravessando uma janela, iluminava o piso escuro de mármore por todo o corredor, e eu o segui, indo para os fundos da casa.

Inspirei fundo, e meu nariz pinicou quando senti um cheiro estéril, tipo de água sanitária. Taylor disse que a equipe de limpeza e os funcionários haviam ido embora há pouco tempo.

Meus joelhos estavam trêmulos, e meu coração martelava no peito. Eu sentia como se estivesse enclausurada, sem nem ao menos ter ciência disso.

— Aqui! — alguém gritou.

Arfei, grudando o corpo à parede enquanto me esgueirava por um canto.

Espiando ao redor, avistei as sombras que se moviam pelo corredor quando descobriram a janela que deixei aberta.

— Ela está fugindo! — outra pessoa gritou.

Soltei o ar, cerrando os punhos. *Isso.* Eles pensavam que eu havia escalado a janela.

NIGHTFALL

17

Seus passos ressoaram pelo piso, correndo de volta em direção ao vestíbulo – com sorte –, e eu cobri a boca com a mão enquanto os ouvia se distanciando.

Graças a Deus.

Não esperei nem mais um segundo. Eu corri e corri, encontrando a cozinha na ala mais ao sudoeste da casa. Deixando as luzes apagadas, fui até a geladeira e a abri, e uma porção de frutas e verduras caíram com o movimento brusco.

Olhei ao redor, assombrada com o tamanho da coisa por um segundo. Dava para entrar lá dentro, de tão grande. Pensei que Taylor houvesse dito que eles tinham que caçar para comer, mas aqui havia um monte de comida.

Dei um passo para dentro e senti a mudança brusca de temperatura na mesma hora. Um arrepio percorreu meu corpo à medida que vasculhava por entre as prateleiras de comida, todas frescas e devidamente armazenadas. Queijos, pães, mortadela, manteiga, leite, cenouras, abobrinhas, pepinos, tomates, uvas, bananas, mangas, alface, mirtilos, iogurtes, patês, filés, presuntos, peitos de frango, carnes de hamburguer...

E isto porque eu não estava contando com a despensa que eles provavelmente tinham.

Por que eles precisavam sair para caçar?

Sem perder mais tempo, peguei uma sacola que estava pendurada do lado de dentro e despejei no chão tudo o que havia guardado ali dentro. Rapidamente, enfiei duas garrafas d'água, uma maçã e alguns queijos. Talvez eu devesse levar mais alguma coisa, mas o peso poderia me atrapalhar.

Saí do espaço da geladeira gigante e fechei a sacola, correndo até a janela para espiar do lado de fora. Na ponta dos pés, avistei as luzes das lanternas dançando pelo vasto gramado.

Um sorriso quase me escapou. Eu ainda tinha tempo de encontrar um casaco ou um moletom e dar o fora daqui antes que eles voltassem.

Girei e dei um passo adiante, mas o vi ali parado, me encarando; uma forma oculta pela penumbra, recostada contra o batente da porta da cozinha.

Paralisei, sentindo o coração na garganta.

Pelo menos eu achava que ele estava me encarando. Seu rosto estava coberto pelas sombras.

Perdi o fôlego na mesma hora.

Então me lembrei... *lobos.* Eles te cercavam.

Todos, exceto um. Ele vinha até você pela frente.

— Venha aqui — disse ele, em um tom baixo.

Minhas mãos tremiam, pois eu conhecia aquela voz. E aquelas foram as mesmas palavras que ele disse para mim, naquela noite, tantos anos atrás.

— Will…

Ele entrou na cozinha, e a luz da lua lançou um brilho fraco em seu rosto. Algo dentro de mim simplesmente agonizou.

Ele já era corpulento no ensino médio, mas agora…

Engoli em seco, tentando destravar a língua.

Alguns respingos de chuva brilhavam sobre o cabelo castanho curto, porém bagunçado, e eu nunca o havia visto com a barba por fazer antes, mas agora percebia que ela lhe dava um ar mais áspero – e perigoso. Nunca imaginei que esse visual cairia tão bem nele.

Seu peito era mais largo agora, os braços mais grossos e visíveis pelo casaco de moletom, e quando ele ergueu as mãos, vi que limpava o resquício de sangue de seus dedos. Tatuagens cobriam as costas de suas mãos, desaparecendo sob as mangas do agasalho.

Ele não tinha nenhuma tatuagem da última vez em que o vi.

Na noite em que foi preso.

De onde vinha todo aquele sangue? Da caçada?

Recuei em meus passos, enquanto ele avançava devagar, mas ele não estava olhando para mim à medida que se aproximava, e, sim, para as mãos que limpava meticulosamente.

O bastão de críquete. Onde o deixei?

Pisquei, assustada. *Merda*. Eu o coloquei no chão quando entrei no freezer enquanto embalava a comida. Olhei rapidamente para a geladeira, calculando a distância.

Fazendo uma varredura pelos balcões, avistei um trio de potes de vidro e arremessei um deles no chão, entre nós. O vidro se espatifou, enviando cacos para todo canto, e ele parou o que fazia por um momento, com um olhar divertido, enquanto eu retrocedia até a geladeira.

— Isto não vai acabar com você dormindo no meu saco de dormir desta vez — advertiu.

Agarrei outro jarro e o lancei no chão, me afastando ainda mais. Se ele partisse na minha direção, acabaria escorregando nos cacos de vidro.

— Não faça promessas que você não pode cumprir — zombei. — Você ainda não é o alfa aqui.

Ele arqueou uma sobrancelha escura, mas não parou de avançar na minha direção.

A pulsação martelava no meu pescoço, meu estômago estava revirado, mas... quando o vidro rangeu sob seus pés e seu olhar se conectou ao meu, senti o latejar entre as pernas, e quase gemi.

— Você sabe por que estou aqui? — perguntei.

— Você andou se comportando mal?

Cerrei a mandíbula, mas permaneci em silêncio.

Um sorriso perverso se espalhou pelo seu rosto, e eu soube que era isso. Nunca imaginei que aconteceria dessa forma, mas sempre soube que, em algum momento, seria o meu destino.

— Você sabe — murmurei. — Não sabe?

Ele assentiu.

— Você gostaria de explicar?

— E isso importa?

Ele balançou a cabeça outra vez.

Engoli em seco. *É, imaginei que não.*

Ele passou dois anos e meio na prisão por minha causa. E não somente ele. Seus melhores amigos, Damon Torrance e Kai Mori, também.

Desviei o olhar por um segundo, ciente de que ele não merecia aquilo, mas eu também sabia que não teria feito nada de maneira diferente, se pudesse. Eu disse para ele se manter longe de mim. Eu o avisei.

— Eu queria nunca ter te conhecido — murmurei, quase em um sussurro.

Ele parou, e os estilhaços rangeram sob seus pés.

— Pode acreditar, garota, que o sentimento é recíproco.

Recuei e minha mão roçou contra alguma coisa no bolso da minha calça. Continuei me afastando em direção à geladeira e peguei o objeto. Agarrei o cabo e avistei um estilete.

De onde aquilo tinha vindo?

Eu não carregava facas ou lâminas comigo.

Soltei a sacola e destravei a lâmina, segurando-a à minha frente, mas ele se lançou na minha direção e agarrou meu pulso com tanta força, que acabei relaxando os dedos. Lutei contra o seu agarre, tentando manter a arma em punho, mas ele era muito mais forte que eu. Gritei quando não aguentei mais e soltei a faca, ouvindo o som do metal tilintar contra o piso de mármore.

Sacudindo-me de um lado ao outro, ele agarrou a gola da minha blusa e me puxou para perto, me imprensando entre seu corpo e a bancada.

Ele me encarou de cima, e eu senti dificuldade em respirar, soprando uma mecha de cabelo que pairou sobre os meus lábios.

PENELOPE DOUGLAS

— Você gosta de alfas? — ele me desafiou.

Lancei um olhar afiado, dizendo em seguida:

— Nós queremos o que queremos.

Ele não desviou o olhar, lembrando-se daquelas palavras muito mais do que gostaria de admitir, e se eu não estivesse assustada pra caralho, teria rido de sua cara.

Rosnando, ele me agarrou e me colocou sobre o ombro.

— Está na hora de você conhecer um, então — disse.

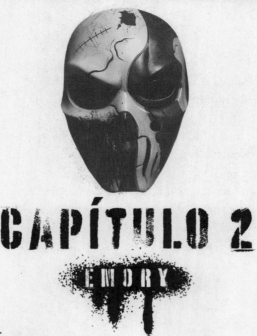

CAPÍTULO 2
EMORY

Nove anos atrás...

— Por que você está desistindo?

Fiquei ali de pé, evitando o olhar da treinadora, segurando a alça da mochila com força.

— Não tenho tempo — declarei. — Sinto muito.

Arrisquei uma olhada de relance, deparando com seu olhar firme por baixo da franja de cabelo loiro.

— Você se comprometeu — argumentou. — Nós precisamos de você.

Troquei a posição dos pés, inquieta, sentindo a camada fina de autoaversão recobrir meu corpo.

Isso era uma desculpa esfarrapada e eu sabia disso.

Eu era boa na natação. Poderia ajudar a equipe, e ela se esforçou pra caramba no meu treinamento no meu último ano. Eu não queria desistir.

No entanto, ela teria que lidar com isso. Eu não podia explicar, mesmo que ao não fazer isso, ela interpretasse erroneamente meu silêncio como um ato egoísta e irresponsável.

As vozes de todas as meninas do lado de fora do escritório preencheu o vestiário à medida que elas se arrumavam para o treino, e senti o olhar da treinadora sobre mim, aguardando uma resposta.

O que era inútil, já que eu não mudaria de ideia.

— Está acontecendo alguma coisa? — perguntou.

Apertei a alça da mochila com força, sentindo o tecido áspero irritar a palma da minha mão.

Dei um longo suspiro e empurrei os óculos para cima, da ponta do nariz, enrijecendo a postura.

— Ninguém vai me dar uma bolsa de estudos por nadar — disparei. — Preciso passar meu tempo livre fazendo coisas que me colocarão dentro de uma universidade. Tudo isso aqui foi um desperdício.

Antes que ela pudesse retrucar, ou que o olhar em seu rosto tornasse tudo isso pior, virei as costas e abri a porta, deixando seu escritório.

Lágrimas estavam alojadas na minha garganta, mas eu as afastei.

Era um saco. E eu acabaria pagando caro por isso. Eu sabia, no fundo, que aquilo não havia acabado.

Mas eu não tinha alternativa.

A dor nas minhas costas me incomodou enquanto eu caminhava às pressas pelo vestiário; bati a mão na porta, sentindo a agonia em meu pulso irradiar pelo braço antes de seguir o caminho pelo corredor.

Porém, decidi passar por tudo isso, ignorando o desconforto a cada passo pelo corredor praticamente deserto.

Eu estava satisfeita por dar o fora dali antes que ela perguntasse por que eu não desistiria da banda. Aquilo ali também não me colocaria numa universidade. Eu não era assim tão boa.

Era tudo o que havia me restado agora – que poderia me tirar de casa –, e eu não precisaria usar um traje de banho para fazer isso.

Mordisquei o lábio inferior, sentindo o peso de uma tonelada sobre meus ombros enquanto encarava o chão. Marchei em direção ao meu armário sem olhar por onde andava, porque já havia feito esse caminho um milhão de vezes. *Controle-se*. O tempo passaria. A vida seguiria seu curso. Eu estava indo no rumo certo.

Apenas continue em frente.

Alguns alunos circulavam pelos corredores; muitos haviam chegado mais cedo por conta dos clubes de estudos ou outras atividades esportivas. Cheguei até meu armário e digitei a combinação da senha. Ainda faltavam vários minutos antes do início da primeira aula, mas eu poderia me esconder na biblioteca para passar um tempo. Era melhor do que ir para casa.

Esvaziei a mochila e tirei os livros de matemática e física que havia levado para casa na noite anterior, e peguei meu fichário, meu livro de literatura, bem como a cópia de *Lolita*; também peguei a redação de Espanhol do armário, segurando tudo em um braço só enquanto vasculhava a prateleira de cima em busca do meu estojo.

Ele acabaria descobrindo que eu desisti. Talvez eu tivesse alguns dias de paz antes que isso acontecesse, mas o nó já havia se instalado no meu estômago, e pude sentir o gosto acobreado de sangue do corte na minha boca, de dois dias atrás.

Ele ia descobrir. Ele não ia querer que eu desistisse da natação, e salientar o motivo por ter feito isso só o deixaria mais pau da vida.

Pisquei algumas vezes, já sem procurar pelo estojo ou por qualquer caneta por ali quando a dor terrível no meu couro cabeludo – da outra noite – me percorreu de cima a baixo.

Eu não havia chorado quando ele puxou o meu cabelo.

Mas recuei. Eu sempre vacilava.

Risadas explodiram no fim do corredor, e quando olhei para cima, avistei alguns alunos recostados contra os armários; as garotas em seus uniformes e com suas saias enroladas na cintura para que ficassem mais curtas do que o limite permitido na escola; as blusas superapertadas por baixo de suas jaquetas azul-marinho.

Entrecerrei os olhos na mesma hora.

Suas cabeças estavam coladas enquanto sorriam das piadas lançadas pelos garotos, e o grupo inteiro parecia tão superficial quanto uma poça de chuva. Nunca com uma profundidade suficiente para ser mais do que realmente eram.

Superficiais, chatos, tediosos, idiotas e sem-graça. Todos os riquinhos desta escola eram assim.

Observei Kenzie Lorraine se inclinar contra Nolan Thomas, a boca se movendo contra a dele como se ela estivesse se fundindo a ele. Ela sussurrou contra os lábios dele, e seus dentes brancos deram as caras por trás do sorriso enviesado quando suas mãos a enlaçaram pela cintura à medida que se recostava mais ainda ao armário. Meu coração quase pulou uma batida, e quando senti o estojo contra meus dedos, distraidamente o enfiei dentro da minha bolsa sem desviar o olhar.

Superficiais, chatos, tediosos, idiotas e sem-graça.

Pisquei, minha expressão suavizando enquanto os observava.

Felizes, empolgados, corajosos, rebeldes e no paraíso.

Eles pareciam realmente ter dezessete anos.

E, de repente, por um instante, desejei estar no lugar deles. Ser alguém diferente do que eu era. Não era de se estranhar que ninguém nessa escola gostasse da minha pessoa. Até eu estava cansada de mim mesma.

Não seria simplesmente fantástico ser feliz, de verdade, por pelo menos cinco minutos?

Os amigos dela estavam todos por ali, conversando com os dele, mas eu só conseguia ver os dois, imaginando como devia ser. Ainda que não fosse amor verdadeiro, devia ser legal ser desejada dessa forma.

No entanto, do nada, Nolan abriu os olhos. E quando me encarou, encontrou meu olhar, como se soubesse o tempo todo que eu estava ali. Senti a veia palpitar no pescoço e congelei.

Merda.

Ele não interrompeu o beijo, mas manteve o olhar fixo ao meu à medida que se moviam um contra o outro. Então... ele piscou para mim, e pude ver seu sorriso por trás do beijo trocado.

Revirei os olhos e desviei o olhar. *Que ótimo.* Emory Scott agora era uma pervertida. Era isso o que eles falariam. Simplesmente o que eu precisava.

Virei-me de volta para o armário, constrangida, e fechei a porta com força.

Tudo em mim doía, e tentei arquear as costas para alongar os músculos, mas quando me virei para sair dali um punho enviou todos os meus livros voando para o chão.

Perdi o fôlego, assustada, e recuei em meus passos por puro instinto.

Miles Anderson me encarou quando passou por mim com um sorriso sacana nos lábios.

— Está gostando do que está vendo, idiota? — zombou.

Travei o maxilar, tentando recuperar a calma e regularizar os batimentos do coração, mas o medo súbito revirou meu estômago quando seus amigos o seguiram, rindo.

Seu cabelo loiro caía displicentemente em sua testa, enquanto os olhos azuis percorriam meu corpo de cima a baixo, e soube na mesma hora o que ele estava reparando.

Na minha saia velha, cujo padrão xadrez mostrava que pertencia ao uniforme antigo. No botão ausente no punho da blusa que era duas vezes maior que o meu tamanho. No meu blazer azul desbotado, com alguns remendos desfiados que precisei fazer quando recebi a doação de algum aluno. Nos meus sapatos gastos, por causa de toda a caminhada necessária, já que eu não possuía carro; também devia estar reparando no fato de que eu nunca usava maquiagem ou fazia qualquer coisa diferente com meu cabelo escuro sempre solto e quase cobrindo meu rosto.

Um visual tão distinto de sua aparência. De como todos eles pareciam.

Merdinhas do caralho. Deixei que o patético Anderson se divertisse, porque era o único momento em que ele tinha algum poder. Essa era uma coisa à qual eu deveria ser grata aos Cavaleiros.

Eu odiava o fato dessa escola ser o parquinho pessoal deles, mas quando eles estavam ao redor, Miles Anderson não me enchia o saco daquele jeito. Eu podia apostar que ele estava contando os dias até que eles se formassem, para que pudesse assumir o controle do time de basquete.

E da Escola Preparatória de Thunder Bay.

Cerrando a mandíbula, agachei e comecei a recolher meus livros, enfiando tudo de qualquer jeito na mochila, mas uma camada fina de suor cobriu meu rosto, e, de repente, senti a náusea subir pela garganta. Eu me levantei de supetão e corri para o banheiro, subindo as escadas, já que o mais próximo ficava no final do corredor.

Meu estômago se contorceu, e a queimadura da bile subiu à boca com intensidade. Lancei-me contra a porta e me enfiei em uma cabine, fazendo ânsia contra o vaso sanitário.

Arfei, sentindo o gosto ácido do vômito, mas nada saía do estômago. Tossi, e meus olhos marejaram enquanto eu ofegava.

Empurrei os óculos para cima, na cabeça, e me apoiei nas laterais da cabine para recobrar o fôlego e a calma.

Esfreguei os olhos, com força. *Merda*.

Eu revidava algumas vezes.

Quando não importava e quando não me sentia realmente ameaçada.

Sequei o suor da sobrancelha e dei descarga pela força do hábito, deixando a cabine e seguindo em direção à pia. Abri a torneira, enfiando as mãos abaixo, mas parei, sem forças nem mesmo para jogar um pouco de água no rosto. Desliguei a torneira e saí do banheiro, secando as mãos no tecido da saia.

Eu estava tão cansada, e o dia mal havia começado.

No entanto, assim que abri a porta, quase esbarrei em alguém ali parado. Estaquei em meus passos, encarando Trevor Crist. Ele sorriu para mim quando apertei a alça da mochila, retribuindo seu olhar.

Ele era apenas um calouro, duas séries abaixo da minha, mas já era da minha altura e não se parecia nem um pouco ao irmão. Falso, seus olhos gélidos não combinavam com o sorriso em seus lábios, e o cabelo loiro-escuro se mantinha perfeitamente estilizado e no lugar, assim como sua gravata.

Seu nome deveria ser Chad, para dizer a verdade. Que diabos ele queria comigo?

Ele estendeu um caderno azul, e reconheci os papéis desgastados e enfiados por dentro, com notas destacadas pelo marca-texto amarelo. Desviei o olhar por todo o corredor, e mais adiante, onde meu armário ficava.

Devo tê-lo esquecido quando aquele babaca derrubou tudo o que eu segurava.

Peguei o caderno e o enfiei na mochila.

— Obrigada — murmurei.

— Acho que peguei tudo, mas não tenho certeza se os papéis estão em ordem — ele disse. — Alguns haviam se espalhado pelo chão.

Mal ouvi suas palavras, notando os corredores agora lotados com os alunos, bem como o Sr. Townsend seguindo para a sala onde eu teria minha primeira aula.

— Trevor Crist. — O garoto estendeu a mão.

— Eu sei.

Passei por ele, ignorando o cumprimento.

Dei alguns passos e abri a porta da sala, seguindo outro aluno; vasculhei a sala com o olhar em busca do assento mais seguro e distante. No canto, no fundo e perto das janelas, uma cadeira vazia estava cercada de outros estudantes. Roxie Harris ao lado, Jack Leister à frente e Drew Hannigan mais ao canto.

E foi para lá que me dirigi.

Sentei-me apressada, e as pernas da cadeira rasparam contra o piso quando larguei a mochila no chão.

— Argh... — Roxie grunhiu ao meu lado, mas a ignorei à medida que pegava os materiais na bolsa.

Na mesma hora, ela começou a recolher suas coisas.

A sala começou a encher cada vez mais, burburinhos e risadas soando enquanto o Sr. Townsend se postava de pé, pairando sobre sua mesa em busca de suas anotações.

No entanto, Roxie não teve tempo de pegar tudo e sair do assento antes que eles chegassem. Passando pela porta, altos, magnéticos e sempre juntos.

Virei a cabeça em direção à janela, fechando os olhos por trás dos meus óculos e contendo o fôlego quando rapidamente retirei os fones de ouvido do bolso do casaco e os enfiei nos ouvidos.

Tudo para que desse a impressão de ser inacessível.

Por favor, por favor, por favor...

Minha oração não surtiu efeito. Pude sentir Roxie, Jack e Drew revirando os olhos quando todos suspiraram e pegaram suas tralhas, liberando as cadeiras sem que sequer pedissem, e como se fosse minha culpa que esses caras sempre faziam questão de me cercar, não importava onde eu me sentasse nesta maldita escola.

Kai Mori assumiu o lugar de Jack, à minha frente, enquanto Damon Torrance pegou o assento diagonal ao meu.

Não precisei nem mesmo olhar para cima para cima para ver o cabelo escuro, e eu sempre podia dizer quem era quem sem verificar, porque Kai cheirava a almíscar e ao oceano, enquanto Damon fedia como um cinzeiro.

Michael Crist provavelmente se plantou em algum lugar próximo, no entanto, foi o último que passou por mim no corredor e tomou o assento ao meu lado – no que deveria ter sido o assento da Roxie –, que fez meu coração bater mais rápido.

Eu podia sentir seus olhos em mim enquanto eu encarava a janela.

Se soubesse que íamos dividir as aulas quando a administração decidiu me transferir para o inglês avançado, algumas semanas atrás – um ano antes do previsto –, eu teria me recusado. Não importava o que meu irmão quisesse.

Eu tinha certeza de que eles só me colocaram nesta disciplina, porque eu era encrenqueira – no ano passado –, e eles pensaram que o desafio colocaria uma rolha na minha boca.

Todos eles estavam descobrindo que isso não era verdade.

— Você está sem uniforme. — Ouvi uma garota sussurrando.

E então ouvi a voz de Will Grayson aquecendo a minha nuca.

— Estou disfarçado — ele lhe disse.

— Esse pedaço de merda tem um tesão por você ou algo assim — acrescentou Damon. — Sempre que ele te vê, ele quer te pegar sozinho.

Contraí os dedos ao redor do caderno e do lápis.

— Em sua defesa — Kai interferiu —, foi você quem colocou os bilhetes *"Desculpe, eu bati no seu carro"* nos veículos das pessoas de toda a cidade com o número de telefone dele.

Damon bufou e começou a rir, enquanto Will dava uma risada de autossatisfação.

Imbecis. O telefone do meu irmão tocou a noite toda por causa dessa brincadeira. E quando ele se irrita, ele faz questão de demonstrar.

— Então, o que você diz, Em? — Will me provocou, finalmente me envolvendo na conversa, como se ele nunca conseguisse evitar. — O seu irmão tem tesão por mim? Com certeza, ele está em cima de mim o suficiente.

Fiquei em silêncio, sem abrir o caderno, enquanto as pessoas se acomodavam em seus assentos e falavam ao nosso redor.

Todos nesta escola odiavam meu irmão. O dinheiro e os contatos deles não tinham nenhum efeito sobre sua disposição, como policial, de distribuir multas por excesso de velocidade, multas de estacionamento, investigar reclamações de barulho ou acabar com festas e bebedeiras assim que sentia o cheiro de alguma coisa rolando.

Meu irmão era um idiota por fazer seu trabalho, e quando não conseguiam irritá-lo, eles resolviam descontar em mim.

Vi Will pegar alguma coisa no bolso para, em seguida, desembrulhar um doce e levá-lo à boca, arrancando o doce do papel com os dentes.

Seus olhos não se desviaram dos meus em momento algum.

— Tire os fones de ouvido — pediu, enquanto mastigava.

Entrecerrei o olhar na mesma hora.

— E pare de agir como se estivesse ouvindo música, para que não tenha que lidar com as pessoas ao seu redor — disparou.

Cada músculo do meu corpo retesou, e quando não lhe dei ouvidos, ele jogou o embrulho no chão e se inclinou, puxando o fio e arrancando os fones do lugar.

Dei um pulo, sobressaltada, e me sentei direito.

Mas não me encolhi. Não com ele.

Agora... ele tinha minha maldita atenção.

Agarrando o fio de onde estava pendurado no chão, eu me levantei da mesa, peguei o caderno e mochila e comecei a sair dali.

No entanto, suas mãos me empurraram para baixo na mesma hora, fazendo com que caísse sentada em seu colo.

Tudo o que eu carregava nos braços caiu no chão, e uma raiva borbulhante correu sob minha pele.

Não.

Cerrei os dentes e o empurrei, enquanto Kai e Damom riam com escárnio, sem nem fazerem menção em impedir. Eu me contorci em seu colo, mas ele simplesmente apertou o agarre, virando o rosto para longe do meu ataque.

Will, Kai, Damon e Michael. Os Quatro Cavaleiros.

Eu adorava estes apelidos que os pequenos aspirantes a gangsters se deram no colegial, mas alguém deveria realmente dizer a eles que não eram assim tão assustadores, quando precisavam alardear isso a todo mundo.

Todas as escolas também possuíam caras desse tipo. Um pouco de dinheiro, algumas mães e pais influentes, e rostos bonitos sem um coração para combinar. Nada disso era realmente culpa deles, acho.

NIGHTFALL

O que era culpa deles era que eles tiravam o máximo proveito disso. Não seria divertido se alguém alguma vez dissesse não a eles? Se um deles alguma vez pagasse por um erro? Ou alguma vez não tivessem acesso a uma bebida, drogas ou a uma menina?

Mas, não. Era sempre a mesma história. Superficiais, chatos, tediosos, idiotas e sem-graça.

E enquanto outros podiam ceder ou protestar pateticamente antes de, por fim, se renderem, eu não estava interessada.

E ele odiava isso.

Eu podia gritar. Chamar a atenção do professor. Fazer uma cena, mas ele só conseguiria as gargalhadas que desejava, e eu conseguiria a atenção que não queria.

— Tire esse maldito olhar da sua cara — advertiu.

Travei o queixo, me recusando a obedecê-lo.

Ele abaixou o tom de voz a um sussurro:

— Eu sei que posso parecer o mais simpático, e você, provavelmente, pensa que, às vezes, me arrependo das merdas em que te enfio, e que, talvez, um dia eu vá acordar e reavaliar minha vida e propósito, mas não vou. Eu durmo como um bebê à noite.

— Você acorda a cada duas horas e chora? — zombei.

Uma risada soou às minhas costas, mas não desviei o olhar enquanto Will continuava a me encarar. A escola era o único lugar onde eu tinha algum descanso.

Até que cheguei ao ensino médio.

Cerrei os punhos, tentando me soltar do agarre de suas mãos.

— Me solta.

— Por que os punhos de sua camisa estão molhados?

Abaixou o olhar e me obrigou a levantar o braço, para poder averiguar mais de perto.

Eu me recusei a responder, e ele olhou para mim de novo.

— E seus olhos estão vermelhos.

Senti o nó na garganta, mas cerrei os dentes e tentei me soltar, mas antes que conseguisse escapar de seu colo, ele segurou meu queixo com uma mão e enlaçou minha cintura com o outro braço, me puxando contra o seu corpo. Sussurrando, para que ninguém pudesse ouvir, perguntou:

— Você não sabe que pode ter o que quiser? — Os olhos dele avaliaram os meus. — Posso machucar qualquer um por você.

O peso no meu peito era intenso demais, quase doía para respirar.

— Quem é? — perguntou ele. — A quem eu tenho que machucar?

Meus olhos incendiaram. Por que ele fazia isso? Ele me provocava e suavizava com a fantasia de que eu não estaria mais sozinha e que, talvez – talvez –, houvesse esperança.

Seu cheiro me atingiu: um perfume marcante. Observei o cabelo castanho, perfeitamente penteado e cheio combinando com sua pele perfeita e as sobrancelhas escuras. Cílios pretos emolduravam os olhos que pareciam as folhas ao redor de uma lagoa em alguma ilha estúpida, em algum lugar, e por um momento, me senti perdida.

Só por um instante.

— Meu Deus, por favor — disse eu, por fim. — Vê se cresce, Will Grayson. Você é patético.

E seus lindos olhos se tornaram hostis na mesma hora, enquanto ele erguia o queixo. Ele me empurrou de seu colo e me obrigou a sentar de volta na minha cadeira.

— Sente-se.

Era como se ele estivesse magoado, e aquilo quase me fez rir. *Provavelmente, estava desapontado por eu não ser burra o suficiente para acreditar nas suas merdas.* O que ele estava planejando? Ganhar minha confiança, me atrair para o baile e assistir enquanto todo mundo despejava sangue de porco em cima de mim?

Não, isso não era nem um pouco original. Will Grayson tinha mais imaginação. Eu precisava, pelo menos, lhe dar esse crédito.

— Tudo bem, vamos começar — disse o Sr. Townsend, pigarreando.

Peguei a mochila e o caderno do chão, e me ajustei novamente na cadeira, colocando os fones de ouvido no bolso.

— Peguem seus livros — instruiu, tomando um gole rápido de seu café e virando um papel em sua mesa.

Will ficou ali sentado, silenciosamente encarando à sua frente, e por um momento, vacilei, observando seu maxilar contraído.

Tanto faz. Revirei os olhos e peguei minha cópia de Lolita enquanto o resto da classe fazia o mesmo. Exceto Will, porque ele nem ao menos se preocupou em trazer uma mochila ou livros hoje.

— Estávamos falando sobre Humbert ser um narrador pouco confiável no livro. — Townsend tomou outro gole. — Como todos nós somos os heróis honrados de nossa própria história, desde que sejamos nós a contá-la.

Ouvi Will se aproximar e soltar o fôlego. Eu me concentrei na nuca de Kai Mori, fascinada pela precisão e asseio de seu corte de cabelo.

Hoje eu estava tendo problemas para me concentrar.

Townsend continuou:

— E quantas vezes o certo ou errado tornam-se simplesmente uma questão de perspectiva. Para uma raposa, o cão de caça é o vilão. Para um cão de caça, o lobo. Para um lobo, um humano, e assim por diante.

Ai, pelo amor de Deus. Humbert Humbert era um desequilibrado.

E um criminoso. À raposa, ao cão de caça, ao lobo, seja o que for.

— Ele acredita que está apaixonado por Lo. — O professor deu a volta à mesa e se recostou na parte da frente, com a edição econômica do livro enrolada em sua mão. — Mas ele também não ignora completamente o seu crime. Ele diz... — abriu o livro, lendo o trecho: — *'Eu sabia que havia me apaixonado por Lolita para sempre; mas também sabia que ela não seria para sempre Lolita'.* — Ele olhou para a classe. — O que ele quis dizer com isso?

— Que ela se tornaria adulta — Kai respondeu. — E que não seria mais atraente sexualmente para ele, porque ele é pedófilo.

Sorri internamente. Kai era meio que meu Cavaleiro favorito, se tivesse que escolher um.

Townsend considerou os pensamentos de Kai, mas depois instigou outra estudante:

— Você concorda?

A garota deu de ombros.

— Acho que ele quis dizer que nós mudamos, e ela também mudaria. Não que ela vá crescer. O problema é que ela vai superá-lo, e ele está assustado.

O que, provavelmente, era o que Humbert queria dizer, mas eu gostava mais da análise de Kai.

O professor acenou com a cabeça e depois indicou outro aluno com o queixo:

— Michael?

Michael Crist ergueu a cabeça, parecendo perdido.

— O quê?

Damon deu uma risada zombeteira, e eu balancei a cabeça.

Townsend cobriu os olhos, parecendo impaciente, antes de responder à sua pergunta:

— O que você acha que ele quis dizer quando afirmou que ela não seria para sempre Lolita?

Michael permaneceu em silêncio por um momento. Cheguei a me perguntar se ele responderia.

— Ele ama a ideia de tê-la — ele disse a Townsend, soando determinado. — Quando ela finalmente desaparecesse, o sonho que ela representa ainda estaria lá, o assombrando. Foi isso que ele quis dizer.

Humm. Não foi uma avaliação totalmente ruim. E pensei que Kai seria o único deles que realmente teria lido o livro.

Townsend se virou e passou mais uma página, lendo:

— Ela disse: *'Ele partiu meu coração. Você simplesmente destruiu a minha vida"*. O que ela está dizendo a ele?

Todos ficaram em silêncio.

O professor escaneou a sala, procurando uma reação de qualquer um de nós.

— Você simplesmente destruiu a minha vida — repetiu ele.

Senti a garganta pinicar, e abaixei a cabeça. *Você destruiu a minha vida.*

Um estudante suspirou de sua cadeira perto da porta.

— Ela cedeu para ele de bom grado — argumentou ele. — Sim, foi errado, mas isso é um problema hoje. As mulheres não podem simplesmente decidir que foram abusadas após o fato. Ela se envolveu sexualmente com ele por vontade própria.

— Menores de idade não podem consentir — Kai apontou.

— O quê? Então você, num passe de mágica, se torna emocional e mentalmente maduro quando faz dezoito anos? — perguntou Will, entrando, de repente, na conversa. — Como se acontecesse apenas da noite para o dia?

— Ela era uma criança, Will. — Kai se virou em seu lugar, debatendo com o amigo. — Na cabeça de Humbert, ele exige simpatia de nós, e a maioria dos leitores a dá, porque ele lhes diz para fazê-lo. Porque estamos dispostos a perdoar qualquer um, desde que ele seja atraente para nós.

Eu olhava para minha mesa, sem pestanejar.

— Ele não tem nada a ver com Lo — Kai continuou. — Ele tem um fraquinho por meninas pequenas. Não é um incidente isolado. Ela foi abusada.

— E ela o deixou, para ir se acasalar com um pornógrafo infantil, Kai — Will disparou. — Se ela estava sendo abusada, por que não teve o bom-senso de não se colocar de volta nessa situação?

Esfreguei a capa do livro com o polegar, ouvindo o som suave ao roçar o acabamento brilhoso. Meu queixo tremia, meus olhos ardiam um pouco.

— Por que ela faria isso? — perguntou Will.

— É o que estou dizendo — outro estudante entrou na discussão.

NIGHTFALL

As palavras estavam presas na ponta da língua, e eu queria dizer que eles estavam simplificando demais. Era fácil julgar uma garota de quem nada se sabia, ao invés de permitir que essa mesma tivesse alguma dignidade. Era mais conveniente não considerar que havia coisas que não sabíamos, assim como coisas que nunca iríamos entender, porque éramos superficiais, prepotentes e ignorantes.

Que você ficou, porque...

Porque...

— Abuso pode parecer amor.

Pestanejei ao ouvir a voz tão próxima aos meus ouvidos. Lentamente, levantei a cabeça e olhei para o perfil de Damon Torrance, a camisa amarrotada e a gravata enrolada no pescoço.

A turma inteira ficou em silêncio, e quando olhei para Will, ao meu lado, vi que seu cenho estava franzido enquanto encarava a nuca de seu amigo.

O Sr. Townsend se aproximou.

— Abuso pode parecer amor... — ele repetiu. — Por quê?

Damon ficou tão imóvel que não parecia sequer estar respirando.

Ele olhou para o professor, inabalável.

— Pessoas com fome comem qualquer coisa.

Mantive a calma enquanto suas palavras pairavam no ar, e por um segundo, senti um calor me aquecer por dentro. Talvez ele não fosse completamente desprovido de células cerebrais.

Sentindo que era alvo de atenção, virei a cabeça e flagrei Will encarando a minha perna. Olhei para baixo e percebi que meus dedos estavam agarrados à bainha da saia xadrez, e que os arranhões e parte da contusão agora eram visíveis na minha coxa. Com o coração acelerado, ajeitei o tecido no lugar.

— Avancem para o último capítulo, por favor — Townsend ordenou. — E peguem o formulário ao final.

Mas o hematoma latejou de dor e, de repente, não consegui mais respirar.

Você não sabe que pode ter o que quiser? Posso machucar qualquer um por você...

Meu queixo tremeu. Eu tinha que sair dali.

O abuso pode parecer amor...

Sacudi a cabeça, enfiei os materiais de volta na mochila, me levantei e a coloquei às costas, saindo em direção à porta da sala.

— Para onde você vai?

Virei a cabeça e respondi ao professor:

— Vou terminar o livro e responder o questionário na biblioteca.

Continuei andando e piscando com força para afastar as lágrimas que queriam saltar livres.

— Emory Scott! — o professor chamou.

— Ou você pode explicar ao meu irmão por que minhas notas no boletim serão uma merda — murmurei, andando de costas enquanto o encarava —, porque eles estão dominando noventa e oito por cento de todas as discussões nesta aula. — Gesticulei em direção aos Cavaleiros. — Envie uma mensagem informando se vai haver algum dever adicional.

Abri a porta, ouvindo os sussurros na sala de aula.

— Emory Scott! — o professor gritou outra vez.

Olhei por cima do ombro, vendo-o segurar um papel rosa.

— Você sabe o que fazer — repreendeu.

Voltei e peguei o documento de advertência de sua mão.

— Pelo menos vou conseguir fazer o trabalho — respondi.

Diretoria ou biblioteca, não fazia diferença.

Saindo da sala, não pude deixar de relancear um olhar para Will Grayson, vendo-o curvado sobre a mesa, com o queixo apoiado na mão e cobrindo um sorriso com os dedos.

Ele manteve o olhar focado ao meu até que eu saísse dali.

Seguindo pela calçada, não levantei a cabeça ao virar à esquerda e subir o resto do caminho até a minha casa. Pisquei por alguns instantes, em meus últimos passos, e percebi a brisa fresca que balançava as folhas das árvores. Eu amava esse som. O ruído do vento soprando. Dava a impressão de que algo estava prestes a acontecer, mas de uma maneira agradável, que eu gostava.

Abrindo os olhos, subi os degraus e olhei à direita, não vendo o carro do meu irmão na entrada da garagem. A ardência no meu estômago aliviou um pouco, os músculos relaxando de leve.

Eu tinha um pouco mais de tempo, pelo menos.

Que dia de merda. Deixei de almoçar e me escondi na biblioteca, e depois que as aulas acabaram, esforcei-me ao máximo durante o ensaio da banda, mesmo que não quisesse estar lá. No entanto, era melhor do que voltar para casa. O estômago doeu de fome, mas amenizou a dor em outras partes do corpo.

Olhei para a rua, seguindo pela avenida tranquila e decorada com macieiras, carvalhos e castanheiras irrompendo com seus tons alaranjados, amarelos e vermelhos. As folhas dançavam no chão, enquanto o vento as sacudia livremente, e o cheiro da maresia e de alguma fogueira distante se infiltrou pelo meu nariz.

A maioria das crianças como eu foi transferida para Concord, para frequentar o ensino médio na escola pública de lá, pois a população de Thunder Bay era pequena demais para justificar dois colégios, mas meu irmão queria o melhor para mim, então a opção que me restou foi a Escola Preparatória de Thunder Bay.

Apesar de não sermos ricos, ele pagou uma parte e eu me esforcei nos estudos, daí recebi uma bolsa de estudos para cobrir o restante da mensalidade, até mesmo porque meu irmão era servidor público. A riqueza e o privilégio que muitos alunos matriculados possuíam, deveria indicar que a educação seria excelente. Não era assim que eu via as coisas. Eu ainda era péssima em Literatura, e a única aula que eu realmente gostava era estudo independente, porque eu podia ficar sozinha.

Por conta própria, acabei aprendendo muita coisa.

Eu não dava a mínima para o fato de não me encaixar ou de não sermos ricos. Tínhamos uma bela casa com uma arquitetura vitoriana, três andares – bem, quatro se contarmos o porão –, de tijolinhos vermelhos e acabamento em cinza. Era grande até demais e estava em nossa família há três gerações. Meus bisavós a construíram nos anos trinta, e minha avó morou aqui desde os sete anos de idade.

Abri a porta e tirei as botas na mesma hora, correndo pela escada assim que fechei a porta.

Ao passar pelo quarto do meu irmão, tirei a mochila e a larguei no chão do meu quarto antes de continuar seguindo pelo corredor, andando devagar só por precaução.

Parei à porta do quarto da minha avó, e me apoiei contra o batente. A enfermeira, Sra. Butler, olhou por cima de seu livro – outro thriller de guerra pela capa –, e sorriu, parando de se balançar.

PENELOPE DOUGLAS

Dei um sorriso contido e olhei para a cama.

— Como ela tem passado? — perguntei à enfermeira, enquanto ia em direção à minha avó.

A Sra. Butler se levantou da cadeira.

— Tem aguentado bem.

Olhei para baixo, vendo a barriga dela tremer um pouco e seus lábios se contraírem apenas um pouco a cada respiração. As rugas cobriam quase cada centímetro do rosto dela, mas eu sabia que se a tocasse, a pele seria mais macia do que a de um bebê. O cheiro de cerejas e amêndoas me dominou, e acariciei seu cabelo, cheirando o xampu que a Sra. Butler usou hoje para seu banho.

Vovó… A única pessoa que significava tudo para mim.

Por ela, eu ainda estava aqui.

Olhei para suas mãos e notei as unhas cor de vinho que a enfermeira deve ter pintado hoje quando não conseguiu convencer minha avó a usar um belo e suave lilás. Não pude conter o pequeno sorriso.

— Tive que colocá-la no oxigênio um pouco — a Sra. Butler acrescentou. — Mas agora ela está bem.

Acenei com a cabeça, observando-a dormir.

Meu irmão estava convencido de que ela partiria a qualquer hora agora, os momentos em que conseguia sair da cama cada vez menos frequentes.

Ela ainda estava por aqui, porém. Graças a Deus.

— Ela gosta dos discos — Butler me falou.

Olhei para a pilha de vinis, alguns enfiados de volta aleatoriamente nas suas capas, dispostos ao lado da velha vitrola. Eu tinha encontrado o lote inteiro em um leilão no fim de semana passado. Pensei que ela iria se divertir, já que era dos anos cinquenta.

Bem, ela não nasceu nos anos cinquenta. Ela era bem mais velha que isso, mas foi nessa época que ela viveu sua adolescência.

A Sra. Butler pegou sua bolsa e procurou pelas chaves de seu carro ali dentro.

— Você vai ficar bem?

Assenti, mas não olhei para ela.

Ela saiu, e fiquei um pouco mais com a vovó, me certificando de que eu tinha os comprimidos e a injeção dela prontos para mais tarde. Abri a janela alguns centímetros, deixando entrar um pouco de ar fresco, o que a Sra. Butler pediu que não fizéssemos, já que os alérgenos no ar poderiam agravar sua respiração.

NIGHTFALL

A vovó disse: *Que se dane*. Essa era sua época favorita do ano, e ela adorava os sons e os cheiros. Eu não queria deixá-la triste apenas para continuar uma vida de miséria.

Conectando a câmera do quarto ao meu telefone, deixei só uma fresta da porta aberta, peguei minha bolsa no meu quarto e desci as escadas, colocando a água para ferver no fogão. Coloquei o telefone sobre a mesa da cozinha, de olho nela caso precisasse de mim, e arrumei meus livros, indo primeiro para a parte fácil.

Liguei o *laptop*, solicitando todos os livros que precisaria da biblioteca pública, alguns de Meridian que Thunder Bay não tinha, tudo para meu relatório de história, e redigi meu esboço. Terminei o teste online e as atividades de física, completei a leitura de espanhol, e depois fiz uma pausa para cortar e temperar legumes antes de começar literatura.

Literatura... Eu ainda não tinha elaborado as respostas e elas deveriam ser entregues amanhã.

Não é que eu não gostasse da aula, ou não gostasse de ler... Eu só não gostava de livros antigos. Terceira pessoa, parágrafos com um quilômetro de comprimento e algum acadêmico idiota tentando me forçar a acreditar que há um significado profundo na descrição exagerada do autor a respeito de um móvel para o qual não ligo a mínima. Tenho quase certeza de que o autor nem sabia o que estava tentando fazer em primeiro lugar, e que, provavelmente, estava apenas chapado com o láudano quando o escreveu.

Ou com um xarope calmante ou absinto ou o que quer que as crianças estivessem fazendo naqueles dias.

Eles empurravam esta merda pela nossa goela como se não houvesse mais histórias de qualidade sendo escritas, e isto era tudo o que havia para nós. Por acaso era em *A Casa das Sete Torres* que Caitlyn "Estilete", que se sentava três cadeiras à frente, deveria encontrar relevância? Hum-hum.

É claro, Lolita não era tão velha assim. Era uma porcaria, e tenho quase certeza de que era uma porcaria em 1955 também. *Vou perguntar à minha avó.*

Molhei a massa, cozinhei os pimentões, as cebolas e a carne, misturando tudo junto antes de colocá-la no forno. Depois de fazer uma salada, ajustei o timer e peguei a folha de exercícios, lendo a primeira pergunta.

Mas depois as luzes piscaram, e disparei meu olhar, vendo pela janela um carro entrar na nossa garagem. Os faróis iluminavam as gotas de chuva, e dei um salto, fechando os livros, empilhando os papéis e enfiando tudo na mochila.

Meu estômago embrulhou.

Merda. Às vezes ele fazia um turno duplo ou precisava ficar para resolver um problema ou dois, e eu era abençoada com uma noite sem ele.

Não esta noite, pelo jeito.

Contraí as coxas, sentindo como se estivesse prestes a fazer xixi na calça, e joguei a mochila na sala de jantar onde nunca fazemos nossas refeições. Rapidamente, coloquei a mesa, e quando a porta da frente se abriu, girei e fingi afofar a salada.

— Emory! — Martin me chamou.

Não consegui impedir o nó no estômago, como fazia todos os dias, mas coloquei um sorriso brilhante no rosto e espreitei a cabeça através da porta aberta da cozinha, na direção do corredor.

— Oi! — gritei. — Está chovendo de novo?

Nesse momento, percebi que havia deixado a janela da minha avó aberta. Merda. Eu precisaria dar um jeito de correr e fechá-la antes que ela encharcasse o chão e desse a ele uma desculpa.

— Sim. — Ele suspirou. — Está na época, certo?

Dei um sorrisinho forçado. Gotas voavam por toda parte enquanto ele sacudia seu casaco, e eu o observava pendurando-o no cabideiro antes de vir para a cozinha, os sapatos molhados rangendo pelo chão de madeira.

Eu precisava tirar meus sapatos na porta. Ele, não.

Inclinei a cabeça para trás, endireitando a coluna e respirando fundo. Em seguida, peguei a salada e os garfos e fingi um sorriso.

— Estava pensando em dar uma corrida no vilarejo mais tarde — comentei, colocando a vasilha sobre a mesa.

Ele parou, afrouxando a gravata e me olhando de soslaio.

— Você? — perguntou com suspeita.

— Eu consigo correr — inventei, contradizendo-o. — Por alguns minutos.

Ele deu uma risada e foi até a geladeira, pegando o leite para se servir.

— O cheiro está bom. — Ele levou seu copo para a mesa e se sentou. — Terminou seus deveres de casa?

Seu distintivo prateado brilhava sob a luz das lâmpadas, o uniforme dando a impressão de que seu corpo era maior ainda.

Martin e eu nunca fomos íntimos. Oito anos mais velho que eu, ele já estava acostumado a ser filho único quando eu nasci, e quando nossos pais faleceram há cerca de cinco anos, ele teve que cuidar de tudo. Pelo menos ele ficou com a casa.

NIGHTFALL

39

Pigarreei.

— Quase. Tenho algumas questões de literatura para dar mais uma olhada depois de lavar a louça.

Na verdade, nem sequer as tinha feito, mas eu sempre dava uma exagerada. Era quase um hábito agora.

— Como foi seu dia? — perguntei, tirando o macarrão do forno e colocando sobre a mesa.

— Foi bom. — Ele se serviu, enquanto eu servia a salada em nossos pratos, além de encher um copo de água para mim. — O departamento está funcionando tranquilamente, e eles fizeram uma oferta para que eu me mudasse para Meridian, mas eu...

— Gosta de tudo limpo e arrumado — brinquei —, e Thunder Bay é seu lugar.

— Você me conhece tão bem.

Dei um sorriso de leve, mas minha mão estava trêmula enquanto eu pegava um pouco de salada com o garfo. E ela não parava de tremer até ele sair para o trabalho pela manhã.

Ele se concentrou na sua refeição, e eu me obriguei a comer, o silêncio preenchendo e sobrepujando o gotejar constante nas janelas.

Se eu não falasse nada, ele encontraria algo a dizer, e eu não queria isso.

Meu joelho balançava para cima e para baixo debaixo da mesa.

— Você quer mais sal? — perguntei, açucarando tanto a minha voz que eu quis vomitar.

Peguei o saleiro, mas ele me interrompeu.

— Não — ele disse. — Obrigado.

Abaixei a mão e continuei comendo.

— Como foi o seu dia? — ele perguntou.

Olhei para seus dedos enrolados em torno do garfo. Ele tinha parado de comer, sua atenção em mim.

Engoli em seco.

— Bom. Nós...humm — Meu coração disparou, o sangue bombeando enlouquecido pelo meu corpo. — Tivemos uma discussão interessante na aula de literatura — comentei. — E meu relatório científico est...

— E o treino de natação?

Fiquei em silêncio. *Conte logo de uma vez e acabe com isso. Ele vai acabar descobrindo.*

Mas eu menti em vez disso.

— Foi bom.

Eu sempre tentava me esconder atrás de uma mentira primeiro. Se me dessem a escolha entre lutar ou fugir, eu fugia.

— Foi mesmo? — ele insistiu.

Encarei meu prato, o sorriso desaparecendo enquanto eu remexia a comida. Ele sabia.

Seus olhos quase cavaram um buraco na minha pele, sua voz como uma carícia.

— Me passe o sal? — ele pediu.

Fechei os olhos. A calma sinistra em seu tom de voz era como aquela sensação antes de uma tempestade. A maneira como o ar se tornava carregado de íons, as nuvens se abaixavam, e você podia sentir o cheiro dela vindo. Eu já conhecia os sinais a esta altura.

Peguei o saleiro e, lentamente, estendi na direção dele. Mas ao invés disso, esbarrei no copo de leite, que tombou e derramou por toda a mesa e começou a pingar no chão.

Olhei para ele na mesma hora. Ele retribuiu meu olhar, me encarando por um instante, e depois empurrou a mesa para longe.

Levantei-me de um susto, mas ele agarrou meu pulso, me obrigando a sentar outra vez na cadeira.

— Você não se levanta da mesa antes de mim — ele disse com a voz calma, apertando meu pulso com uma mão, e ajeitando o copo tombado, antes de pegar minha água e colocá-la na frente de seu prato.

Eu me encolhi, meus óculos deslizando pelo nariz enquanto eu cerrava o punho, o sangue coagulando por causa da circulação presa.

— Nunca saia desta mesa sem a minha permissão.

— Martin...

— A treinadora Dorn me ligou hoje. — Ele olhava para a frente, bebendo a água, devagar. — Disse que você saiu da equipe.

O punho desabotoado da camiseta branca do meu uniforme ocultava sua mão por baixo, mas eu tinha certeza de que os nós dos seus dedos estavam brancos. Comecei a torcer o pulso diante da dor, porém parei imediatamente, lembrando que isso só o enfureceria mais.

— Eu não disse que você poderia sair — ele continuou. — E então você mente sobre isso como uma idiota.

— Martin, por favor...

— Coma seu jantar, Em — ele disse.

NIGHTFALL

Encarei-o por um momento, obrigando minha mente a entender, mais uma vez, que isso iria acontecer, por mais que eu tentasse impedi-lo.

Não havia como detê-lo.

Desviando o olhar para o meu prato, levantei o garfo com menos firmeza com a mão esquerda, e peguei alguns macarrões fusilli e o molho de carne.

— Você é destra, estúpida.

Parei, ainda sentindo seus dedos envolvendo firmemente aquele pulso.

Só demorou um instante, e então o senti guiar minha mão direita, me fazendo pegar o garfo. Eu o fiz, e lentamente, o levei até minha boca, sua mão ainda agarrando o pulso com brutalidade enquanto as pontas do garfo vinham em minha direção como uma espécie de arma que nunca cogitei temer.

Hesitei, e então... abri a boca, quase engasgando quando ele forçou o garfo a entrar fundo, quase chegando às amígdalas.

Pegando a comida e puxei o garfo para fora da boca, sentindo a resistência em seu braço enquanto abaixava a mão.

Enchemos o garfo para a segunda rodada, meus pulmões se contraindo.

— Qual é o seu problema, exatamente? — ele sussurrou. — Não consegue fazer nada corretamente. Nunca. Por quê?

Forcei-me a engolir bem a tempo de outra garfada ser enfiada à força. Ele sacudiu minha mão quando ela entrou na minha boca, e meu coração parou por um instante, um gemido escapando ante à ameaça das pontas me apunhalando.

— Pensei que entraria pela porta, e você me faria sentar e se explicaria, mas não... — Ele me olhou de relance. — Como de costume, você tenta esconder do mesmo jeito que fazia com os papéis de bala debaixo da cama quando você tinha dez anos, e a suspensão de três dias quando você tinha treze. — Suas palavras saíram ainda mais baixas, mas quase estremeci com a forma como me feriam. — Você nunca me surpreende, não é mesmo? Há um jeito certo e um jeito errado de fazer as coisas, Emory. Por que você sempre faz as coisas da maneira errada?

Era uma espada de dois gumes. Ele fazia perguntas que queria que eu respondesse, mas o que quer que eu dissesse estaria errado. De qualquer forma, eu estava encrencada.

— Por que nunca faz nada como eu te ensinei? — ele insistiu. — Você é tão burra que não consegue aprender?

O garfo se movimentou mais rápido, pegando mais comida e levando até a minha boca, as pontas espetando meus lábios enquanto eu os abria bem a tempo. Minha boca se encheu de comida, não engolindo rápido o suficiente antes que mais uma porção fosse empurrada para dentro.

— Pais mortos — ele murmurou. — Uma avó que não morre. Uma irmã fracassada…

Soltando meu pulso, ele agarrou minha garganta e se levantou, arrastando-me com ele. Larguei o garfo, ouvindo-o bater contra o prato enquanto ele me empurrava contra a bancada.

Mastiguei a muito custo e engoli.

— Martin…

— O que fiz para merecer isto? — ele me interrompeu. — Todas essas âncoras me puxando para baixo? Sempre constantes. Sempre um peso…

A madeira pressionou minhas costas enquanto meu coração martelava no peito.

— Você quer ser medíocre para sempre? — ele rosnou, entredentes, encarando-me com os olhos verdes da minha mãe e o cabelo castanho escuro e brilhante do meu pai. — Você não sabe se vestir, não arruma o cabelo, não consegue fazer amigos e, pelo visto, não sabe fazer nada surpreendente que possa te abrir caminho em uma boa universidade.

— Eu consigo entrar em uma boa faculdade — murmurei rápido, antes que pudesse me impedir. — Não preciso nadar.

— Você precisa do que eu lhe digo que precisa! — ele, finalmente, gritou.

Olhei para o teto, por instinto, preocupada que minha avó pudesse nos ouvir.

— Eu te apoio. — Ele agarrou meu cabelo com uma mão e me deu um tapa no rosto com a outra.

Ofeguei, estremecendo.

— Eu vou às reuniões de professores. — Outro tapa fez minha cabeça virar para o lado, e eu cambaleei.

Não.

Mas ele me puxou de volta pelos cabelos.

— Ponho comida na mesa. — Outro tapa ardido, como uma picada de vespa, até que dei um grito, meus óculos voando para o chão.

— Pago pela enfermeira e pelo remédio dela. — Ele ergueu a mão novamente, e eu me encolhi, protegendo-me com meus próprios braços enquanto ele batia de novo e de novo. — E este é o agradecimento que recebo?

As lágrimas encheram meus olhos, mas assim que eu recuperava o fôlego, a mão dele descia novamente.

E de novo. E de novo. E de novo.

Pare. Eu queria berrar. Queria gritar.

Mas, em vez disso, cerrei os dentes.

Sibilei por causa da dor, me encolhi e estremeci.

Mas não chorei. Não mais.

Não até depois que ele se afastasse.

Ele me agarrou pela garganta de novo, segurando com força, o tecido friccionando contra a minha pele.

— Você vai voltar — ele respirou no meu rosto —, vai pedir desculpas, e vai se juntar de novo à equipe.

Não consegui encontrar seu olhar.

— Não posso.

Ele me jogou contra a bancada novamente e se afastou, retirando o cinto. Um nó se formou na minha garganta. Não.

— Como é que é? — ele perguntou. — O que você disse?

A raiva contorceu seu rosto, e sua pele fervia de ira, mas ele adorava isso. Ele reclamava da minha avó e de mim – dizia na minha cara o tempo todo sobre o fardo que eu era –, mas ele não queria que eu fosse embora de fato. Ele precisava disto.

— Não posso... — sussurrei, incapaz de dizer mais, porque minha voz estava trêmula.

Ele tirou o cinto, e eu sabia o que estava por vir. Não havia como impedi-lo, porque ele não queria parar.

— Você vai.

Fiquei ali, dividida entre querer chorar e querer fugir. Só tornaria a punição ainda melhor para ele se eu o fizesse se esforçar por isso. Ele que se dane.

— Não vou.

— Você vai!

— Não posso usar um traje de banho por causa dos hematomas! — deixei escapar.

Ele parou, o cinto pendurado na mão, e eu nem conseguia ouvi-lo respirar.

É isso aí.

Foi por isso que parei de nadar. Meu rosto não era a única coisa que tínhamos que nos preocupar de as pessoas verem. Minhas costas, braços, coxas... *As pessoas não são burras, Martin.*

Eu quase queria olhar para cima, para ver o que – se é que haveria alguma coisa – se passava no rosto dele. Preocupação, talvez? Culpa?

O que quer que ele sentisse, ele precisava saber que não dava para voltar com isso. Agora era real. Não importavam as desculpas, os presentes, os sorrisos ou abraços, eu nunca esqueceria o que ele fez comigo.

Então, por que parar agora, certo, Martin?

Avançando, ele agarrou meu pulso e grunhiu ao me jogar contra a mesa. Fechei os olhos com força quando me curvei, as palmas das mãos e a testa recostadas ao tampo.

E quando veio o primeiro golpe, lutei contra as lágrimas.

Mas não conseguiu impedir os gritos que vinham da minha garganta a cada golpe da correia. Uma e outra vez. Agora ele estava com raiva e sendo mais agressivo que o normal. Doía.

Mas ele não insistiria no problema de novo. Ele sabia que eu estava certa.

Eu não podia usar um traje de banho.

Depois que ele saiu, fiquei deitada ali por um momento, tremendo com a dor que percorria as minhas costas.

Deus, apenas faça parar.

Gemi enquanto me movia, grata por não ter chorado, e estiquei a mão, pegando meu celular e virando-o para conferir na tela se minha avó ainda dormia.

Lágrimas se derramaram pelos cantos dos meus olhos.

Ela estava cada vez menos lúcida, então estava ficando mais fácil esconder essa merda dela. *Graças a Deus.*

O chuveiro dele ligou lá em cima, e ele não desceria de novo por muito tempo. Amanhã, nós acordaríamos, passaríamos um pelo outro silenciosamente antes de ir para o trabalho e para a escola, e ele estaria em casa no início da tarde, sendo ele quem nos faria o jantar para variar. Ele seria gentil e tranquilo e depois daria início a algum assunto na mesa sobre a visita a uma faculdade na qual eu estivesse interessada, uma que ele, normalmente, não tinha intenção de ceder até o momento em que a viagem de fim de semana estivesse marcada. Talvez eu pudesse respirar por uma semana antes de saber que a inovação da nossa "maravilhosa relação de irmãos" iria passar, e ele estivesse preparado para mais uma recaída.

Como um viciado.

Como uma doença.

Mas agora, eu já não sabia. Esta semana tinha sido ruim. Tinha havido menos espaço para respirar entre agora e a última vez.

NIGHTFALL

Em transe, encontrei meus óculos e lentamente limpei a bagunça que tínhamos feito, terminei de lavar a louça e guardei todas as sobras antes de apagar a luz e pegar minha mochila. Guardei o celular no bolso, mas ao virar para a escada e subir o primeiro degrau, parei.

Ela ainda estava dormindo. Talvez durante o resto da noite. Eu podia vê-la no meu celular de qualquer lugar.

Mas eu não deveria sair. Minhas costas doíam, meu cabelo estava uma bagunça, e eu ainda não havia tirado o uniforme.

Mas ao invés de subir para terminar meus deveres de casa, afastei-me, como se estivesse no piloto automático. Peguei os tênis, saí pela porta e corri, sem nem parar para calçá-los. A chuva ensopava meu cabelo, roupas e pernas, meus pés descalços chapinhavam pelas poças na calçada enquanto corria pela rua, virando a esquina, em direção ao vilarejo.

Eu não me importava de ter deixado a janela aberta. Ela adorava a chuva. *Deixe-a ouvir.*

Eu não me importava que minha mochila, livros e meus deveres de casa estivessem, provavelmente, encharcados a esta altura.

Virei mais uma vez e avistei o brilho da praça à frente, e só então parei de correr, finalmente capaz de respirar. Respirei fundo várias vezes, o ar frio nos pulmões e a chuva endurecendo as minhas roupas quase me fazendo sorrir.

A marquise do cinema brilhava à frente, e eu sabia antes mesmo de ler o letreiro que eles estavam passando uma maratona de filmes de monstros durante toda a noite. *Kong, Frankenstein, Formigas Assassinas, A Mosca…*

Durante o mês de outubro, o cinema só era fechado entre as oito da manhã e o meio-dia para limpeza e reabastecimento, para então exibir novos lançamentos e velhos favoritos nas outras vinte horas do dia em comemoração. Uma espécie de festival de horror com duração de um mês.

Correndo até a bilheteria, coloquei meus sapatos, agora ensopados com os cadarços desamarrados, e abri a mochila, tirando algumas notas de dinheiro.

— Apenas me dê o ingresso para a noite inteira — falei para a garota, passando-lhe uma nota de dez dólares amassada pelo buraquinho.

Eu não ficaria aqui a noite toda, mas poderia ficar o tempo que quisesse, pelo menos.

Peguei meu ingresso, passei correndo pelo quiosque e subi a escada para a sala três. Com passos apressados, abri as portas, ficando de olho ao meu redor caso meu irmão descobrisse que eu havia saído e tivesse me seguido, e então tirei a mochila do ombro ao passar pelas fileiras de assentos. Algum animal gritou na tela e, rapidamente, me sentei em uma poltrona, olhando ao redor para ter certeza de que estava segura.

Não só estava segura, mas também sozinha. Não havia ninguém aqui dentro, exceto eu.

Relaxei um pouco.

Era dia de semana e na manhã seguinte haveria aula. Fazia sentido que o lugar estivesse vazio. Mas era estranho que eles continuassem a passar o filme, mesmo que ninguém comprasse um ingresso sequer.

Coloquei a mochila no chão – grata que o conteúdo dentro ainda estivesse seco –, e peguei meu celular, verificando minha avó mais uma vez.

Ela ainda estava deitada em sua cama, no escuro, o monitor no quarto apitando constantemente e sem levantar suspeita. Às vezes, eu me preocupava em deixá-la sozinha com Martin, mas ele realmente não se importava em lidar com ela mais do que precisava.

Agarrei o celular com força e me recostei à poltrona, estremecendo com a dor por um instante esquecida, e vislumbrei Godzilla na tela.

Um pequeno sorriso curvou os cantos dos meus lábios.

Eu gosto do Godzilla.

E antes que percebesse, estava com uma pipoca e sentada ali encarando a tela, meu olhar fixo em cada imagem à medida que meu irmão desaparecia, assim como a escola, Will Grayson e a aula de literatura.

Porque o Godzilla era ótimo.

E *Lolita* fazia minha cabeça doer.

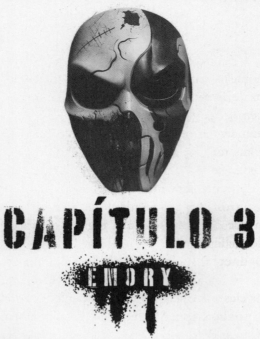

CAPÍTULO 3
EMORY

Dias atuais...

—Will? — Fiquei de quatro no chão, tocando o piso de pedra e sentindo a sujeira sob as mãos.

Para onde ele tinha me levado?

Pisquei na escuridão, tentando enxergar, mas estava um breu. Toquei meu rosto. Onde diabos estavam meus óculos?

Merda.

Eu conseguia enxergar razoavelmente sem eles ou as lentes de contato que, às vezes, usava, mas não com a escuridão tornando tudo ainda mais difícil. Levantei-me do chão, sentindo o terreno irregular sob as solas dos tênis.

Olhei em volta, colocando uma mecha de cabelo atrás da orelha. Não dava para ver nada ali. Nenhuma fresta de luz. Nenhuma lua. Nenhuma lâmpada. Nada.

Eu tinha lutado, me contorcido e debatido, e quando dei por mim, entramos por uma porta, descemos alguns lances de escada, demos uma volta, e, de repente, tudo ficou escuro.

Will, meu Deus. Já haviam se passado anos desde que ele saiu da prisão. Por que ele esperou até agora?

Inspirei o ar frio e o cheiro úmido de terra, enquanto eu dava uma volta.

Ele tinha mudado. Ele parecia exatamente o mesmo e completamente diferente ao mesmo tempo.

Seus olhos...

Será que ele ia deixar algo acontecer comigo?

— Eu te falei que não estava mentindo — alguém murmurou, e fiquei tensa.

Parecia a voz de Taylor Dinescu no cômodo, mas eu não conseguia ver nada nem ninguém.

— Eu sabia que você não estava — disse outro homem do meu outro lado. — As garotas têm um cheiro diferente. Ela estava por toda a casa quando entramos...

Dei a volta, de frente para a nova voz.

Mas depois outro falou à esquerda:

— Eu acho que devíamos deixá-la fugir — ele zombou. — Ela vai morrer lá fora de qualquer maneira.

Girei na sua direção, respirando fundo e estendendo as mãos. Onde eles estavam?

Onde diabos eles estavam?!

— Antes de nos conhecermos, Rory? — o outro que eu não conhecia perguntou. — Vamos lá. Estou entediado. Ela é bem-vinda para ficar, no que me diz respeito. Você não está entediado?

— Não — Rory respondeu em um tom ácido. — Gosto de como as coisas estão.

As risadas ecoaram pela sala, Taylor brincando:

— Você pode ter tudo o que precisa aqui, cara, mas eu, com certeza, não tenho.

— Onde estão os meus óculos? — gritei. — Acenda as malditas luzes!

— Pode deixar. — Aquele que não era Taylor, Rory, ou Will disse: — Aqui.

Um brilho repentino cintilou a alguns metros de mim, e pisquei várias vezes, ajustando-me à luz quando uma forma escura acendeu uma vela. Consegui enxergar as paredes de tijolos, e alguém que se postou à minha frente, estendendo alguma coisa.

Cambaleei para trás, sem fôlego, mas depois notei meus óculos em sua mão e os agarrei.

— Saia de perto de mim — resmunguei, recuando.

— Relaxe, querida — ele disse, a voz tranquila. — Ficamos com medo de que você os quebrasse. Não queremos que você deixe de ver isso.

Alguém soltou uma risada em algum lugar, e eu coloquei os óculos, balançando a cabeça de um lado ao outro, absorvendo tudo ao meu redor.

Havia tetos baixos de tábuas com goteiras umedecendo os tijolos das paredes, e barris de madeira estavam espalhados pelo cômodo, juntamente com prateleiras vazias e imensas de vinhos, mais altas do que eu, preenchiam o restante do lugar. Uma escada levava para um conjunto de portas às minhas costas, e uma fornalha acesa gerava ruídos no canto. Nós estávamos em um porão. Essa casa poderia ter vários.

Olhei de relance para as portas.

— Micah — o cara que me deu os óculos se aproximou novamente, estendendo a mão — Moreau.

Afastei-me depressa, encarando sua mão e depois seu rosto.

Micah Moreau? Observei seu cabelo preto desgrenhado cobrindo as orelhas e a nuca, olhos azuis penetrantes e uma covinha na bochecha esquerda quando sorria. Talvez uns vinte e poucos anos.

Moreau, Moreau...

— Da família de Stalinz Moreau? — perguntei, incapaz de recuperar o fôlego.

Aquele era o pai dele?

Ele apenas deu um sorriso forçado e encolheu os ombros.

Merda. Quão ruim tem que ser um garoto para que um criminoso não consiga sequer suportar seu próprio filho?

Ele indicou o loiro magricelo com a pele pálida e mais macia que a minha.

— Rory Geardon — indicou. — E você já conheceu Taylor.

Olhei para Taylor, que estava sentado em cima de uma pilha de engradados, atrás do Will, inclinando-se sobre seu ombro e sorrindo para mim.

Meus olhos encontraram os do Will. Ele se recostou às caixas, com as mãos enfiadas no bolso do casaco.

Havia uma porta ao lado, e eu disparei até lá. Ele se afastou das caixas e me segurou, e me debati contra o seu corpo, sentindo algo dentro do bolso de seu casaco.

Parei assim que me dei conta: meu estilete. O mesmo que estava comigo quando acordei. Apesar de nunca ter visto aquela lâmina antes, e nem fazia ideia de como foi parar no meu bolso, eu a queria de volta.

Enfiei a mão dentro de seu casaco, puxei a lâmina e me afastei, desembainhando-a de novo enquanto olhava ao redor.

Os outros caras riram baixinho.

— Você me trouxe aqui? — gritei com Will.

Há quanto tempo ele estava aqui? Mas não esperei uma resposta e apenas gritei:

— Me deixe sair!

Inspirei fundo, sentindo meu sangue ferver por causa do espaço pequeno, a escuridão, e por não ter lugar para onde fugir. Sufoquei um soluço.

Eu sabia que não podia confiar nele. Eu disse isso a ele. Eu sabia disso.

— Eu te odeio — falei. Isso tudo tinha a ver com ele.

Taylor saltou das caixas e veio na minha direção, e quando avancei contra ele, alguém agarrou meu pulso por trás.

Virei-me de uma vez e empunhei a lâmina, vendo Micah cambalear para trás, sibilando.

O sangue escorreu do seu braço e eu me afastei, segurando o estilete e mantendo-o na minha frente.

— Caralho — Micah xingou.

— Eu falei para deixá-la morrer lá fora — Rory disse, nervoso, erguendo o braço ensanguentado do Micah.

— Me deixe sair daqui! — gritei de novo.

E então todos eles olharam para cima, encarando algo às minhas costas, e ficaram quietos.

Endireitei a postura. O quê?

Mas não tive tempo nem mesmo de pensar. Alguém agarrou minha mão com a lâmina, apertando com força, enquanto com a outra agarrava meu pescoço.

Arfei e gritei ao deixar a faca cair no chão.

Ele me virou, ainda segurando meu pescoço, e inclinei a cabeça para trás, erguendo o olhar para ver um cabelo castanho-dourado, penteado para trás, e maçãs do rosto salientes emoldurando olhos cor de mel.

Jovem, porém, mais velho que os demais. Talvez da idade do Will.

Seus lábios se curvaram nos cantos, e meu coração retumbou com tanta força que chegava a doer enquanto eu observava os ombros largos, a barba por fazer, e a veia pulsante em seu pescoço.

— Pensei que garotas jovens fossem instaladas em outro lugar, longe dos homens — ele brincou, o olhar percorrendo meu corpo. — Eles estão tentando garantir que continuemos nos comportando mal?

Risadas ecoaram às minhas costas, e coloquei as mãos no peito dele, tentando afastá-lo, um ruído próximo no chão indicando que, provavelmente, alguém havia recolhido a lâmina.

Meu cabelo estava sobre o meu rosto, cobrindo meus óculos, e tudo em que eu podia pensar era como estava com sede.

Ele me soltou e recuei na mesma hora, tomando distância entre mim e cada um deles.

— Desculpe — ele disse. — Foi só uma brincadeira.

NIGHTFALL

Ele passou por mim e parou onde Micah Moreau estava, levantando o braço do cara para avaliar o ferimento.

Encarei Will fixamente, mas ele apenas olhou para baixo, limpando distraidamente o sangue debaixo das unhas com minha faca, como se eu não estivesse aqui.

— Vai ficar bem. — Olhei de volta para o cara que falava com Micah, vendo-o levantar o braço dele de novo para impedir o fluxo de sangue. — Mantenha o corte limpo.

Quem era esse cara? Ele era...?

Era ele quem estava no "comando"?

Examinei suas roupas, vendo uma camisa branca de botão limpa e bem-passada enfiada em uma calça social preta com um cinto brilhante de couro. Ele usava sapatos de couro preto, e tudo se encaixava nele com perfeição, como se fosse feito sob medida, especialmente para ele.

Por mais que ele estivesse mais bem vestido que os outros, ele disse "nós". *Eles estão tentando fazer com que continuemos nos comportando mal*, disse ele.

Ele era um prisioneiro também. E era o alfa sobre o qual Will comentou.

Micah acenou para ele antes de me olhar de cara feia, e o alfa se voltou na minha direção.

— Peço desculpas por eles. — Colocou a mão sobre o peito, se aproximando. — De verdade.

No entanto, eu o empurrei antes que ele pudesse chegar mais perto, sua camisa branca passada agora manchada com a sujeira da minha mão.

— Saia de perto de mim. — E então olhei para Will. — Will! — berrei.

Ele apenas ficou parado ali, erguendo o olhar para encontrar o meu sem se importar nem um pouco.

— Will! — Caramba, pare com isso!

Que se dane. Corri para a escada, sacudindo as portas duplas para sair.

— Eu não tentaria isso — o alfa disse. — Está frio lá fora, imagino que não saiba caçar, e acredite quando digo que você pode caminhar um dia inteiro, em todas as direções, e não ver nada além das suas próprias pegadas quando finalmente desistir e arrastar seu traseiro congelado de volta para cá porque não tem outra opção.

Resmunguei, empurrando e chocando meu corpo contra as portas, mas tudo o que eu podia ouvir eram as correntes do outro lado, mantendo-as trancafiadas.

— Devolva para ela. — Eu o ouvi dizer às minhas costas.

Olhei por cima do ombro, vendo-o conversar com Rory, que agora segurava minha faca, virando-a nas suas mãos e a inspecionando.

Ele estreitou o olhar.

— Ela cortou o Micah — ele discutiu.

O alfa se aproximou dele, olhando bem nos seus olhos e não disse nem mais uma palavra. Rory franziu os lábios e deu a volta, jogando a faca para mim, agora embainhada.

Eu a agarrei e desci a escada, segurando a lâmina com firmeza.

— Eu sou Aydin — o alfa disse, me encarando. — Aydin Khadir. Ninguém vai te tocar de novo. Você tem a minha palavra.

— Sua palavra… — Quase ri. — Isso significa alguma coisa quando tudo o que sei sobre você é que foi desprezível o suficiente para me trancafiar aqui?

Ele sorriu e caminhou até uma pequena porta de aço na parede, abrindo-a. As chamas irromperam por dentro, e ele se aproximou, pegando um pouco de lenha e jogando dentro do forno.

— Talvez você me conheça — ele retrucou, pegando o atiçador e revirando as tiras de lenha. — Minha família, provavelmente, é dona de uma das inúmeras fábricas de trabalho escravo no Vietnã onde sua blusa barata da Target foi feita.

Taylor riu, e eu retesei a coluna.

Vi Aydin desembrulhar um pedaço de carne do mesmo papel branco que vi aos montes dentro da geladeira lá em cima.

Pegando-a com os dedos, ele a colocou em uma bandeja de metal e a enfiou no forno à lenha. Estremeci enquanto as chamas a engoliam, o forno parecendo fundo o bastante para caber uma pessoa.

Fiquei tensa.

— Ninguém vai tocar você — ele disse, olhando fixamente para as chamas antes de se virar para mim. — Até que você queira que nós o façamos…

Risadinhas preencheram o cômodo, e lambi os lábios, irritada.

— Por que estou aqui? — exigi saber.

Mas ele apenas riu com sarcasmo.

— Não é? — caçoou. — Por que qualquer um de nós está aqui? Somos todos inocentes…

Rory e Micah riram, e dei um passo para frente, apertando a faca entre os dedos.

— Não sou uma prisioneira — falei a ele. — Não venho de uma

família rica. Só me lembro de sair do meu escritório em São Francisco para almoçar e acordar aqui. Onde estamos?

Aydin apenas encarou fixamente as chamas, a luz dançando sobre seu rosto.

— Ela conhece o Will — Taylor disse.

Aydin olhou por cima do ombro para o Will.

— Ela é da família? Por favor, diga que não.

Will ficou parado mais para trás, enfiando as mãos no bolso de novo enquanto se recostava às caixas. O fogo refletiu no seu olhar enquanto ele me encarava.

— Will — supliquei.

Mas ele permaneceu quieto.

— Ele não parece te conhecer — Aydin provocou.

Balancei a cabeça.

— Deve haver alguma maneira de contatar a segurança ou as pessoas que administram este lugar ou...

Aydin puxou o bife que chiava na bandeja, e o colocou sobre a mesa de madeira, pegando uma faca e um garfo, cortando a carne.

— Temos uma cozinha, é claro, mas a carne é muito melhor quando a assamos aqui embaixo. — Ele me encarou, pedindo para eu me aproximar. — Você deve estar com fome. Não somos completamente incivilizados. Venha aqui.

Ele pegou um jarro e encheu um copo de água, minha boca secando ainda mais, vendo como parecia bom.

— Seu nome? — ele perguntou, empurrando o copo e bandeja na minha direção.

Fechei a boca, mas Will respondeu por mim:

— O nome dela é Emory Scott.

Olhei feio para Will. Um sorriso repuxou seus olhos.

— De Thunder Bay, também? — Aydin perguntou a ele.

E Will assentiu.

Taylor voltou para seu lugar, sentando-se nas caixas atrás dele e recostando-se sobre o ombro do Will de novo enquanto todos me observavam.

Cheguei um pouco mais perto do Will, furiosa demais para me importar agora.

— Sempre um seguidor — zombei. — Nunca o líder, e sempre agarrado a qualquer um que te ame.

Ele me encarava.

— Seus amigos seguiram em frente — comentei. — Estão comprando Thunder Bay. Constituindo famílias. Provavelmente felizes por estarem livres do seu elo mais fraco. — Meu olhar o incendiava. — Até Damon parece feliz, a julgar pelas notícias que recebo de casa. Ele não vacila, já que está se saindo muito bem sem você...

Os músculos da sua mandíbula se contraíram, e dei um pequeno sorriso. É, ele não gostou disso.

— Damon... — Aydin murmurou, olhando para Will. — Torrance?

Will permaneceu em silêncio.

— E Michael Crist e Kai Mori, certo? — Aydin continuou. — Eu teria inveja de você ter pessoas que se importam o bastante para enviar ajuda se não fosse uma mulher e com um ano de atraso.

Todos riram.

Ninguém me enviou. Alguém me sequestrou.

— Levou tempo suficiente — acrescentou Taylor. — E estivemos aqui o tempo todo, cuidando dele.

— Ele é nosso agora — Aydin falou para mim. — A companhia do neto do senador agora é de outro nível, minha querida. Não somos meros soldadinhos brincando de guerra.

— Não, vocês são prisioneiros brincando como se tivessem qualquer poder.

Ele balançou a cabeça uma vez, inabalável.

— Vamos revisitar este tópico novamente em outra ocasião. Agora, coma.

A comida estava ali, o cheiro impregnando o ar, e vi Micah olhando para ela mais de uma vez.

Aydin pegou seu bife, dando uma mordida. Onde estava a comida deles? Olhei para Will, mas ele ainda estava me encarando.

— Não vou ficar aqui por um mês — afirmei.

Aydin continuou comendo e pegou um copo d'água, bebendo-a de uma vez.

— As coisas acontecem rápido na natureza — ele disse, cortando outro pedaço. — Caçar, pescar, fazer caminhadas, afastados do jeito que estamos... um simples ferimento pode resultar em morte. — Ele ergueu o olhar para mim. — Um simples ferimento pode fazê-la sentir muita dor.

Ele mastigou a comida e depois empurrou o prato para longe, engolindo.

— Micah teve um ataque de ansiedade quando chegou pela primeira vez — ele explanou, olhando para o cara. — Lembra disso? Tivemos que deixá-lo aqui um dia inteiro, porque sua histeria estava nos deixando loucos.

NIGHTFALL

Disparei o olhar para Micah, que encarava o chão agora. Eles o trancaram aqui dentro? Só porque ele teve um ataque de pânico? Ele poderia ter morrido.

Lancei um olhar suplicante a Will, mas ele não estava mais olhando para mim. Ele não estava mais olhando para nada, e agora encarava o chão, assim como Micah.

— Eu odiaria que isso acontecesse com você no momento errado — Aydin disse, ao se aproximar. — Quando o pessoal aparecesse de novo, você poderia estar aqui embaixo, nos túneis, passando despercebida, até que eles voltassem no mês seguinte.

Meu coração quase parou, e embora não fizesse ideia do motivo pelo qual os outros estavam trancados aqui, tive uma teoria muito boa sobre o que o tornava uma ameaça tão grande.

Ele se aproximou de mim, e agora os caras atrás dele já não riam tanto.

— Você vai ficar conosco — Aydin sussurrou. — Cuidaremos de você até que eles cheguem.

Eu o encarei, os olhos cor de mel aguçando com a ameaça.

— Quero falar com Will a sós — comentei, tentando manter o tom calmo.

Aydin olhou para Will.

— Existe algo que só você pode ouvir e nós não?

O olhar do Will alternou entre mim e ele, hesitando por um instante antes de responder:

— Não.

Aydin se virou, sorrindo, e eu soube.

Eu simplesmente soube...

Eu não poderia ficar aqui. Havia uma cidade próxima. Se tivesse que caminhar por três dias até que meu corpo quase cedesse por causa da desidratação, eu a encontraria.

Lentamente, dei a volta em Aydin, recuando e mantendo o olhar fixo aos garotos enquanto caminhava em direção à porta.

— Você quer se divertir um pouco? — perguntei ao Taylor. — Então, cinco minutos de vantagem.

Ele deu um amplo sorriso, encarando Aydin, e depois se virou para mim.

— Dois — ele balbuciou.

Ele se levantou das caixas, Will, Rory e Micah virando-se para me encarar enquanto Aydin permaneceu lá atrás, esperando.

E então...

56   PENELOPE DOUGLAS

Lancei-me para a porta, escancarando-a e correndo, subindo a velha escada de pedra e atravessando a porta no topo.

Eles urraram atrás de mim, acendendo uma fogueira sob meus pés, e eu virei sem saber onde ficava a porta da frente da casa, mas vi a cozinha e corri para ela.

Dando a volta na grande bancada central, disparei para a porta dos fundos e a atravessei. Caí de joelhos no gramado e rolei pelo pequeno aclive úmido, escuridão pairando por toda parte.

Gelo pareceu se infiltrar sob a minha pele.

Ele estava certo. Estava frio.

Consegui me levantar e disparei. Corri e corri, sem arriscar olhar para trás enquanto me dirigia para as inúmeras árvores à frente.

Ofegante, olhei à esquerda e avistei uma cachoeira gigantesca jorrando sobre um penhasco. Desacelerei, arregalando os olhos ao perceber que as varandas da casa a ocultaram, mesmo daquela altura.

Meu Deus. Continuei correndo, sem acreditar no que estava vendo. Onde diabos eu estava?

A cachoeira desembocava em um desfiladeiro que eu não conseguia ver, mas apenas balancei a cabeça e acelerei até sentir o corpo exausto. Adentrando na floresta escura, disparei através do mato. Queria não estar vestindo uma camiseta branca.

Andei ao redor das árvores, decidindo ficar perto da margem da floresta, onde a terra se delimitava. Havia uma boa chance de existir um rio abaixo que levava a água da cachoeira, e onde havia água, havia cidades.

Tropeçando sobre as rochas enquanto galhos chicoteavam meus braços, mal me dei ao trabalho de olhar para frente enquanto ajustava os óculos, a faca ainda na minha mão enquanto eu ofegava.

Estava um frio do caralho. Onde nós estávamos? Era apenas meados de outubro, havia uma cachoeira no quintal deles e árvores que não pertenciam a nenhum lugar onde eu já havia morado.

Canadá? Havia cicutas, abetos, pinheiros brancos... Estas árvores eram mais comuns no nordeste da América do Norte.

Eu tinha feito parte de uma equipe de arquitetura logo depois da faculdade que renovou uma velha casa em St. John. O proprietário era irredutível quanto à reintrodução da flora nativa na propriedade.

Deus, como cheguei aqui?

Gritos ecoaram atrás de mim, atravessando o ar, e choraminguei. Eles estavam chegando.

NIGHTFALL

Adentrei ainda mais, suor escorrendo pelas minhas costas apesar do frio, enquanto seus gritos chegavam cada vez mais perto, e eu quase conseguia sentir as mãos deles em mim enquanto corria. Joguei-me no chão, correndo para trás de um arbusto para me esconder.

Eu não conseguia acalmar meu ritmo respiratório, meu coração quase saindo pela boca. Eu não ia conseguir correr mais do que eles.

Eu me esconderia até que desistissem, e então fugiria.

Escutei o farfalhar de folhas e o som de passos. Não consegui vê-los pelo arbusto, mas podia ouvi-los.

Eles correram, seus passos se distanciando e continuei congelada no lugar.

— Em-ory! — eles chamaram, mas suas vozes não estavam mais tão próximas.

Sorri.

— Eeeeemoooory! — eles entoaram.

E ainda assim, suas vozes se afastavam cada vez mais.

Lentamente, enfiei a faca no bolso, me endireitei e levantei apenas o suficiente para olhar por cima do arbusto, só para conferir a localização deles.

Não vi ninguém. *É isso aí.*

Eu me esconderia aqui – ou em outro lugar se precisasse – e fugiria quando não estivessem por perto. O terreno era enorme. Eles não conseguiriam cobrir o perímetro inteiro.

Eu sairia daqui – faça chuva ou faça sol.

Agachei-me de novo para me manter escondida, mas depois vi Micah correndo na minha direção.

— Buu! — ele berrou.

Gritei e perdi o equilíbrio, agitando os braços e caindo para trás. Rolei pela pequena ladeira e agarrei o chão a fim de impedir a minha queda, mas continuei escorregando.

Merda!

Gritei, minhas pernas pendendo sobre a borda de alguma coisa e tombei sobre a beira do penhasco, uma mão agarrando meu pulso bem a tempo.

Chutei e olhei para baixo, vendo o rio bem abaixo enquanto balançava a outra mão, procurando quem quer que tivesse me segurado.

— Rory! — Micah gritou, caindo no chão enquanto me agarrava. — Taylor!

Choraminguei, sentindo-nos escorregar. Ele acabaria despencando comigo. Ele não conseguiria aguentar.

Outro corpo se jogou ao seu lado, e Rory agarrou meu outro braço.

Fiquei pendurada lá enquanto eles me seguravam, sabendo que poderiam me soltar a qualquer instante, e não tinha mais tanta certeza se preferiria arriscar morrer de fome ou morrer pela exposição na floresta. *Não me soltem.*

Taylor, Will e Aydin desceram pela colina atrás deles e ficaram de pé sobre nós três. Aydin parecia tão calmo quanto estava dentro de casa, como se não tivesse que se esforçar para vir aqui atrás de mim.

Ele ergueu a cabeça, me observando pendurada ali.

— Coloquem ela no meu quarto — ele disse aos outros.

CAPÍTULO 4
EMORY

Nove anos atrás...

— O QUE VOCÊ FEZ ONTEM NA AULA DE LITERATURA?

Elle Burkhardt vestiu sua calça do uniforme, olhando para mim enquanto eu tirava minha gravata e começava a desabotoar a camisa.

Minha camiseta branca de manga comprida por baixo permaneceu no lugar enquanto eu tirava o casaco da banda do cabide pendurado por fora do meu armário.

O vestiário das meninas estava lotado, líderes de torcida, a banda e a equipe de hóquei de campo, todas disputando um espaço, ou tentando sair para ir à quadra ou para casa.

— Terminei de ler Lolita — murmurei para ela.

— Você entendeu o que quero dizer.

Eu a encarei.

Eu tinha faltado a aula de literatura esta manhã, sem duvidar que haveria outro confronto com meu irmão esta noite quando ele descobrisse, mas simplesmente não consegui enfrentar Will e seu bando alegrinho de idiotas depois do meu surto de ontem.

Eu tinha me escondido na biblioteca, ao invés disso.

— Deixe que eles façam o pior enquanto podem — falei, vestindo o casaco, o tecido pesado pousando nas minhas costas cuja pele estava em chamas. — A vida irá derrubá-los um hora ou outra, como faz com todos nós.

Não era que eu tivesse medo dos Cavaleiros e das repercussões de gritar com eles na aula de ontem. Eu apenas sabia que outro surto vindo da minha parte não poderia acontecer de novo, então em vez de dar-lhes a satisfação de me verem calada e sentada ali, simplesmente não dei as caras na aula.

Puxando todo o meu cabelo, fiz um rabo de cavalo baixo e peguei os óculos no banco, colocando-os de volta. O cartaz do outro lado do vestiário ficou mais nítido.

> VOTEM NA ARI!
> RAINHA DO BAILE

Baile. Gemi. Com certeza, prender meu mamilo na porta de um carro seria menos doloroso.

Ou entrar em uma academia.

Ou ler *A Redoma de Vidro* enquanto bato a cabeça na parede.

Elle abriu seu armário e pegou o desodorante, passando-o.

— Você vai para o *Sticks* hoje à noite, certo?

Tirando meu tênis, peguei a calça recém-passada do cabide e a vesti antes de abrir o zíper da saia e soltá-la no chão.

— O que você acha?

— Estudiosa demais para ser descolada?

Assenti, vestindo a calça e abotoando-a. A garota me conhecia.

Inclinando-me, ergui o queixo para ela e abri a porta do seu armário, gesticulando para o adesivo de carro de um Troiano[1] que ela tinha colado por dentro.

— Alguns de nós não têm pais que podem ligar para o escritório de admissões da USC a qualquer momento.

Abotoamos nossos casacos azul-marinho e branco, mas pude sentir seu olhar em mim enquanto ela trançava o cabelo loiro e eu calçava meus sapatos pretos.

— Você pode relaxar de vez em quando. — Sua voz era calma, mas firme.

— O restante de nós não é inferior porque gostamos de nos divertir, sabia?

— Acho que depende da sua ideia de diversão.

Sentei-me e comecei a amarrar os cadarços, mas depois a vi parar, e eu fiz o mesmo, me dando conta de como as minhas palavras soaram. Então eu a encarei, arrependida.

---

1 Trojan USC: Símbolo da Universidade do Sul da Califórnia, em Los Angeles. O busto de um guerreiro troiano representa a instituição em todas as áreas.

— Desculpe — murmurei. — Eu não quis dizer isso.

Merda, fui grosseira. Por que fui tão horrível? Elle e eu não éramos amigas, mas éramos amigáveis. Ela tentava, por mais arredia que eu fosse.

— E eu me divirto — brinquei. — Quem disse que eu não me divirto?

Ela continuou trançando o cabelo.

— Acho que depende da sua ideia de diversão — ela rebateu.

Ri, grata por ela estar brincando de volta. Eu sabia como eu era. Crítica, grosseira e intolerante, mas eu também sabia o motivo.

Eu estava com inveja.

Pessoas felizes não machucavam os outros, e por mais que eu não tenha reprimido meu temperamento e a forma como me comportei na aula de literatura ontem com Will e seus amigos, pessoas como Elle não mereciam receber o mesmo tratamento.

Eu só queria que alguém me entendesse.

— Já viu um comercial da Lamborghini na TV? — perguntei, encarando-a de novo.

Ela negou com a cabeça.

— Eles não existem — falei. — Porque as pessoas que podem pagar uma Lamborghini não estão sentadas assistindo televisão.

— Então, você quer uma Lamborghini um dia, e é por isso que você trabalha tanto e não se diverte?

— Não. — Ri, pegando meu uniforme escolar espalhado pelo chão. — Meu próprio jato particular me tirará desta cidade bem mais rápido do que um carro. Vou me despedir e deixar tudo desaparecer no meu rastro.

A equipe de torcida disparou pelo nosso corredor, todas se dirigindo ao ginásio. O time de futebol estava na semana de folga, mas o time de basquete tinha um jogo de exibição contra o de *Falcon's Well*.

— Tentarei não levar esse comentário para o lado pessoal — Elle respondeu.

Sorri para ela, esperando que não o fizesse mesmo. Eu queria ir o mais longe possível desta cidade por várias razões, e uma vez que eu saísse, apenas uma coisa me traria de volta.

— Não há nada que você ame em Thunder Bay? — ela perguntou.

Abaixei o olhar por um instante e depois a encarei.

— Por que você acha que ainda estou aqui?

E então abri meu armário e mostrei o interior da minha porta, mas em vez do meu próprio adesivo de um troiano, ou qualquer adesivo, era uma única foto, três por cinco, da minha avó comigo no piquenique do meu aniversário de onze anos no parque.

Eu vestia uma blusinha azul que era mais escura do que a habitual cor de oliva que usei por todo aquele verão, minhas bochechas rosadas de tanto sorrir e de não ter nenhuma preocupação além do que iria fazer para me divertir no dia seguinte, e não importava o tamanho dos óculos que eu usava, eles sempre pareciam grandes demais para meu rosto. Eu era *nerd* e feliz, e lembrar que aquela mulher na foto não se parecia em nada com a mulher que estava deitada na cama agora, fez minha garganta apertar por causa das lágrimas.

Mas encarei Elle e dei um pequeno sorriso, minha avó era a única coisa para a qual eu voltaria à cidade.

Na verdade, a ideia de partir para a faculdade e deixá-la, caso ainda estivesse viva até então, era quase insuportável.

Esfreguei os olhos por baixo dos óculos e depois enfiei meu uniforme no armário. Quando levantei a cabeça, notei uma coisa ali dentro.

O que era aquilo? Estreitei o olhar, estendendo a mão e tirando o bichinho de pelúcia da prateleira superior.

Parei, confusa. Como isso foi parar ali?

Olhei ao redor procurando por alguém que estivesse me observando e encontrei o olhar de Elle, que me encarava.

— Você colocou isso aqui?

Ela olhou para a pelúcia e depois para mim, balançando a cabeça.

— Não. Nem sei o que é isso. Um dragão de Komodo?

Analisei o brinquedo de pelúcia cinza, observando as garras, os dentes, a cauda, as escamas pelas costas, a careta raivosa no rosto...

— É o Godzilla — murmurei e depois ri.

Quem colocou isso aqui?

E então meu semblante mudou. Eu assisti ao Godzilla ontem à noite. Pensei que estava sozinha no cinema. Será que alguém me viu?

Foi coincidência, não foi?

— O que é isso? — Elle pegou o papel e a barrinha de granola que estava junto, então leu o bilhete: — O pôr-do-sol é às 6h38.

Disparei o olhar para ela.

Ela deu de ombros.

— É de alguém que sabe que é o *Yom Kippur* — falou.

Em uma cidade como esta, todos sabiam quem eram as crianças judias.

NIGHTFALL

63

E as crianças negras. E as crianças pobres.

Éramos uma minoria em Thunder Bay, por isso nos destacávamos.

Qualquer um poderia ter mandado isto, e me senti tentada a ficar com a barrinha. Eu não tinha verificado a hora do pôr-do-sol para saber quando poderia comer, e tinha me esquecido de trazer algo para depois do jogo. Eu estava com fome.

Mas então, vi uma tirinha preta de cartolina amarrada na cauda do Godzilla e arranquei-a da fita.

CONVITE
EMORY SCOTT
L-348

Minha mão tremia ao lê-lo uma e outra vez, reconhecendo o papel preto com a borda prateada ornamentada e o número de série que identificava cada ingresso vendido. Era um evento anual.

Era...

— É sério? — Elle sussurrou, empolgada, arrancando o ingresso da minha mão e encarando-o. — Um convite de um veterano?

Abri a boca para falar, mas nenhuma palavra saiu. A festa do pijama dos formandos era realizada todo mês de outubro, e era hoje à noite. Depois do jogo de basquete. Os que não eram veteranos só podiam comparecer se conseguissem um convite da turma de formandos e, mesmo assim, os veteranos só podiam convidar uma pessoa cada um.

Um veterano usou seu único passe para me convidar?

Só podia ser um engano.

— Fique com isso — falei para ela.

De jeito nenhum eu iria. Isso era uma armadilha em potencial.

Ela segurou por um instante e depois suspirou, me entregando de volta.

— Por mais tentador que seja, você precisa disso mais do que eu.

Amassei o papel, prestes a jogá-lo dentro do meu armário, mas Elle arrancou-o da minha mão e enfiou dentro do meu casaco, colocando-o entre dois botões.

— Alinhem-se! — nossa diretora gritou.

Mas eu estava afastando a mão da Elle.

— Pare com isso, caramba — resmunguei, entredentes. — Eu não vou.

— Caso você mude de ideia — ela cantarolou. Mas depois abaixou a voz em um sussurro: — Quero dizer, o que há para se preocupar? Não é como se você estivesse realmente trancafiada com eles.

Eles. Ela se referia aos veteranos.

Mas quando ela disse isso, apenas quatro vieram à mente.

Olhei para ela de relance, jogando o Godzilla no meu armário, e peguei minha flauta.

— Ele é tão fofo! — Elle disse, mas saiu como um pequeno grunhido como se ele fosse um bebê e delicioso o bastante para comer.

Ri baixinho. Eu não tinha certeza de qual deles ela estava falando, mas dava para adivinhar.

Will Grayson correu pela quadra, driblou com a bola e a passou para o pivô antes de correr para a frente novamente, pegando e arremessando direto para a cesta.

Ela escorregou pela rede, o placar acrescentando dois pontos e a multidão comemorou. Michael Crist o cumprimentou e disparou pela quadra, ultrapassando o outro time e roubando a bola mais uma vez, passando-a para Kai.

— Uhuuu!! — todos gritaram ao meu redor.

Sequei o suor da testa, vendo Will levantar a camisa e usá-la para fazer o mesmo.

Não pude evitar que meu olhar vagasse para o abdômen sarado, a bermuda fazendo sua pele parecer mais dourada com os músculos fortes e visíveis daqui.

O calor tomou conta do meu rosto de novo, e desviei o olhar. O azul-marinho combinava e muito com ele.

Tentei me distrair como fazia nos jogos de futebol, mas mesmo quando não estava olhando para a quadra, eu acabava sendo atraída. Will Grayson era o melhor arremessador que já tivemos, melhor do que Crist que já estava em negociações para uma bolsa de estudos esportiva que ele nem ao menos precisava para a faculdade no ano que vem.

Por que Will não estava concorrendo por uma? Quão sortudo deve ser ter um talento como esse para entrar numa universidade, mas, novamente, ele não precisava de ajuda para abrir as portas, não é mesmo? Ele era provavelmente um legado em algum lugar, com seu futuro já planejado.

O apito final soou e verifiquei o placar, assegurando-me do que eu já sabia. Nós ganhamos. Por muitos pontos.

Pena que não foi um jogo de verdade. Apenas um pequeno espetáculo antes do início da temporada regular, em novembro.

Hesitante, ergui o olhar de novo, encontrando-o na quadra. Ele conversava com Damon Torrance enquanto limpava o suor do rosto, o cabelo molhado na nuca mais escuro do que em cima.

Então...ele olhou por cima do ombro e nossos olhares se encontraram.

Um sorriso se espalhou pelo rosto dele, como se soubesse que eu o havia observado o tempo todo, e na mesma hora abaixei o rosto, sentindo o rosto esquentar de embaraço.

Argh...

Que babaca.

Todos desceram das arquibancadas, a multidão se dispersou, e quando conferi o relógio vi que já passava um pouco das sete. A dor no estômago por causa da fome já havia cessado, mas minha boca ansiava por aquela barrinha de granola que agora eu podia comer.

No entanto, eu não era burra o bastante para comer alguma coisa que nem sabia de onde tinha vindo. Eu só esperava que Martin me deixasse em paz para que pudesse arranjar algo para comer antes de ele ir à cidade.

— Scott! — alguém me chamou.

Levantei a cabeça e deparei com a Sra. Baum, a diretora. Passei por entre a multidão de estudantes e fui até ela.

Ela se inclinou para dizer, baixinho:

— Troque de roupa e guarde seu instrumento, e depois volte correndo para o ginásio para ajudar a limpar a bagunça antes da festa a portas fechadas dos veteranos.

— Sim, senhora.

Fiquei grata por ela não ter gritado isso do outro lado. Ninguém precisava me lembrar que eu era uma garota que estudava e trabalhava.

A caminho do vestiário, passei por Elle, que conversava com outros dois integrantes da nossa banda.

— Divirta-se hoje à noite — eu disse.

Ela sorriu.

— Melhor se apressar e sair a tempo antes que fechem as portas.

E então balançou as sobrancelhas.

— Eles não trancam realmente as portas — retruquei. — Há risco de incêndio.

Ela me mostrou a língua, de brincadeira, e eu retribuí o sorriso antes de me dirigir ao vestiário.

Depois de trocar de roupa, pendurei o uniforme da banda, guardei o instrumento no armário e estava prestes a fechar a porta quando vi a barrinha de granola.

Mordi o lábio inferior e a arranquei da fita vermelha ao redor do pé do Godzilla, verificando se havia alguma coisa suspeita na embalagem, como eu costumava fazer com os doces de Halloween.

Parecia seguro.

Meu estômago estava vazio e, de repente, senti a fome incomodar outra vez. Enfiei a barrinha no bolso do casaco preto. *Vou jogar fora no ginásio.*

Fechando a porta do armário, comecei a me afastar, mas quando olhei para baixo vi o ingresso amassado no chão.

Sem parar para pensar, eu me agachei e o peguei, analisando com atenção. *Deve ter caído do meu uniforme.*

Por um momento, fiquei tentada. Eu queria ser aquela garota. Aquela que ia para festas particulares com garotos bonitinhos, música e amigos que valiam a pena.

O desejo me percorreu e, pouco depois desapareceu, então decidi enfiar o papel no bolso do agasalho, junto com a barrinha de cereal. *Vou jogar os dois fora.* Definitivamente, antes que Martin os visse.

Corri de volta para o ginásio.

— Okay, um! — Bentley Foster gritou. — Dois... três!

Uma hora depois, o ginásio estava limpo de copos de refrigerante e embalagens de pipoca, as arquibancadas organizadas, os aros erguidos e os pisos rapidamente varridos. Dois de nós pegamos cada um as extremidades de vários tapetes, e contando até três, os abrimos e espalhamos tudo pelo piso de madeira da quadra de basquete, para que os sacos de dormir e cobertores não tivessem que ficar em contato com o chão duro.

Em pouco tempo, tudo estava coberto com tapetes azuis de luta livre, e meu estômago roncou com o cheiro de hambúrgueres e *nachos* vindo da cozinha.

NIGHTFALL

Verifiquei o relógio na parede. Passava das oito.

Olhando para o lado, encarei a diretora.

— Pronto? — perguntei a ela.

— Você vai embora a pé?

Assenti.

— Então vá em frente — disse ela. — Tenha um bom fim de semana. Tome cuidado.

— Obrigada. — Afastei-me enquanto eles levavam as caixas térmicas cheias de refrigerantes e sucos para fora. — Você também.

Estava correndo em direção à porta do vestiário para pegar meu uniforme e a mochila quando a ouvi gritar para alguém:

— Abra as portas!

Os estudantes sem dúvida se reuniram do lado de fora; muito provavelmente, eles devem ter saído de casa de manhã, já com as malas e sacos de dormir dentro dos carros, e depois do jogo foram comer alguma coisa para que voltassem rapidamente para a festa de pijama exclusiva.

Estava entrando pela porta do vestiário, com a multidão já passando pelas portas principais quando a diretora, mais uma vez, me chamou:

— Scott!

Parei e dei meia-volta. Ela ainda estava no mesmo lugar, murmurando em um *walkie-talkie* e depois voltando sua atenção para mim.

— A treinadora Dorn está na sala dela — disse. — Ela quer te ver antes de você ir embora.

Hesitei por um instante e suspirei.

— Está bem — retruquei e me virei, finalmente abrindo a porta com um empurrão.

Eu precisava sair daqui. Estava escuro, eu estava morrendo de fome, e eles não trancavam realmente as portas durante uma festa exclusiva, certo? Quer dizer, eu tinha quase certeza de que isso era ilegal, mas agora a dúvida circulava na minha cabeça.

Passei pelo meu armário e saí do vestiário, começando a atravessar o corredor em meio aos alunos que tentavam entrar no ginásio. Virei à esquerda e subi correndo a escada mal iluminada, os passos e as conversas desvanecendo à medida que eu me afastava dali.

A Sra. Dorn não era apenas a treinadora de natação, mas também dava aula de biologia no terceiro andar. Mas eu cursei biologia há dois anos. O que ela queria comigo?

Era por eu ter parado de nadar?

O medo gelou meu sangue. Ela sabia que havia alguma coisa errada com a minha desistência. Deu para ver isso no rosto dela.

Chegando ao último andar, percebi que tudo estava silencioso e escuro. Não havia nenhuma luz acesa, exceto pela iluminação dos postes do lado de fora, e pequenas gotas de chuva salpicavam as janelas voltadas para o pátio abaixo.

Ótimo. Agora eu ia ficar encharcada na volta para casa.

A porta do corredor se fechou às minhas costas e, de repente, já não era possível ouvir o burburinho da festa do ginásio.

— Treinadora? — chamei, seguindo até a sua sala.

Parei à porta e espiei lá dentro. Cadeiras estavam de cabeça para baixo em cima das longas mesas pretas, e quando olhei para a mesa da professora, avistei seu computador desligado, a cadeira no lugar, e a sala em um breu total.

— Treinadora? — falei mais alto dessa vez. — É Emory Scott.

Voltando para o corredor, eu me virei, olhando em volta.

— Olá?

Mas não houve resposta. Atravessei o corredor, conferindo todas as salas de aula, tudo escuro e sem uma alma viva. Todo mundo já devia estar em casa ou lá embaixo, no primeiro andar.

Dei uma volta e mais outra, subindo para a sala dos professores e encontrei a porta entreaberta.

Espreitando, abri-a apenas um pouquinho mais.

— Olá? — falei. — Treinadora, você está aqui?

Senti um arrepio deslizar pelo meu corpo inteiro, porque tudo o que eu podia ver era a escuridão.

Mas que diabos?

Então, de repente, uma sombra se moveu pela parede, e eu perdi o fôlego, engolindo em seco.

— T-treinadora? — gaguejei.

A chuva açoitava as janelas às minhas costas, e eu sabia que alguém estava na sala.

Quase abri a porta, mas quem quer que estivesse lá dentro, me ouviu. E não estava respondendo.

Que se dane. Eu tentei. Ela podia falar comigo na segunda-feira.

Disparei para o final do corredor e pressionei meu corpo contra a porta que levava à outra escadaria. Mas ela não se moveu. Agarrei a barra e empurrei novamente, sacudindo a maldita porta, mas sem conseguir resultado nenhum.

— Não, não, não... — Empurrei novamente e depois tentei a outra, chutando-a e resmungando. — Eles não trancam as portas de verdade — zombei de mim mesma.

Merda!

Passei correndo pela sala dos professores – e de quem quer estivesse lá dentro –, e decidi voltar por onde entrei. Quando cheguei ao laboratório, tentei abrir as portas, mas estavam trancadas. Sacudi as maçanetas, puxando e empurrando, mas elas não abriam de jeito nenhum. Maldição! Eles trancaram automaticamente essa porra assim que passei ou...

Balancei a cabeça, não querendo pensar na outra opção.

Enfiei as mãos dentro do bolso do casaco, mas quando tirei os itens de dentro, tudo o que tinha era a barrinha de cereais e o ingresso de entrada.

— Onde deixei meu celular?

Respirei fundo, os fios do meu cabelo fazendo cócegas no nariz, e vasculhei meu cérebro para me lembrar. Meu armário. Eu tinha deixado meu celular na mochila dentro do armário.

De toda forma, eu não poderia ligar para casa. Ainda não. Martin era o último recurso.

Eu podia ligar para a secretaria.

Ou para Elle.

Fechei os olhos.

— Merda. — Eu nem sabia o número dela. Não sabia o número de ninguém. *Um amigo seria útil neste momento, sua fracassada.*

Em cada sala existia um telefone que se comunicava diretamente com a secretaria. Por favor, por favor, por favor, que alguém esteja lá.

Corri de volta para o laboratório de biologia e escancarei a porta, pegando o telefone da parede e discando na mesma hora.

Não consegui ver merda nenhuma. Pressionei o interruptor... e nada aconteceu.

— O quê? — Soltei o fôlego, confusa.

Virei o interruptor para cima e para baixo mais algumas vezes, olhando para as luzes e esperando por um lampejo, mas nada. A sala estava um breu.

Cerrei os dentes e contraí as coxas, porque sentia que estava prestes a fazer xixi na calça. Ajeitei os óculos em cima do nariz e tentei me concentrar no teclado, ainda sem conseguir distinguir os números.

Antes que eu pudesse discar, algo cintilou à minha esquerda, e quando olhei para o chão, vi a marca úmida de uma pegada.

Perdi o fôlego, acompanhando a trilha com o olhar, vendo que ela desaparecia na porta que dava para o corredor. Eu me virei e soltei o telefone, deparando com a janela aberta do outro lado da sala, as gotas de chuva respingando no parapeito.

Eu entrei aqui antes, à procura da Treinadora Dorn. Aquela janela não estava aberta. Com o olhar atento, voltei para o corredor.

— Isso não tem graça! — gritei. — E não estou com medo!

Olhei de um lado ao outro, e continuei recuando até a parede de janelas que cobriam o terceiro andar, olhando por cima do ombro para ver se podia sinalizar para qualquer pessoa lá fora, no pátio.

Não havia ninguém, porém, só a escuridão, a chuva e as árvores lá embaixo.

Então as luzes foram apagadas. As portas foram trancadas, de repente. Alguém estava tirando sarro com a minha cara, provavelmente o mesmo cretino que me enviou o convite para a festa.

Maldito Will Grayson.

Endireitei os ombros, olhando para a esquerda e para a direita.

— Estou tão lisonjeada por você não ter nada melhor para fazer com seu tempo do que isso — zombei. — Vá em frente. Estou quase empolgada. Vamos lá...

Isto era uma besteira. Eu tinha coisas para fazer. Precisava chegar em casa.

Mas não... Todos estavam à disposição deles para que pudessem se divertir. O tempo de mais ninguém era importante.

— Você acha que pode me assustar? — eu disse, já sem gritar, porque sabia que ele estava perto. — Você é entediante.

Eu não sabia lutar ou me proteger, mas sabia que nada me surpreendia. Talvez não ganhasse nesse, mas também não gritaria.

Voltei para o laboratório de biologia e tateei a parede para pegar o telefone que deixei pendurado, mas achei nada. Levantei a cabeça e vi que a porcaria já não estava mais lá, nem mesmo o fio.

O qu...? Meu coração parou por um segundo. Eu estava com aquela merda agorinha mesmo.

Fiz uma rápida varredura na sala, ciente de que alguém estava aqui. Tentei localizá-los em um dos cantos escuros, ou ver o brilho de seus olhos espreitando por uma das estantes.

NIGHTFALL

Talvez a máscara vermelha de Michael Crist, os ombros largos de Kai Mori, o sorrisinho idiota de Damon Torrance, ou o casaco preto de Will Grayson.

Mas eu não ia ficar ali esperando. Saí correndo e passei pela sala dos professores. Em seguida, entrei no banheiro feminino e subi no aquecedor de chão para abrir a janela. Ao empurrar o vidro para cima, enfiei os braços pela lateral e coloquei a cabeça para fora.

Tentei erguer meu corpo, minhas pernas fracas não conseguiam me impulsionar para cima; minhas costas doíam horrores a cada tentativa que eu fazia para escalar a porra da parede.

Se meus braços finos conseguissem levantar mais do que uma frutinha, seria fantástico. *Deus, eu era ridícula.*

Grunhi, usando todas as minhas forças para subir, mas ouvi algo e parei.

Olhando sobre o telhado do ginásio, vi Michael Crist na quadra de basquete externa batendo uma bola e fazendo arremessos na chuva.

Ele estava do lado de fora. Ele não estava aqui dentro.

Estavam todos do lado de fora? Se não eram os Cavaleiros aqui em cima comigo, me assustando, então quem…

A porta do banheiro, de repente, rangeu atrás de mim, e eu não sabia se alguém havia entrado ou saído, mas pulei de cima do aquecedor e me preparei para enfrentar quem quer que fosse.

A porta se fechou, ninguém apareceu à minha frente, mas um clique rompeu o silêncio, e meus olhos dispararam para a porta da cabine.

A porta que estava fechada.

Alguém estava aqui dentro. Alguém…

Eu mal conseguia engolir.

Se não era o Will e seus amigos, então as coisas mudavam de figura.

Passei correndo pela cabine, abri a porta e disparei pelo corredor, seguindo para o laboratório de química. Eu sabia que ali tinha uma janela como a da sala de biologia, e eu poderia sair pelo telhado – despencar, gritar por ajuda, o que fosse. Estava mais segura em campo aberto do que presa aqui em cima com sabe-se lá quem.

Uma risada explodiu de algum lugar, ecoando pelo corredor, e notei mais rastros molhados no chão, alguns levando de volta para o banheiro onde eu estava e outros se movendo ao meu lado.

Lançando um olhar por cima do ombro, vi uma sombra escura se movendo através do vidro no outro corredor e outra figura apareceu quando a porta do banheiro se abriu.

PENELOPE DOUGLAS

Meu estômago revirou. Mas que diabos...?

Entrei correndo no laboratório de química, fechei a porta e a tranquei, puxando as persianas para baixo. A chuva caía por todos os lados, batendo no teto e nas janelas, mas era possível ouvir o ruído mais alto aqui.

Na mesma hora, entrecerrei o olhar. O barulho era nítido e alto, assim como no laboratório de biologia.

Olhei por cima do ombro e percebi que uma das janelas estava aberta também – os respingos da chuva que açoitava o telhado agora encharcando a bancada recostada à parede.

Meu coração disparou quando avistei as pegadas molhadas.

Só que desta vez, elas não desapareciam pela porta. Seguindo a trilha ao redor das mesas, caminhei em direção aos fundos da sala e parei quando não as vi mais no canto escuro.

Tentei respirar fundo, mas não conseguia parar de tremer.

Peguei um par de pinças da bandeja sobre a mesa, mantendo-as em punho antes de pegar um frasco, recuar e lançá-lo para o canto.

Ele quebrou contra a estante, não atingindo o canto por centímetros, porque eu era péssima de pontaria, e peguei um *béquer* em seguida, atirando nele – quem quer que fosse – e acertando a parede desta vez.

Quando peguei um cilindro e posicionei meu braço...

Ele saiu, sua forma escura, de alguma forma, muito maior do que eu esperava.

Retrocedi um passo, e soltei o fôlego quando olhei para cima.

Jeans, moletom com capuz preto, e uma máscara de paintball branca com uma listra vermelha do lado esquerdo.

Will.

Quase relaxei. Até que meu olhar pousou nas luvas de couro preto que ele usava. Ele cerrou os punhos, fazendo o material ranger enquanto flexionava os dedos.

Encarei a porta, mas não adiantava. Kai e Damon, no mínimo, deviam estar ali em algum lugar ainda.

Olhei de relance para Will enquanto ele dava um passo lento na minha direção.

— Não estou assustada — declarei.

Ele inclinou a cabeça.

— Estou irritada. — Pressionei as armas entre as mãos. — Agora vou ter que voltar para casa na chuva.

Atirei o cilindro nele, muito perto de atingi-lo, mas ele moveu o braço e o afastou antes que se chocasse contra o rosto. O recipiente caiu no chão e eu me afastei, pegando outro frasco de uma mesa enquanto ele se aproximava.

— Se você tem um problema com meu irmão, então vá resolver com ele. Não seja um covarde.

Ele veio na minha direção e eu atirei o frasco. Dessa vez, consegui acertar em seu peito, fazendo-o cambalear, mas o vidro só se quebrou quando caiu no chão.

Ele continuou andando, os cacos rangendo sob suas botas, e observei enquanto ele arrastava a mão enluvada por cima da bancada à medida que avançava.

Meu coração martelou no peito, meu estômago embrulhou quando o medo se enraizou, e encarei seu rosto, seus olhos indistinguíveis através das frestas na máscara.

Parei, de repente, perdida naqueles vazios por um momento.

Ele deu outro passo, e meu coração agitou, meu corpo inteiro se aquecendo.

Mesmo assim, não me mexi.

Não consegui.

Mais um passo. Ele estava quase em cima de mim.

Por que eu não estava me movendo?

Minha pulsação acelerava mais a cada segundo, e a sensação quase me fez sorrir porque... eu meio que gostei.

Algo se avolumou dentro de mim, empilhando um tijolo em cima do outro até que eu fosse uma parede, e a cada segundo que eu ficava ali, mais a sala começava a girar ao nosso redor como uma tempestade.

E ele e eu éramos o olho.

O que eu estava fazendo? E se isso não fosse uma brincadeira?

Só mais um segundo. Só mais um segundo. Eu queria empurrá-lo.

A cada instante que passava, minha respiração se tornava mais difícil, e eu só queria que ele desse mais um passo – mais um passo – para estar mais perto de mim. Até que...

Até que ele estava lá, a dois centímetros do meu corpo e me encarando – tão perto que se eu me virasse, não haveria como fugir.

Meu estômago embrulhou e meus joelhos bambearam.

Tentei engolir, mas não consegui.

— É nesta hora que eu dou uma risadinha? — zombei, fingindo uma coragem que não sentia. — Ou começo a implorar?

Ele inclinou a cabeça de novo, como se estivesse me estudando.

Forcei um sorriso apesar das minhas mãos tremerem de medo.

— Pare com isso, você está me assustando — choraminguei, imitando uma de suas bonecas Barbie. — Oh, não. O que eu vou fazer? Não seja tão rude comigo, *papaizinho*. — Pisquei depressa. — Mas admito, eu gosto quando você é rude. Beeeeeem rude mesmo. — E então dei um gemido zombeteiro.

Em seguida, meu sorriso desvaneceu e eu arqueei uma sobrancelha. Era isso o que ele esperava de mim?

— Você… não me assusta — repeti.

Estendendo a mão, peguei um conjunto de tubos de ensaio e os arremessei por uma das janelas. Grunhi enquanto eles despencavam, torcendo para que todos os vidros caíssem na claraboia do ginásio abaixo e alertasse alguém que eu estava aqui em cima.

O som da chuva ressoou ainda mais pela sala, e o ar fresco entrou depressa, o vento agitou meu cabelo. Levantei a cabeça e encarei seus olhos, esperando que isso acabasse e que ele parasse agora.

Mas ele apenas me encarou fixamente.

E então, como se aceitasse um desafio, ele estendeu a mão e empurrou uma bancada inteira de béqueres, frascos e funis para o chão.

O barulho alto incomodou meus ouvidos, mas não estremeci. Esticando a mão, agarrei mais um conjunto e o lancei no chão, cada frasco e recipiente vazio se estilhaçando entre nós enquanto eu me afastava e ele se aproximava.

Passando para a próxima mesa, ele estendeu a mão à esquerda e puxou um conjunto químico para o chão, e eu fui para a direita, empurrando outro entre nós enquanto ele continuava andando, o vidro estalando sob seus pés.

Nós nos movemos mais rápido, ele foi para a esquerda e para a direita, suportes de metal criando ruídos no chão entre nós, enquanto vidros estilhaçavam e enchiam a sala, em um verdadeiro caos.

De novo. Esquerda, direita, esquerda, direita. Continuamos, ele avançando mais rápido e eu tropeçando para agarrar a bancada da próxima mesa, quando algo preencheu minhas entranhas, meus músculos flexionados, e um sorriso se alastrou pelo meu rosto.

Ele veio na minha direção e cambaleei, tropeçando no meu pé e perdendo o equilíbrio. Caí para trás, mas ele enlaçou minha cintura bem a tempo enquanto a outra mão agarrava a mesa para se apoiar.

Olhei por cima do ombro, vendo pedaços de vidro no chão onde eu teria caído.

NIGHTFALL

Quando olhei para ele outra vez, percebi que meus dedos estavam cravados em seus ombros.

E então o senti... meus lábios curvados em uma porra de... sorriso.

Eu estava sorrindo. Um pouco.

Merda.

Devagar, desfiz o sorriso, mas não consegui desviar o olhar do dele. A culpa me percorreu por conta da bagunça que fizemos, e eu sabia que não poderia arcar com isso, mas a preocupação foi embora tão rápido quanto veio, porque tudo o que eu podia sentir era o aqui e agora.

A chuva e o vento sopravam pela sala, e me levantei, minhas mãos tremendo ao erguer a máscara do seu rosto e largá-la no chão.

Ele apenas me segurou enquanto eu abaixava o capuz de sua cabeça e encarava seus olhos verde-escuros.

— Eu não estava tentando te assustar — Will disse, a chuva brilhando no seu rosto e no cabelo molhado. — Eu só queria ver uma coisa.

Eu o encarei, porque não conseguia falar nada, por mais que tentasse. Eu não sabia o que havia de errado comigo, eu...

Eu queria ir embora, mas...

Não queria.

Eu gostei disso.

No entanto, escapei de seu agarre, tropeçando para trás e caindo com as mãos abertas longe dos estilhaços de vidro. Um sorriso brilhou em seus olhos, e ele se ajoelhou, apoiando-se nas mãos também, me observando com malícia.

Meu coração disparou de novo, ouvindo os cacos rangendo sob suas palmas, e fixei-me em seu olhar, recuando lentamente enquanto ele se aproximava de mim.

Mas logo depois, ele se moveu na velocidade da luz, disparando bem na minha direção, e gritei enquanto ficava de pé e ele também, só que antes que eu pudesse correr, ele me agarrou e me imprensou à parede.

Exalei com força, tentando não sorrir, mas não pude evitar a risada que escapou. Meu coração estava batendo rápido demais.

Seu corpo pressionou o meu, e pude sentir seu olhar focado em mim enquanto ele abaixava a cabeça, o nariz quase roçando no meu.

— Saia... s-saia d-de perto de mim — gaguejei, porque tentava controlar o riso.

Uma gota de suor escorreu pelas minhas costas, seu corpo sobre o meu tornando insuportável até mesmo para respirar.

Ele segurou meu queixo e o ergueu, tentando fazer com que eu o encarasse.

Seu calor me cercou, e a pulsação entre as minhas coxas latejou.

Eu não queria que ele fosse a lugar algum.

E eu odiava isso.

Piscando devagar, engoli o nó na garganta e o encarei, endurecendo meu olhar.

— Vocês são todos uns imbecis — murmurei, agarrando o pulso dele. — Entediantes e previsíveis, e talvez essa merda funcione com todos os outros, mas não comigo.

Afastei seus dedos do meu queixo e empurrei seu peito.

Ele não me queria. Ele queria me usar, e não importava o quanto eu quisesse me entregar a uma fantasia excitante, seria eu quem pagaria depois. Não ele.

Ele queria me levar para a cama, para que pudesse rir quando dissesse a todos que eu era péssima ou então para esfregar na cara do meu irmão que ele tinha conseguido me fazer abrir as pernas... Essas eram as únicas coisas nas quais ele estava interessado.

Não. Ele não ia vencer essa disputa.

— Destranque as portas — exigi.

Mas ele apenas me encarou por um instante, e em vez de seguir para o corredor, na direção das portas da escada que haviam sido trancadas, ele foi até as janelas, o vento e a chuva mal se mantendo à distância, além do vidro quebrado.

— Destranque as portas — repeti, indo até ele.

— Por quê? — ele perguntou.

Fiz uma careta.

— Por quê?

Como assim, por quê?

— Eu não estava tentando te assustar — falou, encarando a chuva que caía no telhado —, mas por que eu não estava?

— Monstros de verdade não usam máscaras, William Grayson III — retruquei. — Eles se parecem com todos os outros.

Ele continuou observando a chuva, mas não respondeu.

— Agora, destranque as portas. — Virei de costas. — Você é patético, e me fez perder tempo.

Fui até a porta da sala de aula, mas depois ouvi a voz dele atrás de mim:

NIGHTFALL

77

— Não vão te deixar ir a pé para casa com esse tempo — ele disse.

— Não podem me impedir.

— Eu não vou deixar você ir para casa com esse tempo — esclareceu. — Você vai dormir aqui hoje à noite.

Eu o encarei por cima do ombro, colocando a mão na maçaneta da porta.

— Me obrigue.

E antes mesmo que pudesse girar a maçaneta, ele pegou o celular de dentro do bolso, clicando na tela.

— *"Pare com isso, você está me assustando"* — eu disse, na gravação. — *"O que eu vou fazer? Não seja muito rude comigo, papaizinho"*.

Parei de respirar por um instante, todos os músculos do meu corpo perdendo a força. Abaixei a mão.

— *"Mas admito, eu gosto quando você é rude. Beeeeeem rude mesmo"*.

Fechei os olhos ao ouvir meu gemido no celular. Merda.

Virei de frente, deparando com seu pequeno sorriso arrogante por ter gravado sua brincadeira. Eles sempre documentavam suas besteiras ridículas naquele celular estúpido.

Quase fui embora. Meus pés quase deram aquele passo, e eles podiam postar isso nas redes sociais para que todos pudessem dar uma boa risada. Meu irmão ficaria com raiva, porque sua mente inventaria qualquer história que fosse a mais fácil de combinar com o que ele achava que estava acontecendo naquela gravação.

Não me incomodava porque eu estava acostumada com isso.

Mas então Will disse:

— A porta está destrancada. Vá pegar uma pizza — E pegou sua máscara do chão. — Nós vamos limpar tudo aqui.

Hesitei, analisando todos os vidros estilhaçados ao redor e o quão encrencada estaria se meu irmão descobrisse que eu tinha ajudado a fazer essa bagunça. Mesmo que estivesse me defendendo, eu ainda não queria que ele soubesse de nada do que aconteceu aqui em cima porque eu seria a única pessoa a quem ele culparia.

Pisquei diversas vezes, tentando me situar. *Tudo bem.*

Saí da sala, pau da vida, atravessando o corredor rumo à escadaria.

Eu deveria estar em casa. Deveria estar com a minha avó.

Ele só queria brincar comigo para provar que podia fazer isso.

Mas... uma noite fora de casa era algo bem raro. Pelo menos eu podia relaxar, sabendo que Martin não estaria aqui. Eu tinha meus fones de ouvido e um livro.

Mas ainda assim, eu não cederia nem mais um milímetro a Will essa noite. A festa estava cheia de testemunhas. Ele que tentasse.

Continuei pisando duro até o ginásio, ignorando a pizza, e grudei o traseiro na arquibancada. Em seguida, liguei o celular e cliquei no aplicativo para continuar lendo *Noite Eterna* enquanto a música e o movimento continuavam ao meu redor.

Depois de dez minutos, eu mal tinha conseguido entender um parágrafo. E quando ele e seus amigos finalmente desceram, esqueci o livro enquanto esperava que ele aparecesse e tentasse alguma coisa. Seja conversar comigo, me irritar ou provocar. Mas ele não fez nada disso. Ele me deixou em paz.

Hesitei por um momento, um pouco confusa. Eu esperava que ele tentasse me pentelhar ou me coagir a participar da gincana que estava rolando. Só que ele me deixou ali sentada, os minutos se alongando em uma hora, e uma hora se alongando em duas.

Do jeitinho que imaginei. *Para provar que ele podia...*

A diretora da banda ligou para meu irmão e perguntou se eu poderia fazer horas extras de estudo e trabalho ajudando na cozinha hoje à noite. Então eles me manteriam aqui, pois seria muito tarde para ir para casa.

Provavelmente estava tudo bem para Martin já que eu estava "trabalhando", mas não acreditei nem por um segundo que a diretora tivesse inventado essa mentira sozinha.

Porque eu nunca ajudei em *nada* na cozinha.

Fiquei ali sentada, tentando ler no celular. Will olhava de vez em quando para mim enquanto passava tempo com seus amigos ou dançava uma música lenta com alguma garota, para ter certeza de que eu estava onde ele tinha me deixado.

Ele só gostava de dificultar as coisas para mim. Era disso que se tratava. Controle.

Antes que eu me desse conta, as luzes estavam se apagando e Will me empurrava em direção ao seu saco de dormir bem no meio de Michael, Kai e Damon.

Grunhi, mais do que irritada. Será que eu realmente tinha que estar ali?

— Fique com o saco. — Ele me empurrou novamente, e eu tropecei. — Sou quente o suficiente sem ele.

Como se eu me importasse com seu conforto. Até parece...

Ele se deitou no tapete ao lado de seu saco de dormir – preto com listras vermelhas e pretas – e eu fiquei ali, emburrada.

Ainda de tênis, me enfiei dentro do saco, com Crist à direita, Torrance deitado aos meus pés, e Kai acima da minha cabeça. Michael tirou a camiseta, seu longo e tonificado tórax estendido ao meu lado como se não soubesse que ainda estávamos em público, não importando onde estivéssemos dormindo.

Afastei-me rapidamente, sentindo o rosto esquentar.

Cheguei mais perto de Kai – o que era seguro –, mas algo agarrou meus pés e me puxou de volta para baixo. Encarei Will, mas ele apenas sorriu para si mesmo quando as luzes do ginásio se apagaram e todos se acomodaram, risadinhas ecoando pelo ar à medida que os supervisores patrulhavam para que não rolasse nenhuma mão boba.

É isso aí, vamos trancar mais de cem adolescentes com os hormônios aflorados em um só lugar. Que ideia idiota.

Meu estômago roncou, e eu olhei para Will, vendo seus olhos fechados, o braço apoiado sob a cabeça, como uma almofada, e seus lábios curvados em um sorriso.

Ele tinha ouvido isso. Alguém me trouxe pizza mais cedo enquanto eu estava sentada na arquibancada – talvez a pedido de Will –, mas eu o mandei ir se ferrar.

Agora, eu estava arrependida. Eu não comia há mais de vinte e quatro horas.

Os minutos se passaram, a conversa amenizou e Bryce começou a roncar do outro lado do ginásio. Arion Ashby pôs sua máscara de dormir e alguns estudantes colocaram seus fones de ouvido caríssimos para abafar os ruídos.

Eu estava com fome demais para dormir, e a barrinha de cereais no meu bolso me chamava.

Virei a cabeça, encarando Will. Seu cabelo havia secado e, embora nunca o tivesse visto tão bagunçado, ainda assim combinava demais com ele. Sobrancelhas escuras, nariz afilado, lábios macios e os olhos mais bonitos que eu já tinha visto por trás daquelas lindas pálpebras adormecidas e longos cílios.

Por que os caras tão bonitinhos assim nunca podiam ser legais?

Pisquei rapidamente, desviando o olhar. É claro, ele me deu seu saco de dormir. E, provavelmente, a barrinha de cereais e o Godzilla também, embora ele tenha arrombado meu armário para deixá-los lá.

— Então, o que você estava tentando fazer? — perguntei em voz baixa.

— Quando?

Ergui o rosto para ver seus olhos ainda fechados.

— Você disse que não estava tentando me assustar lá em cima — sussurrei. — Então, o que você estava tentando fazer?

Seu peito se movia com respirações constantes, hesitando um instante.

— Eu estava tentando ver se você gostava — ele sussurrou.

Se eu gostava de quê? Dele?

Da caçada? Do perigo? Do risco?

Bem, não gostava.

Mas não pude deixar de perguntar:

— E? A que conclusão você chegou?

O canto da sua boca se curvou em um sorriso, mas ele não abriu os olhos e não respondeu à minha pergunta.

— Vá dormir.

Voltei a encarar o teto, vendo a chuva ainda martelando a claraboia.

Ele precisava me deixar em paz. Bastava desistir. Se ele continuasse me pressionando, eu faria algo estúpido porque sentia isso se aproximando.

Apertei o saco de dormir entre os dedos.

Havia momentos em que eu queria fazer algo chocante. Claro, eu queria um namorado. Eu queria diversão. Mas não podia trazer alguém para minha vida. Era um pesadelo, e eu precisava aguentar firme pela minha avó.

Apenas mexa com outra pessoa, Will Grayson. Não quero ser o alvo da sua atenção.

Incapaz de me conter, virei a cabeça de novo, observando a expressão pacífica no seu rosto enquanto ele dormia. A maneira como seu pescoço parecia tão suave e macio, e o que teria acontecido lá em cima no laboratório de química se eu não o tivesse empurrado para longe.

Eu teria me arrependido, mas acho que teria gostado.

Encarei seus cílios e a maneira como eles roçavam a pele abaixo dos seus olhos.

Os meus próprios se encheram de lágrimas que me recusei a derramar.

Acho que entendia o motivo de as pessoas se deixarem ser usadas, mesmo que por apenas uma noite, se isso significasse não ficar sozinho ao menos uma vez.

Virei de lado, vendo-o dormir, mas depois notei algo e olhei para baixo, deparando com o olhar atento de Damon, deitado de bruços. Sua cabeça estava apoiada na mão, os olhos afiados enquanto erguia os dedos e arrastava o polegar pela garganta, sem piscar uma única vez enquanto me encarava.

Apertei o saco de dormir ainda mais ao ver a expressão feroz em seu olhar.

Rolando, encarei o teto de novo, captando a mensagem. *Você não é especial, então não se confunda, garota.*

Enfiei a mão no bolso e toquei a barrinha de cereal.

Só que agora eu não sentia mais fome alguma.

NIGHTFALL

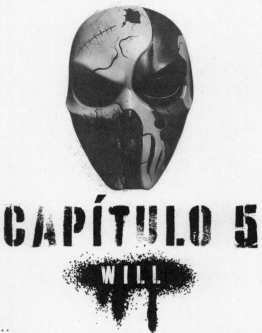

CAPÍTULO 5
WILL

Dias atuais...

Eu a encarei através do espelho falso enquanto ela olhava para todo lado, observando o quarto do Aydin. Assim que reparou no banheiro, ela correu pela porta e abriu a torneira, enchendo um copo com água. Ela inclinou a cabeça para trás, engoliu tudo e voltou a encher, bebendo de novo.

Finalmente pisquei, cerrando os punhos enquanto observava sua calça preta apertada e rasgada, a blusinha branca com a gola abotoada até o pescoço. Ela poderia parecer a arquiteta adulta que era se não fossem os tênis brancos da Adidas em vez de saltos.

A diversão curvou os cantos dos meus lábios, ao me lembrar de ter ouvido suas palavras uma vez na aula: *Não importa se chego em grande estilo, se não consigo chegar de jeito nenhum.*

Ela não tinha mudado nem um pouco. Por que caralho ela estava aqui?

Deixei meus olhos percorrerem seu corpo, ciente de que ela não podia me ver enquanto eu observava seu cabelo escuro, anelado e bagunçado por causa da queda. O rubor em suas bochechas contra sua pele bronzeada ainda era tão bonito quanto antes, e eu podia apostar que minha mão ainda se encaixava ao redor daquele pescoço delgado.

Minha boca encheu d'água e meu pau começou a inchar.

Ao voltar para o quarto, ela carregava mais um copo de água cheio e o colocou em cima do gaveteiro antes de andar de um lado ao outro pelo cômodo. Suas roupas estavam sujas de lama, e uma folha ainda permanecia grudada no cabelo enquanto ela retorcia as mãos.

Micah e Rory a deixaram aqui há uma hora, enquanto Aydin e Taylor foram para algum lugar.

Aydin voltaria, no entanto. Olhei para sua cama — a maior da casa — com seus novos lençóis brancos e o luxuoso edredom de penas.

Passando por cima, ela ergueu o travesseiro até o nariz e inalou o cheiro dele.

Entrecerrei o olhar, sentindo o nó apertar meu estômago.

Ela se afastou, e depois voltou a segurá-lo, inspirando-o novamente. Aquilo me fez cerrar os dentes.

Depois de largar o travesseiro na cama, Em continuou andando ao redor do quarto, abrindo gavetas e armários, revirando os arquivos médicos e desenhos na mesa dele, e inclinou-se para baixo para analisar os frascos com restos de animais flutuando no formaldeído.

Em seguida, pegou um dos ossos espalhados em sua mesa e o ergueu, virando-o para cima.

Ela sibilou, percebendo o que era e o jogou de volta sobre a mesa.

Um sorriso se espalhou pelo meu rosto.

Ela pegou o estilete com o qual Aydin a deixou ficar e o empunhou antes de tomar outro copo de água e caminhar até a porta trancada, sacudindo a maçaneta para ver se estava trancada.

O que ela achava que ia fazer?

O que *eu* ia fazer? Ela estava nos meus planos, mas ainda não.

Isso mudava as coisas.

Ela andava para lá e para cá, respirando com dificuldade e cada vez mais nervosa, até que parou.

E me encarou.

Inclinei a cabeça quando ela semicerrou os olhos e andou lentamente até o espelho em sua parede, parando bem na frente dele.

O espelho retangular tinha cerca de um metro de largura, e ela parecia enxergar através dele, mas seu olhar nunca realmente encontrou o meu.

Ela não conseguia me ver, mas sabia claramente que aquilo era mais do que um espelho. Ela era tão esperta que era quase impossível enganá-la por muito tempo.

Ela espreitou pelas bordas do espelho, tentando arrancá-lo da parede ou afastá-lo o suficiente para ver por trás, e eu me aproximei até não conseguir chegar mais para a frente.

De pé, ela estendeu o dedo indicador e encostou a unha na superfície, inclinando-se para ver se o reflexo tocava a ponta. Um pequeno teste para determinar se um espelho era falso ou não.

O canto da minha boca se curvou em um sorriso.

Emory respirou fundo e congelou.

Uh-oh.

Ela ficou ali um instante, e então... aprumou a postura e encarou através do vidro, procurando por qualquer um que a estivesse observando.

Ergui os dedos para o espelho, a menos de um metro do rosto dela enquanto encarava fixamente seus olhos deslumbrantes, engolindo o gosto amargo na boca.

Nove anos. Nove anos, e eu ainda queria transar com ela.

Só que agora, eu não seria amoroso e gentil. A merda tinha mudado.

— Você precisa aceitar — ela disse, olhando através do espelho.

Agucei os ouvidos, atento a suas palavras.

— Porque você é fraco demais para saber como conquistar o que quer. É por isso que você está aqui.

Ela recuou e depois ergueu o pé, chutando o vidro com uma expressão enojada.

Eu apenas continuei ali, encarando-a fixamente.

— Vamos lá, Will — ela implorou. — Acabe com a espera e vamos lá...

Ela chutou o vidro de novo e de novo, rangendo os dentes, e aquilo quase me fez sorrir outra vez, quando me lembrei daquela noite no laboratório. Como ela nos desafiou, tão pronta para enfrentar o perigo.

Tão forte. Tão arrogante. Eu gostava de teimosia. Gostava de mulheres que assumiam o controle.

Mas depois ela prosseguiu, inspirando com força e de forma superficial.

— Não tenho culpa — murmurou. — Não tenho culpa de você ter baseado a sua felicidade em uma ilusão criada na sua cabeça de que eu te amava e poderíamos ter uma vida juntos.

Minha diversão acabou na mesma hora, e flexionei a mandíbula.

— Fiz o que tinha que fazer, e o faria novamente — ela rosnou, a voz vacilante. — Eu faria de novo.

Ela arfou e fechou os olhos, encostando a testa no espelho e dando um soco no vidro.

— Eu faria de novo — ela disse, as palavras sufocadas pela voz embargada pelas lágrimas.

Movi a palma da minha mão e pressionei contra a dela, encarando seu rosto a centímetros de distância enquanto esfregava sua bochecha com meu polegar.

— Não se preocupe, querida — murmurei. — Eu pretendo merecer desta vez.

A excitação se agitava no meu estômago, e cerrei o punho, quase sendo capaz de sentir seu pescoço entre meus dedos.

Uma batida soou à porta antes que ela se abrisse por completo, e Aydin entrou com um prato na mão.

Meu coração martelou, e observei enquanto ele parava e a observava, seus olhos repletos de malícia.

— Você está com fome? — ele perguntou.

Ela ergueu a cabeça e se virou como se não o tivesse ouvido bater. Desembainhando a lâmina, ela a segurou firmemente ao lado, recuando para se distanciar um pouco mais dele.

Ele soltou o prato e os talheres de prata sobre a mesa e olhou para cima enquanto enfiava as mãos nos bolsos.

— Eu disse que não lhe faria mal.

— Não me lembro de você dizer isso.

— Não? — Ele sorriu. — Bem, eu pretendia dizer.

Ele falou que ninguém a tocaria. Não era a mesma coisa, e isso eu havia aprendido aqui.

Ele a encarou, e eu cruzei os braços, assistindo-o observá-la e esperando por qualquer movimento. Mas ele simplesmente respirou fundo e se virou.

— Coma — ele disse, caminhando até a porta. — E tome banho. Você está imunda.

Ele apontou para a banheira de porcelana branca, no canto do quarto.

— Ou eu mesmo vou te dar banho — advertiu por cima do ombro. — E há quatro caras aqui que podem te segurar para que eu faça isso.

Ele fechou a porta e trancou em seguida, e ela ficou ali por um momento, olhando da porta para mim, atrás do espelho, e de volta para a porta. Pegando a cadeira na escrivaninha, ela a colocou debaixo da maçaneta como se isso nos mantivesse para fora, e então deu a volta, erguendo o prato até o rosto.

Ela cheirou o macarrão.

Ele não envenenaria a comida dela. Qual seria a graça disso? Aydin estava apenas começando com ela.

Fechei os olhos, virando de costas.

NIGHTFALL

Segurei a moldura da janela de ambos os lados, contemplando a vasta e silenciosa noite do ponto mais alto da casa.

Michael.

Eles a tinham mandado para cá. Eu sabia disso. Mas por quê? Para me motivar?

Só podia ter sido eles, e se conseguiam infiltrar alguém aqui, por que não escolheram um deles para vir?

Eu tinha meus planos para ela, mas havia coisas maiores em jogo neste momento, e não era a hora.

Caralho.

Apertei a moldura, ouvindo a madeira estalar.

Eles sabiam o que ela tinha feito? Deviam saber para que Rika, Banks e Winter estivessem de acordo com isso.

Foi meio legal, eu acho. Imaginei que eles me encontrariam em algum momento, e nunca duvidei que procurariam, pelo menos, mesmo que tivessem que fazer isso pelo resto da vida.

Infelizmente, nada disso era necessário. Eu sabia exatamente o que estava fazendo, e mesmo que isso me irritasse, eu não podia culpá-los por duvidarem que eu estava no controle.

A escada rangeu, e ouvi uma voz atrás de mim quando alguém entrou no meu quarto.

— Pode terminar isso? — Aydin perguntou.

Olhei por cima do ombro, vendo-o de pé no topo da escada que levava ao meu quarto no sótão. Ele caminhou, segurando a camisa na mão e me encarando como uma serpente.

Sempre como uma cobra, se encolhendo para matar, e quando dava o bote, você nem sabia o que havia acontecido até que já fosse tarde demais.

Assenti, tirando a camiseta e jogando-a na minha cama. Peguei meu kit e me juntei a ele no banco inteiriço de couro que estava encostado na parede.

Colocando a camisa no chão, ele se deitou no banco e pôs o outro braço sob a cabeça enquanto eu despejava o resto da tinta preta em um pequeno recipiente.

Sentei-me e peguei as agulhas amarradas a um lápis e mergulhei na tinta. Aproximei-me dele, inclinando sobre seu ombro direito.

— Então, o que devo fazer com ela? — ele perguntou.

Hesitei por um instante, mas depois pressionei a ferramenta de três agulhas nele, perfurando a pele enquanto a tinta se infiltrava imediatamente na lesão.

Não respondi, porque sabia que era melhor me manter calado.

— Você não a ajudou — devaneou, sem se preocupar com a dor. — Era nítido que ela esperava que você o fizesse.

Pressionei repetidas vezes, retocando as agulhas na tinta a cada poucos instantes enquanto tatuava a linha final e a coloria.

Seu peito subiu e desceu em respirações constantes, sem perder uma batida. Eu tinha um pouco de tinta profissional no meu corpo, mas muitas das minhas tatuagens eram feitas em casa dessa forma, e eu sabia que doía pra caralho.

Assim como Damon, porém, era a dor ou nada com Aydin.

— Ela é uma guerreira — ele disse.

Ele olhou para o teto abobadado do meu pequeno esconderijo para onde eu havia me mudado depois da minha primeira noite aqui. Os quartos e tapetes brancos, com todos os móveis também brancos lá embaixo me davam calafrios. Eu queria meu espaço, e de um lugar escuro.

Além disso, as janelas se abriam para o teto aqui em cima. Eu gostava da vista.

— Eu amo isso nela — continuou. — Desde que ela não se enforque com a pequena corda que estou lhe dando. Você percebeu isso? — Ele me encarou. — É como se ela não entendesse de fato a gravidade da sua situação. Presa, sem nenhuma maneira de sobreviver se sair, e com cinco homens que querem ter o tipo de diversão da qual fomos privados por tanto tempo, que uma simples questão de dinheiro pode fazer desaparecer se ela reclamar.

Cerrei os dentes, apertando as agulhas com força. Seu músculo se contraiu sob a mão, mas, mesmo assim, ele se manteve concentrado em mim.

— Qual era o nome dela mesmo? — ele perguntou baixinho. — Emory?

Os músculos dos meus braços retesaram a ponto de doer. Engoli na marra o nó que se formou na garganta.

NIGHTFALL

— Aqueles olhos... — ele murmurou. — Castanhos com um leve toque dourado. Eles são lindos. Fico me perguntando qual será a aparência deles no calor do momento.

Encarei seu ombro e o desenho que ele me instruiu a tatuar com tanta intensidade que fiquei surpreso de sua pele não ter pegado fogo.

— Como consigo fazê-la gozar? — ele perguntou, me observando.

Apertei o instrumento com mais força.

— Algumas mulheres precisam de um polegar dedilhando o clitóris quando você está dentro delas, sabia? — ele zombou. — Ela gosta que os homens façam isso com ela?

Cerrei os dentes, fazendo um buraco em sua pele e ouvindo o pequeno estalo. Ele sibilou baixinho, mas depois sorriu, contente por ter conseguido mexer com a minha cabeça.

— Nossos pais não nos mandaram aqui para que aprendamos a nos comportar, Will. Eles também usufruiriam dela, com ou sem permissão. — Ele fez uma pausa e depois continuou: — Eles nos enviaram aqui como punição por não termos mais cuidado com a discrição. Para aprender a não sermos descuidados — explicou.

Meu pai não me mandou para cá. Eu não entendia como qualquer pai poderia enviar seu filho para um lugar como este, porque uma coisa realmente era certa, caso eles saíssem daqui: laço sanguíneo não é amor, e o amor é a única coisa que gera lealdade.

Encarei Aydin, que agora olhava novamente para o teto. No tempo em que passei aqui, eu tinha entendido Micah, Rory e até Taylor, mas Aydin...

Ele estava aqui há mais tempo, e a essa altura, ele poderia ter ido longe demais para voltar atrás.

— Quando eu tinha vinte anos, estava em um casamento em um *resort* — ele contou, um olhar distante em seu rosto —, e vi um dos sócios do meu pai drogar sua própria esposa, deitá-la em uma cama, e recuar enquanto ele deixava meu pai subir em cima dela e fodê-la para selar um acordo.

Parei, algo similar a aflição cruzando seu olhar. Mas depois desapareceu.

— Depois de um tempo, você sabe que nunca vai escapar disso — ele disse —, então ou você continua lutando contra o mal, ou pode reinventá-lo. — Ele se virou para me encarar de novo. — A maior diferença entre mim e meu pai é que eu simplesmente não me importava se alguém via o sangue nas paredes.

Não consegui me mover por um instante.

Em...

Abaixei a cabeça e terminei o desenho, passando a última camada de cor.

— Não se preocupe — declarou. — Não sou nem um pouco parecido com o meu pai. Ou Taylor, ou Damon Torrance. Eu não forço ou obrigo ninguém. — Ele diminuiu o tom de voz: — Vai feri-lo muito mais se ela quiser.

Então ele se abaixou, esfregando seu pau por baixo da calça, e as agulhas na minha mão tremeram por um momento enquanto a tentação se instalava nas minhas entranhas.

Eu tinha Micah e Rory. Taylor podia ser controlado.

Ninguém tocaria em Emory se eu acabasse com Aydin aqui e agora.

Ele ficou ali deitado, me observando e esperando, me dando a oportunidade – me desafiando –, mas...

Finalmente, ele apenas sorriu e se sentou, pegando um pano limpo da mesa e limpando o sangue de seus ombros.

— Tudo faz parte de um plano maior — ele disse. — Se é Deus ou destino ou outra coisa, eu sinceramente acredito nisso, Will. — Ele largou o tecido e olhou para mim. — Vamos sempre ser importantes um para o outro.

Ergui a cabeça, incapaz de disfarçar minha expressão carrancuda.

Ele agarrou minha nuca e me deu um tapinha tranquilizador, acenando depois para o saco de lixo preto que eu usaria para cobrir sua tatuagem.

— Acabe logo com isso — ele disse. — Vai ser uma noite daquelas.

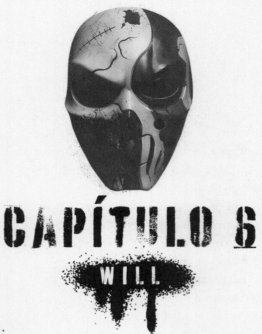

CAPÍTULO 6
WILL

Nove anos atrás...
Eu deveria ter tocado nela.

Dei uma tragada no cigarro e joguei o isqueiro de Damon de volta no porta-copos, soprando a fumaça pela janela lateral do motorista.

Mas não... Ela não iria querer que eu a tocasse.

Esfreguei a têmpora e fechei os olhos. Ela estava acabando comigo. Estava me rechaçando há anos.

Monstros de verdade não usam máscaras, William Grayson III. Um sorriso curvou os cantos dos meus lábios. Mas ela era imprevisível, não era? Eu não conseguia parar de pensar na noite passada e na "festa do pijama".

Dei mais um trago e assoprei a fumaça enquanto apertava o volante sob meu punho.

— Isso está te irritando? — Michael perguntou ao meu lado, e pude ouvir o divertimento em sua voz no banco do passageiro da minha caminhonete.

Olhei para o lado, vendo-o encarar os nós dos meus dedos brancos apertando o volante.

— Nada me irrita — murmurei, vendo sua cabeça inclinada para trás e os olhos mascarados. — Só que quando *eu* dirijo, é o Damon que se senta na frente — ressaltei. — Na rara ocasião em que você me deixa dirigir de noite.

— A única razão de você estar dirigindo é para que possamos levar o barril até a igreja — ele disse. — Se você não tivesse uma caminhonete...

— Então talvez eu fosse inútil? — concluí por ele.

Ele riu. Mas não argumentou, não é mesmo?

— Aquela cesta de três pontos da lateral certamente não foi nem um pouco inútil — Kai brincou detrás.

Encarei-o pelo espelho retrovisor, mas seu rosto estava abaixado e enfiado em um livreto.

Balancei a cabeça e desviei o olhar para a janela. Eu tinha meus talentos. Pelo menos estava bem no jogo de ontem à noite.

— Já estava na hora — Michael resmungou.

Soprei a fumaça e segui seu olhar, vendo Damon finalmente sair correndo da catedral e atravessando a rua.

Passando o cigarro para a mão esquerda, liguei o motor novamente.

— Sai daí. — Damon abriu a porta do passageiro e sacudiu o polegar para Michael. — Agora.

Mas Michael simplesmente ficou sentado no lugar, parecendo se divertir.

Damon arqueou uma sobrancelha.

— Te coloco no meu colo se você quiser — disse a ele —, mas eu vou me sentar aí.

Ri baixinho. Michael conhecia as regras. Quando ele dirigia – o que era quase sempre –, Kai ia na frente. Quando eu dirigia, Damon e eu estávamos no comando.

Depois de estalar os polegares por um instante, Michael finalmente cedeu. Ele saltou para fora da caminhonete, ambos se encarando como se fosse um concurso de mijo.

— Eu estava torcendo para que você dificultasse as coisas — Damon zombou.

Michael provocou de volta:

— Te deixei de pau duro, é?

Damon sorriu e subiu, enquanto Michael deu a volta e se sentou atrás do meu banco.

— Por que demorou tanto? — Agarrei o volante, esperando que ele colocasse o cinto. — O que diabos você faz lá dentro por tanto tempo?

— Ele fica lá toda quarta à noite — Kai destacou. — Tem alguma reunião do clube de castidade feminina com mais de dezoito anos ou algo assim?

— Qual é... — Damon reclamou. — Isso é fácil demais para mim. Elas não têm que ter dezoito anos.

— Ou serem mulheres — acrescentou Kai.

Dei uma risada enquanto Damon se virava e dava um soco de brincadeira no Kai.

NIGHTFALL

— Idiota.

Kai apenas riu, tentando se proteger.

Sacudi a cabeça, me afastando do meio-fio e voltei para a rua.

Mas então Damon gritou para mim:

— Espere, espere, pare!

Pisei nos freios, vendo Griffin Ashby, o prefeito da cidade, bem na frente da caminhonete.

Merda. Foi por pouco.

Ele nos encarou, vestido com seu terno cinza, camisa amarela e gravata, estreitando o olhar para Damon ao atravessar a rua. Damon encarou de volta, mas quando a expressão de Ashby se torceu em uma carranca, Damon ergueu o dedo do meio, zombando dele.

Ashby desviou o olhar, subindo para a calçada e desaparecendo na Taverna *White Crow*.

Pisei no acelerador e disparei pela rua.

— O que se passa entre você e ele?

Damon suspirou, tirando um cigarro do maço e colocando-o entre seus lábios.

— Arruinei a filha dele.

— Arion? — Michael perguntou. — Pensei ter ouvido você dizer que ela tinha o poder cerebral de uma batata Pringles.

— Essa não — Damon murmurou, acendendo seu cigarro.

A outra filha de Ashby devia ter apenas catorze anos, mais ou menos. Eu nunca tinha visto ela e Damon juntos.

Mas seu olhar estava voltado para fora da janela aberta agora que ele fumava, e se eu sabia alguma coisa sobre Damon, era que ele estava sendo evasivo de propósito.

Subindo as colinas, percorrendo a estrada escura; o sol já se tinha posto há uma hora e o céu agora estava quase preto.

Kai folheou uma página em seu livreto.

— O que é isso? — perguntei.

— Catálogo de cursos. — Ele virou outra página, com mais força dessa vez. — Um maldito catálogo de cursos.

— Venha comigo para Westgate — Michael falou.

— Ou UPenn comigo — Damon acrescentou.

Eu dei um sorriso.

— Ou Fiji comigo.

— Você vai comigo para a UPenn — Damon falou para mim.

Sem chance.

Joguei as cinzas pela janela e dei outra tragada. A faculdade estava a meses de distância, mas as decisões precisavam ser tomadas em breve. Se eu não fosse um Grayson, nunca conseguiria entrar em Princeton, mas já estava tudo acertado, e eu iria para Nova Jersey no próximo verão, querendo ou não.

Não conseguia pensar em nenhum lugar onde quisesse estar menos, mas também não conseguia pensar em nenhum lugar melhor para estar. Esse era o meu problema. Como disse meu pai: *Até que você possa tomar uma decisão, nós a tomaremos por você.*

Aparentemente, um vagabundo de praia nas ilhas polinésias não era um objetivo alto o suficiente.

Kai jogou o catálogo no banco ao seu lado.

— O meu pai quer que eu fique por conta própria. Ele acha que todos nós precisamos de distância.

— De todos nós, ou apenas do Will e de mim? — Damon perguntou, divertido.

Sim, Katsu Mori não tinha uma opinião muito boa sobre nós. Damon era encrenca, e eu não era... nada. Pelo menos Michael era ambicioso. Ele era um líder nato, e o pai de Kai respeitava isso como uma influência viável para seu filho.

Mas Kai apenas retribuiu a zombaria.

— Não diga isso — ele falou para Damon. — Ele ficou realmente lisonjeado por você ter aprovado seu gosto por mulheres quando ajustou seu pau na calça só por ter visto a minha mãe.

— Em traje de banho, Kai! — Damon salientou, olhando para Kai por cima do ombro. — Quero dizer, mas que porra? Jesus...

Dei uma risada, lembrando daquele dia no verão passado, quando estávamos todos na casa de Kai.

— E todos vocês acham que eu não tenho vergonha nenhuma — Damon resmungou. — Se ela não fosse sua mãe...

— Meu pai ainda puxaria seu pau pelo estômago e o extrairia pela boca? — Kai retorquiu.

Damon se acalmou, sentando-se de novo e enfiando o cigarro na boca.

— Filhinho de papai.

Kai balançou a cabeça, mas vi o sorriso desvanecer quando ele olhou pela janela.

— Talvez a gente possa ficar na área e ir para Trinity em vez disso — Michael disse —, para que todos possamos estar perto da mãe de Kai.

Bufei, todos nós rindo enquanto Kai revirava os olhos.

Soltei uma baforada do cigarro, a constatação começando a se instalar. Estava a meses de distância, mas estava chegando. Faculdades diferentes. Estados diferentes.

Pessoas novas.

E isso era o que mais me assustava. As pessoas nos mudam. Outras se tornam importantes, enquanto outras se tornam menos, e logo não estaríamos mais por perto.

Ela não estaria por perto.

Desviei o olhar para janela, o inevitável pesando sobre meus ombros como uma tonelada.

— Okay, Noite do Diabo… — Michael pigarreou. — Provavelmente as catacumbas, mas mantenham o cemitério em mente — disse para nós. — Estou pensando em mudar esse ano. Há algumas tumbas, e aquele Campanário na floresta. O que vocês estão pensando para seus trotes?

Ainda não havia conseguido pensar em nada. Nada bom, de qualquer maneira.

— Estou pensando em sair da cidade — Kai respondeu. — Meridian. O distrito de *Whitehall*, talvez. Ou o teatro de ópera? Talvez reservar um andar em um hotel…

— O objetivo é estar aqui com a nossa galera — Damon relembrou. — No nosso território.

Kai ficou em silêncio, e eu o vi abrir novamente seu catálogo de cursos, murmurando:

— Foi só uma ideia.

Observei os dois, meio que curtindo como eles quase nunca se davam bem. Kai estava pronto para o amanhã. Damon não queria nunca que o hoje passasse.

Eu não tinha ideia de onde diabos estava metade do tempo, muito menos onde queria estar.

Uma ideia me passou pela cabeça, no entanto.

— O *The Cove* — soltei. — Depois do horário.

Damon assentiu.

— Parece uma boa ideia.

Então eu o encarei.

— Ouvi um boato de que o lugar talvez não fique aberto por muito mais tempo.

— Melhor ainda.

— Problemático demais — Michael interveio. — Pessoas bêbadas se tornam estúpidas, e pessoas estúpidas em montanhas-russas vão me irritar.

Ah, qual é... Seria divertido. Só nós e alguns outros – apenas convidados. Mas, como sempre, minhas ideias foram descartadas.

— Irei pensar em alguma coisa — Kai disse a ele. — Algo que nos permita terminar a noite inteiros, e entre os lençóis com algo bonito.

— Aí, sim — Damon respondeu. — Isso era tudo o que você tinha que dizer.

Sacudi a cabeça, lembrando quais eram nossas verdadeiras prioridades. Fiz a curva, subindo em direção ao cemitério, mas logo depois, luzes azuis e vermelhas piscaram no retrovisor, e vi faróis me mandando parar.

— Argh, caralho — grunhi. — Aquele filho da puta.

Maldição.

Pisando nos freios com mais força do que o necessário, guiei a caminhonete para o acostamento e parei, ouvindo o ruído do cascalho por baixo.

— Will... — Kai começou.

— Vou segurar a minha língua — garanti a ele, já sabendo o que diria. Tirei a maconha do console e a joguei para Damon. — Livre-se disso.

— Mano, que porra é essa? — Kai ladrou.

Mas eu o ignorei.

— Livre-se agora — repeti para Damon, desligando o motor. — E não jogue pela janela. A câmera do painel dele...

— Droga — ele resmungou, enfiando no porta-luvas e fechando com força.

— Tranque. — Joguei as chaves.

— Você acha que ele sabe? — Damon me encarou enquanto trancava rapidamente o porta-luvas.

Olhei de relance para o retrovisor lateral, vendo o oficial Scott vindo até o meu lado com sua lanterna ligada.

— Acho que Em é mais esperta do que isso — comentei.

Ela não se queixaria da noite passada e da festa. Tagarelar sobre o assunto acabaria com seu orgulho. Não sei bem como eu sabia disso sobre ela, mas sabia.

— Acha que ele sabe o quê? — Michael pressionou. — O que vocês fizeram? Cacete. Vocês estão sempre fazendo merda quando não estou de olho.

NIGHTFALL

— Nós não machucamos — Damon assegurou.

— Só fizemos com que mijasse um pouco nas calças — acrescentou Kai.

Reprimi o sorriso quando Scott bateu no vidro.

Abaixei a janela e joguei a bituca do cigarro na rua, por pouco não acertando o pé dele.

Ele parou, desviando o olhar para o cigarro queimando suas últimas brasas e de volta para mim, piscando a luz para dentro do carro.

— Está aqui para ver aquela foto minha de novo? — brinquei.

Mas ele não estava rindo.

— Habilitação e identidade, por favor.

Hesitei por um instante, por via das dúvidas, e estendi a mão para o console, pegando minha habilitação e o documento do veículo, e depois minha identidade na carteira, entregando tudo para ele em seguida.

— Eu juro que tudo continua igual, desde a semana passada, Scott.

Ele não me deu ouvidos, e iluminou minha identidade como se não a tivesse visto uma dúzia de vezes nos últimos três meses, e então minha habilitação e licença do veículo, como se não soubesse que eles não expirariam até meu próximo aniversário.

— Você sabe o quão rápido estava indo? — ele perguntou, analisando tudo outra vez.

— Não estava rápido.

— Você andou bebendo? — ele perguntou, inabalável.

— Não.

Ele fez uma pausa, ainda conferindo meus dados.

— Você usa drogas?

— Às vezes — respondi.

Damon bufou, e Michael pigarreou para disfarçar a risada.

Scott se endireitou e deu um passo atrás, abaixando o rosto para me encarar.

— Saia do veículo. Quero olhar ao redor da caminhonete.

Daí eu não consegui mais me conter.

— Bem, meu porta-luvas está trancado, assim como o porta-malas, e eu conheço meus direitos, então você vai precisar de um mandado para isso — caçoei.

Todo mundo começou a rir, Damon tremia ao meu lado, e Kai se inclinou para frente, com a cabeça entre as mãos.

Sempre adorei aquela música do Jay-Z. Pelo menos eu servia para darem algumas gargalhadas.

O oficial Scott me encarou, mordendo o interior do seu lábio como se adorasse ter um argumento. Esse era o tipo de cara que usava sua arma contra alguém, alegando que o celular na mão da pessoa parecia uma pistola.

As risadas arrefeceram, e voltei meu olhar para ele.

— Desculpe — murmurei. — Sou um idiota.

Chamei-o para se aproximar, suavizando a voz.

— Eu sei como você me vê — eu disse. — Ignorante, arrogante, frívolo… Eu quero ser bom. De verdade. Com objetivos definidos, trabalhador, honesto, justo… — Fiz uma pausa. — Como Emory. Sua irmã, certo?

Ele semicerrou os olhos, os ombros agora retesados.

— Sabe de uma coisa — continuei —, é incrível que, dados os anos que sua família esteve em Thunder Bay, eu não a conheço tão bem quanto gostaria. — Voltei-me para meus amigos. — Estão ouvindo isso, rapazes? Uma garota que eu não conheço.

Algumas gargalhadas explodiram dentro da caminhonete.

Voltei-me para ele, vendo a ameaça se instalando.

Estávamos começando a nos entender.

— Todos os momentos em que andamos juntos pelos corredores da escola — zombei. — Todas as horas naquele ônibus, viajando de ida e volta por conta dos jogos fora de casa. Todas as noites após os treinos de basquete e o ensaio da banda.

— Muito tempo para conhecer alguém — acrescentou Kai. — Turner não precisou nem de cinco minutos para engravidar Evie Lind.

— Alguns de nós têm uma longevidade maior — brinquei, olhando para trás.

— Sabemos que você tem. — Michael deu tapinhas no meu ombro.

Claro que sim, eu sei.

Voltei a encarar Scott, vendo os cantos de seus olhos começarem a enrugar em uma carranca. No entanto, mascarei minha própria expressão.

— Eu te juro… — resmunguei baixo —, por mais que você não goste de mim, ainda há muito mais por vir se você não — arranquei a minha carteira de motorista e a licença do veículo da mão dele, sussurrando: — parar de me mandar encostar.

Eu era, normalmente, um garoto descontraído, mas seu tesão por mim estava fodendo com minha paciência. Ele não abordava Michael, Damon, ou Kai constantemente. Ele me enchia o saco porque devia achar que eu era burro.

NIGHTFALL

Pensavam que porque eu gostava de ser gentil, eu não sabia ser cruel.

E acredite em mim, eu era capaz disso.

Pegando as chaves da mão de Damon, dei partida na caminhonete e lancei uma última olhada no Scott, me afastando do acostamento enquanto ligava o rádio e sentia o vento soprar pelas janelas abertas.

— Tome cuidado — Michael disse, depois de um minuto. — Isso foi divertido e tudo mais, mas homens como ele têm a visão limitada. Acho que ele não vai ter o bom senso de parar. Fique de olho com o próximo passo dele.

— Eu quero que ele se foda. — Dei um soco no volante. — O que diabos ele vai fazer comigo?

Ninguém disse mais nada enquanto atravessávamos os portões abertos do cemitério. Meu interesse em Emory Scott não tinha nada a ver com seu irmão, infelizmente. Quem me dera que fosse assim tão fácil.

Mas também não era avesso a matar dois coelhos com uma cajadada só. O quanto ele surtaria se não conseguisse achá-la uma noite, e depois a encontrasse comigo?

O pensamento me fez sorrir.

Dando voltas pelas vias, enxerguei carros à frente e lanternas e fui na direção deles, estacionando atrás do Camaro preto do Bryce.

Descemos da caminhonete, Michael e Kai pegando uma caixa térmica na traseira e todos nós seguimos pela grama, passando por árvores e sebes, até o resto do time que já estava reunido ao redor da cova.

— E aí, cara — cumprimentei Simon e ergui o queixo para os outros.

Mais "e aís" soaram em volta do círculo, e Michael e Kai colocaram a caixa térmica no chão, alguns do time vindo na mesma hora pegar uma cerveja.

Olhei para baixo.

— Mas que porra?

Bandeiras sinalizadores estavam fincadas no chão, revestindo o túmulo coberto de grama, fazendo um retângulo com a largura e o comprimento de um caixão.

— Eles estão desenterrando — Bryce falou, abrindo uma cerveja. — Você acredita que esses caras estão realmente fazendo isso.

Olhei por cima do ombro, franzindo o cenho para o ridículo e novinho em folha mausoléu McClanahan, com suas colunas arrogantes e os vitrais pomposos.

— Ele não iria querer isso — Damon disse.

Encarei a sepultura antiga de Edward McClanahan, a velha lápide de mármore esverdeada pela ação do tempo, chuva e neve, as letras que marcavam os anos de sua vida mal visíveis agora. Mas nós sabíamos a data que havia ali: nascimento em 1936, e morte em 1954.

Dezoito. Jovem, assim como nós.

Ele teria dezoito anos para sempre.

Seus parentes ainda vivos queriam que a lenda que seu nome evocava morresse, assim como a notoriedade do sobrenome da família, então construíram para si um túmulo, pensando que iriam escondê-lo atrás de muros de pedra e um portão.

— Eles não vão levá-lo a lugar algum — declarei.

Michael chamou minha atenção, um sorriso perspicaz curvando seus lábios. Pegando o celular do bolso, acionei a câmera e comecei a filmar a peregrinação anual ao túmulo de McClanahan que fazíamos desde que éramos calouros.

Damon me jogou uma cerveja, e todos nós abrimos os lacres da embalagem.

— A McClanahan — Michael gritou.

— McClanahan — todos se juntaram, erguendo nossas latas.

— O primeiro Cavaleiro — Damon acrescentou.

— Entregue-nos a temporada — disse outro.

Michael, o capitão do nosso time, olhou em volta.

— Oferendas? — zombou.

Jeremy Owens veio por trás dele e se abaixou, erguendo um vestido de tule rosa com um corpete de seda barato. Parecia um traje de balé.

— Quase isso. — Ele jogou a réplica do vestido de baile da namorada de McClanahan no túmulo.

Simon tomou um gole de sua cerveja.

— Tudo o que eu queria saber é como aquela vadia ficou esborrachada no penhasco.

— Nunca saberemos — Michael disse. — Apenas que quando chegou a hora, ele fez o que tinha que fazer. Ele se sacrificou pelo bem da equipe. Pela família. Quando se trata disso, será que algum de nós faria o mesmo? Ele era um rei.

Não era a porra de um rei. É um rei do caralho, porque para nós, ele era uma parte viva e pulsante desta cidade.

— Entregue-nos a temporada — Kai declamou, levantando a cerveja.

NIGHTFALL

— Lembre-nos o que é necessário — alguém acrescentou.

E então todos entoaram:

— Pela equipe.

— Pela família.

Movi a câmera em torno do círculo, mostrando todos.

— Entregue-nos a temporada! — eles gritaram.

— Entregue-nos a temporada!

E de novo.

E de novo.

Alguns derramaram cerveja sobre a cova, e em todo o vestido acima dela, as velas espalhadas em devoção cintilando na brisa leve.

Nós nunca explicamos isso a ninguém. Era como as pessoas que não acreditavam realmente em Deus, mas ainda assim iam à igreja.

Havia algo a ser dito pela tradição. Ritual.

Era bom para a equipe.

O time de basquete vinha aqui há décadas, no início de cada temporada. Nós nunca deixaríamos de vir.

Uma hora depois, uma pequena fogueira ardia dentro das ruínas de St. Killian, o barril já meio vazio e risadas e gritos ressoavam de baixo, nas catacumbas.

Damon se sentou em uma espreguiçadeira dilapidada, encarando as chamas enquanto duas meninas conversavam e o observavam do canto mais próximo da sacristia.

Esperando...

— Queria que ele tivesse se tornado um adulto — comentei, jogando um galho no fogo. — Fico me perguntando qual seria a aparência dele agora.

— McClanahan? — Damon perguntou.

— É.

Ele esperou, as chamas cintilando em seu olhar.

— Ele não seria especial se não morresse.

— Ele era especial antes disso. — Ele era um capitão, como Michael. Ele era um líder, altruísta, um lutador...

Ninguém realmente sabia o que tinha acontecido naquela noite.

— Ele não seria especial — Damon repetiu. — Todos mudam. Todos nós crescemos.

— Eu não.

Ele deu uma risada.

— Você vai ter que ser alguém algum dia.

— Vou ser o Indiana Jones.

Ele apenas sorriu, mas manteve o olhar no fogo. Ele nunca tentou me arrastar para a realidade tanto quanto Michael e Kai. Eu não tinha ideia do que eu queria ou quem eu queria ser. Eu só queria minha galera, e queria a menina dos meus sonhos.

As garotas riram novamente, e os olhos de Damon brilharam quando, finalmente, as viu.

— Você vem? — ele suspirou.

Segui seu olhar, admirando as pernas e os cabelos, imaginando como seria fácil me divertir um pouco e desafogar um pouco, mas...

— Não sei — murmurei. — Você já pensou em fazer essa merda no conforto da sua cama?

Eu estava cansado de brincar nas catacumbas, mas Damon não gostava de brincar sozinho. Ele precisava de mim.

Eu gostava que alguém precisasse de mim.

— Por que ninguém nunca entra no seu quarto? — perguntei. — Nem eu. Nem o Michael. Nem o Kai. Com certeza, nenhuma garota. Não podemos ir todos para um lugar confortável?

— Você quer ver minha cama? — Damon zombou.

— Quero ter certeza de que não é um caixão.

Ele bufou, mas mesmo assim... não respondeu a pergunta. Afinal, o que ele estava escondendo lá dentro?

Encarei novamente as garotas, mas meu olhar passou por elas como se nem estivessem lá.

Eu não queria isso hoje à noite. Eu não queria brincar aqui.

Preferia reviver a noite passada, mesmo que tudo o que eu e aquela garota fizéssemos era brigar.

Sorri para mim mesmo. Ela tinha adormecido com os óculos ontem à noite, e eu o tirei de seu rosto sem que ela notasse. Adorava a maneira como sua gravata estava sempre meio apertada, as mangas muito longas e nunca abotoadas, e, ultimamente, eu cultuava a sua pele. Especialmente a pele macia do seu pescoço.

Eu odiava a escola, mas ficava ansioso pela segunda-feira. Ela tinha ido embora quando acordei esta manhã, e eu queria vê-la me encarando depois da noite passada.

Alguma coisa teria mudado? Teria seu olhar afiado arrefecido pelo menos um pouco?

NIGHTFALL

— Você não é bom o bastante para ela — Damon comentou, rompendo o silêncio.

Então eu o encarei fixamente. Como ele sabia o que eu estava pensando?

— Você nunca será bom o bastante para ela — salientou. — É melhor você já saber disso agora.

— Um amigo me ajudaria a conseguir o que quero — retruquei.

Ele ficou em silêncio, e eu o estudei.

— Você não quer que eu tenha o que quero — comentei. — Você não quer que Michael ou Kai tenham o que eles querem.

— Eu também não deveria ter tudo o que quero — argumentou. — Obter o que você quer te faz correr o risco de perder o que já tem, e nada pode ficar entre nós. — Ele ergueu a cabeça, encontrando meu olhar. — Nada será tão perfeito quanto isto. Eu não gosto de mudanças.

Ele se virou novamente, encarando o fogo.

— Michael tem sempre tudo sob tanto controle — continuou, sua voz se tornando cada vez mais áspera. — Eu adoraria mostrar a ele o que ele realmente precisa. Eu adoraria ver Kai perturbado e confuso. Realmente transtornado, para que nada que eu tenha possa me escapar. Eles agem como se não precisassem de nós. Gostaria que eles soubessem que precisam.

Eu sabia o que Damon tinha feito para cravar os dentes naqueles ao seu redor.

— Você também quer me foder? — quase sussurrei, um sorriso suave curvando o canto da minha boca.

Ele sorriu, ainda sem me encarar.

Mas, surpreendentemente, respondeu:

— Às vezes.

Fiquei imóvel.

— Às vezes penso nela nos observando — ele continuou. — Acho que ela ia gostar, mas ela odiaria o fato de estar gostando.

Com Damon, ele não via a pessoa. Ele se sentia atraído pelo controle. Obrigar as pessoas a fazerem coisas que normalmente não fariam. Era tudo uma questão de folgar um parafuso na cabeça. Como um anzol, ele cavava um jeito de entrar nas suas cabeças e ficava lá, muito tempo depois de ter ido embora.

E seus amigos eram a coisa que ele considerava mais valiosa. Ele morreria por nós, mas a parte assustadora era que isso poderia não ser o pior que poderia acontecer.

— Ela nunca será para você o que somos — ele me disse —, porque ela é muito medrosa, muito orgulhosa e muito entediante. — Ele parou e finalmente se voltou para mim. — Ela nunca te amaria como você merece, porque ela não o respeita. Você é muito superficial para ela.

E senti minhas entranhas se retorcerem, repetidamente, criando um buraco no meu estômago, porque eu sabia que ele estava certo, e eu queria que ele fosse à merda.

O que ela veria em mim?

E por que diabos eu me importava? Eu era William Grayson III. O neto de um senador. O melhor arremessador do nosso time de basquete, e ela virá à minha empresa daqui a dez anos, implorando por um subsídio para financiar sua teoria estúpida sobre a viabilidade de fazendas verticais com seus próprios microclimas ou alguma merda assim.

Eu não precisava dela.

Tirei as chaves do bolso, sem me importar onde Kai e Michael haviam se enfiado. Todos iriam encontrar o caminho de volta para casa.

Dei meia-volta.

— Tenho que ir.

— Will.

Mas eu não parei. Seguindo lá para fora, entrei na caminhonete e saí dali, voltando para a rodovia, não dando a mínima se aquele babaca me parasse de novo.

Esfreguei a mão no rosto, sacudindo a cabeça enquanto toda aquela conversa repassava na minha mente.

Emory Scott me odiava, mas ela odiava quase todo mundo. Então, ela estava me obrigando a lutar por isso. E daí? Eu ficaria desapontado se ela não o fizesse. Ela também não respeitava Michael, Kai ou Damon. Essa constatação não deveria doer.

Mas doía.

Eu sempre gostei dela. Sempre a busquei com olhar.

E com o passar dos anos, encontrando com ela nos corredores e sentindo sua presença na sala de aula ao meu lado, ela ficou gostosa pra caralho de uma maneira que ninguém mais parecia notar, a não ser eu.

Meu Deus, ela tinha uma boca suja... Eu amava sua arrogância e sua raiva, porque eu estava sempre muito quente e precisava do gelo.

Isso me fez sorrir.

Mas eu também via coisas que ninguém mais enxergava. A maneira fofa como ela tropeçava em uma pedra na calçada ou ia de encontro a uma caixa de correio, porque seus olhos estavam contemplando as árvores em vez de observar para onde estava indo.

Como ela empurrava sua avó na cadeira de rodas para o vilarejo, ambas sorrindo e tomando sorvete juntas. Emmy segurava sua mão o tempo todo em que ficavam ali sentadas.

A maneira como ela trabalhava tanto, sozinha, sem ninguém para fazer companhia em seus projetos criativos pela cidade.

Havia tanta coisa ali que as pessoas não viam. Ela não deveria ficar sozinha o tempo todo.

Mas Damon estava certo. Ela nunca estaria nos meus braços. Ela nunca baixaria a guarda.

Eu me virei, passando pela rua dela e indo direto para a vila, parando no gazebo que ela havia começado a construir antes do início do ano letivo. Algum projeto que ela havia convencido a cidade a deixá-la construir no parque, no centro da praça.

Ela sempre trabalhava aqui se não estivesse na escola ou no ensaio da banda. Parei na calçada fora do *Sticks*, encarando o parque e as vigas subindo em direção ao céu, mas ainda sem telhado.

Ela não estava lá.

Era sábado. Ela, provavelmente, tinha ficado lá o dia todo, mas eu não consegui chegar a tempo.

Voltando para a rua, passei de carro pela catedral, prestes a voltar para casa, mas logo depois... eu a vi.

Ela puxou o capuz do seu casaco sobre a cabeça, o longo cabelo castanho solto às costas enquanto ela agarrava a bolsa sobre o peito.

Continuei dirigindo, mas fiquei olhando para trás, observando-a.

Os óculos dela dificultavam de ver seus olhos, mas eles estavam enterrados no seu celular, de qualquer maneira.

Damon estava lá dentro há duas horas. Ela estava também? Há quanto tempo ela estava lá dentro hoje à noite?

Pensei que ela fosse judia. Se não, eu ia me sentir idiota pelo presente do *Yom Kippur* que deixei em seu armário.

Continuei dirigindo, vendo-a desaparecer pelo espelho retrovisor, desejando voltar para encontrá-la, mas eu sabia que ela não aceitaria uma carona minha.

Ela não aceitaria nada de mim.

Eu não era nada, e ela sabia disso, e em dez anos, ela seria incrível, e eu não seria nada.

Ela nunca precisaria de mim.

Em poucos minutos, eu estava descendo os degraus das catacumbas, ouvindo sussurros abaixo, e me dirigindo para o quarto que Damon mais gostava.

Eu me recostei contra o umbral da porta, vendo-o largar a camisa no chão antes de desgrudar a boca da garota que ele havia deitado sobre a mesa.

Seu olhar encontrou o meu, a outra garota ainda vestida e sentada em um banquinho no canto.

Damon sorriu, ficando de pé.

— Venha logo para cá.

CAPÍTULO 7
EMORY

Dias atuais...

Ergui a cabeça, as pálpebras pesadas com o sono e a cabeça latejando.

A claridade apunhalou meus olhos e eu sacudi a cabeça de um lado ao outro, me dando conta da realidade em que estava agora.

Não era um sonho. Eu estava em *Blackchurch*.

Checando a porta do outro lado do quarto, eu a vi fechada e a cadeira ainda posicionada embaixo da maçaneta. Suspirei, deixando o lugar onde estive agachada, bem no canto, para que pudesse manter todos os ângulos à vista.

Não tive a intenção de adormecer. Procurei por um relógio, mas não havia nenhum.

Quanto tempo eu tinha dormido? Esfreguei os olhos, abrindo uma cortina e vendo que ainda estava escuro lá fora. A floresta estava além da linha das árvores, a grande extensão quase escura sob a lua coberta de nuvens.

Eu ainda estaria viva se estivesse lá fora agora?

Soltando a cortina, olhei o espelho falso à minha direita, imaginando se eles estavam me observando. Será que todos os quartos tinham isso?

E por quê?

O piso acima de mim rangeu, e meu olhar se concentrou no teto, as tábuas do piso fazendo ruídos diante dos passos de alguém.

Onde diabos nós estávamos? *Pense, pense.* A folhagem lá fora, as árvores, o musgo nas rochas, e o ar denso de umidade... Talvez o Canadá?

E não podíamos estar tão isolados quanto eles pensavam. Ao verificar o trabalho em madeira, as portas e luminárias ornamentadas e os lustres que eu havia notado na casa, eu tinha certeza de uma coisa: *Blackchurch* nem sempre foi uma prisão.

Alguém a construiu como uma mansão, e uma residência deste tamanho foi construída para mais do que uma família. Foi construída para entreter. Um lugar deste tamanho não funcionava sem o apoio de uma população local – serventes, artesãos, agricultores...

Meu estômago doía de fome enquanto olhava para o macarrão que Aydin Khadir havia deixado para mim no banco no final de sua cama. O molho tinha endurecido, e a massa havia amarelado, mas minha boca ainda salivava só de olhar.

Eu tinha me recusado a comer com medo de ser dopada – o que era uma preocupação inteiramente razoável, já que eu devia ter sido drogada quando fui trazida para cá pela primeira vez, mas... eu também tinha dormido sem incidentes, então eles claramente não esperavam que eu estivesse menos alerta para atacar.

Este era o quarto dele, ele disse. Ele teria voltado aqui para dormir, pelo adiantado da hora. Onde ele estava?

Deixando a comida para trás, eu me virei e procurei pela faca, e a avistei no chão onde eu havia dormido. Segurei a lâmina e entrei no banheiro, enchi um copo de água e bebi antes de limpar a boca e decidir sair do quarto.

Só hesitei um instante antes de afastar a cadeira.

A pulsação no meu pescoço martelou, mesmo sabendo que não estava correndo mais risco fora desse quarto do que dentro. Se eles quisessem entrar, teriam entrado. Eu só coloquei a cadeira para me dar um aviso antes que eles irrompessem do nada.

Mas eu precisava de comida que não fosse feita por outra pessoa, e precisava analisar melhor o ambiente ao meu redor.

Ao olhar para o corredor, virei a cabeça para ambos os lados, meio que esperando ver um deles guardando a minha porta, mas a casa inteira estava imersa na penumbra, e a única fonte de brilho que iluminava de alguma forma o segundo andar, provinha do imenso lustre de cristal no *hall* de entrada.

Não havia ninguém.

Isso era estranho. Será que eles estavam tão confiantes que eu não tentaria fugir novamente?

Encarei a parede e vi a fenda no painel. Fazendo mais uma varredura para ter certeza de que estava sozinha, entrei no corredor e afundei as unhas na fissura, tentando arrancar o revestimento.

NIGHTFALL

Eu sabia que ele se abria. Talvez tenha sido impressão minha que havia alguém me observando através daquele espelho, mas eu sabia que havia um cômodo aqui, caramba.

Depois que não cedeu, coloquei as duas mãos no painel e empurrei, ouvindo as molas estalarem e observando enquanto a porta se abria imediatamente.

Meu coração parou por um segundo e um meio-sorriso se formou.

Escancarei a porta e olhei para dentro do pequeno quarto, vendo uma cadeira rodeada pelo piso e paredes de concreto. Entrei e fui até o vidro, virando para encarar o quarto de Aydin.

Balancei a cabeça. *Inacreditável*. O Will esteve aqui horas atrás? Observando-me?

Outra pessoa estava fazendo isso?

Tantas perguntas, mas, principalmente… havia mais quartos secretos e eles faziam parte desta casa antes que ela se transformasse em *Blackchurch*?

Ou eles foram construídos depois que isto se tornou uma prisão?

Porque se a resposta fosse sim, isso significava que havia de fato algum tipo de vigilância. Alguém poderia estar verificando mais do que apenas a cada trinta dias. Se havia câmaras escondidas, então havia maneiras ocultas para as pessoas entrarem e saírem.

Saí do quarto e fechei a porta, analisando o lugar de novo. As sombras das folhas das árvores dançavam através da balaustrada que pairava sobre o *hall* de entrada, e a água caindo do lado de fora ressoava pela casa como um metrônomo – firme e constante.

Inspirando, o cheiro de livros antigos e madeira queimada chegou ao meu nariz, e agarrei o estilete com força ao meu lado enquanto descia a escada.

Eu queria ir a todos os lugares. Ver todos os cômodos, inspecionar cada armário e conhecer o terreno, mas eu não tinha ideia de que horas eram, ou quais quartos estariam ocupados no momento.

Desci o último degrau e atravessei o vestíbulo, passando por uma sala de estar escura e vazia, assim como uma sala de jantar à direita, e um salão de festas e uma biblioteca à esquerda.

As velas cintilavam em candelabros antigos de prata que eram da minha altura, e aquilo chamou a minha atenção quando parei ao lado de um deles e observei.

O lugar tinha eletricidade. Por que então criar esta ambientação?

Peguei a caixa de fósforos na mesa ao lado e roubei alguns deles, enfiando tudo no meu bolso. Com passos leves, eu me esgueirei à direita, em direção à cozinha, mas um grito ecoou pelo corredor vindo da minha esquerda.

Parei e olhei, um calafrio me percorrendo de cima a baixo quando ouvi um grunhido.

— Apenas esqueça isso, Will! — alguém resmungou.

Estreitei o olhar e me concentrei na direção da voz, embora eu devesse simplesmente correr.

Passei por uma sala de estar e um escritório, e continuei andando pelo corredor, vendo um movimento à esquerda.

Virei e vi uma academia muito parecida com a sala de luta livre na minha antiga escola. Um amplo tapete no espaço aberto, rodeado por equipamentos – esteiras, elípticos, halteres...

Taylor Dinescu fazia flexões no piso, e seu olhar se conectou ao meu quando ergueu a cabeça. Seu cabelo castanho suado grudava no couro cabeludo enquanto o tórax desnudo e suas costas brilhavam com a camada de suor. Meu estômago revirou com o olhar em seu rosto enquanto suas flexões se tornavam cada vez mais rápidas, e ele continuou a me encarar como se eu fosse uma refeição.

Meu coração martelou na garganta e eu me virei, ouvindo um grunhido no final do corredor.

— Cacete! — E então um estrondo.

Dei um salto, agarrando o cabo da faca. Mas que diabos? Seguindo o barulho, parei perto de uma porta entreaberta e espiei o interior.

— Apenas esqueça! — Micah grunhiu, caindo em uma escrivaninha de madeira escura, os livros nas prateleiras atrás dele despencando.

Lágrimas escorriam de seu rosto, mas seu olhar flamejou quando ele empurrou Will para longe.

Eu me aproximei mais.

O sangue estava pingando do nariz de Micah. Ele usava uma calça preta enquanto Will usava jeans, ambos sem camisa, suas formas iluminadas apenas pelo brilho de uma pequena lâmpada.

Will agarrou a nuca de Micah e o puxou, colando suas testas enquanto o rapaz tremia.

Meu coração se afligiu um pouco, apesar de tudo. Qual era o problema dele?

Will o encarou enquanto suas respirações profundas se sincronizavam, mais fortes e mais altas como se estivessem se preparando para algo, e então ele segurou o braço de Micah, agarrando a lateral do pescoço com a outra mão, e empurrou com força, um som baixo e oco soando enquanto Micah gritava.

NIGHTFALL

— Ah!

Estremeci.

— Filho da puta! — ele gritou assim que seu ombro foi colocado de volta no lugar, arquejando com a dor e cambaleando até a escrivaninha tombada no chão.

Caramba. Como diabos isso aconteceu?

Suor encharcava o cabelo preto de Micah, as mechas cobrindo os olhos, orelhas e o pescoço; ele se recostou à parede, ofegando à medida que a cor era drenada do seu rosto.

Eu não tinha certeza da idade dele, mas neste momento, ele parecia ter doze anos e completamente desamparado.

Will lhe entregou uma tigela de alguma coisa com um utensílio para comer, mas Micah a empurrou para longe.

— Vou vomitar.

E naquele momento, ele agarrou a cesta de lixo de cobre e se inclinou, despejando o conteúdo de seu estômago.

Olhei para o lado por um momento, mas depois ouvi mais rosnados e grunhidos vindos de longe, sem conseguir enxergar nada.

Depois que ele limpou a boca e pôs a cesta no chão, Will colocou a tigela sobre a pequena mesa.

— Coma quando puder — disse a ele.

— Não posso ficar com a sua comida.

Will pegou uma bandagem elástica e começou a desenrolá-la, talvez para envolver o braço de Micah, que prontamente se recusou.

— Não — resmungou. — Não quero que ele veja.

Quem? E ver o quê? Que ele estava ferido?

Logo depois, Micah ergueu o rosto e encontrou meu olhar, finalmente me vendo escondida atrás da porta.

Endireitei a postura quando Will acompanhou a direção do olhar, me notando também. Em seguida, ele veio até a porta e a fechou com um chute.

Babaca.

Uma balbúrdia soou de algum lugar do corredor, e depois um grunhido, meu olhar alternou entre a cozinha e o que havia às minhas costas, analisando minhas opções. Eu deveria voltar para a cozinha. Ninguém estava prestando atenção, e Aydin, provavelmente, pensava que eu estava dormindo. Eu podia pegar algumas provisões e colocar uma distância de cerca de três quilômetros rio abaixo antes que ele percebesse.

Mas...

Outro grito perfurou o ar, e minha curiosidade levou a melhor.

Continuando pelo corredor, segui os sons e virei em um canto, vendo branco e azul adiante, bem como vapor subindo no ar pela porta aberta no final corredor.

Espiei às escondidas, ficando surpresa quando vi uma piscina coberta. E aquecida, a julgar pelo vapor que saía da superfície.

Bufei. Riquinhos...

Dois homens rolaram sobre o tapete estendido no *deck* da piscina, e eu me aproximei um pouco mais, ouvindo Aydin falar com Rory enquanto ele o pressionava contra o tapete:

— Peça — ele o provocou. — Ele pode ter. Tudo o que você precisa fazer é pedir.

Rory Geardon se levantou depressa, agarrando Aydin pelo pescoço e tentando derrubá-lo, mas Aydin o virou, seu peito nu contra as costas do garoto enquanto ele sussurrava algo em seu ouvido.

Rory arreganhou os dentes, os olhos angustiados com seja lá o que estava ouvindo. E o *déjà vu* me envolveu assim que me lembrei de uma luta semelhante que eu tinha visto com Will.

A madeira rangeu ao meu lado, e eu desviei o olhar do embate para encarar a parede que vibrava levemente contra o meu ombro recostado. Pareceu a movimentação que ouvi lá em cima.

Endireitei a postura, pronta para me inclinar e ouvir um pouco mais, mas depois avistei as sombras às minhas costas, e quando me virei, deparei com Taylor, seguido por Will e Micah.

Eles passaram por mim, em direção à piscina, e cada um me deu uma olhada de relance antes de entrarem no cômodo. Eu permaneci afastada, vendo Rory rosnar com o ataque de Aydin.

— Todo o prazer que você teve com a dor deles — Aydin murmurou. — Você sabia que um dia ia custar alguma coisa, não sabia? — Ele mordeu o lóbulo da orelha dele, puxando-a enquanto todos os músculos do corpo de Rory tensionavam.

Aydin o soltou.

— Mas não — o alfa continuou —, você só age quando tem certeza de que pode vencer. *Com garotas que nem sequer percebiam a sua aproximação.* Você sabia que isso não ia durar para sempre, certo?

Do que ele estava falando? Era por isso que Rory estava aqui?

NIGHTFALL

111

Taylor sorriu, nitidamente se divertindo com a cena. Micah ficou na beirada do tapete, parecendo desamparado enquanto olhava para baixo, com os olhos vermelhos.

Com garotas que nem sequer percebiam a sua aproximação.

O que isso significava?

— Diga, *Socio*. — Aydin inclinou-se novamente no ouvido dele: — Eu. Sou. Fodido. Pra. Caralho.

Rory resistiu, tentando se virar – encontrar uma saída –, mas o corte na sua sobrancelha fez o sangue escorrer em seu olho, e ele simplesmente permaneceu em silêncio.

— Sou — Aydin falou, instigando — muito fodido. — Então ele abaixou a voz para um sussurro intenso que todos nós pudemos ouvir: — Da cabeça.

Um soluço escapou de Rory, e ele fechou os olhos com força como se temesse que fosse verdade.

Olhei para Will, seu olhar fixo na cena que se desenrolava, mas ele deve ter sentido que eu estava observando porque me encarou, a expressão inabalável e o olhar inflexível.

Por que eles não o estão ajudando? A única pessoa que parecia estar gostando do espetáculo era Taylor. Foi assim que Micah ficou ferido? Lutando contra Aydin?

— Nunca vão deixá-lo sair — Aydin disse ao homem abaixo dele. — Sou sua família agora.

Rory arfou, nem um pouco feliz com aquela constatação, e Aydin saiu de cima nele, levantando-se e caminhando até a pequena mesa à beira da piscina. Ele pegou uma garrafa de Johnny Walker Blue e se serviu de uma dose sob o escrutínio de todos ali.

Pensei ter ouvido Taylor dizer que não havia bebidas alcóolicas aqui.

Will foi até a mesa, e Aydin pousou o copo e disse:

— Só peça.

Mas Will apenas pegou a garrafa, e Aydin o agarrou, uma mão na nuca do Will e a outra apertando sua garganta.

— Olhe para mim — ele disse ao Will, os narizes quase tocando.

E então, o olhar de Aydin se desviou para mim, com um sorriso amargo brincando em seus lábios. Na mesma hora, uma sensação ruim envolveu minhas entranhas.

Ele controlava tudo.

Empurrando Will para longe, ele golpeou seu rosto com um tapa.

— Peça — ele repetiu.

Will cambaleou, de costas para mim, mas depois de um momento, ele se endireitou de novo, ficando de pé.

Aydin balançou a cabeça, indo na direção dele e estapeando o mesmo lado diversas vezes, empurrando Will para trás até ele perder o equilíbrio, virando e caindo de quatro.

Lágrimas encheram meus olhos, e olhei para Will enquanto ele parava um pouco para recuperar o fôlego, e então se levantou de novo, encarando Aydin e endireitando a postura.

Que diabos ele estava fazendo? Will podia lutar. Ele não estava nem tentando.

O que havia acontecido com ele?

Aydin se levantou, cara a cara, e olhou bem dentro dos olhos do Will.

— Ele está machucado — disse ele. — Peça ou bata em mim, e você pode ficar com a garrafa inteira.

A garrafa. Encarei o uísque escocês.

E depois ao Micah. Rory e Will estavam tentando conseguir a bebida alcóolica para aliviar a dor de Micah.

Os músculos da mandíbula do Will se contraíram, e Aydin não esperou pela resposta. Cerrando o punho, ele recuou, se virou e esmurrou o queixo dele, agarrando sua cabeça depois para completar com uma joelhada.

Ofeguei quando o sangue jorrou do nariz do Will e ele caiu de joelhos de novo. Comecei a correr até lá, mas ele esticou a mão, me impedindo sem nem mesmo olhar na minha direção.

Ele inspirou fundo, fechando os olhos enquanto limpava o sangue da boca e ficou de joelhos ali, tentando esticar as pernas de novo.

Finalmente, tremendo, ele se levantou.

Mas Aydin apenas riu e se afastou, servindo-se de outra dose.

— Não posso negociar com alguém que não brinca — ele disse.

Will ficou ali sangrando, e eu fiz menção de me mover para atrair seu olhar. Mas justamente quando pensei que ele fosse me encarar, ele olhou para o outro lado e saiu do tapete.

O que havia acontecido com ele? Tudo bem que ele não era o líder no colégio, mas nunca deixou ninguém o tratar daquela forma.

— Dormiu bem? — Aydin perguntou.

Pisquei, percebendo que ele estava falando comigo.

— Taylor tinha quase certeza de que teríamos que arrastá-la para fora daquele quarto — refletiu, pegando uma toalha e limpando o suor do rosto.

Ele jogou a toalha em uma cadeira próxima, seu olhar descendo para a minha mão e a faca firme entre meus dedos.

— Você pode relaxar — falou. — Você não vai embora.

— Não vou ficar.

Ele riu, desafivelando o cinto.

— Negação. A primeira fase. Eu me lembro bem disso — devaneou, abaixando a calça até o chão e ficando apenas de cueca boxer. — Lidar com a perda da liberdade e da escolha é exatamente como lidar com a perda de um amigo ou pai. *Isto não está acontecendo. Esta não é a minha vida agora. Tem que haver uma saída para isto...*

Ele me encarou, se divertindo, e depois tirou o resto de suas roupas, ficando completamente nu.

O calor subiu pelo meu pescoço, mas cerrei a mandíbula e mantive o olhar focado naquele sorriso estúpido, enquanto os outros ficaram ao redor, permanecendo em silêncio.

— Você está suja. — Ele suspirou, bebendo mais um gole. — Eu te avisei que nós daríamos banho em você se não fizesse isso sozinha.

— Você vai ter que dar, bonitão — retruquei. — Não dou ouvidos a você.

— Oh, que delícia. — Ele sorriu, virando e entrando na piscina até a cintura. — Esperava muito que você fosse dificultar as coisas.

Olhei para a porta por onde entrei, desejando ter ido para a cozinha como deveria.

— Há mais gente nesta casa? — perguntei.

Ele jogou água no rosto, molhando o peito também.

— Por que você pensaria isso?

— Ouvi movimentos acima de mim no seu quarto há alguns minutos — falei.

Talvez se eu os distraísse, revistando a casa, eu pudesse chegar à cozinha. Talvez não saísse daqui esta noite, mas eu poderia juntar um pouco de comida.

— E de novo, nas paredes aqui embaixo — eu disse. — Mas vocês estão todos aqui.

Não passei por ninguém no meu caminho até o andar de baixo, e parecia que todos eles já estavam aqui quando cheguei.

— Você nunca tinha ouvido nada antes? — perguntei.

A sala de vigilância, provavelmente uma de muitas, e o movimento em áreas da casa onde não deveria haver pessoas?

Mas ele sabia o que eu estava insinuando.

— Não há ajuda para você aqui.

Ele submergiu na piscina e se levantou de novo, nadando para o outro lado e depois alisando o cabelo escuro enquanto o vapor se espalhava ao redor de seu corpo.

Incapaz de me conter, abaixei o olhar. As curvas e formas de seu abdômen definido, a pele bronzeada que parecia ter sido beijada pelo sol em alguma ilha mediterrânea em vez de uma casa fria e desolada no meio do nada, e o V acentuado de seus quadris que desapareceram na água fariam muitas mulheres – e homens – felizes só de olhar.

E eu não tinha dúvidas de que ele estava bem ciente disso.

— Venha aqui — ele disse, suavemente.

Ousei encarar seus olhos, vendo-o andar até a borda mais próxima de mim, parecendo um deus na Terra.

Que pena para ele, eu não adorava ninguém.

— Por que você controla a comida? — exigi saber, ficando onde eu estava.

— Por que eu controlaria a comida? — ele caçoou e depois olhou às minhas costas. — Taylor?

Olhei por cima do ombro, vendo a aproximação de Dinescu. Recuei na mesma hora.

— Porque estamos sobrevivendo — ele respondeu por Aydin. — Quando não se pode correr até o supermercado ou pedir comida de um restaurante, é preciso garantir que as pessoas não comam demais.

— Ou talvez controlar as necessidades básicas ajude a controlar as pessoas — retruquei, desviando meu olhar de Taylor para Aydin.

Era uma tática básica comum entre os ditadores. Quando as pessoas passavam seus dias lutando por comida, abrigo e segurança, elas não tinham tempo ou energia para lutar por mais nada. Mantinham-nas pobres, famintas e burras.

— De qualquer forma — continuei, olhando-o de cima a baixo —, você não parece estar desnutrido.

Ao contrário de Will, que deu sua porção a Micah. E com que frequência ele fazia isso, de qualquer maneira?

Mas Aydin simplesmente sorriu.

— Seja boazinha comigo, e você também não ficará.

Prefiro comer lâminas de barbear.

Ele saiu da piscina. Taylor jogou uma toalha para ele, e o observei secar o rosto enquanto ele estava ali nu, simplesmente porque podia.

— Você quer sair daqui com uma sacola de comida e água, certo? — ele adivinhou. — Talvez um moletom?

Sim.

— Vou te dizer uma coisa, então... — falou. — Nós conquistamos o que comemos aqui. Você pode lutar por isso. Se você ganhar, você pode ir embora. Ou tentar — acrescentou. — Mas se você perder, eu lhe mostrarei seu próprio quarto com um banheiro privado e algumas roupas limpas até a equipe de reabastecimento chegar em vinte e nove dias.

Ele enrolou a toalha em volta da cintura e se aproximou de mim.

— Ou, se você preferir, podemos fazer outro acordo. — Seu olhar desceu pelo meu corpo. — Mulheres têm sua utilidade, afinal de contas.

Taylor riu baixinho à minha esquerda, e encarei Aydin, tentando manter a calma, apesar das minhas entranhas estarem subindo pelas paredes.

Lutar por isso? Jesus, ele estava tão ansioso em provar que tinha o pau maior que o de todos os outros, que os fazia lutar contra ele – ou implorar – por tudo o que eles queriam ou precisavam.

Será que ele pensava que eu tinha uma chance?

— Pronta para desistir? — perguntou, um sorrisinho debochado curvando seus lábios.

Mas eu fiquei ali, analisando minhas opções. Eu podia caçar, ganhar sua confiança, acumular mantimentos quando ninguém estava observando, e depois fazer minha fuga alguma noite quando eles baixassem a guarda.

Isso seria inteligente.

Mas eu também não tinha ideia se não passaria pelo inferno nesta casa caso ficasse. Eu não podia arriscar.

— Tudo o que tenho que fazer é vencer? — insisti.

Will avançou para frente antes que ele pudesse responder, o corpo inteiro retesado.

— Um passo a mais — Aydin rosnou sobre seu ombro para Will —, e a escolha não será mais dela. Podemos explorar uma série de outros arranjos para ajudá-la a ganhar sua liberdade.

Will parou, respirando fundo, e o primeiro vislumbre de preocupação em seu olhar que vi desde que cheguei aqui alternou entre mim e Aydin.

— Não é verdade, Micah? — Aydin provocou. — E Rory?

Os dois garotos ficaram de lado, sangrando, suando e derrotados.

PENELOPE DOUGLAS

— É — murmuraram com os olhares abatidos.

Taylor deu um passo à frente, jogando a toalha em volta do pescoço e me rondando com sua calça preta de treino.

Observei seu peito largo, os braços fortes e os músculos contraídos de seu abdômen enquanto ele andava ao meu redor.

Girei lentamente, seguindo-o.

Tudo o que eu precisava era de um bom golpe. O queixo era o botão de nocaute. Se eu acertasse o queixo dele, ele cairia como um veado morto.

— Se você estiver mentindo — falei, voltando meu olhar para Aydin —, eles saberão que sua palavra não significa nada.

Ele acenou uma vez com a cabeça.

— Se ganhar, pode ir embora. — E então acenou com a mão, sinalizando para que começássemos. — Taylor?

— Não, eu. — Will parou ao lado de Aydin. — Deixe que ela lute comigo.

— Mas então como você assistiria? — ele retrucou.

Ele não queria que Will realmente respondesse a pergunta. Ele sabia que o Will – que me amava ou odiava – pegaria leve comigo, e eu estava começando a ter a sensação de que Aydin queria que isso também o ferisse de alguma forma.

Mãos empurraram meu peito, me lançando para trás e arrancando meu fôlego quando caí de bunda no chão.

Merda.

Senti uma dor aguda no meu cóccix, e mal consegui respirar, a sensação de *déjà vu* tomando conta de mim.

— Ao invés de vencer, talvez você devesse se preocupar apenas em ficar de pé — Taylor zombou e deu uma risada.

Parecia Martin, no entanto, o som sombrio que me atingia no estômago como uma marretada.

Forcei-me a ficar de pé, sentindo Will na lateral, a energia em suas pernas prontas para se mover a qualquer segundo.

Mas eu não precisava dele.

Ergui o punho, mirando diretamente na mandíbula de Taylor, mas ele o segurou, apertando meu pulso com uma mão e acertando meu rosto com a outra.

— Aaah — arfei, minha bochecha explodindo em chamas.

Agarrando meu cabelo à nuca com brutalidade, ele socou a minha barriga e eu caí de joelhos antes que outra mão voasse novamente pelo

NIGHTFALL

117

meu rosto. O sangue encheu minha boca, meus olhos marejaram e eu mal conseguia enxergar.

Não.

Cerrei os dentes para conter o choro, mas depois lembrei que minha avó não estava lá em cima para ouvir nada.

— Chega! — Ouvi Will gritar.

Flexionei os músculos das coxas, forçando minhas pernas a pararem de tremer. Will nunca tinha me visto ser espancada. Ele não sabia o que eu podia aguentar.

E Taylor Dinescu não era nada.

Abrindo os olhos, vi sua virilha bem na minha frente, e disparei a palma da mão, rugindo e usando cada grama de força que eu consegui reunir para acertar seu pau, rolando rapidamente para fora de seu alcance.

Ele berrou, caindo sobre um joelho, e eu tirei meus óculos, me lançando na sua direção enquanto ele estava no chão. Saltei sobre suas costas, prendendo meu braço ao redor de seu pescoço e apertando o máximo que consegui, sem me importar com os sussurros ou as risadas que ecoaram pelo cômodo.

Taylor se curvou com meu peso sobre ele, mas se forçou a ficar de pé, respirando depressa e não mais à vontade.

— Fui suave com aqueles golpes — resmungou, entredentes.

— E acredite em mim quando lhe digo que sei tomar um — respondi.

Ele se endireitou, se jogando para trás, e eu gritei, vendo o chão se aproximar de nós por cima do meu ombro. Caí de costas com seu peso me esmagando, e tossi, arfando em busca de oxigênio e com as costelas agonizando de dor.

— Sua vadia desgraçada — murmurou.

Ele rolou, saindo de cima de mim, e abri os olhos a tempo de ver seu pé vir na direção da minha cabeça.

Arregalei os olhos e rolei, meu coração na garganta quando o dedo do seu pé atingiu meu olho.

Puta que pariu.

Apertei os olhos com força, e pude sentir o sangue escorrendo pela minha maçã do rosto.

— Droga — Will gritou. — Chega!

— Foi suficiente, Emory? — Aydin perguntou, entrando na conversa. — Você desiste?

Não tive oportunidade de responder. Taylor pulou sobre mim, me estapeando repetidas vezes, e mal tive tempo de recuperar o fôlego antes de ele cobrir minha boca e nariz com a mão.

Inspirei, o sangue cobrindo meu rosto, mas não consegui nada de ar. Meus pulmões se contraíram, meu cérebro se desligou e, de repente, eu estava em casa com Martin como se fosse ontem. Eu me debati, agitando as mãos enquanto meu corpo gritava por oxigênio. Dei um tapa no peito de Taylor, arranhei seu rosto e pescoço, chutando e me contorcendo sob seu agarre.

Suas coxas se apertaram ao meu redor, e eu me debati uma e outra vez, presa. Eu não conseguia respirar. Não conseguia me mover. Lágrimas encheram meus olhos enquanto minha pulsação martelava em meus ouvidos.

Não, não, não...

Ele se inclinou e colou a boca no meu ouvido.

— Eu poderia estar dentro de você em três segundos — sussurrou. — E estarei quando...

Ergui o punho, batendo direto na sua mandíbula, e sua cabeça balançou, seu corpo inteiro enfraquecendo.

Ele soltou seu agarre o suficiente, e eu afastei suas mãos do meu rosto, inspirando fundo enquanto o empurrava de cima de mim.

Ficando de pé, virei e recuei, vendo-o sentado no tapete e segurando sua mandíbula, me encarando, mas ele ainda não estava se movendo na minha direção.

Andei de costas, encarando Aydin.

— Abra a porta — exigi.

Ele inclinou a cabeça, mas não se mexeu.

Notando a garrafa na mesa, segurei a bainha da minha camisa, rasgando-a na costura e arrancando um pedaço enquanto corria na direção da garrafa.

Agarrando-a, enfiei o tecido, recuei em direção à porta e tirei um dos fósforos do bolso, abaixando-o para passar a ponta sobre o rejunte entre os tijolos.

Encarei o cômodo cheio de garotos enquanto o sangue escorria da minha sobrancelha e do canto da boca.

Encontrei o olhar do Will, esperando que ele notasse a ironia na minha escolha pelo coquetel Molotov. Ele conhecia bem esse truque.

— Fiquem para trás! — gritei, segurando a bomba e o pavio.

Aydin ainda veio para frente, aproximando-se.

— Você acha que eu mesmo não vou lidar com você se for preciso?

— Eu acho que você também quer algo de mim, então... — falei. — É melhor ser bonzinho comigo.

Ele riu.

— Ah, segunda fase — comentou, se divertindo. — Raiva. Eu estava tão ansioso por esta.

Ao invés de estar preocupado que eu pudesse queimar todo o abrigo deles com esta única garrafa, ele estava entusiasmado. Taylor se levantou do tapete, todos os cinco de frente para mim e se movendo na minha direção enquanto eu tentava alcançar o corredor.

Eu estava mesmo fazendo isso? Indo embora agora? Sem comida, sem roupas, sem ajuda? Ele não estava recuando. Eles não iam me deixar fugir.

Seja lá o que eu fosse fazer, tinha que ser agora.

Ateei fogo ao pano, levantei a garrafa sobre minha cabeça, ouvindo o líquido deslizar por dentro, e eles pararam, parecendo divididos entre avançar ou retroceder.

Que se dane. Joguei a garrafa, o vidro espatifando e as chamas explodindo, consumindo o corredor enquanto eles se moviam para trás, e eu me virei, disparando até a porta da frente.

Eles teriam que dar a volta. Havia uma porta nos fundos da área da piscina coberta para eles saírem, e eu não podia acreditar que tinha feito isso, mas eu era assim. Dada a chance de fugir, eu sempre fugia.

Com passos firmes, corri para a porta e a abri, mas, de repente, Taylor estava lá, me fazendo estacar bem nos degraus da frente.

Arquejei, cambaleando para trás, e ele disparou na minha direção, o restante deles gritando de fora também.

Eles... eles já estavam contornando a casa. *Merda*. Só demorou um instante para decidir. Eu me virei e corri para a escada, lembrando que vi uma varanda com vista para a cachoeira em algum lugar do segundo andar. Se eu conseguisse chegar até ela, eu poderia descer por um cano e escapar.

Com Taylor às minhas costas e o resto dos meninos entrando na casa, atravessei o corredor no segundo andar, alguém agarrando meu cabelo por trás e me puxando de volta.

Dei um giro, empurrando Taylor para longe, mas perdi o equilíbrio e caí por cima do corrimão, seus punhos agarrando a gola da minha blusa e me segurando enquanto minhas pernas balançavam a quatro metros e meio do chão.

PENELOPE DOUGLAS

— Ah! — gritei, agarrando os braços dele. Encontrei seus olhos azuis furiosos enquanto ele apenas me segurava ali. O extintor explodiu lá embaixo, apagando o fogo, e o tecido da minha camisa começou a rasgar.

Ofeguei.

Taylor grunhiu enquanto tentava me puxar para cima, mas depois... ele perdeu o agarre, e meio que soltou as mãos para tentar firmá-las outra vez. Rory apareceu, se inclinando para mim assim que eu caí.

Escorreguei, caindo, e Rory despencou junto comigo, nós dois flutuando até o chão abaixo.

Gritei, batendo de lado na superfície dura de mármore, e olhei para cima, vendo o menino loiro cair bem na minha direção. Ele bateu no chão ao meu lado, sua cabeça chicoteando para trás, e estendi as mãos depressa, segurando seu crânio logo antes que ele o chocasse contra o chão.

Ambos respiramos com força, sua cabeça presa entre as palmas das minhas mãos ao meu lado, e ele piscou, finalmente encontrando meu olhar.

Então ele fechou os olhos, o alívio tomando seu rosto.

— Jesus Cristo — Will exalou, correndo até nós.

Ele segurou minha cabeça, inspecionando-me.

— O fogo está apagado — Micah gritou e correu para Rory, segurando seu rosto e deslizando as mãos sobre seu tronco e braços. — Alguma coisa quebrada? — perguntou a ele.

Rory balançou a cabeça, e vi o polegar de Micah acariciar a bochecha de Rory.

Movi meu olhar ao redor, tentando me reconectar com meu corpo, mas não conseguia dizer se estava inteira. Tudo doía.

— Emmy, Jesus... — Will me encarou, seu olhar percorrendo meu corpo.

No entanto, antes que ele pudesse dizer algo mais, Aydin se abaixou e me pegou nos braços, o cenho franzido e dividido entre a raiva e a preocupação brincando no seu olhar, também.

— Pegue um pouco de comida e água para ela — ele pediu para alguém. — E traga meu kit, alguns curativos limpos e um pouco de álcool.

Ele me carregou pela escada, e observei Will e Micah colocarem os braços de Rory ao redor de seus ombros e andarem com ele, seguindo-nos.

Will encontrou meu olhar por sobre o ombro de Aydin, e por mais que eu não conseguisse decifrar o que se passava em sua mente, ele não desviou o olhar.

NIGHTFALL

— Você é uma lutadora — Aydin falou. — Eu gosto de você.

O quê? Eu o encarei, boquiaberta, com dor demais até para revirar os olhos.

— Você viu os ossos no meu quarto hoje? — Aydin perguntou.

Não respondi.

— Aquilo era de alguém que também pensou que poderia fugir — explicou. — Nós encontramos o que sobrou dele três meses depois, quando estávamos caçando.

Outro prisioneiro tentou fugir?

Era definitivamente um osso humano. Um fêmur. Eu soube no instante em que o peguei. Por esse motivo o larguei na mesma hora sobre a mesa.

Eu não sabia se um animal o tinha pegado ou se tinham sido os elementos naturais, e não perguntei. E então me lembrei de outra coisa que ele havia dito. O kit dele. Curativos.

Depois havia todas aquelas coisas em seu quarto. Biologia. Desenhos. Anotações.

— Você é médico? — perguntei, finalmente me dando conta.

— Quando eu quero ser.

— Há quanto tempo você está aqui?

Ele encontrou meu olhar.

— Dois anos, um mês e quinze dias.

Engoli o nó que se formou na garganta. A ideia de Will estar aqui há tanto tempo doeu.

— Use sua cabeça — ele disse, me carregando para seu quarto como se eu não pesasse nada. — Você vai precisar dela para permanecer viva, porque não é assim que vamos acabar, Emory Scott.

A contragosto, eu quase sorri, mas consegui reprimir o sorriso a tempo.

Não. Não era assim que eu acabaria.

Eu tinha vinte e nove dias.

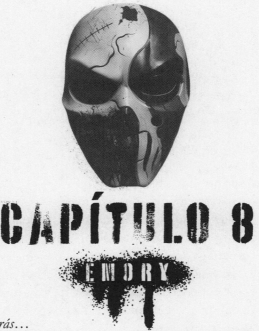

CAPÍTULO 8
EMORY

Nove anos atrás...

Ergui um livro atrás do outro, papéis soltos voando por toda parte enquanto eu procurava pelo meu volume de Lolita no fundo do armário. Trabalhos antigos de matemática, rasgados ou amassados, encobriam o chão, e eu segurava livro após livro, folheando cada um deles à procura de qualquer sinal do meu dever de casa perdido.

Merda.

Aquele volume estava com mais de uma semana de atraso. Onde diabos ele foi parar?

Meus olhos marejaram. Eu não podia acreditar que estava prestes a chorar por causa disso. Eu deveria ter feito aquele dever quando tive a chance, ao invés de levar as coisas com a barriga. Era isso que dava.

Eu sabia que tinha perdido um monte de merda quando aquele idiota do Anderson derrubou meus livros das minhas mãos mais uma vez anteontem. Tudo se espalhou pelo chão do corredor lotado, alunos que passavam por ali dando pontapés nas minhas tralhas enquanto andavam.

Eu tinha perdido o questionário, e Townsend não iria me dar outro.

Remexendo a bagunça, rapidamente recolhi os papéis que havia derrubado no chão e os enfiei de volta no armário, me levantando e tirando os livros da prateleira. Também procurei por entre as páginas, um último esforço para ter esperança de que ainda estava em algum lugar.

— Você está bem?

Olhei por cima do ombro e avistei Elle caminhando na minha direção com uma mochila em um braço e o estojo do trompete no outro.

— Estou — murmurei, me concentrando mais uma vez na minha busca.

— Bem, quase todos foram embora — ela disse. — Está ficando escuro.

Ela continuou andando, mas se virou para me observar enquanto perguntava:

— Precisa de uma carona?

— Não, obrigada.

— Okay, nos vemos amanhã.

— Boa noite — resmunguei, mas não me dei ao trabalho de olhar.

O que eu ia fazer? As aulas tinham acabado há duas horas. Os professores tinham ido embora, e a banda também, já que o ensaio tinha terminado há mais de vinte minutos. Era tarde demais para encontrar meu colega de banda, Joseph Carville, que frequentava aquela aula comigo para ver se eu poderia fazer uma cópia do formulário dele na impressora da biblioteca.

Mas, é claro, ele, provavelmente, tinha entregado o dele na semana passada, de qualquer forma.

Fechei o armário com força. O silêncio dos corredores vazios só fazia com que os pensamentos na minha cabeça se tornassem mais altos.

Isto foi culpa minha, e eu não poderia nem mesmo culpar Martin por ter ficado chateado quando viu a tarefa que faltava em meus registros. Era quase como se eu gostasse de provocá-lo.

Eu era teimosa a ponto de ser autodestrutiva. Eu estava pedindo por isso.

Abaixei mais uma vez e peguei a mochila do chão, mas em vez de sair pelas portas para ir para casa, voltei pelo caminho de onde vim – desci a escada, passei pelo corredor e fui em direção ao vestiário.

— Vamos lá… — Ouvi alguém dizer, de repente. — Você pode fazer melhor do que isso.

Pareceu a voz de Damon Torrance. Passei pela sala de luta livre e dei uma espiada, vendo-o prender outro garoto aos tapetes enquanto a equipe de basquete malhava com os halteres ao lado e seus amigos ficavam em volta, observando com diversão.

Voltei a seguir adiante quando ouvi outra voz:

— Por que você não escolhe alguém do seu tamanho?

Desacelerei meus passos e depois… parei, sentindo os arrepios se espalhando pelo meu corpo ao ouvir sua voz. Hesitei um instante e depois recuei, ouvindo batidas no tapete enquanto espreitava ao virar a esquina.

Will grunhiu, pulando nas costas de Damon e o prendeu ao chão enquanto o pobre garoto de antes ficava parado, sorrindo ao ver o idiota recebendo uma dose de seu próprio remédio.

Damon se debateu, libertando os braços, mas Will se agarrou a eles, prendendo-os rapidamente novamente entre seus corpos e usando seu peso para mantê-los lá.

— Eu estou deixando isso acontecer. — Damon se irritou.

— Claro que está. — O corpo de Will tremeu com uma risada às costas de seu amigo, e seu sorriso parecia tão feliz e espontâneo. Um sorriso começou a ser formar nos meus lábios, mas me contive a tempo.

Ele deve ter sentido a minha presença, porque levantou a cabeça e encontrou meu olhar.

A pulsação no meu pescoço latejou, mas eu não corri.

Foi esquisito. Ele tinha me deixado em paz desde a festa do pijama. Dias se passaram e ele não me dirigiu uma única palavra na aula de literatura ou um único olhar nos corredores.

Fiquei feliz por isso. Eu não queria a atenção dele.

Recuando, continuei meu caminho até o vestiário e empurrei as portas, acendendo as luzes.

Vesti meu traje de banho preto e a camiseta com manga comprida por cima e, em seguida, prendi o cabelo em um rabo de cavalo à nuca. Tirando uma toalha limpa do carrinho, fui para a piscina coberta, deixando as luzes apagadas porque a iluminação da saída de emergência estava sempre acesa e isso era o suficiente para mim. Eu não queria alertar ninguém do lado de fora que eu estava aqui quando a área deveria estar vazia.

Coloquei a toalha no banco e larguei as sandálias ali, caminhando lentamente até a beira da piscina, alongando os braços e ombros enquanto saltava para cima e para baixo para aquecer os músculos.

O cheiro do cloro fazia cócegas nas minhas narinas, e a adrenalina corria solta pelo meu corpo em antecipação.

Eu sentia falta disso. Eu adorava a água.

Subindo no bloquete à margem, baixei os óculos de proteção e curvei o corpo, agarrando a extremidade da plataforma e respirando rapidamente algumas vezes.

Ao tomar um grande fôlego de ar, saltei, mergulhando na piscina e me impulsionando enquanto atravessava a superfície da água.

O frio atingiu minha pele como um monte de agulhas, mas expirei e depois disparei, um braço após o outro, estilo livre a um ritmo agradável e constante até a outra extremidade.

Eu não estava aqui para competir, mas também queria suar. Mantendo os olhos para baixo, inclinei a cabeça para tomar ar a cada três braçadas antes de mergulhar de volta na água.

Avistando o marcador preto no azulejo abaixo, dei mais uma braçada e me virei, empurrando a parede e voltando pelo mesmo percurso.

Eu podia dizer que a banda e a natação eram uma desculpa para estar fora de casa. Que meu projeto no parque era outra coisa que eu usava para evitar voltar para lá. Que todas essas atividades eram coisas que eu podia fazer relativamente sozinha sem que muitos outros, especialmente os colegas, interferissem no meu papel.

A verdade é que eu gostava de mostrar às pessoas o que eu podia fazer. Para a cidade com o gazebo. Aos poucos alunos e pais que tinham aparecido para nos incentivar na natação, quando eu estava na equipe. Para toda a escola quando eu entrava no campo de futebol e tocava flauta.

Cada pequena coisa que você podia fazer te fazia sentir mais forte. *Eu tenho isso, então não preciso de você. Eu tenho aquilo, então não preciso de você.*

Às vezes, eu conseguia me iludir a acreditar que ter isto ou poder fazer aquilo me deixava muito ocupada e importante demais para, possivelmente, me importar com tudo o que eu não tinha e tudo o que eu nunca seria.

Como alguém que sorria.

Ou que possuía amigos.

Como ter alguém que gostava de me fazer cócegas e me beijar no rosto todo, não apenas nos lábios.

Não. Ser capaz de nadar os cem metros de estilo livre em quarenta e oito segundos era realmente algo vital. Isso me fazia feliz. Eu não precisava daquelas outra merdas.

Acelerando para a outra ponta, eu me virei, impulsionei e segui para a outra direção, concentrada no meu ritmo e deixando as preocupações e o estresse se dissiparem como neblina no sol.

Inclinei a cabeça, respirei fundo e enfiei o rosto de volta na água, mas ao fazer isso, avistei outro rosto olhando diretamente para mim, do fundo da piscina.

Gritei, assustada, bolhas saindo da minha boca como um maldito gêiser. Mas que porra?

Parei e me debati na água, tentando levantar a cabeça, mas antes que eu pudesse chegar à superfície, algo segurou meu tornozelo e me puxou de volta para baixo.

Tentei gritar mais alto, meus gritos submersos abafados enquanto eu me agitava.

Depois, inalei. Um gole de água se alojou na minha garganta, e dei um coice com o meu pé, chutando o otário com tanta força que uma dor aguda se alastrou desde o dedo do pé até a perna.

Arfando e cuspindo, alcancei a superfície, tossindo enquanto tentava escapar.

Mas então... outra pessoa me segurou.

— Ei, ei, ei — ele disse, me puxando até ele e me segurando com uma mão em volta da cintura, e a outra na minha coxa. — Calma.

Tossi, só conseguindo respirar breve e superficialmente enquanto meus pulmões expeliam a água que aspirei.

— Me — arfei assim que vi Will Grayson me segurando — larga.

Mas eu estava tossindo demais para soar severa, e ele apenas bufou, rindo.

Eu me afastei na mesma hora.

— Saia de cima de mim.

— Eles estão apenas brincando, Emmy.

Ele me soltou, e eu olhei para cima, vendo Michael e Kai dentro da piscina conversando com Diana Forester, enquanto Damon batia o punho na água e me fuzilava com o olhar. Sangue escorria da sua narina esquerda enquanto ele seguia para o *deck* para pegar uma toalha.

Babaca. Eu poderia ter me afogado.

Uma loira apareceu às costas de Will, nos observando antes de segurar sua mão.

— Tenho que estar em casa às dez — ela disse. — Venha passar um tempo comigo.

Os olhos dele estavam fixos em mim.

— Você está bem?

Olhei para ele com a cara feia e fui até a borda da piscina.

— Então, vá para casa — ele me ordenou, virando as costas.

Ainda tentando recuperar o fôlego, resmunguei:

— Eu estava aqui primeiro.

Ele olhou da garota para mim, um sorriso brincando no seu olhar.

— Como quiser.

Deixando a garota de lado, ele me seguiu de novo, e recuei até chegar à beira da piscina. Ele parou e se mexeu por baixo d'água.

Em um instante, ele se inclinou e puxou o calção de malha preta que estava usando na sala de luta livre para fora da água e jogou por cima da minha cabeça, para o *deck* da piscina.

NIGHTFALL

127

Parei de respirar na mesma hora.

Os assobios e gritinhos ecoaram no lugar, e encarei seus olhos fixamente, os segundos se estendendo por uma eternidade enquanto ele esperava que eu fizesse algo, e quase pensei que ele queria que eu fizesse.

Em vez disso, dei meia-volta e agarrei a escada, mas ele segurou meu braço e me puxou de volta, meu corpo se chocando contra seu peito.

Virei e o empurrei com força, mas ele mal se moveu.

A raiva fervilhava por dentro. Sua mão ainda envolvia o meu braço, e por um segundo, quase deixei meu olhar vagar para baixo para conferir se ele realmente estava pelado. Levantei a mão e dei um tapa em seu rosto, ao invés disso, empurrando com força para trás. A garota tinha desaparecido dali.

— Se você me agarrar novamente, não vou me importar com as consequências — resmunguei baixinho.

Recuando, comecei a subir a escada.

Até que ele disse, às minhas costas:

— Fique.

— Não. — Saí da piscina, e a água escorreu pelo meu corpo enquanto seus assobios zombeteiros explodiam ao redor.

— Por que não? — ele gritou.

— Porque você é insolente. — Encarei-o por cima do ombro. — Eu estava treinando aqui. Suas mansões têm piscinas. Por que não vão embora para a casa de vocês?

Ele me encarou, e eu estava prestes a me virar e sair, mas depois ele gritou:

— Gente! — Seu olhar permaneceu em mim. — Vocês me fazem um favor? Vão embora para casa.

— Hã? — alguém disse.

— O quê? — Veio outra voz.

— Estou falando sério — disse a eles. — Vão para casa. Agora.

Entrecerrei o olhar. *Ah, que gentileza.* Flexionando os músculos para provar que ele tinha a força de um valentão de parquinho e a bússola moral de uma meia.

Revirei os olhos e caminhei até o banco, pegando a toalha. Ouvi o barulho na água e os resmungos prosseguiram até desaparecerem por completo enquanto as portas dos vestiários se abriam e fechavam.

Quando me virei, apenas Will estava ali, me encarando do mesmo lugar na piscina.

— Por que você não gosta de mim? — ele perguntou.

Ignorei sua pergunta, torcendo meu rabo de cavalo.

— E o que aconteceu com suas pernas? — perguntou logo depois.

Fiquei tensa, mas não olhei para baixo para ver do que ele estava falando. Pequenos hematomas marcavam minhas pernas, mas meus braços, tórax e costas estavam ainda piores. Eu tinha me assegurado de cobrir aquelas partes com a roupa de neoprene.

Calcei os chinelos, mas ouvi movimento na água e olhei para trás para vê-lo inclinado sobre a borda e me encarando.

— Por que você estava saindo da catedral no sábado à noite?

Arqueei uma sobrancelha. *Perseguidor.*

Jogando a toalha sobre meu ombro, tirei os óculos de proteção da cabeça e comecei a andar em direção ao vestiário.

— Fique — ele repetiu.

E algo em seu tom de voz e na forma como disse aquilo me fez sentir um frio na barriga. Devagar, eu parei.

Fique.

Eu não tinha dúvidas de que adoraria tudo o que poderia acontecer, caso eu ficasse com ele por uma hora. Se ele fosse devagar, então talvez duas horas.

Eu o deixaria mexer com minha cabeça e me levar embora, porque a cada dia que passa mais e mais, dentro de mim, precisava que minha cabeça fosse mexida. Eu precisava ir embora.

Mas...

— O que vamos fazer? — perguntei, baixinho.

Quando ele não respondeu, eu me virei.

— Vamos brincar? — perguntei. — Você me fará sorrir?

Ele não respondeu, apenas me observou, seu peito subindo e descendo com mais rapidez.

— O que você queria que acontecesse? — insisti. — Como seria se eu ficasse com você aqui?

Larguei a toalha e os óculos no chão, e me aproximei dele, agachando na beira da piscina.

— Talvez eu brinque com seus amigos, e todos nós iremos rir — murmurei, imaginando coisas que nunca aconteceriam e ele sabia disso. — Você vai me tocar e sussurrar coisas no meu ouvido. Eles vão se tocar e nos deixarão em paz, e eu não serei capaz de resistir a você. Eu não vou querer resistir, certo?

Seus olhos afiados pousaram em mim, mas ele estava escutando.

— Você vai me pressionar contra aquela parede – inclinei o queixo para perto de uma das portas do vestiário —, e vou deixar você me possuir, porque sua atenção me faz sentir tão bem.

NIGHTFALL

Eu não tinha dúvidas de que essa parte seria verdade.

— E amanhã, vamos caminhar pelo corredor, de mãos dadas, e todos saberão que estamos apaixonados, certo?

Ele inclinou a cabeça e abaixou o olhar, sabendo o que eu estava tramando agora.

Bufei uma risada.

— Qual é, Will... — caçoei. — Não tenho nada que você queira. Eu não sou uma pessoa feliz. Nunca fui. Nós não combinamos. Sua vida é banal para mim, muito distante da realidade, e achei repugnante o ponto de vista que você tem de Lolita, e pior, perigoso.

Sua mandíbula contraiu, seus olhos verdes se tornando desafiadores.

— Eu odeio seus amigos — continuei. — Não quero estar perto de nenhum deles. Exceto Kai, talvez. Uma das três crianças asiáticas de uma escola cheia de WASPs[2], ele, pelo menos, tem alguma ideia de como é ser alguém como eu.

Eu tinha quase certeza de que o único outro garoto judeu se formou no ano passado.

— E você não tem nada que eu queira — disparei. — Você consegue tudo o que quer, então de onde vem seu caráter? Não quero me divertir com você, porque não há nada nem ninguém que você não use. Eu não te respeito.

Ele abaixou o queixo, parecendo zangado agora enquanto me encarava com raiva.

— Em vinte anos, todos vocês serão iguaizinhos aos seus pais: poderosos, ricos e com um monte de amantes, a ponto de suas esposas preferirem se dopar para esquecerem que elas existem. — Levantei, encarando-o de cima. — Mas mesmo como um todo-poderoso, Will Grayson III jamais esquecerá que eu fui uma conquista que ele nunca conseguiu. Não vou deixar que você ganhe essa. Pelo menos, poderei me contentar com isso.

Comecei a me afastar, mas quando dei por mim, ele tinha pulado, agarrado meu braço e me puxado para dentro da piscina.

Gritei e me debati, mas ele não me soltou, puxando-me contra seu corpo e envolvendo os braços ao meu redor. Eu o encarei, respirando com dificuldade, e ele olhou para mim, nossos lábios a centímetros um do outro.

Gotas de água brilhavam em seu cabelo e em seus cílios, e por um momento, eu não tive força de vontade. Olhei para a sua boca. Suave e forte e mais maravilhosa ainda quando ele simplesmente sorria.

---

2   WASPs: Sigla de "White, Anglo-Saxon and Protestant", que significa Branco, Anglo-Saxão e Protestante.

Lágrimas se acumularam nos meus olhos. Eu não seria capaz de impedi-lo. Não faça isso. Por favor.

Eu não era uma pessoa feliz. Jamais. Não serei capaz de detê-lo.

Ele me puxou e abri a boca para protestar, mas ao invés de um beijo, ele me puxou contra o seu peito, pressionando minha cabeça contra seu ombro e envolvendo os braços ao meu redor com tanta força que a impressão que dava era que ele estava prestes a se desfazer, não eu.

Fiquei tensa, sem saber o que fazer, mas pude sentir todos os músculos de seu corpo se contraindo enquanto ele me segurava e respirava fundo.

E devagar, fechei os olhos, cada grama de resistência deixando meu corpo ao sentir a força de seu abraço.

Fazia tanto tempo que eu não sentia isso. Minha avó não estava mais lúcida o suficiente para me abraçar como fazia antes.

Meus braços formigaram, querendo tocá-lo. Deus, eu queria abraçá-lo.

Mas antes que pudesse criar coragem para afastá-lo ou abraçá-lo de volta, ele sussurrou:

— Eu não sou assim. — E ele se levantou, me encarando e quase encostando nossos narizes. — E eu te vejo no ônibus amanhã à noite, Emory Scott.

Ele me soltou e nadou até a borda, deixando-me congelada na piscina.

O quê?

O ar esfriou, e observei enquanto ele subia a escada; eu me virei de costas a tempo antes de ver seu corpo nu deixar a água.

Merda.

Incapaz de evitar, eu me rendi à vontade e dei uma olhada por cima do ombro.

Mas era tarde demais. Ele estava amarrando uma toalha na cintura, os músculos perfeitos de suas costas se contraindo. Sem me lançar outro olhar, ele abriu a porta do vestiário masculino e desapareceu.

Argh. O que ele estava fazendo? Por que ele simplesmente não parava com aquilo? Nadei até a beira da piscina, peguei minhas tralhas sem me preocupar em me secar e entrei no vestiário feminino.

Por que ele não podia simplesmente me deixar em paz? Caras como ele não queriam… algo mais? Ou outra pessoa?

Ele estava me afetando, me fazendo pensar que eu estava errada a respeito dele ou algo assim. Durante anos, ele tinha passado essa *vibe* de *"o que você vê é o que você ganha"*, e agora ele queria convencer o mundo de que estávamos errados.

Eu não precisava desse incômodo. Eu tinha problemas muito maiores do que ele, e não precisava disso.

Vesti minhas roupas às pressas e parei para pegar a mochila no meu armário e, antes que me desse conta, já estava na metade do caminho para casa, perdida em meus pensamentos e repassando cada momento com ele na minha cabeça.

Minha garganta se apertou com um caroço do tamanho de uma bola de golfe, e não consegui parar de sentir seus braços ao meu redor.

Foi bom.

Eu não queria ansiar por mais. Tudo o que eu disse sobre ele era verdade. Ele era superficial e estava me usando. Ponto final. Eu não podia esquecer isso.

Mas houve um momento, quando ele me segurou, onde ele era eu, e eu era ele, e não estávamos sozinhos. Parecia o lugar certo onde eu deveria estar.

Fechei os olhos enquanto caminhava, sentindo as lágrimas umedecendo meus cílios.

Estava procurando significado onde não havia nenhum porque eu não tinha mais nada. Não era real, e ele também não sentia. *Lembre-se disso, Em.* Não se esqueça disso. Por alguns segundos, eu vi o que queria ver.

Fui até a praça da cidade e subi a pequena colina na direção do parque; encarei o gazebo que estava construindo, as vigas ainda úmidas pela chuva, deixando aquele cheiro inebriante no ar. Eu adorava o cheiro de madeira.

Circulando a estrutura, vi que ela ainda estava em condições imaculadas, meus alicerces aguentando firme e sem nenhum sinal de vandalismo até agora.

Pneus guincharam na rua, e levantei a cabeça, vendo o *Sticks* lotado e quatro veículos pretos estacionando perto da calçada, a traseira da caminhonete do Will repleta de pessoas.

Os pneus cantaram no asfalto, levantando fumaça enquanto as pessoas gritavam ao som dos alto-falantes na maior altura.

— Como vai?

Olhei por cima do ombro e deparei com Trevor Crist segurando uma bola de futebol. Ele a jogou de volta para seu amigo na calçada.

— Oi — murmurei, olhando de volta para o *Sticks*.

Will desceu do assento do motorista, pegando a camiseta preta no cós de seu jeans, e a vestiu quando Damon parou às suas costas e sussurrou alguma coisa em seu ouvido. Não dava para ver seus rostos daqui.

As pessoas desobstruíram a calçada ao cruzá-la, entrando no *Sticks*.

— Veja por esse lado — ouvi Trevor dizer. — Quando eles se formarem, a Noite do Diabo vai acabar. Graças a Deus, certo?

Então eu me virei para ele.

— Não vai continuar a tradição familiar?

Trevor estava três séries abaixo do irmão, Michael. O que significava que ainda restava muito tempo no ensino médio.

Mas ele simplesmente deu uma risada zombeteira.

— Você quer dizer o festival uma vez ao ano onde meu irmão e seus amigos fazem a cidade inteira chupar seus paus porque são burros demais para se lembrar como agir como homens nos outros trezentos e sessenta e quatro dias do ano? — Ele balançou a cabeça. — Não.

Eu ri. Talvez eu o tenha julgado mal. O berço de ouro onde estava não era o que parecia.

— Quando todos crescerem e perceberem que não são nada — ele continuou —, eu vou rir e comemorar. Ou quando eles finalmente forem presos por toda a merda idiota que fazem.

— Que belo irmão você é.

Ele deu de ombros, mas sorri um pouquinho. Talvez ele não seja tão ruim, afinal de contas.

E eu entendia o ponto de vista dele. Eu não choraria se meu irmão se metesse em encrenca.

Ao longe, Will pegou um celular enquanto subia na calçada, parecendo filmar dois caras que brigavam entre si.

— Mas é verdade, não é mesmo? — Pensei em voz alta. — Sobre o risco de ser preso, quero dizer. Eles filmam tudo com aquele celular. É bem imprudente.

Trevor seguiu meu olhar, todos sabendo que os Cavaleiros registravam suas travessuras. Havia evidências de todos os pequenos crimes e trotes cometidos.

— Se alguém usasse a metade do cérebro — continuei —, de jeito nenhum ignorariam o comportamento deles caso alguém vazasse esses vídeos no lugar certo, sabe? Dá para imaginar a vergonha?

Os lugares que haviam roubado? Vandalizado? As garotas menores de idade – talvez os rapazes também –, ou ei, talvez até mesmo mulheres casadas podiam estar documentadas naquele celular. A cidade ficaria louca.

Ele ficou em silêncio por um momento, e quando o encarei, seu olhar ainda estava focado na multidão no *Sticks*, mas sua expressão era séria enquanto as engrenagens na sua cabeça rodavam.

— Estão muito à vontade em seus arredores, isso é certo — ele acrescentou.

Assenti.

— Falsa sensação de segurança e tudo o mais.

Eles faziam vídeos – fotos também, provavelmente –, porque sabiam que eram invencíveis. Mesmo que alguém as encontrasse, daria em alguma coisa ou bastaria que os pais envergonhados molhassem a mão da pessoa certa?

O dinheiro resolvia todos os problemas.

Trevor ainda estava ali, encarando-os na mesa de sinuca.

— Aprenda uma lição a partir disso — comentei com ele. — Nunca registre as merdas que você faz. A Internet vive para sempre.

Mas achei que ele não tivesse me ouvido, pois balançou a cabeça, distraído.

— Até mais — respondeu, por fim, e se afastou com o amigo.

Olhei para o outro lado da rua, ouvindo a música daqui e sabendo que havia tomado a decisão certa. Meu lugar não era lá dentro com eles. Dava para imaginar uma coisa dessas? Eu? Tipo, me divertindo?

Eu ficaria pensando o tempo todo qual era o objetivo das coisas. Não dava para evitar ser séria como sempre fui, e ele nunca agiria com seriedade.

Eu me virei e peguei a mochila, avistando um monte de papéis pelo zíper aberto. Quando peguei para conferir, vi que se tratava do questionário "Guia de Estudos de Lolita".

— O quê? — murmurei. Eu tinha procurado isso por toda parte! Incluindo dentro da mochila, nos dois armários, minha casa, no lixo…

Que diabos?

Vi meu nome escrito na parte superior, assim como percebi que todas as perguntas já estavam respondidas. Todas elas. Em uma elegante letra em caixa alta escrita a lápis.

Folheei, analisando cada página e lendo cada resposta, vendo que estava tudo concluído, as respostas surpreendentes, até mesmo para mim, embora algumas meio que me irritaram.

Abaixei as mãos, encarando. Tinha certeza de que o Godzilla e a barrinha de cereais havia sido obra do Will, mas isto também foi colocado no meu armário. E foi feito essa noite. Isso não estava na minha mochila antes de eu ir nadar.

Não era possível que ele tenha feito isso. A não ser que ele tenha mandado uma garota fazer por ele. Mas parecia a caligrafia de um garoto.

Ergui a cabeça e avistei sua camiseta preta e o cabelo cor de chocolate perto de uma mesa de sinuca dentro do *Sticks*.

Ele não teria que me procurar, porque eu tinha uma pergunta que precisava de resposta.

Vejo você no ônibus amanhã à noite, Will Grayson.

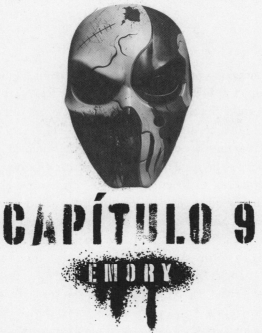

CAPÍTULO 9
EMORY

Dias atuais...
PISQUEI ATÉ ABRIR OS OLHOS, O QUARTO BORRADO À MINHA FRENTE LENTAMENTE surgindo. Havia o peso de um caminhão nas minhas costas, e eu me virei, afastando o rosto do travesseiro.

Meu braço tateou até o outro lado da cama vazia.

Era apenas um sonho.

Encarei o teto, ainda o sentindo ao meu lado na cama, mas eu sabia que ele não estava lá. Ele estava mais perto do que nunca agora, mas senti sua ausência mais do que já havia sentido antes.

Lágrimas encheram meus olhos, lembrando da sensação dele e o quanto eu realmente queria sentir aquilo de novo agora mesmo.

Ele mal olhou para mim ontem. Ele sempre me procurava com o olhar.

Deus, quem me colocou em *Blackchurch*? Meu irmão não teria influência para isso. Eu tinha ouvido dizer que ele havia se casado, mas há anos que eu não o via. Por que agora?

Não, tinha que ser outra pessoa. Alguém que queria dar a Will sua vingança e não ligava nem um pouco para mim.

Havia muitas possibilidades.

Sentando-me, sibilei ao sentir a dor no estômago, e me alonguei, passando a língua no corte no meu lábio. Era engraçado, e eu não tinha certeza do motivo, mas não me importava com a dor. Na verdade, eu até gostava. Era familiar. Aquilo me fazia lembrar que eu estava viva.

Por mais estranho que tenha sido nos últimos anos – livre e por minha conta –, eu não sentia isso há muito tempo.

Saindo da cama, encontrei meus óculos na mesinha de cabeceira e os coloquei, reparando na boxer que eu usava e a minha regata. Aydin tinha me despido quando me colocou na cama, oferecendo-me uma peça de roupa. Olhei ao redor do quarto, sem saber onde ele havia dormido, mas ele tinha permanecido lá fora depois de cuidar dos meus ferimentos noite passada.

Caminhei até o espelho e me virei para encarar o meu reflexo.

Meu cabelo estava todo encaracolado, selvagem e desarrumado enquanto caía ao redor do meu rosto e sobre meu peito e braços. O sangue seco cobria minha narina esquerda, e a pele no canto interno do olho direito estava roxa. Minha bochecha estava vermelha de onde ele havia me esbofeteado, um corte adornava meu lábio inferior e uma bandagem branca foi enrolada ao redor do meu bíceps direito.

Estendendo a mão, toquei meu reflexo, sentindo novamente todas as sensações... Recordando.

Todos os pelos nos meus braços se arrepiaram. Cada centímetro da minha pele formigava. O ar passou por entres meus dedos e os músculos das minhas pernas se contraíram com força para me manter de pé.

Curvei os dedos contra o espelho, sentindo-me viva.

Eu já fui uma lutadora.

Fechando os olhos, abri a mão contra o espelho mais uma vez, sentindo calor do outro lado.

Um deles estava ali de olho em mim? Will estava lá dentro?

— Oi — alguém disse.

Abri os olhos e me virei para a porta, vendo Micah vestido em uma calça cargo preta, com as mãos cheias de coisas.

Afastei-me do espelho, agarrando o lençol na cama para me cobrir enquanto ele entrava no quarto com os pés descalços.

— Trouxe algumas roupas — disse, gesticulando para a pilha em sua mão esquerda. E então ele abaixou. — E caso sinta fome.

Encarei o suco, a fruta, uma pequena baguete e uma fatia do que parecia ser um queijo *Brie*, e meu estômago roncou. Aydin me trouxe sopa ontem à noite, mas não consegui me lembrar da última vez em que comi algo sólido, e estava morrendo de fome.

Deixando o lençol cair, peguei o pão, parti ao meio e cortei um pouco de queijo com a faca de manteiga, passando-a no pão.

Levando-o à boca, mordi um pedaço e mastiguei.

Meu Deus. Minha boca salivou, e senti um pouco de náuseas porque estava com muita fome. Grunhi, pegando mais queijo e depois bebendo o suco.

— Você quer tomar um banho? — ele perguntou.

Eu o encarei enquanto ele tirava a camisa pela cabeça. Seu abdômen contraído e o cabelo caindo sobre os olhos, todo bagunçado de um jeito sexy.

Ofeguei e meio que me engasguei, tossindo com a boca cheia.

— Com você?

Ele apenas riu, enfiando a camiseta no bolso de trás.

— Vou te preparar um. Você parece péssima — admitiu. — Como está se sentindo?

Abri a boca para dizer "ótima" ou "estou aguentando", mas, surpreendentemente, apenas acenei com a cabeça.

— Bem.

Dei outra mordida e comi um pedaço de maçã, também.

Eu me sentia bem. O que era estranho.

Caminhando até a banheira no canto do quarto – que não se localizava no banheiro, diga-se de passagem, talvez porque o dono anterior da casa gostava que sua esposa tomasse banho em plena vista da cama –, ele ligou a torneira, mergulhando a mão na água e ajustando a temperatura.

— Rory me contou o que você fez — comentou, sentando-se na borda da banheira, e me encarou. — Obrigado.

Eu tinha visto o suficiente nas minhas vinte e quatro horas aqui para saber que nem tudo era o que parecia. Rory foi quem tinha dito ontem na adega que não me queria aqui, que esperava que eu morresse lá fora, e gostava das coisas tal como elas eram, porque tinha tudo o que precisava aqui.

— Você e ele...?

Não terminei a frase, apenas deixando a sugestão no ar.

Ele sorriu e olhou de volta para a água, mas notei o rubor no seu rosto.

Comi mais uma fruta e o resto do pão antes de terminar o suco que ele havia trazido para mim. Tudo tinha um gosto tão bom, provavelmente porque eu sabia que era seguro. Se quisessem ter me drogado, já teriam feito.

— Que horas são? — perguntei.

— Talvez meio-dia. — Deu de ombros. — Não sei. A hora é irrelevante aqui.

Limpei a boca com o guardanapo, analisando-o.

— Você sabe há quanto tempo está aqui?

— Um pouco mais de um ano, julgando pelo número de vezes que o pessoal vem para reabastecer e limpar as coisas — contou. — Já estamos todos aqui há algum tempo. Rory foi o último a aparecer, há cerca de sete meses.

NIGHTFALL

137

Nenhum relógio. Sem calendários. Nenhum contato com a vida lá fora. A única forma de contar os meses era contar os reabastecimentos.

Era como esperar constantemente por algo que não se tinha a certeza de que alguma vez iria acontecer, muito menos quando.

— Não parece que você deveria estar aqui — murmurei.

Ele colocou alguns sais de banho na banheira e pegou uma toalha e uma esponja na mesa ao lado.

Com Stalinz Moreau como pai, pensei que Micah seria diferente.

Ele encarou a água.

— Meu pai não é visto em público há nove anos — explicou. — Ele vive em um iate que se move constantemente de porto em porto, e a única forma dos meus cinco irmãos e irmã poderem vê-lo é quando embarcamos em um helicóptero para seguir quaisquer coordenadas que ele nos enviar.

Eu tinha ouvido isso em algum lugar. Na verdade, era bastante inteligente. Quando se fornecia armas a terroristas e facções concorrentes em países do terceiro mundo, perturbando a "consistência" da tirania já no poder, muitas pessoas iriam te querer morto.

— As pessoas acham que a riqueza significa escolhas e liberdade — continuou. — Mas, caramba, como eu invejava aquelas crianças sujas e descalças que corriam por alguns dos piores bairros por onde passei enquanto crescia. — Ele me encarou, finalmente. — É bom não passar fome, mas não quero viver como ele. Eu não quero poder. Não quero saber de dinheiro. Estou farto, e agora prefiro apenas ter paz de espírito.

Aproximei-me dele.

— Então é você a maçã podre?

Ele deu um sorriso triste.

— "Que precisa aprender uma lição sobre lealdade familiar e não ser um covarde" — recitou as palavras do pai, sem dúvida.

Então estávamos todos presos aqui. Talvez eu não estivesse tão só, afinal.

Mantendo a boxer e a blusinha, entrei na banheira, a água quente espalhando na mesma hora arrepios gloriosos e incríveis por todo o meu corpo.

Ele sorriu diante da minha modéstia ao manter as roupas, mas eu realmente não estava pronta para ele ir embora dali.

Eu me sentei ali e me permiti fechar os olhos ao sentir o quão boa a água estava. Mordendo a isca, ele inclinou minha cabeça para trás e a água desceu pelo meu couro cabeludo, molhando meu cabelo enquanto ele enchia o copo e fazia o mesmo repetidamente.

Abri as pálpebras, lançando um olhar para o espelho do outro lado do quarto enquanto a água descia pelas minhas costas, sobre o meu peito, e encharcava minha regata.

— O que acontece quando a equipe de reabastecimento aparece? — perguntei.

— Eles reabastecem.

Dã, não me diga.

— Você sabe o que quero dizer — falei.

Se eu ficasse presa aqui por um bom tempo, usaria esse tempo sabiamente. Precisava mapear a casa, explorar o terreno, e começar a armazenar comida, água, e talvez outra arma.

Micah ergueu o pulso, mostrando-me seu bracelete cor de bronze. Analisei a pulseira, só agora me dando conta que todos eles usavam uma.

— Ele nos rastreia — falou. — E essa porra não sai de jeito nenhum. Acredite, nós todos tentamos.

Mas eu não tinha um bracelete daqueles.

— Vibra quando a equipe está chegando — explicou. — A segurança chega primeiro, e se estivermos nos nossos quartos como bons meninos, eles simplesmente passam a chave para nos manter seguros. Se não estivermos, então eles nos encontram e eles mesmos nos trancam nos nossos quartos. As portas só voltam a abrir depois que eles já se foram, a geladeira estiver abastecida, os banheiros limpos, nosso guarda-roupa reposto, e cada móvel brilhando. Quase como se fizéssemos uma reforma todos os meses.

— Uma nova oportunidade para não quebrar, derramar ou sangrar de novo pelo piso inteiro, não é?

Ele riu.

— Sim.

— Pode-se falar com eles quando chegam?

— Podemos tentar. — Ele tirou o curativo agora ensopado do meu braço. — Mas, ultimamente, os responsáveis não são os que vemos. A equipe está apenas fazendo um trabalho.

Ele molhou uma esponja e limpou suavemente o sangue do meu braço.

— E embora Aydin esteja certo de que você deve ficar quieta, porque não vai sair daqui viva — prosseguiu —, eu não confiaria que eles tentem te salvar quando vierem.

Fiquei tensa.

— Por que diz isso?

— Bem, eles devem ter reparado que você tinha sido trazida para cá em primeiro lugar, certo?

Meu coração parou por um segundo, e fiz uma pausa, pensando.

Era seguro deduzir que tinham me visto ser trazida ou ajudado a me trazer para cá. Ele estava certo. Se Aydin não me trancasse na adega e me mantivesse sem ser detectada como ameaçou fazer, eles poderiam não se importar de qualquer forma quando chegassem dentro de um mês. Ainda poderiam não me resgatar.

— Como eu disse — repetiu. — É um trabalho.

Bem, eu não ia ficar sentada aqui sem fazer nada. Alguém tinha programado de me trazer para esse lugar, e não foi Will.

Encarei o vidro de novo, imaginando se ele estava observando enquanto Micah passava a esponja por dentro da minha blusa e lavava minhas costas.

— Como eles sabem quando você está "apto" para ir para casa? — perguntei. — Quero dizer, as pessoas já foram para casa desde que você está aqui, certo?

— Um — respondeu. — Mas ele foi mandado de volta.

O chão rangeu, e inclinei a cabeça para cima, vendo Rory encostado no batente da porta, nos observando enquanto comia uma maçã. Seu olhar se moveu entre mim e Micah, algo capcioso acontecendo por trás dele.

— E não fiquei triste com isso — Micah acrescentou, um tom de brincadeira na sua voz enquanto encarava o outro homem.

Olhei entre os dois, a *vibe* aquecendo meu sangue.

Eu tinha certeza de que esses dois poderiam ser felizes se ficassem aqui pelo resto de suas vidas, caso tivessem um ao outro.

— Rory se importaria se você me ajudasse com meu cabelo? — perguntei a Micah.

Ele deu um sorriso quase diabólico, e pegou o xampu, despejando um pouco em sua mão.

Fechei os olhos enquanto ele espalhava o xampu pelo meu cabelo, fazendo espuma, e eu sabia que Rory estava nos observando enquanto *eu* imaginava Will me observando através do vidro.

Deixei a cabeça tombar para trás, e ele despejou água sobre meu couro cabeludo uma e outra vez enquanto lavava meu cabelo. O tecido da parte superior da regata branca evidenciou as pontas endurecidas dos meus mamilos.

Seus dedos desceram pelo meu cabelo, tirando o excesso da água, e eu quase tremi com a sensação gostosa. Tudo o que eu podia sentir eram os olhos atrás do vidro sobre mim, e agarrei as laterais da banheira, gostando.

— Acho melhor eu ir — Micah disse, por fim.

Abri os olhos para Rory ainda encostado no batente da porta, mas ele havia parado de comer e encarava Micah com o olhar penetrante.

— Ele precisa mais de mim do que você agora — Micah brincou.

Minhas coxas se apertaram. *Puta merda.*

— Obrigada. — Suspirei, sem estar pronta para desistir da atenção.

Mas eu entendia totalmente.

— Quando quiser.

Ele caminhou em direção à porta, sua camiseta ainda pendurada no bolso de trás, e depois se virou para fechar a porta.

— Ah, e o presente é de Aydin. — Apontando para o chão ao lado da banheira.

Espreitei por cima da borda, encontrando uma caixa de madeira antiga e retangular. Eu a peguei na mesma hora e abri o fecho enferrujado. Virei a tampa, vendo lapiseiras, uma forma de curvas francesas, uma régua em T, uma borracha, um compasso...

Disparei o olhar para Micah. Eram instrumentos de desenho.

— Você pode andar livremente pela casa — disse ele. — Ninguém deve tocá-la, sob as ordem de Aydin. — E então sorriu, acrescentando: — A menos que você nos peça.

Ele fechou a porta, a risada de Rory ecoando pelo corredor.

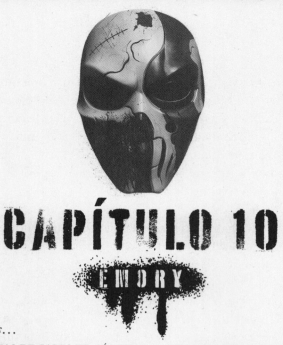

CAPÍTULO 10

EMORY

Nove anos atrás...

CINCO CENTENAS DE PARES DE PÉS PISARAM NAS ARQUIBANCADAS, APLAUDINDO suas respectivas equipes, e pouco depois vi Will acertar mais dois pontos do início do garrafão.

Gritos encheram o ar enquanto a bola caía pela rede, e levantamos nossos instrumentos, tocando algumas notas para celebrar o momento.

O braço de Elle foi pressionado contra o meu, e mudei a posição para manter o equilíbrio. O lugar todo estava lotado, e quando olhei para a área da torcida do *Morrow Sands*, percebi que havia muito mais meninas do que garotos.

Era engraçado como jogadores de basquete bonitos, de repente, podiam despertar o interesse em quase tudo para as adolescentes. Todas eram fãs de basquete agora.

O pivô passou a bola para Michael Crist, e ele driblou o adversário, correndo o resto do caminho pela quadra, passando-a para Damon Torrance.

Damon a pegou e a quicou no chão, duas meninas acenando para ele, na lateral. Ele arremessou a bola, e ela bateu no aro, caindo para fora.

Will a pegou, deu um salto e a enterrou, a campainha soando pelo auditório enquanto ela marcava o ponto.

Sorri só em ver o sorriso dele.

Todos eram fãs de basquete agora.

Os aplausos encheram o lugar, o placar registrando 59x65, Thunder Bay.

Essa foi por pouco.

Os técnicos e jogadores reservas invadiram a quadra, e eu levantei a flauta enquanto todos os outros erguiam seus instrumentos. Tocamos a música da escola, todos os espectadores ao nosso lado cantando junto.

Observei Will, sorrindo com os amigos enquanto o auditório ecoava com barulho, tagarelice e música, comemorando a vitória.

Não que eu me importasse. Eu mal prestava atenção, apenas sabendo que era meu momento quando os outros ao meu redor se levantavam ou preparavam seus instrumentos.

Will tirou a camisa, o suor brilhando nas costas e escurecendo o cabelo cor de chocolate enquanto balançava a camisa sobre o ombro e acenava com a cabeça para o que um cara da equipe adversária estava dizendo a ele. Deixei meu olhar percorrer sua coluna.

Prestei atenção ao jogo desta noite, no entanto. Ele foi bem.

E era divertido assisti-lo jogando.

Segui o resto da banda para fora da arquibancada quando todos começaram a esvaziar o ginásio, e seguimos em direção a uma sala para guardar nossos instrumentos.

Mas então uma garota gritou:

— Emmy, pegue! — E me virei assim que um copo com algo gelado bateu no meu peito.

Segurei o fôlego enquanto a Coca-Cola escorria pelo meu uniforme azul-marinho e branco, infiltrando-se pela minha calça, minhas pernas e melando toda a flauta.

Disparei o olhar para cima. *Só podia ser sacanagem.*

Maisie Vos pairava sobre a grade da arquibancada, fingindo um ar de surpresa antes de dar uma gargalhada.

— Pensei que você fosse o lixo! — berrou, descendo as arquibancadas e dando a volta para se aproximar de mim. — Tipo, você limpa nosso lixo na escola, então pensei que me ajudaria aqui. Era isso que eu queria dizer. Desculpe.

O ar entrou e saiu dos meus pulmões, mas ainda não consegui recuperar o fôlego. Ela fez isso de propósito.

Elle parou ao meu lado, boquiaberta, enquanto outros se inclinavam ao nosso redor, rindo baixinho. Dois caras seguiram Maisie, todos veteranos da minha escola, e minha vontade era xingar aqueles babacas com todos os palavrões possíveis. Mas eu simplesmente fiquei quieta, porque, senão, eles venceriam. Eles saberiam que tinham me afetado.

Isso era apenas um lembrete semanal de que eu não era um deles.

— O que está acontecendo? — Will perguntou, passando pela multidão com a camisa ainda pendurada no ombro.

NIGHTFALL

Maisie disfarçou o sorriso, enquanto os dois caras com quem ela estava não faziam nenhum esforço para esconder a diversão.

Will me olhou de cima a baixo enquanto o refrigerante escorria das minhas roupas e da flauta, e então direcionou o olhar entrecerrado para os dois caras.

— Me cubram — disse ele, entredentes.

Eles pararam de rir e observei enquanto Michael, Damon e Kai se posicionavam, cercando Will à medida que ele se aproximava de Hardy Reed e Silas Betchel.

Os dois garotos se endireitaram, parecendo subitamente desconfortáveis, e ninguém disse nada enquanto os Cavaleiros protegiam o corpo de Will da nossa visão.

O quê...?

Tentei espiar por trás de Michael para ver o que estava acontecendo, mas tudo o que consegui enxergar foi Will encarando Silas e Hardy, fazendo algo com suas mãos, mas sem conseguir descobrir o quê.

Então, Will congelou, piscou uma vez e eu ouvi. O fluxo constante, quase como se algo estivesse sendo rasgado em uma linha lenta e contínua.

Um sorriso malicioso se espalhou pelos lábios de Damon enquanto Silas fechava os olhos, e o peito de Hardy se movia para cima e para baixo mais rápido enquanto ele virava a cabeça e xingava baixinho:

— Filho da puta.

Mas o que quer que Will estivesse fazendo, eles ficaram ali e aceitaram.

Depois de um momento, Will se deslocou novamente, nunca rompendo o contato visual enquanto os Cavaleiros se afastavam e Silas e Hardy ficavam em plena vista.

O lugar todo irrompeu em gargalhadas e risos.

Abaixei o olhar, vendo os rastros de xixi molhando seus jeans e tênis, e quando Maisie olhou para baixo, seu rosto ficou rubro de vergonha ao ver todos zombando de seu namorado ali imóvel e no meio de uma lambança.

Cerrei os dentes. Eles não estavam rindo agora.

Will se curvou e pegou o copo do chão, jogando-o no lixo, mas antes que pudesse encontrar meu olhar, eu me virei para ir embora.

Os músculos da minha garganta doíam enquanto eu lutava para conter as lágrimas, até que alguém gritou atrás de mim novamente:

— Emmy, aqui.

Fiquei tensa, mas então uma líder de torcida correu e vasculhou sua mochila, tirando algumas roupas e as entregando para mim. A banda veio para cá com os uniformes. Eu não tinha nada para me trocar.

Fiquei tentada a jogá-la de volta e me engasgar com meu orgulho, mas Martin iria me matar se eu voltasse para casa assim.

Acenei uma vez em agradecimento.

— Eu trarei de volta na segunda-feira.

E fui para o banheiro para me limpar e trocar de roupa.

Meu queixo tremia, tudo ameaçava transbordar, e eu não sabia o porquê. Coisas como essa já haviam acontecido antes. Não era nada demais. Também não era como se acontecesse o tempo todo.

Eu poderia ter empurrado Maisie se quisesse. Gritar com ela, talvez. Definitivamente, retrucar.

Dessa vez eu só queria fugir. Não queria que ninguém me visse, como se eu fosse tão inapropriada que quisesse me apagar da memória das pessoas e deixar de existir.

Simplesmente desaparecer.

Limpei e guardei a flauta, troquei de roupa, e coloquei os fones de ouvido, carregando meu instrumento e a mochila para o ônibus. Era uma hora de viagem até Thunder Bay, e eu desejava poder ir andando.

Inclinando a cabeça, fui até a parte de trás do veículo, deslizando para um banco vazio e jogando meu estojo e as roupas no chão. Segurei o celular, ouvindo minha playlist de *Sabrina, Aprendiz de Feiticeira* enquanto olhava pela janela.

As pessoas passaram por mim, silenciosas e sem dar uma risadinha, porque Will Grayson tinha disseminado para todos que eu estava fora dos limites.

Na verdade, estava tudo bem. Apavorados ou não, a maioria deles não se sentaria ao meu lado de qualquer maneira. Eles nunca se sentaram.

O ônibus encheu, e esperei que o assento ao meu lado fosse preenchido, mas quando as portas se fecharam, as luzes diminuíram e o motor foi ligado, continuei sozinha.

Mordi o canto da boca para esconder o tremor. Eu me importava? Importava que tivesse sido humilhada de novo? Importava que ele tivesse visto aquilo no ginásio?

As lágrimas surgiram.

Ele me viu. Ele viu que aquilo aconteceu comigo.

Ele viu o que o mundo inteiro pensava de mim, e agora ele...

Agora ele...

Uma mão escorregou por baixo da minha, quente e suave, e quando virei a cabeça para a esquerda, deparei com Will no banco ao meu lado.

O quê...?

NIGHTFALL

145

Um nó apertou minha garganta enquanto eu encarava a lateral do rosto dele, querendo ficar furiosa por ele estar ali, me tocando de novo sem minha permissão, mas...

Ele curvou os dedos, me agarrando, e... e levei um instante para me acalmar.

Finalmente, franzi o cenho e puxei minha mão.

Ou tentei.

Ele não quis largar. Ou olhar para mim. Ele simplesmente jogou seu casaco preto sobre nossas mãos entrelaçadas e conversou com o cara no banco ao lado como se eu não estivesse aqui.

Meu coração retumbou nos ouvidos, bloqueando a música dos meus fones, e tive que me obrigar a respirar mais devagar.

Fechei os olhos e me virei para a janela. Por que ele estava fazendo isso?

E por que eu estava apenas sentada aqui? O calor de seus dedos fortes se infiltrou nos meus enquanto ele me segurava, e o encarei novamente, vendo-o largado no assento, as pernas longas esticadas no corredor enquanto os jogadores, as líderes de torcida e a banda continuavam andando ao nosso redor.

Ele apenas encarava seu celular agora como se não houvesse nada acontecendo por baixo do casaco entre nós. Como se ele não estivesse completamente consciente de que estava me segurando.

Foram necessárias três tentativas, mas acabei desistindo, engolindo em seco enquanto puxava mais seu moletom sobre nós, certificando de que nossas mãos estavam cobertas. Talvez ele tenha pensado que eu não queria que ninguém visse. Talvez ele não quisesse que ninguém visse. De qualquer forma, eu não me importava mais.

O ônibus se moveu de um lado para o outro, nos levando de volta para a rodovia, e eu também cerrei o punho, uma chama tomando conta do meu ventre ao toque de sua pele.

Um movimento chamou minha atenção, mas não olhei para cima porque sabia o que era. Desi Castro se sentou no colo do nosso pivô, com as pernas em volta da cintura dele, e pela luz tênue da lua e das sombras, eu tinha certeza de que eles estavam agindo com uma estupidez do caralho — embora silenciosamente — no assento à nossa frente.

Suas mechas longas e ruivas passavam da traseira do banco, e finalmente ergui meu olhar quando ela se pressionou contra ele, seus lábios mal se tocando enquanto seus corpos se moviam devagar, mas sincronizados na escuridão.

Will esfregou seu polegar no meu dedo, e meu estômago revirou diante do gesto reconfortante.

PENELOPE DOUGLAS

Meu celular tocou e virei a mão direita, destravando a tela com meu polegar. A tela iluminou, a chuva caindo sobre o ônibus enquanto seguíamos pela noite escura.

> **Deixe eu te levar para casa.**

Desliguei a música, virando o rosto e vendo seu celular na mão também – o mesmo texto visível ali.

> **Não.**

Digitei de volta.

Não poderia deixá-lo me levar para casa. Nunca. Tentei soltar nossas mãos, mas ele a apertou com força.

> **Deixe eu te levar para casa.**

Ele escreveu de novo.

Cerrei os dentes e me concentrei na janela. Tentei puxar minha mão mais uma vez, mas ele a agarrou, forçando-a, em vez disso, a ficar sobre a minha coxa, seus dedos pousando na minha pele ali.

Um raio disparou através do meu corpo, mas ao invés de ficar com raiva, o frio súbito na minha barriga me fez fechar os olhos. E eu não me afastei de seu toque.

Meu celular tocou, e demorou um instante para encará-lo.

> **Quero te segurar assim.**

Estava escrito.

Olhei novamente para Miller e Desi, seus braços ao redor dela, e me imaginei no colo do Will, parados em alguma estrada escura no meio da chuva, e foi preciso todas as minhas forças para não o encarar, porque se eu o fizesse, ele saberia...

Ele saberia que eu nem sempre o odiava. Um pedaço do meu cérebro começava a acreditar que havia mais sobre ele.

Mas empurrei sua mão, mordendo o canto da minha boca para manter as emoções afastadas.

NIGHTFALL

— Os tiras foram ao armazém e levaram todos os extratores — alguém disse alto o suficiente para passar pelos meus fones de ouvido.

Virei a cabeça o bastante para ver uma líder de torcida, Lynlee Hoffman, do outro lado do corredor, encarando Will.

Ele ficou sentado ali, com a mão ainda debaixo do casaco, agindo como se tudo estivesse completamente normal.

— Ah, é? — ele disse.

Mas ele não deu a mínima.

Lynlee me lançou um olhar, estreitando os olhos e erguendo o queixo, porque se eles descobrissem que havia uma festa, era porque eu havia contado ao meu irmão, certo? Como se os policiais tivessem que ser gênios para descobrir que uma vitória sempre se igualava a um barril de cerveja no armazém. *Dã.*

Aumentei o volume da música de novo, bloqueando qualquer outro som e movi os dedos, digitando uma mensagem.

> Leve aquela ali para casa. Ela vai babar por todo o seu corte de cabelo idiota e seu extenso conhecimento de piadas sobre cerveja e pênis.

Ele era um atleta.

Eu o senti tremer com uma gargalhada ao meu lado.

Ele digitou, letras piscando em sua tela.

> Eu te levo para casa, ou te levo no meu colo, aqui mesmo. Decida.

Cerrei os dentes.

Todos iriam ver isso. Se meu irmão soubesse disso, eu...

Meu Deus...

Damon se inclinou por trás de nós, apertando os ombros de Will e falando ao seu ouvido. Will riu de tudo o que ele disse, sem que ninguém ouvisse.

Meu celular tocou de novo.

> Estamos quase chegando...

Ele fez questão de avisar.

Balancei a cabeça e digitei minha resposta.

> As pessoas vão ver.

— Então garanta que elas não vejam.

Ele tirou o casaco que acobertava nossas mãos e o vestiu por cima da camiseta branca, sem mangas, cobrindo seus belos braços bronzeados e tonificados que sempre me faziam babar como uma idiota.

Entramos em Thunder Bay, voltando para nosso *campus* onde todos pegariam seus carros e iriam para festas, mas eu iria caminhando direto para casa, como sempre.

Encarei o lado de fora da janela, vendo o vilarejo passar rapidamente, assim como as luzes cintilantes do parque e do meu bairro antes de subirmos para as colinas onde Will e os ricos moravam. Uma parte minha queria aquilo, adorando ser o alvo de sua atenção, porque ele era arrogante e confiante e de boa aparência e tranquilo. Ele era popular, ficava ótimo em tudo o que usava, e eu gostava do sorriso dele.

Ele era intocável, e queria me tocar.

Hoje à noite, pelo menos.

Concentrei o olhar no meu colo. Mesmo que eu quisesse, meu irmão nunca toleraria isso.

O celular vibrou na minha mão uma vez, e de novo e de novo, mas eu apenas balancei a cabeça de acordo com a música como se não notasse. A escola surgiu à frente, e o calor preencheu meu peito, mas eu ignorei. Eu estava quase fora daqui, e por mim, ele podia passar o resto da noite levando quem quisesse para casa.

Nós não éramos nada um para o outro.

Chegou outra mensagem, e finalmente olhei.

> Quando o ônibus parar, entre na porra da minha caminhonete.

Soltei uma risada sarcástica. Alguém parecia ter perdido a calma.

— Por quê? — perguntei.

E quando dei por mim, o ônibus parou, ele tirou meus fones de ouvidos, e eu perdi o fôlego quando ele se inclinou sobre meu rosto.

— Porque você é minha — grunhiu em um sussurro.

E de uma vez, os Cavaleiros se levantaram de seus assentos, pegaram suas mochilas e passaram pelo corredor, saindo do ônibus primeiro.

NIGHTFALL

Meu coração disparou. Mas o quê...

Sério.

Porque você é minha. Ignorei o tremor no peito enquanto pegava minha mochila e me atrapalhava por causa dos fones pendurados.

Pelo amor de Deus. Qual era a dele? Eu era um alvo em alguma gincana sórdida que ele estava fazendo ou algo assim? Tipo, pegar a *Nerd*?

Eu me levantei com todos e fui para o corredor, me preparando para sair do ônibus.

Eu não sou sua, Will Grayson.

E eu vou a pé, obrigada.

O ônibus esvaziou, os motores no estacionamento já ligados e os faróis brilhando à noite. Caminhei até o bagageiro para ver se alguém precisava de ajuda com seus equipamentos, mas já estava vazio, a banda e os jogadores saindo rapidamente.

Eu me virei para fugir antes que ele me visse, mas Elle apertou minha mão.

— Vamos receber uma carona para casa — ela disse.

— Quê?

— Will — Elle explicou, me puxando. — Ele vai nos levar para casa.

— Humm, não. — Puxei minha mão. — Ele não vai.

— Você não quer que eu vá sozinha com ele, quer? — Ela pôs as mãos nos quadris. — Um cara maduro, acostumado a conseguir o que quer?

— Então você não deveria ter concordado com isso.

Dando a volta, fui em direção aos portões para ir para casa.

— Mas amanhã posso dizer que andei em sua caminhonete — ela choramingou, correndo para o meu lado.

E daí?

— Não.

Ele só estava se oferecendo para dar uma carona a ela porque isso me incluía. Isso só iria encorajá-lo.

Elle estacou em seus passos e eu continuei andando.

— É bom ser simpática, Emmy — ela disse, às minhas costas. — Por favor?

Desacelerei, sua lamúria patética me fazendo sentir culpada. Parei e revirei os olhos, suspirando. Pegar aquela carona seria um dos melhores dias da vida dela.

E a quem eu estava enganando? Ele não ia desistir se eu recusasse uma carona hoje à noite. O tarado me seguiria naquela maldita caminhonete. Mesmo até a minha porta da frente.

Eu me virei, vendo-a já voltando para o estacionamento, um peso melancólico sobre seus ombros.

— Espere — eu disse, depressa.

Ela se virou, sorrindo de orelha a orelha.

Juntei-me a ela de novo, e nós duas caminhamos até a caminhonete do Will, ainda estacionada.

— Você vai se sentar na frente — disse para mim. — Minha casa é a primeira.

O quê...?

Mas ela me empurrou para a porta do enorme e preto Ford Raptor e abriu a porta traseira, subindo na caminhonete antes que eu pudesse discutir.

Sério?

Abri a porta e entrei no veículo, ignorando o olhar do Will enquanto me ajeitava e batia a porta. Mas logo em seguida, a porta traseira se abriu de novo, e dei uma olhada por cima do ombro, vendo Elle sair rapidamente da caminhonete mais uma vez e fechar a porta.

— O que você está...?

Ela passou pela minha janela, rodopiando e se afastando enquanto me dava uma piscadinha.

— Faça uma boa viagem! — cantarolou, dando um tchauzinho zombeteiro.

Mas o quê...? Parei de respirar quando me dei conta. Isso foi um truque. *Merda.*

As travas acionaram, o estacionamento ainda lotado, e eu estava oficialmente farta desse dia, balançando a cabeça enquanto a via desaparecer na multidão.

— Isso é o que ganho por tentar fazer uma amiga — resmunguei.

Puxei o cinto de segurança, encarando Will com um sorriso curvando os lábios e ele ligou o motor.

Ele foi tão esperto, não foi? Deve ter resolvido isso com ela nos trinta segundos que levei para descer do ônibus.

Ele seguiu adiante, dirigindo pelo espaço vazio à nossa frente, e saiu do estacionamento, aumentando o volume enquanto *In Your Room* tocava no som.

Dirigimos pela estrada, voltando para a vila, e retorci as mãos no colo enquanto minha mochila e flauta estavam no chão.

O cheiro era bom aqui dentro. Os bancos de couro esfriaram a parte de trás das minhas coxas, e meu estômago revirou um pouco enquanto ele passava pelos buracos e solavancos.

A escuridão do carro nos engoliu, nos escondendo, e deu uma sensação de intimidade. Como se estivéssemos sozinhos em um lugar que não deveríamos estar.

Olhando de relance, vi seus longos dedos passando sobre o T do volante e depois encarei seu rosto, vendo seu olhar estreito na estrada à frente e a incomum expressão severa.

Seu peito subiu e desceu, firme e controlado, e se havia uma coisa que eu sabia sobre Will Grayson III, era que quando ele estava no controle, você deveria se preocupar.

Como na piscina, ontem à noite.

Quando ele ficou sério, ele veio até mim.

Olhei de volta para o meu colo, respirando fundo e me sentindo um pouco enjoada porque meu corpo estava enfurecido com um monte de coisas diferentes.

Eu gostei.

Chegamos mais perto da minha casa, e ele não tinha dito uma palavra, mas eu não me importava. Apenas absorvi a sensação pelo máximo de tempo que pude. Sentindo-o ao meu lado. Andando de carro com ele. Arrepios percorreram minhas pernas, porque agora eu me sentia meio bonita na saia. Será que ele gostou?

Ele virou na minha rua, e agarrei a bainha da minha camisa, vendo minha casa à frente, mas eu não queria deixá-lo.

Ele dirigiu muito rápido, no entanto. Por que ele estava dirigindo tão rápido? Ele tinha que parar agora mesmo. Mas nós passamos minha casa, sem parar ou mesmo desacelerar, e levantei a cabeça, olhando de volta para minha casa pela janela traseira dele.

Ele manteve a velocidade, não diminuindo conforme minha casa desaparecia pelo para-brisa traseiro.

Engoli o nó na garganta, apesar do meu coração ter saltado um pouco.

— Você tem que me levar para casa — murmurei. — Não posso me atrasar.

Não pude usar mais do que uma voz suave, porque eu realmente não queria ir para casa. Eu só sabia que tinha que ir.

Finalmente, ele me encarou.

— O que você tem medo que aconteça? Você é boa em dizer não para mim, certo? Pode ficar comigo por mais uma hora.

Arqueei uma sobrancelha. Que diabos ele ia tentar fazer que me obrigaria a dizer não?

Verifiquei o relógio no painel. Eram apenas 9:19h. Contanto que eu estivesse em casa às dez, Martin, provavelmente, não faria perguntas. Provavelmente.

Mas ele saberia que o ônibus já tinha chegado.

Will nos levou pela vizinhança e nos conduziu à estrada *Old Pointe*, em direção ao *Adventure Cove*.

Fiquei tensa. O que ele estava fazendo? O lugar fechou às oito, e não havia mais nada por aqui.

Ele virou e seguiu para o estacionamento do parque temático, o lugar todo vazio à noite. Ele parou a caminhonete de qualquer jeito, mas manteve o motor ligado e desligou o rádio.

Deixei meu olhar vasculhar o terreno deserto, as bilheterias vazias e as montanhas-russas desligadas por trás dos portões de entrada. Um único poste de iluminação clareava o estacionamento.

Dei uma olhada de soslaio para ele, vendo-o se inclinar para trás em seu assento, encarando o lado de fora da janela enquanto o peso do silêncio fazia meu coração parar por um segundo.

— Você está vendo a roda-gigante? — ele finalmente perguntou.

Segui seu olhar, encarando a janela e encontrando a roda-gigante à direita, mais ao longe do parque temático.

— Se você passar por ela — falou —, cerca de quatrocentos e sessenta metros a leste, você chegará a *Cold Point*.

Cold Point era uma parte dos penhascos que se precipitavam no mar um pouco mais que o resto da costa entre nossa cidade e *Falcon's Well*. Com o parque temático no meio do caminho, era quase inacessível agora.

E por uma boa razão, a contar pelos eventos do passado.

— Você conhece essa história? — ele me perguntou.

— Assassinato-Suicídio — murmurei.

Ele ficou quieto, e então o ouvi dizer, baixinho:

— Talvez.

Olhei para ele, com a cabeça apoiada na mão enquanto encarava em frente.

— Em 1954, Edward McClanahan tinha a minha idade — contou. — Veterano, estrela do basquete, um pouco *bad boy*, mas só para algumas coisas... — Ele sorriu, me provocando. — Ele era bom para as pessoas. Ele era presente, saca?

Eu não sabia muito sobre Edward McClanahan, além de que a equipe de basquete fazia uma peregrinação anual à sua sepultura. Eu nunca dei muita bola para isso.

NIGHTFALL

153

Mas fiquei quieta.

— Aquela temporada era para ser a melhor deles — falou. — Tinham o time, o técnico, os anos de treinamento... Podiam antecipar os movimentos uns dos outros, até mesmo seus pensamentos. — Ele encontrou meu olhar. — Foi nisso que os anos jogando juntos resultou. Eles eram uma família. Mais do que família. Estavam em perfeita simbiose.

Como os Cavaleiros. Observando-os, às vezes, era como se os outros jogadores não existissem. Michael, Kai, Damon e Will eram como os quatro membros de um único corpo.

— E isso raramente acontece — continuou. — Eles dependiam e faziam qualquer coisa um pelo outro, todos eram os melhores jogadores. Todos estavam ansiosos pelo que estava por vir naquela temporada. Os jogos, as festas, as celebrações...

Eu me perguntava como tudo isso era verdade. Ele pintou uma imagem bonita, mas nós acreditamos no que nos convém acreditar, e nada mais. Tudo parecia melhor em retrospectiva.

Ele sorriu.

— Elvis tinha acabado de entrar em cena, todos queriam um Chevy Bel Air, e *Sh-Boom*, dos *Crew-Cuts*, era a música número um na América. — Seu rosto ficou um pouco mais taciturno, e ele continuou: — Noite do baile de boas-vindas, uma garota do *Falcon's Well*, um de nossos rivais, apareceu lá no colégio. Sozinha e usando um vestido rosa de renda e tule. As luzes cintilantes acima da pista de dança brilhavam sobre seu cabelo e ombros desnudos enquanto ela entrava, e ninguém conseguia desviar o olhar. Ela estava tão nervosa, sabendo que não pertencia àquele lugar. — Ele fez uma pausa, virando a cabeça e me encarando fixamente. — Sentindo-se como um rato em um poço de cobras. Ela continuava segurando a barriga como se fosse vomitar ou algo assim. Mas ela era bonita. Tão bonita. Ele não conseguia desviar os olhos de cima dela.

McClanahan.

Encarei além da roda-gigante e na direção de *Cold Point*, imaginando-a na minha cabeça. O vestido rosa e tomara-que-caia, como se usava nos anos 50, enquanto os rapazes vestiam ternos.

— Dizem que ela veio causar problemas — contou, sua voz suave e baixa no meu ouvido. — Que a equipe rival a mandou para semear a discórdia. Dizem que ela enfeitiçou nossa equipe toda. Tentou seduzir geral para que fizessem coisas com ela naquela noite de forma que ela pudesse bancar a vítima no dia seguinte.

Por que ele estava me contando isso?

— Ninguém sabe dizer como eles souberam onde encontrar o corpo, ou se ela sequer chegou a gritar, mas ela foi encontrada através do nevoeiro horas depois, arrebentada nas rochas irregulares abaixo — falou —, seu vestido cor-de-rosa manchado de vermelho e as ondas espalhando seu cabelo pelas pedras enquanto seus olhos mortos encaravam o penhasco acima. A última coisa que ela viu foi a pessoa que a empurrou.

Tentei umedecer os lábios, mas minha boca estava muito seca.

— Dizem que o time teria que perder a temporada sob todo o escrutínio e investigação da mídia. — Ele respirou fundo e exalou. — Dizem que todos os caras que não vieram de famílias ricas teriam que abrir mão de suas esperadas bolsas de estudo esportivas por causa disso. Eles não iriam para a faculdade. — Fez uma pausa. — Dizem que o treinador teria que ser demitido e se mudar com sua família, sem perspectiva de encontrar outro emprego após um escândalo tão grande.

Eu não sabia tudo isso, e continuei ouvindo o relato.

— Tudo o que sei é que — suspirou —, uma semana depois, Edward McClanahan deixou uma confissão na mesa da cozinha de seus pais e depois a seguiu no penhasco. A última frase da confissão dizia: *"Nós queremos o que queremos"*.

Foquei meu olhar nele, sentindo o suor cobrir meus poros.

Nós queremos o que queremos.

— Dizem que McClanahan se sacrificou para que a temporada pudesse prosseguir.

Como se ele assumisse a culpa? Ele não fez aquilo?

— É o que dizem, de qualquer forma — ele devaneou, com um brilho no olhar. — Mas os sussurros falam outra coisa.

Um tremor atingiu meu estômago, e eu mal respirei, esperando que ele continuasse.

— Dizem que ela ficou entre dois melhores amigos – McClanahan, que estava apaixonado por ela, e A.P., seu namorado. Ele não era rico como McClanahan, mas era esperto. E ambicioso. Não era alguém a ser subestimado.

Meu interesse despertou ainda mais. Um mistério.

Eu gostava de mistérios.

— Dizem que ela estava grávida — falou. — Dizem que ela pulou. — E então ele me encarou de novo. — Dizem que Edward... não.

Não pulou? Então os boatos dizem que Edward foi empurrado em vez disso?

NIGHTFALL.

155

Um sorriso curvou seus lábios.

— Dizem que o bilhete na mesa da cozinha era uma confissão, mas não dele.

Ele suspirou de novo e olhou para fora pelo para-brisa dianteiro outra vez. Todos reverenciavam Edward porque pensavam que ele tinha se jogado para salvar a temporada do time. Salvar alguns garotos para terem suas bolsas de estudo universitárias e seu treinador um emprego.

Sempre achei que era idiota. Edward claramente não entendia tudo o que a vida podia jogar contra você. Ele tinha que sobreviver a coisas muito maiores do que um escândalo.

Mas gostei da maneira como Will contou. Como se nada fosse o que parecia, e que havia uma história esperando para ser desvendada.

Afinal, ninguém realmente sabia o que aconteceu no Point todas aquelas décadas atrás.

— Eu gosto daqui — ele quase sussurrou. — Gosto de mistério. Às vezes, estou morrendo de vontade de saber o que aconteceu naquela noite, e outras vezes, espero nunca descobrir, porque é mais interessante desse jeito. A realidade sempre me decepciona. — Ele se voltou para mim. — Acho que é por isso que sempre gostei mais dessa hora do dia. As pessoas se escondem no escuro. Elas saciam sua sede no escuro. Constroem seus segredos na escuridão. Somos mais nós mesmos aqui do que em qualquer outro lugar. Eu posso ser eu… — engoliu, me encarando —, quando o anoitecer está chegando.

Encarei seus olhos verde-escuros, seu rosto todo na penumbra da caminhonete, e eu queria…

Cada nervo dos meus lábios formigava, sentindo o peso entre nós como se cada ponta de uma corda fosse amarrada em torno dele e de mim, se tornando cada vez mais curta.

Eu quero…

— Nós queremos o que queremos — sussurrou.

Abaixei o olhar para meu colo, cerrando os punhos.

E então sua voz soou em um sussurro quase inaudível:

— Venha aqui.

Meu coração foi parar na barriga, e pude senti-lo em minhas mãos. Eu o encarei, vendo-o apertar o volante e respirar com força.

— Venha aqui — repetiu.

Balancei a cabeça, sem querer.

— Por quê?

— Porque *eu* sou seu homem.

Meu coração rachou e se partiu, agonizando com o calor dessas palavras estúpidas. Quem diabos era ele, hein? Ele não podia decidir que alguém lhe pertencia só porque lhe deu vontade.

E isso era tudo o que eu era. Uma fantasia passageira. Ele não ouvia, e não aceitava um não como resposta.

Se eu deixasse isso acontecer – se o deixasse me amar e proteger e toda aquela merda que ele vomitou –, estaria apenas trocando um abuso por outro.

Ele me usaria, me largaria, e eu ficaria pior por isso.

Eu ficaria destroçada.

— Me leva para casa — exigi.

Ele piscou, mas não se mexeu.

Destravei a porta, puxei a maçaneta e saltei do carro.

Eu andaria então. *Caralho.*

Batendo a porta, ouvi quando ele abriu a dele e deu a volta no carro, me impedindo antes mesmo que eu chegasse à traseira da caminhonete.

— Por que você tem medo de mim? — disse, alto, me afastando para trás.

— Por que você me contou essa história? — retruquei.

— Por que você acha?

— Para provar de novo o que já sei? — gritei. — Que os garotos de Thunder Bay sempre se safam.

Parei, e ele também.

— Você acha que Edward McClanahan se safou de alguma coisa? — ele rebateu.

Eu não ligava nem um pouco para Edward McClanahan! Eu só... eu só queria... eu só queria ir para casa!

— Eu te falei o porquê gosto deste lugar — ele finalmente respondeu. — Eu queria você aqui comigo, porque... — Ele procurava palavras, a mão passando pelo cabelo e agarrando-o. — Porque nós queremos o que queremos, Em! Cacete!

— Me leva para casa.

Ele se aproximou, seus olhos em chamas.

— Não.

Ri uma vez, perplexa. Ele estava de sacanagem?

— Isto não está acontecendo — falei, voltando-me para ele. — Não vou ser aquela grudada em você nos corredores da escola amanhã, na frente de todos. Eu sou um segredinho sujo que você esconde!

NIGHTFALL

157

— Fale por si mesma — ele rosnou. — Acho que você é a única que tem vergonha de mim. Que você me quer. Que você quer isso.

Dei uma risada.

— E quem te disse isso? Sua sociedade secreta de estupradores que aconselharam que eu me afastando de você nas últimas quinze vezes foi um 'sinal'? — E levantei as mãos, fazendo aspas.

Ele grunhiu e avançou na minha direção, mas depois recuou e deu meia-volta. Ele passou as mãos pelo cabelo novamente, e pude vê-lo respirando fundo, a veia do pescoço latejando.

— Eu nunca deixaria de tocá-la — murmurou, sua voz quase cansada. — E eu tocaria somente em você.

Ele se virou e me encarou, e era tão lindo que eu queria acreditar nele.

As gotas da chuva começaram a cair de novo, relâmpagos iluminando o céu, seguidos de trovões estrondosos.

De todos os meninos da escola, Will era a maior ameaça. Não porque ele era bonito ou porque era um dos únicos que estava de alguma forma interessado em mim, mas porque...

Ele nunca desistia. No fundo, eu adorava isso, porque exigiria esforço de qualquer um, e ele não desanimava facilmente.

Agora mesmo, eu queria que ele me segurasse.

Mas, ao invés disso, dei a volta na caminhonete e subi no lado do motorista, trancando imediatamente as portas. Se ele não me levaria para casa, eu mesma faria isso.

A chuva bateu contra sua janela, e eu o observei ficar parado ali, um brilho em seu olhar com meu desafio.

Esperei que ele tentasse me impedir, mas... ele não o fez.

Ligando o motor, pisei no pedal e acelerei, dando uma volta rápida enquanto os pneus cantavam contra o pavimento.

Passei por ele e saí do estacionamento, sem dar nem um último olhar no espelho retrovisor.

Virei para a estrada escura e pressionei o acelerador até o chão, voltando para Thunder Bay e agarrando o volante como se fosse seu maldito pescoço.

Quem ele pensava que era? Será que toda garota rolava no chão e agradecia suas estrelas da sorte por sua atenção? Foi assim que ele ganhou tanta confiança?

Eu só queria ir para casa. Estudar, me formar. E deixar esta cidade.

Eu não queria mais nada!

— Argh! — Grunhi, ligando o rádio e me endireitando no banco porque mal conseguia alcançar os malditos pedais, e estava escuro demais para tentar descobrir como ajustar o assento nessa caminhonete idiota.

Deus, de onde ele saiu? Ele é todo tipo "Oi, gata. Eu sou – insira um balançar de cabelo e um tom de voz de surfista – Will Grayson. Deveríamos, tipo, sair juntos e nos unir? Podemos totalmente sair de lua-de-mel no Havaí. Vou colocar um carimbo em seu passaporte e tornar todos os seus sonhos realidade".

Para o que, é claro, não precisaríamos de nossos passaportes, porque o Havaí ainda estava no nosso próprio país!

Rosnei baixinho, ofegando enquanto a chuva caía com mais força, embaçando a pista à minha frente.

Acionei os limpadores, meu cérebro acalmando um pouco.

Tudo bem. Tudo bem. Ele não era tão burro assim.

Ele não era burro de jeito nenhum. Ele saberia que o Havaí ficava na América.

E ele não dizia "tipo" e "totalmente".

Entrecerrei o olhar, suspirando. E ele podia ser gentil.

E doce.

Hesitei por um instante, vendo a chuva cair com força agora, antes de desacelerar na rodovia deserta e fazer um retorno, voltando para ele.

Ele era persistente até o ponto da exaustão, mas... eu não podia deixá-lo ir a pé para casa assim. Eu não podia fazer isso com ele.

Voltando rápido para o *The Cove*, virei novamente para o estacionamento e o vi sentado em um tronco no estacionamento, o capuz cobrindo a cabeça e os tornozelos cruzados.

Parei ao lado dele, abaixando a janela.

Ele me encarou, piscando contra a chuva.

— Eu realmente não gosto de você — disse eu, bem alto, para que estivéssemos esclarecidos.

Ele sorriu e se levantou, vindo para a caminhonete e subindo no degrau, me encarando.

— Eu gosto que você não goste de mim — zombou.

Ele tirou o capuz, e notei as gotas escorrendo pelo seu rosto.

— Então, eu sou um desafio? — perguntei. — É o que se trata tudo isso?

— Não. — Ele balançou a cabeça. — Você só me faz querer ser...

— Melhor? — Revirei os olhos para a frase de clichê.

NIGHTFALL

Mas ele parou um instante.

— Mais — finalmente falou. — Ninguém nunca espera mais de mim.

Eu o estudei, não tendo nada a dizer sobre isso.

Em vez disso, olhei para o celular na mão dele.

— Alguém já está vindo te buscar?

— Não. — Colocou o celular no bolso. — Eu estava me preparando para ligar para seu irmão para denunciar o roubo do meu carro.

Arregalei os olhos e quase gritei, mas apenas fechei a boca e cerrei os dentes.

Filho da puta.

— Chega pra lá — ele disse.

Bufei e passei por cima do console até meu assento, e ele abriu a porta, entrando.

— Posso buscá-la para a escola na segunda-feira de manhã? — ele perguntou, virando na minha rua.

Soltei o cinto de segurança.

— Não.

— Pedi só para ser simpático — resmungou em um tom severo. — Vou buscá-la. Não gosto que vá andando.

— Por favor... — Balancei a cabeça, pronta para implorar. — Por favor, não.

Nós nos aproximamos da minha casa e peguei a mochila e a flauta no chão.

— Pare aqui — informei.

— Não tenho medo de seu irmão, Em.

— Por favor, só me deixe aqui — pedi. — Pare a caminhonete, Will. Por favor.

— Okay. — Ele encostou rapidamente no meio-fio, estacionando atrás do *Buick* da Sra. Costa.

Abri a porta, mas ele agarrou minha mão.

Olhei para ele por cima do ombro.

— Estarei bem aqui — disse. — Às sete.

Eu o encarei por um momento, pensando se dizer não novamente adiantaria de alguma coisa, mas peguei minhas coisas e pulei do carro.

Encontrei seus olhos mais uma vez antes de fechar a porta e depois corri pela calçada, virando na minha calçada. Procurei por qualquer um que pudesse ter nos visto, mas felizmente, já era tarde e a rua estava tranquila.

Subi os degraus e girei a maçaneta, meu coração parando um pouco porque isso significava que Martin ainda estava acordado.

Entrei e ouvi a caminhonete do Will finalmente se afastar, passando pela minha casa. Fechei e tranquei a porta, meus lábios tremulando com um sorriso.

Ele realmente esperou até que eu entrasse.

A louça estava amontoada na cozinha, e soltei minhas coisas no chão, adentrando apenas para ouvir uma música. Não tinha ideia do quanto estava atrasada, e não tinha verificado meu celular por ligações perdidas.

Com as mãos nos bolsos do casaco, parei dentro da cozinha escura.

Martin estava parado perto da pia, enxaguando a louça antes de colocá-la na lava-louça. Ele virou a cabeça, me olhando por cima do ombro.

— O jantar está ali. — Ele fez um gesto para o prato sobre a mesa.

Mas corri para seu lado ao invés disso, tirando o prato da mão.

— Eu posso fazer isso. Você trabalhou o dia todo.

Ele me deixou assumir a tarefa, pegando um pano de prato para secar as mãos enquanto se afastava. Peguei a bucha e esfreguei a crosta dos pratos usados no café da manhã.

— Quer saber — começou — uma coisa engraçada? Quando você não chegou em casa às dez, eu rastreei seu celular.

Titubeei, sentindo os pelos dos meus braços arrepiarem. Ele podia rastrear meu celular? Há quanto tempo ele estava fazendo isso?

— Disse que você estava no *The Cove*. — Ele se afastou e se encostou na bancada, com os olhos em mim. — O engraçado é que o parque fechou às oito da noite, e quando dirigi até lá, tudo o que vi foi a caminhonete de Will Grayson no estacionamento.

Esfreguei o prato em círculos, pressionando com força para que minhas mãos não tremessem.

— Eu apoio seus estudos, Emory — disse —, suas atividades extra-curriculares, e seus projetos, porque quero que você se torne alguém, e sei que tudo isso fica bem no seu currículo universitário.

NIGHTFALL

161

Coloquei o prato na máquina e peguei outro, evitando seu olhar.

Desejei ainda estar na caminhonete do Will.

— E enquanto você está fora brincando, eu estou trabalhando ou estou aqui. — Ele se aproximou mais. — Nenhuma mulher me quer com você nesta casa. Ninguém me quer porque não posso lhes dar uma vida em Thunder Bay, porque estou pagando pela enfermeira da nossa avó e por você.

Ele parou ao meu lado, e não consegui parar de tremer enquanto lavava o prato.

— E você está fora brincando — disse, empurrando minha cabeça.

Cambaleei para o lado.

— Martin...

— Você não ouve nada do que eu digo. — Ele cravou as pontas dos dedos no meu crânio e empurrou novamente, e quase deixei a escova cair. — É tão difícil assim? Apenas fazer o que digo para fazer?

Ele empurrou minha cabeça de novo como se eu fosse burra, e eu tropecei para o lado, soltando o prato e a escova na pia. Esperei pelo tapa, mas ele apenas agarrou meu pulso e me puxou para a mesa.

Empurrando-me para baixo na cadeira, ele agarrou um punhado do espaguete e o enfiou na minha boca.

Lágrimas embargaram minha garganta, e eu fechei os olhos com força para contê-las.

— Como se não tivéssemos problemas suficientes, você vai e ganha a reputação de ser uma das putinhas deles — ralhou, enfiando outro punhado na minha boca. — Pensando que você vai ser uma delas. Pensando que você é melhor e eles pensando que são melhores porque podem te usar como um brinquedo!

O espaguete voou na minha cara, sujando meus óculos enquanto ele enfiava punhado após punhado na minha boca, o macarrão se avolumando na garganta, sem que eu conseguisse engolir ou respirar.

Lágrimas silenciosas escorriam pelos meus olhos. Virei a cabeça, tentando cuspir, mas ele agarrou meu rosto e apertou minha mandíbula para abri-la de novo.

Eu não conseguia parar de chorar enquanto ofegava. Não conseguia respirar, e agarrei as laterais da mesa, meus dentes cortando a gengiva.

Tentei pensar no meu gazebo. Se o Will me ajudaria a construí-lo.

Quão legal isso poderia ser um dia.

Will e o gazebo... Will e o gazebo...

A brisa no meu rosto era quente, e as folhas nas árvores cheiravam a verão.

Mas enquanto Martin gritava, e eu me engasgava, sendo sufocada pelo espaguete, não consegui ter mais um único pensamento coerente.

Eu não conseguia pensar. Não conseguia me lembrar de como era o Will. Como era o meu gazebo.

Eu não tinha um gazebo. Não havia nenhum Will Grayson.

Não havia nada além disso.

Não havia nada além disso.

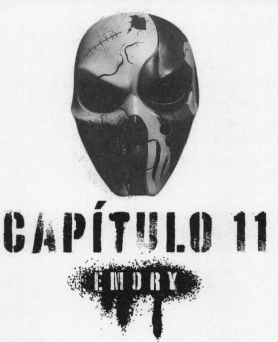

CAPÍTULO 11
EMORY

Dias atuais...

Envolvendo a toalha em volta do meu corpo, ignorei os olhos que sentia através do vidro e agarrei as roupas que Micah havia trazido, levando-as para a privacidade – espero eu – do banheiro. É claro que também poderia ter um espelho falso lá.

Tirando a boxer ensopada e a parte de cima, sequei o cabelo o melhor que pude com a toalha, penteei com a escova que encontrei sobre a pia, e me vesti com a roupa íntima limpa que tinha lavado ontem à noite e pendurei para secar na porta do chuveiro; além disso, ainda vesti uma boxer limpa de alguém por cima, e a camisa branca de botões.

Dobrei a cintura do short e abotoei a camisa, dobrando as mangas. Se eu tivesse que adivinhar, diria que essas roupas eram do Rory, já que ele era o menor. Mas as duas roupas ainda sobravam, e muito, em mim.

Voltando para o quarto, embainhei a faca e a enfiei no bolso dianteiro acima do peito. Eu ainda não tinha ideia de como consegui aquilo ali. Quem me trouxe aqui deveria querer que eu fosse capaz de me defender, mas se não queriam me machucar, por que diabos me largaram aqui em primeiro lugar?

Eu tinha tantas perguntas.

Virando a cabeça, espiei a parede de equipamentos esportivos antigos que eu havia vagamente notado, mas não tinha inspecionado. Muitas armas naquela parede. Tacos de críquete, lâminas antigas de equipes de remo, e...

Passei por cima, agarrando o quadro emoldurado com anzóis velhos. Virei o quadro e abri o suporte de trás, pegando quatro anzóis. Em seguida, eu os levei para a cômoda onde Aydin havia deixado os curativos.

Colando cada anzol por dentro da gaze, enrolei o curativo nos nós dos dedos, encaixando as pontas dos anzóis entre meus dedos para juntá-los, as pontas afiadas e curvas se estendendo como garras.

Reprimi o sorriso, enrolando a gaze em torno da minha mão como uma luva, arrancando-a do resto do rolo, e colocando o resto do curativo sobre a palma.

Chacoalhando meu punho, arremessei, ouvindo as garras cortarem o ar. Eu queria uma arma que não precisasse carregar sempre. *Luva do Freddy Krueger, então.*

Com o cabelo molhado, as armas e os óculos postos, saí do quarto, mantendo o olhar vagando em todas as direções.

Passei pela porta secreta e continuei andando ao redor do lugar, andando silenciosamente pelo corredor de onde vi Taylor sair ontem, quando eu tinha chegado.

Não ouvi mais nenhum movimento acima de mim ou nas paredes desde ontem à noite. Talvez fossem bichos.

Passei por alguns quartos – um quarto e um berçário – e depois passei por um escritório antes de chegar a uma porta fechada, estendendo a mão silenciosamente para a maçaneta enquanto debatia se devia ou não abrir.

Queria saber quais quartos eram o quê, quais tinham janelas, e quem estava instalado onde, mas também não queria chamar a atenção.

Foda-se.

Eu precisava saber.

Suavemente, virei a maçaneta, mas depois ouvi grunhidos do outro lado da porta e parei, inclinando a cabeça para ouvir com mais atenção.

Outro grunhido seguido de um gemido com sussurros abafados, até que recuei em meus passos, soltando a maçaneta.

Esse era, sem dúvida, o quarto de Micah e Rory.

Anotado.

Dei uma volta pelo segundo andar, encontrando outro quarto escuro com os lençóis bagunçados, roupas no chão e mais alguns quartos recém-arrumados pela equipe de limpeza ontem.

Entrei em um com uma cama gigantesca, uma cabeceira e o pé da cama de madeira ornamentada, e uma grande cadeira acolchoada no canto. Ao contrário da maioria dos outros quartos, esse não era branco ou preto. Tons terrosos e lâmpadas decorativas preenchiam o ambiente, e eu me senti imediatamente aconchegada e quente.

Se já não estivesse ocupado, então seria o meu, caso ainda estivesse aqui essa noite. Verifiquei a maçaneta para ver se havia uma fechadura, mas não havia nenhuma, igual ao quarto do Aydin. Além disso, também havia um espelho aqui dentro.

Eu podia prender a porta com uma cadeira e pendurar um lençol sobre o vidro. Só por precaução.

Caminhando até a janela, espreitei pelas cortinas, observando o pátio abaixo com folhas secas cobrindo as áreas gramadas, os restos de uma árvore caída, e uma fonte no centro da passarela que possuía alguns centímetros de água turva da chuva.

Era uma bagunça.em comparação com o interior da casa. Poderia ter uma decoração ultrapassada, cortinas rasgadas e papel de parede descascado, mas aqui estava limpo.

Por enquanto.

Saí do quarto e fechei a porta, andando pelo restante do segundo andar, abrindo cada porta, cada armário, e olhando para fora de cada janela para conseguir uma vista do terreno.

Fui para as escadas para explorar o resto do primeiro andar, mas uma tábua de assoalho rangeu acima de mim, e parei, encarando o teto.

Passadas se moveram da esquerda para a direita, o piso de madeira fazendo ruídos sob o peso de quem estava lá em cima, e engoli o nó na minha garganta, dando a volta em vez disso.

Segui o som, verificando o teto para uma entrada no sótão, pensando que talvez Will estivesse lá em cima. Imaginei que aquele quarto desarrumado que encontrei fosse dele ou do Taylor, mas isso significava que havia um quarto ainda desconhecido.

Mas não consegui encontrar uma entrada para um sótão ou para um terceiro andar.

Humm. Eu era muito boa em encontrar o quarto secreto. Eu ainda tinha um em Thunder Bay, agora que pensei nisso.

Descendo a escada, inspecionei cada centímetro do andar inferior, espiando Taylor na academia de novo, mas me afastei antes que ele me visse.

Entrando na área coberta da piscina, com o calor emanando da superfície embaçando as janelas e o teto de vidro, olhei para a água, tentada a mergulhar. Estava sozinha, e já fazia séculos desde que nadei, mas não estava aqui para brincar.

Avistei uma meia parede a cerca de quatro metros e meio do outro lado da piscina e fui até lá para verificar. Provavelmente algum tipo de vestiário ou algo assim.

Quando me aproximei, porém, ouvi água corrente, mas só depois de dar a volta na parede é que vi que eram chuveiros.

Parei, vendo Will – nu, molhado, contraído, e…

Meu estômago revirou.

E forte.

Recuei depressa, disparando para atrás da parede.

Merda.

Chuveiros de piscina.

Mas que diabos? Aydin estava nu à vista de todos ontem. Hoje Will estava nu à vista de todos.

Respirei fundo, mas não me mexi, lembrando da última vez que vi tanto dele. Ele estava em forma, seu corpo sem marcas naquela época, mas antes que eu pudesse me deter, espreitei na beirada mais uma vez, observando-o agora, anos mais tarde.

Ele tinha mudado por fora, também. Meu olhar varreu seu corpo de cima abaixo, o sabão escorrendo na pele e pequenas bolhas deslizando pela barriga e seus braços.

Eu encarava, o calor subindo pelo meu pescoço enquanto ele inclinava a cabeça para trás, enxaguando o cabelo com a água quente, o vapor pairando em torno de sua pele bronzeada e molhada. As tatuagens cobriam ambos os braços, passando para o peito e costas, e elas cobriam a clavícula e as mãos, mas não conseguia vê-las suficientemente bem para decifrar tudo.

Enxerguei seu número de basquete na parte de trás de sua mão direita, sua máscara da Noite do Diabo no braço esquerdo contra o pano de fundo de Thunder Bay, o cemitério, a roda-gigante e St. Killian facilmente visíveis. Seu outro ombro e braço tinham um cipó de folhas em cascata ao redor de um crânio, palavras escritas na testa que eu não conseguia distinguir, e o resto de seu corpo estava coberto de grandes e pequenos desenhos, assim como palavras, algumas até mesmo cobertas em volta da sua clavícula como um colar.

Eu queria ver tudo. Eu queria tocá-lo.

Ele tinha se barbeado, e cada músculo de seu corpo tinha dobrado de tamanho desde a última vez em que o vi também.

Abaixei o olhar e congelei, encarando fixamente o outro músculo ereto, longo e grosso entre suas pernas.

Perdi o fôlego e ele se virou, espalmando a parede com a mão, com a água descendo pelo seu torso, agarrando seu pau com a outra, em longas e intensas carícias.

Agarrei a parede para me apoiar, calor surgindo entre minhas pernas enquanto mordia o interior da minha boca.

Encarei sua ereção e, nos recessos não tão distantes da minha mente, me perguntei em quem ele estava pensando.

Em mim?

Ou nela?

Um sussurro passou pelo meu cabelo.

— Você o quer?

Segurei o fôlego e me virei, girando meu punho com as garras.

Aydin saltou para trás, com lascas vermelhas no seu peito onde eu o tinha atingido com os ganchos.

Ele me encarou de cima a baixo, estendendo o braço e me agarrando pela garganta com uma mão, e meu pulso enluvado com a outra.

Quase chorei de dor.

Jogando-me contra a parede, os chuveiros do outro lado, ele pressionou o corpo contra o meu, me encarando fixamente.

— Você disse que não me machucaria — sussurrei para ele.

— Não estou te machucando — balbuciou enquanto o chuveiro continuava ligado atrás de mim. — Estou te assustando.

Ele pressionou meu pulso contra a parede ao nosso lado e olhou para cima, estudando minha luva.

Ele sorriu.

— É inteligente.

Encarando meus olhos, seu hálito soprou sobre os meus lábios e o suor cobriu minha barriga e costas. Eu precisava de ar.

— O que aconteceu entre vocês dois? — perguntou ele. — Não é uma coincidência que você esteja aqui, sabia?

Observei a expressão de seu rosto. Sim, eu sabia disso. Tinha alguma coisa a ver com o Will.

— Então você acha que seja lá quem me deixou aqui está dando um presente ao Will?

— Talvez. — Ele afrouxou a mão no meu pescoço. — Mas eles, com certeza, não são seus amigos.

Fazendo-me virar, ele me forçou a ficar na beira da parede, ambos nos inclinando e observando Will.

— Você acha que ele vai te proteger? — ele sussurrou.

Tentei me soltar do seu agarre, mas ele segurou firme. Will apertou seu pau, encostando na parede, com os olhos fechados e resfolegando.

— Ele precisa? — perguntei, meu olhar vagando pelo seu corpo de novo. — Por que estamos observando isso?

— Você está observando isso — replicou. — Eu estou observando você.

— Por quê?

Ele não respondeu, e virei a cabeça, encarando-o. Seus olhos ambarinos observavam Will e seu cenho franziu, perturbado.

— Não sei — finalmente respondeu. — Talvez para lembrar da sensação quando não se está sozinho. Quando você não é o único que cuida de si mesmo. — Ele me encarou por cima. — Pode ser para lembrar o que deixamos para trás. E para lembrar o que não abandonamos.

Do que ele estava falando?

— Will e eu temos mais ou menos a mesma idade — comentou —, mas acho que éramos provavelmente muito diferentes na escola. Ele era conversador, certo? — Ele sorriu para mim. — Eu era o mais calado.

Agora era o contrário, pelo jeito.

— Não fui sempre assim — contou. — Eu era miserável. Um metro e oitenta e dois de fraqueza, medo e covardia. — Ele encarou Will novamente. — *"Você será médico"*, eles disseram. *"Você vai estudar isso. Trabalhará lá. Virá aqui de férias. Gastará seu tempo livre fazendo isso. Vai se casar com ela. Terá três filhos. Morará naquela casa depois da viagem de lua-de-mel por Londres, Paris e Roma"*.

Tentei imaginá-lo da forma como se descreveu, mas não consegui. Não conseguia imaginá-lo dócil.

— Até que uma noite, enterrado nos meus livros, eu a vi — Aydin continuou.

Escutei, mas voltei meu olhar para Will enquanto Aydin falava ao meu ouvido:

— Não era seu corpo nem seu rosto — ele me contou. — Era como tudo com ela era simples. Cada movimento. Cada olhar.

Will segurou o fôlego entre os dentes cerrados, seus movimentos mais fortes e rápidos e os músculos do seu braço contraídos.

— Ela adorava amar — Aydin falou. — Ela amava tocar, sentir e envolver cada fôlego seu ao redor de alguém e segurá-la com ele, porque era uma artista.

Tudo aqueceu, e invejei como ele a descrevia. Quem quer que ela fosse.

NIGHTFALL

O que Will diria sobre mim?

— Não era o trabalho dela — Aydin disse —, mas era sua vocação.

Ele fez uma pausa, e depois abaixou o tom de voz como se estivesse pensando em voz alta.

— Não era o trabalho dela — repetiu. — Naquela época.

Era como o Will. Ele adorava amar. Amava ser feliz.

Ele queria me fazer feliz, uma vez.

— Nunca quis tanto alguma coisa, em toda minha vida — Aydin continuou —, e eu estava estudando para ser um cirurgião que teria, de bom grado, cortado suas próprias mãos para tê-la.

Will fechou os olhos com força, e olhei seu pau outra vez, minha respiração quase em sincronia com seus movimentos. Em quem ele estava pensando?

— Talvez eu seja o culpado — Aydin contou. — No final, não reivindiquei o que nasceu para ser meu, porque eu era um garoto de vinte e dois anos de merda que não sabia nada. — Ele foi parando de falar e depois continuou, sua voz baixa de novo: — Mas mais tarde, quando finalmente pude impor minha vontade e reclamá-la, eu a rechacei, porque cada respiração simples que ela dava ao redor de todos se tornou mais um prego no meu coração, e eu não conseguia encará-la.

Meu queixo tremeu e eu não tinha certeza do motivo. Ele não era especial. Todos nós tínhamos sofrido perdas.

Mas uma coisa era bem clara. Ela era a razão pela qual ele estava aqui. Assim como Will poderia me encarregar dessa honra, também.

Uma mulher surgiu na vida dos dois.

— Eu não podia encará-la, como ele não pode te encarar — Aydin explicou.

Meu estômago revirou, e ele me soltou, recuando.

Eu me virei e olhei para ele.

— Eu só me pergunto... — Aydin disse. — Se ele alguma vez decidisse fugir daqui, será que ele iria querer te levar?

Ele se virou e se afastou, me deixando lá, sentindo-me mais solitária do que jamais me senti na vida.

Will me deixaria, e ele teria razão em deixar.

PENELOPE DOUGLAS

Fiquei ali ao lado da piscina por não sei quanto tempo, as palavras de Aydin pairando no ar mesmo depois de ter saído do cômodo.

Will estava planejando fugir? O que aconteceria comigo se ele não estivesse aqui? Ou se ele fosse mandado de volta para casa?

Será que ele lutaria por mim?

Eu o deixei uma vez. Eu o deixei ser preso e enviado para a prisão e, na sua cabeça, eu não tinha me importado nem um pouco. Talvez eu merecesse o mesmo.

Caminhei até a beira da piscina, desci os degraus na água e pulei, afundando todo o meu corpo abaixo da superfície.

A água me segurou, morna e sem peso, e voltei para a superfície, boiando de costas.

O corte no meu lábio ardeu por causa do cloro, mas a dor me encheu de raiva e lembranças, e eu sabia que isso estava por vir. Eu sempre soube.

Apenas imaginei que viria depois que ele saísse da prisão, e com o passar dos anos seguintes, não foi o que aconteceu. Fiquei confortável.

Onde estaríamos nós dois se ele tivesse me deixado em paz como eu disse para fazer?

Fiquei de pé e fui até a lateral da piscina enquanto o short e a camisa colavam em mim como uma segunda pele e as lágrimas enchiam meus olhos.

Eu costumava pensar que se saísse de Thunder Bay e vivesse minha vida por minha conta, fazendo o que amava e convidando para a minha vida apenas as pessoas que eu queria, tudo seria perfeito um dia.

Mas eu odiava tudo o que possuía, e não amava nada além do que havia desistido, tudo isso maculado desde o instante em que ele foi acusado sete anos atrás, porque eu sabia que não merecia ser feliz.

O desespero se assentava no meu coração enquanto lágrimas quentes escorriam pelas minhas bochechas, e nem percebi que o chuveiro foi desligado até que notei que ele estava ali parado.

Ergui o rosto, vendo uma toalha enrolada em volta de sua cintura enquanto ele me encarava. O ar ficou denso, quase não conseguia respirar, e estava dividida entre querer correr até ele e fugir dele.

Apenas vá embora.

Implorei a ele na minha cabeça, encontrando seu olhar áspero com o meu embaçado, e havia tanto a dizer, mas se eu não explicasse, talvez não tivesse que senti-lo desdenhar de mim e me descartar de vez.

Por favor, vá embora.

Em vez disso, ele avançou ao invés de recuar, e ofeguei quando ele se abaixou, agarrando-me pelo colarinho e me tirando da água.

— Will — chorei.

Ele me pegou por baixo dos braços e me levantou, nossos narizes quase colados, me encarando enquanto cravava os dedos no meu corpo.

Outro soluço escapou.

Minhas pernas estavam penduradas e eu queria desviar o olhar, mas não consegui.

Eu estava congelada, esperando o que estava por vir.

Eu podia ver dentro dele, rasgando-o, seus lábios e cenho franzidos.

Mas ao invés de desdenhar, ele me sacudiu com força, rosnando como se estivesse mais frustrado consigo mesmo do que comigo, e despejei mais lágrimas.

— Desculpe... — chorei.

Sentia muito por todo o sofrimento que ele teve que enfrentar. E quando pensei que ele ia me jogar de volta na piscina, ele me puxou, envolvendo um braço ao meu redor e pressionando sua testa à minha.

Seu músculo rígido cutucou minha coxa através da toalha, e ele segurou meu rosto, seu hálito soprando sobre a minha boca.

— Will... — comecei a dizer.

Mas ele fez com que eu enlaçasse sua cintura com as pernas, e voltou para o chuveiro, pressionando-me com força contra a parede enquanto mordia meu lábio inferior.

Abri a boca para discutir, mas o calor de seu hálito fez meu corpo inteiro tremer, e inspirei, apertando as coxas em volta dele.

Ele rasgou minha camisa, e um gemido me escapou enquanto ele pressionava seu peito contra meus seios nus e se movia contra meu corpo, se esfregando em mim com força.

Cravei as unhas nas palmas das mãos, mas quando ele se aproximou da minha boca, eu me virei.

— Não... — murmurei. — Eu... Não podemos.

Ele enrolou os dedos ao redor da minha garganta e apertou.

— É assim que deveria ter sido — sussurrou para mim, me interrompendo. — Você era um pedacinho gostoso de carne, e eu sei que você gostou.

Ele soltou meu pescoço e, em vez disso, agarrou meu seio, acariciando-o enquanto se abaixava e cobria meu mamilo com a boca.

Gemi quando o calor da sua língua envolveu minha pele, meu clitóris latejando enquanto eu me esfregava nele.

— Devíamos ter mantido as coisas assim tão simples, não é? — falou. — Mas você não queria que as pessoas soubessem a merda que fizemos.

Sua boca cobriu a minha, roubando minha respiração enquanto ele deslizava sua língua para dentro e tomava total controle sobre mim, passando pelos meus lábios como se eu fosse um carro que ele estava mudando de marcha.

— Por que você fez aquilo? — perguntou. — Estava envergonhada porque você gostava do que eu fazia? Ainda havia muito mais por vir, mas você nos interrompeu. Não fizemos nem a metade de tudo o que eu havia planejado para você.

Pressionei-me contra ele de novo, ofegante. *Sim.*

Mas, de repente, ele me soltou, e meus joelhos tremeram, tudo esfriando. O quê? Abri os olhos.

Mal registrei ele tirando minha parte de baixo pelas pernas e a calcinha. *O quê?*

— E agora que você está aqui — rosnou, agarrando meu cabelo à nuca.

Ofeguei quando ele colou nossos narizes de novo, escorregando a mão entre minhas pernas e acariciando minha boceta.

— Temos todo o tempo do mundo.

Então… ele se virou e saiu, sua ameaça ecoando pelos meus ouvidos enquanto demorava um instante para perceber o que tinha acabado de acontecer.

Pisquei, fortalecendo os joelhos enquanto fechava rapidamente minha camisa e me cobria.

Puta merda.

Aydin estava certo.

Will não era um aliado.

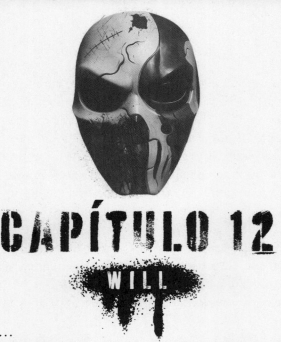

CAPÍTULO 12
WILL

Nove anos atrás...

— Arion Ashby está dando uma festa — Damon nos disse, deitado no capô de seu carro e soprando uma nuvem de fumaça na direção do céu. — Os pais dela estarão fora da cidade.

Kai gemeu, e Michael riu dele baixinho.

— O quê? — Damon zombou. — Você está entediado, Kai? Inquieto? Precisa de um novo tipo de diversão?

— Eu? — Kai retrucou. — Nunca. Estou perfeitamente satisfeito. Amando a vida.

Damon sorriu para si mesmo, dando mais uma tragada em seu cigarro, parecendo não acreditar em Kai nem por um segundo.

O estacionamento da escola estava repleto de alunos, todos nós andando e tentando absorver a rara e quente manhã de outubro antes do início das aulas. Uma brisa calma passava pelas árvores, nuvens se movendo, o ar denso, e procurei ao redor por qualquer sinal de Emmy Scott.

Sem dar a entender que eu estivesse procurando por ela.

Não era que eu não quisesse que meus amigos soubessem que eu estava a fim dela, porque eles já sabiam disso, mas se ela se tornasse alvo de atenção, por menor que fosse, ela se assustaria, e ela já estava constantemente se afastando de mim.

Fiz uma leve varredura pela multidão.

Ela não estava esperando por mim esta manhã.

Quero dizer, é claro que ela não estava, mas mesmo assim... Com certeza, eu teria morrido de susto, caso ela realmente estivesse esperando por mim na esquina do seu quarteirão, mas por mais que eu desejasse não saber de um determinado fato, eu sabia.

Ela *nunca* facilitaria nada.

Ou talvez ela não pudesse. Algo continuava me incomodando sobre a sexta à noite. Pude detectar algo em sua voz quando ela exigiu que eu parasse algumas casas antes, em vez de deixá-la bem na frente da sua calçada. Era medo.

Quase como se ela estivesse em pânico.

Amarrei minha gravata, deixando-a frouxa ao redor do colarinho, e vi carros entrando pelos portões, pais deixando os filhos, calouros, e alguns estudantes entrando a pé no estacionamento.

Fui um dos primeiros aqui esta manhã. Onde diabos ela estava? Ela já estava lá dentro?

— As mesmas festas. As mesmas garotas — Michael murmurou. — Estou entediado pra caralho.

— Eu sei. — Kai soltou um suspiro. — Também estou sentindo isso. Preciso que algo novo aconteça.

— Algo para ficar obcecado — Michael acrescentou.

E então Damon entrou em cena.

— Deveríamos matar alguém.

Michael bufou uma risada, Kai revirou os olhos, e eu tirei o cigarro da boca de Damon, dando uma tragada e sacudindo a cabeça.

Michael bateu em Damon com seu blazer do uniforme.

— Eu estava pensando no início da temporada, seu psicopata do caralho.

— Ou talvez você precise se apaixonar por alguém — Kai disse a ele, tirando o casaco de seu jipe e o colocando. — Estou pronto para ter minhas entranhas torcidas em nós.

Mas ao invés de olhar para Damon ou Michael quando disse isso, Kai me encarou, um sorriso perspicaz brincando em seu rosto. Desviei o olhar, e ele apenas riu baixinho.

— Sangue seria melhor — Damon argumentou, pegando seu cigarro de volta, dando uma tragada, soprando a fumaça até o céu, e depois jogando a bituca em algum lugar. — Vá em frente. Vamos escolher alguém. Alguém que mereça. Perseguir ela… ou ele… observá-los, planejar como vamos nos safar, descartar o corpo…

Balancei a cabeça, escutando apenas pela metade enquanto analisava o estacionamento de novo em busca da Em.

NIGHTFALL

— E depois ver esta cidade surtar geral diante do perigo que espreita debaixo de seus narizes — Damon continuou. — Vai ser divertido.

Ouvi alguém rir de novo, mas depois o silêncio se instalou, e ninguém disse nada.

Porque enquanto ninguém estava pronto para fazer mais do que rir da ideia como uma brincadeira, nenhum de nós duvidou que Damon estivesse falando sério, de alguma forma.

Ele poderia até já ter alguém em mente.

— Fico tão feliz por você estar do meu lado, às vezes — Michael falou.

Mas Damon apenas pegou outro cigarro e o acendeu, dizendo em voz alta:

— Estaríamos unidos pelo segredo para sempre.

— Sim, bem, não há ninguém que eu queira matar — Kai disse.

Damon apenas encarou o céu antes de trazer o cigarro à boca mais uma vez.

— Sorte sua — ele murmurou.

Encarei-o, seu olhar ainda nas nuvens, e não pude evitar uma sensação estranha dentro de mim.

Michael e Kai precisavam que algo acontecesse, e eu... eu já sentia isso chegando.

O primeiro sinal tocou, e todos nós nos dirigimos para dentro da escola, os estudantes subindo os degraus e tentando transitar pelos corredores.

Ela estará na sala de aula. Ela nunca falta a escola.

Depois de parar nos armários e me esquivar das conversas dos outros no meio do corredor, finalmente cheguei na aula de literatura com meu livro e meu fichário, procurando ver em quem ela estava grudada, de forma que eu soubesse quem eu teria que remanejar de lugar.

Mas enquanto a procurava pela sala, só vi Chase Deery e Morgan Rackham. Ninguém mais.

Parei por um instante, hesitando. *Que ótimo, caralho.* Isso foi o que ganhei por sair rápido e tentar fingir que não estava apressado. Agora eu tinha que me sentar aqui como um idiota, e se ela entrasse e se sentasse longe, eu não poderia mudar de lugar, senão ela saberia que eu estava esperando por ela.

E eu não queria que ela soubesse que era isso o que eu estava fazendo.

Seguindo para uma cadeira em direção às janelas, peguei meu celular, fingindo estar ocupado.

As pessoas entraram à deriva, preenchendo os assentos, mas não olhei para cima enquanto Kai, Michael e Damon me rodeavam.

Com o passar dos minutos, mal registrei o professor falando, os papéis farfalhando, ou o empurrão no ombro para repassar os novos livros.

Havia apenas uma coisa da qual eu estava ciente enquanto estava sentado ali.

Ela não estava aqui.

Talvez ela estivesse apenas atrasada. Ela odiava essa aula, afinal de contas.

Mas enquanto a classe continuava e ela não aparecia, eu mal ouvia uma palavra.

Começamos um novo livro. O professor o leu e terminou sua explicação, e algo era para ser feito no final da semana, mas se não era amanhã, então eu não dava a mínima.

Estava pouco me fodendo. Onde diabos ela estava?

A campainha tocou, e todos se levantaram, amontoando-se para fora da sala, mas em vez de virar à esquerda, em direção à minha próxima aula, virei à direita.

— Ei, aonde você está indo? — Michael perguntou.

Ele e eu compartilhávamos a aula de Gestão Econômica.

— Vou aparecer no treino — garanti.

E fui em direção à biblioteca.

O treinador me faria correr ao redor da quadra quando descobrisse que eu havia faltado às aulas, mas eu tinha feito essa corridas tantas vezes nos últimos anos, que eu era meio que fantástico nisso.

Eu não podia ficar sentado na sala de aula agora. Minha cabeça doía e fervilhava como um fusível, e me recusava a procurá-la, porque embora eu dissesse a mim mesmo que seria só para ter certeza de que ela estava segura – para ter certeza de que tudo estava bem –, era porque eu estava chateado.

Ela realmente fez de tudo para me evitar, não foi?

Ao entrar correndo na biblioteca, passei pelas mesas dos alunos estudando e subi a escada que levava ao terceiro andar. Joguei meu fichário e livros em uma mesa e peguei o celular do bolso, atravessando o corredor longo e virando à direita na quinta fileira. Alcancei uma estante de livros e puxei um azul-marinho grosso, intitulado *Entrada de Dados e Curvas Transcendentais de Polítopos Não-Regulares*, algo que sabemos que ninguém neste planeta estaria sequer interessado em encostar.

Abrindo a capa, digitei a combinação no pequeno cofre enfiado ali dentro e guardei o celular. Em seguida, coloquei o livro de volta na prateleira. O telefone comum que usávamos para filmar todas as nossas brincadeiras

NIGHTFALL

tinha que ser escondido em algum lugar onde ninguém olharia e todos nós poderíamos ter acesso imediato a ele. Não sei bem o porquê, já que era sempre eu que o pegava e filmava a maior parte dos vídeos.

Mas então ouvi a voz de alguém.

— Esse título não faz o menor sentido.

Virei a cabeça sobre o ombro, pegando um vislumbre de cabelo castanho através das estantes.

Será que ela tinha visto o que coloquei ali?

Avistei Emory encostada na parede traseira, cabisbaixa e com o cabelo cobrindo seu rosto.

— Você não estava na aula — atestei.

O peito dela sacudiu, e pensei ter visto seu lábio tremer.

Mas depois ela pigarreou.

— Não estava? — ela debochou. — Uau, você é excepcional. Talvez para sua próxima brincadeira você possa fazer uma fogueira e desenhar rabiscos na parede suja, documentando aqueles buracos engraçados no céu que deixam a luz entrar.

O quê? Buracos no céu?

Ah, estrelas. Ela estava me chamando de homem das cavernas?

Sacana. Quer dizer, eu fiz o trabalho de literatura para ela. Ela tinha alguma noção de como foi difícil tentar parecer uma adolescente rebelde, zangada e sem senso de humor?

Então uma lágrima escorreu da sua bochecha, e ela rapidamente a secou.

Abaixei o olhar pelo corpo dela, absorvendo os tênis cinza surrados, a saia dois centímetros mais curta e com o padrão xadrez verde e azul-marinho totalmente fora de moda do uniforme de dois anos atrás. A pele brilhante de suas belas pernas só era maculada pelos ocasionais hematomas ou arranhões, o que na verdade eu meio que amei, porque, provavelmente, ela os conseguiu ao construir aquele gazebo, mostrando a todo mundo o quão incrível ela era.

Observei os punhos dobrados em seu imenso casaco azul-marinho, a ausência da gravata e a blusa com um botão extra aberto. Uma mecha de cabelo se prendeu dentro da camisa, repousando contra seu peito.

Ela estava aqui, de uniforme, mas estava escondida e matando aula?

— O que aconteceu? — perguntei.

Mas ela apenas balançou a cabeça.

— Só me deixe em paz — ela sussurrou. — Por favor.

Por favor... Deus, ela devia estar desesperada se estava sendo assim tão educada.

— Começamos um novo livro na aula — contei.

Ela permaneceu quieta, mordendo o lábio.

— Tínhamos algumas opções — falei. — *O Retrato de Dorian Gray, As Vinhas da Ira, ou Mrs. Dalloway.*

Um pequeno risinho escapou e segurei meu sorriso.

— Eu escolhi por você.

Ela desencostou da parede suavemente e começou a andar, arrastando a mochila lentamente pelo corredor dos livros enquanto eu seguia do outro lado da estante.

— Estou com seu livro de bolso na minha pasta — declarei. — Você não o quer?

Ela não respondeu.

— Você não quer saber qual eu escolhi para você?

Ela continuou andando, mas bem devagar. Como se ela não estivesse em seu corpo.

— Escolhi algo bom.

— Não há nada de bom nessa seleção, então me dê o livro *As Vinhas da Ira*, porque as coisas podem sempre piorar, e essa escolha vai realmente completar este dia.

Sério? Como diabos ela adivinhou qual livro eu escolhi?

Droga.

Eu sabia que ela ia odiar todas as escolhas. Na primeira semana de escola, ela falou sobre a falta de diversidade e tópicos relevantes em nossa lista de leitura e como os "clássicos" eram apenas "clássicos" porque os romances escritos para um público mais amplo não estavam sendo publicados nos velhos tempos. Todo o sistema estava armadilhado e maldito o homem etc.

Eu só queria que ela sorrisse. Uma coisa era se fosse eu quem a estivesse tornando miserável, mas eu tinha a sensação de que não era esse o caso.

— Em, olhe para mim um minuto.

Ela parou, parecendo carregar o peso do mundo nos ombros. Que diabos estava errado?

Eu sabia que se perguntasse, ela não me diria, no entanto.

— Em? — murmurei.

Basta olhar para mim.

NIGHTFALL

Mesmo assim, ela não se virava. Ela estava bem aqui, mas a quilômetros de distância, e meu peito doía.

— Peguei um guia de estudo também. — Alcancei meu bolso e tirei os papéis dobrados. — Aqui.

Remexi entre os livros e lhe entreguei o guia. Só demorou um segundo para ela estender a mão e finalmente pegá-lo, mas quando o fez, eu soltei o papel e agarrei sua mão.

Ela perdeu o fôlego e tentou se afastar.

Mas sussurrei:

— Olhe para mim.

Ela parou de resistir, mas, mesmo assim se recusou a encontrar meu olhar.

Qual era o problema dela? Para meus amigos, sempre havia algo de errado com ela, mas ela parecia... derrotada. Como um vaso quebrado que mal se sustentava com cola.

Emory Scott nunca teve esse aspecto.

Ela olhava para baixo, provavelmente para nossas mãos, e eu não apertava a mão nem acariciava os dedos dela. Apenas a segurei.

— Olhe para mim — sussurrei.

Mas ela sufocou um soluço, virando o rosto para longe para que eu não visse.

— Não — ela exigiu. — Por favor, não seja gentil. Eu...

Mas tudo o que ela fez foi balançar a cabeça, as palavras vacilantes.

A raiva ferveu meu sangue, e eu queria saber o que aconteceu. Quem a machucou? A visão de seu pranto foi como uma facada no meu instinto.

Mas ela não queria falar comigo. Ainda não.

Talvez nunca.

— Toc toc — falei.

Ela apenas suspirou, mas permaneceu em silêncio.

Eu sabia que estava sendo chato. Eu mesmo me daria um soco se fosse ela.

— Vamos lá, toc, toc?

Ela balançou a cabeça e secou os olhos, me ignorando.

Endureci meu tom, exigindo:

— Toc toc.

— Entre — ela disse, acabando com a minha piada.

Fiquei congelado por um momento. Como ela sempre fazia isso?

Ao contrário da crença popular, não é comum alguém ser mais esperto do que eu, muito menos repetidas vezes.

Mas isso foi inteligente. Comecei a rir e, após um momento, notei um pequeno sorriso nos lábios dela, que ela tentou esconder.

Soltando sua mão, dei a volta nas estantes e me aproximei dela, fixando o olhar e a cabeça curvada que ainda me evitavam.

— Olhe para mim — repeti.

Lentamente, ela balançou a cabeça, mas isso pareceu mais para si mesma do que uma resposta.

— Emory...

Ela encarou o chão e depois recuou um passo, mas segurei seu rosto, me aproximei um pouco mais e esfreguei os polegares debaixo de seu olhos. Limpei as lágrimas, porém outras seguiam o mesmo curso.

E naquele momento, eu não queria fazer mais nada com minha vida do que mudar seu mundo, para que ela nunca mais se sentisse assim. Droga.

Ela tentou se afastar, mas eu não consegui soltar. Envolvi meus braços ao seu redor e a puxei contra mim, abraçando-a enquanto ela ofegava. Os soluços a tomaram enquanto ela se debatia, mas eu a abracei com força, mantendo-a de pé para que ela não precisasse nem se preocupar com isso agora.

Eu não conseguia suportar isso. Ela tinha que parar de chorar.

Finalmente, seus braços relaxaram, e cada luta dentro dela se desfez. Ela apoiou a bochecha no meu peito, seus braços ao lado do corpo, e se inclinou contra mim, apenas me deixando ampará-la.

As pessoas passavam atrás de nós, mas eu estava me lixando se elas vissem, desde que continuassem andando.

Acariciei seu cabelo, meus dedos formigando ao sentir que eu, finalmente, a tocava. Uma língua tão afiada e ferina em uma pessoa que era, na verdade, tão meiga e pequena.

Afundei meu nariz em seu cabelo, o cheiro fazendo minha cabeça zumbir e a sensação de tê-la assim tão perto aquecendo cada músculo do meu corpo.

— Vamos embora — sussurrei, segurando a mão dela e pegando sua mochila com a outra. — Vamos sair daqui.

Eu a puxei, sem esperar por uma resposta.

Ela parou no lugar, subitamente alerta.

— Não podemos.

— Quem disse?

Eu a tirei da biblioteca, deixando minhas tralhas sobre a mesa porque sabia que ainda estaria lá mais tarde, e caminhei pelo corredor, para fora da escola, ouvindo sua respiração ofegante às minhas costas enquanto ela olhava em volta freneticamente procurando professores ou câmeras de vigilância.

Por alguma razão, no entanto, ela não protestou mais.

Quando chegamos à minha caminhonete, joguei a mochila dela na traseira e abri a porta lateral do passageiro para ela.

Ela, finalmente, encontrou meu olhar, parecendo tão cansada. Deus, as olheiras circulando seus olhos, agora que podia vê-la com clareza... Quando foi a última vez que ela dormiu?

Ela abriu a boca, como se fosse discutir, mas depois, simplesmente entrou. Fechei a porta, dando a volta na caminhonete e subindo ao lado.

Eu quase desejei que ela brigasse comigo. Emory Scott estava me deixando tirá-la da escola durante o horário de aulas, e ela nem sequer exigia saber para onde.

Eu não gostava desse olhar perdido no seu rosto. O que caralho estava acontecendo?

Dando partida, peguei meu celular e disquei enquanto saía do estacionamento, virando na direção da vila.

Ela afivelou o cinto de segurança, distraidamente.

Roger Culpepper respondeu do outro lado:

— Alô?

— Oi, é o Will. Você pode abrir as portas?

— São nove da manhã — ele resmungou.

— Apenas abra o cinema — pedi de novo. — E então você pode voltar a dormir.

Desliguei antes que ele tivesse a chance de discutir e olhei para Em, que encarava a janela. Ela tinha parado de chorar e relaxou no banco, parecendo triste, mas confortável.

Olhei para a pista enquanto voltávamos para a cidade, incapaz de conter o sorriso que surgia.

Desculpe, D. Esse banco agora é dela.

Roger tinha destrancado o cinema para nós quando chegamos, e estacionei no beco para que ninguém visse minha caminhonete fora da escola. Emmy não fez nenhuma pergunta quando a deixei em uma das salas e saí para pegar lanches.

Culpepper administrava o cinema e tinha estado aqui para o festival noturno até algumas horas atrás. Eu me senti mal em acordá-lo e arrastá-lo até aqui, mas desde minha festa de aniversário improvisada em maio passado, depois do baile, meus pais tomaram minhas chaves do cinema para que nem eu viesse a qualquer hora – ou deixasse outros entrarem.

Roger relaxou quando viu que era apenas uma garota. Ele colocou o filme, apagou as luzes, e eu fiz as pipocas, e depois que ele saiu, tranquei as portas novamente e carreguei um punhado de besteiras para a sala três.

— Está com fome? — perguntei, colocando a bebida em seu porta-copos.

Ela me encarou, os olhos ainda vermelhos, mas sempre lindos. Ela se moveu nervosamente em seu assento e olhou atrás dela em direção às portas, provavelmente com medo de que fossemos pegos.

— Vai ficar tudo bem. — Pousei o resto dos aperitivos e peguei as pipocas enquanto me sentava. — Conheço um garoto que trabalha na secretaria. Já liguei e disse a ele para marcar sua presença em todas as aulas de hoje.

Além disso, mandei ela desligar o celular na caminhonete, já que sabia que seu irmão poderia estar rastreando seu paradeiro. Meus pais me ameaçavam com isso de vez em quando.

Enfiei um pouco de pipoca na boca e ofereci a ela, os créditos rolando no filme à nossa frente.

Mas ela apenas me encarou.

— Você conhece um garoto? — ela repetiu, seu habitual sarcasmo desenhado em todo o rosto. — Claro, você tem toda a escola nas suas mãos, porque…

— Um 'obrigada' seria a resposta correta — caçoei, ainda mastigando.

Ela me encarou, boquiaberta.

— Experimente — eu disse a ela.

Ela fechou a boca, endireitando os ombros, mas depois de um momento sua atitude desafiadora amenizou.

— Obrigada — murmurou.

Sentada de volta em seu assento, ela pegou a Coca-Cola e a segurou entre as pernas, e depois de alguns minutos, ofereci-lhe pipoca. Ela pegou-a, comendo do punhado de sua mão como se fosse um passarinho.

Era um café da manhã podre, mas era melhor do que não comer nada, e eu ainda não tinha certeza se ela havia se alimentado hoje.

NIGHTFALL.

Os trailers começaram a passar e, lentamente, eu a senti relaxar ao meu lado, seus olhos focados na tela.

As cenas de abertura tiveram início, mas em vez de assistir ao filme que eu já tinha visto, eu a observei em seu lugar. Seus olhos se moviam para cima e para baixo e ao redor, hipnotizados pela ação, e sua mão com um pouco de pipoca parou a meio caminho da boca, pois ela esqueceu todo o resto.

— O que é isto? — ela perguntou, mas não tirou os olhos da tela. — Isto é...?

O canto da minha boca se curvou em um sorriso.

— *Anjos da Noite: O Despertar?* — ela finalmente disse e olhou para mim. — O lançamento só vai rolar em janeiro. Como assim você já tem acesso?

Arqueei uma sobrancelha e ela revirou os olhos, lembrando-se de quem eu era.

— Claro — ela retorquiu. — Deve ser bom para...

Olhei de volta para a tela, pigarreando.

Ela segurou qualquer insulto que estivesse na ponta da língua e deu uma risada de leve.

— Obrigada, obrigada, obrigada...

— Tá, cala a boca — ralhei. — Só assista ao filme.

Ela concentrou seus olhos brilhantes de volta na tela, um sorriso ainda aberto em sua boca, tanto que tive muita dificuldade em ignorar. Eu a tinha visto sozinha no cinema de vez em quando, então imaginei que este era o seu lugar seguro.

Nos concentramos em assistir e, enquanto o filme passava, ela deu sinais de melhora. Seus olhos se tornaram maiores, sua cor voltou, e eu até a ouvi rir uma vez.

Estendi as balinhas açucaradas e de caramelo, deixando que ela escolhesse primeiro, e quando ela optou pelas de caramelo, abri a caixa e despejei metade na minha mão antes de lhe dar o resto. Eu só quis ser simpático quando ofereci para ela primeiro. Na verdade, eu não queria o outro tipo de balinha.

Nós nos deliciamos com os doces e ela assistiu ao filme, mas eu passei a maior parte do tempo apenas a observando.

Ela notou, porque finalmente me olhou de relance, me pegando de surpresa.

— O que foi? — ela perguntou, voltando a se concentrar na tela.

— Você não é o que eu esperava — comentei. — Você gosta de filmes de ação, hein?

— Você não gosta?

Eu comecei a rir. E lá estava a sua resposta espertinha diante das minhas observações machistas. Uhu... ela estava voltando ao normal.

Depois de um segundo, ela disse em uma voz suave:

— Eu não penso em mais nada quando estou assistindo — explicou. — Os filmes me levam embora, como uma válvula de escape. Eu também gosto do aspecto da sobrevivência em alguns deles. As pessoas comuns se tornam extraordinárias. Ser chamada para fazer grandes coisas. — Ela rolou um caramelo entre os dedos, de olho na tela. — Heróis infernais, saca? Eu quase posso senti-los quando os assisto nas telas.

Mas do que ela precisava para escapar? Eu não perguntei, porque isso só a colocaria em guarda, e eu não queria que ela fugisse.

— Bem, eu prefiro os clássicos — murmurei. — Arnold Schwarzenegger, Sylvester Stallone...

— Jean-Claude Van Damme — nós dois dissemos ao mesmo tempo.

Ela se virou para mim, e eu ri.

— É isso aí — ela disse, sorrindo.

— É isso aí, porra — concordei com um aceno — Quero dizer, os Músculos de Bruxelas? Claro que sim.

— *O Grande Dragão Branco* — ela acrescentou.

— *Kickboxer* — acrescentei.

Ótimos filmes. Os anos oitenta foram a era dourada. Pessoas comuns indo para a guerra lutando por honra. Não se tem mais filmes como *Máquina Mortífera, Um tira da pesada, Cobra.*

Você é a doença, e eu sou a cura[3]. Massa demais.

Mas então, Em começou a rir, seus dentes brancos perolados brilhando no maior sorriso que eu já tinha visto aquela espertinha dar.

Franzi o cenho, confuso.

— O que foi?

Do que ela estava rindo agora? De mim?

— Em *Kickboxer* — ela disse entre risadinhas. — Aquela cena em que o professor o embebeda num bar para ver se ele pode lutar meio chapado, e ele começa a dançar. Só de pensar nessa cena, eu consigo me lembrar de você.

— Por quê?

Ela deu de ombros.

— Cara forte, superfeliz, se divertindo... Não sei. — Ela enfiou um pedaço de doce na boca. — Só parece algo que você faria.

3   Frase imortalizada que Stallone diz no filme Cobra.

Ela se acomodou de novo na poltrona e voltou a assistir o filme.

— Passe mais tempo comigo e talvez você descubra — zombei.

Eu podia dançar. Eu podia dançar muito bem.

Ela umedeceu os lábios, desfez o sorriso, mas sua respiração acelerou.

Ficamos mais uma vez em silêncio, o som *surround* vibrando a cada luta e explosão, mas eu podia jurar que o único som que eu era capaz de ouvir era dos batimentos do meu coração.

Os minutos se alongaram, e eu já nem sabia mais que filme estávamos assistindo.

— Por que você gosta de mim? — ela finalmente perguntou.

Olhei para ela, repetindo as palavras de Edward McClanahan, porque era a única maneira de explicar:

— Nós queremos o que queremos.

Ela respirou fundo, mas não se moveu um milímetro enquanto parecia querer sumir em seu assento. Observei suas mãos, uma segurando a caixa de balas de caramelo e a outra agarrando a barra da saia.

O que ela faria se...

— Você ainda quer me abraçar? — ela perguntou, de repente.

Meu olhar se voltou para ela, mas seus olhos estava focados na poltrona à sua frente. Eu podia sentir meu coração martelar meu peito, e cada pedacinho dentro de mim esquentou.

Sim, porra.

Eu me inclinei e coloquei seu copo de refrigerante no suporte ao lado, joguei os caramelos no balde de pipoca e segurei sua mão, ajudando-a a se levantar para que pudesse sentá-la no meu colo.

Em seguida, eu me acomodei mais na poltrona e a aconcheguei ao meu peito, sua cabeça enfiada na curva do meu pescoço. Não precisava nem dizer que nenhum dos dois se preocupou com o resto do filme.

Fechei os olhos, saboreando a sensação de, finalmente, tê-la em meus braços, e tive que cerrar os punhos para impedir que minhas mãos vagassem pelo seu corpo, do contrário, ela poderia me dar um tapa.

Meu Deus, era tão gostoso senti-la daquele jeito. Como se tudo tivesse se tornado mais leve quando a abracei.

— Não diga que eu disse isto — ela sussurrou no meu ouvido —, mas você é tão cheiroso.

Meu corpo sacudiu com uma risada que fui incapaz de segurar.

— Continue assim, toda fofa e essas merdas, e vou achar muito difícil continuar sendo gentil, Em. O que você está tentando fazer?

Ela deu uma risadinha, mas depois deslizou a mão pela minha nuca e sussurrou contra a lateral do meu pescoço:

— Lembra-se do que você disse sobre o anoitecer, quando a escuridão toma conta? — Os lábios dela roçaram a minha pele. — Você não precisa ser gentil. Não até o fim do filme...

O fim do filme. Quando as luzes se acenderiam.

Meu pau enrijeceu, e eu enfiei os dedos em seu cabelo, minha boca pairando a centímetros da dela.

— Puta merda, Em...

Ela subiu no meu colo e nós dois nos abraçamos quando o calor dos lábios dela aqueceu os meus.

— Só até o final do filme — ela sussurrou.

O suor resfriou minha pele, e meu pau se contorceu. Eu queria tudo de uma vez, tanto que minhas mãos tremiam com o medo de não conseguir me controlar. Eu não queria assustá-la.

Nós nos abraçamos, nossas bocas se afastaram centímetros quando avancei e ela recuou, e quando ela fez menção de me beijar, eu me afastei, brincando.

E então, finalmente...

Segurei seu lábio inferior por entre os dentes, ela gemeu e sua boca mergulhou contra a minha, cada nervo do meu corpo incendiou quando sua língua cálida tocou a minha e seu gosto dominou minha cabeça.

Meu Deus, eu tinha esperado por isto, mas assim que minha boca começou a se mover sobre a dela, e seu corpo encheu minhas mãos, a pressa desapareceu. Suavizei meus movimentos, passando a mão por baixo de sua saia e acariciando sua coxa, enquanto ela se ajeitava e montava o meu colo.

Eu queria que isto durasse para sempre.

— Tão macio... — Eu me inclinei sobre sua boca.

Caralho, os lábios dela eram tão macios.

Eu a beijei e nosso ritmo intensificou e acelerou, e à medida que ela pedia por mais e mais, era como se eu estivesse chapado. Meu pau esticou o zíper da calça, e eu agarrei suas coxas sedosas, pressionando seu corpo contra o meu.

Ela gemeu, tentando afrouxar a minha gravata para que pudesse tocar a minha pele. Minha cabeça flutuava, a sensação de sua boca incendiando meu corpo, deixando o rastro de uma doce agonia. Nós nos mordiscamos e provocamos um ao outro, e eu queria tirar sua roupa, queria ver muito mais dela. Eu queria tocá-la e beijá-la em outros lugares.

Mas eu precisava ir devagar. Eu não queria que isto acabasse e ela fugisse, assustada. Eu podia sentir que estava prestes a gozar, então segurei sua cabeça, abraçando seu corpo com força para tentar conter seus movimentos, sem querer soltá-la.

Eu...

Ela roçou contra mim, mordiscando e lambendo a minha boca.

Quase perdi o fôlego. Eu...

— Merda — arfei.

Afundei os dedos em suas coxas macias, a sala de cinema girando à nossa volta.

Apenas com um beijo. Só um beijo, porra, e eu já estava quase gozando na calça.

Ela respirou fundo no meu pescoço, e pude sentir seu coração acelerado também.

Eu odiava quando as coisas acabavam sendo exatamente como você esperava que fossem.

Inclinei e a beijei gentilmente, começando devagar novamente e levando o meu tempo. Ela podia acabar se arrependendo disso amanhã. Hoje ela estava com um humor estranho, e talvez eu tenha me tornado 'seu filme de ação', como uma válvula de escape, mas as coisas não seriam aceleradas desse jeito quando eu, finalmente, a levasse para a minha cama.

Eu só precisava entrar na cabeça dela primeiro.

Porque, ao contrário do que ela pensava, esta merda não acabaria quando as luzes acendessem.

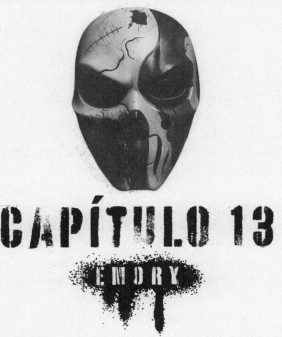

CAPÍTULO 13
EMORY

Dias atuais...

Ele tinha mudado. E eu não gostei daquilo.

Já havia passado um dia desde que ele pegou minha roupa íntima no chuveiro da piscina, e ainda não havia conversado comigo. Will nunca se zangava. Não que eu fosse especialista no comportamento dele, mas eu era a temperamental. Ele era o enamorado.

Eu poderia até conseguir sua ajuda em algum momento, mas não tinha tempo para esperar por isso. Eu estava tendo que lidar com os jogos mentais de Aydin, os olhares lascivos de Taylor e a cara fechada de Rory.

Eu não tinha certeza do motivo para estar sendo protegida, mas não achava que isso fosse durar muito mais tempo.

O Will poderia se vingar de mim o quanto quisesse. Quando voltássemos a Thunder Bay.

Agora estava na hora de bolar um plano.

Atravessei o corredor e entrei no salão de jogos, vendo os tacos de bilhar alinhados na parede. Peguei um e parei para admirar todos os quadros que adornavam o papel de parede castanho.

Este lugar era como o Castelo do Drácula, cheio de recantos e tesouros. No entanto, também era um lugar deprimente e agonizante. Por que as pessoas mandariam seus filhos para cá? Por que não os enviavam a uma praia, com sol e calor? A depressão só piorava os ânimos. Será que este lugar realmente deveria ajudar?

Eu olhava para os quadros de navios e piratas, de batalhas marítimas e de criaturas marinhas. Qual era a conexão? O antigo proprietário gostava do oceano?

Ou estávamos próximos de um?

Um peso súbito pareceu me ancorar ao chão; uma nova possibilidade que não havia nem ao menos considerado.

Se isto fosse uma ilha, eu estava muito fodida.

Eu precisava tentar chegar ao telhado. De lá eu poderia ter uma visão melhor dos arredores.

Balancei a cabeça. Os problemas eram inúmeros e eu não estava resolvendo nenhum deles. Era quinta-feira, e meus colegas de trabalho da firma já teriam comunicado meu desaparecido, certo? Faltar um dia no serviço era uma ocorrência rara para mim, mas dois?

Eu não era amiga de ninguém na empresa. Ninguém possuía uma cópia da chave do meu apartamento, mas eles contatariam a polícia se eu não desse as caras e nem atendesse ao telefone. Certo?

Não que isso fosse adiantar de alguma coisa. Seria impossível que alguém me encontrasse aqui.

— Você é bem corajosa para andar por aí, sabia? — alguém disse do canto escuro da sala.

Eu me assustei, dando a volta e procurando ao redor.

— Como se você não tivesse nada a temer — acrescentou ele.

Virei a cabeça para a direita, finalmente avistando as pernas longas e escuras. Ele se inclinou na cadeira, no canto mais distante atrás da mesa de xadrez. Seu rosto estava imerso na penumbra.

Rodeei a mesa de sinuca, em direção à porta, mas mantive o olhar focado onde ele estava.

— Mas você está se esquecendo — ele ofegou — de que todos nós estamos aqui por uma razão.

Taylor.

Houve movimento, e eu me aproximei, o coração martelando no peito. Ele esteve sentado ali o tempo todo, me observando. Mas por que ele estava sem fôlego?

Peguei o taco de madeira e o apertei com mais força.

— Pergunte logo o que foi que eu fiz para vir parar aqui — instigou. E depois continuou com um tom malicioso: — Pergunte ao Rory o que ele fez. O museu de cera subaquático que ele instalou no lago às margens da casa de seus pais. As estátuas são tããããooo realistas.

Um calafrio percorreu meu corpo. Um museu de cera? *Realista?* Que diabos isso significava?

190 PENELOPE DOUGLAS

E então eu o vi.

Meu olhar pousou em seu colo, enquanto ele esfregava seu pau para cima e para baixo. Perdi o fôlego e recuei na mesma hora. Ele continuava a se acariciar, cada vez mais rápido, até que avistei a minha calcinha azul.

Ela estava enrolada ao redor de seu membro enquanto ele se masturbava.

Meu coração quase saltou pela boca, e eu apenas o encarei, vendo-o gemer com os olhos fechados, a renda da lingerie atiçando mais ainda sua pele.

Mas que porr...? Eu me afastei, enojada.

— Nós queremos ir embora — ele disse —, mas nunca seremos realmente livres, Emory. — Ele olhou para mim novamente. — Você pode levá-lo para casa, mas pode ser que ele nunca realmente volte.

Seu olhar me perfurou, os músculos dos braços contraídos enquanto se esfregava com mais força. Meu estômago embrulhou, mas eu não conseguia me mover, completamente paralisada ao observá-lo.

Até que ele suplicou em um sussurro:

— Chupe o seu dedo bem gostoso, no fundo da garganta. Chupe com força por mim.

Eu não conseguia obrigar minhas pernas a se moverem, e só percebi que estava retendo o fôlego quando meus pulmões agonizaram em busca de ar.

Eu saí correndo da sala, ouvindo sua risada sinistra e profunda ecoar às minhas costas.

Eu nem sabia para onde estava indo até que fui parar na academia, ignorando Micah levantando pesos. Sem nem perceber, subi na esteira, descalça e comecei a correr.

Eu precisava correr. Eu precisava estar exausta demais para me preocupar com qualquer outra coisa.

O Will deu minha calcinha para aquele pervertido? Rangi os dentes, sentindo minha náusea se transformar em fúria.

Micah levantou a cabeça, me observando por um momento, mas depois deixou os pesos e começou a lutar com o boneco de lona.

Meu corpo resfriou com o suor, e aumentei o ritmo cada vez mais rápido até que pensei que não conseguiria acompanhar a velocidade necessária para extravasar.

Eu não ia ficar aqui sentada por quatro semanas. Eu não ia contar com ninguém para me proteger.

Eu podia até não ser capaz de fugir, dependendo dos elementos naturais, então não podia contar com isso como minha única opção, mas podia fazer alguma coisa.

Nove anos atrás, decidi me sentar e esperar, me abrigar diante das intempéries e depois fugir.

Eu nunca mais faria isso.

Parei a esteira de uma vez, ofegando enquanto seguia até o Micah.

— Me ensine alguns movimentos... — pedi, retirando os óculos e arfando.

Ele parou e se endireitou, me olhando com carranca.

— Por que eu faria isso?

— O que você quer em troca?

Ele sorriu, e eu arquei uma sobrancelha. Eu tinha quase certeza de que ele não queria *isso*.

— Um sanduíche — retrucou.

Inspirei fundo, não deixando passar despercebido o insulto intencional sobre o lugar de uma mulher. No entanto, nem era uma ideia assim tão horrível. Eu teria uma desculpa para estar na cozinha com acesso à comida.

Mesmo que alguém ficasse de olho em mim, eu poderia esconder algo. Poderia ser útil se eu precisasse fugir ou me esconder por um longo período.

— Um sanduíche com tudo dentro, tipo *Philly Cheesesteak*? — esclareci, subindo o nível do acordo.

Com certeza não seria algo *kosher*[4], então eu não poderia comer. Aquela era uma das poucas regras que eu seguia, mas eu faria aquilo por eles. Esse tipo de sanduíche demoraria mais de dez minutos para cozinhar, me dando muito tempo na cozinha.

Seu rosto se iluminou.

— Sério?

Ergui os punhos, abri a base das pernas, usando essa postura combativa como resposta.

Ele sorriu e tomou uma posição oposta à minha, me convidando a atacar:

— Manda ver.

---

4   Kosher: A alimentação Kosher segue as regras descritas na Torá – o livro sagrado dos judeus – e que é adotada pela comunidade judaica ainda hoje. Kosher traduzido para o português significa 'adequado'.

Duas horas depois, e eu estava suada e quente, mas, estranhamente, não estava cansada. Eu me sentia energizada, a ponto de ter que disfarçar o sorriso de satisfação o tempo todo.

Incrível. Estava presa há dois dias com cinco homens – sendo que quatro deles eram desconhecidos –, e qualquer um poderia pensar que eu me sentiria desamparada e em perigo.

Não era como se eu não sentisse medo. Isso só não me era estranho. Para dizer a verdade, era algo muito familiar.

Fui em direção à porta, olhando para trás e vendo Micah e Rory lutando no tapete. Micah o imprensou com seu corpo, rindo, mas bastou um olhar de Rory para que ele baixasse a guarda. O cara mais magro o agarrou, o virou e tentou sufocá-lo, mas ambos estavam rindo enquanto se atracavam um ao outro.

Balancei a cabeça, seguindo o caminho.

— Divirtam-se, mas sobrevivam...

E então estaquei em meus passos ao me lembrar.

O Senhor das Moscas. Um romance clássico perturbador e um dos únicos que realmente gostei na época da escola por ser tão sombrio e... possível.

Os meninos que caíram em uma ilha deserta, depois da queda de um avião, sem nenhum adulto, tinham três regras: se divertir, sobreviver e... manter um sinal de fumaça.

Levei apenas um segundo para decidir o que fazer. Disparei pelo vestíbulo, olhando para todos os lados para ver se estava realmente sozinha, e saí da casa até a calçada.

A fonte vazia se localizava no meio da entrada circular de veículos, sob um céu limpo e sem nuvens ou sinal de tempestade.

Eu não tinha certeza se isto duraria, ainda mais se a chuva encharcasse a madeira, mas eu tinha que tentar.

Reunindo paus, galhos e até mesmo gravetos, levei as diversas braçadas até lá e joguei tudo dentro, criando uma imensa pilha. Continuei procurando por mais coisas que pudessem aumentar ainda mais a fogueira, torcendo para que a fumaça se tornasse visível até mesmo durante o dia.

Estava correndo em direção à lateral da calçada, em busca de mais gravetos, quando uma mão, subitamente, agarrou meu pulso. Girei a cabeça, de supetão, e deparei com Will vestido em seu jeans e camiseta, os olhos verdes inexpressivos completamente diferentes do garoto que conheci.

Consegui me soltar de seu agarre e o empurrei. Ele segurou meu braço e nós dois nos debatemos um com outro, eu tentando escapar, e ele tentando me deter.

— Alguém vai notar a fumaça — eu grunhi.

— Ninguém vai notar — ele me disse. — E você está enganada se acha que ele vai deixar você acender isso em primeiro lugar.

Com um safanão, consegui me soltar de seus braços.

Tá, eu sei. Foi um tiro no escuro, e talvez sem o dinheiro da mamãe e do papai, não valesse a pena nem mesmo tentar escapar, porque se eles saíssem daqui, só poderiam voltar para casa, ou seja, para as mesmas pessoas que os enviaram para cá, antes de tudo. Eles não iam renunciar aos seus sobrenomes, esconder-se no Brooklyn e se tornar entregadores de pizza.

Mas o meu lugar não era aqui. Eu tinha um emprego, e não precisava de nada e nem de ninguém.

— O que você fez para ser enviado para cá? — indaguei. — Quero dizer, seus pais realmente te mandaram cá? Você não é o favorito deles ou algo assim?

Ele apenas me encarou, recusando-se a responder.

Já havia se passado muito tempo – talvez um ano ou mais. Micah disse que Rory foi o último a chegar, e isso aconteceu há sete meses, mesmo que ele tenha sido enviado de volta.

O que o Will estava fazendo consigo mesmo? Ele tinha tudo para ter uma vida maravilhosa.

— Você tem vinte e seis anos — comentei. — O que vem depois disto aqui? Aonde você vai? Você vai amadurecer, de repente? — Foquei meu olhar ao dele. — Se não aconteceu até agora, não vai acontecer. Você cuida das suas coisas, e eu cuido das minhas.

Ele se aproximou, ainda me encarando.

— Fiquei sabendo que você vai fazer o jantar. — Foi tudo o que ele respondeu. — Estamos com fome, então… vá cozinhar.

Meu olhar incendiou. *Como é que é?*

Dei um empurrão em seu peito, fazendo-o tropeçar.

Não vou te servir.

Não vou me sentar à mesa com você.

Pode ir ferrar com a sua vida sem nenhum problema.

Além do mais...

— Você deu a minha lingerie para aquele babaca desprezível — esbravejei. *Seu filho da puta.*

Um sorriso curvou os cantos de seus lábios, mas ele simplesmente se virou de costas, disfarçando.

— Mas você não precisava dela, né? — escarneci, suavizando o tom de voz. — Você ainda tem a minha calcinha rosa que conseguiu pegar depois do baile? Você a usou muito ou teve que lubrificar seu pau com as suas lágrimas ao longo dos anos?

Ele se voltou, os olhos flamejantes, e disse cara a cara:

— O que te faz pensar que não consegui arrecadar uma porrada de calcinhas quentes e molhadas ao longo dos anos?

Ele se virou e saiu, e tudo o que consegui fazer foi fuzilá-lo com o olhar enquanto ele desaparecia dentro de casa.

Acredite em mim, Will Grayson. Eu sei exatamente onde você esteve.

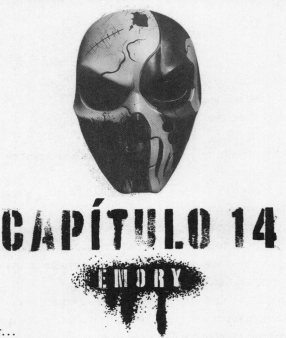

CAPÍTULO 14

EMORY

Nove anos atrás...

— TEMOS MACARRÃO E QUEIJO, HAMBÚRGUERES, TETRAZZINI DE PERU — ERIKA Fane disse a uma garota à minha frente na fila — e torta de galinha hoje, mas eu recomendaria os sanduíches de frango. Eles são bons e picantes.

Não, não são. Os calouros eram os únicos que ainda não tinham percebido de onde vinham aquelas cólicas intestinais quase no fim da quinta aula.

A outra loira que poderia ser sua irmã – exceto que Erika Fane não tinha uma irmã – apenas ficou ali, sem olhar para as opções que Fane listou.

— Tudo parece ótimo — ela respondeu. — Pode ser o que você recomendar.

Fane pegou o sanduíche de frango embrulhado em papel alumínio e o levou até ela. A outra garota estendeu as duas mãos, como se estivesse apalpando o item.

Semicerrei os olhos, observando-a. Lentamente, e mantendo os olhos focados adiante, ela mesma pegou o sanduíche e o colocou em sua bandeja, embora um pouco desajeitada.

Como se não conseguisse enxergar.

Só aí me dei conta. Esta era Winter Ashby. A irmã mais nova da cadela Arion Ashby.

Ela era ou havia ficado cega, pelo que eu tinha ouvido falar.

Bem, tomara que ela seja mais simpática do que sua irmã. Quando ela começou a estudar aqui? Eu raramente almoçava no refeitório, e nós não frequentávamos as mesmas aulas, então eu não a tinha visto antes.

Elas seguiram pela fila, mas não antes que uma crise de consciência me dominasse e me obrigasse a substituir seu sanduíche de frango por um hambúrguer, sem que ela ou Erika percebessem. Ela não saberia a quem agradecer, mas tudo bem.

Peguei um hambúrguer e uma banana quando chegou a minha vez e acrescentei uma garrafa d'água na bandeja.

Um braço me rodeou e segurou minha gravata, deslizando o tecido por longos e belos dedos, com as veias salientes no dorso de sua mão.

— Bela gravata — ele sussurrou no meu ouvido.

Meu coração acelerou, e eu parei de respirar por um momento.

A respiração dele fez cócegas no meu cabelo.

— Obrigado por usá-la.

Eu não podia me virar e olhar para ele, porque tinha certeza de que meu rosto estava com dez tonalidades diferentes de vermelho. Ele tinha colocado sua gravata em mim depois do cinema – quando me deixou em casa –, e eu não ia usá-la, mas...

Ele havia substituído um dia ruim por um bom. E eu queria usar alguma coisa que me fizesse lembrar disso.

Ele enfiou o rosto na curva do meu pescoço e deslizou a mão na minha cintura, seu hálito aquecendo a minha pele.

— Emmy...

O calor cobriu meu corpo, ouvindo seu tom de voz caloroso exatamente igual quando montei em seu colo no cinema.

— Por favor... — supliquei, afastando sua mão. — Apenas... volte para sua mesa. — Olhei para os lugares em que ele costumava se sentar, vendo Damon nos observando enquanto garotas bonitas perambulavam por lá. — Tem um monte de meninas lá para prender a sua atenção.

— Isso não é o que eu quero — zombou, apertando minha cintura novamente.

Continuei na fila, olhando ao redor para ver se alguém mais estava nos observando.

— Não se preocupe — ele disse, me soltando adicionando um *brownie* e uma caixinha de achocolatado à minha bandeja. — Eles acham que estou te perturbando. Eles nunca suspeitariam...

— Que você estava falando sério?

Ele sorriu para si mesmo e jogou um saco de pretzels e algumas batatas fritas na minha bandeja.

NIGHTFALL

197

— Não, que você gosta de mim...

Ele se inclinou sobre o meu ombro, nossos rostos quase colados, para pegar um pudim e um copo de salada de frutas.

Ele se aconchegou às minhas costas, pressionando o corpo ao meu, e meu coração quase saltou pela boca. Virei a cabeça para o lado, sentindo seus lábios perto dos meus.

— Por favor, só... — *Vá se sentar.*

Mas as palavras se perderam, e eu não terminei a frase. Uma camada de suor cobriu minha pele, e eu, finalmente, apertei minha bandeja, conseguindo me controlar.

— Sente-se — ralhei e depois pestanejei, vendo aquele monte de coisas na bandeja. — E pare de colocar toda essa comida aqui! Você não vai comer ao meu lado!

— É pra você — ele respondeu, pegando a carteira. — Você está muito pálida. Tudo isso é *kosher*, não é?

Com um grunhido, comecei a devolver os itens, mas ele tomou a bandeja da minha mão e deu o dinheiro ao caixa.

— Vou precisar da minha gravata de volta — disse ele. — Hoje à noite.

— Não posso — murmurei.

— Você vai. — Ele pegou o troco e me entregou a bandeja. — Vou te buscar no final da sua rua às onze.

— Eu não posso — disse eu, um pouco mais alto.

Mas ele se aproximou, olhando para mim.

— Depois vou te levar para a minha casa. Só nós. Eu quero maratonar *Missão: Impossível* contigo hoje.

Uma maratona de *Missão: Impos...*? Apesar de tudo, bufei uma risada e, na mesma hora, desviei o olhar, tentando esconder o sorriso. Meu Deus, ele era um idiota.

Mas eu queria ir.

Fiquei ali parada, balançando a cabeça sem fazer nada.

— Não posso — murmurei em um sussurro.

Martin iria descobrir.

Minha avó precisaria de mim.

A gente tinha aula amanhã.

Se eu deixasse as coisas rolarem, eu me arrependeria depois.

Mas ele deu um passo à frente, puxou sua gravata ao redor do meu pescoço e esfregou o tecido entre os dedos.

— Você vem até mim — ele disse —, ou eu vou até você.

Tirei uma nota alta no questionário sobre *Lolita*. Entreguei o trabalho com mais de uma semana de atraso e, ainda assim, tirei uma nota boa. E a melhor parte foi que eu nem mesmo me delatei, mesmo me sentindo tentada.

Mas não consegui fazer isso. Todo sucesso educacional que batalhei para ter até aqui acabaria indo para o ralo. E o resto da minha vida teria acabado.

Uma fraude. Uma trapaça. Um péssimo exemplo para meus filhos.

Tudo porque entreguei um trabalho que não fui eu quem fiz. Esse era o meu nível de neura.

Infelizmente, a influência de Will Grayson se estendeu até o livro de notas do professor, onde meu zero foi alterado para 10, apesar da tarefa que faltava.

Não foi muito discreto. Eu teria ficado bem com 9,8. Até 9,2 seria razoável.

Eu informaria ao Sr. Townsend amanhã mesmo que a nota estava errada. *Se eu não esquecesse.*

Atravessei o vestiário vazio e abri a cortina do chuveiro, entrando e pendurando a toalha no gancho. Liguei a água, enfiei a cabeça já molhada sob a ducha e suspirei com o arrepio que me percorreu por conta da água quente.

Eram apenas quatro e meia da tarde. Ainda faltava algumas horas até que eu me encontrasse com Will, e mesmo que eu tivesse passado o resto do dia – e meu tempo livre me esgueirando na piscina para um treino tardio –, tentando dizer a mim mesma que não estava nem aí com o horário marcado e que o deixaria plantado na esquina da minha rua... ainda assim, eu estava aflita só em pensar em deixá-lo na mão.

Ele não ficaria magoado, certo? Eu nunca concordei em ir à casa dele esta noite. Ele nem sequer perguntou. Aquilo era apenas mais um cara fazendo com que você se sentisse obrigada a ser grata só porque ele estava te dando atenção.

Bombeei um pouco de shampoo na minha mão e lavei o cabelo, tentando me apressar. Eu ainda tinha que fazer o jantar, terminar os deveres de casa, e tinha prometido à minha avó que veríamos um filme no quarto dela esta noite.

E eu ainda queria ir ao gazebo hoje para ajustar umas coisas.

O Will poderia vir até mim. *Se ele me encontrasse.*

Enxaguei o cabelo e passei o condicionador, depois esfreguei o corpo com o sabonete para tirar o cheiro impregnado do cloro da piscina. Mas daí eu parei, ao sentir os pelos nas minhas pernas. Talvez eu devesse me depilar de novo. *Quero dizer, se ele me encontrasse, eu...*

Então, balancei a cabeça e endireitei a postura. *Pelo amor de Deus. Se controla.*

Enfiei a cabeça outra vez debaixo da ducha e me livrei do condicionador enquanto olhava para frente. Mas então uma sombra se moveu do outro lado da cortina do chuveiro, e eu congelei.

A silhueta escura ficou ali parada.

Meu coração quase parou. Apenas a luz de emergência estava acesa, já que não deveria haver ninguém aqui, depois da aula, seja para prática esportiva ou ensaio da banda.

Pisquei diversas vezes, tentando clarear a visão.

Merda, eu precisava dos meus óculos. Eu podia ver bem sem eles, mas minha miopia era uma droga.

— Olá? — chamei. — Quem está aí?

Esquecendo de desligar o chuveiro, peguei a toalha e envolvi meu corpo.

— Martin? — insisti.

A sombra arrastou lentamente a cortina e um nó se alojou na minha garganta quando Damon Torrance entrou no chuveiro comigo.

— Mas que porra? — esbravejei.

No entanto, ele simplesmente se aproximou, fechando a cortina e chegou mais perto ainda de mim, com uma toalha ao redor da cintura.

— Martin? — ele repetiu, com um sorriso cínico. — Por que seu irmão estaria invadindo o vestiário das meninas?

— Por que você está?

Eu me encostei na parede, a água se derramando em meus ombros e encharcando a toalha que colei ao meu corpo.

Ele deu de ombros.

— O treino acabou agorinha. Eu precisava de um banho...

— O time não estava treinando hoje. — Empurrei seu peito para afastá-lo de mim. Você esteve aqui o tempo todo. Estava esperando por mim?

Mas ele avançou e me imprensou à parede.

— Shhh...

Ele acariciou meu cabelo, pressionando o corpo contra o meu, enquanto respirava em cima de mim.

Meus joelhos começaram a tremer, e eu contraí as coxas, com medo de me mijar. Eu estava pau da vida, e mais uma vez o empurrei e tentei segurar a toalha ao mesmo tempo.

— O que você quer?

Ele prendeu meu pulso à parede, ao meu lado, e deu um sorriso frio.

— Quero saber o que ele vê em você. Talvez eu também consiga enxergar o mesmo.

Meu estômago se torceu em um nó. *Eu prefiro morrer.*

Encarei os olhos escuros e senti o cheiro daquela porcaria que ele fumava, um grito já alojado na garganta.

Só um grito.

Grite agora!

Não havia ninguém aqui para me ouvir, e mesmo que houvesse, Martin Scott não acreditaria em mim. Eu acabaria pagando por isto de qualquer maneira.

— Sai daqui — rosnei, com os dentes entrecerrados. — Sai de perto de mim!

— Pensei que você seria mais brigona — disse ele, me avaliando. — Você é meio decepcionante.

O quê, você só fica de pau duro se eu estiver com medo?

Eu estava assustada.

— Se manda. — Eu o fuzilei com o olhar e tentei dar um tapa em seu rosto, mas ele segurou minhas mãos enquanto eu me debatia.

Minha toalha caiu e ele agarrou meus pulsos, flexionando meus braços e segurando minhas mãos entre nossos peitos, usando seu peso para mantê-las presas.

— Me solta! — rosnei.

— Então grite — ele exigiu ao invés disso.

Travei o maxilar, fingindo uma coragem que não existia, e comecei a ofegar.

Ele olhou bem dentro dos meus olhos, a água caindo sobre nós dois enquanto ele me analisava com atenção.

— Por que você não grita?

Você nunca entenderia.

Eu percebi que aquilo era uma novidade para ele. Ele gostava de perturbar sua presa, porque isso o excitava, mas seus planos foram arruinados quando ele acabou dando de cara com sua vítima que estava acostumada ao sentimento de impotência.

Porque não era sangue que ele queria, mas o medo.

Não era o sexo, mas o poder.

Seu olhar desceu pelo meu pescoço e lentamente pelo meu braço, estreitando-se.

Eu não grito, porque...

— Porque gritar não adianta — ele murmurou. — Não é?

Meu coração trovejou no peito, mas eu permaneci paralisada, observando-o analisar os diversos hematomas espalhados pelo meu corpo. O formato dos dedos ao redor do meu braço, os arranhões nas minhas pernas e os tons variados de roxo e azul nos meus ombros.

— Porque você se cansa de ser a vítima — ele disse, como se estivesse pensando em voz alta —, e é mais fácil simplesmente deixar isso acontecer.

Ele levantou a cabeça, seu olhar se fixando ao meu outra vez, e senti outro nó na garganta quando suas palavras fizeram total sentido para mim.

Ele soltou seu braço, mas eu não fugi.

— Para apenas fingir que estamos no controle de tudo o que nos acontece — ele murmurou.

Damon piscou algumas vezes, o comportamento completamente distinto, com uma profunda ruga entre as sobrancelhas.

Meu queixo tremeu.

— Até que você não consegue lembrar quem você era antes mesmo de começar a mentir para si mesmo — acrescentou ele. — Até que você não consiga se lembrar do que é um sorriso que não traga sofrimento.

Meus olhos se encheram de lágrimas, e eu cerrei os dentes para conseguir me controlar.

O abuso pode parecer amor.

Eu me lembrei de suas palavras da aula de literatura.

Pessoas famintas comem de tudo.

Seus olhos pousaram no meu corpo novamente, e ele inclinou a cabeça ao reparar no tom roxo e vermelho nas minhas costelas, bem como nos outros em minhas coxas.

Ele não tinha nenhuma marca visível, mas havia outros tipos de dor.

— É isso o que o Will representa para você. — Sua voz agora mais suave, embora ainda sombria. — Não é?

Como um sorriso que não dói. Acenei com a cabeça.

— Tranquilo, normal, pacífico... — disse. — A única coisa em minha vida que não foi tocada por nada de feio. Nada o manchou. Ele é a única coisa que ainda é bonita e que acha o mundo bonito, e acredita que as pessoas são bonitas e toda essa merda...

Sim. Mas não consegui dizer em voz alta, porque já era difícil o suficiente conseguir conter o soluço.

— Você não pode tirá-lo de mim — Damon murmurou, recuando um passo e me deixando livre.

E naquele momento, eu entendi exatamente qual era o problema dele. Ele não me odiava. Ele só estava magoado porque Will gostava tanto de mim.

Um dia usando sua gravata na escola – porque adorei a forma como ele me fazia sentir, e eu queria conservar uma parte dele comigo –, nem sequer se comparava com os anos em que Damon confiou em Will para ser seu pequeno farol de esperança, mostrando que o mundo ainda era um lugar belo.

— Você sabe que isso não vai dar certo, de qualquer maneira — Damon salientou. — Sua família é uma das mais ricas do país, Emory. Sua vida está muito além de sua compreensão, e vice-versa. E você sabe que não tem lugar ao lado de Will Grayson no baile.

Cabisbaixa, eu me agachei para pegar a toalha ensopada do chão, segurando-a contra o meu corpo.

— Eu sei — ele continuou. — Dói ouvir isso, mas é verdade, e você sabe disso. E sabe o que mais? É inútil, porque você sabe como você é. Até eu sei como você é. A escola inteira sabe. Ele não vai se encaixar, porque você está empenhada em ser infeliz e vai acabar arrastando o Will contigo.

Cerrei os punhos, querendo agredi-lo.

Eu não era infeliz. Eu estava...

Meu coração apertou, e eu desviei o olhar.

Ele estava certo. O que eu tinha feito desde o início, além de afastar o Will?

Eu sabia como as coisas acabariam, então sempre soube que era melhor que nem tivesse começado.

— Ele conseguiu te convencer — Damon continuou —, e você precisa extravasar. Eu saquei isso.

Ele se aproximou de mim novamente, a água espirrando em seu corpo quando ele pairou sobre mim, impondo sua presença de uma maneira ainda assustadora, mas não como antes.

— Então, aceite as coisas como ela são — sussurrou ele. — E extravase com ele.

Meu estômago embrulhou. *O quê?*

— O capricho dele vai acabar, então finja que é você quem está no controle — Damon zombou. — Pode dizer o que for, mas essa porra não é amor, sacou? É uma paixonite do caralho. Hormônios. Prazer momentâneo...

Não. Não era.

Era?

NIGHTFALL

203

Quer dizer, ele estava certo? O Will era apenas uma forma de eu me desafogar? Será que ele seria algo mais? Eu sabia que não.

Eu poderia fazer isso com qualquer um. Poderia fazer qualquer coisa que quisesse. O Will não era a única pessoa com quem eu poderia ter uma transa rápida.

— Você sente isso, não sente? — perguntou Damon. — Aquela necessidade que crianças como nós sentem e que o Will nunca sentirá na pele? Aquela ânsia em destruir qualquer coisa boa, porque é cada um por si nessa porra, e se você não pode vencê-los, então tem que se juntar a eles.

Ele afagou meu cabelo e uma dor se alastrou pelo meu peito, como se algo precisasse ser arrancado dali de dentro para que a dor sumisse.

Só por um minuto.

Eu queria o controle.

— Esse formigamento que você está sentindo entre as pernas — ele se inclinou contra mim — está dizendo para você deixar a coisa rolar, e no banco de trás do meu carro você vai estar no comando.

Eu estava tremendo, meus olhos marejados, mas quando ele pressionou seu corpo contra o meu, eu ofeguei, fechando os olhos com força.

— E quando a gente acabar — seu hálito roçou minha boca —, você será a primeira a se afastar de algo que nunca aconteceria de qualquer maneira. Você pode fazer isso comigo. Não brinque com o coração dele. Você pode me usar, em vez disso.

Eu estaria no comando, porque eu *nunca* amaria Damon.

Eu nunca estaria destruída.

— Eu sou bom — ele sussurrou, o olhar focado ao meu. — Eu sou muito bom, Emory, e vou fazer valer a pena e de quebra ainda poupar o coração dele. Desde que você desista agora.

Coloquei as mãos em seu tórax, pensando em como seria. Qual deveria ser a sensação de tê-lo acima de mim? Como seria beijar essa boca...

Pensei em como seria... por apenas um segundo.

E depois pisquei para clarear a mente e pigarreei.

Ele era bom. Eu tinha que admitir isso. Não era de se admirar que ele tivesse tantas garotas na cola dele, porque se tudo o que a pessoa quisesse fosse sexo, Damon Torrance era dotado para manipular a mente desse alguém. Ele era capaz de fazer a pessoa enxergar o mundo sob a ótica dele.

Deus tenha piedade da mulher que se apaixonar por ele.

Fiquei tentada. Estava cansada de mim mesma, e era fascinante – a perspectiva de não ser quem eu era por uma noite.

Mas Will gostava de Em. E eu preferia viver da lembrança compartilhada naquele cinema, para sempre, do que fazer outra memória com qualquer outra pessoa.

Eu o afastei de supetão.

— E você se diz amigo dele.

Ele vacilou por um momento, mas depois começou a rir e recobrou a postura.

— O *melhor* amigo — corrigiu. — Talvez ele tenha me enviado para testar você.

Revirei os olhos e enrolei a toalha ao meu redor, fechando a torneira.

— Ou talvez não — murmurou, e quando olhei para cima, vi que ele varria meu corpo de cima a baixo. — Você teria curtido, sabia? Acho que até eu teria gostado, na verdade. Com certeza não teria sido uma tarefa aborrecida...

Babaca.

— Sai daqui — eu disse, entredentes.

Ele acenou, dando a volta.

— Bem, eu tentei. — E então ele olhou para mim, por cima do ombro. — Will chegou a ver esses hematomas?

Fiquei tensa na mesma hora.

— Esteja preparada para o que vai acontecer quando ele vir — advertiu ele. — E o que pode acontecer com ele... quando ele for contra um policial.

Ele saiu, e eu fiquei ali imóvel, meus ombros lentamente cedendo diante do peso de suas palavras.

O Will não pode ver, *nunca*, esses hematomas.

A lua estava baixa, lançando a única luz na cozinha enquanto eu tirava tudo da máquina de lavar louça. Empilhei os copos e separei os talheres de prata, me recusando a conferir a hora no relógio que tiquetaqueava na parede.

— Você deveria ir para a cama — disse uma voz.

Vacilei por um segundo, ouvindo Martin atrás de mim.

Ele se aproximou e pegou um par de pratos do escorredor e me entregou.

— Depois que eu acabar aqui — eu murmurei. — Prometo.

Virei e coloquei os pratos no armário, à espera da explosão de seu temperamento. Sempre à espreita.

— Suas notas estão muito boas — ele comentou. — E o gazebo está quase acabando. As pessoas me elogiam por isso.

Ele colocou uma vasilha suja e o garfo na lava-louça, eu enxaguei a pia e sequei as bancadas.

— Você ainda tem um ano para começar a se inscrever, mas vou tentar ajudar em qualquer lugar onde você queira cursar faculdade — disse ele. — Okay?

Pisquei para afastar as lágrimas, acenando com a cabeça. Estas variações de humor eram mais difíceis de suportar, às vezes, do que a violência em si.

Limpei o fogão, recolocando a colher de descanso no lugar e esperando que ele saísse.

Mas pouco depois, senti seus dedos alisando o meu cabelo, então estaquei, sem me atrever a olhar para ele.

— Eu sinto muito… — Sua voz estava embargada com as lágrimas.

Cerrei a mandíbula, tentando me controlar.

— Eu te amo, Emmy. — Ele fez uma pausa. — É por isso que quero que você vá. Você será a única coisa nesta família que não é um fracasso, porra.

Fechei os olhos.

Por favor, vá embora. Por favor.

— É um negócio que cresce aqui dentro, sabe? — murmurava às minhas costas. — O dia inteiro, todo santo dia, até que não consigo enxergar direito e fico confuso e cego, tipo… como se fosse explodir. É algo inexplicável e que não consigo conter.

E quando ele chega em casa, ele descarrega isso em mim, porque não vou contar a ninguém e não tenho para onde fugir.

— Eu nem sei o que estou fazendo quando faço isso — sussurrou. — Não consigo parar.

Uma lágrima deslizou pela minha bochecha, mas eu fiquei o mais quieta possível.

— Você sabe que não sou eu — disse ele. — Não é?

Assenti, terminando de limpar o fogão.

— Eu me lembro de quando deixava você andar no banco da frente…

— ele disse, rindo um pouco. — A mamãe dizia que você era pequena demais, mas aí eu esperava até que a gente se afastasse da frente de casa... e deixava você passar para o banco da frente.

Dei uma risada forçada.

— Sim. — Olhei para ele por cima do ombro. — Desde que eu não contasse à mamãe que você organizou uma jogatina no porão quando eles foram à Filadélfia aquela vez.

Ele riu.

— É estranho que alguém que amava quebrar as regras tenha se tornado um policial?

— Não — retruquei. — Eles acabam se tornando os melhores policiais, exatamente porque conhecem todas as artimanhas.

Ele sorriu.

— Isso é verdade.

E que melhor lugar para um criminoso se esconder?

Eu não disse isso em voz alta, é claro.

— Comprei uma coisa pra você hoje.

Ele se virou e secou as mãos, caminhando até a mesa onde havia uma sacola marrom. Em seguida, ele pegou um livro grande de capa dura e me entregou.

— É usado, mas me chamou a atenção quando passei pela bancada que fica na calçada da livraria.

Grandes Mergulhos no Oceano.

Eu sorri e comecei a folheá-lo, evidenciando meu interesse.

— É ótimo — eu disse. — A fotografia é tão bonita.

— Achei mesmo que você ia gostar.

Ele se virou e pegou sua garrafa térmica e marmita, e um lampejo de alívio me atingiu ao ver que ele estava prestes a sair para o turno da noite. Meu peito até estufou de emoção.

— Eu adoro livros de mesinhas de centro — assegurei. — Obrigada pela lembrança.

Ele se aproximou e beijou a minha testa, e eu me mantive calma, relaxando de verdade somente quando ele retrocedeu um passo.

— Tranque a porta direito — disse ele. — E durma bem. Estarei em casa às sete.

— Tchau.

Ele saiu, mas não foi até eu ouvir o motor de seu carro desaparecer na rua que eu finalmente me movi.

NIGHTFALL

Colocando o saco da mercearia no reciclador, peguei o livro e verifiquei as portas, me certificando de que as luzes estavam apagadas antes de subir para o meu quarto. Não acendi a lâmpada e segui até a estante, empurrando a fileira de livros para cima novamente e enfiando meu mais novo exemplar à minha coleção.

Barcelona: Uma História Arquitetônica.
101 Cavernas Mais Incríveis.
Sempre Audrey: Seis Fotógrafos Ícones. Uma Estrela Lendária.
Oeste: O Cowboy Americano.
História do Mapa Mundi...

Eu fiz uma releitura de todas as lombadas nas duas prateleiras, alguns volumes mais pesados do que os livros de capa dura. Eu gostava de colocá-los na prateleira sempre que ele me dava um. Ele ficava feliz em ver os presentes que me dava, mas também... era como se eu tivesse conseguido algo. Era como se fosse um troféu.

Quando os hematomas desapareciam, e eu não tinha mais nada para demonstrar o que realmente nunca desaparecia da minha mente, eu tinha isto.

Um livro para cada vez que eu me erguia.

Novamente.

E mais uma vez.

E mais uma vez.

Ele havia me comprado outras coisas ao longo dos anos, presentes cada vez que sua raiva passava e a culpa o dominava, e essas coisas também ficavam à mostra na sala. Coisas que eu deixaria para trás quando fosse embora, para que quando ele entrasse em casa, e visse cada um dos presentes que me deu, ele se lembrasse de tudo o que me fez, mas não poderia mais fazer.

Baixei meu olhar...

Pelo menos, foi isso o que eu disse a mim mesma.

Minha avó estava dormindo no corredor, o toca-discos em seu quarto funcionando até que o lado A do disco acabasse; eu queria que ela vivesse para sempre, mas, às vezes...

Martin seria muito pior se ela não estivesse aqui. Ela era a única pessoa que me amava. Eu precisava que ela ficasse viva, mas eu sabia que ela estava sofrendo.

E se ela ainda estivesse viva quando chegasse a hora de ir para a faculdade, eu não poderia ir embora. Eu não podia deixá-la com ele, e teria que ficar aqui.

Eu me odiava por esse pensamento, porém...

Embora não quisesse que ela se fosse, eu precisava sair daqui.

Que diabos eu ia fazer?

Abracei meu próprio corpo vestido em meu cardigã, usando apenas o short de pijama e a regata por baixo, então me virei para fechar as cortinas. No entanto, havia alguém sentado na cadeira no canto do meu quarto. Quase gritei de susto.

— Oi — disse Will.

Meus olhos se alargaram, e eu arfei, meu coração quase saltando pela boca.

— Que diabos... — Corri até a janela e colei a bochecha no vidro para ter uma visão da entrada de casa, só para ter certeza de que meu irmão realmente tinha ido embora.

— Nenhuma vela acesa em sua janela hoje à noite? — perguntou ele.

Mas eu não estava escutando uma palavra.

— Você está louco?

Sondei a rua inteira, o máximo que dava para ver através da imensa árvore lá fora, mas não avistei a caminhonete de Will. Eu só esperava que ele tivesse estacionado bem longe.

Como diabos ele entrou aqui? Meu irmão tinha acabado de sair e poderia ter dado de cara com ele.

— Você tem que acender uma vela, Emmy.

— Eu nunca acendo vela coisa nenhuma! — rosnei em um sussurro, para que minha avó não me ouvisse. — Não ligo a mínima para o *EverNight*. Você tem que ir embora.

Ele ficou ali sentado, usando jeans e uma camiseta verde-oliva que realçava a cor de seus olhos, mesmo daqui. Seu cabelo estava solto e sedoso, sem o gel que usava diariamente, e cobria sua testa de um jeito lindo.

— O que eu disse pra você? — ele sussurrou. — Se você não viesse até mim, eu viria até você.

E daí que não fiquei esperando no fim da rua? Tão importante quanto a maratona de *Missão: Impossível* era, eu tinha outras coisas a fazer, e ele se esqueceu de perguntar se eu estava livre hoje à noite.

Ele olhou para mim, os braços apoiados na cadeira, e eu o olhei de cara feia, apesar da descarga de adrenalina que percorreu meu corpo só em vê-lo.

— Não acredito que Emory Scott tenha um cartaz de Sid e Nancy na parede dela — ele brincou. — Um casal de drogados chatos, um que mal conseguia tocar seu violão...

— Por favor... — supliquei, ignorando sua brincadeira. — Você não pode ficar aqui.

NIGHTFALL

Ele se levantou devagar, nunca desviando o olhar do meu.

— Ou talvez... você tenha um fraco por romances condenados.

Recuei um passo e ele avançou outro.

— Vá embora — eu disse, outra vez.

Ele continuou avançando.

— Você é tão bonita — ele sussurrou.

Sacudi a cabeça, cerrando os punhos.

— Mas estou ficando muito cansado de você me olhar desse jeito — disse ele, sua expressão, de repente, séria. — Como se não pudesse confiar em mim.

Bem, e ele era confiável? E mesmo que eu pudesse confiar que ele só tivesse boas intenções comigo, eu não estava preparada para isto. Eu não o queria envolvido em minha vida. Eu estava fazendo um favor a ele.

Eu adorei o que aconteceu no cinema, e guardaria essa lembrança para sempre, mas Damon estava certo. Ontem foi divertido. Só que devia acabar por ali.

— Você precisa ir embora — repeti.

Os olhos dele quase me perfuraram.

— Estou ficando muito cansado de você dizer isso. — Seu maxilar flexionou. — Qual é o problema? Ontem foi incrível. Por que você sempre tem que pensar tanto até distorcer algo que era bom em algo ruim?

— Eu não lhe devo nada — retruquei, ríspida. — E não te convidei a entrar, então saia! Saia...

Ele parou, o brilho em seus olhos quase tão palpitante quanto seu sorriso.

— Sabe de uma coisa... eu fui mais legal com você do que com qualquer outra. — Ele endireitou a postura. — Você sabe quantas garotas eu posso ter assim...

Estalou seus dedos, e o engraçado, descontraído e doce protetor dos últimos dias se foi.

Acredite, eu estava bem ciente de que ele podia conseguir a garota que quisesse, assim como fez inúmeras vezes. Eu não fui a primeiro a tocá-lo ou beijá-lo.

— Bem, eu deveria apenas agradecer às minhas estrelas da sorte que todo o meu trabalho incansável e árduo, te seguindo como um filhotinho patético só para ter um pouco da sua atenção fosse realmente recompensado! — gritei, exaltada, e tacando um foda-se.

Ele me perseguiu! Não o contrário.

Ele avançou na minha direção, mas logo após, alguém chamou meu nome, e ele parou, nós dois nos entreolhando.

Meu sangue ferveu, e eu pude ver a leve camada de suor brilhando em sua pele.

O quarto estava quente... Escuro, estávamos muito perto, e minha cama estava bem ali.

Meu clitóris latejou uma vez, e eu parei de respirar.

— Emmy... — uma voz débil me chamou outra vez.

Pestanejei, soltando a respiração que não tinha percebido que estava retendo.

— Emmy — minha avó murmurou.

A postura rígida de Will relaxou um pouco, e seus olhos suavizaram.

Cabisbaixa, apenas sacudi a cabeça, sem conseguir nada além de um sussurro:

— Por favor, vá embora.

Saí do quarto, virei à direita e me dirigi ao quarto da minha avó, a brisa do final da noite fazendo com que as cortinas brancas flutuassem.

Ela tentou se levantar na cama, seu volumoso roupão cor-de-rosa enrolado ao seu redor.

— Ei, ei — eu disse, correndo e levantando o cateter da máscara de oxigênio para que ela não se enrolasse. — Eu peguei. Estou aqui...

Ela se sentou mais distante, encostada em seus travesseiros enquanto eu a ajudava a tirar a máscara.

Eu a levantei, ouvindo sua respiração e me certificando de que ela estivesse bem por enquanto.

— Você está bem? — perguntei.

— Eu só precisava de água.

Peguei o copo dela e enchi novamente, entregando a ela enquanto segurava o canudo no lugar.

— Você esqueceu de acender a minha vela — disse ela, tomando um gole e me encarando.

Olhei para ela, meu cenho ainda franzido. Hoje, todos estavam querendo testar a minha paciência, pelo jeito.

— Não me olhe assim — ela advertiu. — Vá acendê-la. É o meu último *EverNight*, sem dúvida.

Contraí meus lábios, sem querer discutir o assunto. Ela podia não estar aqui no próximo *EverNight*.

Tudo bem.

Virei e fui até a lareira que ela não usava mais, pegando os fósforos que guardamos ali, então peguei uma de suas velas com essência de patchouli e posicionei no parapeito da janela. Depois de acender, eu me certifiquei de que a chama ficasse visível através da vidraça.

Uma tradição tão estúpida.

Embora agora eu conseguisse ver um atrativo maior, já que Will me contou mais sobre a história. Todo 28 de outubro, desde 1955, um ano após o assassinato de *Cold Point*, os moradores de Thunder Bay acendiam velas nas janelas de seus quartos para Reverie Cross, no aniversário de sua morte.

Enquanto a equipe de basquete fazia suas peregrinações anuais ao túmulo de Edward, todos honravam sua vítima, convencendo-se de que, se não o fizessem, nem mesmo a morte reteria sua vingança. Se sua vela ainda estivesse acesa pela manhã, você estava a favor dela.

Caso contrário, algo ruim lhe aconteceria antes da próxima *EverNight*. Fazia tanto sentido quanto jogar sal sobre seu ombro para evitar o azar.

Observei o reflexo da vela tremeluzir no vidro e depois fechei sua outra janela. Se ela quisesse que a vela ficasse acesa, então teria que passar uma noite sem o seu amado ventinho.

Lancei um rápido olhar pela janela, refletindo se Will teria ido embora.

Caminhando até sua cama, peguei o copo e o coloquei sobre a mesinha de cabeceira, então alisei seu cabelo para longe de seu rosto. Oitenta e dois anos de idade, e ela parecia ter quinhentos.

Exceto pelos olhos. Nos olhos dela, ela ainda parecia ter dezesseis e, secretamente, planejava roubar o carro do velho para dar um passeio divertido com seus amigos.

— Você tem um menino aqui? — perguntou ela.

Fiquei imóvel.

— Não, *Grand-Mère*[5].

— *Menteuse* — ela retorquiu, chamando-me mentirosa em francês. — *Qui c'est?*

— Quem é quem?

Ela indicou a porta às minhas costas, apontando para Will ali parado.

Puta que pariu. Eu disse para ele se mandar dali.

Mas ele simplesmente entrou, sorrindo gentilmente.

— *Allô* — disse ele. — *Je m'appelle Guillaume*[6].

Boquiaberta, ouvi Will vomitar o francês de sua boca como se não fosse nada, usando, inclusive, a variante francesa para o seu nome: Guillaume. *Sério?*

Francamente, eu tinha ficado surpresa até por ele falar inglês. Achei que ele se comunicasse apenas em *emojis*.

---

5   Avó em francês.

6   Eu me chamo Guilherme.

Mas minha avó sorriu.

— *Parlez-vous français*[7]?

— *Un peu*[8] — disse ele, medindo cerca de meia polegada com seus dedos. — *Très, très peu*.

Ela riu, e aquele mesmo sorriso que o fez parecer como se tivesse sido feito para abraços se espalhou pelo seu rosto.

Ele olhou para ela, e eu revirei os olhos.

Un peu, o caralho.

Minha avó havia nascido aqui, mas seus pais vieram de Rouen, na França. Eles fugiram nos anos 30 sob a crescente ameaça da Alemanha e, embora ela tivesse crescido falando inglês na escola aqui, seus pais se certificaram de preservar sua herança.

Por sua vez, ela criou minha mãe para falar francês, também. Eu não falava tão bem quanto gostaria, mas entendia.

Mais francês saiu da boca de Will enquanto ele conversava com ela, e eu apenas escutei:

— Espero que não a tenhamos acordado. — Ele parecia pensativo. — Sua neta estava me dando a surra verbal que eu merecia. Peço desculpas…

Meu coração apertou um pouco, mas depois minha avó riu.

— Talvez você merecesse — disse ela. — E talvez ela tenha meu temperamento curto.

Eu a encarei com amor.

Ao se ajeitar na cama, ela tirou a máscara do gancho e se preparou para recolocá-la.

— Levou muito tempo até que encontrei alguém que conseguisse lidar comigo — explicou ela. — Esse é o problema das pessoas destroçadas, Guillaume. Se alguma vez lhe dermos nosso coração, então você sabe que o merece…

As lágrimas inundaram meus olhos, apenas por um momento.

— Ele foi paciente comigo — ela lhe disse, um olhar distante nos seus olhos.

Meu avó.

Ele morreu há muito tempo, mas se amavam de verdade e foram realmente felizes. Pelo menos ela pôde ser feliz por um tempo.

— Agora, vão — ela nos disse, recolocando a máscara. — Estou cansada.

Até parece… Poderíamos assistir a um filme ou algo assim.

— Grand-Mère…

---

7   Você fala francês?

8   Um pouco.

NIGHTFALL

213

Mas ela apenas disse:

— Vá! Seja jovem!

Eu queria rir, dizendo a ela que eu tinha quarenta e três anos neste momento, mas ela ficaria feliz se soubesse que eu estava feliz, então...

Ela suspirou sob a máscara, e nós saímos do quarto, seguindo em direção ao meu.

Uma vez lá dentro, fechei a porta e observei o Will acender uma vela no parapeito da janela. Era uma que estava em cima da cômoda da minha avó. Ele deve tê-la pegado de lá.

Ele tirou um isqueiro de seu jeans e o acendeu, posicionando-o no centro enquanto o pequeno brilho ganhava vida, queimando contra a noite negra.

Ele se virou, a luz da chama cintilando em seus olhos enquanto me encarava.

— Não rolou sessão de filmes esta noite, então... — ele comentou, andando pelo meu quarto.

Balancei a cabeça, não encontrando seu olhar.

— E acho que — ele prosseguiu, vindo na minha direção —, mesmo que pudesse sair, você não o faria de qualquer maneira.

Dando um passo, eu me afastei dele, nós dois circulando um ao outro. Novamente, assenti.

— Porque você desconfia de tudo que é bom — ele me disse.

Fiquei em silêncio, continuando a me afastar enquanto ele avançava.

— E esse ciclo não vai acabar quando você for para a faculdade ou deixar esta cidade, Em. Nada vai mudar. Você ainda não terá coisas boas.

Tentei engolir o imenso nó na garganta, mas não consegui.

— Porque você ainda será você — disse ele.

Inspirei e expirei algumas vezes, e depois as palavras se derramaram antes que eu pudesse detê-las.

— Eu quero deixar isso acontecer — eu disse a ele, finalmente olhando para cima e encontrando seus olhos. — Uma parte minha realmente quer, Will. Você sabe por que...

Ele olhou fixamente, e mal notei que nós dois tínhamos parado de nos mover.

— Porque assim que acabasse, eu sei que nunca mais iria querer saber de você.

Não pestanejei enquanto mantinha o olhar conectado ao dele, seus belos olhos verdes e penetrantes cintilando ao me encarar.

Sim, transar contigo seria a única maneira de me livrar de você. Chega a ser quase tentador.

Mas depois vi seus lábios se contraírem.

Ele ficou em silêncio, parecendo surpreso, e eu vacilei, vendo minhas palavras se atropelarem em sua cabeça, deixando um rastro sangrento do qual me arrependi imediatamente.

Ele baixou o olhar, enfiou o isqueiro no bolso e suspirou, cansado.

— Por que você é tão cruel?

Ele realmente não queria uma resposta. Ao se afastar, ele deixou meu quarto e desceu as escadas, e naquele momento, minhas entranhas se contorceram, porque eu sabia que tinha ido longe demais.

Eu não queria isto.

Não queria que ele fosse embora, porque eu nunca mais ouviria falar dele. Eu iria para a escola amanhã, passaria por ele nos corredores, mas desta vez, ele não olharia para mim.

Eu tinha ido longe demais.

Correndo atrás dele, desci as escadas, pulei os últimos degraus e empurrei a porta da frente para que se fechasse outra vez.

— Me desculpa. — Agarrei sua camiseta pela barra e recostei minha testa em suas costas. — Não estou... — Minha voz tremeu. — Não sou... uma pessoa feliz, Will. E você está certo, eu nunca serei...

Lágrimas se amontoaram em minha garganta, e eu pisquei diversas vezes para mantê-las afastadas. Eu não queria chorar na frente dele novamente.

Ele ficou ali, parado, apenas o batimento de seu coração pulsando através de seu corpo.

— Não sou a garota certa pra você — murmurei.

E não porque ele era rico e popular e eu, não, mas porque ele tornou a minha vida muito melhor. Eu esperava ansiosamente por ele.

O que eu poderia lhe dar em troca?

— Anotado — ele respondeu com frieza. — Agora, me solte.

Fechei os olhos diante do tom cortante.

Ele não voltaria.

E algo começou a recair sobre mim, como uma cortina sendo abaixada – ou erguida –, e pela primeira vez na vida, eu me recusei a parar. Eu estava com tanto frio.

E ele era tão quente. Era como uma corda invisível me puxando para a borda que estava além do meu controle.

NIGHTFALL

— Você queria sua gravata de volta — sussurrei.

Suas costas se moviam a cada respiração.

— Pode ficar com ela — retrucou. — Ou jogue fora.

Ele segurou a maçaneta da porta.

— Você quer algo meu... em troca? — disparei.

Ele parou, agarrando a maçaneta, mas não a girou.

Meu coração bateu forte, e eu sabia que estava indo longe demais novamente. Eu me arrependeria disso. Eu o odiaria mais tarde. Ele me odiaria. Meu irmão poderia aparecer em suas rondas para me ver.

Mas... não dei a mínima.

Eu queria estar aqui agora.

Empurrando meu casaco sobre meus ombros, eu o tirei dos meus braços e o segurei na frente dele.

— Isso, talvez? — perguntei, baixinho. Depois, larguei a peça no chão.
— Não, não vai servir em você, eu acho.

Ele olhou para o meu agasalho descartado, e eu mal conseguia respirar, mas ele não fez menção de ir embora, então continuei.

Segurando a barra da minha regata, eu a retirei, sentindo o ar frio atingir meus seios nus, cada centímetro do meu corpo tomando consciência do meu ato.

— Que tal isto? — murmurei, segurando a blusa branca na frente dele.

Seu peito subiu e desceu com mais força, como se ele estivesse congelado e fosse incapaz de se mover.

Inclinei-me, pressionando-me às suas costas, e soltei a blusa, sussurrando em seu ouvido:

— Isso também é pequeno demais. Eu te disse, Will Grayson... que nós não... nos... encaixamos...

Ele exalou com força, olhando por cima do ombro.

— Aposto que existe uma parte em você que é do meu tamanho — ele caçoou.

Mordi meu lábio inferior para manter a excitação sob controle. Escorreguei as mãos por dentro de sua camisa e circulei sua cintura, passando os dedos sobre seu abdômen e tórax.

O calor se agrupou entre minhas pernas e eu quase gemi, sentindo sua pele macia e rija, os músculos e curvas de seu corpo e as coisas que eu queria agora na minha boca, não nas minhas mãos.

Não havia nada em Will Grayson que não fosse perfeito. Caramba...

— Eu quero tirar sua camisa — sussurrei.

Ele colocou sua mão na porta para se firmar, e pude ver o suor se formando em sua têmpora.

Ele parecia exaurido. Eu quase sorri.

Depois de um momento, ele se endireitou, e eu tomei isso como um sinal. Levantei sua camiseta, puxei-a sobre a cabeça, e a larguei no chão. Em seguida, rodeei seu corpo com meus braços e pressionei minha pele à dele, mordiscando um pedaço de seu músculo.

Ele arfou, espalmando a mão na porta novamente, e eu sorri.

Arrastei meus dentes por suas costas e depois lambi a pele antes de beijá-lo. Ele gemeu, e eu o segurei apertado, fechando os olhos e sentindo seu corpo tremer. Seu cheiro cálido e inebriante fazendo minha cabeça girar.

Eu queria que ele soubesse que merecia alguém muito melhor. Eu queria que ele soubesse que se eu fosse outra pessoa, eu seria dele e o amaria do jeito certo.

Deslizei as mãos pelo seu peito, traçando as saliências de suas clavículas, desci pelos peitorais e distribuí beijos pelas costas. Estendi a mão para o armário ao lado da porta e peguei um lenço xadrez, erguendo até os seus olhos.

Ele se afastou, tentando se virar, mas eu o impedi.

— Por que usar isto? — ele exigiu saber.

Cada contusão em meu corpo latejava, e levei um tempinho para responder:

— Regras — foi tudo o que eu disse.

Ele não entendeu, mas também não discutiu. Amarrei o lenço em volta de seus olhos para que ele pudesse me encarar, no entanto, sem enxergar tudo.

Sua respiração acelerou ao ser privado da visão, e eu fiz com que se virasse de frente para mim, contemplando seu belo rosto.

— Você consegue ver alguma coisa? — inquiri.

— Não.

Na ponta dos pés, pressionei meu corpo ao dele, guiando seus braços ao meu redor enquanto eu enlaçava seu pescoço.

— E agora?

O canto de seus lábios se curvou em um sorriso, as mãos imediatamente vagando e se apoderando de mim. Ele passou os dedos pelas minhas costas, e a pressão aumentou à medida que ele ia conhecendo o terreno; então ele deslizou sua mão pela minha barriga e subiu, até segurar meus seios em suas palmas, abaixando-se para me beijar.

Suspirei, gemendo diante do calor súbito e da onda de adrenalina que percorreu cada centímetro do meu corpo. Ele me ergueu e eu não senti

NIGHTFALL

mais o chão sob os pés, e sua boca devorou a minha, a língua escorregando por entre meus lábios, e tudo o que eu era capaz de fazer era gemer.

Um som perfurou o ar, mas eu mal notei quando envolvi minhas pernas ao redor de sua cintura, perdida na sensação de seu corpo.

Seus lábios se arrastavam pelo meu pescoço, chupando com vontade, e eu apertei meus braços em torno dele, tentando me aproximar cada vez mais enquanto sentia meus olhos revirando de prazer.

— Will...

Ele espalmou minha bunda, apertou e minha boca reencontrou a sua, quase faminta demais para registrar o som distante quando ele se repetiu. Ele mordeu meus lábios e tirou meus óculos, colocando-o sobre a mesa ao lado da porta.

O som – um zumbido – se infiltrou em meus ouvidos, até que eu, finalmente, abri os olhos.

Meu telefone. Afastei-me de sua boca, virando a cabeça e olhando para a cozinha por cima do ombro, ouvindo o toque de celular que designei especialmente para Martin.

Merda.

Tentei empurrar o Will para trás.

— Tenho que atender.

— Não...

Ele me puxou com mais força, beijando-me suavemente enquanto esfregava o polegar em torno do meu mamilo, uma e outra vez.

— Por favor — gemi, sem querer deixá-lo. — É o meu irmão.

— E eu sou seu homem agora. — Ele arrancou a venda, e olhou bem dentro dos meus olhos. — E estou te pedindo por esta noite.

Ele começou a me carregar pelas escadas até o meu quarto, mas o telefone tocou novamente. Agora já somava três vezes que ele havia ligado.

Consegui me desvencilhar de Will e corri descendo as escadas.

— Se eu não atender, ele pode acabar voltando para me ver... E te encontrar aqui.

Ele agarrou meu braço, me puxando de volta.

— E daí? Que me encontre. — Ele me olhou de relance. — Não ligo a mínima. Ele não vai me manter longe de você, então quanto mais cedo ele souber o resultado, melhor...

Meu corpo nu – exceto meu traseiro – parecia gritar, e mesmo que estivesse escuro, e ele não fosse capaz de enxergar muito bem, ainda assim, ele poderia notar os hematomas. Eu tinha que me cobrir.

— Me solta… — resmunguei, ansiosa, entredentes.

Mas ele não o fez. Puxando-me para perto, ele me levantou outra vez em seus braços e me encarou com ferocidade.

— Olhe para mim — disse ele.

E foi o que fiz. A suavidade de sua voz me fez esquecer de meu irmão e do meu corpo por um momento.

— Eu… — Ele se afastou um pouco, lutando para encontrar as palavras. — Eu… gosto de você.

Parecia muito com um 'eu te amo', e aquilo fez meu queixo tremer.

— Eu sempre gostei de você — revelou. — Se você falar com ele, o feitiço vai se quebrar e a noite terminará, porque você não é a mesma sob a luz do dia. Amanhã você encontrará todos os tipos de motivos, novamente, do porquê eu não poderia ter você. Fique comigo hoje à noite. Não fale com ele. Não deixe nada se intrometer entre nós hoje à noite.

Os soluços se avolumaram dentro do meu peito, e eu agarrei seus ombros, querendo apenas envolver meus braços em torno dele porque ele, provavelmente, estava certo.

— Ou você pode ir ao baile comigo — disse ele, dando-me uma escolha. — Amanhã à noite.

O Baile de Boas-vindas?

O telefone tocou novamente, mas nós ficamos nos encarando, meu corpo atrelado ao dele. Eu não podia ir ao baile. Eu não tinha um vestido. Eu não dançava. E não queria estar perto da turma dele.

Martin nunca permitiria isso.

As pessoas simplesmente ririam de mim.

Eu o empurrei e consegui apoiar meus pés no chão, me abaixando para pegar o cardigã enquanto o telefone tocava uma vez atrás da outra. Olhei novamente para ele, cobrindo-me com o casaco.

— Não — respondi. — Você pode ir agora. Desculpe-me por tê-lo impedido…

Ele avançou sobre mim, mas eu me virei e corri, me cobrindo rapidamente ao voltar correndo para pegar o celular na cozinha.

— Alô? — atendi.

— O que diabos você estava fazendo? — Martin resmungou. — Eu liguei quatro vezes.

Quase me virei para ver se Will estava atrás de mim, mas meu coração estava batendo tão rápido que tive medo de que Martin ouvisse o tremor em minha voz.

NIGHTFALL

219

— D-desculpe. E-eu... — gaguejei. — Acabei pegando no sono... e o telefone ficou aqui embaixo.

— Claro que adormeceu. — Seu tom foi ríspido. — Teremos ventania esta noite. Certifique-se de que as janelas estão fechadas, os latões de lixos fechados e o...

Mas minha mente devaneou à medida que ele ladrava suas ordens no meu ouvido. As mesmas ordens que eu ouvia repetidamente, toda vez.

Umedeci os lábios, ainda saboreando o gosto de Will e sentindo o vazio crescer e crescer dentro de mim quando ouvi o som da porta se fechando.

Eu queria chorar.

Martin acabou desligando e eu voltei para o vestíbulo, vendo que Will tinha desaparecido. Fiquei ali por um minuto, cansada do sentimento de culpa e ódio por mim mesma. Eu tinha feito isso novamente. Eu era uma covarde amargurada e submissa e, com sorte, ele seguiria em frente e encontraria alguém como ele. Feliz e animado... e divertido.

Ao menos eu não estaria no baile para vê-lo desfrutar dessa outra pessoa.

Subi as escadas e fui dar mais uma olhada na minha avó, e só então voltei ao meu quarto e fechei a porta, colocando o celular para carregar.

Fui até a janela, vendo a vela tremular, e me debati se deveria deixá-la ainda ali.

Mas eu não acreditava em nada.

Muito menos em Reverie Cross.

Apaguei a vela e o quarto escureceu.

Exceto pelos dois faróis que brilharam ao longe, do lado de fora da minha janela. Endireitei a postura e observei um carro preto com pintura fosca arrancar, de repente, do meio-fio, cantando os pneus ao disparar pela rua.

Por mais que eu tenha me esforçado, não consegui ver direito já que meus óculos ficaram lá embaixo, no mesmo lugar onde Will os deixou. Eu só sabia de uma coisa: não era uma caminhonete.

Não era o Will.

E então vislumbrei um brilho dourado do lado de fora. Ele tremia e sacudia com a brisa leve, os elos de bronze presos a um galho fino.

Eu me aproximei um pouco mais da janela.

Que diabos era aquilo?

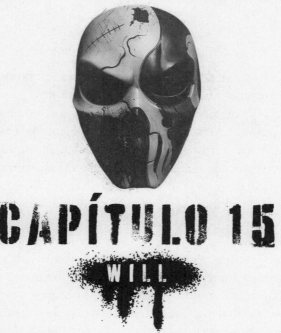

CAPÍTULO 15
WILL

Dias atuais...

ESTREMECI ENQUANTO AYDIN ME ARRANHAVA COM A TESOURA, AS PEQUENAS lâminas cortando por entre o fio.

Sentado na cozinha, peguei o cigarro pendendo dos meus lábios e dei uma tragada, soprando a fumaça à medida que ele tirava os pontos do ferimento na parte superior do meu braço. Era apenas um corte pequeno, resultado da minha queda na floresta na semana passada, antes da chegada de Emmy.

Eu fiquei olhando para ela enquanto ele trabalhava.

Ela era astuta. Isso eu tinha que admitir. Passar anos sendo espancada da forma que foi, acabou lhe ensinando excelentes técnicas em ser furtiva.

Emmy se movia pela cozinha, usando a mesma calça preta de antes, só que com uma camiseta branca de Rory enquanto ela fritava carne e adicionava pimentas, cebolas e queijo.

Ela me relanceava um olhar de vez em quando, e eu mantinha o meu olhar fixo nela.

Um pedaço de pão aqui, uma rodela de queijo ali. Mais uma fatia de queijo ao redor, assim como algo alaranjado, e depois outro pão.

Tentei disfarçar o sorriso, admirando a forma como ela desviava um pouco de comida com o movimento de uma mão, enquanto a outra se levantava para pegar um prato ou tirar um garfo de uma gaveta.

Aydin não tinha notado, porque mandou que Taylor a vigiasse, e Taylor era um idiota. Ele ficou no canto, debaixo do relógio que não funcionava mais, arrancando o rótulo de sua garrafa d'água e apenas olhando para ela de vez em quando.

Mas seus olhares se demoraram, descendo pelo corpo dela enquanto ela agarrava algum utensílio ou se inclinava para puxar uma panela do armário.

Aydin era a única coisa que o mantinha na coleira. Se Aydin não estivesse aqui, eu sabia exatamente o que Taylor tentaria fazer com ela.

— Você já pediu outra coisa que não fosse uísque e cigarros? — perguntei, calmamente, soprando outra baforada antes de enfiar o cigarro de volta entre os lábios.

Ele inspirou uma última vez e depois tomou um longo gole de seu café.

— Sim.

— Como o quê?

Ele não respondeu, e eu o encarei, vendo um sorriso curvando seus lábios. De alguma forma, ele conseguiu arranjar um contato – alguém que contrabandeava uma série de coisas todos os meses, e por mais que ele fosse um lutador brutal e esforçado, o álcool e o tabaco eram o único outro meio que ele tinha para nos controlar.

Ou a eles, pelo menos. Micah e Rory poderiam estar ao meu lado, mas não iríamos longe se eu não tivesse Taylor ou Aydin. Eu ainda precisava de um deles comigo antes de poder partir.

Isto não deveria ter demorado tanto tempo. Eu só não esperava que ele fosse tão difícil de manipular. Eu não fazia ideia de onde ele guardava seu contrabando, e depois de mais de um ano, ainda não havia encontrado o esconderijo.

Taylor parou atrás de Emmy, no fogão, segurando e cheirando uma mecha de seu cabelo. Cerrei a mandíbula, vendo-a afastar a cabeça.

— Então, você conseguiu? — insisti. — A outra coisa que você pediu?

Ele terminou de cortar os pontos e pegou a pinça, puxando o fio para fora da minha pele.

— Sim.

— Então você pode dar um jeito de mandá-la embora — comentei. — Eu quero que ela desapareça.

— Você a quer a salvo. Ela *está* a salvo.

Lancei um olhar afiado a ele. Ela não estava, e mesmo que estivesse, sua presença aqui atrapalhava meus planos e acelerava minha linha do tempo. Eu não precisava da distração.

— Ela acha que eu dei um jeito de trazê-la aqui — eu disse.

— E seu orgulho está ferido.

Sim. Neste momento, ela pensava que eu ainda estava obcecado e miserável, revivendo cada momento que passamos juntos.

Eu não queria que ela soubesse que isso era verdade. Nunca.

A esta altura, eu já deveria ser alguém. Eu deveria ter feito com que ela se arrependesse de não me querer, e isto era humilhante. Ela não deveria estar aqui.

— Eu vou resolver isso — ele afirmou.

Olhei para ele atentamente.

— Quando terminamos com ela — esclareceu.

A chuva açoitava a janela da cozinha acima da pia, e o sol estava se pondo quando Rory e Micah entraram, bem-vestidos. Micah correu até ela e cheirou a comida.

Ela não sorriu de volta para ele, mas também não se afastou.

— Alguma vez ela mencionou que tipo de bebida ela gosta? — perguntou Aydin. — Vodca, rum...? Pode ajudá-la a se soltar. Estava pensando em compartilhar um pouco hoje à noite...

Eu o encarei, enrijecendo a postura diante da ameaça implícita em seu tom. *Embebedá-la*. Embebedar a todos.

Não.

Ele arrancou o último ponto, e eu sibilei de dor, atraindo a atenção de todos para nós.

Aydin inclinou-se no meu ouvido e sussurrou:

— Você acha que não sei que está planejando algo?

Sua respiração soprava sobre o meu pescoço, e o medo se alastrou por mim. Eu detestava tê-lo tão perto.

— Você passou um ano sussurrando nos ouvidos deles, tentando colocá-los contra mim — disse, entredentes —, mas você nunca conseguirá fazer o que é necessário para tomar o poder, aqui ou em qualquer lugar da vida, William Grayson. — Ele soltou a pinça, encontrando meu olhar. — Você não tem ideia do que é preciso para ser alguém como eu.

Ele se moveu e eu flagrei o olhar de Emmy, que nos observava depois de uma pausa ao fogão.

Eu me lembrei de sentimentos semelhantes que tive por ela, anos atrás, e até mesmo da sensação que sempre tive ao redor dos meus amigos.

Nada havia mudado para mim aqui.

Ainda não.

NIGHTFALL

O trovão estalou do lado de fora, a chuva golpeando as janelas, e eu olhei para a Emmy enquanto todos se sentavam à mesa da sala de jantar e devoravam seus sanduíches. Sua presença tornou tudo mais difícil.

Eu ia matar o Michael quando chegasse em casa. Ia encharcar aquela porra de terno chique que ele usava com seu próprio sangue por tê-la enviado para cá.

— Como você sabia que sou arquiteta? — Emmy perguntou, de repente.

Meu olhar se focou em Aydin.

Ele olhou para ela, parecendo confuso.

— O presente... — ela o lembrou.

Que presente?

— Eu... não — ele respondeu. — Não há muito o que fazer aqui. Achei que você ia gostar de desenhar.

Ele lhe deu material de desenho? Onde ele arranjou isso?

Ele se mantinha imponente ali sentado em seu caro terno e camisa pretos, com todos nós arrumados e com a barba feita, por insistência de Aydin.

Eu tinha que admitir que roupas bonitas me faziam sentir humano novamente, mas não gostei desse prelúdio para o que quer que ele estivesse planejando. Micah, Rory e Taylor apreciaram o uísque servido à mesa, comendo seus sanduíches e ingerindo uma dose atrás da outra.

Emmy preparou uma sopa que fez como entrada, e tomava algumas colheradas, enquanto eu tentava resistir tanto ao sanduíche quanto à bebida.

Encarei a garrafa de uísque, sentindo a boca salivar. Eu queria a ardência do álcool descendo pela garganta. Estava limpo de drogas há quase dois anos, mas só estava sóbrio há um, e ainda era difícil.

Eu tinha certeza de que Aydin sabia disso, e corromper-me fazia parte de seu plano.

Empurrei o copo que ele havia oferecido em direção a Micah.

— Em que tipo de projetos você é especialista? — Aydin lhe perguntou. — Casas? Arranha-céus...

— Restauração — ela murmurou. — Igrejas, hotéis, prédios da cidade... — Então ela olhou para mim. — Gazebos.

Dei um sorriso cínico, deixando-a perceber que eu sabia que ela tinha conhecimento sobre o que fiz com o dela.

Ela podia não ter merecido, mas...

Certo, sim, ela meio que mereceu depois de ter despedaçado o meu coração. Eu também quis destruir algo dela.

Foda-se. Eu estava bêbado e pau da vida naquela noite.

— Bem, você veio ao lugar certo — Aydin disse a ela.

Ela deu um meio-sorriso, olhando ao redor da sala.

— Acha que eles se importariam se desse uma arejada ao lugar?

— Você já está fazendo isso.

Ela riu, e eu podia jurar que vi seu rosto corar.

Ela continuou tomando a sopa, e eu balancei a cabeça, estudando-a.

Ela ficou corada. Por quê?

— Então Will já lhe contou sobre a Noite do Diabo? — ela perguntou. — Nós a celebramos em Thunder Bay. Está chegando perto da data, na verdade...

Então olhou para mim, recostou-se à cadeira e puxou a gola da camiseta, como se estivesse com calor.

Fiquei tenso na mesma hora. Algo estava errado com ela neste momento.

— Na verdade, ouvi dizer que um de seus melhores amigos vai se casar nesta data — ela disse para ele, mas realmente o recado era para mim.

Michael e Rika? Eu não estava sabendo, mas ela não precisava se inteirar disso. Logo, disfarcei a surpresa.

— Ele não fala muito de casa — Aydin respondeu.

Porque quando as pessoas sabem o que você ama, elas conhecem sua fraqueza, e eu não confiava em Aydin. Eu estava aqui para ganhar aliados. Não trazer mais inimigos para minha família.

Emmy continuou:

— É uma espécie de festival anual, mas resume-se basicamente às crianças ricas da cidade se deliciando com seus gloriosos privilégios.

Ele riu.

— Sim, eu conheço o tipo. Demasiado estúpidos para elevar os obstáculos, por nunca terem sido desafiados.

Seus olhos brilhavam, sua pele estava um pouco suada. O que estava acontecendo?

NIGHTFALL

225

— Acontece na noite anterior ao Halloween — ela disse, explicando seu vasto conhecimento sobre algo que mal conhecia. — E é comum dar um trote como parte do ritual.

— Você já se juntou a estas festividades? — perguntou ele.

— Uma vez. — Ela encontrou meu olhar.

Uma vez? Quando?

— Ele nunca te contou, Will? — ela me perguntou.

Entrecerrei meus olhos. Quem? E nunca me disse o quê? Ela tinha saído na Noite do Diabo? Com quem e quando?

Mas fiquei ali sentado, agindo como se soubesse exatamente o que ela queria dizer, porque não seria eu a perguntar.

Ela apoiou os antebraços sobre a mesa, inclinando-se para perto.

— Você já encontrou o que eu enterrei sob o gazebo quando você ateou fogo a ele? — ela perguntou. — Ou ainda está lá embaixo dos escombros?

Cerrei os punhos.

— Todas as merdas que você não sabe — caçoou. — Tão ingênuo. Chega a ser quase reconfortante ver que você não mudou.

Eu me levantei da cadeira de supetão, meu limite testado ao máximo e além da conta. Arrastei o braço sobre a mesa e empurrei meu prato e tudo o que estava em cima no chão.

— Você não tem direito de andar por esta casa, abrindo o bico sobre as coisas como se tivesse passado pela metade das coisas que eu passei! — esbravejei.

Ela me encarou fixamente, os olhos me fuzilando.

— Essa é sua vida, e não é minha culpa — disse ela, com a voz baixa e áspera. — Drogas e álcool e mais drogas e álcool, misturado com quantas mulheres ao longo dos anos? — Então olhou ao redor da mesa, parando primeiro no Micah. — Conheço a sua história. — Relanceou um olhar para Taylor. — E só posso deduzir que você tenha toda sorte de vício sórdido, a julgar pelos olhares lascivos e perturbadores. O que aconteceu? Acidentalmente quase matou uma garota quando manteve o saco plástico na cabeça dela por muito tempo durante o sexo? — Ela balançou a cabeça e olhou para todos. — Vocês não são monstros. Vocês são uma piada…

Ninguém se mexeu, suas palavras pairaram no ar, porque todos estavam esperando qual seria a reação de Aydin. Ninguém falava assim com ele.

Mas Emory sempre foi desse jeito. Rápida em julgar, porque era muito melhor afastar todo mundo. Se ela não nos entendia, não precisava doar nenhuma parte de si mesma.

Ela estava bêbada neste momento?

E então me dei conta. Pele corada, suor... Peguei sua tigela de sopa sobre a mesa e cheirei o conteúdo.

O cheiro do uísque era tênue, mas estava lá. Ousei olhar para Aydin, e vi seu divertimento estampado em seu rosto. Ele batizou o jantar dela.

Filho da puta.

Mas antes que eu pudesse fazer qualquer coisa, Rory falou:

— Eu matei uma garota.

Olhamos para ele ali sentado, calmo e relaxado.

— Três, na verdade. — Ele tomou um gole de seu uísque e colocou o copo de volta na mesa. — E quatro homens, também. Eu os droguei e os levei para o lago. — Ele parou, baixando a cabeça. — No escuro. À noite. Deserto. Sozinho.

Emory olhou para ele, imóvel enquanto ouvia cada palavra.

— No começo, eu os machuquei — Rory continuou, a lembrança brincando em sua cabeça. — Queimei, afoguei, cortei... só para ver se isso me tornaria compreensivo o suficiente para não matá-los. Para ver se eu poderia me impedir de cruzar essa linha.

A testa de Emmy franziu, e sua respiração acelerou.

Eu tinha ouvido partes de sua história aqui e ali, mas nunca de seus lábios. Eu tinha mantido distância quando cheguei, avaliando, mas depois de um tempo eu tinha percebido que nem tudo era como parecia.

— A partir do terceiro — ele continuou —, comecei a amarrá-los e jogá-los para fora do barco.

Sua voz era quase um sussurro agora.

— Alguém me viu uma noite — revelou. — Felizmente, era o xerife caipira e pau-mandado dos meus pais.

Ele tomou outra dose, esvaziando o copo e levantando-se da cadeira.

Emmy inclinou a cabeça para trás, sem desviar o olhar dele.

— E acredite em mim, eles mereciam exatamente o que receberam — disse ele. — Fiquei maravilhado por ninguém ter me apanhado até que eu acabasse com todos os sete.

Ele abotoou o terno e inspirou fundo, exalando em seguida.

— Obrigado pelo jantar — agradeceu e deixou a mesa.

Ele saiu da sala, e Micah ficou sentado por um tempo até se levantar e segui-lo. Em baixou o olhar, provavelmente se sentindo uma idiota.

Será que ela aprenderia alguma vez?

NIGHTFALL

— Eu quero que ela vá embora — eu disse novamente a Aydin.

Ele me deu um olhar.

— Não posso te ajudar.

Voltando-se para ela, ele continuou:

— Você está certa. Não somos monstros. — Ele rodeou a mesa e pegou a garrafa para se servir de outra dose. — O mal não existe. Isso é apenas uma desculpa para as pessoas que querem respostas rápidas para perguntas complicadas com as quais são preguiçosas demais para lidar. Há sempre uma razão para as coisas serem como são...

— Eu a quero fora daqui! — rosnei.

Ele me ignorou, tomando o uísque e com o olhar fixo ao meu.

Sacudi a cabeça, voltando-me para Em.

— Você sabe por que ele gosta disto aqui? Porque se não fosse por este lugar, ele estaria sozinho...

Seja lá que porra de amizade era essa que estava se formando entre eles, não era de verdade para ele. Aydin Khadir não queria ir embora, e agora que ele tinha uma mulher em casa, não havia razão para isso. Este era seu domínio, e eu podia sentir a tempestade do caralho que se aproximava.

— Você não aguentou a vergonha, não é? — eu disse a ele. — Pessoas descobrindo as coisas que você gostava. As safadezas e diversas maneiras que você gosta de foder. Tudo era um segredo em sua rígida família, e isso estava bem, até... até que você se cansou de esconder.

Ele não disse nada, sua expressão era ilegível.

— Eu conheço alguém assim — comentei. — Ele não podia lutar pela vida que queria até ser forçado a lutar sozinho. Ele se agarrou a seus amigos e a sua irmã com tanta força que quase nos matou, porque naquele momento, não suportava nos ver indo embora, e teria preferido nos ver mortos.

O olhar de Aydin vacilou, e eu sabia que algo estava, finalmente, se partindo ali dentro. Se ele não tivesse cuidado, iria morrer aqui. Sozinho.

— Você já o perdoou? — ele perguntou, a voz suave pela primeira vez.

— Família sempre perdoa.

Ele pestanejou, algo se agitando em sua mente.

— Mas ele teve que se submeter...

O canto da minha boca se curvou.

— É o que a família faz.

Damon aprendeu. Ele tinha fodido tudo, mas aprendeu a lição.

Ele havia machucado tanta gente que chegou a perder tudo, mas só então percebeu que seu orgulho era menos importante do que aquilo que amava.

Senti os olhos de Em fixos em mim, e olhei para ela, quase abalado com a forma com que ela me encarava, sem piscar. Como se uma pequena migalha da parede dentro dela tivesse, de repente, desaparecido.

O silêncio encheu a sala. Taylor estava ao meu lado, bebendo em silêncio, enquanto Aydin e Em apenas permaneciam ali.

Eu queria brigar. Com ele, com Taylor... algo para extravasar a ira que subia pelo meu corpo.

Um raio rasgou o céu, piscando através das janelas e sendo seguido por um trovão. Então, as luzes ao nosso redor se apagaram, a sala ficou imersa na escuridão, exceto pelo único castiçal aceso sobre a mesa.

— Merda — Taylor resmungou. — De novo, não.

Aydin se levantou, e gesticulou com o queixo para que Taylor o seguisse. Provavelmente, para verificar a caixa de fusíveis ou o gerador.

Mas eu ainda olhava para ela, voltando a me sentar e me recostar à cadeira.

— Você não era tão boa assim — eu disse. — Você foi um incômodo enorme que tive que aturar por muito tempo.

Ela manteve o olhar conectado ao meu.

— Eu sei.

— Havia garotas que eram mais simpáticas...

Ela acenou com a cabeça, o tom mais suave.

— Eu sei.

Estalei os polegares.

— Amigos que eram mais gentis.

— Sim.

— Eu não te liguei — salientei. — Não entrei em contato de forma alguma nestes últimos nove anos.

Ela abriu a boca para dizer algo, mas depois desistiu e suspirou.

— Não estou nem aí para o que você passou — eu disse.

Mais uma vez, ela acenou com a cabeça.

— Havia pessoas que me amavam, e eu perdi tempo com alguém que não me amava.

Meu coração martelou enquanto meu olhar percorria a pele bronzeada de seu pescoço. A pele maravilhosa que brilhava com uma leve camada de suor.

— Eu entendo — disse ela.

Vadia do caralho. Meu pau se tornou cada vez mais duro à medida que minha raiva aumentava.

NIGHTFALL

229

— Você teve anos para tentar se comunicar, mas não o fez — murmurei. — Acredite, eu levei um tempo para me conscientizar de que você não dava a mínima para mim, e agora, nem eu...

Eu vi que ela engolia em seco.

— Eu segui em frente. — A vela tremulava, uma corrente de ar nos atingiu de algum lugar da casa. — Eu beijei outras pessoas, toquei seus rostos como toquei o seu, e passei um tempo com elas como nunca fiz com você.

Você não me interessa mais.

Sua mandíbula flexionou, e eu olhei para sua linda garganta delgada, meus dedos formigaram com a vontade de prendê-la a esta mesa e devorá-la até ela gritar.

— Inúmeras noites ao longo dos anos — prossegui, já sem saber se estava dizendo tudo aquilo para ela ou para mim mesmo. — Anos sem nem ao menos pensar em você. Quase uma vida inteira de lembranças e histórias que não incluem você. Você não era nada.

Ela me olhava fixamente, sem responder.

— Ela cuidou de mim. — Minha voz suavizou para um sussurro e eu não me importei que ela não soubesse de quem eu estava falando. — Ela me ouviu, me fez sorrir.

Nenhum movimento.

— Ficou do meu lado — resmunguei por entre os dentes. — Ela se encaixa com meus amigos. Ela é inteligente, esperta, habilidosa, e mesmo com as merdas que aconteceram na vida dela, ela soube como amar as pessoas, ao contrário de você.

Seus olhos flamejavam com um fogo que se acendia atrás deles.

— Ela é gostosa no chuveiro — zombei —, na praia, contra a parede, no capô do carro na chuva, e no meu banco de trás...

Ela rosnou e se levantou de uma vez da cadeira, batendo a mão no castiçal que extinguiu a chama assim que caiu no chão. Não consegui reprimir meu sorriso estúpido.

Rodeando a mesa, ela disparou para a porta, mas eu a agarrei e a imprensei contra a parede.

Mas antes que eu pudesse continuar a esfregar minhas proezas em sua cara, ou enrolar minha mão em torno de seu belo pescoço, ela me empurrou com força para trás.

Eu tropecei e desabei na cadeira, e então ela estava em cima de mim – olhando para baixo e apertando meu pescoço em seu punho.

Arfei, meu pau duro pra caralho agora.

Ela respirava com dificuldade, e parecia que queria me rasgar todinho com os dentes.

Puta merda.

Não consegui conter o gemido.

Porra, monte no meu colo. Por favor.

Ela brilhava, e eu avaliei seu olhar, esperando que ela perdesse o controle. Para mostrar que ela cresceu, não tinha medo e estava disposta a admitir que gostava e poderia gostar muito se eu a curvasse sobre esta mesa agora mesmo, e a fodesse com vontade, com meu punho agarrado em seu cabelo.

Ela não fez nada disso. Rosnando novamente, ela se virou e saiu da sala correndo. Eu disparei e abri as portas da sala de jantar, vendo-a fugir de mim. Atravessando o corredor, eu avancei em sua direção.

Ela olhou para trás e me viu, e tentou acelerar os passos, mas eu a agarrei.

Eu a segurei em meus braços, ouvindo seu grito abafado quando pressionei suas costas ao meu peito. Forcei seu corpo contra o batente da porta da sala de estar, e agarrei sua mandíbula com uma mão.

Ela tentou fugir do meu agarre, mas eu estava pouco me fodendo se ela me arranhasse ou me mordesse. Eu levaria isto até o fim.

Eu tinha perguntas. Como… por que ela não me disse o que estava acontecendo em casa? Ou por que ela não pôde confiar em mim?

Eu era paciente. Eu teria entendido.

Eu não a teria desapontado.

Mas ela não só não confiava em mim, ela atacava, e eu não me importava mais com o porquê. Todos nós passamos por merdas.

Eu me inclinei no ouvido dela, pronto para terminar tudo o que eu dizia à mesa e fazê-la ouvir mais coisas que a magoariam, porque era o mínimo que ela me devia, mas…

Um estrondo e um gemido se infiltraram em meus ouvidos, um baque contra a parede, e quando ousei olhar através da fresta da porta da sala de visitas, avistei Micah imprensado contra as estantes enquanto Rory o comia por trás, no escuro.

— Ah, porra… — Rory arfou, segurando o cabelo à nuca de Micah e mordendo seu pescoço.

Em suspirou e cedeu, recostando o corpo ao meu. Nossos rostos estavam colados, ambos observando a cena adiante.

Diabos, se eles quisessem privacidade, estariam em seu quarto.

NIGHTFALL

231

Os dois estavam sem camisa, as calças abaixadas, e Micah se agarrava às prateleiras à frente dele, o cabelo preto cobrindo os olhos, enquanto Rory segurava a curva de seu quadril com uma mão, e seu ombro com a outra, arremetendo contra ele com vontade.

Emory estava congelada, tensa, mas havia se esquecido por completo de resistir.

As costas de Micah brilhavam com o suor, o cabelo de Rory, normalmente bem penteado, estava desgrenhado e sobre a testa. O cenho franzido em uma mistura de paixão, dor e necessidade incontroláveis à medida que sua boca deslizava sobre a pele do parceiro, mordendo e respirando enquanto ele o montava cada vez mais rápido.

Exalei, serpenteando meu braço ao redor dela com mais força, admirando a expressão do rosto de Micah.

Olhando para eles, você deduziria que era Micah quem estava no controle. Ele era maior, mais alto, mais musculoso, e tinha toda aquela vibração sombria e perigosa.

Mas ele não estava. Rory era o dominante, e Micah amava cada segundo porque tudo o que ele queria era amor.

Eu era assim. Emmy era como Rory.

Perfeita para mim.

Quando ela se permitia ser.

Vimos Rory se inclinar e tirar o pau de Micah das calças, já longo e ereto, e afagá-lo à medida que se metia cada vez mais rápido e com mais força. Ele inclinou a cabeça para trás, grunhiu, e Micah sacudiu as prateleiras, enviando um monte de livros para o chão quando Rory gozou, bombeando seu pau e gemendo ao mesmo tempo.

Ele mal esperou um segundo para recuperar o fôlego antes de empurrar Micah para o sofá, baixar mais ainda sua calça e se ajoelhar para tomar seu garoto de cabelo escuro na boca, retribuindo o favor.

Os abdominais e os braços de Micah flexionaram enquanto ele se inclinava em seu assento e acariciava a cabeça de Rory, pressionando-o cada vez mais para baixo para foder sua boca.

— Você já fez isso com um homem? — perguntei a Emory.

Ela tentou se afastar, como se estivesse despertando e se dando conta da minha presença.

— Eu nunca fiz isso com você — ela retorquiu.

Fiz com que ela se virasse de frente para mim e enfiei a mão dentro da sua calça, mergulhando os dedos em sua boceta quente e molhada, como eu sabia que encontraria.

Ela gemeu, e eu me deliciei com a sensação de tê-la em meus braços; sem dó, mordisquei seu lábio inferior entre os dentes, com um tesão do caralho ao perceber o quanto havia sentido falta disso.

Todos os meus amigos adoravam o controle. Adoravam segurar suas mulheres e fazê-las implorar por eles, como se Rika, Banks e Winter fossem seus brinquedos.

Eu não.

Ela me dominava e eu não queria que fosse de outra forma. Na sala de aula, na biblioteca, no cinema, na minha caminhonete... Vê-la se aproveitar de mim era melhor do que sexo de verdade.

Eu podia ser um menino mau, e precisava ser disciplinado.

Ela rosnou, tentando me afastar, mas eu levantei a mão e esfreguei meus dedos brilhantes em seu rosto.

E então devorei sua boca, beijando, mordiscando, chupando e puxando a doce carne, ouvindo um gemido escapar antes que ela tentasse me empurrar novamente.

— Eu sei que você sabe como levar uma surra — sussurrei sobre seus lábios —, mas este não é o tipo ao qual você está acostumada.

Ao passar pelas portas da sala de estar, empurrei-a contra o outro sofá, ignorando Micah e Rory ainda se pegando a alguns metros de distância. Caí em cima dela, rasgando sua camisa antes de agarrar seu sutiã entre os seios e rasgar o tecido, liberando a pele bronzeada para mim.

Ela se debateu, tentou afastar as minhas mãos, mas eu sorri quando ela abriu as pernas.

— Me bata — sussurrei sobre seus lábios, antes de mergulhar para beijá-la. — Me bata por todos os rabos de saia que eu fodi depois de você. Por todas as noites em que me esqueci de você, trepando no reino de tetas e bundas dez vezes mais gostosas que a suas...

— Dez? — debochou. — É mesmo? Ah, qual é... Você pode se dar ao luxo de comer alguém mais gostosa do que isso! Talvez vinte vezes mais! Ainda tem os números de seus telefones?

Eu ri amargamente, subindo e baixando sua calça, mas ela não estava usando calcinha – porque eu as tirei ontem. Eu me inclinei outra vez, moldando minha boca à dela e me impulsionei contra o seu calor. Deslizei as mãos por todo o seu corpo. Caralho, ela era tão gostosa.

NIGHTFALL

— Damon estava certo — ela caçoou. — Você é menor que ele.

Meu coração martelou contra o peito, fogo enchendo meus pulmões, e eu me levantei, arrastei sua bunda pela beirada do sofá e cobri sua boceta com a minha boca.

Ela gritou na mesma hora:

— Will... Ah!

Eu não era menor. E não precisava me lembrar de como ela sabia como ele era pelado.

Chupando e lambendo, beijando e mordendo, comi a vadia sem hesitação e sem piedade. Lambi suas dobras, mordiscando a pele e brincando com seu clitóris com a língua enquanto ela se contorcia abaixo de mim, tentando rastejar para longe.

Ela arquejou, uma camada fina de suor brilhando em sua barriga chapada, e seus mamilos intumesceram como pedras.

Então... gemidos encheram o ar, seu corpo inteiro tremeu, e suas coxas se abriram ainda mais enquanto ela levantava a cabeça e me via lamber sua boceta.

— Will... — gemeu, agarrando meu cabelo.

Eu me levantei e tirei o paletó do terno, e quando olhei por cima do ombro, flagrei o olhar e sorriso divertido de Micah. Rory ainda estava abocanhando seu pau, dando prazer a ele como eu fazia com Em.

Mergulhando de novo, diminuí um pouco a velocidade, beijando sua carne e lambendo-a antes de enfiar minha língua dentro dela, provando seu sabor tão quente e molhado.

Suas costas se arqueavam do sofá, a cabeça tombou para trás, tremendo e agarrada aos meus ombros.

Lambendo seu clitóris com vontade, eu o suguei em minha boca uma e outra vez, seus seios cheios balançando para frente e para trás enquanto ela buscava seu orgasmo, se esfregando contra a minha boca.

— Isso é bom, garota? — Micah perguntou.

Ela sacudiu a cabeça, ofegando e de olhos fechados.

— Sim.

— Certifique-se de colar a bunda dele aí depois, quando ele acabar — ele disse, suspirando. — Você cai de joelhos como Rory, daí eu posso ver os dois nos engolindo.

Senti a porra começar a vazar do meu pau pulsando com a necessidade.

— Sim — ela gemeu.

Apoiei minha mão em sua barriga, sentindo os espasmos e a respiração errática. Quando ela arfou, uma e outra vez, eu soube que seu clímax estava muito próximo.

Agonizando e fervendo por dentro, eu me levantei de supetão, sentindo o suor escorrer pela testa.

Eu queria lhe dar prazer. Não queria parar nunca.

E o velho *eu* não teria parado.

Levei um segundo para recuperar o fôlego enquanto olhava para ela. Ela piscou algumas vezes, abrindo os olhos quando percebeu que eu havia parado.

— O que... — ofegou.

Eu me abaixei e quase colei nossos narizes.

— Quando você estiver pronta para que eu termine isso — eu disse —, *você* vem até mim.

Boquiaberta, ela franziu o cenho.

— Minha cama fica no terceiro andar. — Eu me levantei e peguei meu paletó. — Venha e me implore.

Então saí dali, meu membro rígido como uma pedra tentando cavar um buraco na minha calça. A risada de Micah me acompanhou escada acima. Acompanhado, dois segundos depois, do som dos estilhaços de algum vaso que Emmy arremessou no chão da sala de visitas.

Essa foi a coisa mais difícil que já tive que fazer.

Tipo, mais difícil que a prisão, a desintoxicação e a sessão dupla de Doris Day no *drive-in*, que minha mãe me pediu para levá-la quando eu tinha 17 anos.

Tudo isso junto.

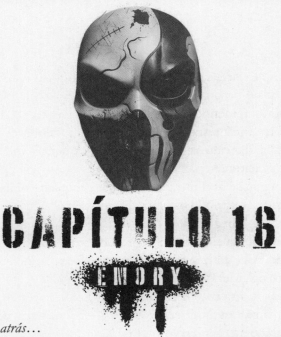

CAPÍTULO 16
EMORY

Nove anos atrás...

— Aí está. — O Sr. Kincaid me entregou um pacote de folhetos da faculdade, tudo preso com um elástico. — Quando você se inscrever, suas cartas de aceitação chegarão pelo correio na sua casa.

Ele deu uma piscadinha e eu retribuí com um sorriso forçado. Fui até sua mesa e peguei os folhetos.

— Obrigada.

Eu sabia que mais cedo ou mais tarde teria que lidar com isto.

Deixei seu escritório e caminhei pelo escritório principal, saindo para o corredor. Meu irmão esperava que eu fosse para a faculdade. Era uma das únicas coisas que concordamos e onde não senti resistência por parte dele, mas isso poderia mudar se ele soubesse quais eram as minhas escolhas. Eu não estava pronta para lidar com sua opinião sobre o assunto, então pedi ao reitor para solicitar os folhetos para mim, por enquanto. Eu ainda tinha um ano para aplicar e enfrentar as brigas.

Empurrei as portas, abrindo o folder de cima enquanto alguns poucos alunos desciam o corredor.

— Ooooh, Berkeley. — Alguém arrancou o papel da minha mão.

Virei a cabeça e deparei com Elle folheando o livreto.

— Ei — repreendi, tentando tomar de sua mão.

Ela se afastou, olhando para ele.

— Isso é longe pra caramba daqui — disse ela. — Mas acho que é isso que você quer, né?

Roubei o livreto de volta.

— Sim.

Berkeley ficava do outro lado do país, e eu podia pagar talvez dois anos com o dinheiro que meus pais haviam aplicado na poupança para mim.

Eu não estava planejando usar nada disso, no entanto.

Eu mal tinha dormido ontem à noite depois que Will foi embora, passando grande parte da noite repetindo suas palavras na minha cabeça. Uma parte minha tinha certeza de que deveria tê-lo deixado ir embora quando ele tentou da primeira vez, e a outra metade lamentava tê-lo deixado ir da segunda.

Mas me decidi a respeito de uma coisa que me preocupava. Se minha avó ainda estivesse viva quando eu tivesse que ir para a faculdade, minha poupança seria mais do que suficiente para pagar por um ano na melhor casa de repouso de Meridian.

Isso a tiraria da casa do meu irmão, e eu poderia estudar sem me preocupar.

Tudo o que eu tinha que fazer era ganhar uma bolsa de estudos – ou dez – para pagar pelo meu ensino superior.

Olhei para frente, ouvindo um grupo de alunos rindo.

Will estava recostado contra os armários, cercado por seus amigos, os braços em volta de Davinia Paley enquanto ele a levantava do chão e a encarava fixamente. Ela sorriu para ele.

Meu coração apertou na mesma hora, e minha boca ficou seca.

Vacilei por um momento, piscando e desviando rapidamente o olhar. Pelo jeito, ele encontrou sua companhia para o baile. *Que cretino.*

Elle parou ao meu lado, seguindo a direção do meu olhar. Ele segurou Davinia como se ela não pesasse nada, conversando com ela, todo divertido e feliz, e todos ao redor, com suas roupas, seus carros e amigos, pareciam a porra de uma propaganda da *Teen Vogue* em que eu nunca participaria.

Ele olhou para mim, e eu abaixei a cabeça, olhando para o outro lado. *Estava tudo bem.*

Continuei seguindo pelo corredor, sentindo seus olhos focados em mim enquanto eu passava, e Elle e eu viramos num canto e paramos na frente do meu armário.

— Te vejo na aula? — perguntou ela.

— Argh…

Ela deu uma risada, porque sabia que eu odiava aula de literatura. Tocando meu braço, ela continuou:

— Vejo você no almoço, então.

— Até logo.

NIGHTFALL

Guardei os folhetos no armário, para que ficassem escondidos na escola, por enquanto, e peguei o caderno, o livro *A Vinhas da Ira*, e o resto dos meus materiais para as aulas de hoje, enfiando tudo na mochila.

A bolsa ficou mais pesada, porém, à medida que Will e seus amigos riam, minha paciência e meu silêncio foram se acumulando. Eu não podia me sentar na sala de aula agora mesmo.

Quem me dera se eu pudesse. Só para provar que ele não me afetou. Que Davinia não me incomodou.

Ele deveria me ver firme e alheia a tudo isso.

Era um jogo que eu conhecia bem.

Mas acabei fechando a porta do armário com força, e atravessei o corredor, passando pela sala de literatura e voando em direção à sala de artes.

O primeiro período era sempre vazio, e o Sr. Gaines não entrava na sala até o último instante. O que significava que eu teria pelo menos uns quinze minutos de folga.

Larguei a mochila na mesa de desenho que eu sempre usava, tirei meus rolos de papel do estojo e deslizei sobre meu banco, espalhando tudo para pegar meu projeto.

A campainha tocou, os alunos correram pelos corredores porta afora, mas logo a agitação se acalmou, e tudo o que pude ouvir era o murmúrio dos professores começando suas aulas além das paredes escuras e silenciosas do meu pequeno esconderijo.

Usando minhas réguas, continuei a redesenhar o Campanário, a velha torre que se localizava perto do cemitério e que havia caído em ruínas quando St. Killian foi abandonada há tantos anos. Medi as cumeeiras, assim como tracei linhas para cada um dos pequenos dormitórios decorativos que eu estava acrescentando. Era uma tarefa, mas eu adoraria ver um dia se tornar realidade.

Apesar do meu ódio por esta cidade, eu adorava este lugar. Sua história. O encanto de seus segredos e tradições. Os mistérios que sobreviveram aos anos, além da arquitetura. Tantos recantos para se perder, não apenas com lugares como as catacumbas ou o labirinto do jardim de Torrance, que costumava ser aberto ao público uma vez por ano quando eu era criança, mas a forma como cada avenida e cada pedaço ao longo da encosta parecia ter uma história.

Um prédio no mundo era um prédio fora do mundo. Projetar algo em Thunder Bay não ficaria só por isso mesmo. Ele se tornaria parte de algo maior.

Trabalhei em meu projeto, já perto de terminar, mesmo que ainda tivéssemos semanas. Eu queria reerguer a torre do sino novamente, torná-la mais alta, para que se pudesse subir ali e apreciar muito mais da vista do oceano. Além disso, eu queria adicionar mais uns sinos. E talvez um farol. Uma luz cintilante na parte superior.

— Pendure uma lanterna no alto do arco do campanário — recitei meu esboço. — Uma, se por terra, e duas, pelo mar...

Mas não foi o poema O *passeio da Meia-noite*, de Paul Revere, que me veio à cabeça a seguir. Eu parei, pensando.

Ou talvez... como uma vela – embora elétrica – acesa para Reverie Cross no topo.

Revirei os olhos, sacudindo a cabeça para descartar a ideia, e soltei o lápis.
Idiota.

Olhei para baixo e peguei minha mochila pela alça. Comecei a vasculhar o fundo, até encontrar aquele estranho enfeite de bronze que alguém deixou amarrado à minha árvore ontem à noite.

Com o objeto em mãos, larguei a mochila e apoiei os cotovelos na mesa, inspecionando a peça.

Estudei o formato da chave enferrujada e desgastada, e procurei novamente por quaisquer sinais que pudessem me dar uma pista do que era, e então enfiei a corrente entre os dedos, dando uma olhada no chaveiro acoplado.

Era uma espécie de pote em miniatura. Ou um incensário, talvez?

Virei o item na minha mão, confusa. Por que alguém me daria isto e depois não me diria para que servia? Não pensei que tenha sido Will quem o tivesse deixado. Ele teria me dado isso quando me viu ontem à noite.

E aquele carro estacionado fora da minha casa...

A única outra coisa em que consegui pensar foi que isto era uma evidência e alguém a estava plantando em mim, mas isto era um chute.

Então reparei num detalhe. As fendas no chaveiro. No pequeno incensário.

Como orifícios... Isso era, realmente, um incensário... como os que eram usados nas igrejas.

A catedral da cidade tinha um, só que era imenso e balançava de um lado ao outro como o badalo de um sino.

Enrolei as plantas arquitetônicas, enfiei tudo no estojo e peguei a mochila, correndo para fora da sala de aula.

Entrei na catedral, meus olhos admirados cada vez que entrava neste lugar. Eu sempre gostei de vir aqui. Era pacífico, e eu não me sentia estranha por estar sozinha em um lugar público. Pelo menos, era isso o que se esperava.

Claro, eu adoraria se Thunder Bay tivesse um templo judaico, na rara ocasião em que Martin, minha avó e eu fomos, mas não tive essa sorte. Tínhamos que dirigir até Meridian para isso.

Mas para mim, estava tudo bem. Se eu precisasse me esconder por um tempo, Martin nunca me procuraria em uma igreja católica.

— Emory? — alguém disse às minhas costas.

Eu me virei e deparei com o Padre Behr. Todos o conheciam.

— Veio aqui para se confessar? — ele brincou. — Preciso batizá-la primeiro.

Eu ri, segurando a alça da mochila contra o peito.

— Ainda estou me esforçando para ser uma judia agnóstica, Padre. Não vamos complicar as coisas. — Eu sorri para ele. — Mas é bom te ver.

Ele se postou ao meu lado. Alguns devotos estavam ajoelhados nos bancos, enquanto outros apenas meditavam, as velas acesas em devoção cintilando ao lado.

As cenas da vida de Cristo revestiam as paredes ao nosso redor, e eu inclinei a cabeça para trás, admirando como as colunas pareciam se dividir em abóbadas com nervuras e contrafortes flutuantes, como um tronco de árvore que se espalha em galhos. Um mural fantástico enfeitava o teto.

— Você tem vindo aqui muitas vezes — ele comentou.

— É a arquitetura. — Mantive o olhar focado no teto. — E é silencioso.

Ele suspirou.

— Infelizmente, sim.

Ele parecia descontente com isso, e eu percebi que seria melhor para ele – e para a igreja – se estivesse mais ocupado.

Ele deu um tapinha no meu ombro.

— Fique à vontade — disse ele. — E leve o tempo que precisar.

— Obrigada.

Ele saiu, e eu peguei a chave novamente, estudando o tipo de fechadura que eu estava procurando. Girando o incensário em miniatura entre os dedos, olhei para cima e fiz uma averiguação da versão em tamanho original, provavelmente com metade da minha altura e o dobro da minha largura. Ele estava pendurado por uma corda presa na lateral, perto do banco de respaldar alto acima da capelania.

Então levantei a cabeça e vi a galeria acima. Havia uma porta lá em cima.

Apertei a chave na mão, olhando ao meu redor para ter certeza de que ninguém estava prestando atenção nos meus movimentos. Depois atravessei a nave até o corredor lateral, passando a sacada, e virei à esquerda na cúpula do crucifixo.

Subindo os degraus, contornei a escada em espiral e cheguei ao patamar da galeria, com vista para a nave da igreja.

À minha direita, uma porta de madeira arqueada se localizava entre baldes e lonas largados no chão; as obras de reforma pareciam ter sido abandonadas há muito tempo, e a galeria já não era mais usada para que a congregação pudesse se sentar, já que o Padre Behr mal conseguia arrastar os fiéis para preencherem os bancos abaixo.

Não havia ninguém e nada aqui em cima, exceto a luz que se infiltrava pelos vitrais, os feixes vermelhos e azuis cintilantes no velho tapete.

Abrindo a palma da mão, meu olhar alternou da chave para a fechadura da porta.

Minha frequência cardíaca aumentou um pouco, a preocupação e a excitação correndo soltas dentro de mim. Mas de uma forma que me deixou nauseada.

Cheguei até a porta e enfiei a chave, mas quando toquei a maçaneta e girei, ela se abriu sem que eu tivesse que destravar. Tirei a chave e a enfiei no casaco, abrindo a porta, e suspirando quando as dobradiças rangeram alto.

Merda. Dei uma olhada de relance ao redor, sem ver ninguém por perto. Finalmente, espreitei por dentro do cômodo, e avistei outra escada em espiral.

Isto deveria levar ao cume da igreja.

Com o celular em mãos, acionei a lanterna do aplicativo e subi os degraus de pedra, sentindo meu pé triturar o cascalho. Subi mais e mais, avistando uma porta à direita. O corredor que levava até ela era estreito, e comecei a tossir por causa da poeira acumulada ao redor.

Essa ideia, provavelmente, era uma idiotice. Eu não sabia quem havia me entregado a chave e nem o que poderia haver do outro lado. Quem a deu para mim estava se fazendo de difícil, mas não explicou o suficiente, imaginando que eu ficasse intrigada.

Testei a chave, mas não aconteceu nada. Eu a sacudi mais um pouco, girando a maçaneta, mas ela não se abria. Tentei outra vez, e olhei de um lado ao outro, avistando mais uma porta no topo da escada.

Com a lanterna em mãos, subi até lá, tateando a fechadura e quando inseri a chave, ouvi o clique da tranca.

Senti um frio súbito na barriga, e hesitei por um instante, sorrindo.

NIGHTFALL

Eu tinha encontrado.

Poderia haver alguém lá dentro, mas segui em frente, abrindo a porta e iluminando o caminho com a lanterna. Mas assim que a abri, a luz me inundou imediatamente. Entrei em um cômodo, com vigas que iam do chão até o teto, o sol poente trazendo a claridade ao lugar.

O que era isso?

Desliguei o celular e o guardei no bolso, junto com o chaveiro, e só então fechei a porta devagar.

Havia baús e caixas espalhadas pela área do quarto, embaixo das janelas, além de parafernálias antigas de igreja dispostas aqui e ali — mantos do altar, castiçais, e aquelas coisas que contém água benta... Havia até mesmo um conjunto de portas que se pareciam com as do andar de baixo dos confessionários.

Adentrei mais no cômodo, mas parei, meu olhar fixo na cama.

Edredom e travesseiros com fronhas brancas — tudo parecendo limpo em um local grande o suficiente para caber até dez pessoas.

Mas que diabos?

Logo em seguida, avistei um pedaço de papel em cima do edredom. Fui até lá e o peguei, sentindo o cheiro de roupa de cama limpa. Li o bilhete, o papel amarelado e quase se despedaçando nos vincos onde havia sido dobrado mil vezes.

> *Agora é seu. Use-o bem.*
> *Ninguém mais sabe, não conte.*
> *Quando terminar, passe-a adiante.*

> *A Sala Carfax nos esconde*
> *do que queremos que desapareça.*

Li mais uma vez, mas sem conseguir entender ainda.

— A *Sala Carfax*? — falei em voz alta.

A escrita era em letra cursiva e com tinta preta, um pouco desbotada; mesmo assim, dobrei o papel e guardei no bolso.

Isto foi uma bobagem. Alguém me deu a chave de uma sala, não explicou o motivo, e eu não tinha ideia se era a única que tinha acesso a ela.

Compreendi um pouco da mensagem. Mantenha o quarto em segredo, mas como ele me esconderia exatamente? E, obviamente, alguém mais sabia, porque me deu o acesso a este lugar.

E se era algo que eu passaria para outra pessoa, então quem me deu a chave também a recebeu de outra pessoa, certo?

Por que eu?

Vaguei pelo cômodo, remexendo nas caixas que continham de tudo, desde lâmpadas e ferramentas até roupas, fantasias e maquiagem de teatro. Dei um passo suave e depois vi algo que chamou minha atenção. Hesitando, fui na direção de um baú e peguei um vestido rosa tomara-que-caia com uma saia de tule.

Sorri, adorando o estilo dos anos 50. Cintura ajustada, pequenas rosas na estampa, o típico tom rosa *Pepto Bismol* que era moda décadas atrás... Por que isso estava aqui?

Acho que não era tão estranho. Havia também uma cartola e uma máquina de *waffles* em uma das caixas.

Ah, as histórias que essa sala poderiam contar...

Coloquei o vestido de volta no baú, dobrando-o suavemente e fechando o tampo antes de caminhar até a cama e erguer um travesseiro até meu nariz.

Tinha cheiro de limpeza, como detergente e primavera. Havia uma vitrola com alguns discos por perto e velas na mesinha de cabeceira.

De jeito nenhum eu ficaria aqui, ainda mais sem saber nada sobre esse lugar ou se alguém mais tinha ou não uma chave, mas até que era legal. Outro recanto. Outro refúgio.

Outra história.

Dando uma última olhada ao redor, saí, trancando a sala de novo e indo embora para não testar minha sorte. Até onde eu sabia, esse devia ser o lugar secreto do Padre Behr, onde ele podia ser ele mesmo com aquele vestido feminino.

Agarrei a mochila e corri escada abaixo, passando pela galeria.

Eu tinha faltado três aulas, mas se me apressasse, chegaria à quarta.

Atravessei a nave da igreja e saí pelas portas, seguindo à direita pela calçada. Folhas se agitavam nas árvores, amarelas, alaranjadas e vermelhas, flutuando até o chão. Aspirei a brisa fria do outono, sentindo uma gota de chuva no meu rosto.

Não conte a ninguém.

Uma parte minha achava que isso não passava de uma brincadeira. Caso contrário, eu teria recebido algumas instruções de verdade.

Mas eu queria que fosse real. Ter meu próprio esconderijo me fez sentir como se eu, finalmente, fosse parte de uma cidade na qual vivi a vida inteira.

Como se eu pertencesse a esse lugar agora.

Andando pela calçada, perdida em pensamentos, mal notei o carro seguindo lentamente ao meu lado na rua.

Olhei duas vezes, vendo o SUV. Meu peito se apertou.

Merda.

— Está começando a chover — Martin disse, pela janela aberta do passageiro. — Entre.

— Estou voltando para a escola — garanti a ele, descendo a calçada. — Falei que ajudaria com as decorações para o baile depois das aulas.

Comecei a andar de novo.

Mas ele gritou atrás de mim:

— Emory, quero te mostrar uma coisa. Agora.

Parei, hesitando.

Não adiantava. Ele tinha rastreado meu celular. Eu não estava nas aulas durante o horário escolar. Ele veio me buscar.

Com o estômago embrulhado, desci o meio-fio e abri a porta do carro, sentando-me no banco da frente. Meu corpo já estava tenso e preparado.

— Música? — ele perguntou.

Mas ele não esperou por uma resposta. Ligando o rádio, ele sintonizou em alguma estação antiga com o volume quase baixo demais para escutar.

Dando a volta com o carro, ele se afastou da escola e me levou para as colinas, passando pelas mansões, St. Killian e o Campanário. Mantive a mochila grudada ao peito, apenas precisando de algo em que segurar.

Martin entrou no cemitério, diminuindo a velocidade enquanto descíamos a rua e íamos na direção de um caminho que levava para uma imensidão de lápides, traçando a paisagem de um lado ao outro. A chuva batia no para-brisa, e pouco depois, ele estacionou o carro.

Deixei o olhar vagar pelo terreno, cerrando os punhos para evitar que tremessem. Não havia uma alma-viva à vista.

Todas as minhas possíveis desculpas vieram à mente. Que tom de voz poderia funcionar melhor? Ou talvez eu só precisasse ficar quieta. Às vezes, se eu apenas o deixasse falar, a gritaria o aliviaria.

Ele ergueu o braço, e eu vacilei, mas então percebi que ele estava tentando pegar alguma coisa no banco de trás.

Colocando uma sacola branca ao meu lado, ele esticou a mão para o porta-copos e pegou um refrigerante com o canudo já dentro.

— Coma — falou. — Daqui a pouco é hora do almoço.

Uma mísera fagulha de alívio me atingiu, mas eu sabia que não significava nada. Ele gostava de me sacanear.

— Edward McClanahan — ele disse, gesticulando pela janela à nossa frente. — Estão mudando seu caixão de lugar, Em.

Vi a pequena escavadeira na área onde a sepultura já havia começado a ser aberta, mas como estava chovendo, não havia nenhum trabalhador por ali. Só um monte de terra e uma lona azul sobre o buraco.

— A família o quer são e salvo dentro de seu novo sepulcro — ele disse. — Eles esperam que a cidade se esqueça da garota morta, o que será o mais provável de acontecer. Longe dos olhos, longe do coração...

Retorci as mãos no colo, mal registrando suas palavras.

— Todos os anos, esses bostinhas arrogantes fazem sua peregrinação aqui como se fosse uma igreja de merda — continuou ele —, mas no próximo ano, não será Edward naquele túmulo. Eu o comprei hoje. Para a nossa avó.

Para a minha avó. Não dele. Ele nunca deu a mínima para ela. Vovó não era dele. Ele fez tudo por aparência, e comprou uma sepultura usada para uma mulher que nem ainda estava morta.

Uma sepultura católica. Será que eles permitiam isso?

Eu não permitiria. Isso não ia acontecer. Eu...

— Coma! — esbravejou.

Sobressaltada, enfiei a mão dentro da sacola e peguei o hambúrguer, encarando a janela para evitá-lo.

Dei uma mordida, mastigando cerca de cem vezes até conseguir engolir.

— Fiz um acordo — ele disse. — Já que o lugar tinha sido usado, claro. E fiquei com a lápide, também. Eles vão raspar os dados antigos e começarão a gravar o nome dela na próxima semana.

Meu queixo tremeu, e a bile subiu pela garganta.

— Um já se foi — ele sussurrou. — Uma vergonha a menos.

Fiquei ali sentada, o hambúrguer com apenas uma mordida no meu colo.

— Eu tenho planos, Emory.

Ele soltou o cinto de segurança, e eu fechei os olhos.

— E você se encaixaria bem se continuasse estudando ao invés de me dar trabalho.

Ele estapeou meu rosto, e minha cabeça bateu na janela. Choraminguei quando a dor ardente se espalhou pela minha bochecha.

Não... Meu corpo começou a tremer.

Por mais claros que os sinais fossem, ou eu me preparasse, sempre era pior do que eu imaginava.

— Eu não merecia isso! — ele gritou, agarrando meu colarinho e me

NIGHTFALL

245

empurrando contra a porta outra vez. — Eu não merecia! Por que você não pode colaborar? Por que não pode ser uma pessoa melhor?

Abri a boca para gritar, mas cerrei os dentes e, ao invés disso, ele me deu outro tapa.

— Droga! — ele gritou, agarrando a gola da minha blusa com tanta força que chegou a esfolar a pele do pescoço. — Só... — Ele inspirou, e vi lágrimas encherem seus olhos. — Só tente ser normal, porra! Por que você faz isso? Por quê?

— Martin, pare... — arfei.

Virei e abri a porta, mas ele agarrou a maçaneta e a fechou novamente. Segurando meu braço, ele acertou outro golpe na minha bochecha.

Fechei os olhos com força.

— No rosto não! — gritei.

Mas ele já não me ouvia, não conseguia pensar ou se importar com quem visse ou soubesse o que acontecia em casa. Ele estava completamente louco.

A chuva atingia o carro, abafando os sons de seus punhos e xingamentos enquanto eu cravava as unhas no banco, sentindo o gosto do sangue na boca.

A caminhonete de Will era apenas uma lembrança na minha mente – o cheiro e a sensação dele ao meu lado. Mas, um momento depois, eu não conseguia pensar em nada. Não conseguia me lembrar de nada.

Nada de olhos verdes. Ou seu sorriso lindo. Nenhum braço quente ao meu redor.

Meus óculos caíram no chão e depois... algo molhado escorreu pelo meu olho.

Depois de alguns instantes, eu já não conseguia nem mesmo me lembrar do rosto dele.

Fiquei ali sentada, encarando o para-brisa e os limpadores, mal conseguindo encontrar forças para respirar.

Martin agora fumava um cigarro enquanto sangue escorria do ferimento acima da minha sobrancelha, e dos cortes nos meus lábios.

— Amanhã é a Noite do Diabo — comentou quando paramos no semáforo perto do vilarejo a caminho de casa. — Os desgraçados se acham perigosos, mas ninguém é uma ameaça maior do que a pessoa que está disposta a fazer algo que os outros não fazem.

Olhei de relance para o lado, avistando sua espingarda no coldre, e os soluços se alojaram no meu peito.

Eu poderia pegá-la e acabar com tudo isso.

Então eu poderia dormir à noite.

— Esta é minha cidade, Em. — Ele não se dignou a olhar para mim, sua voz agora mais tranquila por conta do esgotamento. — Ou será um dia. Tudo isso parecerá um sonho em comparação com o pesadelo que aguarda todos aqueles que se colocarem no meu caminho.

Eu poderia dormir para sempre.

Eu olhava para a chuva, a visão desfocada através das lágrimas que não cessavam.

Eu estava cansada. E triste.

E se ele não morresse, seria eu que morreria, e teria que ser esta noite. Eu estava gritando por dentro. Eu não aguentava mais.

Cerrei os punhos, todos os músculos do meu corpo se contraíram e minhas pernas se moveram antes mesmo de eu sequer pensar. Abri a porta e desci debaixo da chuva forte, ouvindo-o gritar o meu nome, me mandando voltar, mas eu apenas corri.

Eu estava no limite, e não queria parar.

Acelerei em meus passos, saltando as poças pelo caminho, correndo o mais rápido que podia, atravessando a calçada e o gramado que me levaria de volta à catedral.

Meu cabelo cobriu meu rosto, mas em momento algum olhei para trás, porque eu sabia que ele não deixaria o carro para me perseguir, e ele podia até suspeitar que entrei na igreja, mas não seria capaz de me encontrar.

Entrei no templo, abrandando os passos para não chamar atenção, seguindo pela nave até as escadas. Corri para a galeria, e subi os degraus que me levariam à *Sala Carfax*, trancando a porta na mesma hora.

Segura.

Escondida.

Caminhei até os baús abaixo das janelas, pegando o vestido ali dentro.

Emmy Scott estava cansada e triste.

Mas Reverie Cross iria para o baile.

CAPÍTULO 17
WILL

Dias atuais...

Minha virilha estava doendo, a ponto de eu ter que me virar na cama e aconchegar o meu pau ao lençol. Enfiei a mão por baixo e comecei a me acariciar, lentamente a princípio.

Caralho.

Como aquela garota sempre conseguiu fazer isso comigo? Ela conseguiu me levar do ponto de acabar com tudo a pedir que viesse ao meu encontro. Eu sabia que ela não viria ao meu quarto depois que a deixei na sala de estar. Eu sabia disso.

Eu só esperava estar errado.

Caramba, eu a queria. Poderia dizer que o motivo era por ter ficado muito tempo sem uma mulher, mas não... era Emory Sophia Scott e a forma como o seu sorriso mexia comigo.

Todas aquelas expressões fechadas fizeram valer a pena a troco de um sorriso apenas.

Ou assim eu costumava pensar.

A luz da manhã se infiltrava pela pequena janela do sótão, aquecendo meu peito à medida que tudo latejava e meu pau se tornava cada vez mais duro.

Eu gemia, fechando os olhos e umedecendo a palma da mão com a língua, bombeando meu membro com força e rapidez.

Desde o instante em que coloquei os olhos nela, tudo a seu respeito me deixava com tesão, e já havia sonhado em transar com ela inúmeras vezes, em vários ângulos. Foi uma obsessão desde o início.

Mas por quê?

Ela era temperamental, intolerante, crítica... e por mais que eu soubesse de onde vinha sua desconfiança e o coração fechado, ainda assim, ela se recusava a suavizar comigo depois de todo este tempo. Se ela não o tivesse feito até agora, ela nunca o faria.

Amar uma garota tão reprimida como ela quase podia se igualar a uma vitória de Pirro[9]... Os raros momentos de felicidade vieram com um custo muito alto.

Mas lá estava ela, sempre em meus sonhos – linda e nua –, me deixando montá-la e me perder em seus lábios e em seu cheiro.

Eu me acariciava repetidamente, meu pau duro e totalmente ereto, as imagens dela enterradas em meus lençóis – suaves e doces –, enchendo minha mente enquanto meu pau gotejava por ela.

E eu me lancei de cabeça nessa fantasia. Que se foda.

Eu tentei esquecê-la com outras. Saí com mulheres que não se pareciam em nada com ela, só para que eu pudesse tirá-la da cabeça, mas no final das contas, isso só me machucava mais.

Contraí o abdômen, sentindo o orgasmo se aproximar, e me imaginei dentro dela, impulsionando com força e arrancando seus gemidos.

Porque talvez se eu pudesse fodê-la, eu poderia seguir em frente, e seria como se alguém tivesse apertado um interruptor onde ela não importasse mais.

— Puta merda, amor — gemi por entre os dentes cerrados, esfregando meu pau com mais força. — Vamos lá, abra suas pernas.

Na minha cabeça, lá estava ela – grudada no colchão debaixo do meu peso e com meu nariz enterrado em seus cabelos enquanto arremetia contra ela. Na minha fantasia, ela me beijou e sorriu e... meu Deus... ela queria isso, a pele macia de sua barriga chapada pegajosa de suor, enquanto eu me movia acima.

Eu me contorci, estremeci e tirei o lençol, ejaculando na minha mão, eu podia jurar que senti seu calor apertado ao meu redor. Eu sabia exatamente como era estar dentro dela.

Arquejei e exalei, desabando na cama enquanto o orgasmo me atravessava, me fazendo grunhir diante do clímax.

---

9   Vitória de Pirro: ou vitória pírrica é uma expressão consagrada pela história militar, mas que se aplica a todos os momentos importantes da vida social, esportiva e política. Ela é utilizada como tradução de vitória obtida à custa de danos e prejuízos irreparáveis

Porra.

Finalmente, abri os olhos.

Uma vitória pírrica. E aqui estava eu, bem certo de que nenhum custo era grande demais para poder apenas segurá-la. E me deixou assombrado o que eu já havia pagado. Levantei-me da cama, peguei um pano e me limpei, jogando-o no cesto de roupa suja, antes de pegar uma toalha pendurada sobre a cadeira para enrolar ao meu redor.

Rory estava sempre na sauna antes que o resto de nós acordássemos. Eu precisava de algum tempo a sós com ele, e tinha que ser hoje.

Descendo as escadas, atravessei o corredor, quase hesitando em seu quarto, tentado a me assegurar de que ela estava bem, mas passei por ele e desci as escadas seguintes, descendo pelo vestíbulo.

Virei à esquerda na casa silenciosa, e entrei pelo corredor escuro, em direção às piscinas; abri a porta de vidro fosco e entrei na sauna.

Curtindo sua rotina, como o *serial killer* que era, Rory Geardon estava sentado no banco de azulejos, Recostado à parede, enquanto o vapor se espalhava ao seu redor.

Ele abriu seus olhos.

— Ei — eu disse.

Ele levantou o queixo em um cumprimento.

— Ei.

— Vai sair para caçar logo?

— Sim. — Ele suspirou. — Você vem?

— Talvez. — Eu poderia me beneficiar com um pouco de ar fresco, mas também não a deixaria sozinha em casa.

Sentei-me a alguns metros de distância, o calor cobrindo minha pele como um cobertor.

Eu adorava as saunas. Isso me desintoxicava, me relaxava e me lembrava de casa. A da Hunter-Bailey, em Meridian, era duas vezes maior, e foi onde Michael, Kai e eu tivemos algumas de nossas reuniões de negócios mais importantes. Desde que minha ressaca não estivesse forte no dia.

— Então, Noite do Diabo, hein? — Rory comentou. — Esta sua Thunder Bay está começando a parecer uma Disneylândia de adultos.

Eu sorri.

— Sinto falta disso.

Ele pegou a toalha extra que havia trazido e limpou o rosto.

— Mesmo que seja onde sua família está?

Ele achava que eu não queria ver minha família. Ele pensou que meus pais me mandaram para cá, então por que eu iria querer voltar? Como Micah e Aydin, Rory era cético em relação àqueles que desistiram dele. Não havia motivo para voltar para casa, para eles.

Não mesmo.

Mas minha situação era diferente.

— Eu não merecia ir para a prisão, mas... eu poderia ter merecido isto aqui. Isso me deixou limpo e sóbrio. Além disso, a família que escolhi nunca me mandaria para cá. É para eles que estou voltando — afirmei.

— Bem, eu nunca vou voltar para casa — respondeu ele. — Disso eu tenho certeza. Minha mãe não arriscaria.

O que significava que não era uma escolha voltar para casa. E ele pensava que nunca sairia daqui.

E depois do que ele fez, tive que concordar que eles não estavam completamente errados ao se preocupar.

Rory era como o *Exterminador*. Se era dentro da lei ou não, a missão era a única coisa que ele via. Era como a visão de um túnel. Aqueles garotos mereciam o que receberam, e talvez ele tenha se divertido, mas se ele estava ou não errado... era uma questão de opinião.

Como filho de uma embaixadora no Japão, ele era uma carga de responsabilidade muito grande.

Para mim, ele era perfeito.

— E se eu sair daqui — ele continuou —, ela me dará algum hotel para administrar em alguma ilha de baixa densidade populacional, em algum lugar perdido no mapa.

— Você vai anunciar seu retorno? — perguntei.

Ele deu uma risada, mas não respondeu à pergunta.

— Você não é único — comentei, recostando a cabeça contra a parede e fechando os olhos. — Todos têm aquele ponto de clareza absoluta onde a consciência não é um fator. Nós somos quem somos, e queremos o que queremos, e não há dúvida do que tem que acontecer. A única diferença entre você e o resto da população é que você chegou a esse ponto e a maioria das pessoas nunca chegará a ele.

Poucos têm a oportunidade de ser levados a um ponto de desespero ou sobrevivência e olhar o perigo nos olhos.

— O que você fez foi calculado — prossegui, num tom suave. — Precisava ser feito.

NIGHTFALL

251

Ele tinha encontrado Micah, mas ainda não tinha encontrado um lar, e eu não tinha intenção de deixá-lo apodrecer aqui.

— Tenho sorte — disse eu, quase para mim mesmo. — Tenho uma família cheia de pessoas que sabem o que é passar dos limites. Elas sabem que há um lugar dentro de nós onde você faz as regras, em vez de segui-las. Eu não estou sozinho.

Do canto do meu olho, eu o vi virar a cabeça e olhar para mim.

— Eles são uma tempestade — declarei.

Ele permaneceu em silêncio por um momento e pude sentir as rodas girando em sua cabeça. Ele se encaixava muito bem com meus amigos.

Deixando a ideia se infiltrar, eu me levantei e caminhei até a porta para tomar banho.

— O que ela fez para ser enviada para cá? — perguntou ele antes que tivesse a oportunidade de sair.

Segurei a maçaneta, imóvel.

O medo se instalou dentro de mim, porque ela tinha interrompido meus planos e as coisas tinham mudado, quisesse eu encarar isso ou não.

Será que eu continuaria considerando-a um fator?

Aquilo não merecia nem mesmo uma reposta.

— Assim como todos nós — disse eu — ela sabe o que fez, e ninguém aqui é inocente.

Deixei a sauna, mas em vez de ir para os chuveiros, voltei para o meu quarto. Todos na casa ainda dormiam, e quando fechei a porta do quarto, passei a barra de aço abaixo da maçaneta.

Caminhando até a cama, tirei o lençol de elástico, levantei o colchão e o virei para cima. Ele tombou, em parte sobre a cama e em parte sobre a mesa de cabeceira, o abajur desligando quando caiu no chão.

Enfiei a mão por entre o rasgo no forro e puxei o *laptop* preto, colocando sobre a mesa próxima à janela.

Assim que liguei, aguardei que a sala de bate-papo abrisse.

> Você está aí?

> Sim.

Uma pausa, e outra mensagem chegou:

> Ele quer que você seja extraído daí. Em breve.

> Ainda não. Há um... progresso.

Eu não queria dizer muito, caso alguém estivesse nos espionando, e no que dizia respeito a ela, eu não sabia quem estava envolvido.

Em seguida, perguntei:

> Há alguma coisa que você não está me dizendo?

> Como o quê, por exemplo?

Franzi a sobrancelha e insisti.

> Você mandou mais alguém para cá?

Esperei um momento por sua resposta, e então as letras ficaram verdes.

> Não.

> Você tem certeza?

Ele escreveu em seguida.

> Eu não minto pra você.

Eu exalei, relaxando a postura. Tudo bem, então. Não era ninguém do meu pessoal.

Ou Michael, Kai e Damon estavam trabalhando por conta própria, ou outra pessoa estava por trás disso. Eu ainda não sabia de nada, mas pelo menos havia descartado qualquer um do meu lado.

Chegou mais uma mensagem logo depois.

> Quantos e quando?

Eu respondi:

NIGHTFALL

> **Pelo menos quatro.**

Mas então notei Taylor do lado de fora, encostado na porta de vidro do solário, espreitando para alguma coisa lá dentro.

O que ele estava fazendo?

Rapidamente, digitei o resto, terminando minha frase.

> **Talvez cinco. Espere notícias minhas.**

Através do teto de vidro, vi duas figuras se movendo. Entrecerrei os olhos, tentando distinguir quem era.

Aydin.

Ele estava segurando a Emory.

Eu recuei, meu olhar afiado.

Veio a próxima pergunta.

> **Você está em segurança?**

No entanto, eu já tinha saído da sala de bate-papo.

Fechei o computador e o escondi outra vez; em seguida, vesti uma calça de moletom e desci a escada correndo. Arranquei a barra de aço e abri a porta do meu quarto.

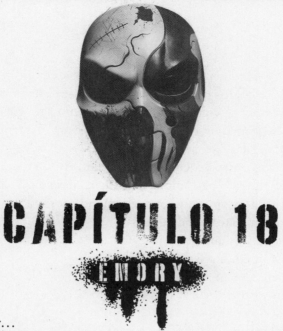

CAPÍTULO 18
EMORY

Nove anos atrás...

ENTREI NA ESCOLA COM OS CORREDORES ESCUROS E A MÚSICA ECOANDO DO ginásio. O baile de formatura era sempre realizado em Meridian, em um salão de festas chique de algum hotel 5 estrelas.

Já o baile de boas-vindas rolava em Thunder Bay mesmo.

O vestido tomara-que-caia rosa que encontrei na Sala Carfax chegava na altura dos meus joelhos, e o ar fresco acariciava meus ombros e costas nus. Meu longo cabelo castanho estava partido ao meio, e ondulava ao redor do meu rosto, e eu decidi deixá-lo anelado e brilhoso. Encontrei uma maquiagem de teatro dentro do baú, e passei rímel, delineador e um batom.

Nada cobriu o sangue seco que havia escorrido da minha sobrancelha, as contusões azuis e roxas ao redor do meu olho, ou o corte no meu lábio. Meus braços nus estavam com as marcas de seus dedos, mas a dor havia amenizado depois dos dois comprimidos de ibuprofeno que tomei.

Esta noite eu podia me esconder à vista de todos porque era quase Halloween, a única época do ano em que todos podiam trazer o que habitava em seu interior para fora.

Abri a porta do ginásio e entrei, sentindo um calafrio deslizar pelo meu corpo na mesma hora. Luzes estroboscópicas giravam, com a música alta vibrando pelo ginásio escuro e com decorações e balões espalhados pelas mesas.

Algumas dúzias de casais dançavam na pista, e eu podia sentir meu coração batendo no peito enquanto olhava ao redor.

Ele estava aqui?

A dança havia começado há algum tempo, a equipe que recolhia os ingressos e os fotógrafos nem estavam mais lá, perto da porta, no entanto, vi quando os olhares se voltaram para mim ao entrar no ginásio. A maioria das pessoas usava fantasias, enquanto outras usavam máscaras simples com seus vestidos de festas e ternos.

Uns olhavam, outros cochichavam, e tanto poderia ser por causa da minha presença, quanto pela minha aparência, mas eu não dava a mínima.

Meus pés se moviam no piloto-automático, levando-me a adentrar o salão e sob o alvo da atenção de todos.

Normalmente, eu daria um jeito de escapar. Eu fugiria para um mundo só meu no celular, em um livro ou em uma sala.

Normalmente, eu...

Mas, então... lá estava ele.

E eu parei.

Ele se encontrava recostado à parede, cercado por seus amigos, longe da multidão e com um terno preto com uma camisa branca e sem gravata.

Ele ainda não tinha me visto, e eu esperei, de repente, paralisada.

Eu queria tanto estar com meu telefone ou uma bolsinha, só para ter algo o que segurar. Alguma coisa para não me sentir tão só e vulnerável, mas eu tinha deixado a mochila com carteira e tudo dentro da viatura de Martin, assim como meus óculos que, provavelmente, estavam largados no piso do carro. O celular eu deixei na catedral, desligado.

Caminhei em sua direção, seu cheiro, braços e sorriso acenavam para mim como uma fonte de alimento, porque eu estava sedenta, faminta e vazia por dentro.

Eu odiava o meu lar. Eu não amava mais o gazebo. Estava cansada da escola e cansada de nunca ver nada que não me deixasse esgotada, não importava para que lado eu me virasse.

Eu queria vê-lo. Eu queria sentir o contato de sua mão com a minha.

Ignorando os sussurros dos outros, à medida que eu caminhava, eu o via conversando e gesticulando, uma mão no bolso da calça e a outra segurando as chaves como se estivesse se preparando para sair.

Eu não vi sua acompanhante em lugar nenhum.

Ele desviou o olhar de Kai e deparou com o meu, e, sem piscar, reparou na minha aparência. O vestido rosa, o sangue e os hematomas... Não havia nada de engraçado na ruína de Reverie Cross, pois não havia nada de engraçado na minha.

Hoje à noite, eu pude ser vista. E deixei que todos vissem também.

Seus amigos se viraram e seguiram a direção de seu olhar.

— Quer dançar? — perguntei, baixinho, sentindo o coração espancar meu peito.

Pela visão periférica, vi seus amigos se afastarem com uma risada que não soou maldosa. Apenas... surpresa.

O Will me encarou, e foi preciso tudo que eu tinha para não mastigar meu lábio ou cerrar os punhos.

Eu tinha ido longe demais. Ele talvez não estivesse sozinho. Eu sabia que ele, provavelmente, teria um par e aqui estava eu, a garota perseguidora. Eu... que sempre enviava sinais mistos e mexia com sua cabeça, e sim, ele sempre me pressionou e o 'não' continuava sendo 'não', independente de quantas vezes eu tenha mudado de ideia, mas...

Nós dois sabíamos que eu queria isto. Ele só não entendia o motivo de eu me retrair toda vez.

E talvez ele estivesse finalmente percebendo que eu não valia a pena o esforço.

Mas, para minha surpresa, ele se afastou da parede e veio na minha direção com um sorriso suave brincando nos lábios.

Ele segurou minha mão, me olhou de cima a baixo, e me levou para a pista de dança; seus olhos estavam concentrados no sangue seco acima da minha sobrancelha, assim como nos hematomas que cobriam o meu corpo.

— Faz parte da minha fantasia — expliquei.

Procurei seu olhar, incapaz de desviar o meu, porque só de olhar para ele, meu coração doía.

Eu tive uma noite. Apenas uma noite com ele.

— Você não se vestiu a caráter? — perguntei.

Os olhos verdes se mantiveram conectados aos meus.

— Não queria dificultar para você me encontrar.

Senti o calor aquecer minhas bochechas e dei um sorriso. Ele veio sozinho então.

Seguindo até o meio da pista, ele parou, e eu me virei. *Sr. Sandman*, do SYML, começou a tocar, e quando fiz menção de enlaçar seu pescoço, parei.

— Na verdade, eu não sei dançar — revelei.

Eu nunca tinha feito isto antes.

Com as mãos na minha cintura, ele me puxou contra o seu corpo e, ofegando, finalmente o envolvi com meus braços.

— Suba em cima dos meus pés — disse ele.

Sem discussão, pisei em seus sapatos com minhas sapatilhas cor-de-rosa, feliz por simplesmente me agarrar a ele. Com a cabeça inclinada para trás, olhei para ele enquanto ele me segurava perto e começava a se mover, girando em um círculo lento e com passos seguros e ritmados para que conseguisse acompanhá-lo.

— Você está linda — disse ele. — Apesar daquela queda feia que você levou no penhasco de *Cold Point*.

Ele tocou meu rosto, felizmente apenas enxergando o traje. As pessoas nos observavam, mas estava pouco me lixando com o que elas pensavam. Eu não conseguia desviar meu olhar do dele, a música lenta e persistente tocando só para nós.

— Reverie Cross — refleti. — Parece alguém que tinha seu próprio banheiro.

— Não. — Ele balançou a cabeça. — Na verdade, ela não era tão bem de vida. Mas ela estava de boa com isso, porque ele a amava de qualquer maneira. Nada mais importava para ele.

Apertei meus braços ao redor de seu pescoço, sentindo meus joelhos bambearem um pouco.

Eles eram jovens, e eu entendia isso. Naquele momento, tudo prevalecia e nada mais importava. Por que não os deixar sonhar?

Mas Will franziu o cenho e me observou.

— Tem alguma coisa errada.

Neguei com um aceno.

— Não. Está noite não tem nada de errado.

Apenas uma noite.

E se fosse só uma, eu não queria compartilhá-lo com mais ninguém.

— Podemos ir embora? — perguntei, de repente.

Ele parou de dançar.

— Você quer que eu te leve para casa?

— Não, a menos que você queira — respondi, ainda agarrada a ele. — Não quero te deixar ainda…

Ele sorriu, segurando minha mão e eu desci de cima de seus pés.

— Vamos embora — disse ele.

Ele me levou da pista de dança, as pessoas e o barulho e todas minhas preocupações ficando para trás à medida que animação corria pelas minhas veias.

— Já decidiu o que vai aprontar na Noite do Diabo amanhã? — perguntei, e ele empurrou as portas.

Mas ele apenas sorriu.
— Eu tenho algumas ideias...
— Eu também tenho uma — murmurei.

— Você tem certeza disso? — ele perguntou assim que despejamos nossas mercadorias sobre a grama. — Tecnicamente, é roubo. Um monte de roubos. E vandalismo.
— Estou me tremendo toda, Will. Sério.
Coloquei as velas em uma vigília no degrau que levava à cripta, mantendo os ouvidos atentos para o zelador que morava na propriedade. Ninguém deveria estar aqui depois de escurecer, mas isso não significava que alguém não estivesse andando por aí.
E não era como se fosse um vandalismo irreparável de qualquer maneira. Eu não tinha nada contra os McClanahans.
Eu só queria assustá-los um pouco, para que eles repensassem seus planos. Will e eu tínhamos o mesmo objetivo, embora por razões diferentes.
O túmulo havia se tornado uma lenda local. Na mente de Will, Edward McClanahan pertencia a todos.
Na minha cabeça, se ele ficasse em seu túmulo, meu irmão não teria sorte nenhuma em comprá-lo.
Will deu a volta na grade ao redor da cripta, encaixando todos os espantalhos que roubamos do jardim do Sr. Ganz, assim como as bolas de basquete que também roubamos do armário de suprimentos, posicionando-as como cabeças dos espantalhos.
Encarei fixamente o túmulo McClanahan, os vitrais escuros e lisos, o mármore polido sem nenhuma mancha ou sujeira. Novinho em folha e pronto para ser usado.
— Ele não deveria ser tirado daqui, certo? — perguntei, certificando-me de acordo.
— Certo.

Depois de sair do baile, mandei que ele fosse para o ginásio esportivo, enquanto eu corri para o laboratório para roubar os restos mortais de animais que flutuavam em frascos cheios de formaldeído. Coloquei tudo em um carrinho e os levei até uma janela; Will parou próximo com sua caminhonete e me ajudou a carregar os itens roubados.

Depois de parar em mais alguns lugares, viemos parar aqui. Prontos para mostrar aos McClanahans o que aconteceria se eles movessem Edward de lugar.

A vigília o seguiria. Ano após ano, infalível e completo com uma *vibe* daquelas crianças perturbadas de *Colheita Maldita*.

Se eles não quisessem que seu lugar de descanso final se tornasse uma peregrinação para adolescentes confusos, destrutivos e sexualmente ativos, eles mudariam de ideia.

Dei mais uma olhada ao redor do cemitério, me certificando de que estávamos sozinhos enquanto acendia as velas.

Apenas as sombras das árvores sobre o gramado – quase azul ao luar – se moviam enquanto a brisa sacudia as folhas que se desprendiam de seus galhos.

Eu meio esperava que Will usasse seu telefone para filmar isto, mas, felizmente, ele não o fez. Eu não queria fazer parte de nenhum de seus vídeos.

Adicionando as ofertas de animais mortos, verifiquei se Will havia terminado com os espantalhos; as bolas de basquete agora tinham olhos e bocas macabras desenhadas com caneta permanente.

Comecei a rir e revirei os olhos, ouvindo achar graça de sua própria astúcia.

Enfiei as tochas *tiki*, da garagem do Will, ao redor da cripta, acendendo-as, e depois peguei um punhado de giz verde-claro de um dos sacos que furtei do laboratório biológico.

Correndo até a grade, estava prestes a espalhar o giz em meu ato de vandalismo, mas hesitei ao olhar para os vitrais mais uma vez.

— Está vazio… — voltei a dizer —, né?

Eu não me senti mal com o vandalismo ou pequenos furtos, mas me sentiria péssima se ali fosse o lugar de repouso de alguém.

Ele assentiu e disse:

— Acabaram de terminar a obra. Ainda não há inquilinos…

Concordando, espalhei o giz ao redor. *Vá pro inferno, Martin.*

Apressadamente, desenhei três X por toda a parede, tudo porque havia lido em um dos livros de mesa de centro, a respeito de um ritual onde se faz um desejo ao desenhar símbolos em uma tumba. Se os mortos o concederem, você tem que voltar e deixar uma oferenda e circundar as letras X.

Era lavável, e o túmulo ficaria limpinho quando o lavassem, mas se a faísca pegasse fogo das velas de vigília, eles teriam que limpar constantemente por um século.

Will pegou um dos gizes azuis e me ajudou, nós dois rindo e nos apressando, porque se fôssemos flagrados, especialmente, *eu*, Martin ficaria sabendo.

Peguei o saco de giz da grama, assim como o que usei para trazer as velas, e demos um passo para trás, apreciando o mais novo pesadelo dos McClanahans.

— Ei! — alguém gritou.

Perdi o fôlego por um segundo.

— Ai, que merda! — Will agarrou minha mão e me puxou, correndo pelo declive. Olhei atrás de mim, e avistei um homem com um uniforme bege correndo atrás de nós.

Oh, meu Deus!

Comecei a rir, e Will continuou a me arrastar por entre as árvores, ao redor de um túmulo e, em seguida, passando pela fonte. Acelerei, tentando me equilibrar enquanto o vento frio açoitava meu rosto.

Will me puxou para trás de uma enorme lápide, e nós nos escondemos; ele espreitou pela lateral da pedra para averiguar se havíamos conseguido despistar o homem.

A caminhonete tinha ficado estacionada do outro lado da margem de árvores, caso contrário, qualquer um teria reconhecido seu veículo. Foi um saco ter que levar tudo aquilo – em três idas e vindas –, mas, puta merda... valeu super a pena.

Segurei seu braço, ainda tremendo de tanto rir.

Ele se virou, sorrindo ao me encarar.

— Adoro ver você rir.

Recostei a testa à dele, meu corpo tomado de emoção e mais liberdade do que jamais havia sentido em toda minha vida.

— Eu quero mais... — implorei.

Ele segurou minha mão e acariciou o meu rosto.

— É mesmo? Conheço o lugar perfeito.

Uma hora depois, eu ainda estava rindo com vontade, segurando sua mão com força e sentindo o frio gostoso na barriga quando o navio pirata balançou para frente e para trás.

Merda. Eu dava gritinhos histéricos, meu corpo vibrando à medida que o balanço diminuía; em seguida, os pneus guinchavam contra o fundo e o barco subia outra vez, e puxávamos o fôlego um segundo antes de despencar para trás. O vento agitando meu cabelo.

Por que diabos eu não vim aqui mais vezes? Quantas pessoas poderiam ter montanhas-russas em suas vidas todos os dias?

Acho que era um pouco caro. O custo de um ingresso estava se tornando cada vez mais caro, pois o *Adventure Cove* estava se esforçando ao máximo para permanecer em funcionamento ao longo dos anos.

As travas de segurança subiram, e eu e Will descemos aos risos.

— Esse é o meu brinquedo favorito — disse ele. — Não há nada como a sensação de queda livre.

Não. Isso aqui era melhor do que qualquer montanha-russa do mundo. Olhei para o Will, vendo-o pegar dinheiro na carteira para comprar um algodão-doce rosa para mim.

— Você quer o meu casaco? — ele perguntou quando começamos a andar novamente.

Tirei um pouco da nuvem de açúcar, sentindo-o pegajoso contra os dedos.

— Estou bem.

Enfiei o doce na boca, sinceramente, com um pouquinho de frio, mas eu estava amando demais a sensação do vento. Eu era muito parecida com a minha avó nesse quesito.

Nós andávamos a esmo, rodeados pelos sons que ecoavam pelo parque — sinos, gritos, risos e os ruídos das rodas nos trilhos da montanhas-russas.

A maresia se infiltrava em minhas narinas, e meu olhar vagou para além da roda-gigante, em meio à escuridão onde ninguém mais via, mas que todos sabiam estar lá.

A costa, o oceano e *Cold Point* – o penhasco que desembocava nas rochas e no mar.

Will se inclinou na minha direção e fisgou um pouco de doce, seu braço roçando o meu. Sua outra mão descansava na parte inferior da minha coluna, seus olhos focados o tempo todo em mim.

— Você já ouviu falar da Sala Carfax? — perguntei, pegando mais algodão-doce e enfiando na boca.

— Claro — respondeu. — É como Edward McClanahan, *Blackchurch* e *EverNight*. Outra lenda urbana de Thunder Bay...

Virei a cabeça e o encarei.

— O que é *Blackchurch*?

— Uma casa. — Deu de ombros. — Bem, supostamente, uma casa.

Ele fez uma pausa, comeu um pouco mais e nós passamos pelas cabines de jogo onde alguns frequentadores se divertiam. O parque não estava muito lotado hoje à noite, mas alguns alunos do fundamental gritavam mais alto que o normal.

Ele continuou:

— Ninguém sabe onde fica, se é mesmo real, mas existe um monte de histórias de caras ricos, jovens com péssimo comportamento que acabam sendo enviados para lá para ficarem escondidos.

Ele hesitou, como se não conseguisse pensar em uma palavra melhor.

— Escondidos? — insisti.

Ele riu baixinho.

— Bem, não podemos ser presos — salientou, como se eu devesse saber disso. — Pega mal para a família, saca? Daí, mães e pais os enviam para *Blackchurch*, caso se tornem meio que... incontroláveis. E então... eles simplesmente somem. De um dia para o outro. Diz a lenda que é um lugar remoto, isolado e selvagem.

Percebi que quase tinha parado de andar enquanto olhava para ele.

— E são enviados lá para sempre?

— Até que aprendam se comportar — disse ele. — Mas, para alguns, tem o efeito contrário. Eles se tornam ferozes. Então, sim, eles acabam ficando lá para sempre...

Eu o encarei, boquiaberta. Quem faz isso? Quem manda seu filho embora porque tem medo de publicidade negativa?

Eles recebiam alguma ajuda quando eram mantidos afastados, ou eram simplesmente isolados e abandonados?

Ele olhou para mim e começou a rir.

— Não é de verdade, Em. — Ele pegou mais do doce, enfiando tudo na boca. — E se ele existisse, meus pais nunca me mandariam para lá. Todos me amam...

Dei uma olhada irônica em sua direção. Ele era muito convencido. Mas, ainda assim, adorável.

— Agora... a *Sala Carfax* — ele continuou —, acredito que pode realmente existir.

NIGHTFALL

— E o que é essa sala?

— É uma sala lendária, escondida em algum lugar da cidade — contou. — O que é inteiramente plausível, já que esta cidade tem muitos esconderijos. É como um quarto do pânico, pelo que eu soube. A chave é transferida de uma pessoa para a outra, cada ocupante procurando o próximo que tem necessidade de um lugar tipo refúgio. Não há limites de quanto tempo você pode usufruir dela. Basta passar para frente quando não estiver mais precisando. Ou algo assim...

Agora o bilhete fez um pouco mais de sentido.

Uma *sala* de pânico. Alguém que precisava dela.

Use... E compartilhe com alguém depois.

Mas...

Alguém me deu isso. De todos os cidadãos na cidade, eu fui a escolhida por alguém.

Abri a boca, prestes a dizer a Will que sabia onde ela ficava... Só que eu não tinha certeza se queria que alguém soubesse disso ainda.

— Então é tipo como a Sala Precisa, do Harry Potter.

— Não faço a menor ideia do que você está falando — ele respondeu —, mas... se essa sala existe, cada ocupante deve ser cuidadosamente escolhido, e o lugar deve ser muito respeitado.

— Por que você diz isso?

— Porque, do contrário, já a teríamos encontrado. — Ele me olhou de cima a baixo. — Se fosse real, o local teria sido divulgado em algum momento ao longo dos anos, você não acha? Quem quer seja a pessoa que usufrui desse lugar, deve precisar dele mais do que para bebedeiras ou...

Captei seu olhar. *Ou para transar*, ele não concluiu.

Isso era verdade. Quem estava de posse da chave antes, manteve isso em sigilo, e confiou em mim – por alguma razão – para fazer o mesmo.

Dei mais uma mordiscada no algodão-doce, reparando que Will ainda estava me observando. Ele olhava fixamente para o meu braço, pensativo.

— Isso aqui não parece maquiagem — refletiu, estendendo a mão para tocar o hematoma.

Eu me afastei de seu toque, mas dei uma risada brincalhona, para não pesar o clima.

— Você pode me levar em outra montanha-russa? — Apressei-me em mudar de assunto. — Algo sinistro.

Ele desfez o sorriso e segurou minha mão, esquecendo minhas contusões. Em seguida, ele nos guiou em direção aos fundos do parque.

Joguei o restinho do algodão-doce no lixo e o segui por trás dos brinquedos do navio pirata e do Gravitron, sinos e assovios soando por todo o lugar.

Subimos até *Cold Hill*, o trem-fantasma, e Will acenou com a cabeça para o cara loiro que controlava o brinquedo. O homem abriu o portão e sinalizou para que a próxima pessoa na fila esperasse.

Meu rosto ficou vermelho de vergonha por termos furado fila. A gente poderia ter esperado sem problema. Porém, tudo o que consegui fazer foi encarar o Will, ainda boquiaberta.

Nunca gostei daquele brinquedo, porque era sempre escuro, assustador e você ficava confinado em um carro que só permitia um veículo por ambiente. Ou seja, quando as portas se abriam para dar passagem a um setor, o carrinho da frente já não estava mais lá. Isso poderia até não ser nada demais, a menos que você estivesse sozinho no vagão. Aí, sim... a coisa se tornava apavorante.

Neste instante, porém... não havia nenhum outro lugar em que eu desejasse estar, a não ser com ele. Talvez seus 'contatos' até nos deixassem dar várias voltas.

Passando pelos candelabros com suas luzes piscando, pisamos na passarela rolante e entramos em um carrinho vazio, a trava de segurança baixando sobre nós na mesma hora.

A última fonte de luz ficou para trás, e seguimos pelo trilho, contornando uma esquina mais à frente, e fomos engolfados pela escuridão e a brisa fria. Grunhidos e uivos ecoaram pelo ar, e a parede à minha direita começou a tremular – uma luz vermelha acesa acima –, como se alguém estivesse esmurrando o painel de madeira. Em seguida, uma rachada de ar nos atingiu e a fumaça nos rodeou, tudo ao som de correntes sendo arrastadas acima de nós.

Os pelos dos meus braços arrepiaram, e eu me aninhei mais ao Will, mantendo meus olhos semicerrados.

Viajamos através do Inferno, do Submundo, e do Hades – máscaras e espelhos refletindo os horrores nas paredes, esqueletos e feras saltando sobre nosso carrinho.

Comecei a rir, apertei sua mão e olhei para o candelabro no teto acima. As velas falsas lançavam um brilho bruxuleante sobre o ambiente todo pintado de preto, transformando a escuridão assustadora em algo misterioso... e meu anseio se tornou maior ainda para vivenciar a fundo um lado sombrio e belo.

Quase ri de mim mesma, mas era verdade. Will estava certo. Algo mudava no ar quando a noite caía, mas...

O fascínio, para mim, se encontrava no brilho que suavizava as sombras. Era mais bonito do que o sol.

NIGHTFALL

Uma lanterna, uma vela, uma...

Ocorreu-me uma ideia a respeito do gazebo, onde eu poderia usar as árvores ao redor, decorando-as com pequenos lustres. Uma dúzia de candelabros pendurados nos galhos, iluminando a copa das folhas.

Um sorriso se formou, e inclinando a cabeça para trás, mais uma vez contemplei as luzes cintilantes dos cristais acima, de repente, superanimada para voltar ao trabalho. Eu conseguiria fazer isso. Devia haver um monte de candelabros antigos só juntando poeira por aí. Eu poderia apostar que encontraria as peças com um preço até razoável.

Olhei para Will para lhe contar minha ideia, mas ele estava me encarando. Ele olhava para mim como se estivesse extasiado, como se admirasse algo realmente fascinante.

Meu peito parecia que ia explodir, e, de repente, os candelabros desapareceram da minha mente. As luzes vermelhas cintilavam sobre seu rosto, e desvaneciam em seguida, seu olhar nunca se desviando do meu. Aquilo me fez perder o fôlego.

Eu...

Deus, eu só queria me enrolar ao redor dele e nunca mais soltar.

Gritos e berros explodiram ao nosso redor, e nossos dedos se entrelaçaram quando sua boca pairou sobre a minha.

— Will... — suspirei, fechando os olhos diante da tortura angustiante da espera.

Peguei sua mão e a guiei por baixo da barra do meu vestido, suspirando quando seus dedos deslizaram pela minha perna. Ele suspirou fundo, as unhas se cravando na minha pele.

Seu hálito quente soprava sobre a minha boca, meu clitóris latejava e eu só queria que ele continuasse...

Abri os olhos e os mantive fixos aos dele, à medida que sua mão se enfiava mais profundamente ainda entre minhas coxas. Eu podia sentir que ficava cada vez mais quente e molhada pelo caminho que ele trilhava.

Uma caricatura de lobisomem saltou da parede do outro lado do Will, e eu arfei, minha pele parecendo estar em chamas. Seus dedos empurravam a calcinha para o lado, e se enfiaram por dentro das minhas dobras quando estendi minha mão às costas e desabotoei o vestido.

Minha mão acariciou sua nuca e eu me inclinei e sussurrei novamente:
— Will...

As portas à nossa frente se abriram, e a sala escureceu outra vez, dando passagem ao armário de Davy Jones[10] enquanto eu o encarava e abaixava, lentamente, a parte superior do meu vestido.

Sim. Eu não conseguia parar. Eu não queria parar.

O ar frio fazia cócegas nos meus seios nus, fazendo meus mamilos endurecerem na mesma hora, ainda mais diante de seu olhar faminto.

Eu amava sentir seu olhar focado em mim. Eu não sabia se ele gostava do que via, mas neste instante, eu não dava a mínima. Eu sabia que isto estaria acabado antes mesmo de começar. Eu sabia que ele acabaria perdendo o interesse.

Eu só queria esta noite.

Ele se abaixou, roçando os lábios aos meus, mas sem realmente me beijar. Eu, em contrapartida, escorei meu pé na parte da frente do carrinho, arqueando as costas e me abrindo ainda mais para ele. Ele me acariciou, suavemente e devagar, entre as coxas, provocando novamente e de novo, os dedos hábeis dedilhando meu clitóris.

A outra mão abarcou meu seio, massageando e apertando, com o hálito quente soprava sobre os meus lábios.

Seu toque em meu clitóris me fez gemer de prazer, a onda deslizando por mim e se alojando no meu centro. Eu precisava de mais. Eu precisava de tudo.

Ele escorreu um dedo mais abaixo, sondando a minha entrada, mas eu segurei seu pulso por cima do vestido, tentando detê-lo.

Franzindo o cenho, sua expressão se contorceu em agonia.

— Emmy...

— Os seus dedos não — sussurrei. — Você. Eu quero você dentro de mim.

Ele sibilou por entre os dentes, afastando a mão do meio das minhas coxas e depois deu um gemido angustiado.

Na mesma hora, ele tentou levantar as barras, mas elas não cederam.

Com um grunhido, ele sacudiu a trava com força, lutando para nos libertar. Eu me inclinei e segurei seu rosto entre as mãos, distribuindo beijos pela sua bochecha.

— Porra! — rosnou, chacoalhando a trava com brutalidade para que pudéssemos sair.

Mas de nada adiantava. Will tentou escorregar por baixo, mas seu corpo era grande demais.

Eu ri com a boca colada em seu ouvido, mordiscando o lóbulo de sua orelha.

---

10 Davy Jones: personagem de Piratas do Caribe

NIGHTFALL

— Tira a gente daqui — supliquei. — Eu quero você, e não vou dizer não esta noite.

— Merda — ele exclamou, rosnando em desespero e lutando novamente contra a barra de proteção. — Puta que pariu!

Ele me agarrou e me beijou, fechando o meu vestido e devorando a minha boca ao mesmo tempo.

— Quando sairmos daqui, a gente corre pra minha caminhonete — arfou. — E depois para a minha casa.

Segurei seu lábio inferior entre os dentes, seu calor e gosto intoxicantes demais.

— Apenas para a caminhonete — gemi. — Não posso esperar. Preciso de você em minhas mãos. Em meus braços...

O próximo conjunto de portas se abriu, e a luz cintilou acima enquanto nos abraçávamos.

Abri os olhos, vendo que tínhamos terminado o passeio. A chuva agora torrencial fez com que as pessoas do lado de fora corressem para se abrigar. Eu me afastei dele e assim que a trava se levantou, nós dois pulamos do carro. Ele segurou minha mão e eu ignorei o olhar assombrado do atendente quando me viu tentando endireitar meu vestido.

Estava todo amarrotado e retorcido. *Merda.*

Will colocou seu casaco sobre mim, antes de me puxar em uma corrida enlouquecida pelo parque.

A chuva caía com força sobre nós, fria e afiada, mas ainda podia sentir seu calor em minha boca, aquecendo tudo dentro de mim.

Eu só queria estar em algum lugar aconchegante – não importava onde –, sentindo-o por toda parte e estendendo as horas para sempre.

— Caralho — disse de uma vez, interrompendo nossa corrida.

Eu parei na mesma hora e segui a direção de seu olhar. Martin estava rodeando a caminhonete de Will com uma lanterna, no estacionamento. Ele nem mesmo se incomodava com a chuva.

Meu coração quase parou.

— Meu irmão... — arfei.

Eu não trouxe meu telefone. Como ele sabia que eu estava aqui?

— Mas que porra? — Will praguejou. — Por que sempre aparece uma merda para nos atrapalhar?

— Encontre um lugar para nós — implorei. — Rápido.

Ele agarrou minha nuca e pressionou seus lábios na minha testa, olhando em volta logo depois. Se Martin me visse com ele, estaria tudo acabado. Não me importava se estivéssemos em uma cabine de jogo ou em uma montanha-russa. Eu só precisava dele.

— Por aqui. — Ele me puxou para fora dos portões e à direita.

Dei uma olhada por cima do ombro, vendo Martin ao longe conferindo o interior do veículo do Will pelo para-brisa traseiro. Sem hesitar, acelerei meus passos para acompanhar a corrida.

Ele correu até um ônibus escolar amarelo, provavelmente o que transportou os estudantes do fundamental para o tradicional *Caos da Meia-Noite*, um evento anual na época do Halloween.

Ele abriu a porta com um soco, e eu entrei primeiro. Joguei o casaco de Will em um banco e espreitei pelas janelas para ver se Martin tinha nos visto, mas uma mão segurou meu braço e me puxou de uma vez para trás. Eu me choquei contra o seu peito, entre seus braços, e sua boca cobriu a minha.

Gemi, abrindo meus lábios, e eu podia jurar que era capaz de sentir sua maldita língua se enterrando bem fundo entre as minhas pernas.

Curvando o corpo, ele agarrou a parte de trás das minhas coxas, e precisei disfarçar a dor que se alastrou, mas não estava dando a mínima. Eu não queria parar. Ele me carregou pelo corredor do ônibus, e minhas pernas se enrolaram ao redor de sua cintura.

Segurei seu rosto entre as mãos, interrompendo nosso beijo.

— Você tem proteção? — sussurrei. — Por favor, me diga que você tem alguma coisa aí.

Ele sorriu.

— Sim.

Mergulhei minha boca contra a dele outra vez, gemendo baixinho ao travar os tornozelos acima de sua bunda. Distribuí beijos em sua boca, bochecha, queixo, pelo pescoço, ouvindo-o ofegar e apertar as minhas coxas.

— Ah, Em... — ele gemeu.

Chegamos à parte traseira do ônibus, em busca do assento inteiriço da última fileira. Ele me colocou de pé e desabotoou meu vestido, sem desgrudar os lábios dos meus. Puxando a parte superior para baixo, o tecido ficou amontoado na cintura enquanto suas mãos corriam pelas minhas costas nuas. Ele beijou meu pescoço e eu me agarrei a ele.

— Você é minha — ele sussurrou no meu ouvido.

Inclinei a cabeça para trás, saboreando seu calor na minha garganta e ignorando a ardência do ferimento no meu supercílio.

NIGHTFALL

— Por esta noite — retorqui com um sorriso.

Ele agarrou a minha nuca e devorou a minha boca em um beijo feroz que gerou um formigamento no meu corpo até a ponta dos pés.

Com os dedos atrapalhados, abri os botões de sua camisa.

— Eu vou cuidar de você — ele sussurrou. — Você não tem que se preocupar com nada.

Arranquei sua camisa, e ele começou a desafivelar o cinto. Eu me aconcheguei contra ele, deslizando as pontas dos meus dedos pela cintura estreita e abdômen.

— Não preciso que você cuide de mim — retruquei, entre os beijos. — Eu só quero o agora… e com você. Não quero pensar em todos os amanhãs.

Ele rosnou e me empurrou contra o banco. Ofeguei quando senti o ar frio tocar a minha pele sensível. Rangendo os dentes, ele abriu o cinto e desabotoou a calça.

Meus nervos dispararam enquanto meus olhos admiravam seu peito nu, meu corpo inteiro latejando por ele.

Minha nossa… Sua pele bronzeada era perfeita. Seus braços eram tonificados, a barriga trincada, peitorais belíssimos.

Lindo sorriso.

Suave, engraçado e doce.

Isto era tudo para mim?

Contraí as coxas, mas ele me olhou com desconfiança, nem um pouco satisfeito por eu não querer falar sobre o futuro. No entanto, era meio engraçado, porque seus olhos não se desviavam dos meus seios a cada respiração que eu dava.

Ele também não conseguia conter isso por mais tempo.

Ao descer em cima de mim, ele agarrou minha garganta e me empurrou para baixo. Choraminguei, arqueando as costas nuas e fechando os olhos quando ele se abaixou e chupou um mamilo.

— Aaaahhh… — gemi.

Ele empurrou minha saia para cima e me alcançou por baixo, puxando minha calcinha. O tecido rasgou quando ele o arrancou do meu corpo, e eu abri as pernas, ainda sentindo sua mão enrolada em meu pescoço.

— Caramba, eu quero te engravidar — disse ele, levantando-se e olhando para mim enquanto pegava um preservativo. — Quero te arruinar por todas as vezes que você me fez pensar que não me queria. Quero te dar um pedaço meu do qual você nunca conseguirá escapar.

270   PENELOPE DOUGLAS

Suas sobrancelhas estavam franzidas, com raiva, e por um momento, desejei que ele fizesse realmente isso. Eu adoraria ter uma desculpa para arrastá-lo para minha vida infernal e mantê-lo lá para sempre.

Ergui meu corpo, vendo-o abrir a embalagem, e beijei seu abdômen.

— Então finja que vai fazer exatamente isso — sussurrei. — Finja que vai me engravidar e que vamos fazer isso todos os dias.

Joguei fora o papel laminado e abri sua calça, acariciando seu pau com vontade. Não parei nem mesmo quando senti um choque percorrer meu braço inteiro. Ele gemeu ao meu toque e me ajudou a baixar sua calça o suficiente para que eu o puxasse para fora.

Deus, ele era tão gostoso, a pele tão macia e rígida ao mesmo tempo.

— Você vai me possuir amanhã — deslizei o látex pelo seu membro, beijando os músculos de sua barriga. — Depois da escola, na sua caminhonete. Contra as estantes da biblioteca, na hora do almoço. Montada no seu colo, ao contrário, no cinema.

Ele segurou um punhado do meu cabelo à nuca, seu pau rígido apontado diretamente para mim.

— Meu doce, pequeno segredo — ele murmurou.

Ele arfava, descontrolado, e me empurrou de volta contra o assento, olhando bem dentro dos meus olhos enquanto segurava seu pau para se posicionar na minha entrada.

A ponta grossa coroou por entre minhas dobras, empurrando devagar para dentro. Eu me remexia sob ele, desconfortavelmente.

— Will...

— Você será minha — ele sussurrou, pressionando a si mesmo cada vez mais fundo.

Eu gemi, alongando meu corpo para acomodá-lo.

— Você pode me ignorar, pode fugir — disse ele, grunhindo e inclinando a cabeça para trás enquanto fechava os olhos. — Você pode ir embora, pode se esconder...

Ele deslizou mais ainda, enterrando-se até o fundo, e me enchendo de tal forma que apenas um grito me escapou.

— Mas um dia você vai ser minha — rosnou. — Pode descer o fogo do inferno, ou o celestial, Emory Scott. Você é minha mulher, e vai voltar para casa, para mim, todos os dias, vai se sentar à minha mesa e aquecer minha cama. — Ele me beijou. — E vai me dar um Will Grayson IV. Anote estas palavras.

Gemi, movendo meu corpo sob o dele e me ajustando enquanto ele se retirava e se afundava de volta, mais rápido e com mais força desta vez.

— Aah, meu Deus — grunhi, a pele das minhas costas suadas rangia o couro do assento abaixo.

Ele agarrou meu pescoço novamente, apoiando-se no banco com a outra mão enquanto me encarava e arremetia contra mim repetidamente.

Agarrei seus ombros, o desconforto diminuindo à medida que o prazer se avolumava por dentro.

Aquilo era tão gostoso.

— Você vai querer isso — ele prometeu, apertando meu pescoço —, vai implorar por mim e me amar tanto que não será capaz de suportar isso.

Ele pegou o ritmo, meus seios balançando para frente e para trás enquanto ele metia com mais força, me fazendo revirar os olhos. Eu estava tão molhada, que seu pau deslizava para dentro e para fora com facilidade.

Abri as pernas o máximo que conseguia, me divertindo com a profundidade que ele conseguia alcançar. *Ah, caramba... por favor.*

— Eu quero mais — implorei. — Mais duro, Will.

Segurei-me a ele, e ele gemeu, arfando e rebolando os quadris enquanto me fodia com vontade.

Deus, eu...

O suor brotava por toda a parte, e eu abri os olhos, contemplando seu lindo rosto e o brilho em seu peito, tudo para mim.

Estendi as mãos e cravei as unhas em sua bunda, ajudando-o a se impulsionar com mais força.

Você vai querer isso.

Eu já quero.

Você vai implorar por mim e me amar tanto que não vai suportar.

Eu...

— Will, eu... — arfei, sentindo meu orgasmo despontar e segurando o mais perto que podia, mas sem ser o bastante. — Will...

— Will, o quê? — pressionou.

Mas fechei os olhos com força, sentindo seu pau estocar uma e outra vez, e fui incapaz de conter o grito quando meu corpo convulsionou diante da intensidade do meu clímax. O mundo girou ao redor, meu corpo foi coberto de calafrios e êxtase.

Porra. Porra, porra, porra...

Ai, meu Deus. Eu...

Desabei contra o assento e ele afastou o cabelo suado do meu rosto, mantendo o ritmo de seus impulsos.

— Will, o quê? — perguntou novamente, querendo saber o que eu ia dizer.

No entanto, abri os olhos, incapaz de me lembrar do que se tratava.

Devorei sua boca e o abracei apertado enquanto ele cavalgava seu próprio orgasmo, e as lágrimas escorriam do canto dos meus olhos.

Ele queria me dar um pedaço dele do qual eu nunca teria escapado, mas ele tinha uma parte minha que eu nunca mais teria de volta.

Isto nunca seria tão bom com qualquer outra pessoa. Eu estava fodida, e ele já tinha conseguido a sua vingança.

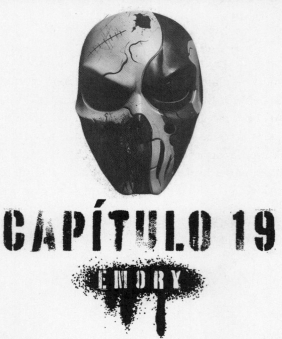

CAPÍTULO 19
EMORY

Dias atuais...

Três batidas soaram à porta e eu levantei a cabeça, fechando a gaveta com força no meu quarto.

Eu já estava acordada há vinte minutos, vasculhando o armário e as gavetas, mas não havia roupas aqui dentro. E a temperatura lá fora estava caindo ao longo do dia.

Fui até a porta, recostei o ouvido contra a madeira e gritei:

— Quem é?

O sol já estava nascendo, embora as nuvens estivessem formando uma tempestade. Pensei que eu era a única a acordar tão cedo.

— É o Rory.

Meu coração parou por um segundo, e meu corpo retesou.

O que ele queria?

— Achei que você estivesse precisando de uma camiseta nova — ele disse. — E talvez de algumas calças.

Lancei um olhar para a boxer e a camisa imensa e toda enrolada que eu usava, porque Will tinha arrancado todos os botões de minha outra camisa ontem à noite. Eu ainda tinha a calça, mas não devia recusar uma oferta de mais algumas roupas. Afinal, era exatamente isso o que eu estava procurando agora mesmo.

Hesitei um momento e depois puxei a cadeira para longe da porta, abrindo devagar. Rory estava apenas com uma toalha enrolada na cintura, o cabelo desgrenhado e uma pilha de roupas nas mãos.

Ele me encarou, sem pestanejar, e o calor deslizou sob minha pele, só em lembrar do que aconteceu na sala de visitas. Eu tinha ficado tão puta depois que Will saiu, que acabei arremessando um vaso na parede, largando minha roupa ali. Eu estava mais furiosa ainda porque desejei pedir que terminasse o que começou, e quase fiz isso. Estar com ele foi tão bom quanto naquela noite no ônibus, e foi preciso até a última gota de orgulho para arrastar meu traseiro para um banho frio antes de eu me rebaixar e implorar por sexo.

Deus, como eu teria adorado nunca ter me lembrado do quanto era bom estar com ele.

Peguei as roupas de Rory.

— Pode cortar, se você quiser — ele disse, gesticulando para as calças pretas. — São, provavelmente, muito compridas para você.

— Obrigada.

Eu fiquei ali, obrigando-me a fazer contato visual, e ele não fez nenhum movimento para sair enquanto me observava.

O silêncio se estendeu entre nós.

— Vou ficar um tempinho na sauna, e depois eu e Micah sairemos para caçar — pigarreou, antes de continuar: — Talvez a gente leve o Will junto. Sugiro que você venha conosco ou fique aqui com a porta trancada.

Seria apenas Aydin e Taylor na casa comigo? Não era o ideal, mas com menos olhos, eu poderia explorar.

E poderia surrupiar alguns suprimentos, talvez.

— Vou ficar — respondi. — Quanto tempo vocês ficarão fora?

— Horas. — Ele me olhou de cima a baixo. — Se você precisar de comida, é melhor pegar agora.

Concordei com um aceno e ele continuou ali parado. Seus olhos pálidos tinham um círculo azul-escuro ao redor da pupila que deixavam seu olhar penetrante, o suficiente para enviar calafrios pelo meu corpo.

Eu engoli em seco.

— Então... hmmm, você é um... tipo... um *serial killer* e...

Ele sorriu.

— Você está com medo?

— Vai me dizer que eu não deveria?

Ele balançou a cabeça.

— Não...

Ele se afastou sem dizer nada mais, e eu o observei por um momento antes de me trancar de novo no quarto, prendendo a cadeira embaixo da maçaneta outra vez.

NIGHTFALL

Argh... Eu tinha sentido algo estranho nele, e embora ainda não sentisse que ele fosse mau, ele era, definitivamente, capaz de muita coisa. Ele premeditou os assassinatos de sete pessoas. Parecia que havia mais coisas na história, mas se ele pôde fazer isso uma vez, poderia fazê-lo novamente.

Taylor estava certo sobre isso. Todos eles estavam aqui por uma razão, e nenhum deles era meu amigo.

Tirei a camisa e a boxer com que havia dormido, e peguei uma das camisetas brancas emprestadas. Em seguida, rasguei as calças na altura dos joelhos. Enrolei o cós para que não caísse e calcei os tênis, dando dois nós nos cadarços.

Limpando os óculos, deslizei-os no rosto e dei uma penteada no cabelo, antes de escovar os dentes. Não tinha certeza de onde vinham os sabonetes, shampoos e merdas de higiene, mas estava aqui quando entrei no quarto ontem à noite, ainda embalado e novinho em folha. Desejei que quem quer que me comprasse estas coisas tivesse se importado em fornecer algumas roupas íntimas e outro sutiã.

Assim que Micah e Rory saíssem mais tarde, eu entraria sorrateiramente em seu quarto e roubaria um moletom.

Saindo do quarto, olhei ao redor, descendo as escadas correndo rumo à cozinha. A chuva ainda fraca lancetava as janelas, o céu cinzento pairando acima.

Eu tinha pão, queijo, alguns pedaços de frutas e um pouco de granola. Eu descobriria como tirar da cozinha esse estoque que escondi, mas também precisava de água.

Ao me aproximar da cozinha, espreitei para dentro, encontrando-a ainda às escuras. A única fonte de iluminação provinha do visor do fogão. Contornei a bancada central e fui em direção à porta dos fundos, mantendo o olhar atento ao meu redor.

Abri o armário e peguei o guisado, sentindo o pacote de queijinhos ainda são e salvo.

Eu sorri.

Agora, um pouco de água. Tirei uma maçã da cesta no balcão e comecei a comê-la enquanto procurava nos armários por algum tipo de cantil ou garrafa de água, finalmente encontrando alguns copos de aço inoxidável com tampas.

Peguei um deles e o enchi, guardando junto com a comida. Eu poderia testar mais tarde se conseguiria chegar ao porão sem ser detectada com aquele tanto de coisa. Eu guardaria lá embaixo para buscar depois, caso precisasse fugir ou me esconder.

Enfiando a garrafa atrás da panela, esbarrei na parede e pausei, a maçã ainda presa entre os dentes.

Isso foi estranho.

Apalpei o tampo traseiro, sentindo que ele cobria completamente a parede, e retirei o braço, testando no próximo armário para verificar o fundo.

A mesma coisa.

Estes armários não eram tão profundos quanto deveriam ser. Fechei ambos e me levantei, colocando as mãos sobre os quadris. A bancada tinha pelo menos seis polegadas a menos em largura do que a outra bancada na parede norte, onde estava o fogão. Em direção à esquerda, abri a porta da cozinha para o terraço e olhei para fora.

A casa se estendia pelo menos quatro metros além da extremidade da parede dos armários.

O cabelo da minha nuca se arrepiou, e eu não consegui segurar o sorriso que espreitava ao me dar conta de uma coisa: era necessário uma profundidade extra nas paredes para atribuir espaço para fiação, encanamento, isolamento... Mas não mais de um metro.

Esta casa tinha passagens.

Puta merda. Será que eles sabiam?

Fechei a porta e me virei para a parede, atrás da qual deveria haver um túnel secreto e, possivelmente, escadas que levassem para cima ou para baixo. Sabe-se lá onde estas passagens iam dar, mas eu queria descobrir. Se eles não soubessem, seria um bom lugar para se esconder, e era, com certeza, uma forma de a segurança poder vigiar as pessoas aqui sem ser detectada.

E agora era o momento de descobrir. Aydin e Taylor talvez ainda estivessem na cama. Os outros sairiam para caçar em breve.

Recuei e me virei em círculo, vendo a casa como se nunca a tivesse visto antes. E se os túneis fossem também subterrâneos? Se acabassem indo parar em um local mais perto daqui do que os caras pensavam? Eu poderia fugir sem ser detectada. As possibilidades eram infinitas. Eu precisava explorar.

Passei pelo fogão, pela pia e pela janela da cozinha, vendo o solário ao lado da casa. Havia um barracão de jardinagem do outro lado da casa. Se ele tivesse ferramentas – uma chave de fenda, pelo menos –, eu poderia abrir painéis, isso se não houvesse algum mecanismo que os abrisse. Nos filmes de cinema, era sempre um livro que se inclinava para que a porta se abrisse, mas era mais frequente algum tipo de sistema de fechadura ou alavanca.

Cacete. Como eu não tinha visto isto?

NIGHTFALL

277

Abrindo a porta de trás novamente, atravessei o terraço, gotículas molhando minhas pernas e braços enquanto seguia até a estufa.

Abri a porta e tirei os óculos assim que entrei, para limpar as lentes com o tecido da camiseta.

Uma onda de calor atingiu minha pele gelada na mesma hora, ao inspirar o cheiro de samambaias, solo e madeira, o aumento repentino da umidade me cobrindo.

Coloquei os óculos de volta e olhei ao redor, ouvindo as gotas batendo, batendo, batendo, batendo contra os painéis de vidro que compunham o teto e as paredes, bem como uma leve melodia clássica vinda de algum lugar mais ao fundo da estufa.

Desacelerei os passos, olhando em volta para o antigo jardim de inverno, a tinta branca das esquadrias de janela de metal lascadas e enferrujadas. Pisei sobre as pequenas telhas brancas, a argamassa preta e suja, e uma escada em espiral levava a uma passarela que rangia quando trovejava do lado de fora.

A vida vegetal, porém, estava em bela forma. Verde, espessa, exuberante... As árvores chegavam até o telhado, as palmeiras se estendiam como muitas plantas para enfeitar as paisagens e os canteiros ao redor do passadiço. Este lugar era muito bem-cuidado.

A equipe de limpeza também cuidava desse lugar quando vinha? Parecia um trabalho inútil quando estes merdinhas não queriam saber de nada.

A água gotejou acima, e eu inclinei a cabeça para trás, vendo um painel de vidro aberto, a corrente enferrujada partida e pendurada enquanto a chuva entrava.

Isso precisaria ser consertado em breve. Com a temperatura caindo, seria impossível manter o calor necessário aqui dentro.

Percorri a estufa, não fazendo a menor ideia dos tipos de plantas que havia ali, mas parecia um outro mundo. Não era frio e escuro – não era perigoso – como *Blackchurch*. Era calmo e decadente, como uma ilha em algum lugar onde o calor e o cheiro penetravam por baixo de sua pele e em sua cabeça.

Como acordar de um pesadelo. Ou como abrir os olhos para deparar com presentes e bolos. E eu adorei.

A música soou novamente nos meus ouvidos e, ao olhar adiante, avistei Aydin, e parei.

Ele usava uma calça preta e uma camiseta branca como a minha, mas a dele estava suja enquanto se inclinava sobre o leito da planta e cortava algo. Seu cabelo, geralmente penteado para trás, estava solto sobre a testa, e um leve brilho de suor cobria seus antebraços.

Eu olhava para ele, incapaz de me mexer, porque não conseguia me lembrar por que havia entrado aqui, mas sabia que era um segredo. Eu não queria encontrar ninguém. Pensei que ele ainda estivesse dormindo.

Ele olhou de relance, deixando cair o que quer que tivesse cortado na tigela e se esticou, cortando mais um pouco.

Eu me preparei para dar a volta e sair dali. Agora não poderia ir para o barracão.

Ao invés disso, ele me chamou:

— Venha aqui.

Olhei novamente para ele, vendo-o concentrado em sua tarefa, e fui até o seu lado, fazendo o que ele disse.

Ele tirou um morango da tigela e me entregou, folhas, caule e tudo mais.

Dei um olhar de relance, desconfiado, mas o peguei. Ele apenas o cortava. Provavelmente, estava tudo bem.

Colocando-o entre os dentes, mordi a fruta suculenta, pressionando o pedaço entre minha língua e o céu da boca, me deliciando com o sabor.

Acenei com a cabeça, engolindo e mordiscando o resto.

— Bom? — ele perguntou.

— Sim, é... doce...

O que era surpreendente.

— Mmm... — ele concordou, voltando ao seu trabalho. — Sim.

Olhei para os remanescentes, sabendo que os morangos verdadeiros eram tão pequenos. Seu pequeno jardim tinha tomates, manjericão, pimentões, alface... Eu não imaginava que ele estivesse metido nisso, mas acho que agora sabia quem estava cuidando da estufa.

— Os morangos costumavam ser doces quando eu era jovem — eu disse. — Não sei. Agora eles estão sempre azedos.

— Os morangos comerciais das últimas décadas são criados para ser grandes e bonitos, mas é só isso — disse ele. — O gosto não é bom. Eu mal consigo comer qualquer produto nos Estados Unidos.

Olhei para ele.

— Você não é daqui?

Ele me encarou, arqueando uma sobrancelha.

— Digo, dos Estados Unidos.

Okay, sim. Deduzi que estivéssemos nos Estados Unidos, mas talvez não estejamos.

Ele voltou à sua tarefa.

— Eu nasci na Turquia — informou. — Minha família se mudou quando eu tinha quinze anos.

Então ele era um imigrante. Foi difícil para ele, sendo diferente na escola? Tentando se encaixar?

— Você se adaptou rapidamente? — perguntei.

— Partindo do princípio de que eu tinha alguma facilidade em me adaptar a qualquer coisa para começar? — caçoou, um brilho divertido no olhar.

Não consegui reprimir o sorriso.

Talvez fôssemos parecidos.

Eu era a única criança na escola que não comemorava o Natal. Que não participava dos concursos anuais de inverno nem fazia o Amigo Oculto na equipe de natação.

Mas se eu pudesse ter fingido, não o teria feito. Não era meu estilo fazer isso para me encaixar. Eles que se fodessem.

— Você se adaptou por ela? — sondei, quase sussurrando.

A mulher de quem ele falou nos chuveiros da piscina. A que foi feita para ele.

Ele vacilou e depois se abaixou, um olhar distante cruzando seus olhos.

Engoli em seco, mas sorri para mim mesmo. Tinha encontrado seu ponto fraco.

— Ainda tem ouvido ruídos? — perguntou ele, ignorando minha pergunta.

— Não.

No entanto, agora eu podia desconfiar de onde vinham.

Olhei o fonógrafo perto das janelas, ainda tocando *Schubert*.

— Por que você está perambulando por aí? — ele me perguntou.

Disparei um olhar em sua direção, mal conseguindo pensar em uma desculpa. Daí, me lembrei de uma plausível.

— Eu… vi o barracão de jardinagem — comentei. — Pensei em procurar por ferramentas. Talvez uma escada. Aquele painel está fora de suas dobradiças.

Apontei para o telhado e o painel de vidro quebrado.

Mas ele não olhou, apenas continuou trabalhando enquanto cortava e limpava ervas daninhas.

— Venha aqui — ele disse e estendeu o braço, convidando-me a entrar.

Recuei um pouco, mas depois… algo me impulsionou a seguir.

Entrei, e ele enlaçou minha cintura, me puxando para sentar em seu colo. Protestei, tentando me levantar, mas ele segurou e apoiou as palmas no leito de uma planta, enfiando-as por baixo da terra.

Que diabos ele estava fazendo?

Virando a cabeça, olhei para ele enquanto ele apertava meus pulsos, mantendo minhas mãos sob a terra. O que...?

— O que você sente? — perguntou ele.

Hesitei, sem palavras. O que ele quis dizer com "o que eu sinto"?

— Solo — eu disse.

Obviamente.

Ele inclinou a cabeça, parecendo não impressionado.

Será que ele realmente tinha que segurar minhas mãos daquele jeito?

Suspirando, curvei os dedos, entregando-me ao momento enquanto o toque crocante revestia minha pele.

Quase como plantar seu rosto em um travesseiro fresco.

— Terra fresca — disse eu, por fim. — Mais emoliente por causa da água. Fofa. Como farinha, quase. — Olhei para ele, com o nariz a centímetros do meu. — Grossa, mas... limpa entre meus dedos.

Ele me soltou, mas eu fiquei lá e o vi pegar um pequeno jarro de vidro, derramando água sobre o solo que cobria minhas mãos.

O gelo bateu em meus poros enquanto a terra se transformava em gosma.

— E agora? — insistiu.

— Peso — respondi. — Lamacento. Pegajoso. — Fiquei olhando, quase enojada com a sensação. — Chega a ser sufocante. Como se eu estivesse enterrada.

Ele acenou com a cabeça.

— Nem tudo precisa ser ruim para você, desde que feito com moderação. Um pouco de água é necessário para que as plantas prosperem. Demasiado pode matá-las...

Mantendo o olhar focado aos meus, ele agarrou meus pulsos novamente, prendendo-me à terra.

— Você quer ferramentas? — perguntou ele. — Para consertar... dobradiças...

Eu olhava para ele, sem gostar do brilho em seus olhos.

— Você veio aqui para pegar ferramentas para dobradiças quebradas que não viu até que... veio aqui. — Ele me encarou, a sombra de um sorriso cruzando seu rosto. — Você pode ter todas as ferramentas que quiser, Emory. Com moderação...

Engoli o nó na garganta enquanto ele continuava a segurar minhas mãos e meu olhar.

NIGHTFALL

Ele sabia que eu estava inventando uma mentira.

Ele soube assim que eu entrei aqui. Ele sabia do meu esconderijo?

Cerrei os dentes, mantendo a calma, mas ele inclinava a cabeça, me olhando com curiosidade.

— Você cresceu com um viciado? — perguntou ele.

— Por quê?

Ele encolheu os ombros.

— Eu geralmente consigo identificar mentirosos com bastante facilidade. Eles mantêm suas explicações vagas, agitadas, rompem o contato visual... Você já teve prática...

— Não estou mentindo sobre o motivo de querer as ferramentas.

— Sim, você está — ele retorquiu, calmamente. — Mas tudo bem. Gosto quando brincam comigo. Com moderação...

Arrepios se espalharam pela minha pele, e minha pulsação disparou, mas depois... algo roçou a ponta do meu dedo embaixo do solo.

Eu me agitei.

— O que foi isso?

Ele continuou me segurando.

— Se eu fosse você, não me mexeria — advertiu.

O que foi isso?

Algo escorregou sobre meus dedos debaixo da terra, e eu congelei, incapaz de respirar.

Tentei me soltar de seu agarre firme, mas ele não cedeu um centímetro; o olhar penetrante me mantendo cativa, enquanto um corpo liso e grosso, sob o solo, se arrastava sobre a minha mão.

Longo demais. Não era uma minhoca.

Engoli em seco, sussurrando:

— É uma serpente?

— Uma delas.

— Uma delas?

Ousei olhar para o leito da planta, tentando avistar outras. Havia uma parede acrílica ao redor do jardim, o painel na nossa frente foi removido para que Aydin pudesse trabalhar.

— Quem era o viciado de sua família?

— Hã?

— Olhe para mim, Emory — disse ele.

Olhei para ele, preocupação escrita no meu rosto. Tentei deslizar as mãos para fora, mas ele se manteve firme. *Merda.*

Onde estava o Will?

— Quem te condicionou a mentir tão bem? — perguntou ele, fitando meus olhos e mantendo a voz calma e firme.

— Ele... — Parei quando a cobra, ou seja lá o que fosse, se posicionou sobre a minha mão, e senti que ela se movia ou...começava a enrolar. Outro nó imenso se alojou na minha garganta. — A-Aydin...

— Quem? — Ele apertou meus pulsos.

— Ele... — Eu respirava com dificuldade. — Ele não era um viciado. Meu irmão tinha o temperamento forte — expliquei.

Porra, onde estava o Will? Lágrimas brotaram em meus olhos.

— E ele se tornou abusivo com você? — Aydin perguntou.

Uma pincelada de alguma coisa tocou o meu mindinho de novo. Sua língua?

— Ai, meu Deus — ofeguei. — Por favor.

Deixe-me ir.

— Fique quieta — disse ele. — Olhe para mim.

Ousei focar o olhar ao dele outra vez.

— Como uma pedra — ele instruiu. — Você é parte do seu terreno. Ela não vai te notar, a menos que você queira que ela note. Como uma pedra, Emory...

— Aydin...

— Não se mexa — ele rebateu novamente.

Fechei os olhos, encurralada. Sentindo-o ali. Incapaz de correr. Qualquer movimento brusco, e... *Deus, tire-o de cima de mim. Por favor.*

— Isto te faz lembrar dele, não é? — perguntou Aydin. — Seu irmão.

O quê?

— Esperando o perigo te atingir — continuou ele. — Ciente de que estava chegando.

Mantive os olhos fechados, tentando esquecer, mas meus joelhos começaram a tremer, e eu queria bater nele. Meus braços estavam contraídos, a raiva ali, como antes, mas eu não conseguia fazer nada com isso. Ainda não. Eu não conseguia me mexer.

— Não podia viver, quase molhando as calças e esperando o inevitável à medida que se aproximava cada vez mais de você.

Cale a boca. Ele não me conhecia.

— Você sentia náuseas antes mesmo de saber que ele estava voltando para casa? — perguntou ele. — Corria para o banheiro para vomitar, talvez...

NIGHTFALL

283

Abri os olhos, encontrando os dele através da visão embaçada.

Milhares de agulhas pareciam pinicar a garganta, ao me lembrar.

— A máquina de lava-louça da cozinha — revelei. — Estava mais perto do que o banheiro. Normalmente eu estava fazendo o jantar.

Ele acenou com a cabeça, um olhar atencioso nos olhos.

A cabeça da cobra escorregou sobre minha mão novamente, moendo a sujeira em minha pele.

— É venenosa? — perguntei.

— Uma coisa só é venenosa se você a comer — ele retorquiu. — Os organismos que mordem e injetam veneno em você são descritos como venenosos.

Puta merda.

— É venenosa, então?

— São corredoras-azuis — informou, como se isso significasse alguma coisa para mim. — E se eu dissesse que é venenosa, mas que tenho o antídoto?

— Deixe-me ir.

— E se eu dissesse que não é venenosa, mas que pode morder?

Cerrei os dentes, a cabeça da serpente cravando entre meus dedos. Que porra é essa? Por que ela não estava seguindo em frente?

— E se eu dissesse que não pode morder, apenas constringir? — ele perguntou em vez disso.

— O que você está fazendo?

— Ou talvez não seja nada prejudicial — ele me disse —, mas eu poderia colocar algumas em sua cama hoje à noite... Você as temeria menos?

— Aydin... — Comecei a puxar os braços.

Ele repreendeu:

— Se você se mexer, ela vai te picar. — Ele me olhou de relance. — Assuma o controle, Emory. Possua este momento...

O quê? Sacudi a cabeça, contraí as coxas, enquanto me preparava para fugir, lutar e correr, mas...

— Não fuja — ele me disse, lendo minha mente. — Não chore. Não fique brava. Apenas solte...

N... não. O quê...? A sujeira se moveu a alguns metros, e eu chorei. Era outra?

Mas ele gritou:

— Vamos!

Eu me assustei, resistindo à vontade de enrolar meus dedos na sujeira.

— Olhe para mim — disse ele. — Olhe nos meus olhos.

Fixei o olhar ao dele. Por favor...

— Olhe para mim — ele insistiu novamente. — Mantenha o olhar fixo ao meu. Não lute. Não se enfureça. Não grite. Não lhe dê seu medo.

Entrei em pânico, olhando fixamente para seus olhos castanhos, escavando um túnel mais profundo para as manchas de mel e âmbar.

— Eu estou aqui — ele recitou. — É isso, e não tenho medo.

Exalei, respirando fundo outra vez, mas começando a me acalmar.

— Não tenho medo — repetiu ele. — Eu sou o olho da tempestade. A calma na loucura...

Arfei, mais devagar.

— O sossego no caos. A paciência do meu momento...

Minha mão começou a se moldar à terra, a cobra encolheu e meu coração começou a desacelerar.

Nós não piscamos.

— Eu sou o olho da tempestade — ele murmurou, e eu fiquei hipnotizada. — Ele não surgiu na sua vida, Emory. Você esperava isso. Devia ter acontecido. Tudo isso fazia parte do plano. Você sabia o que estava por vir.

Eu olhava em seus olhos, sua voz ao meu redor como música, como uma calma fria varrendo meu sangue.

— Nada é sempre uma surpresa — disse ele. — Aja sempre como se você soubesse que estava chegando o tempo todo. Faça de conta que fazia parte do plano. Você se move com a tempestade, Emory. Calma, calma, paciente, e então... Então você surge na vida dele.

Meu peito se ergueu e caiu em respirações constantes enquanto eu sussurrava:

— Eu surjo na vida dele.

— Ele pode bater em você de novo — ele expirou —, mas ele nunca lhe fará mal. Você vai sorrir, e então...

— Eu vou surgir na vida dele — sussurrei.

O calor corria sobre meu corpo, uma cortina erguida e meus pulmões se abriam, o aço revestia minha pele e as facas brotavam de minhas unhas.

A serpente deslizou sobre meu dedo até a superfície do solo, afastando-se para dentro das outras plantas, e eu olhei para baixo, vendo minhas palmas ainda enterradas, mas Aydin não estava mais me segurando.

Quando é que ele me soltou?

Tirando-as, olhei para ele, vendo-o me dar um pequeno sorriso. Então, ele se inclinou e agarrou a serpente negra, que se enrolou ao seu punho, e

NIGHTFALL

me encarou enquanto o réptil sibilava, estalou de volta e mordeu o dorso de sua mão, afundando as presas na pele.

Aydin a soltou, e eu assisti quando ele sugou os dois furos vermelhos em sua boca e cuspiu o sangue para o leito da planta.

— Como quase todos os que sofrem — ele me disse —, isto pode morder, mas você sobrevive.

O suor resfriou minha pele, cabeça nublando, um peso tremendo que eu pensava que sempre me sentiria, de repente, ausente.

Inclinando-se, Aydin beijou minha têmpora, e eu nem pensei em me afastar. Seus lábios eram quentes e suaves, quase como um…

Como um pai.

— Você é Lilith — ele sussurrou contra a minha pele. — Você não pode ser queimada se for a chama.

Recuando, ele olhou dentro do meus olhos, e não consegui sorrir. Ele não era inocente por ter me dado aquele susto do caralho, mas entrei aqui com algo que não levaria de volta comigo. Tudo parecia mais forte e leve.

Como diabos ele fez isso?

Lilith… As palavras dele me passaram pela cabeça. Ele era judeu? Ela estava em nosso folclore. A primeira esposa de Adão e expulsa do Jardim do Éden, porque ela se recusava a ser subserviente.

Ela era sombra e luz. Não tinha medo de cair ou de arder.

Ela era uma chama.

Algo se deslocou à minha direita, e ambos viramos a cabeça, vendo Will parado dentro da sala.

Ele usava calça de treino cinza, o cós baixo, e nada mais, pois seu cabelo grudava em todo o lugar da maneira mais adorável.

Meu coração doía na mesma hora, sempre que eu vislumbrava a raiva em seus olhos, mas eu estava pronta para fazer algo a respeito agora.

O olhar que ele intercalou entre Aydin e mim, ainda em seu colo, deixava nítido, a julgar pela cara emburrada, que ele ainda se importava comigo. Ele simplesmente ficou ali, imóvel, e eu me levantei, lembrando daquela noite na pista de dança do baile.

Todos tinham nos encarado porque não pertencíamos um ao outro, mas não sentíamos nada além da dor agonizante pela distância entre nós e, de repente, Aydin não estava nem mesmo na sala.

— Micah e Rory foram caçar? — Aydin perguntou, recostado ao assento.

Will assentiu, recusando-se a olhar para mim agora.

— Eu disse a Taylor para ir com eles.

Aydin riu baixinho, olhando para Will por cima do seu ombro.

— Somos só nós três, então. — Ele deve ter olhado de relance para mim. — Vocês, crianças, querem brincar na piscina?

Olhei para Will, ignorando a sugestão velada de Aydin de que eu tirasse a roupa, mas depois Will declarou:

— Pode ficar com ela — disse ele. — Eu já peguei uma vez.

Olhei fixamente para ele, o desafio explícito, mas enquanto eu teria berrado ou saído de lá às pressas, eu me senti enraizada ao lugar, firme.

Um carvalho.

O olho da tempestade.

Aydin riu para si mesmo e se levantou da cadeira, substituindo o painel que mantinha as cobras confinadas, e acariciando meu cabelo enquanto saía da sala.

— Você sabe onde me encontrar — disse ele. — Quando estiver pronta para o próximo nível, Srta. Scott.

Ele saiu e Will olhou para mim, sacudindo a cabeça. Ele não me impediria nem mesmo se eu trepasse com cada pau desta casa.

Ele não se importava comigo... porque me odiava.

— Nada estava acontecendo — eu disse a ele.

— Não me importo — disparou. — E você não daria a mínima, caso eu me importasse.

Sem outra palavra, ele se virou e começou a se afastar.

Meus pulmões se contraíram.

— Godzilla — disse eu, dando um passo à frente.

Ele parou. Virando-se para mim, entrecerrou os olhos frios.

— O quê?

Dei mais um passo, tentada a me desviar ou olhar para o lado ou encolher como se estivesse no meu antigo eu, quando estava me cagando de medo, no entanto, mantive o olhar fixo ao dele.

Não importava o quanto doía.

Nada do que está acontecendo neste momento é uma surpresa. Eu sabia que isso aconteceria. Lide com isso.

— Você, um... — Engoli o nó na garganta. — Você perdeu um filme do Godzilla desde que se foi. *Rei dos Monstros* — informei. — Foi até legal, com exceção do enredo.

Ele ficou parado, me olhando com desconfiança.

Então dei outro passo.

Ele podia sair a qualquer segundo, mas eu não o deixaria. *Fique.*

— Boa cinematografia e cenas de ação — comentei. — A Mothra aparece.

Os aspersores acima ligaram do nada, mas eu não desviei o olhar quando a chuva quente caiu sobre as árvores, as plantas e o jardim, encharcando minhas roupas.

Tirei os óculos, colocando-os perto de outra planta.

— Comprei aquelas balas de caramelo e açucaradas, que você gostava. — Eu ri baixinho. — Nem sei por que, já que eu estava sozinha e não precisava daquele tanto de doces, mas... eu não comi as de caramelo. — Engoli, olhando profundamente nos olhos dele. — Não pude deixar de pensar... *'nossa, o Will ia adorar isso...'*.

Meus olhos arderam, mas pisquei para afastar as lágrimas, sabendo exatamente por que comprei o Milk Duds. Eles eram do Will.

A água caiu em cascata pelo seu peito nu, e eu respirei firme, inabalável, por mais que meu coração batesse forte.

— Sempre me perguntava o que você diria sobre o filme — murmurei. — E o que você mais gostaria nele.

Os olhos dele permaneceram nos meus, e eu me aproximei um pouco mais, água escorrendo pela boca dele e umedecendo sua pele.

Por favor, fique.

Ele engoliu diversas vezes, e baixou o olhar à medida que eu me aproximava. Sua respiração também estava acelerada como a minha.

— Mothra? — inquiriu.

— E o rei Ghidorah também. — Assenti. — Todos os titãs. Os efeitos visuais foram incríveis...

Ao chegar até ele, parei assim que minha camiseta roçou seu peito nu. O calor se acumulou em meu ventre, ao senti-lo tão perto.

— Vão lançar o *Godzilla vs. Kong* em breve. — Descalcei os tênis.

Seu peito arquejava, meu olhar focado naquela pele linda que eu queria tocar. Cerrei os punhos para me controlar.

— Os dois são heróis — respondeu ele. — O final será ambíguo, Emory.

— Não. — Sacudi a cabeça, arrancando a camisa e deixando-a cair no chão. — Os diretores declararam que haverá um claro vencedor.

Ele olhava fixamente para o meu corpo, a respiração ofegante.

— Mas que porra é essa? — resmungou. — Roteiristas do caralho.

Meu clitóris latejava, e eu olhava fixamente para sua boca, quase o degustando, querendo subir em cima dele.

— Então será o Kong — eu disse, desabotoando a calça de Rory ao redor da minha cintura. — É mais esperançoso que os menos favorecidos vençam.

Ele me observou, desabotoando a roupa.

— O Japão vai proibir o filme se o Godzilla não ganhar.

— Eu acho que ele pode ganhar — murmurei, retirando a calça e sentindo a chuva atingir os meus seios, braços e costas. — Com o arsenal do Godzilla, e o fato de que ele pode lutar em terra e no mar...

— E, nos quadrinhos, ele luta contra Deus e o diabo, pelo amor de Deus — disse ele. — Que porra o Kong já fez?

Eu me apoiei na ponta dos pés, com os lábios pairando sobre o dele.

— Godzilla agora também emite uma explosão onidirecional.

— Sério?

Acenei com a cabeça.

— Você perdeu o filme.

Tateei seu peito com a ponta dos dedos, e tentei engolir, mas a garganta estava seca.

— Eu te disse... — comentou ele. — Como o Kong vai sobreviver a um ataque de nível molecular?

Pressionei meu corpo ao dele, meus mamilos pontiagudos doendo contra seu calor.

Ele tremeu um pouco, abaixo das minhas mãos, e eu não aguentava mais. Voltei a cerrar os punhos, meu corpo fervendo, e tudo o que eu mais queria era me perder nos braços dele.

Mas eu não pediria por nada. Eu tomaria.

Com meu coração quase saltando pela garganta, eu o empurrei para a cadeira à minha esquerda e pairei minha boca acima da sua enquanto deslizava a mão pelo seu peito musculoso.

Ele riu, agarrando os braços da cadeira.

— Você está querendo, é? — zombou. — Mas não vai conseguir.

Rocei os lábios em sua bochecha, sobre sua mandíbula, e pelo pescoço, a fome fazendo meu clitóris vibrar com tanta intensidade, que tive que conter um gemido enquanto a chuva caía sobre meu corpo nu.

— Você não precisa fazer nada — sussurrei sobre a pele dele. — Na verdade...

Deslizei a mão dentro de sua calça e envolvi seu pau ereto.

Ele ofegou, arregalando os olhos.

— Você nem precisa se mexer — eu disse a ele, bombeando-o devagar, meu punho apertado. — Fique aqui mesmo, porque vou drená-lo até secar.

Apertei o pescoço dele, de um jeito gentil, mas possessivo, antes de me ajoelhar e arrastar as unhas pelo seu peito, seguido de suas coxas.

Ele era meu. Endireitando a postura, senti seus olhos nos meus seios enquanto desamarrava o cordão e puxava sua calça para baixo, apenas o suficiente para que eu pudesse tirá-lo.

A água borrifava no meu cabelo, meu peito, sua barriga e seu rosto, e ele continuava a me encarar, um misto de raiva e excitação em seus olhos.

Mas ele não estava me impedindo.

Masturbando seu pau, acariciei para cima e para baixo, beijando e lambendo seu abdômen, passando a mão livre pela cintura dele, pelas costas e pelo peito. Mordisquei e mordi, puxando a pele com os dentes antes de sugá-la para dentro de minha boca, seu controle se desfazendo cada vez mais.

— Puta que pariu... — sussurrou, gemendo.

Voltando para baixo, dei uma olhar de relance, os nós dos dedos brancos enquanto ele agarrava os braços da cadeira. Guiei seu pau para a minha boca, nossos olhares conectados, mas não o abocanhei, só para provocá-lo um pouco mais.

Mexi a língua, saboreando seu calor enquanto seus olhos suavizavam e a necessidade cruzava sua expressão.

— Emmy... — Ele se descuidou.

E meu coração começou a se despedaçar, ouvindo um Will Grayson mais jovem e feliz implorando para me abraçar outra vez.

Fechei os olhos e o deslizei pela boca, empurrando meus lábios pelo seu eixo até a ponta tocar a parte de trás da minha garganta.

Ele arfou e ofegou pelos dentes cerrados, os dedos deslizando no meu cabelo e segurando minha cabeça enquanto gemia.

Eu o segurei ali, relaxando a garganta e tentando tomá-lo o máximo possível, mas eu estava com fome e queria chupar. Subindo e descendo, puxei lentamente para fora e depois deslizei minha boca de volta pelo seu pau, uma e outra vez.

Seus dedos agarravam meu cabelo, o pênis duro se tornando mais rígido ainda dentro da minha boca. Arrastei a língua para cima e para baixo do seu eixo, lambendo as veias sob a pele e sugando a gota que surgiu na ponta.

Ele rosnou, olhando para mim de relance.

— Tirar vantagem de um homem que esteve na prisão é golpe baixo. Realmente baixo.

— Você não está em *Blackchurch* — sussurrei, beijando o comprimento de seu membro ereto. — Estamos na festa do pijama, no ginásio, e nós conseguimos escapar para que eu pudesse te beijar. Aqui embaixo.

Ele gemeu, deixando sua cabeça tombar contra o encosto; seus olhos se fecharam, diante da fantasia que tomava conta. Eu o levei de volta ao ponto onde ainda não o havia magoado. Antes que ele me magoasse. Antes de toda a merda e de todos os anos...

Eu me movia mais rápido, chupando com mais força e vontade, choramingando diante de seu tamanho tocando o fundo da minha garganta, enquanto seus quadris começavam a impulsionar para foder a minha boca.

— Will... — implorei, sentindo meu centro latejar.

Escorregando uma mão entre minhas pernas, espalhei a umidade pelo meu clitóris, latejando e agonizando por ele enquanto eu trazia meus dedos de volta para fora.

Esfreguei meus dedos encharcados ao redor da ponta de seu pau, vendo-o me observar sugar seu comprimento de volta para dentro de minha boca, lambendo nossos sabores misturados. Seus olhos penetrantes incendiaram enquanto eu lambia a água e o cobria de calor.

Mas, de repente, ele agarrou meus braços e me puxou para cima.

O quê?

Seu olhar disparou para o meu um segundo antes de ele me girar e me colocar sentada em seu colo.

Ele me envolveu com um braço, respirando em minha nuca, e me abraçou.

— O que mais vamos fazer, hein? — ofegou. — Antes que um professor chegue?

Seu pau pressionou meu traseiro, e ele agarrou minha boceta, enfiando um dedo no fundo e depois dois.

Arquejei enquanto ele massageou meu seio, rolando meu mamilo entre os dedos.

— Hein, pequena Emmy? — zombou.

Fechei os olhos, a água nos encharcando na estufa, enquanto imaginava toda a diversão que poderíamos ter tido se eu tivesse me jogado de cabeça todos aqueles anos atrás.

Deus, eu o queria. Foda-se.

NIGHTFALL

Afastando-me, eu me levantei e o encarei, vendo-o acariciar seu pau. Não esperei nem mais um segundo. Subi em cima dele, devorando sua boca com a minha, montando seu colo e apertando sua garganta com uma mão.

Meu.

Ele interrompeu o beijo, sorrindo com malícia, mas eu não dava a mínima, porque era isso o que eu queria dar a ele.

Ele se posicionou debaixo de mim, coroando minha entrada, e um gemido de antecipação escapou quando mordi seu queixo.

Deslizei para baixo, enterrando-o profundamente dentro de mim.

Eu me estiquei e arquejei, e ele bateu fundo antes de eu me levantar, cobrindo-o em minha umidade antes de deslizar de volta para baixo, embainhando seu pau até a base.

— Aaah — ele gemeu, apertando meu traseiro com as mãos.

Fiquei ali, acomodando sua plenitude e estirando meus músculos.

Beijei sua bochecha, observando seu rosto e seus olhos fechados enquanto ele me deixava seguir com a boca sobre sua têmpora, sua testa e até o canto de seus lábios, deixando pequenos beijinhos. Enfiando a mão em seu cabelo, lambi seu pescoço, saboreando a água em sua pele quente, sentindo os formigamentos se alastrando por toda parte só em poder me deliciar com a lembrança de seu cheiro.

Inclinando-me para trás, olhei para ele quando comecei a me mover lentamente, arqueando as costas e rebolando os quadris. Eu o deslizei para fora e o empurrei de volta para cima dele, fodendo-o lentamente no início. Ele abriu os olhos e agarrou meus quadris, seus olhos se arrastaram por toda a parte enquanto observava meu corpo se movimentar em cima dele.

Mergulhando para frente, ele sugou meu seio em sua boca, e eu cravei as unhas em seus ombros, deixando a cabeça pender para trás enquanto a onda de euforia me percorria.

— Você me fodeu — ele rosnou, puxando meu mamilo entre os dentes.

— E você me fodeu — rebati, inclinando a cabeça para cima, a água correndo pelo meu rosto à medida que ele mordiscava um seio e passava ao outro.

Parte de toda essa merda foi culpa minha, mas não tudo.

Rolei os quadris de novo e de novo, minha respiração se tornando cada vez mais superficial diante do prazer que se avolumava.

— Eu quero te beijar — sussurrei. — Nos lábios.

— É mesmo?

— Sim.

— Por quê? — provocou.

Eu me inclinei, subi e desci, para cima e para baixo, segurando-o bem perto.

— Porque — sussurrei sobre a boca dele —... Porque quero ser sua garota.

Ele circulou minha cintura com os dois braços como uma faixa de aço, impedindo meus movimentos.

— E você se lembra do que isso significa?

Eu olhava para ele, tentando esconder o sorriso ao me lembrar de tudo o que ele queria.

Eu, voltando para casa, para ele, todas as noites.

Eu, à sua mesa e aquecendo sua cama.

Eu, tornando-o um papai.

Assenti com a cabeça.

— Então diga... — ele pediu.

Engoli em seco, a excitação correndo pelas minhas veias enquanto sussurrava:

— Isso significa que você tem que gozar dentro de mim.

Não tínhamos camisinha aqui.

Ele sorriu e se levantou, levando-me com ele enquanto caminhava para o leito de uma das árvores atrás de nós. Ele me colocou para baixo e me empurrou contra o solo. Levantando-se de novo, ele me virou, e eu suspirei, chorando ao me dar conta do que estava acontecendo.

Gemi, meu clitóris pulsando como um martelo pneumático enquanto ele cobria a minha bunda e forçava a abertura das minhas pernas, em seguida, me penetrando com força e rapidez.

— Will... — clamei.

Ele enrolou uma mão no meu pescoço e sussurrou contra a minha bochecha:

— Diga novamente.

Ele arremeteu fundo, dentro e fora, dentro e fora, de novo e de novo, e eu fechava os olhos, aceitando.

— Significa que você tem que gozar dentro de mim.

— Você quer isso?

— Sim.

A terra roçava contra o meu corpo, até que, finalmente, ele virou a

NIGHTFALL

minha cabeça na direção dele, e afundou a boca à minha, me beijando profundamente e roubando meu fôlego.

Sua língua mergulhou e fez meu coração afundar até os dedos dos pés. Eu gemi.

— Minha pequena Em — ele ofegou, enfiando uma mão embaixo de mim e apalpando meu seio. — Minha pequena Em que gosta de seus segredinhos. A *nerdzinha* de dia, que gosta de foder com força de noite.

— Sim — cantarolei. — Sim.

Minha boceta contraiu, apertou e espremeu, e eu afundei os dedos na terra, indo de encontro aos seus impulsos, desejando isso.

Meu cabelo grudou nas minhas costas arqueadas, e tudo em que eu conseguia pensar era no tempo que tínhamos perdido no ensino médio. De como isso era maravilhoso e eu não fazia ideia. Eu deveria ter fugido com ele e ter transado com ele a cada chance que tínhamos, porque não havia nada do que eu estivesse tentando me proteger, que já não acontecesse em casa. Eu não deveria ter deixado o medo me deter.

O orgasmo começou a crescer, e eu gritei enquanto ele empurrava seu pau dentro de mim, repetidamente, me fodendo contra a terra que recobria cada centímetro da minha pele.

Ele grunhiu, e pude perceber que estava prestes a gozar.

— Diga isso outra vez — disse ele.

— Goze dentro de mim — gemi, sentindo seu clímax próximo. — Ah, meu Deus, eu...

— De novo.

— Goze dentro de mim, Will — implorei. — Por favor.

Ele arremeteu fundo e eu explodi, o orgasmo sacudindo todo o meu corpo, o mundo girando sob mim, e ele empurrava de novo e de novo, cada vez com mais força, finalmente derramando sua semente dentro de mim enquanto apertava meu seio e gemia.

Gritei, cada músculo queimando. O orgasmo me atravessou, minha boceta apertou seu pau, e ele se virou, desabando no chão ao meu lado.

— Porra — ele se desfez.

Fechei os olhos, a cabeça recostada no chão, incapaz de engolir porque minha boca estava seca pra cacete. Eu realmente esperava que as cobras estivessem confinadas ao jardim, e não aqui.

Mas não consegui reunir um músculo sequer para me preocupar.

Aydin provavelmente também nos observava de algum lugar. Os caras

294   PENELOPE DOUGLAS

poderiam ter voltado mais cedo por qualquer razão, mas não liguei para isso. Eu queria um banho, queria dormir, e queria os dois com Will.

Mas sem outro toque ou beijo, ele se levantou da sujeira e puxou sua calça ensopada, amarrando o cós.

Eu me virei e me sentei, observando-o se afastar para recolher as minhas roupas encharcadas do chão.

Ele as jogou para mim.

— Vá mijar — disse ele. — E rápido.

Sentei-me ali, o olhar semicerrado, mas meu queixo tremeu um pouco.

O olho da tempestade...

Engoli na marra o caroço que havia se alojado na garganta.

— Sabe como é... aquela velha história das mulheres casadas — debochei, me levantando e começando a me vestir. — Eu uso anticoncepcional, então não se preocupe.

Babaca.

Não que eu estivesse pronta para ter um filho agora, pelo menos, mas ele não estava me dizendo isso porque não os queria. Ele estava me dizendo isso porque não os queria comigo.

Era só conversa sobre sexo.

Sufoquei as lágrimas embargadas, sem olhar para cima até que ele tivesse saído, me deixando ali sozinha, em meio à terra molhada.

Coloquei meus óculos, dobrei a cintura da calça e peguei os tênis, saindo do solário tranquilo para voltar ao meu quarto.

Prendi a cadeira abaixo da maçaneta da porta, perdida em pensamentos enquanto tomava banho e lavava a sujeira do meu cabelo, ainda sentindo-o dentro de mim.

Eu mostraria para ele. Eu era forte, e não implorava por nada.

Eu sairia daqui, viveria e manteria meu queixo erguido, porra.

A calma na loucura. O sossego no caos. A paciência para o meu momento.

Sequei o cabelo e enrolei a toalha ao meu redor, indo para o quarto escuro e desabando sobre a cama.

Fechei os olhos, ouvindo a chuva do lado de fora, tentando me concentrar no próximo passo do meu plano de fuga.

Um pouco mais de comida, um moletom, e eu ainda precisava de algum tipo de ferramenta do barracão. Seria uma boa arma, também, se necessário.

Um vento me bateu e eu esfreguei os olhos com os dedos, me sentindo muito cansada.

NIGHTFALL

Mas eu não conseguia dormir. Abrindo meus olhos, vi uma forma escura pairar sobre mim, ao lado da cama, e perdi o fôlego.

Mas que diabos?

Mas antes que eu pudesse gritar e me afastar, ela disse:

— Você os deixou assistir enquanto ele comia você ontem à noite? — ela perguntou.

E então a lâmpada na mesinha de cabeceira acendeu, e eu olhei para ela, o cabelo um pouco mais curto do que da última vez que a vi vestida como uma ladra, vestida de preto dos pés à cabeça.

— Garota — brincou, sorrindo com aprovação. — Eu sabia que você levava jeito.

Parei de respirar, meus olhos se abriram.

— Alex?

Ela estendeu as mãos, fazendo pose, e eu me levantei de um salto e a puxei para um abraço, as duas desabando de volta na cama.

Ai, meu Deus.

— O que você está fazendo aqui? — Quase chorei de emoção.

Ela cobriu minha boca com a mão, me mandado ficar quieta, e seu corpo se sacudiu com uma risada.

— Também senti saudades, magrelinha — ela sussurrou.

Meu corpo tremeu com uma risada silenciosa, e eu a abracei com tanta força que ela grunhiu.

CAPÍTULO 20
WILL

Nove anos atrás...

Ela parou e olhou em volta enquanto eu pegava a chave e destrancava a porta dos fundos.

Já passava de uma da manhã, e eu abri a porta rápido, para tirá-la da chuva.

— Está tudo bem — assegurei. — A barra está limpa. Ele ainda está no trabalho.

Fechei a porta, tranquei e me ajoelhei para tirar as sapatilhas dos seus pés. Em seguida, segurei sua mão e a puxei em direção à escada.

— Algum dia desses, nós vamos ter que enfrentá-lo.

Ela encostou a cabeça no meu braço, bocejando.

— Ele é assustador — disse ela.

Balancei a cabeça e a peguei no colo, carregando-a escada acima.

— Ele é uma piada. — Eu a abracei forte quando ela enlaçou meu pescoço. — Eu sou seu homem agora. Ele terá que passar por mim.

Ela apenas deu uma risadinha contra o meu pescoço, mas não disse mais nada.

Eu não estava tentando ser engraçado.

— Paige? — alguém disse.

Congelei, estaquei em meus passos, cessando o rangido do piso de tábuas.

Emmy levantou a cabeça e desceu dos meus braços, correndo para o quarto da avó.

— Sim, *Grand-Mère*.

Recuei no corredor, sem querer que Em tivesse que lidar com as perguntas da avó sobre o fato de estar chegando tão tarde, e na minha companhia.

— Onde está seu pai? — perguntou sua avó.

Pude ouvir Em andando pelo quarto, despejando um pouco de água e ajeitando os cobertores.

O pai dela?

Mas Emmy respondeu, sem nem ao menos hesitar.

— Ele teve que voltar para a floricultura. Ele trouxe flores amarelas pra você, mas devia saber quais são as suas preferidas.

— Flores vermelhas. — A voz rouca tinha uma leve pitada de humor. — Como ele pôde esquecer?

— Vá dormir — Em disse, baixinho — Quando você acordar, elas estarão aqui.

Emory voltou para o corredor, bocejando outra vez, e fechou a porta parcialmente, deixando apenas uma fresta aberta.

— Amo você, amorzinho — sua avó disse.

— Também te amo.

Ela olhou para mim no corredor escuro e segurou minha mão, recostando a cabeça no meu peito. Ela estava esgotada, porra.

Eu a conduzi até o quarto dela.

— Seu pai? — sondei.

Adam Scott morreu com sua mãe anos atrás. Ficaram presos dentro do carro quando o rio inundou a cidade, cerca de cinco anos atrás, por causa do furacão Frederic.

No entanto, Emmy esclareceu:

— Meu avô. O marido dela. Ela, às vezes, pensa que sou a minha mãe…

Acenei uma vez, sem saber realmente o que dizer para uma coisa dessas. Eu só sabia que era uma parada muito dura para uma colegial ter que enfrentar. Neste exato instante, eu só poderia ser grato por ela ter me poupado um minuto de seu tempo, a contar com os problemas maiores que ela tinha. Eu fui muito exigente com ela.

Entramos em seu quarto e eu acendi as luzes.

— Não, deixe as luzes apagadas — protestou, indo direto para a cama. — Estou tão cansada.

Ela desabou, nem ao menos se preocupando em se despir, e eu desliguei as luzes outra vez, deixando o quarto na penumbra.

— Só que eu não quero dormir... — murmurou, bocejando. — Porque quando a noite passar, tudo vai acabar. Nada mais de diversão.

Fui até ela, com um sorriso largo nos lábios.

— Nada vai acabar. — Puxei seu edredom por baixo de seu corpo, para cobri-la. — Não foi apenas uma diversão para mim, Emmy. Você não sabe disso até agora?

Olhei para ela, vendo-a se virar de lado, e ajeitei o cobertor mais uma vez. Nós não tínhamos terminado. Eu precisava de mais.

— Você ainda não confia em mim? — perguntei.

Ela permaneceu em silêncio, quieta, recusando-se a olhar para mim. Será que ela já estava dormindo?

Mas então eu a ouvi falar:

— Uma parte minha deseja que eu pudesse ter você... que você fosse meu homem, mas...

Eu a ouvi engolir, e, em seguida, suspirar.

— A realidade será diferente amanhã — afirmou.

Como se isso explicasse tudo.

Fui até a janela e fechei a cortina.

— Algum dia você será grande e poderoso — ela continuou.

Eu me virei e a vi afofando o travesseiro.

— Como já sou agora? — brinquei.

— E ficará deslumbrante em um terno de três peças, com o cabelo fabuloso — devaneou, como se eu nem estivesse aqui.

— Molhado eu fico melhor ainda.

— E todos vão gostar de você. — Ela se deitou de costas e se acomodou ao travesseiro.

— Todos já gostam.

— E você será o centro das atenções.

Pairei acima dela e endireitei o edredom ao redor de seu corpo, lutando contra um sorriso.

— Humm-humm.

— Com filhos lindos tipo capa de revista.

— Meu esperma será lendário — brinquei.

— E vai se casar...

— Várias vezes, com certeza.

— E todas serão loiras.

Meu corpo tremia de tanto rir quando me inclinei sobre ela, sentindo seu cheiro e sua pele, morrendo de voltar de me enfiar embaixo daquele cobertor com ela.

Mas ela estava exausta esta noite.

— E o único momento que você vai notar a minha existência — prosseguiu —, será quando você for me entregar o cheque para pagar pelo meu serviço de passear com seus cãezinhos *labradoodles* toda semana.

— Até parece que um deus ocupado, importante e fabuloso como eu se incomodaria com esse tipo de tarefa... — rebati. — Minha esposa de 18 anos, ex-coelhinha da Playboy, Heidi, é quem vai assinar os cheques.

Um rosnado escapou de seus lábios e eu comecei a rir.

— Você vai se lembrar disto, Will Grayson — resmungou, com valentia. — Eu te levei nas nuvens esta noite. Nem que tenha sido por apenas um minuto.

Ela se virou de lado, de costas para mim, e eu sorri ao afastar o cabelo de seu rosto e pescoço.

Você já tem feito isso há muito tempo.

— Agora, se manda — disse, me empurrando de brincadeira e fechando os olhos.

Enquanto admirava a sombra das árvores dançando sobre suas costas, meu corpo formigava, querendo muito mais dela.

Ela era incrível, e eu odiava que ninguém enxergasse o quanto ela era linda, a não ser eu. Tive uma experiência surreal de quase morte naquele ônibus, e estava feliz pra caralho por causa disso.

Seu corpo se movia em respirações lentas e constantes, e eu via seus lábios tremularem a cada incursão.

— Eu te amo — murmurei.

Ela não se moveu nem abriu os olhos, o cansaço a dominou à medida que ela mergulhava mais profundamente ainda no sono.

Comecei a me afastar, mas meus olhos foram atraídos para os arranhões e contusões em suas costas. Como ela conseguiu maquiar a área sozinha? Será que seu irmão a ajudou?

Eu duvidava muito disso.

Então eu me agachei e me inclinei para conferir as marcas em seu braço e nas costas, sob a luz singela do luar que se infiltrava pelas cortinas. Lambi o polegar e esfreguei a mancha em um tom roxo-escuro e vermelho, mas...

A maquiagem não saiu.

Semicerrei os olhos, lambendo o polegar novamente e esfregando com um pouco mais de força. Ela resmungou e se afastou do meu toque, como se estivesse com dor.

PENELOPE DOUGLAS

Esfreguei o polegar contra o indicador, e não senti nenhum traço oleoso desses produtos que as mulheres usam.

Parei e analisei seu rosto, observando mais atentamente a gota de sangue que havia secado acima de seu supercílio. Ela disse que aquilo fazia parte do figurino.

Senti meu sangue fervilhar nas veias, meu pulso martelar em meus ouvidos, diante dos pensamentos que se atropelavam na minha cabeça.

Os hematomas que vi em suas pernas, na piscina.

O hematoma na coxa, na aula de literatura.

As roupas excessivamente folgadas, quase nunca mostrando um pedacinho de pele.

Eu me levantei e a encarei fixamente, tentado a arrastá-la para fora dessa cama. No entanto, já era tarde e ela precisava dormir.

Esta noite era a Noite do Diabo. Por enquanto, eu a deixaria descansar.

Porque mais tarde eu descobriria o que diabos estava acontecendo de uma vez por todas.

CAPÍTULO 21
EMORY

Dias atuais...
AFASTEI-ME, ENCARANDO SEU ROSTO PARA TER CERTEZA DE QUE ELA REALMENTE estava ali.

Alex... Sorri de orelha a orelha.

— Ai, meu Deus.

— Shh... — ela sibilou, olhando para a porta. — Eu sei. Eu sei. Mas não comece a comemorar. Nenhum de nós está salvo ainda.

Ela saiu da cama e correu para a porta, tentando escutar alguma coisa, e depois se virou, disparando para o banheiro.

Eu a encarei enquanto ela enchia um copo com água e o bebia. De onde diabos ela veio?

Será que...? Como...?

E então vi o imenso porta-retrato na parede. A pintura maciça e emoldurada de uma menina e seu cachorrinho *corgis*, brincando em algum jardim, estava aberta como uma porta.

Uma passagem secreta.

Sorri para mim mesma. Acho que eu não precisaria daquela chave de fenda, afinal.

Saindo do banheiro, ela tirou o boné e sorriu para mim com seus lábios cheios e dentes brancos. Ela cortou o cabelo. O chanel de bico na altura dos ombros cobriam seu longo pescoço, mechas caindo pelo rosto e sobre seus lindos olhos, um tom de verde um pouco mais escuro que o Will.

— Como você conseguiu chegar aqui? — perguntei, observando a calça justa muito mais prática do que o modelo folgado que eu usava quando cheguei; a jaqueta de couro marrom combinava com suas botas na mesma cor e de solado baixo.

Ela estava vestida de forma que pudesse correr. Sua mandíbula estava suja, e quando tirou as luvas, vi que as unhas estavam manchadas por baixo.

Então retesei o corpo quando registrei o que ela havia dito há pouco. Ela tinha nos observado na sala de estar ontem à noite?

Ela tinha estado aqui, escondida. Por pelo menos um dia.

Saí da cama, depressa.

— Você me colocou aqui?

Franzi o cenho, a raiva, de repente, substituindo o alívio que senti há pouco.

Meu tom atraiu seu olhar de imediato.

— Não — respondeu, erguendo a sobrancelha. — Deus, não. Eu juro. Não faço ideia do porquê você está aqui.

— Então, por que *você* está aqui? — exigi saber, apertando a toalha ao meu redor. — Como… de onde você veio? Como você sabia sobre as passagens secretas? Onde estamos?

Eu tinha muitas perguntas, e a confusão que senti assim que cheguei a este lugar voltou com força total. Ninguém tinha resposta alguma.

Ela abriu ainda mais a pintura e se inclinou para baixo, puxando uma mochila preta. Em seguida, pegou algumas roupas e me entregou, ainda em silêncio.

Encarei o jeans e a camiseta preta de manga comprida e…

Sim. Calcinha e um sutiã.

Ela tinha se preparado para isso. Ela sabia que estava vindo para cá, ao contrário de mim.

Engoli em seco, encarando-a fixamente.

— Alex?

Por que ela não estava falando nada?

Ela remexeu nas coisas em sua mochila, recusando-se a olhar para mim.

— Alex.

Finalmente, ela disse em voz baixa:

— Estamos em uma ilha. Na América do Norte.

— Canadá?

Ela hesitou.

— Onde na América do Norte? — pressionei. — Costa Leste, Costa Oeste, Nova Inglaterra…?

Mas ela apenas se virou, levando seu cantil para o banheiro e reabastecendo-o.

Uma ilha...

Era deserta? Estava perto do continente? Merda. Existiam milhões de ilhas por aí.

— Alex? — resmunguei.

Puta que pariu.

Mas ela sussurrou para mim:

— Emmy, cale a boca.

Encarei a porta outra vez, lembrando que tínhamos uma casa cheia de homens do outro lado que não sabiam que ela estava aqui.

E mesmo que eu estivesse feliz por vê-la ali, ela não estava me deixando à vontade.

Eu não sei por que você está aqui, ela disse. Então ela sabia por que ela estava aqui?

— Há quanto tempo você está aqui? — inquiri.

Há quanto tempo ela estava escondida por trás das paredes? Ouvi aqueles barulhos na noite em que cheguei. Ela não estava escondida esse tempo todo, certo?

Mas mesmo quando o pensamento me ocorreu, vi seu olhar se desviar enquanto ela enchia sua garrafa, e a fúria me dominou.

— Cheguei na mesma remessa que você — ela disse, em voz baixa.

Disparei até ela, pegando sua garrafa d'água e jogando-a para o outro lado. Segurei a gola da sua camisa e a empurrei para longe, grunhindo. Ela cambaleou para trás, tropeçando no vaso e caiu de bunda no chão. Apoiando-se nas mãos, ela me encarou.

— Qual é o seu problema? — ralhei, entredentes, o mais baixo que pude. — Você tem alguma ideia do que poderia ter acontecido comigo?

Todo esse tempo. Ela esteve observando a todos nós. O que diabos estava acontecendo?

Ela respirava com dificuldade, mas não piscou nem uma vez. Ela sabia que tinha ferrado com tudo.

— Você tem se escondido nas paredes — apontei. — Não passou pela sua cabeça, em algum momento, me tirar daqui também?

— Claro que sim — ela respondeu, se levantando e pegando sua garrafa. — Só que ficou complicado...

Cheguei mais perto dela e a golpeei umas quinze vezes, de leve, no meio do peito. Maldita Alex.

— Você está batendo nos meus seios? — Ela afastou as minhas mãos. — Sério?

Eu não sabia o que estava acontecendo, e por mais que estivesse momentaneamente grata por não estar tão sozinha quanto pensava, eu não tinha dúvidas de que ela tinha as respostas que eu queria e se recusava a me dar.

Isso era besteira.

Ela respirou fundo e eu me mantive firme, caso ela decidisse revidar, mas ela não o fez. Ela apenas ergueu uma sobrancelha, dizendo:

— Guarde isso para os plutocratas[11]. Você precisa de mim.

Fiquei quieta, prestes a bater nela de novo, mas ela tinha razão. Eu tinha chances muito maiores de sair daqui com ela.

Ela reabasteceu a garrafa de água que eu havia derramado quando arranquei de sua mão, e voltei para o quarto, colocando a calcinha e o sutiã que ela entregou. Ainda não tinha vestido as roupas, porque se visse os caras de novo, eles se perguntariam onde eu as consegui.

Coloquei a camisa de botão de Aydin e amarrei o cabelo molhado em um rabo de cavalo, usando um elástico que tinha arrancado dos aspargos da geladeira.

— Escute… — Alex voltou para o quarto, enfiando a garrafa na mochila e jogando-a na passagem de novo. — Nós chegamos à conclusão de que Will foi enviado para cá há vários meses, talvez um ano ou mais, não sabemos exatamente. Ele estava se drogando e bebendo, e imaginamos que, com a reeleição de seu avô chegando, o Senador Grayson tomou as medidas por conta própria antes que Will se tornasse um empecilho.

Um ano… Então, ele já estava aqui há esse tempo todo. Pelo menos.

— Não podíamos tirá-lo daqui porque ninguém nos dizia onde ficava — contou —, mas podíamos conseguir que alguém entrasse.

Eu?

Não, mas… Ela disse que não sabia o motivo de eu estar aqui.

Então, isso significava que eles a mandaram?

— Michael, Kai, Damon… — balbuciei —, e eles te mandaram para cá? Ela me encarou, mas a hesitação em seu olhar disse tudo.

— Não — ela, finalmente, admitiu. — Era o Michael que ia vir. Eu… eu o apaguei antes da remessa ser recolhida…

Estreitei o olhar. Ela o drogou?

---

11 Indivíduos influentes que se valem de suas riquezas na sociedade.

NIGHTFALL

305

— Por quê? — Procurei as palavras certas. — Alex, por que você se voluntariou para isso? Seria muito mais perigoso para uma mulher. É loucura.

O olhar dela vacilou, e ela não me respondeu. Por que ela se colocaria em tal risco desnecessário quando alguém poderia ter vindo atrás do Will?

A menos que...

A menos que ela o amasse.

Essa era a única razão pela qual ela viria no lugar de Michael Crist. Ela pensava que somente ela seria capaz de levar Will para casa.

Meu estômago revirou e meus ciúmes percorreram meu corpo, fazendo meu coração disparar. *Eu deveria salvá-lo. Não ela.*

Mas era ridículo amargurar este pensamento, eu sabia disso.

Porém eu estava com ciúmes. Eu conhecia a história deles e gostava de Alex – mais do que queria admitir –, mas de alguma forma não tinha doído até agora, porque ela simplesmente tinha esse jeito que fazia com que todos se aquecessem e quisessem estar onde ela estivesse. Era impossível odiá-la.

E eu tinha ficado meio feliz por ele tê-la ao seu lado. Desde que eu não me permitisse pensar se ela seria melhor para ele. Se ela o fazia feliz.

Mas agora eu não conseguia evitar o pensamento.

Ela veio por ele. Eu não.

Ela era melhor para ele.

Abri a boca para falar:

— Alex, eu...

Mas ela pressionou o dedo até os lábios.

— Shhhh.

O corredor do lado de fora da minha porta rangeu, e ela agarrou minha mão, puxando-me para a passagem secreta.

Ela fechou o quadro, e nós ficamos ali em silêncio enquanto ela remexia na mochila aos nossos pés em busca de algo.

— Eles sabem da passagem? — perguntei baixinho.

— Acho que não — ela disse. — Pude andar por aí despercebida.

— Estranho — comentei. — Há um quarto secreto na frente do quarto de Aydin com um espelho falso. Eles devem suspeitar que há mais quartos e túneis escondidos.

Ela se levantou, e então ouvi uma bobina, a lanterna recarregável iluminando enquanto ela puxava um grande pedaço de papel dobrado que parecia um mapa.

Olhei para baixo, notando que não era papel. Não era um papel *normal*, pelo menos.

Tomando de sua mão, adorando a sensação de familiaridade imediata. Era um papel-vegetal. Isso era uma planta arquitetônica.

Como...? Onde...? Peguei a lanterna dela e me virei para analisar o projeto.

— Se isso for uma pegadinha, eu vou te matar — sibilei, estudando a planta. — Se essa é a ideia de trote de alguém, e estivermos em Thunder Bay...

— E eles importaram aquela cachoeira que você viu lá fora? — ela retrucou. — Pense, Em.

Ela arrancou a planta e a lanterna das minhas mãos e passou por mim, descendo o túnel. Não pude deixar de encarar suas costas enquanto ela virava o documento dobrado em sua mão e o estudava enquanto andávamos.

Não, não havia uma cachoeira em Thunder Bay. Mas havia muitas em toda a Nova Inglaterra e, possivelmente, mais nas centenas de ilhas que pontilhavam a costa.

Eu precisava ver aquela planta de novo. Eu podia lê-la muito mais rápido do que ela.

Uma luz fraca chamou minha atenção, e parei.

— Alex... — sussurrei, me aproximando da parede e ficando mais perto da luz. — Qual é o plano aqui?

Se estivéssemos em uma ilha, ela teria que ter um barco ou alguém para nos tirar desse lugar. Achei que ela tinha algum tipo de rastreador para que eles soubessem para onde vir.

— Eu tenho um telefone via satélite — revelou. — A cavalaria está a caminho.

— O que isso significa?

— Os Cavaleiros — ela esclareceu. — Eles me rastrearam quando fui transportada para cá. Só precisamos esperar.

Esperar?

— Já se passaram dias — resmunguei, sem paciência. — Eu já poderia ter chegado à China e voltado! Duas vezes! Você já falou com eles ao menos? Como você tem certeza de que eles a rastrearam? Os celulares via satélite consomem muita bateria. Você teria que mantê-lo ligado para que eles pudessem rastreá-lo.

— Ou fazer uma ligação — ela retorquiu.

Estreitei o olhar.

— Você ligou para eles?

— Sim.

NIGHTFALL

307

— E eles estão vindo?

— Sim.

Meus ombros relaxaram um pouco, mas ainda assim... algo me preocupava.

— Você falou com eles recentemente? — perguntei.

Ela estreitou o olhar, me analisando.

— Por quê?

— Faz tempo demais — comentei. — Eles já deveriam estar aqui. Quando foi a última vez que você falou com eles?

Ela se remexeu, parecendo hesitante.

— Na noite em que chegamos — ela murmurou.

Fechei os olhos, virando de costas.

— Merda — resmunguei baixinho.

— Está tudo bem, Emory. — Seu tom foi firme e decisivo. — Eles estão a caminho, tem havido tempestades, e não pude usar o telefone porque, às vezes, tinha medo de ser ouvida. Eles chegarão aqui.

Quando? Um dia? Mais oito dias?

Precisávamos ir embora agora. Chegar à costa e esperar pelo barco. Qualquer coisa poderia acontecer, e eu ainda não sabia quem havia me largado aqui, mas era só uma questão de tempo até que a merda batesse no ventilador.

Ela andou pela passagem, e vi fendas e buracos no concreto, as luzes dos quartos do outro lado se infiltrando.

— O que você sabe sobre esses caras? — perguntei.

Tudo o que eu sabia era o que eles queriam que eu soubesse.

— Fique longe de Taylor — ela disse, apontando a lanterna à frente. — E afaste-se de Aydin Khadir.

Uau, antes tarde do que nunca.

Fiz ela parar e a encarei.

— Por quê?

Ela suspirou e se soltou do meu agarre, continuando a andar pelo túnel.

— Micah é inofensivo a menos que você machuque Rory — contou. — Rory Geardon...

— Matou pessoas — completei por ela.

Mas ela parou e espreitou através de um buraco, sussurrando:

— A irmã gêmea dele nasceu com paralisia cerebral. Ela estava confinada a uma cadeira de rodas. Uma noite, um pequeno grupo de adolescentes invadiu sua casa e a brutalizou. — Ela me encarou. — E quero dizer, brutalizou mesmo.

Parei de respirar por um instante, lembrando-me de sua história. *E um a um, ele os levou até o fundo de um lago e os afogou.*

Por sua gêmea.

Engoli o caroço na garganta, incapaz de suportar pensar nos detalhes do que eles poderiam ter feito com ela. *Meu Deus.*

— Ele tinha um motivo, mas isso também não significa que seja preciso muito para tirá-lo dos eixos — ela disse. — Tome cuidado. A mãe dele é embaixadora no Japão, e sua família é um dos maiores investidores imobiliários da Costa Leste, especificamente em prisões com fins lucrativos. Essa matança não foi sua única incursão no crime. Eles certamente mereciam, mas isso não significa que ele tenha acabado por ali, portanto, tenha cuidado.

Franzi o cenho. Provavelmente, era improvável que ele sequer saísse daqui. Isso significava que ele não tinha nada a perder.

— O lugar de Taylor, definitivamente, é aqui — ela continuou. — Ele gosta de fazer viagens de fim de semana para os *campi* universitários, atear fogo em dormitórios e irmandades, e depois molestar meninas enquanto elas tentam escapar do incêndio. Quando finalmente as deixa em paz, elas ficam com tanto medo do fogo que não param para revidar ou tentar identificá-lo.

A imagem dele com a minha calcinha passou pela minha cabeça e me deu um calafrio.

— E Aydin?

Ela disse para eu me afastar dele também.

Mas ela simplesmente falou:

— Apenas fiquei longe dele. Ele não pode vencer.

Vencer o quê?

— Como você sabe tudo isso? — perguntei a ela.

Ela se virou e começou a andar, me ignorando. Acho que ela deve ter feito um reconhecimento em sua busca pelo Will, mas...

Eu a agarrei, puxando-a de volta para trás.

— Você não está me dizendo nada.

Ela tirou minha mão do seu braço e me encarou feio.

— Não sei por que você está aqui ou quem providenciou para que fosse trazida — ela sussurrou, inclinando-se para perto —, mas eu vim para buscar Will, e você vai me ajudar.

Eu a encarei.

NIGHTFALL

— Não quero ser cruel — continuou —, mas é melhor você acompanhar o ritmo e parar de fazer malditas perguntas, porra. Eu gosto de você, Em, mas não vou embora sem ele, então não se afaste.

Por que a pressa, de repente? Já haviam se passado dias.

Minha respiração falhou quando ergui o olhar de novo.

— Um ano — sussurrei, ríspida. — Ele sumiu por ao menos um ano, e você sabia disso quando conversamos no verão passado.

— Bem, o que você ia fazer? — ela retrucou. — Se importar?

O que diabos ela acabou de me dizer?

A vontade de esbofeteá-la me dominou, mas em vez disso, cerrei os punhos.

— Isso não é minha culpa. — Permaneci firme. Eu era a culpada de algumas coisas, mas não de tudo. — Vocês são amigos dele. Vocês o viram todos os dias e sabiam o que ele estava fazendo consigo mesmo. Isso é culpa *sua*.

Talvez ela estivesse um pouco certa. Talvez eu me odiasse, porque ela veio atrás dele, e não tenho certeza se eu teria feito o mesmo. Talvez não tivesse mudado nada se eu soubesse desse lugar meses atrás.

Ou talvez ela não soubesse nada sobre mim e devesse calar sua boca estúpida.

Ela conectou o olhar ao meu por um instante, e depois abaixou a cabeça, suspirando.

— Me desculpe — ela disse. — Eu não quis dizer isso. Estou preocupada com o Will. Estou com medo, porque não tenho recebido notícias dos meus amigos. Não quero ser encontrada aqui. — E então ela balançou a cabeça como se estivesse se concentrando. — Fico feliz por não estar sozinha. Estou feliz por você estar aqui.

Comecei a rir, apesar da situação.

— Eu não — brinquei.

Ela colocou sua mão no meu ombro, me dando um aperto tranquilizador.

— Nada vai acontecer conosco. Sinto muito por não ter ido até você antes.

— Por que você não foi?

Ela hesitou, procurando por palavras.

— Não sabia que você estava aqui até que a vi correndo pela floresta na nossa primeira noite. Eu te vi de uma janela enquanto eles a perseguiam — falou. — Não podíamos sair até o pessoal chegar aqui, e você já tinha sido descoberta, então...

Então, você ficou escondida.

Eu tinha sido sedada quando chegamos, porque fui trazida até aqui contra a minha vontade. Ela foi contrabandeada e, provavelmente, estava acordada quando entrou na casa. Ela tinha informações, plantas e suprimentos. Ela correu e encontrou um lugar para se esconder, sem dúvidas.

— Eu... — ela fez uma pausa e depois continuou: — Eu fiquei de olho na situação a partir dos meus pontos de vista, pronta para interferir, se necessário.

Eu a observei atentamente. Isso não fazia sentido. Ela não teria sido capaz de impedir ninguém de me machucar a qualquer momento. Ela poderia ter aparecido em qualquer instante, me pegado e me escondido em algum lugar. Por que me deixar sob os cuidados deles? Cada momento que ela tinha feito isso foi uma aposta.

— E se Will não quiser ir embora? — perguntei.

Ele não estava nem um pouco satisfeito, mas havia se resignado. Acostumado à sua sorte na vida de ser para sempre apenas o braço direito, quer fosse de Michael Crist, Kai Mori e Damon Torrance, ou Aydin Khadir.

Alex ficou quieta por um instante enquanto procurava a entrada para a próxima passagem.

— Temos apenas que despertá-lo.

Talvez.

Talvez se ele visse Alex, ele reagisse.

Outra onda de ciúmes me atingiu. Ele daria ouvidos a ela.

Escutei uma voz através das paredes e algumas batidas, e agucei os ouvidos.

— Shhh... — sussurrei.

— Emory? — Outra batida distante.

Disparei meu olhar para Alex. Merda!

Virei, correndo de volta para meu quarto.

— Emory, não! — ela sussurrou atrás de mim.

Girei, encarando-a enquanto andava.

— A cadeira está debaixo da maçaneta — falei. — Ele sabe que estou ali dentro. Ele vai se perguntar como desapareci se ele entrar à força e descobrir que sumi.

Ele não sabia nada sobre as passagens.

Corri de volta para o meu quarto, falando atrás de mim:

— Vá até o Will. Volte por mim.

Empurrando o quadro, pulei, fechando-o e corri para a minha porta, tirando a cadeira abaixo da maçaneta.

NIGHTFALL

311

Ao abrir a porta, deparei com Aydin segurando uma pilha de roupas.

Tentei controlar a respiração pesada, para que ele não se perguntasse por que eu estava sem fôlego.

— Por que você não abriu a porta antes? — ele perguntou.

— Eu estava dormindo.

Seu olhar afiado se concentrou em mim, mas não discutiu mais, me entregando as roupas.

Eu queria pegá-las, já que tudo que eu tinha estava molhado, sujo ou rasgado, porém...

Pensando bem, eu estava um pouco chateada.

— Meu irmão também me trazia presentes — contei. — Depois de me fazer sangrar.

Eu me movi para fechar a porta, mas ele colocou o pé na frente, me impedindo.

Ergui o rosto, vendo seus olhos se enrugarem nos cantos, e por mais que eu tivesse certeza de que ele acreditava que havíamos criado um vínculo ou alguma merda do tipo por causa daquele episódio na estufa – e talvez tenhamos mesmo, um pouco, já que eu não o temia mais –, eu não o deixaria se safar. Aquilo foi cruel.

Também, quanto mais eu o distraía, mais tempo Alex poderia ter com Will.

— O que você está tramando? — perguntei. — O que você quer de mim?

Ele abaixou a mão, ainda segurando a roupa, e me seguiu, forçando-me a voltar para o quarto enquanto fechava a porta sem desviar o olhar de mim.

— As roupas não são um pedido de desculpas — ele disse, jogando-as na cama. — São por consideração.

Ele me encarou, ainda vestido com sua calça preta e camiseta branca manchada, mas em vez de me sentir acuada ou na defensiva, eu...

Não pude evitar o conforto que sentia. Eu não deveria precisar de seu respeito ou admiração, mas algo nisso me fez sentir mais forte.

Estranhamente, ele não tinha sido exatamente mau comigo, não é mesmo?

Peguei a calça preta de moletom da cama e a vesti, ajustando a cordinha – grata por, finalmente, encaixarem com perfeição –, e então tirei sua camisa do tamanho de um vestido, consciente do seu olhar sobre meu sutiã.

Em seguida, peguei a camiseta branca e a vesti, sentindo-o se aproximar.

— Ele sabe sobre o seu irmão? — perguntou, às minhas costas.

— Sim.

— E ele ainda age com frieza?

Puxei a camiseta na barriga e ajustei o decote, endireitando-o.

Por um momento, Alex foi esquecida.

— Sabe o Micah? — perguntei a ele em voz baixa. — Meio brincalhão, de sorriso fácil, feliz de seguir outros porque tem medo de desequilibrar as coisas para tomar seu lugar? — Fiz uma pausa, sentindo-o tirar meu rabo de cavalo de dentro da camisa por mim. — Porque ele tem medo de fracassar?

— Sim.

— Will era assim — contei. — O brincalhão. Nunca teve uma preocupação no mundo. Feliz, porque não queria ser infeliz. Ele era encantador.

Eu me virei, a boca seca, sentindo um cansaço tão grande que tudo o que eu queria fazer era rastejar até a cama, quase como se não me importasse que Alex estivesse aqui.

— Ele não sorriu desde que cheguei — comentei. — Não do mesmo jeito, de qualquer forma. Ele não riu, nem brincou, nem fez uma piada.

— Ele nunca faz isso.

Assenti, nossos olhares conectados.

— Eu fiz isso com ele — admiti. — Eu o matei.

Antes que eu pudesse impedir, lágrimas brotaram nos meus olhos e eu não sabia o que havia de errado comigo.

Nesse momento, eu não queria ir embora. Não queria mais machucar Will. Eu não queria enfrentar o mundo.

Aydin segurou meu rosto, enxugando minhas lágrimas com os polegares.

— Pare de chorar — ele disse. — Você está na companhia de assassinos agora, então não se sinta especial.

Mais lágrimas escorreram, mas respirei fundo, absorvendo suas palavras.

— Bem-vinda à tribo — falou.

Ri quando ele enxugou mais lágrimas, e eu não sabia o que havia de errado comigo, mas foi bom ter alguém com quem conversar.

— Pare de chorar — ele repetiu. — Merdas acontecem, e você fez o seu melhor.

Eu o encarei, aquelas palavras como um balde de água fria no fogo que havia na minha cabeça. Eu queria acreditar nelas.

E não havia nada que pudesse fazer para mudar o que havia feito.

Mas se eu tivesse feito com Aydin o que fiz com Will, Aydin poderia não simpatizar tanto comigo.

Meu lugar era aqui.

NIGHTFALL

313

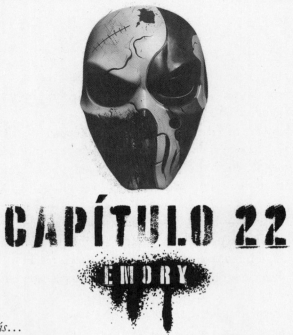

CAPÍTULO 22
EMORY

Nove anos atrás...

Umedeci os lábios, mas depois mordi o lábio inferior para não sorrir.

Não funcionou. O calor correu para minhas bochechas, e minha mente continuou me puxando de volta à noite passada no *Cove* – a sensação de seu corpo junto ao meu, seu gosto e cheiro, e suas palavras.

Deus, ele era incrível. Tanto que eu, provavelmente, não teria me importado se ele tivesse me engravidado ontem à noite, afinal de contas. Eu só queria ser dele.

Sacudi a cabeça, tentando clarear tudo. Nós cometemos um crime no cemitério. Em que eu estava pensando? Podíamos ter sido vistos facilmente. Caramba.

Acordei às quatro da manhã para ver que ele havia sumido, mas eu estava aconchegada, e a casa estava trancada. Meu irmão ainda não estava em casa desde o turno da noite, então lavei o vestido, pendurei para secar e tomei um banho antes de verificar minha avó e fazer-lhe o café da manhã.

Minutos antes que ele estivesse em casa, a enfermeira apareceu, e eu peguei o vestido e minha mochila escolar que Martin havia deixado dentro da porta da frente, e então deixei a ele um bilhete antes de fugir do confronto.

Entrando na catedral, tirei a chave do bolso e me apressei a passar pelo corredor. Ao contornar umas das pilastras, me choquei contra alguma coisa e tropecei para trás, então dei de cara com uma garota de olhos escuros, com a boca aberta de surpresa.

Ela estendeu a mão e me agarrou antes que eu pudesse cair.

— Desculpe — ela se apressou a dizer.

Eu ri baixinho, segurando o vestido com mais força.

—Tudo bem, foi um acidente.

Hesitei por um momento, observando seu jeans surrado, a camiseta preta e o par de *vans* pretos esfarrapados. Um gorro preto cobria sua cabeça, mas vi um rabo de cavalo de cabelo escuro pendendo por sobre o ombro e o seio.

Bonita.

Linda, na verdade.

Definitivamente, não frequentava a escola de Thunder Bay. Que pena. Teria sido bom ter outra garota com meu senso de estilo.

— Sinto muito — eu disse e continuei passando por ela.

Fui em direção às escadas, mas dei uma olhada por cima do ombro, vendo-a abrir a porta do meio do confessionário – o cubículo que o padre ocupava para ouvir os pecados dos fiéis.

Ela olhou ao redor e depois para mim, flagrando o meu olhar. Erguendo o dedo aos lábios, em um pedido de sigilo, deu um sorriso malicioso e fechou a porta.

Eu ri para mim mesma e dei meia-volta, subindo as escadas até a porta da galeria. Agarrei a maçaneta, olhei por cima do ombro mais uma vez e vi Kai Mori.

Ele se dirigiu para a parte dos fundos da igreja, e meu coração acelerou quando o vi entrar no confessionário, pela porta à esquerda da câmara do padre para fazer sua confissão.

Só que não era um padre lá dentro. Bufei uma risada na mesma hora. *Ai, que merda.*

Sacudi a cabeça e abri a porta, trilhando os degraus escondidos até a Sala Carfax. Eu não tinha a menor ideia do que a garota estava fazendo, mas quem era eu para arruinar sua diversão? Eu tinha meus próprios problemas.

Fechei a segunda porta e passei uma olhada ao redor da sala, vendo tudo exatamente como eu tinha deixado. A cama ainda estava bagunçada, de onde me deitei depois de escapar do Martin, e a maquiagem velha ainda se encontrava largada no chão e de frente ao espelho próximo do vitral.

Passando por cima de tudo, pendurei o vestido em uma viga e o alisei, olhando para ele com uma palpitação na barriga, lembrando-me da noite passada.

Quem mais o tinha usado antes de mim? Será que a noite dela foi melhor que a minha?

NIGHTFALL

Peguei minha mochila e, rapidamente, guardei as roupas usadas ontem, escondi a maquiagem e arrumei a cama. Meu celular estava em cima da mesa de cabeceira, e quando o liguei, vi que só tinha quatorze porcento de bateria.

Havia inúmeras chamadas de Martin, bem como uma mensagem do Will.

> Bom dia! Sorria...
> Ou não. A escolha é totalmente sua. Não deixe que um cara diga que você é mais bonita quando sorri. Você não precisa ser bonita para ninguém. Seu valor não depende da minha opinião. Maldito seja o patriarcado.

Eu ri, meu corpo inteiro tremendo com as risadas e os olhos marejando. Que idiota.

Mas o sorriso se desfez lentamente, só em me conscientizar de que ele era bom demais para ser meu.

Só que eu gostava muito dele.

Tanto que doía.

Digitei uma mensagem para Martin, avisando que chegaria em casa logo depois da escola, e que deixaria o jantar preparado. Agora eu estava indo para a aula.

Antes de sair da sala, fui até a janela e espiei através de uma fenda de vidro transparente, avistando dois garotos atravessando a rua até seus carros.

Damon seguiu para o seu BMW e Kai para seu Jeep Wrangler. Damon também esteve aqui esta manhã?

Eu meio que me perguntei o que aconteceu com Kai e aquela garota no confessionário, mas eu ia chegar atrasada se não me apressasse.

Suspirei, vendo-os sair e me dirigi para a escola. Era a Noite do Diabo e hora de dançar conforme a música, eu acho.

Deixei a sala e a tranquei.

— Noite do Diabo! — alguém gritou, disparando pelos corredores e pulando no ar para arrancar a faixa do baile pendurada acima.

Agarrei as alças da mochila, a animação no ar arrepiando os pelos dos meus braços.

— Cara, se manda! — gritou uma garota.

Virei a cabeça para ver Rika Fane empurrando para longe um cara que tinha esbarrado em Winter Ashby. Ela apenas riu, segurando o braço de Erika enquanto se afastavam.

— Vocês viram? — Tabitha Schultz sussurrou para seus amigos enquanto eu passava. —David e eu passamos de carro esta manhã. Está uma bagunça!

Vacilei em meus passos, mas continuei a seguir em frente.

Será que ela estava falando sobre a cripta? Meu estômago embrulhou e, de repente, eu me senti culpada.

Mas... eu não estava triste, de fato. Estava triste pelos McClanahans, mas não pelo meu irmão.

Por favor, deixe-me sair impune dessa.

Eu me virei, rumo ao primeiro período, mas uma mão passou por baixo da minha gravata, virando-a para cima.

O Will me rodeou, o rosto ostentando um sorriso bobo quando se inclinou com a intenção de me beijar.

Eu o empurrei, certificando-me de que a sala de aula estivesse vazia.

— Pare com isso.

Ele agarrou minha gravata, me puxando contra o seu corpo.

— Não consigo.

Minhas coxas aqueceram e o hálito quente de sua boca gracejou em meus lábios. Lambi os meus, ressecados, respirando fundo e saboreando a sensação de tê-lo assim tão perto.

— Foi só uma vez. — Passei por ele, em direção a uma mesa. — Foi o que combinamos.

— Eu não me lembro dessa conversa. Eu estava lá?

Arqueei uma sobrancelha, vendo outros estudantes entrarem na sala enquanto colocava a mochila no chão ao lado de uma cadeira.

Ele se inclinou, suas palavras fazendo cócegas no cabelo junto à orelha.

— Não foi suficiente — disse ele, em voz baixa. — Nem de perto é o suficiente. Agora só penso em como quero reviver o que fizemos ontem, novamente, mas desta vez no meu carro, na minha cama, na sua cama, no chuveiro, lá fora...

NIGHTFALL

Exalei, o suor começando a cobrir a minha testa. Virando bruscamente, coloquei uma mão em sua barriga, mantendo-o à distância.

— E você também quer — zombou, tocando na gravata —, ou não estaria me carregando contigo.

Sim, eu estava usando a gravata dele. E daí?

Tenha um pouco de perspicácia. Vamos lá. Nós gostamos um do outro. Adorei o que fizemos ontem à noite, e esperava que ele também, mas a vida era mais complicada do que isso. Não iríamos conseguir, e na nossa idade, era ridículo esperar algo mais.

Nós sairíamos algumas vezes, nos divertiríamos, alguém se apaixonaria, e então começaríamos a esfriar à medida que ele se cansasse de todas as coisas que eu não podia fazer, além da preocupação constante de ter que me ajudar a me encaixar em sua vida.

Ele não sairia perdendo nada.

— Tudo é um jogo para você — disse eu, prestes a deslizar para o meu assento.

Mas ele me agarrou e me puxou para o seu colo enquanto se sentava ao lado da minha mesa.

— Nem tudo.

Eu o empurrei, vendo Michael nos encarando enquanto tomava seu lugar na frente do Will, virando a tempo de esconder o sorrisinho de merda.

— Will… — supliquei.

Ele segurou meu queixo, me fazendo hesitar.

— Preciso falar com você — disse ele, os olhos agora sérios. — Os hematomas em suas costas. Você sofreu algum acidente ou…

Desviei o olhar, e o Sr. Townsend entrou na sala.

— A aula começou.

Saí do colo dele, mas ele me puxou de volta.

— Preciso falar com você — repetiu. — E não dá para esperar.

Bati nele, a palma da mão pousou contra o pescoço com todos os chupões que fiz nele ontem à noite. Ou talvez um deles ainda fosse do dia no cinema. Eu não conseguia me lembrar.

Meu sangue fervilhou ao me dar conta de como eu era diferente no escuro.

Meu Deus, o que ele fez em mim?

Ele encarou meus olhos, sussurrando:

— Você gosta de mim, Em?

Agulhas alfinetaram minha garganta na mesma hora. Retribuí seu olhar, sem querer responder à pergunta, mas também não querendo mentir. Eu só queria beijá-lo.

Eu me inclinei, seus olhos pousaram na minha boca enquanto ele envolvia os braços ao redor da minha cintura.

— Sr. Townsend? — Kincaid chamou através do intercomunicador.

Inspirei fundo, parando e virando a cabeça na direção do professor.

— Sim? — respondeu ele.

Saltei do colo do Will e me sentei na minha própria cadeira.

— Você teria a gentileza de enviar os seguintes alunos à diretoria quando eles chegarem, por favor? — perguntou Kincaid. — Michael Crist, Damon Torrance, Kai Mori e William Grayson. Obrigado.

— Uhhhhh — todos na classe urraram.

Meu pulso disparou, e eu olhei para Will enquanto Damon suspirava e os outros dois se levantavam de seus assentos.

Ele balançou a cabeça, tentando me acalmar. *A cripta*. Eu nem pensei nisso. Todos acabariam deduzindo que foi obra dos Cavaleiros. Era por isso que Kincaid estava chamando-os?

— Levem suas mochilas e livros com vocês, só por precaução — orientou o Sr. Townsend.

Só por precaução de quê? Expulsão? Prisão?

Eles seguiram em fila pela frente da sala de aula, em direção à porta, cada um virando a cabeça e me olhando.

Um sorriso curvou os lábios de Damon quando ele levantou o dedo e acenou para mim.

Kai viu o gesto e começou a rir, os quatro desaparecendo pela porta.

Merda!

Assim que a aula terminou, não virei à direita como deveria, não fui ao meu armário para pegar o livro de química, nem solicitei uma permissão.

Fui direto para a diretoria, tentada a conferir pelas portas da frente se havia uma viatura da polícia.

— Preciso falar com o Sr. Kincaid — eu disse à secretária, com as mãos apoiadas no balcão.

Ela olhou para cima da pilha de formulários que estava arrumando.

— Sobre?

Abri a boca, mas alguém falou primeiro.

—Ela só vai entrar depois de mim.

Dei a volta e vi o cabelo de Trevor Crist pingando, enquanto ele segurava lenços de papel no nariz.

— Vou esperar — afirmei.

Olhei para a porta do Kincaid, vendo as sombras se moverem por trás do vidro fosco, meu estômago embrulhado com todas as possibilidades do que poderia estar acontecendo lá dentro. Sentei a algumas cadeiras de Crist, tentando escutar, mas tudo o que consegui ouvir foram murmúrios.

Fiquei tentada a deixá-los levar a culpa, caso eles se oferecessem para isso – até mesmo, porque eles se safariam, com certeza –, mas eu não era esse tipo de pessoa.

— Você não vai me perguntar o que aconteceu? — perguntou Trevor.

Olhei para ele, não sentindo um pingo de simpatia. No entanto, aquele era apenas mais um dia em Thunder Bay.

— Eu realmente não me importo — disse eu. — Desculpe.

Eu o ouvi zombar, enquanto via os vultos se moverem, e mal ouvia suas palavras.

— Algum dia, eles serão apanhados — disparou.

Ele estava falando sobre os Cavaleiros. Achei que talvez tenha sido eles – ou um deles – com quem ele se meteu.

— Todos dizem isso — suspirei.

Até mesmo eu, em algum momento.

— Isso vai acontecer — argumentou ele. — E não serei o único a rir quando acontecer.

Prestei atenção nele, sua mandíbula flexionada, exalando uma raiva absurda para um calouro.

Um lado meu admirava o garoto. Ele odiava o irmão e não escondia o fato. Eu o entendia quando talvez nem todos o entendessem.

A porta do escritório do Sr. Kincaid se abriu, e eu me levantei, um monte de gente saindo, inclusive meu irmão.

Ele me viu, e eu retesei a coluna, vasculhando meu cérebro por qualquer desculpa.

— Vocês podem voltar para as aulas — disse Kincaid a eles. — Vou deixá-los treinar no último período, para que possam sair mais cedo para as festividades desta noite. Não façam com que eu me arrependa, e estou falando sério, Torrance.

Damon riu, e Martin se postou ao lado, me fuzilando com o olhar.

— O que você está fazendo aqui em cima? — perguntou ele.

— Vim pegar informações sobre a feira universitária — respondi de pronto, mudando de ideia antes de encontrar os folhetos na parede.

O que aconteceu lá dentro? Do que eles estavam falando? Será que Martin sabia?

— Trevor — disse o diretor. — Entre.

Trevor deu um passo adiante, colando o peito ao de Damon em uma bravata, como se não fosse uns trinta centímetros mais baixo que o veterano.

— Sabe, um dia eu não serei mais criança — ele disse —, e você vai acabar lutando contra alguém do seu próprio tamanho.

— Ainda não será uma luta justa, princesa — Damon caçoou, invadindo o espaço dele —, mas fique à vontade para tentar. Só não esqueça de trazer um pouco de lubrificante para você.

Will deu uma risada e Michael afastou Damon de seu irmão.

— Chega. Vamos para a aula.

Ambos simplesmente ficaram ali, nenhum dos dois querendo ceder primeiro.

— Todos para as aulas… agora! — Kincaid esbravejou.

Os meninos se afastaram um do outro, mantendo contato visual por alguns segundos a mais só para deixar registrado antes de começarem a sair do escritório. Eu fiquei ali por um momento, tentando descobrir o que havia acontecido.

Eles não estavam em apuros. Muito bem, isso era bom.

Ainda devo confessar? Hesitei, esperando para ver se meu irmão iria embora, mas Will apenas me empurrou para fora da porta.

— Não diga nada — sussurrou para que Martin não ouvisse.

Minhas palavras, desculpas e explicações ficaram alojadas na garganta, e dei um sorriso forçado ao meu irmão quando saí para voltar à aula. Mas era nítido em seu olhar que ele sabia que eu estava tramando alguma coisa.

NIGHTFALL

Nós saímos pelo corredor e Damon bateu nos armários só para tumultuar.

— Vejo você em economia — disse Will ao Michael, enquanto ele me segurava e todos os outros iam à nossa frente.

Paramos no corredor vazio. O segundo período já havia começado, e todo mundo já tinha desaparecido de vista.

— Será que ele sabe? — perguntei, calmamente. — Kincaid?

— Sim — respondeu. — Quero dizer, ele acha que fomos nós. Só que não pode provar isso, e nem tem intenção de tentar.

Então todos eles simplesmente o deixaram acreditar que foram eles? Por que eles fariam isso?

— Acho que é bom ser alguém como você — disse eu, agradecida.

Will chegou mais perto, me olhando com atenção.

— Eles fecharam o túmulo do McClanahan de volta. A família mudou de ideia. — Pigarreou ao contar a novidade. — Tornou-se um marco. O que basicamente significa que eles não querem lidar com o vandalismo constante, então o deixarão onde ele sempre descansou.

Então, funcionou.

De fato, funcionou.

— Tudo é real — disse ele.

Hã?

— Foi o que você disse ontem à noite quando estava subindo para te deixar na cama — esclareceu. — Hoje, ainda é tudo verdade, tudo real. Eu sou menos verdadeiro à noite? É por isso que você está se afastando esta manhã?

Sim. Engoli o nó na garganta.

Foi divertido. Eu adoraria que isso acontecesse de novo, mas...

— Quem está deixando essas marcas no seu corpo? — exigiu saber.

Fiquei tensa e recuei um passo.

— Você está cheia de hematomas. — Os olhos dele se focaram ao corte que cobri com maquiagem, acima do supercílio. — É o seu irmão?

Minhas mãos tremiam.

Ele estava começando a se ligar na verdade.

Eu sabia que ele descobriria. Pisquei para afastar as lágrimas que ardiam em meus olhos.

— Emmy, pare de mentir para mim — pediu, baixinho. — Eu sei que algo está errado. Eu sei disso. Só me diga o que é.

Eu não conseguia engolir. Deus, eu queria dizer a ele.

Eu não queria perder isto. Eu queria deixá-lo me abraçar e me proteger. Ele se importava comigo.

Por mais que eu quisesse fingir que não, eu sabia que ele gostava de mim.

E meu coração doía por ter que magoá-lo; uma dor maior do que qualquer coisa que meu irmão já tenha feito comigo.

Mas eu não podia dizer a ele. Se eu deixasse as coisas entre nós continuarem, ele iria interferir. Ele criaria problemas, me defenderia, e eu seria afastada dela.

Eu poderia ser mandada embora. Eu não queria deixar minha avó sozinha.

Meu queixo tremia, as palavras na ponta da língua. Seria tão bom mergulhar em seus braços e ansiar por mais com ele. Eu queria contar tudo.

Mas apenas cerrei os dentes com tanta força, que minha mandíbula doeu e recuei um pouco mais, usando um sorriso de escárnio.

Olhei para sua boca e depois para suas mãos, lembrando como ele foi todo meu ontem à noite.

Não podíamos ficar juntos.

Talvez um dia. Hoje não.

Ele agarrou meu cotovelo e me puxou para perto novamente.

— Você não sabe que pode ter o que quiser? — ele repetiu as mesmas palavras que disse algumas semanas atrás. — Eu faria mal a qualquer um por você. Quem é?

Mas eu apenas ri, sentindo as lágrimas. *Deus, vá embora.*

Com um movimento rápido, me soltei de seu agarre.

— Me larga. — Então o encarei. — Vá se divertir com seus amigos. Eles são tudo o que você realmente tem, então se agarre a eles. Eu não te amo, e não te quero.

As palavras eram como lâminas afiadas dilacerando a minha garganta, e tudo o que eu queria era vomitar.

Mas me mantive firme em meu propósito, enquanto o fogo ardia em seus olhos verdes.

— Emmy... — arfou.

Porra, vá embora! Pare de me torturar com tudo o que eu queria e com o nada que posso ter. Eu tornaria sua vida horrível.

— Deixe-me em paz — eu disse.

— Você está me afastando. Só...

— Somos muito diferentes. — Recuei um pouco mais. — Você pensou que isto era sério? Você já esteve com metade das meninas da turma de

NIGHTFALL

323

formatura! Se eu soubesse que você ia achar que o que rolou ontem à noite era algo mais, eu nunca teria vindo ao baile.

Ele rangeu os dentes.

— Pare com isso — rosnou. — Entendeu? Pare com isso. Ontem à noite foi importante para mim. Eu não quero mais ninguém além de você.

Lágrimas brotaram dos meus olhos, e eu sufoquei o soluço.

Deus, eu o amava. Isto doía. Eu tinha que sair daqui.

Eu não podia ser alguém necessitado de cuidados. Alguém patético que apenas traria uma tonelada de bagagem para ele, com a qual ele se cansaria de lidar.

Respirando fundo, obriguei-me a dizer as palavras, ainda que meu estômago estivesse queimando:

— Eu também queria você. E tive você. Foi divertido. Ainda melhor do que as fofocas que circulam por aí. Agora acabou.

— Puta que pariu.

— Será difícil encontrar alguém melhor na cama — admiti. — Isso é certo.

Ele se virou e socou os armários, e eu o encarei, com os olhos arregalados, sentindo a fúria que ardia em seu interior.

Sim. Por favor, me odeie.

Por favor.

— Sua p… — hesitou por um instante, antes de dizer: — puta.

Meu queixo tremeu.

Ele se virou e olhou para mim.

— Você sabe como é fácil te substituir? É isso que você quer então? — Estalou os dedos na minha cara. — Porque seria fácil assim.

O ciúme me corroía por dentro, porque eu sabia que era apenas uma ameaça, mas, mesmo assim eu queria rasgá-lo todinho se ele colocasse as mãos em qualquer outra garota.

No entanto, eu me sentia cada vez mais forte, alimentando-me do ódio, da dor e da raiva.

— Vá em frente, então! — rosnei. — E pode apodrecer no inferno, não estou nem aí!

Eu me afastei em direção ao meu armário e o deixei para trás, esperando até virar um canto para, finalmente, permitir que as lágrimas corressem livres.

Fechei os olhos com força, soluçando baixinho quando comecei a correr.

Will.

CAPÍTULO 23
EMORY

Dias Atuais...

Aydin saiu do meu quarto, dizendo que o jantar seria em uma hora – cortesia de Taylor. Eu tinha quase certeza de que não queria comer ou beber nada que aquele cara fizesse, mas ele disse que eu seria servida primeiro. Acho que isso significava que se eu quisesse que os caras comessem, precisava aparecer.

Assenti, mantive a boca fechada e fechei a porta sem colocar a cadeira por baixo da maçaneta dessa vez. Se alguém entrasse no meu quarto, eles imaginariam que eu tinha saído e não estava ali.

Entrando na passagem secreta outra vez, fechei cuidadosamente o quadro e me agachei, remexendo dentro da mochila da Alex, em busca de outra lanterna. Encontrei uma confusão de roupas, barras de granola, uma garrafa de água, um cobertor, uma faca e uma corda.

Nada de lanternas extras.

As barras de granola eram tudo o que ela tinha comido? Aydin não havia mencionado nada que estivesse faltando na cozinha, mas Alex era esperta. Esperava que ela estivesse roubando comida mais substancial enquanto todos estavam dormindo.

Ela tinha que ter saído de seus esconderijos para ir ao banheiro, pelo menos.

Deslizei a mão pela parte interior da bolsa, tateando em busca do celular via satélite, mas não tive sorte. Será que ela o escondeu em algum lugar?

Fechando o zíper, comecei a descer o túnel às escuras e sem saber para onde ela tinha ido. Os túneis provavelmente cobriam todos os andares, e ela teve vários dias para explorar. Eu nem sabia onde ficava o quarto do Will.

Acelerei os passos pelo corredor oculto, o cheiro da terra e do mar me rodeando, como se estivesse no fundo de uma caverna, e o eco da cachoeira do lado de fora batendo à minha volta.

Feixes finos de luz se infiltravam na escuridão, vindos dos quartos por onde passei, e rapidamente espreitei por cada um deles para ter certeza de que Alex e Will não estavam lá dentro.

Chegando ao final do corredor, vi o túnel continuar à esquerda, e mais adiante, uma escada que levava para baixo.

Will tomava banho na piscina coberta. Depois da estufa, ele pode ter ido para lá.

Desci a escada, sentindo-a ranger sob meu peso e reconhecendo na mesma hora o mesmo som do outro dia. Nas paredes do salão que conduzem à piscina.

Alex tinha estado ali ao meu lado e eu não a tinha visto. Ela deveria ter aparecido. O que diabos ela estava pensando?

Balancei a cabeça, ignorando a raiva de novo enquanto lascas de madeira cutucavam as palmas das minhas mãos. Desci apressada o percurso.

Painéis e portas surgiam vez ou outra, destacando as entradas de vários cômodos, e eu realmente esperava que ninguém mais soubesse disso, porque havia muito espaço para se esconder e observar, e se eu precisasse de um atalho para chegar a algum lugar rapidamente, isso seria perfeito.

No entanto, era melhor não ter muitas esperanças. Aydin era inteligente, e estava aqui há mais de dois anos. Se ele ainda não tivesse encontrado isso, eu ficaria surpresa.

Passei pela academia, me perguntando por mais quanto tempo os garotos ficariam fora na caçada, além do mais, eu queria saber onde Aydin estava, pois não o tinha visto em lugar nenhum.

Um estrondo ecoou em algum lugar próximo, como o tremor de um móvel, e parei um instante antes de correr naquela direção.

— Ah! — alguém gritou, e eu parei, encostando o ouvido na parede.

— Qual é, você pode fazer melhor do que isso — Taylor disse.

Taylor? Pensei que ele tinha ido caçar com Micah e Rory.

Ouvi murmúrios, e soube que eles estavam do outro lado dessa parede. Fiz uma varredura para encontrar o buraco, encontrando-o a alguns centímetros de distância, e espreitei através dele.

Taylor estava agachado do outro lado da mesa de sinuca, apenas a cabeça visível de vez em quando, as mãos de outra pessoa apertando seu pescoço.

— Que diabos…? — sussurrei.

E então vi algo à direita e entrecerrei o olhar.

Alex se esgueirava atrás de Taylor, já dentro do cômodo e com um grosso candelabro de madeira em mãos.

Merda. O que ela estava fazendo?

Mas antes que eu conseguisse localizar a abertura por onde ela pode ter saído, ela ergueu o braço e golpeou a cabeça de Taylor com o candelabro.

Ele estremeceu, parou e caiu, desabando no chão, e ela ficou ali, resfolegando e o encarando.

Em um instante, Will se levantou, limpando o sangue que escorria de seu nariz.

— Alex? — Ele a encarou, boquiaberto.

Ela não parecia feliz, no entanto.

— O que diabos você está fazendo? — ela esbravejou, pairando sobre o corpo inconsciente de Taylor no chão. — Você poderia ter dado conta desse cara. Há dias que te vejo levar uma surra atrás da outra! O que você está fazendo?

Ele só a encarou, atordoado.

— Que porra você está fazendo aqui?

Ela fez uma pausa e depois disse:

— É isso? É só isso que você tem a dizer? — Ela balançou a mão na frente da cabeça. — Nada sobre o meu cabelo?

Quase ri, apesar da minha pulsação acelerada. Eu nunca os tinha visto interagindo juntos. Conheci Alex bem depois de o Will ser enviado para cá.

Ela ficava tão à vontade com ele.

Ele piscou, limpando o nariz enquanto mais sangue escorria, e então agarrou a mão dela.

— Porra — praguejou, abrindo a porta e a puxando para fora da sala. — Droga, filho da puta.

Ele fugiu com ela, e eu fiquei parada, pensando se deveria pular e fugir com eles, mas fiquei por trás das paredes, disparando pelo corredor ao invés disso.

Espreitei em cada cômodo que passava, com medo de que ele a levasse para o quarto dele, porém ele não arriscaria mantê-la à vista por tanto tempo.

Passei pela sala de visitas, espreitando rapidamente, e estava prestes a seguir para a sala ao lado, quando o vi entrar, puxando-a logo atrás, fechando a porta e prendendo-a com uma cadeira.

Observei através da fina fenda na estante que eu sabia que havia do outro lado dessa parede, vendo enquanto ela o abraçava com força, quase fazendo com que ele perdesse o equilíbrio.

Pressionei a parede, prestes a abri-la, mas... fiquei imóvel, observando.

Os braços dele pendiam ao lado do corpo, até que ele a envolveu com força. Ela chorava baixinho, pressionando os lábios na bochecha dele enquanto ele mantinha os olhos fechados, sorrindo – um sorriso largo – pela primeira vez desde que cheguei aqui.

Meu coração doeu.

— Senti sua falta, garota — ele disse.

Ela acenou com a cabeça, ainda o abraçando.

— Vamos para casa.

Eles se abraçaram por mais alguns segundos e depois se afastaram, se encarando fixamente.

— Como você descobriu isso? — ele perguntou, levantando a camisa para limpar o rosto e o rescaldo de sua briga com Taylor.

— Não descobri — ela respondeu.

— Rika? — ele perguntou.

— Misha e Damon descobriram, na verdade.

Ele soltou uma risada, o som profundo e rico me causando um *déjà vu*. Ele era um adolescente no *Cove* de novo.

Rika. Ele quis dizer Erika Fane. Eu tinha ouvido dizer que ela estava noiva de Michael Crist, um de seus melhores amigos. Kai era casado e havia se tornado pai, assim como Damon Torrance. *Chocante*.

Misha Grayson era seu primo mais novo. Ele também foi para a Escola Preparatória de Thunder Bay, mas isso foi depois da minha época.

Alex conhecia todos eles. Ela fazia parte da vida dele agora. Era amiga dos seus amigos.

— Damon e Misha... — Will disse. — Tipo, na mesma sala?

— Pode ter rolado um pouco de sangue — ela brincou.

Meu estômago retorceu, ouvindo-os.

Pouco depois ele a agarrou, apertando seus braços.

— Você quer me dizer o que está fazendo aqui? Hein? Isso foi uma ideia estúpida.

Ela o encarou, o cenho franzido em preocupação, e então ele a soltou e se afastou, largando a camiseta em uma cadeira. A tinta preta por todo o seu corpo surgiu sob a luz fraca.

Ela se aproximou dele.

— Já tem um ano. Você tinha que saber que íamos descobrir que algo estava errado — ela disse. — Seus pais estão dizendo a todos que você está fazendo trabalho humanitário no... Sudão do Sul ou algo assim.

Ele começou a rir, esfregando a testa. Ela manteve o cenho franzido.

— Por que você está rindo?

— Porque não sei se dói mais que vocês levaram tanto tempo para vir atrás de mim, ou se agravou o fato de não terem fé que eu conseguiria me livrar disso sozinho.

— Pelo menos você não está bravo por eles terem mandado uma garota — ela retrucou, dando de ombros.

Ele lhe lançou um olhar.

— Ah, eu sei que você faz a merda completa — ele disse isso em um tom quase reverente.

Não sabia o que havia pensado, mas não achei que estivessem agindo com mais intimidade. Eu não tinha certeza do porquê. Era como se ele estivesse com um dos caras quando estava com ela. À vontade.

Ela se remexeu, o silêncio se estendendo entre eles.

— Então, hum... se você quiser trazer alguma coisa, eu faria isso agora. Tenho um plano de fuga, mas não posso dizer quando vai acontecer. Preciso que você esteja pronto.

Ele nem se mexeu.

— Como você chegou aqui? — perguntou. — Dá pra voltar?

— O que você quer dizer?

Ele umedeceu os lábios, buscando as palavras.

— Preciso que você saia dessa casa. Agora. Nesse minuto.

Ela ergueu a sobrancelha, confusa.

— Qual é o seu problema? — ela sussurrou, mas pude ouvir a preocupação em sua voz. — Vou te levar para casa.

— Não, você vai embora — ele disse. — E você vai dizer a eles que posso resolver meus próprios problemas. Não preciso de ajuda.

— E Emory?

Ele parou, endireitando a coluna enquanto a encarava.

— O que você sabe? Você a trouxe para cá? Foi o Michael?

— Ela acabou de me perguntar a mesma coisa — Alex deixou escapar. — Por que faríamos algo tão idiota? Não faço ideia de quem a mandou para cá ou o porquê, mas provavelmente foi aquele irmão dela.

Martin não tinha dinheiro que justificasse me enviar para um lugar desse, muito menos bancar algo assim, e eu não era tão importante para ele.

NIGHTFALL

Will a observou.

— Você a conhece? — sondou.

Ela assentiu.

— Nos conhecemos na primavera passada.

Will ergueu as sobrancelhas depressa.

— Não me olhe desse jeito — ela resmungou. — Ela estava em Thunder Bay enterrando sua avó. Nós nos encontramos. Eu não fui atrás dela.

— Há quanto tempo você está aqui? — ele perguntou.

Alex ficou quieta, e um olhar cruzou seu rosto, dizendo que sabia a resposta.

— Então você chegou na mesma remessa que ela, há dias, e você, o quê? — ele continuou. — A viu e decidiu lançar os dados e ficar escondida para ver se esse meu lance com ela se desenrolava?

Ela cruzou os braços, um sorriso satisfeito em seu rosto.

— Tire-a daqui — ele disse, depressa. — Eu quero que vocês duas deem o fora daqui agora, porra.

Minha respiração ficou entrecortada. Foi por isso que ela me deixou por conta própria nestes últimos dias. Ela não podia ser pega e correr o risco de ficar sem a comunicação com seus amigos que estavam a caminho – o que eu entendia –, mas ela queria ver o que aconteceria entre mim e Will. Talvez por interesse próprio ou pelo dele.

Ele não queria ir embora. Por quê?

Alex deu um passo em sua direção, encarando-o fixamente.

— O segundo filho do Damon está a caminho — ela disse. — Michael e Rika vão se casar na Noite do Diabo. Eles estão se preparando para derrubar o *Cove* e seguir em frente com o *resort*. Precisamos ir embora.

— Parece que tudo está indo muito bem sem mim, na verdade.

Ela o estapeou duas vezes, não com muita força, mas pude ouvir a palma da mão dela batendo em seu peito. Ele se afastou.

— Eu quase prefiro você bêbado — ela rosnou em voz baixa —, porque não tenho ideia de quem você é nesse momento. Quando nos conhecemos, o que eu te falei?

Ele ficou em silêncio, contrito, e não proferiu outra palavra.

— Eu posso aguentar tudo, desde que tenha batom suficiente — ela recitou. — Coloco tudo embaixo de uma camada extra, como você sempre faz com seus sorrisos. Rika, Michael… todos eles são minha família. — Ela suavizou a voz, embargando com as lágrimas. — Mas você… você é meu reflexo. Agora, pare com isso. Você vem comigo ou…

— Confie em mim, okay? — ele disse, de repente, finalmente de pé outra vez e virando-se para enfrentá-la. — Eu sei o que estou fazendo. Confie em mim dessa vez.

Ele segurou o rosto dela, e eu abaixei a cabeça, desviando o olhar e recuando, porque não conseguia mais assistir.

Ela era melhor para ele. Ela era, infinitamente, melhor para ele.

E mesmo sabendo que era imprudente, como todas as vezes em que eu fazia coisas na escola, ciente de que Martin descobriria e que eu sofreria as consequências, eu fugi. A ponta do meu tênis topou em um cano, um estrondo alto se fez ouvir, porém não me importei se eles ouviram. Corri sem parar com toda a intenção de sair daqui de uma vez por todas. Estava na hora.

Eu não sabia onde estava, para onde iria, ou como sobreviveria na floresta fria, mas isso era o que eu fazia — de alguma forma, eu sempre aguentava.

Subindo a escada de volta para meu quarto, desci o túnel e passei pelo retrato de novo. Peguei o moletom que Aydin me trouxe, vesti e enfiei a faca no bolso de trás, deixando a luva de garra e disparando para fora do quarto. Desci as escadas, olhei rapidamente ao redor do vestíbulo, as estátuas e velas tremeluzindo e pairando como se houvesse uma presença invisível, então entrei na cozinha e peguei meu pacote escondido no armário.

Puxando meu capuz sobre a cabeça, corri para a porta dos fundos, mas logo em seguida, o painel na parede se abriu e Alex se colocou na minha frente, bloqueando meu caminho.

Will se postou atrás de mim, ambos respirando com dificuldade, como se tivessem corrido para me alcançar e me deter. Eles devem ter me ouvido tropeçar no cano da passagem secreta.

— Emmy, você tem que ficar quieta — Alex sussurrou, espreitando por cima do meu ombro, caso mais alguém viesse. — Não vou conseguir tirar vocês daqui se ele me prender.

Ele. Aydin.

— Você quer ir embora, então? — eu a desafiei. — Então, vamos embora agora. Você escolheu estar aqui. Eu não. Quero ir para casa.

Eu não queria estar aqui com os dois. Não queria estar aqui de jeito nenhum. Eu não dava a mínima se morresse lá fora agora mesmo.

Você é meu reflexo. Meus olhos começaram a arder.

Ela sacudiu a cabeça para mim.

— Não vou embora sem ele.

— Tudo bem.

Dei a volta na bancada, arremessando em Will o único frasco de vidro que encontrei ao alcance, e ele saltou para trás quando o recipiente caiu no chão.

Saí do cômodo, correndo de volta pela casa em direção à porta da frente. Se ele não estava pronto para ir embora, eu não ficaria esperando. Eu fazia minhas próprias escolhas.

Não sabia o motivo de estar tão chateada, porque sabia o que havia rolado entre eles… além do mais, ele não me devia nenhuma satisfação, mas ver a conexão que eles compartilhavam de perto… doeu mais do que imaginei.

Nunca passou pela minha cabeça que o vínculo entre eles fosse tão forte. Como pude ser tão idiota.

Doía.

Alguém me agarrou, e deixei a sacola de comida cair, encarando Alex.

— Você vai morrer se fugir daqui — ela disse, quase murmurando. — Não vai durar a noite ali fora.

— Então o que você planejava fazer aqui? — grunhi, gesticulando para Will que chegava por trás. — Me usar como distração enquanto você escapava com ele?

— Eu estava planejando fugir com ele no dia em que cheguei aqui, e me esconder com ele até a ajuda chegar — ela retorquiu —, mas você apareceu e estragou meus planos. Agora tenho duas pessoas para extrair dessa porra de lugar.

Ah, sinto muito pelo inconveniente.

De qualquer forma, eu iria sair daqui. Ele não queria ir embora, e ela não queria ir sem ele, então que se dane.

— Ninguém vai salvá-lo — eu lhe disse, encarando-o por cima do ombro dela. — Isto não é culpa de ninguém, a não ser sua. Está na hora de salvar a si mesmo, Will.

Mas ele ficou ali como uma árvore, seus olhos verdes e frios focados em mim, enquanto seu cabelo castanho, ainda molhado da estufa, estava todo bagunçado.

Ele não lutava por si mesmo. Ele não se defendia…

Ele nunca o fez.

— Você sempre foi patético — debochei. — Você sabia disso? Sempre tão ingênuo, perdido e patético.

Um tapa acertou meu rosto, a dor se espalhando pela bochecha e o sangue brotando na boca por conta do corte na gengiva.

Respirei duas vezes e, lentamente, virei o rosto para trás, encarando Alex e seus olhos ardentes.

— Emmy, sinto muito — ela disse. — De verdade, mas não vou embora sem ele, e você também não vai embora, porque vai morrer lá fora. Pense. Você não saberá para onde ir, e me custará mais tempo do que já temos.

Como se isso fosse sequer minha culpa.

Eu iria embora, cacete, ela gostando ou não. Eu não era importante para ela.

Nem para ele.

— Por que você se importa, afinal? — resmunguei, empurrando-a com tanta força que ela tropeçou. — Você vai ter ele todinho só pra você agora. Sem competição.

E, para minha surpresa, ela apenas riu e correu na minha direção, colocando a mão sobre a minha boca para me calar.

Dei-lhe um tapa, tentando me livrar, mas sem sucesso.

— É isso que você é, Emory? — ela provocou. — Competição?

Pairei sobre o túmulo da minha avó, a brisa soprando enquanto passava pelas árvores.

Sequei uma lágrima que escorria pela bochecha.

Eu deveria estar feliz, certo? Ela ficou por aqui muito mais tempo do que pensávamos. Como se ela soubesse que precisava estar aqui por mim.

Já se passaram mais de seis anos — quase sete — desde que estive em casa, e mesmo agora, procuro Martin em toda parte, com medo de esbarrar nele e com medo de tudo o mais que preenche esta cidade.

Mais cedo ou mais tarde, terei que arcar com as consequências. Só espero que não hoje.

Caminhei até meu carro alugado, me abraçando contra o frio ainda no ar da primavera, e me sentei ao volante, dando partida no motor. Meu voo de volta à Califórnia seria só amanhã, o que significava que teria que passar a noite em Meridian, porque não queria correr o risco de ser pega em Thunder Bay por mais tempo do que o necessário.

Ainda assim... aprendi a alisar o cabelo e tenho a receita para colocar grau nos óculos de sol e roupas passadas que me servem. Ninguém mais me reconhecerá.

Dirigi pelo cemitério, sem nem precisar olhar para saber onde se localizava o túmulo de Edward McClanahan; aumento o volume da música, "White Flag", de Bishop Briggs. Dirigi pela estrada, tentada a olhar para as mansões enquanto passava — dos Crist e dos Fane, dos Torrance e dos Ashby —, mas consegui evitar, apenas esperando que alguma semelhança de sua vida volte ao que costumava ser, mesmo que já soubesse que ele, sem dúvida, mudou.

Só esperava que ele tivesse ido embora. Viajar, viver... amar, e ser amado.

As lágrimas brotaram em meus olhos de novo, mas pisquei para afastá-las, a náusea tomando conta do meu corpo. Fiz o que tinha que fazer, certo? Eu poderia até tê-lo salvado de um destino pior.

Mas não importava quantas vezes eu repetisse para mim mesma, ainda não sentia isso.

Precisava enfrentá-lo e abrir o jogo. Isso estava criando um buraco em meu ser, e se ele ainda não veio atrás de mim, então isso só podia significar que ele não sabia, e que deveria saber a verdade.

Não dava mais para continuar com isso.

Ao entrar no vilarejo, arrisquei passar na frente da minha antiga casa, vendo jornais espalhados pelo gramado, assim como as sebes enormes e a lata de lixo tombada no chão.

Será que Martin ainda vivia ali? Não tinha nenhum carro na entrada.

Depois que Grand-Mère faleceu, há uma semana, mandei um e-mail para ele e não esperei por resposta alguma. Ele me disse para informá-lo quais eram meus planos.

Não o fiz.

Só vou avisá-lo quando tiver ido embora. Só então ele poderá vir e prestar suas condolências. Ele não aparecia há anos para vê-la – graças a Deus –, então ele não estava chorando a morte dela. Disso eu tinha certeza.

Continuei dirigindo, sem saber para onde estava indo, mas quando avistei o Cove à frente, fui até o estacionamento. Ouvi dizer que eles estavam se preparando para derrubá-lo. Alguém do comitê de ex-alunos me enviou um convite para uma Reunião dos graduados há algum tempo, mas era óbvio que não me dei ao trabalho de aparecer.

Eu, aqui, e perto da Noite do Diabo... hmmm, não rolava.

Vi alguns carros no terreno deserto e parei em uma vaga mais distante, onde as ervas daninhas subiam pelo concreto e as linhas pintadas estavam lascadas e desbotadas.

Desligando o carro, saí e enfiei as chaves no bolso do jeans, olhando ao redor enquanto seguia pelo caminho.

O mar se localizava além da roda-gigante, e pude sentir o cheiro da maresia ao passar pelas cabines de bilheteria e em direção ao navio pirata. A tinta amarela e marrom *havia desbotado, os parafusos enferrujados visíveis daqui, um silêncio sinistro diante da quietude do parque que me trouxe tantos calafrios de emoção.*

Quase ouvi a música festiva daquela noite na cabeça, ao me aproximar ainda mais, só para ver o local onde ele e eu nos sentamos tanto tempo atrás.

Meu coração se apertou. Eu sentia falta dele. Naquela época, não percebi o quanto isso iria doer e quanto tempo esse sentimento amargaria comigo.

— Bem, é claro que você não está estará no conselho — algum cara reclamou —, porque assim que você descobrir o que quero, você vai decidir que quer exatamente o oposto.

Virei a cabeça de um lado ao outro, percebendo que não estava sozinha.

— Você é tão mentiroso — ela disse. — Isso não é verdade. Esse lugar não faz sentido, e tive a mesma conversa com Kai.

Kai?

Finalmente, avistei um trio caminhando ao lado das boias, e me escondi atrás de uma barraca de jogos, fora da vista enquanto espreitava ao redor.

Michael Crist carregava um maço de papéis enrolados, parecendo o que poderiam ser plantas arquitetônicas. Ele caminhava lado a lado com duas mulheres, uma de cabelo preto e a outra, castanho.

Entrecerrei o olhar por trás dos óculos escuros. A de cabelo preto me parecia um pouco familiar, mas eu não reconhecia.

— Você não pode construir um porto embaixo — ela retrucou com Crist. — Os hóspedes também não terão acesso a uma praia. É tudo rocha, lembra? E quando os ventos do nordeste soprarem, ninguém vai gostar de um assento na primeira fila para ventos com a força de um ciclone, chuva e neve. Toda a orla marítima está em erosão, e vai corroer até a porra do seu campo de golfe.

Reprimi meu sorriso. Nunca ouvi ninguém falar assim com ele.

Gostei dela.

— Isso vai levar mil anos — ele choramingou e depois encarou a outra mulher. — Alex, uma ajudinha ajuda aqui.

— Ah, não. — Ela se afastou com o celular na mão. — Não quero interromper.

Ele balançou a cabeça, seguindo pelo parque e de volta ao estacionamento, vestindo um terno preto e parecendo ainda mais bonito do que na época do colégio, infelizmente.

Não acompanhei sua carreira no basquete, mas sabia que ele ainda jogava profissionalmente.

Ótimo. Com ele por perto, isso só podia significar que o resto da galera estava por aí.

Quem eram estas mulheres, no entanto?

— Preciso falar com Kai — ele resmungou.

— Sim, corra para casa, pro papai — a de cabelo preto respondeu —, porque tenho muito mais noção do que você.

Ele revirou os olhos e continuou, as mulheres os seguindo.

Pelo visto, ele estava planejando comprar a propriedade. E para construir um campo de golfe? Ela também mencionou os hóspedes, o que dava a impressão de que poderia ser algum tipo de hotel.

Uma sensação de perda se instalou e eu não tinha certeza do motivo. Eu não tinha esse direito.

Foi apenas uma noite maravilhosa, e enquanto esse lugar estivesse aqui, a impressão é que talvez nem tudo tenha desaparecido.

Esperei ali por mais um minuto, olhando para além da roda-gigante, na direção de Cold Point. Fiquei meio tentada a dar uma volta por lá, mas já quase fui flagrada. Estava na hora de ir embora.

Voltei para o estacionamento de novo, pegando meu celular para verificar as horas, mas quando me aproximei do meu carro alugado, vi alguém sentado no capô.

Era a mulher de cabelo castanho, sua blusinha branca curta demais para cobrir a barriga. Ela me encarou com seus óculos de sol descansando na ponte do nariz, os lábios carnudos cor de ameixa.

Parei, olhando em volta. Os outros carros sumiram e não via Michael ou a outra mulher.

— Oi. — Caminhei na direção do meu carro, hesitantemente. — Não tinha intenção de causar nenhum dano. Estava apenas olhando ao redor.

Eles pareciam ser donos da propriedade agora, então, eu provavelmente devia estar invadindo.

Mas ela apenas me deu um pequeno sorriso.

— Você é Emory Scott.

Franzi o cenho.

— Te reconheci de uma foto que vi uma vez — ela explicou.

— E você é...?

— Alex Palmer. — Cruzou as pernas, inclinando-se para trás sobre uma mão. — Uma amiga de Will Grayson.

Fiquei tensa, baixando o olhar para seu corpo e levando em consideração o fato de que nenhum homem tem "amigas" com aquela aparência.

— Eu vi isso — ela debochou.

— O quê?

— Aquele pequeno... olhar-percorrendo-meu-corpo-para-analisar-a-competição-com-um-pouquinho-de-julgamento — ela disse, balançando o pescoço com atitude.

PENELOPE DOUGLAS

Competição? Era isso o que ela era?

Rindo, peguei as chaves no bolso e fui até a porta do motorista.

— *Eu não estava olhando assim para você.*

— *Estava me secando, então?*

— *Sim.* — *Destranquei a porta e a abri.* — *É isso aí.*

— *Você está de volta à cidade de vez?*

— *Não.*

— *Apenas visitando?*

— *Sim.*

— *E você parou no Cove?* — *ela pressionou.* — *Por quê?*

— *Não é da sua conta.* — *Entrei no veículo, ainda a encarando.* — *Você poderia sair do meu carro?*

Quero dizer, que intrometida.

— *Eu preciso de um transporte* — *comentou.* — *Se você não se importa.*

Hesitei.

— Como é?

— *Uma carona?* — *esclarece como se eu fosse burra.*

— *Não sou um táxi* — *retruquei.*

E... eu não te conheço.

— *Atrevida* — *ela brincou.* — *Ele estava certo sobre você.*

Ele? Will lhe disse que eu era atrevida?

Bem, se isso foi a pior coisa que ele disse, acho que tive sorte.

Abri a boca, morrendo de vontade de perguntar por ele.

Ele estava na cidade? Ele estava bem?

Ele está feliz?

Mas desisti, porque ela era amiga dele, não minha.

Saltando do meu capô, ela pairou sobre a porta, me encarando.

— *Você me dá uma carona e eu pago a pizza e as margaritas* — *ela disse.*

Pizza e margaritas... Ela estava de sacanagem?

— *O que você quer de mim?* — *perguntei.*

Ela não me conhecia, e não acreditei nem por um segundo que isso não passava de uma brincadeira.

Mas, mais uma vez... a única coisa que eu pensava sobre as pessoas era sempre o pior, então...

— *Não sei* — *ela disse, sua voz suave.* — *Mas você já teve aquela sensação de que precisa de algo, mas não sabe o quê?*

Ela me encarou, um olhar pensativo em seu rosto.

— Como uma bebida ou uma boa charada ou entrar em um avião e ver algo novo... — ela continuou. — Mas então nenhuma dessas coisas é isso, e você ainda não consegue descobrir do que precisa?

Suas palavras tinham mais significado para mim do que ela poderia imaginar. A única diferença é que eu sabia do que precisava. Eu simplesmente não podia ter.

— Bem, quando te vi dentro do parque agora há pouco — ela disse —, e te reconheci, senti como se tivéssemos encontrado isto.

Nós?

Por que ela precisaria de mim?

— Sticks ainda é um lugar bacana — ela cantarolou. — A melhor *pizza*.

— Não. — Balancei a cabeça. — Não lá. Eu não quero...

— Ser vista?

Pizza poderia ser uma boa. E muitas margaritas seriam fantásticas. Meu quarto de hotel solitário lá na cidade parecia horrível agora, mas...

— Não quero me encontrar com ninguém — falei. — Mas obrigada.

Ela segurou meu olhar por um instante.

— Ele não está na cidade agora. Se é com isso que você está preocupada.

Eu a encarei por tempo o suficiente para que ela entendesse como uma afirmativa e corresse ao redor do carro para entrar do outro lado.

Ele não estava na cidade? Onde ele estava?

Mas não era da minha conta. Tanto faz.

Eu me sentei, vendo-a puxar o cinto de segurança. Liguei o carro, um pouco incomodada, mas tive a sensação de que ela não gosta da palavra não, e nunca fui fã de confrontos.

— Onde você mora? — perguntei.

Podia dar-lhe uma carona para casa, afinal.

Mas ela apenas empurrou os óculos de sol pela ponte do nariz e respondeu:

— Margaritas primeiro.

Na manhã seguinte, ela estava arrastando meu traseiro cheio de ressaca para o aeroporto para que eu não perdesse meu voo. Tínhamos começado no *Sticks* e seguimos para Meridian, onde bebemos mais no *Realm*; depois, acabamos no meu quarto de hotel.

Eu odiava seu corpo incrível, seu rosto bonito, e todas as vezes em que não pude deixar de pensar em como ele a tinha tocado e abraçado. No entanto, não podia odiá-la, porque ela era absolutamente magnífica, apesar de toda a dificuldade que teve na vida.

Eu tinha acordado com uma dor de cabeça lancinante, e depois a odiei mais ainda pela ressaca, mas… ela enviou mensagens, telefonou, quis saber como eu estava durante os meses que se passaram até que estava convencida de que eu poderia ser realmente simpática.

Até que me lembrei que ela era uma boa amiga de Will, e eu estava guardando um segredo pelo qual ela poderia me odiar.

Will ficou no vestíbulo, de frente para mim, os olhos em chamas, e eu queria levá-lo ao meu quarto, fechar a porta, e segurá-lo para sempre, mas ele sabia como isso terminaria esta noite.

Eu não rastejaria, e estava indo embora.

Afastei Alex e disparei para a porta, mas ela me segurou e me jogou no chão.

Despenquei, meu corpo agonizando de dor enquanto eu segurava o fôlego e a encarava do piso de mármore.

Não desperdicei nem mais um segundo. Eu me levantei e avancei na sua direção, pronta para parti-la ao meio se fosse preciso, porque…

Porque a única pessoa pela qual eu sabia lutar era por mim mesma.

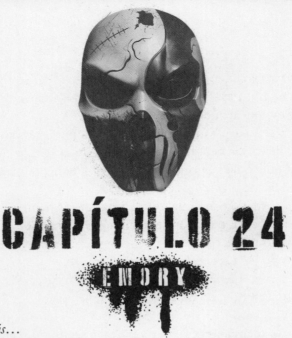

CAPÍTULO 24

EMORY

Nove anos atrás...

Dobrei a gravata lentamente e a enfiei no saco Ziploc, seguido do bracelete que usamos no parque, e que nos deu acesso a todos os brinquedos ontem à noite. Também coloquei a caixa de balas de caramelo que ele me deu no cinema.

Retirando o ar do saquinho, eu o selei, lágrimas querendo se derramar quando enfiei tudo dentro de uma lata de café vazia. Depois de fechar direito a tampa, coloquei o meu tesouro no buraco de dois metros de profundidade.

Não pude mantê-lo por perto, mas também não consegui jogá-lo fora. Talvez, um dia, eu cavasse e resgatasse minha pequena cápsula do tempo e pudesse rir do pouco que isso significava.

Pelo menos, era o que eu esperava.

Um motor rugiu à direita, e olhei para cima, do lugar onde estava ajoelhada na fundação do gazebo, e avistei o BMW de Damon estacionar no beco ao lado do *Sticks*.

Ele desceu do carro e entrou no estabelecimento lotado.

Meu irmão voltou para casa, à tarde, e me encontrou onde eu disse que estaria, com todos os deveres de casa feitos e o jantar pronto. Ele mal trocou duas palavras, preferindo comer em silêncio para logo depois tomar banho, trocar de roupa e seguir para mais um turno.

Hoje à noite, eles precisariam de reforço de todos os policiais, então estava trabalhando dobrado. O que era uma benção.

Minha avó me assegurou que estava bem, e eu podia acompanhar seu sono pelo aplicativo do celular, com a câmera que transmitia em tempo real, então saí de casa de fininho, disposta a trabalhar um pouco no gazebo.

Eu só precisava cuidar de uma coisa primeiro.

Voltei a me concentrar no buraco, mal conseguindo enxergar direito enquanto usava a pá para cobrir com a terra.

Tomei a decisão certa, e graças a Deus ele disse aquelas coisas cruéis mais cedo, porque eu estava prestes a me desfazer, e eu precisava da dor para suportar tudo isso.

Eu esperava que ele me substituísse.

Hoje à noite, se possível.

Ele deveria dançar com ela e enfiar as mãos dentro de suas roupas e amá-la loucamente, porque depois disso, eu não seria capaz de olhar para trás. Isso despedaçaria o meu coração, de modo que não haveria mais nada para segurá-lo comigo.

Largando a pá ao lado, recolhi o resto da sujeira com minhas mãos e afundei-a no buraco, cobrindo a lata de café e pressionando firmemente a terra. Peguei uma tábua de madeira novinha em folha e a alinhei ao lado da última, agarrando a pistola de pregos para fixá-la à estrutura. Fiz tudo com rapidez, as oito colunas erguidas de suas âncoras de sustentação ao redor; o piso alinhado com as tábuas cortadas de acordo com as minhas especificações.

Um zumbido repentino rompeu o silêncio, e quando olhei novamente para a fonte do ruído, vi Damon montado em uma moto na companhia de Winter Ashby, que colocava um capacete.

Na mesma hora fiquei tensa, me perguntando o que raios ele achava que estava fazendo com aquela garota.

No entanto, quando ela subiu na garupa, ele olhou para ela por cima do ombro, e algo se revelou no sorriso que nunca o vi dar a ninguém.

Ternura.

Ela envolveu a cintura dele com os braços, e deu um gritinho quando dispararam pela rua, saindo da praça.

Um sorriso se formou nos meus lábios, porque me lembrei da sensação que desfrutei naquele navio pirata ontem à noite.

Eu também adorei esse sentimento, Winter Ashby.

Mas não pelo passeio, querida. Não pelo passeio.

Horas mais tarde, a praça estava vazia e tranquila, e eu voltei para casa pela segunda vez, cortando um atalho pelos quintais dos vizinhos e pelas ruas, para dar uma olhada na minha avó antes de coletar mais alguns suprimentos.

Minhas mãos estavam cobertas de pó de serragem, e eu as enfiei nos bolsos do macacão jeans, sentindo a brisa fria se infiltrar pelo meu agasalho de tricô.

— Levantem! — alguém gritou.

Estaquei em meus passos, quase chegando à porta dos fundos. Vi as luzes vermelhas e azuis piscando pela janela, e perdi o fôlego enquanto destrancava a porta e passava voando pela cozinha, largando a maleta de ferramentas em cima da mesa, rumo à porta de entrada.

Meu irmão estava de pé na varanda, com seu uniforme preto e o casaco pesado, e eu parei na mesma hora ao ver os paramédicos carregando minha avó em uma maca até a parte de trás da ambulância.

— *Grand-Mère!* — gritei, correndo pelas escadas. — Vovó!

Eles fecharam as portas, o paramédico sentado ao lado dela. Bati nas portas traseiras, mas ele nem sequer me ouviu, concentrado no atendimento.

Eu me virei e parei à frente de Martin.

— O que aconteceu?

Fiquei de olho nela quase a noite inteira. Cheguei em casa mais cedo por alguns minutos só para ver se ela precisava de alguma coisa e ela estava bem!

— Os níveis de oxigênio dela caíram. — Ele desceu alguns degraus, as mãos nos bolsos do casaco. — Chamei a ambulância quando voltei para casa para comer alguma coisa durante o intervalo. Entre em casa.

— Não, nós temos que ir atrás dela.

— Ela não vai acordar hoje à noite — ele disse. — E ela está em boas mãos. Iremos ao hospital amanhã, antes da escola.

Ouvi o motor da ambulância sendo ligado.

Não.

— Ela está bem, Emmy.

Não gostei do seu tom de voz. Por que ele estava tão calmo?

— Obrigado, Janice — disse ele à motorista assim que ela desligou as luzes e acenou em despedida. — Agradeça ao Ben por mim.

Eles começaram a se afastar e fiz menção de ir atrás deles.

— Dê mais um passo — advertiu —, e ela nunca mais vai voltar para casa.

Parei na mesma hora, engolindo o nó na garganta.

— Entre agora — ordenou.

Fiquei parada por um segundo, ouvindo seus passos recuando e a porta da frente se abrindo. Sacudi a cabeça, desesperada, querendo correr atrás dela, mas ele me encontraria.

Fechei os olhos, sentindo o cansaço de todos os anos e dos últimos dias pesando sobre mim. Will me mostrou como eu poderia ser feliz se as coisas fossem um pouco diferentes, tornando tudo isso muito mais difícil de suportar.

Eu estava cansada.

Cheguei a oscilar em meus pés. *Eu estava tão cansada.*

Uma cortina caiu lentamente entre meus olhos e meu cérebro quando revisitei os sentimentos de sempre: raiva, ódio, dor, tristeza e desespero.

Só que agora eu entendia algo que nunca havia compreendido.

Nada fazia sentido.

Martin, minha casa, o terror... Era simplesmente isso e, às vezes, você era apenas aquela pessoa a quem as coisas aconteciam.

Entrei em casa e fechei a porta, nem sequer tensionando o corpo, ou tentando me proteger, porque nada disso ajudava.

— Isso foi pela noite passada — disse ele, já tirando o casaco quando entrei na cozinha. — Apenas um aviso.

Pestanejei uma vez, olhando fixamente para ele.

— Você fez isso com ela.

Não era uma pergunta. Eu sabia a resposta.

Ele segurou o encosto da cadeira com força, os nódulos de seus dedos agora brancos.

— Ela é a única coisa que te faz ter algum controle sobre mim — afirmei. — Se ela morrer, não há nada que me prenda aqui.

— E sem mim, ela estaria num hospício ou em algum asilo público, negligenciada e em agonia.

Estávamos em lados opostos da mesa, presos em um desafio. O que ele queria?

NIGHTFALL

Era realmente tudo o que ele tinha? Ele agiu como se me odiasse, mas será que, de repente, ele ficaria feliz se eu não estivesse mais aqui?

Será que ele ia tentar me impedir quando fosse a hora de eu partir?

— Você fugiu de mim ontem — disse ele. — Você foi vista no baile, e foi vista no *Cove* ontem à noite. — Ele retesou a coluna, levantando o queixo e franzindo os lábios. — E tenho certeza de que você sabe muito bem o que aconteceu com aquela cripta.

Daí ele se livrou da vovó durante a noite para me mostrar que poderia me espancar à vontade sem a presença dela aqui.

Senti meu queixo estalar com a força com que cerrei os dentes. As pessoas me empurravam. As pessoas me puxavam. Pessoas, pessoas, malditas pessoas...

Eu disse a ele para lidar comigo. Eu disse que a culpa era minha.

Eu disse a todos para me deixarem em paz e parar de me pressionar, uma e outra vez. *Ninguém nunca me escuta.*

Meu rosto esquentou, algo rastejando debaixo da minha pele com suas garras. Esfreguei os olhos, esgotada.

— Desconte em mim — rosnei, por entre os dentes. — Deixe-a em paz.

— Mas é desse jeito que estou descontando em você — respondeu ele, com um sorriso sarcástico. — E, marque minhas palavras, ainda há muito mais que posso fazer.

Dei um grito, vermelha e furiosa demais para me importar com qualquer coisa, as lágrimas já inundando meus olhos. Agarrando a borda da mesa da cozinha, eu a empurrei contra ele, imprensando-o à bancada.

Ele grunhiu quando quase esmaguei suas pernas, e antes que ele jogasse a mesa no chão, espalhando tudo o que havia na minha maleta de ferramentas, eu consegui pegar um martelo.

— Sua putinha estúpida! — gritou ele.

Levantei o martelo, mas ele agarrou meu pulso, e me deu um soco no rosto com a mão livre, a ferramenta agora longe do meu alcance.

A ardência se espalhou pela minha bochecha, mas eu revidei e acertei uma joelhada entre suas pernas, sem perder nem um segundo a mais.

Pare.

Apenas pare.

Ele se contorceu de dor, e eu espalmei as mãos em seu peito, empurrando-o no chão. As lágrimas embaçavam a minha visão quando dei a volta e saí correndo de casa.

— Emory! — Seu grito ecoou às minhas costas, e eu solucei, correndo pelo alpendre, através do gramado, e o mais rápido que pude correr pela cidade.

PENELOPE DOUGLAS

Disparei pela vila, pela estrada, adentrando ainda mais na floresta escura, ouvindo o eco atrás de mim desvanecer cada vez mais enquanto ele tentava me encontrar, mas não conseguia.

— Emory!

Mergulhei por entre as árvores, os galhos chicoteando meu rosto; arrumei meus óculos no lugar, o suor cobrindo a minha pele à medida que as luzes da cidade desapareciam.

Minhas pernas doíam e as lágrimas secavam no meu rosto, e pontadas agudas incomodaram minhas costelas. Desacelerei em meus passos até começar a caminhar.

Eu deveria ter ido para a catedral. A chave estava no meu bolso, e se eu não estivesse agonizando de dor por todo o corpo, eu cairia na gargalhada agora mesmo, só em pensar no tanto que aquele lugar se tornou útil, mesmo eu tendo sobrevivido esse tempo todo sem fazer ideia de sua existência.

Fechei os olhos com força.

O que eu poderia fazer? Ele ia me matar.

Ou fazer coisa pior.

Minha avó devia já estar no hospital a esta altura. Eu precisava ir até lá e me sentar na sala de espera em busca de notícias, ou que me deixassem vê-la, mas seria o primeiro lugar em que ele me procuraria, e por eu ser menor de idade e tudo mais, ele poderia me levar embora sem ninguém se opor.

Deus...

Andei a esmo, ouvindo os carros do outro lado das árvores subindo e descendo a estrada, e mesmo sem olhar para cima, eu sabia para onde estava indo.

Era o mais longe que poderia ir.

Atravessando a ponte, sobre o rio estreito, porém caudaloso, subi o declive em direção aos penhascos onde se encontravam as mansões. Dos Fane, Crist, Torrance, dos Ashby, e blá, blá, blá.

Em pouco tempo, eu havia encontrado meu caminho para a rua silenciosa e escura, iluminada apenas pelas lampiões a gás cintilantes, pendurados nos enormes muros de pedra e portões.

O Will não vivia aqui em cima. Sua família era dona da fortaleza do outro lado da cidade, perto da escola secundária e no alto das colinas. A casa maciça que estava bem acima de todos nós.

Eu deveria ter me encontrado com ele naquela noite em que ele quis me levar à sua casa para assistir filmes. Ver aquele lugar por dentro teria certamente endireitado meu estúpido cérebro e solidificado minha determinação antes que fosse tarde demais.

Dormir com ele só fez com que tudo doesse muito mais agora.

Segui a estrada e passei pelas fazendas, cruzei pela tranquila e deserta St. Killian, e depois cortei o caminho pela floresta, até passar pelo Campanário e entrar no cemitério.

Eu não tinha a menor noção das horas, mas tudo o que havia sobrado ali eram os restos de qualquer festa que os Cavaleiros deram por aqui antes. Não devia ser mais do que meia-noite ou uma, e St. Killian estava escura agora. Eles não estavam mais nas catacumbas.

Perambulei pelo cemitério, vendo os danos que fizemos à cripta; a cova recém-escavada de Edward McClanahan havia sido fechada de novo, porque era ali que ele devia ficar. Meu irmão não podia mais comprar aquele sepulcro.

A escuridão cobria cada canto do cemitério, a luz da lua quase não era visível através das nuvens.

Silêncio.

Vazio.

Solitário.

Foi por isso que vim aqui? Eu sabia que eles estavam festejando aqui hoje à noite. Será que eu estava procurando por ele?

Caminhei por entre as lápides, movendo-me silenciosamente sobre a grama, até que percebi o ruído do motor ronronando e se aproximando cada vez mais.

Pestanejei, olhando para cima, e depois parei.

Um carro preto com pintura fosca cruzava a rua deserta, os faróis apagados e o motorista invisível por trás da película escura do vidro do para-brisa.

Meu coração disparou, e eu recuei alguns passos e me escondi atrás de uma lápide de quase três metros de altura.

Ele não acelerou, não acendeu os faróis, nem parou, apenas continuou pelo caminho em minha direção até chegar perto o suficiente para que eu pudesse ter certeza de que não se tratava do meu irmão.

O veículo parou, e depois de um segundo, vi o porta-malas abrir e um homem descer – a cabeça coberta pelo capuz do moletom –, dando a volta no carro.

Quem era aquele cara? O cemitério estava fechado.

Claro, isso não significava nada, já que o chão estava cheio de copos vermelhos, velas e outras merdas. Talvez ele estivesse limpando.

Ele abriu o porta-malas, puxou algo para fora, e eu vi pés descalços pendurados.

Um suor frio escorreu pela nuca. Mas o que...?

Ele levantou o corpo, jogando-o sobre seus ombros, o longo cabelo preto caindo do lençol, pelas costas, as longas pernas nuas em seu vestido.

Eu me esgueirei, vendo o vestido preto sem alças, como a roupa de uma bailarina ou algo assim.

Ela estava morta? Cobri a boca com a mão, tentando fazer as pernas funcionarem para fugir dali, porém o medo me manteve estagnada.

Caminhando até a grama, ele se inclinou e a jogou no chão, o corpo se chocando com força ao lado da terra já revirada ao redor do túmulo de McClanahan.

Enfiei a mão no bolso, sem tirar os olhos de cima dele enquanto ele voltou para o carro e pegou uma pá do porta-malas. Meu celular não estava no bolso. Pisquei, sentindo somente a chave ali dentro.

Merda.

Eu não sabia se queria pedir ajuda ou filmar isto, mas de qualquer forma, estava sem sorte.

Ele voltou para a cova e começou a cavar o solo novamente, meus dedos cravados na lápide alta para que pudesse observá-lo.

Quem era ele? Deus, ele era louco ou apenas estúpido? Nós vivíamos na costa. Arranje um barco, amarre algo pesado no tornozelo do infeliz e atire o corpo no mar, pelo amor de Deus.

Fiquei chocada por pensar naquilo, porque não era como se já tivesse pensado sobre isso ou algo assim.

O vento soprou mais forte, e o lençol que cobria seu rosto se levantou. Olhei para o seu rosto e senti minha boca secar. Ela não me parecia familiar, mas eu não estava realmente perto o suficiente para dizer. À primeira vista, ela parecia ter a minha idade, mas as curvas mais definidas de seu corpo indicavam o contrário. Talvez vinte ou trinta anos.

Olhei em volta, esperando que o zelador pudesse estar fazendo as rondas ou que os adolescentes voltassem para festejar um pouco mais, mas agora estávamos completamente sozinhos aqui fora.

Ele cavou por mais um minuto e depois parou, os ombros baixos ao olhar para o corpo, quase atordoado.

E, de repente, eu era ele. Eu me vi em seu lugar, de pé onde estava. Eu tinha acabado de matar alguém, e estava me livrando das provas.

Levantando o pé, ele encaixou a bota preta contra o pescoço dela e pressionou, observando-a, com os dentes à mostra.

NIGHTFALL

Raiva.

Ele estava com raiva.

E apesar de tudo na minha cabeça me dizer que isto era um horror, eu não podia correr. Eu não conseguia parar de assistir.

Ele podia ser um *serial killer*. Um estuprador tentando calar sua vítima. Um predador de inocentes.

Ela poderia até nem estar morta ainda. Eu poderia correr e pedir ajuda, salvar a vida dela. No mínimo, colocá-lo atrás das grades.

Mas então ele começou a soluçar, tremer e ofegar, e eu me vi em seu lugar. Eu seria ele em algum momento, caso deixasse Martin me pressionar o suficiente.

Algum dia, eu podia sentir, meu limite romperia. Eu perderia a cabeça e apenas lutaria. Lutaria até que ele ou eu parássemos de respirar.

Uma brisa varreu as árvores, seu capuz escapou baixou, e eu pisquei, vendo Damon Torrance ali parado com a pá na mão e o corpo de uma mulher morta a seus pés.

Ofeguei e seu olhar se levantou de supetão, o corpo inteiro congelando quando nossos olhos travaram um ao outro.

Merda.

Senti o sangue se esvair do meu rosto, e não consegui respirar.

Ele soltou a pá e veio na minha direção, com passos decididos pela pequena colina enquanto eu tropeçava para trás, muito assustada para desviar o olhar.

Algo chamou minha atenção e, quando olhei às suas costas, vi a mão da mulher se mover, a cabeça inclinando.

— Ela está se mexendo — arfei, esbarrando em uma lápide.

Ele parou a cerca de dois metros de distância, o olhar travado ao meu. Lentamente, ele se virou e olhou para ela por cima do ombro. O dedo delgado e pálido se curvou, e notei as lágrimas ainda penduradas no canto dos olhos dele.

O vento continuava a soprar por entre as lápides, o cheiro de seu cigarro circulou ao meu redor, e neste momento, pensei que gostaria de ter sido ele.

Ele ia se safar com isto. O que todos nós seríamos capazes de fazer se pudéssemos nos safar com um crime desses?

Talvez eu tenha tido sorte de nunca ter que descobrir. Talvez ele também seja sortudo, porque será capaz de escapar de seu sofrimento.

— Quem é ela? — perguntei suavemente.

Observei o tom dos cabelos. O dela e o dele. O mesmo tom de preto, tão escuro que quase brilhava azul ao luar. A mesma pele pálida e translúcida como se fossem feitas de mármore.

Olhei para o traje que ela usava.

— Sua mãe? — sussurrei.

Eu tinha ouvido dizer que ela foi uma bailarina muito tempo atrás.

Ele se virou, controlado, mas ainda trêmulo.

Eu tentei recuperar o fôlego.

— Will teve alguma coisa a ver com isso, Damon?

Ele negou com um aceno.

Ele se aproximou de mim e eu prendi a respiração, fechando os olhos e esperando por isso.

Mas ele não me tocou.

Ele apenas diminuiu a distância e parou, e eu não conseguiria me mover nem se tentasse. Minha cabeça estava aérea.

— Não vai lutar comigo de novo? — murmurou ele.

Demorou um momento, mas ergui os olhos, encontrando os deles.

— É mais fácil fingir que estamos no controle de tudo o que nos acontece — repeti suas palavras. — É quase pacífico. Para deixar as coisas como estão.

Ele me olhou fixamente e depois... acenou. Ele tocou meu rosto e eu estremeci, mas depois ele levantou a mão, mostrando-me o sangue que havia limpado.

Eu também toquei meu rosto, descobrindo que havia um arranhão. Isso foi do Martin ou da fuga?

— O Will sabe? — perguntou ele, esfregando meu sangue entre os dedos.

— Não.

Ele me encarou.

— Porque ele é a única coisa pura e bela não manchada pela feiura — repetiu as mesmas palavras daquele dia no chuveiro. — E nós o amamos por isso.

Fiquei quieta apesar de tudo se despedaçar por dentro, e da dor que sentia na garganta por reprimir o choro.

Aparentemente, talvez os Cavaleiros não fossem nada como eu pensava, e embora o dinheiro possa pagar as consequências, isso ainda não impedia o sofrimento de seus filhos.

NIGHTFALL

Ele virou a cabeça, olhando novamente para o corpo.

— Ela começou a me foder quando eu tinha doze anos — sussurrou ele. — Depois de um tempo, você fica cansado de fingir que está no controle de tudo o que acontece com você. — Ele fez uma pausa, voltando-se para mim novamente. — E você começa a ser aquilo que sempre vai surpreender todos os outros.

Girando de volta, ele caminhou até sua mãe, agachou ao lado do corpo dela enquanto me encarava, e envolveu a garganta delicada com a mão.

Observei seus dedos curvados, apertando, os nódulos dos dedos brancos sob a pálida luz do luar.

Nossos olhares se mantiveram presos, cada um observando a reação do outro. Meus dedos dos pés se curvaram, um reflexo nítido para sair correndo dali, mas...

Eu o senti. A minha mão, não a dele. Meus dedos formigaram, lentamente se fechando em um punho, e respirei fundo, sentindo meu coração bater e a bílis subir pela garganta, porém...

Deus, eu queria ser ele. Eu queria fazer isso.

Gostei deste sentimento.

Eu queria matar e cerrei os punhos com tanta força que as unhas cravaram nas pele, mas não me movi até que ela parou de se mexer, ofegar e tremer, uma das pernas já pendendo na lateral da cova.

Damon travou o olhar ao meu o tempo todo.

Aquela parte minha que sempre cedia às lágrimas havia desaparecido. Lágrimas não resolviam nada.

Não percebi quando comecei a me aproximar dele, mas segundos depois, eu estava ao lado da cova, segurando meu pé e ajudando-o a empurrá-la para o buraco. Seu corpo caiu no solo com um baque surdo, as pernas, braços e pés agora sujos de terra à medida que Damon usava a pá. Eu me ajoelhei e, apressadamente, o ajudei a empurrar a terra com as mãos, para ajudá-lo a cobrir o corpo.

Nós não trocamos nem uma única palavra. Nem pensei que realmente percebemos o que estava acontecendo ou o que estávamos fazendo, mas agora era tarde demais. Mesmo que eu o entregasse por assassinato, eu o teria ajudado a ocultar o cadáver. Era tarde demais para entrar em pânico.

E embora temesse os sentimentos que me sobreviriam amanhã, à luz do dia e com a cabeça mais clara, não me contive e fiz questão de empurrar a sujeira o mais rápido possível esta noite. Eu queria que ela morresse, porra.

Quando a cobrimos o máximo que pudemos, Damon carregou o lençol e a pá de volta para o porta-malas, enquanto eu pisoteava em cima da cova, solando a terra.

Olhei para a grama à volta, percebendo que zona. Eles teriam que usar um ventilador ou algo para limpar a terra espalhada ao redor da grama, mas nós não tínhamos isso agora. E se eles notassem?

Naquele momento, uma gota de chuva atingiu meu rosto, e eu olhei para o céu.

Mais algumas gotas de água fria caíram, e fechei os olhos, quase sorrindo.

Damon correu de volta, me ajudou a terminar de aplanar a sujeira, e depois me empurrou para fora do caminho, caindo de joelhos e passando a mão sobre a cova, livrando-se de nossas pegadas.

— A chuva vai enlamear tudo — comentei. — Talvez eles não percebam que foi escavada.

Ele acenou com a cabeça.

— Entre no carro. Agora.

Deus, talvez eu fosse sua próxima vítima, mas nem hesitei. Fui até o carro, abri a porta do passageiro e entrei em seu BMW.

BMW.

Eu já havia visto esse carro antes. Em algum lugar.

Mas balancei a cabeça.

É claro que já tinha visto. Todos na escola conheciam os carros dos Cavaleiros.

Damon fechou o porta-malas e tomou seu assento, a chuva chapinhando o teto, então observei o túmulo de McClanahan pela janela, a terra revirando à cada gota que caía.

Não deveríamos ter escondido ela aqui. De onde ele tirou essa ideia?

Aquele túmulo era importante. Damon e seus amigos o reverenciavam. Como ele pôde colocá-la ali? Isso não era o mesmo que profanar a memória de McClanahan ou algo assim?

Quero dizer, acho que pareceu inteligente. Esconder um corpo onde ninguém achasse estranho encontrar um cadáver, especialmente porque aquele túmulo foi cavado recentemente e havia uma boa chance de ninguém notar que tinha sido remexido outra vez, mas qualquer um poderia ter nos visto. Talvez alguém tenha visto.

Olhei em volta, examinando a linha das árvores e as sebes. Procurando por qualquer raio de movimento entre as criptas e as lápides.

NIGHTFALL

Enfiei a unha do polegar na boca e senti o gosto da sujeira, também espalhada no meu suéter.

Dei uma olhada de relance em Damon, que ainda não havia ligado o carro.

Ele agarrou o volante, o lábio inferior tremendo enquanto encarava o para-brisa com os olhos lacrimejantes.

— Eu não a amava — disse ele, quase para si mesmo.

Mas seu rosto estava torcido em tristeza e desespero enquanto as lágrimas se derramavam, caindo pelo rosto sujo.

— Não sei por que dói — sussurrou. — Eu não a amava.

— Você amava — disse eu, mas isso saiu como um sussurro. — Você aprendeu a amar com ela. — Voltei a olhar para a sepultura. — Era assim que sua forma de amor parecia.

Meus pais me criaram, mas Martin também o fez. Ele me moldou.

Não era de admirar que eu não pudesse dar ao Will o que ele queria.

As lágrimas finalmente inundaram meus olhos até que tudo ficou tão desfocado que eu não mal conseguia enxergar.

Damon saiu com o carro e eu não sabia para onde estávamos indo, mas quando ele entrou no estacionamento da escola, fiquei um pouco aliviada.

Eu não queria ir para casa.

E eu nem podia, do jeito que eu estava. Eu precisava encontrar algumas roupas limpas. O relógio mostrava 2:02h da manhã.

Damon dirigiu pela escola, até a parte de trás, e estacionou entre os ônibus e o ginásio de eventos.

Ele desligou o motor, esticou o braço e pegou um boné de beisebol, jogando na minha direção ao mesmo tempo em que cobria a cabeça com o capuz.

— Coloque isso — instruiu. — E vamos lá.

Hesitei, minha tendência natural para discutir ou exigir respostas, mas… ele parecia ter um plano, pelo menos, e eu não conseguia nem me lembrar do meu próprio nome no momento.

Coloquei o boné e saí do carro, seguindo-o até a porta enquanto ele tirava um conjunto de chaves.

Como ele tinha as chaves da escola, eu não fazia ideia, e não estava nem aí.

Ele destrancou a porta, e eu corri para dentro, seguindo-o através do vestiário dos meninos. Ele pegou duas toalhas e me levou para um enorme chuveiro com várias duchas, passando as toalhas por cima de uma divisória.

Olhei à minha volta enquanto ele abria a torneira.

As meninas tinham cabines separadas. Alguma privacidade, pelo menos.

— Tire as roupas — ordenou. — Agora.

Ele tirou o moletom e começou a se desfazer da calça, e eu abri a boca para protestar, mas a fechei novamente.

Ele não estava me matando, afinal.

Ele tirou a roupa, e lentamente, eu fiz o mesmo, em piloto automático agora.

Desenganchei o macacão, retirei o agasalho por sobre a cabeça e tirei tudo – tênis, meias e até mesmo as roupas íntimas, com muito medo de deixar qualquer sinal de evidência.

Ambos nos enfiamos sob nossos respectivos chuveiros e nos enxaguamos, o sangue escorrendo de seu corpo e pelo ralo. Espiei um rosário preto que pendia em seu pescoço e peito. Será que ele usava isso o tempo todo?

Fechei os olhos, tremendo sob a água.

— Você sabe quem é meu pai, certo? — perguntou ele.

Assenti.

— E você sabe o que acontecerá contigo se suspirar uma palavra disto.

Abri os olhos e o encarei, deparando com seu olhar através das mechas de cabelo no meu rosto.

— Eu sei — murmurei. — Eu não tenho a grana que você tem para me safar disso.

Ele me observou por um momento e depois se abaixou, esfregando as pernas e depois os braços.

Eu não conseguia parar de tremer, meu estômago estava embrulhado, o corte no supercílio ardia quando a água resvalava sobre ele.

— Talvez um dia eu retribua o favor — Ele se levantou de novo. — Quando você estiver pronta para lidar com ele.

Seu olhar deslizou pelo meu corpo, absorvendo todos os hematomas que ele já tinha visto antes.

— Sou uma ponta solta — assinalei. — Por que você não me matou quando percebeu que eu o tinha visto lá hoje à noite?

Ele parecia estar pensando no assunto.

No entanto, ao invés disso, ele perguntou:

— Por que você não fugiu quando me viu?

Ele estava certo. Eu tinha me envolvido nessa merda de bom grado.

E por quê? Para ajudá-lo? Eu nem gostava dele, e como poderia saber se o que ele disse era verdade? Talvez a mãe dele fosse a pessoa mais simpática do mundo.

NIGHTFALL

353

Eu tinha apostado tudo na palavra dele. E para quê?

Sacudi a cabeça, tentando clarear as ideias.

— Há um... — Engoli, levantando a mão até a cabeça. — Um rasgo na membrana. Eu não sei o que há de errado comigo hoje.

Ele me encarou de volta, silencioso.

Abaixei a cabeça, lembrando-me de como havia me sentido. Como eu o observava e imaginava como seria matar alguém a quem você odiava.

— Eu queria ver você escondê-la — sussurrei.

Ele ficou ali, quieto, como se estivesse me estudando ou tentando descobrir alguma coisa, e depois suspirou, esfregando a água pelo rosto todo.

Em seguida, ele pigarreou.

— Eu tenho uma irmã — revelou. — O nome dela é Nik, mas todos a chamam de Banks. — Ele encontrou meu olhar outra vez. — Se algo acontecer, e eu não puder estar lá por ela... se eles me prenderem por isso... você precisa ir até minha casa e ajudá-la. Ela não tem mais ninguém. Você entendeu?

O quê?

— Você está me pedindo isso? — Olhei para ele, confusa. — Por quê?

Ele tinha toneladas de pessoas com quem podia contar.

Mas ele apenas se virou, fechou a torneira e levantou os braços, alisando o cabelo.

— Não tenho certeza se alguém mais teria me ajudado a enterrar um corpo — murmurou ele.

A água continuou a se derramar sobre mim, e quando levantei a cabeça, notei pequenas cicatrizes na parte de baixo de seus braços.

Nem mesmo seus amigos?

— Ela tem a sua idade — continuou. — Ninguém sabe da existência dela, e não pergunte por quê. Ela não tem ninguém além de mim. Prometa-me.

Demorou um momento, mas, finalmente, acenei com a cabeça.

— Uma irmã. Nik. Minha idade. Entendi.

Ele deu um sorriso de leve, porém genuíno, e veio na minha direção para fechar a torneira. Em seguida, pegou as toalhas e me entregou uma.

— Um rasgo na membrana... — ele disse a si próprio, colocando o braço ao meu redor e me puxando para fora do chuveiro. — Vamos lá. Vamos procurar o Will.

CAPÍTULO 25
WILL

Dias atuais...
É CLARO.

Claro que ela queria fugir, porque era tudo o que ela sempre fazia.

Mas ao invés de ficar magoado com isso, eu estava pau da vida agora. Anos atrás, dei desculpas para seu comportamento – eu não era bom o suficiente para ela ou ela tinha muitas pendências para se permitir me querer, mas agora, não havia dúvida. Ela era egoísta, sem coração, um desperdício de tempo que Damon sempre alegou que ela era por me rejeitar, e agora eu queria que ela fosse se foder.

Eu não precisava de ninguém para me salvar, e não precisava dela para nada.

Eu me abaixei e a puxei de cima de Alex, ouvindo sua camisa rasgar quando a empurrei para fora do caminho. Se ela realmente queria ir embora sem mim, então podia muito bem ficar aqui sozinha também.

Puta que pariu.

Ela avançou mais uma vez, tentando pegar a sacola de mantimentos, mas agarrei o colarinho da camisa e a encarei com raiva.

— Você deve estar chapada se pensa que vai a algum lugar — eu disse.

Ela me empurrou, os óculos perdidos em algum lugar no chão, e Alex se levantou.

— Você nunca imaginou o que Damon e eu estávamos fazendo juntos naquela noite em que você nos encontrou na escola?

Pestanejei e ela deu uma risada cínica.

— Você também não quer saber o que realmente aconteceu no dia em que você foi preso, quer?

— Eu sei o que aconteceu — rosnei.

Ela riu novamente, mas baixou a cabeça, os olhos marejados.

— Sim. Tudo, exceto meu lado da história, e talvez você tivesse feito as coisas de maneira diferente e ainda me odiaria pelo que fiz, mesmo se soubesse a história toda, mas talvez me deixasse dizer palavras que precisam ser ditas, só que não é isso o que você quer. Sabe por quê?

Ouvi uma movimentação lá em cima, e sabia que precisávamos nos esconder. Agora mesmo.

— Porque você não quer lidar com as coisas — ela sussurrou. — Damon sabia disso. Eu sabia. Todos sabiam. Você não tinha problemas, porque não queria problemas. Você deixou a corrente te levar e *c'est la vie*[12].

Meus punhos se apertaram em torno da camisa.

— Você era a criança que todos protegiam — ela continuou. — Damon disse que você não estava manchado por nada ruim, e foi isso que o tornou tão especial para nós. Essa qualidade precisava ser preservada.

Eles falaram de mim? Juntos? Nas minhas costas?

— Você nunca achou estranho? — ela pressionou. — Damon e eu nos odiávamos. Então, o que estávamos fazendo naquela noite? Como eu fui a única pessoa a saber sobre sua irmã?

Deduzi que ela estivesse falando de Banks, e não de Rika. Nenhum de nós soube da existência de Banks até mais de um ano depois de termos saído da prisão.

Emmy sabia sobre ela na época da escola?

Ela manteve o olhar travado com o meu, as lágrimas cintilando e querendo correr livres.

— Por que você nunca fez estas perguntas?

— Porque eu…

— Porque você não queria saber as respostas — ela me interrompeu. — Se você não soubesse o que estava acontecendo, então não teria que resolver nada.

— Isso não é verdade.

— Ah, tá bom… — retrucou. — Esqueci que você tinha um método para lidar com seus problemas, afinal de contas, ao contrário do resto de nós, os fracotes.

---

12   c'est la vie: expressão em francês para 'assim é a vida'.

Eu a fuzilei com o olhar. Que porra é essa?

Como diabos ela sabia sobre o meu vício? Porra.

O olhar dela vacilou, e percebi que ela viu pela minha expressão que talvez não devesse ter dito nada, no entanto, eu a empurrei contra a parede, louco para caçar uma briga.

Alex agarrou o braço dela e a puxou em direção às escadas.

— Cale a boca, Emory — repreendeu, entredentes. — Todos estão sofrendo. Não se trata só de você. Temos que nos unir.

Ela se soltou e recuou em direção à porta, seu olhar alternando entre nós.

— É melhor você se esconder — ela disse a Alex. — E espero que você consiga voltar para casa em segurança.

Ela estava saindo. Ela estava realmente saindo daqui, a caminho da sua morte, porque seu orgulho ocupava tanto espaço em sua cabeça dura, que não sobrava espaço para o bom senso.

Ela tinha ficado bem antes. Ou quase bem.

Ela não podia ficar aqui comigo e com Alex. Então estava me deixando.

— E quando a nossa turma chegar? — Alex sussurrou. — Não vamos sair desta ilha sem você, e isso só vai atrasar nossa fuga enquanto todos vasculham o terreno em busca de seu cadáver, sua idiota!

— Ele foi enviado para cá — Emmy argumentou. — É culpa dele que qualquer um de nós esteja aqui agora.

Ela deu a volta, pegou sua bolsa e segurou a maçaneta com força. Alex correu até ela e afastou sua mão. Emmy se virou e deu um empurrão em Alex, que tropeçou para trás e acabou caindo de quatro no chão.

Bem aos pés de Aydin.

Perdi o fôlego, e levantei a cabeça para olhar para ele.

Ah, que merda.

Ele estava parado entre as escadas e a sala de jantar. Taylor entrou atrás dele, e Rory e Micah se postaram no corrimão no topo das escadas.

Endireitei a postura ao ver todos eles conferindo nosso mais recente 'hóspede', e meu estômago se revolveu. Ele até poderia me deixar ficar com uma, mas não com as duas. Eu não conseguiria protegê-las.

Alex permaneceu congelada por um instante, olhando fixamente para os sapatos de Aydin, até que, lentamente, levantou a cabeça e olhou para ele.

Ele fez o mesmo, usando um terno limpo e preto, camisa branca e sem gravata. Não percebi que havia parado de respirar até sentir meus pulmões se contraindo.

NIGHTFALL

Sua mandíbula estava cerrada, os olhos cada vez mais sérios.

— Micah? — ele chamou. — Rory?

— Sim — Micah respondeu de cima.

Aydin continuou a encarar Alex, dizendo:

— Quero a casa e o terreno revistados. Agora.

Os dois ficaram ali por um momento, e depois se separaram, procurando por mais alguém no primeiro e no segundo andar.

Foi fácil descartar a chegada de Emmy como um acaso solitário – ou um golpe de sorte para alguns deles –, mas Alex, aqui, não foi um simples acidente. Estávamos sendo infiltrados, e Aydin ainda gostava de agir como se estivéssemos aqui de livre e espontânea vontade, e esta casa era o seu domínio.

Inclinando-se, ele gentilmente ajudou Alex a se levantar, olhando-a nos olhos e limpando o sangue debaixo do nariz dela com o polegar.

Ela hesitou por um segundo, mas depois... ela se afastou de seu toque e recuou.

Ele ergueu a mão, o olhar fixo no sangue que escorria de seu polegar. Até que, desviando o olhar novamente para ela, lambeu o dedo.

— Alex — disse ele, engolindo. — Palmer.

— Vocês se conhecem? — perguntei.

Como diabos eles se conheciam? Ousei olhar para Alex, mas ela estava paralisada, os ombros erguidos e a boca fechada.

— Quantos mais estão aqui? — ele perguntou. — E onde estão eles?

Eu os observava, odiando sua calma dissimulada, porque ele sempre parecia estar esperando algum revés, mas já com um plano em mente para ocasionais interferências.

Era a única coisa que aprendi com ele. A aparência de controle era igualmente poderosa. Tomar uma decisão e agir como se fosse esse o plano o tempo todo.

Quando ela não respondeu, ele baixou o queixo e deu um sorriso cínico.

— Você não fez isto por conta própria — ele disse. — Como encontrou este lugar?

Sem esperar por uma resposta, ele passou por ela em direção a Emmy, que permanecia próximo à porta da frente.

Ele inclinou o rosto dela para cima para avaliar o hematoma que se formava na bochecha.

— Parece que você encontrou seu barulho estranho nas paredes — alegou.

Ela não respondeu, mas deixou-o virar o rosto de um lado ao outro para inspecionar os danos.

Eu queria arrancar a cabeça dele.

— Como você sabe que não fui trazida aqui contra a minha vontade, como Emory? — Alex perguntou.

Mas Aydin a ignorou, perguntando a Emmy:

— Por que você estava brigando? — Ele me lançou um olhar. — Por ele?

Mais uma vez, Em manteve a boca fechada, sem confirmar ou negar.

— Se for obrigado a fazer uma escolha, ele não vai te escolher — Aydin afirmou. — É melhor se acostumar com o fato de que terá que cuidar de si mesma.

— Já estou mais do que acostumada — ela respondeu num tom calmo, mas firme.

Ele deu uma piscadela, sinalizando que havia aprovado sua resposta.

Eu os encarava fixamente. Que diabos ele estava fazendo? Eles estavam se unindo ou alguma porra do tipo?

Ele abaixou os braços e olhou aos pés de Em, reparado na sacola de mantimentos. Ele olhou de volta para ela, por um segundo, antes de pegar o casaco preto do cabideiro ao lado da porta e envolver o corpo dela.

— Taylor? — ele disse.

O outro homem se aproximou.

— Sim?

— Contenha o Will — Aydin lhe disse.

Retesei o corpo na mesma hora. O quê?

Antes que pudesse reagir, Taylor me agarrou, enlaçando meu corpo por trás com um aperto de aço.

— Que diabos você está fazendo? — gritei.

Aydin abriu a porta da frente, olhando para Emory antes de se abaixar e pegar a sacola para entregar a ela.

Ela hesitou e seu olhar se altercou entre Aydin e mim, que me debatia contra o agarre de Taylor.

— Você está me deixando ir embora? — ela perguntou. — Após tudo isso?

Empurrei Taylor para longe e ouvi o ruído dos candelabros caindo no chão quando ele se chocou contra eles.

Então eu avancei.

— Desejaria que você não fosse embora — Aydin lhe disse. — Mas você pode ir.

NIGHTFALL

Ela olhou para mim, e eu parei, avaliando minhas opções. Se ela fugisse, Alex estaria certa. Nós nos atrasaríamos tentando encontrá-la, para ter certeza de que ela não acabasse morta, e eu já nem tinha certeza do porquê ainda me importava com isso.

Aqueles filhos da puta do caralho. Michael, Kai e Damon e todos eles. Se eles não viessem, eu não estaria tão sem pouco tempo como agora. Eu ainda não estava pronto para partir.

É claro, eles só precisavam entrar e me salvar.

Emmy me encarou – talvez esperando para ver se eu a impediria, ou esperando que o fizesse –, porém eu não queria este confronto com Aydin. Ainda não.

Porque ela não ia sair daqui, porra, mesmo que eu tivesse que lutar contra todos eles e ter todos os ossos do meu corpo quebrados.

Algo atravessou seu olhar, do mesmo jeito que aconteceu naquela manhã, no cinema, tanto tempo atrás. Como se ela quisesse se moldar aos meus braços.

Como se ela não quisesse realmente ir, porque queria ficar comigo.

Mas antes que eu pudesse segurar sua mão, fechar a porta, e descobrir como faria para derrotar Aydin e Taylor, para proteger ambas, ele se inclinou e sussurrou alguma coisa no ouvido dela enquanto ela me encarava fixamente.

Ela continuou ouvindo o que ele dizia, e três segundos se estenderam para dez, até que, finalmente, ela baixou a cabeça e assentiu como se tivesse se dando conta de um fato.

Ele fechou a porta, tirou o casaco de cima dela e o pendurou novamente no cabideiro; em seguida, tirou a sacola de comida de suas mãos, antes de ele me dar um sorriso perspicaz.

Meu corpo retesou.

Passando por mim, ele saiu da sala com Taylor em seu encalço, e eu fiquei ali de pé, olhando fixamente para Emory, que permanecia em silêncio.

Ela estava fugindo de mim. Ela se engalfinhou com a Alex para poder ir embora dali.

E agora havia decidido ficar?

Porque ele tinha mais controle sobre ela do que eu tive alguma vez.

— Pegue suas coisas — eu disse a Alex, sem desviar o olhar de Emory em momento algum. — Você vai passar a noite comigo.

— Will…

— Agora! — gritei, interrompendo o protesto de Alex.

Que se foda. Ela poderia pegar suas merdas depois. Agarrando a mão dela, eu a puxei escada acima, deixando Emory no vestíbulo, e sumindo pelo corredor, chegando até a última porta que levava ao terceiro andar.

Emory estava a salvo. Ela estava agora sob a proteção de Aydin.

Soquei a parede à medida que avançávamos pelo corredor.

— Olha, não sei o que diabos está rolando — Alex disse, soltando a mão da minha —, mas quando formos embora, ela vem junto. Você pode resolver suas merdas com ela quando voltarmos à civilização. Quando eu fugir daqui, vocês dois vêm comigo.

Tranquei a porta e acendi as luzes, me debatendo sobre pegar o *laptop* e acionar meu contato para interceptar Michael e a galera. No entanto, eles precisavam vir logo, de forma que pudessem levar Emory e Alex para um lugar seguro.

— Quando eles vão chegar? — perguntei.

— A qualquer dia agora.

Peguei uma camisa e fui até a janela para fechar as cortinas.

— Você quer ir para casa, não é? — Alex perguntou.

Relanceei um olhar em sua direção.

— Will...

Andei pelo quarto, sentindo meu controle prestes a romper.

— Seus pais... — ela disse, a voz mais suave. — O modo como você sempre falava deles. Eles te amam. Por que você ainda está aqui? Será que eles realmente teriam te mantido longe por tanto tempo? Não faz sentido...

Eu deveria dizer a ela. Eu só não tinha certeza de que não fracassaria na minha missão, e eu precisava fazer isto por conta própria. Ou todo o meu tempo e esforço iriam por água abaixo.

Eu precisava voltar para casa dez vezes mais homem do que entrei aqui. Precisava levar isto até o fim.

Ela segurou o meu queixo e o inclinou para ela, me fazendo parar.

— Damon, Winter, Michael, Rika, Misha, Kai, Banks... — pronunciou seus nomes como se eu os tivesse esquecido. — Seu lugar é em casa. Você não quer ir embora?

Claro que sim.

Por que ela pensaria que eu não queria ir embora?

Kai e Banks.

Winter e Damon.

Michael...

Eu sabia o que precisava fazer quando vim para cá, mas as palavras de Alex continuaram a se atropelar na minha cabeça – ainda mais agora. Especialmente diante da decisão que eu teria que tomar mais cedo do que imaginei.

Talvez eu estivesse assustado.

Talvez... talvez apenas uma pequena parte minha não quisesse sair daqui. Não havia drogas aqui. Não havia mulheres. Eu tinha ficado longe do álcool com bastante facilidade. Não tinha que provar meu valor com uma carreira profissional, planos ou relacionamentos.

Eu só tinha que sobreviver. Não havia oportunidades para encarar, logo, nada para estragar.

Estávamos todos no mesmo barco.

E talvez eu tenha gostado disso. Com a sobriedade veio a clareza, e ao ter tempo para pensar no meu passado, acabei sentindo vergonha de mim mesmo. Eu queria que todos confiassem em mim. Que dependessem de mim.

Mas isso significava arriscar o fracasso, e por alguns minutos aqui e lá, eu me contentaria em ficar aqui para sempre.

Acredite ou não, era mais fácil.

Subi as escadas de volta ao meu quarto, levando uma tigela de guisado para Alex. Micah tinha guardado para mim, mas não o suficiente para Alex, e nem fodendo eu imploraria a Aydin por comida extra. Ela me disse que tinha algumas coisas nos túneis, mas deixei que ela comesse sua primeira refeição substancial em dias, decidido a pegar uma de suas barrinhas de granola para mim depois.

Entrei no quarto, ouvindo os respingos de água do outro lado do biombo. Parei e observei sua silhueta através do tecido de cor creme.

Ela se encontrava na banheira, curvando para baixo para se lavar. Devagar, coloquei a tigela sobre a mesa, sentindo meu estômago se revolver ao observá-la.

Sempre foi fácil demais me perder dentro de Alex. Eu não precisava falar ou manter uma fachada. Eu não precisava seduzi-la ou fingir.

Ela era meu porto na tempestade e eu era o dela.

Eu via sua forma se mover enquanto ela enxaguava as pernas e os braços. Sua mão subia pela nuca, o pano encharcado gotejando na banheira.

Ela era a única pessoa com quem eu me sentia completamente seguro.

A única pessoa que nunca temi decepcionar, porque a única coisa que ela esperava de mim… era estar lá.

Por que eu não pude amá-la? Ela se dava bem com meus amigos. Ela me fazia rir, e sua presença era sempre reconfortante. Sempre.

Ela se encaixava na minha vida.

Ao observá-la, cerrei as mãos, quase convencido de que deveria fazer isso. Eu deveria ir até lá, pegá-la no colo e a levar para cama, então me afundar dentro dela e…

Balancei a cabeça, suspirando.

Eu não podia.

Porque cada vez que fechava os olhos, via a garota que me fazia querer ser alguém melhor. Mais.

Eu via Emmy Scott.

Alex era como Damon. Eles me amavam. Eles satisfaziam o meu lado sombrio.

Eram muito tolerantes e permissivos.

Eles me impediram de ficar só, mas Emory me ensinou que nem tudo o que eu queria viria facilmente. Que havia coisas pelas quais eu teria que lutar e que havia sofrimento no mundo ao qual meu estilo de vida superficial no ensino médio me mantinha alheio.

Ela me fez sentir como um homem.

Mesmo que suas palavras fossem afiadas e a luta constante que ela travava em seu coração fossem como uma punhalada no meu próprio coração, bastava sentir seu olhar sobre mim para que eu me sentisse forte.

Seus braços ao meu redor me faziam querer enfrentar qualquer coisa.

Quando eu fechava os olhos, via uma garota com óculos grandes demais para seu rosto, e ouvia a voz mais doce e tímida do mundo me perguntando se eu ainda queria segurá-la.

Ainda conseguia senti-la embalada em meus braços.

Deixando o guisado sobre a mesa, pressionei o painel de madeira na parede, do jeito que Alex havia me mostrado antes, e adentrei a passagem secreta, fechando mais uma vez o painel.

Os caras ainda estavam acordados, espalhados pela casa e fazendo suas coisas, mas eu não tinha visto Emory quando fui buscar comida.

Alex disse que havia deixado sua mochila no túnel, do lado de fora do quarto do Emory e, embora tenha dito a mim mesmo que estava apenas querendo buscar uma barrinha de cereal e um pouco de água, eu queria ter certeza de que ela estava em sua própria cama do caralho.

NIGHTFALL

Com a porta trancada.

Ela seria levada de volta a Thunder Bay, sã e salva, para enfrentar as consequências.

Percorri o caminho através dos túneis, seguindo para a ala leste onde o quarto dela ficava. Pouco tempo depois, avistei a mochila preta no chão, sob uma luz débil que se infiltrava pelas frestas no painel.

Estas passagens estiveram aqui o tempo todo. Era inconcebível que Aydin não soubesse disso. Porém, Alex andou rondando a casa por dias, sem nunca ter sido detectada, então...

Deixei a mochila no chão quando ouvi os gemidos de Emmy, antes mesmo de encontrar o orifício para espreitar dentro de seu quarto.

Meu pulso disparou, e eu me esqueci da bolsa e de tudo, empurrando a porta para entrar no cômodo escuro como breu. Na mesma hora, reconheci sua forma deitada sob as cobertas.

Arquejando, ela se contorcia sob os lençóis, gemendo baixinho. Observei a cadeira presa abaixo da maçaneta da porta do quarto, à medida que seguia na direção da cama. Eu me agachei ao lado, olhando para suas costas do mesmo jeito que fiz naquela noite, tanto tempo atrás, quando a levei para casa depois do *Cove*. Com o lençol abaixo da cintura, ela o agarrava com força, a respiração ofegante.

Usando uma regata e uma calcinha de renda roxa – que deduzi ter conseguido com Alex –, ela gemeu e choramingou, e eu me inclinei sobre o colchão com a mão apoiada sobre o travesseiro.

Seu olho agora apresentava um hematoma, e o corpo estava repleto de arranhões e cortes agora que eu a observava direito. A queda na floresta, o princípio de incêndio, a luta com Taylor e a recente briga com Alex...

Então não pude evitar... Afaguei seu cabelo e o afastei do rosto, vendo-a se debater e tremer diante do pesadelo que enfrentava.

Eu me apaixonei por Emory desde o momento em que coloquei os olhos nela, quando eu tinha 14 anos. Eu sempre a amei, e ainda era capaz de vê-la sentada em sua bicicleta, do lado de fora da cerca de arame que cercava a escola, observando a mim e meus amigos em nossos *skates* naquele verão.

A partir daquele instante, era como se meu corpo estivesse sempre consciente de sua presença; tudo o que eu fazia era calculado para que ela prestasse atenção em mim.

Cada piadinha na aula. Cada gaiatice no refeitório. Cada novo corte de cabelo e novo par de jeans.

Até mesmo o Raptor. Quando meus pais o compraram para mim, meu primeiro pensamento foi como seria tê-la sentada ao meu lado. Uma fantasia idiota onde ela corria até a minha caminhonete, após a aula, sorrindo e pulando no meu colo, agarrada a mim porque eu era seu namorado e sempre levava a minha garota para casa depois da escola.

Eu odiava vê-la sozinha. Ela estava sempre sozinha, e não deveria estar, porque seu lugar deveria ter sido ao meu lado. Porém, quanto mais velha ela ficava, mais furiosa se tornava, e mais desesperado eu me encontrava, tentando esquecê-la a todo custo.

E eu só queria que isto acabasse logo de vez.

Nada melhorou com ela. Apenas apodreceu.

Ela nunca se deitaria entre meus braços, em uma cama só nossa.

— Eu te amo, Will — ela disse, baixinho.

Eu congelei na mesma hora, olhando para ela, minha mão ainda tocando sua testa.

O quê?

Minhas pernas bambearam, e eu a encarei, boquiaberto e com o cenho franzido, tentando descobrir se seus olhos estavam abertos ou se ela estava dormindo, mas...

Eu sabia que ela estava acordada. Sua respiração havia acalmado, seu corpo agora relaxado.

— Você se lembra da noite em que entrou escondido no meu quarto? — ela perguntou, ainda de frente para mim. — Quando a gente discutiu e você quase foi embora?

EverNight. Na noite em que conheci a avó dela.

Ela fungou.

— Eu te avisei que não era uma pessoa feliz, e havia um monte de motivos para não querer um relacionamento com você, mas... — Ela hesitou, tentando encontrar suas palavras. — A única época que amei a minha vida foi quando estive com você.

Imóvel, eu ainda não havia afastado a mão de seu rosto.

Agora? Ela estava me dizendo isso agora?

— Eu sempre fui a *sua* Em — sussurrou. — Não importava o que eu dizia ou o que fazia ou todas as maneiras que deixei minha vida me derrotar ao longo dos anos... Naquela noite, eu soube. Eu estava apaixonada por você.

Cerrei os dentes quando senti a ardência nos meus olhos.

— Você pode ir embora, e eu sobreviverei. É o que sempre fiz — afirmou. — Só queria que você soubesse disso.

NIGHTFALL

E, num instante, mais uma vez, não consegui lembrar porque ela era ruim para mim, e desejei foi tê-la no lugar onde ela deveria estar.

Comigo.

Todo o ódio, raiva e dano se dissiparam, e tudo o que eu queria era me enfiar embaixo daquele cobertor e me aconchegar às suas costas, só para que pudesse segurá-la em meus braços, mas eu sabia que quando meus olhos se abrissem pela manhã, a realidade seria diferente.

E a realidade me machucaria.

Fechei a mão em um punho, querendo ficar ali, mas ciente de que não poderia mais continuar com isso.

Eu estava liberto de todos os meus vícios, exceto de um, e precisava esquecê-la. Eu precisava esquecê-la, para que pudesse voltar para casa.

Eu me afastei, orgulhoso demais para desaparecer outra vez pela passagem secreta na parede. Ao invés disso, abri a porta do seu quarto e saí, deixando-a no escuro.

Quando fui procurá-la, eu queria saber o que ele disse a ela — o que sussurrou em seu ouvido lá embaixo —, mas agora eu não podia ficar um segundo a mais, ou não daria a mínima para qualquer outra coisa a não ser ela, durante o resto da noite.

Ela me amava.

Ela me amava.

O mundo oscilou à minha frente.

No entanto, aquele era apenas mais um exemplo de como todo mundo fazia o que queria comigo, por pensarem que eu nunca ficaria puto.

Quer dizer, Damon quase me matou. Um ato tão brutal que eu mal conseguia pisar o pé na superfície da água, a não ser de uma banheira, e não foi preciso muita coisa para que eu o perdoasse.

Eu não facilitaria mais para ninguém.

— Will — Aydin me chamou assim que passei pelo seu quarto.

Parei, tenso.

Eu não queria conversar com ele agora, porque qualquer merda que saísse da sua boca iria ferrar mais ainda com a minha cabeça. Cacete, eu queria um cigarro. Eu esperava que Winter não tivesse feito Damon desistir de fumar de vez, ou teria que comprar meus próprios maços assim que voltasse para casa.

Micah raspava a navalha suavemente pela garganta de Aydin, inclinado para trás em sua cadeira.

Ao entrar, estendi a mão e peguei a lâmina. Micah hesitou por um instante, mas a entregou e saiu logo depois.

De pé às suas costas, continuei de onde Micah havia parado, raspando mais um trecho. Ele gostava mais quando eu o barbeava.

— Você acha que estaria no comando — Aydin perguntou —, se eu não estivesse aqui?

Apertei o cabo da navalha, deslizando a lâmina novamente pelo pescoço. Bastaria um golpe rápido agora mesmo, e eu *estaria* no comando.

E ele sabia disso.

Aydin também se achava corajoso, ao me deixar barbeá-lo quando sabia o quão fácil seria, para mim, acabar com ele naquele instante, a fim de proteger Emmy e Alex.

— Estou com inveja por seus amigos terem enviado alguém por você. — Ele riu, olhando para mim. — Acho que meu pessoal se esqueceu de mim.

— Encontre pessoas que não fazem isso.

Deslizei a lâmina sobre sua mandíbula, sentindo seu olhar fulminante.

— Eu encontrei — afirmou.

Nós? Nós não éramos seu pessoal. Pelo menos, ainda não.

— Exigir obediência através da intimidação não significa conquistar a lealdade — comentei. — Tem que fazer por merecer.

Ele ficou em silêncio, me observando raspar os pelos rente à bochecha e queixo. Ele sabia o que eu queria dizer. Micah, Rory e Taylor não o respeitavam. Eles tinham medo dele.

— Eu sei — ele respondeu, por fim. — Você não estava conseguindo convencê-la a ficar em casa. Eu, sim. E não precisei levantar um dedo para isso. — Ele me encarou fixamente. — Não precisei nem alterar o tom de voz. Isso é lealdade.

Pisquei rapidamente.

— Você tem o coração dela, mas fui eu que consegui entrar em sua mente — ele zombou. — Com uma mulher como Emory Scott, a quem você acha que ela daria ouvidos?

Não precisei pensar duas vezes para saber a resposta. Minha mão tremeu de leve quando comecei a raspar acima de seu lábio superior.

— Quando você conseguir escapar, você acha que a Emmy vai fugir contigo e com a sua vagabunda? — ele perguntou.

Fiquei calado, segurando a lâmina com força enquanto o encarava com ódio.

NIGHTFALL

367

Ela não vai ficar aqui com você.

— Acho que quando eu escapar — murmurei —, vou levar muito mais do que aquelas duas.

Ele riu, arrancando a toalha ao redor do pescoço para limpar o rosto.

— Ela é um espetáculo — ele disse. — Gostei do jeito como ela agarrou sua garganta hoje. Muitos homens não admitem que gostariam de ser dominados. Mas é um tesão do caralho. Ela te fodeu de jeito. Eu realmente acho que ela floresceu aqui dentro.

Travei a mandíbula, fazendo um esforço do caralho para me controlar. Ele nos viu na estufa. Ele a viu me cavalgando.

Larguei a navalha e saí do quarto, meu corpo inteiro incendiando.

Ele não tinha o direito de possuí-la.

Voltei para o quarto dela, abri a porta e fui até sua cama, vendo-a se sentar de supetão e me encarar sob a fraca claridade do corredor.

— O que você está fazendo? — ela perguntou.

Mas eu não disse uma única palavra.

Peguei seus óculos na mesinha de cabeceira e deslizei meus braços por baixo de seu corpo, com lençol e tudo, levando-a no colo para o meu quarto.

Ela ficaria comigo e com Alex, porque de forma alguma eu a deixaria longe da minha vista.

Ela enlaçou meu pescoço, os olhos focados em mim durante todo o caminho até o terceiro andar. Para a minha cama.

Deus, quem diabos a trouxe aqui? Ela estava arruinando todos os meus planos.

CAPÍTULO 26
WILL

Nove anos atrás...

A PORTA DE UM ARMÁRIO BATEU COM FORÇA, ECOANDO POR TODO O CORREDOR. Levei a garrafa à boca, tomando mais um gole do champanhe.

Filhos da puta. Que porra eles estavam fazendo? Há quanto tempo isso estava acontecendo?

Eu sabia que alguma coisa estava errada.

Recostei-me contra uma pilha de tapetes no ginásio de luta-livre, ouvindo a porta do vestiário se abrir adiante, enquanto *Apologize* tocava baixinho no alto-falante ao meu lado.

Bebi mais um gole, lembrando da forma como me aconcheguei a ela na noite passada, em seu quarto.

Como um idiota.

Depois da nossa briga na escola, hoje, saí à noite para comemorar a Noite do Diabo com meus amigos e uma galera, a fim de tocar o terror. Enchi a cara e fui ver se achava alguém que poderia me fazer sentir melhor, porque ela me tratou como lixo, e eu estava cansado de perseguir a garota que sempre acreditei ter sido feita para mim, mas que não me queria.

Ela nunca retribuiu meus sentimentos.

Com exceção de ontem à noite.

No entanto, hoje, ela havia voltado ao normal, agindo como se tivesse transado comigo por pena. Como se eu não fosse bom o bastante.

Meus amigos e eu fomos ao cemitério e nos divertimos.

Depois fomos ao *The Pope*, em Meridian, e festejamos um pouco mais.

Eu não conseguia esquecê-la, não importava a quantidade de bebida alcóolica que ingerisse. Peguei um táxi de volta a Thunder Bay, mas ao invés de ir para casa, decidi me arrastar até o ônibus escolar que ficava no estacionamento da escola. Eu me enfiei lá dentro, desabei no banco nos fundos do veículo e comecei a me lembrar da sensação de tê-la em meus braços. Como foi maravilhoso sentir seu desejo e amor.

Fiquei ali sentado, mais bêbado do que antes, pensando nela, então olhei pela janela e os vi.

Damon e ela. Andando em direção à escola.

Pisquei diversas vezes, para me assegurar de que estava enxergando direito, porque tudo girava ao redor, mas... por fim, desci do ônibus e fui atrás dos dois.

Fechei os olhos, inspirando fundo à medida que ouvia seus passos se aproximando pelo corredor.

Não foi muito difícil encontrá-los. Numa escola antiga como essa – e praticamente deserta a esta hora da noite –, foi fácil ouvir o barulho da água corrente enquanto eu seguia pelo caminho. Senti as pernas bambas, o estômago revirando, e me esgueirei para dentro do vestiário, vendo-os assim que dei a volta em uma fileira de armários.

Nus e juntos no chuveiro.

Apertei o gargalo da garrafa com força. Era nítido o que estava acontecendo ali.

Foi por esse motivo que ele saiu mais cedo do hotel. A razão pela qual ela nunca quis me dar uma chance.

Ninguém iria preferir ficar comigo, ao invés de Damon. Ou ao invés de Michael e Kai. Ninguém achava que eu valia o bastante, em comparação a eles.

Eles passaram na frente da porta aberta, e Damon ouviu a música e estacou em seus passos. Ela se sobressaltou ao lado dele, e quando a olhei de cima a baixo, vi que usava a calça preta de moletom de Damon, dobrada até os joelhos, bem como sua camiseta branca e folgada em seu corpo. O cabelo dela estava molhado, e ele só vestia o jeans, sem camiseta.

— Você transou com ela? — perguntei.

Damon parou, entrou na sala escura e finalmente me viu ali. Emmy o seguiu, andando devagar.

— Sério? — Damon inclinou a cabeça para o lado, tentando me ver direito no escuro. — Qual é... eu não estou assim tão entediado. — Ele se aproximou e gesticulou em direção a ela. — Além do mais, ela nem é assim tão bonita.

— Valeu — Emory murmurou.

Arremessei a garrafa para o outro lado da sala, que estilhaçou em pedaços enquanto eu me lançava para frente e empurrava seu peito.

— Esta não é uma boa-noite, Will — advertiu. — Não seja idiota.

Dei a volta e a encarei.

— De onde você arranja todos os seus hematomas?

Ela abaixou a cabeça.

Olhei para Damon e dei um aceno sarcástico.

— Eu sabia que você era agressivo, mas nunca imaginei que fosse tanto assim.

Ele deu uma risada e passou a mão pelo cabelo, irritado.

— Conte para ele — disse a Emory.

Meu olhar fervilhava de ódio, passando de um ao outro, vendo-a encarar Damon, preocupada.

— Conte logo! — Damon berrou.

Filho da puta. Ergui meu punho e o arremessei na cara daquele babaca do caralho. Ele caiu no chão, grunhindo e apalpando o local onde o acertei.

Ele não sabia mais sobre ela do que eu. Eu queria que ele fosse à merda.

— Ele foi bom? — Virei de frente para Em. — Você gostou?

Eu sabia que havia sido estranho ver os dois juntos na catedral, na mesma noite. Há quanto tempo isso estava acontecendo?

Seus olhos encheram de lágrimas enquanto ela me encarava, parecendo indefesa e com as mãos entrelaçadas à frente do corpo, como se eu fosse bater nela ou algo assim.

Que porra era essa que ele sabia sobre ela, e eu, não? Ela era minha garota, não dele.

Meu peito estava apertado, e pisquei várias vezes para esconder as lágrimas que ardiam em meus olhos.

— Eu disse que te amava, noite passada — declarei. — Você nem mesmo ouviu, não é?

Ela deu um passo na minha direção.

— Não estrague tudo. Apenas se lembre de como foi bom. Por favor.

— Por quê? — gritei, arrancando meu agasalho e desafivelando o cinto enquanto a empurrava contra os tapetes. — Já que essa porra vai terminar, por que guardar alguma lembrança boa? Não quero sentir falta de você ou disso aqui!

NIGHTFALL

Lágrimas encheram meus olhos à medida que eu soltava o cinto e tirava a camiseta, e pude ouvi-la chorar quando imprensei seu corpo.

— Vamos acabar com essa merda agora mesmo! — berrei. — Para que eu me lembre que fui só uma transa.

Segurei seu rosto, me abaixando em sua direção, mas ela enlaçou meu corpo, trêmula por conta dos soluços.

— Eu q-quero... você — sussurrou, aos prantos. — Sempre foi você.

Senti um tremor no peito, quase incapaz de respirar enquanto a encarava.

— Mas você não me suporta — disse eu, áspero. — Você não confia em mim, e acha que nunca serei alguma coisa na vida ou bom o bastante, não é?

Se ela confiasse em mim, ela me contaria o que estava acontecendo.

Emory fechou os olhos, por trás das lentes dos óculos, balançando a cabeça. No entanto, não desmentiu meu ponto de vista.

Ela não me amava.

Damon me afastou dela, empurrando-me para longe.

— Você está bêbado.

E daí?

— O que vocês estavam fazendo juntos? — berrei, dando-lhe uma chave de pescoço e nos jogando no chão. Dei mais um soco em seu rosto, avistando o filete de sangue escorrer do canto de seu olho.

Rosnando, ele me jogou para longe, e se sentou escarranchado, me dando um tapa na bochecha. Senti a ardência na mesma hora, mas agarrei seu pescoço e apertei sua garganta.

— Nós não estávamos transando! — ele gritou. — Prefiro foder uma navalha.

Ele me deu um soco no estômago, e levantei a mão, quase esmurrando seu pau.

Arregalando os olhos com fúria, ainda assim, não me soltou como imaginei. Rangendo os dentes, ele deu um tapa na minha cabeça.

— Seu filho da puta! Sorte sua que você errou!

Damon agarrou meus pulsos e os prendeu contra o meu peito, abaixando o corpo para manter minhas mãos imobilizadas.

— Porque é minúsculo — disparei. Afinal de contas, o meu era muito maior.

Ele deu uma cabeçada no meu nariz, e meus olhos marejaram na mesma hora.

— Puta que pariu, D! — grunhi. — Porra.

Lutei contra o seu agarre, tentando averiguar se estava sangrando, mas ele não me soltou.

— Você vai parar agora? — exigiu. — Não estou de bom-humor esta noite, e nem ela. A gente passou por um inferno do caralho, e nem tudo que acontece tem a ver com você.

— E por um acaso, já teve a ver comigo alguma vez? — Abri os olhos e o encarei com a vista embaçada. Eu não era o líder. Eu não era o cérebro do grupo. Ou o mais passional.

Meus amigos não seriam mais fracos sem a minha presença.

Eu tive *uma* coisa da qual realmente gostei. Uma coisa que me estimulou a tentar. A única coisa que fez com que eu me sentisse como um homem.

Damon pairou acima de mim, e pude ver que seus olhos estavam vermelhos também. Que caralho tinha acontecido esta noite?

Recostando a testa à minha, ele soltou minhas mãos, nossos peitos se movimentando em sincronia.

— Aconteceu uma merda fodida — ele sussurrou. — E não posso falar sobre isso, mas você é o meu melhor amigo, então, por favor, nunca se esqueça disso.

Seu hálito aqueceu minha boca, e percebi quando ele abafou um soluço, fechando os olhos ao travar uma luta interna.

— Eu preciso de você — murmurou. — Você não tem noção do tanto que nós precisamos de você.

Mordi o canto da boca para manter as emoções sob controle, mas senti a ardência das lágrimas em meus olhos.

Seus lábios estavam a centímetros dos meus, e o calor do momento fez com que tudo ao meu redor começasse a rodar, e então... abri os olhos, encarando diretamente os de Emory. Ela estava sentada contra os tapetes, nos observando. Seus braços rodeavam os joelhos flexionados, e seu olhar se concentrava fixamente na boca de Damon pairando sobre a minha, e... quando não me afastei, ele capturou meu lábio inferior, mordiscando, para depois enfiar a língua profundamente.

— Nós não somos capazes de sorrir sem você — ele sussurrou. — Ela não consegue sorrir sem você.

Meu pau endureceu, e grunhi alto quando ele deslizou a mão por dentro do meu jeans, me acariciando. Emory, boquiaberta, mal conseguia respirar.

No entanto, ela não estava fugindo dali.

E a cada segundo que eu me recusava a afastá-lo, vendo-a ali sentada, sem fazer menção de ir embora, meu tesão aumentava.

Talvez ela estivesse revivendo a noite passada, ou isto poderia ser a

NIGHTFALL

última coisa que compartilharia com ela. Arrepios intensos se espalharam pelo meu corpo, só em vê-la ali, nos observando, então segurei um punhado do cabelo de Damon quando ele afundou o rosto na curva do meu pescoço, me dando um chupão.

— Porra... — rosnei.

Fechei os olhos por um instante, deixando qualquer preocupação para trás e me lançando de cabeça nas sensações. *Eu queria que tudo fosse para o inferno.*

Consegui dar um jeito de abrir o zíper de seu jeans, enquanto ele fazia o mesmo com o meu, mas antes que conseguisse puxar seu pau para fora, para mostrar a ela minhas habilidades manuais, ele desceu o corpo e me chupou por inteiro, em movimentos longos e lentos.

Na mesma hora, um gemido escapou da minha garganta.

— Ai, caralho...

Meus dedos se curvaram em seu cabelo à medida que sua boca se movia para cima e para baixo, e fiquei mais rígido e com mais tesão ainda quando vi o calor em seus olhos. Eu a encarei, vendo a camiseta deixando um ombro à mostra, bem como os mamilos intumescidos despontando pelo tecido.

Ela estava gostando daquilo.

Suas unhas cravaram com força no tapete em que se encontrava sentada, e tudo o que consegui pensar era em como ela estava gostosa, quase como se quisesse se aproximar para ajudar Damon a me proporcionar prazer.

Deixe que ela veja.

Deixe que ela saiba como é quando outra pessoa está chupando o meu pau.

Olhei para Damon, sentindo o suor recobrir a minha pele quando ele me levou quase até o fundo da garganta.

— Ela é linda — ele arfou, subindo outra vez e esfregando meu pau enquanto voltava a mordiscar meu queixo. — E ela vai odiar o fato de que você consegue ser feliz sem ela.

Cuspi na minha mão e a enfiei por dentro de sua calça, apertando seu pau com vontade e acariciando do jeito que ele gostava. Retribuí seu beijo, ambos nos masturbando, e seu terço roçou meu peito.

Grunhidos e gemidos preencheram o ambiente quando nosso ritmo frenético aumentou à medida que perseguíamos o orgasmo desejado, e pude jurar ter ouvido Em gemer baixinho enquanto nos observava.

Eu queria que ela tocasse em si mesma. Esperava que decidisse se render ao desejo.

— Mais forte, cara — Damon rosnou contra a minha boca.

— Esse é o mais apertado que vai rolar — comentei. — Você não vai enfiar essa porra na minha bunda.

Ele bufou uma risada.

— Você está certo. Seu pau é menor, então você devia estar por cima.

— Vá se foder.

Sua risada me arrancou um sorriso, sentindo-me incentivado. Nosso relacionamento, de um jeito estranho, havia voltado às zombarias.

Fechei os olhos, e as gotas de suor escorreram pelas minhas costas. Ergui a outra mão e apertei seu pescoço, ambos agora ofegando e grunhindo à medida que nos esfregávamos com mais força e intensidade. Meu pau começou a jorrar pouco antes do dele.

Arqueei as costas, tentando recuperar o fôlego.

— Caralho — gemi, recostando a cabeça no tapete.

Meus músculos estavam tensionados, mas os arrepios que deslizaram pela minha pele eram bem-vindos.

Puta que pariu. Mas que porra?

Ele desabou ao meu lado, sua porra quente cobrindo a minha mão. Mantive os olhos fechados por mais um segundo, saboreando o momento em que flagrei seu olhar concentrado em mim. No entanto, quando os abri de novo, ela nos encarava com a expressão mais desesperada e doce, as unhas cravadas em suas coxas.

Ela havia adorado. E odiado também.

Erguendo-se do tapete, Emory umedeceu os lábios e manteve o olhar fixo e resoluto.

— Eu sempre vou querer você — disse ela, baixinho.

E então, foi embora.

Continuei observando-a se afastar dali, já sem sentir a excitação de momentos antes.

Ela nunca cederia, e tudo estava acabado, não importava o quanto ela desejasse aquilo ali.

Fechei os olhos, rangendo os dentes e desejando que não tivesse estraçalhado a garrafa de uísque.

Eu não iria atrás dela outra vez. Não a perseguiria como antes. Ela não era uma de nós, e nunca lutaria por mim.

Engoli o nó na garganta e respirei fundo, tentando me livrar da dor que me queimava por dentro.

Damon se levantou e ajeitou o jeans.

— Vou tomar uma ducha — suspirou. — De novo.

NIGHTFALL

CAPÍTULO 27

EMORY

Dias atuais...
NUNCA TÍNHAMOS DORMIDO NA MESMA CAMA.

Claro, nunca tivemos um relacionamento. Apenas momentos desenfreados e fugazes.

Olhei para ele deitado ao meu lado, a cabeça virada e o peito nu se movendo no ritmo de sua respiração. A luz que se infiltrava pelas cortinas fazia sua pele brilhar, e dava um tom achocolatado às sobrancelhas escuras.

Quando ele me trouxe aqui ontem à noite e me mandou dormir, pensei em discutir, mas então percebi que estava a fim.

Eu estava cansada e ele também. *Foda-se.*

Meu braço estava próximo ao seu, nossos dedos mindinhos se tocando. Minha vontade era entrelaçar nossos dedos, mas se eu me movesse, correria o risco de ele acordar, e não estava pronta para isso ainda.

Virei a cabeça para o lado esquerdo e observei Alex aninhada contra o travesseiro, de frente para mim. Ela usava uma das camisetas de Will, e por mais que tenha ficado magoada ao ver o quão próximos os dois eram, eu gostava de Alex. Gostava demais.

Ela não queria me machucar. E eu sabia disso.

Não consegui conter o sorriso. Seu nariz era arrebitado, e não havia um fio de cabelo fora de lugar naquele corpo perfeito.

Sacudi a cabeça e encarei o teto, me perguntando se não deveria estar me sentindo estranha por estar compartilhando a mesma cama que meu primeiro amor e a namorada dele, mas diante das coisas, esse era um pensamento insignificante.

Consegui virar de lado e me levantei, passando por cima do corpo de Alex enquanto observava os dois ainda dormindo. Por trás do biombo, peguei uma toalha e a molhei sob a torneira da banheira. Sem pressa, espremi o excesso de água quente e pressionei contra o rosto, fechando os olhos e deixando o tecido quente aliviar um pouco o desconforto no queixo e olho inchado, por conta do soco que Alex me deu ontem.

Eu adoraria tomar um banho, mas não queria acordá-los ainda.

No entanto, senti algo roçando minha perna, e quando abri os olhos, deparei com Alex sentada na borda da banheira, me encarando.

— Desculpe por ter acordado você — comentei, reaquecendo a toalha sob a água quente.

— Está tudo bem.

Torci a toalha e me aproximei dela, pressionando-a contra o hematoma horroroso em seu rosto. Ela tentou pegar o tecido da minha mão, mas eu a afastei.

— Eu não ia embora sem você — revelei, caso ela tivesse alguma dúvida.

Eu simplesmente me odiava por achar ser muito mais fácil sumir, ao invés de encarar as consequências de ontem.

— E quanto a ele? — ela perguntou. — Você iria embora sem ele?

Avancei um passo, suas pernas agora entre as minhas coxas, e gentilmente acariciei seu rosto.

— A melhor coisa que Will pode fazer é se manter o mais distante possível de mim — eu disse.

Ao invés de tentar me convencer do contrário, ela apenas debochou:

— Você é uma covarde.

Fiquei tensa, mas me limitei a manter a boca fechada, movendo a toalha aquecida contra o seu rosto.

Eu não era covarde.

— Emmy, preciso levá-lo de volta para casa — murmurou. — Por favor, me ajude. Eu sei que você o amava. Como pode alguém não o amar?

Uma pequena risada escapou do nó alojado na minha garganta. *Isso era verdade*. Muito me alegrava saber que eu não era a única suscetível ao poder de Will.

Todo mundo adorava aquele garoto.

— Aquele homem ontem à noite, com aquela atitude... Will não é assim — ela sussurrou —, e você sabe disso.

NIGHTFALL

Eu sabia? Ele já havia passado por muita merda na vida. Ela pode ter desfrutado um tempo com ele nos últimos anos, mas não o conheceu na época da escola. Aquela conversa sobre Godzilla, ontem, foi o primeiro vislumbre do velho Will que tive desde que cheguei aqui.

— Você sabe lutar — disse ela, parecendo surpresa.

Eu não fazia ideia se ela estava se referindo à nossa briga no vestíbulo, ou se viu meu combate com Taylor no outro dia.

No entanto, balancei a cabeça em negativa.

— Sei apenas revidar.

— Isso já é alguma coisa.

Ela me observou com atenção enquanto eu enxugava seu rosto.

— Kai é dono de um *dojo* em Meridian — informou. — Você sabia disso? É onde nossa *família* treina.

Encarei seu olhos – algo não dito em voz alta se passou entre nós –, e eu podia jurar que era uma espécie de oferta. Mas ela era surda, muda e cega, se achasse que eu seria bem-vinda ali. De toda forma, eu tinha um emprego para o qual voltar.

Assim eu esperava…

Larguei a toalha no chão e esfreguei os olhos, sem conseguir me lembrar onde Will havia deixado meus óculos na noite passada.

— Você precisa de outro banho — comentou.

— Olha quem fala…

Três pessoas em uma cama pequena… era de se esperar que todo mundo estivesse suado.

Peguei uma escova na mesinha ao lado e comecei a desembaraçar os fios do meu cabelo.

— Micah e Rory são de boa — informei. — Taylor é uma preocupação, mas ninguém irá contra as ordens de Aydin de que não devem nos tocar.

— Nós ou você?

Entrecerrei os olhos e a encarei.

— O que Aydin teria contra você?

Por que ele me protegeria, e a ela, não?

Indiferente, ela apenas deu de ombros.

— Nada. Ele nem me conhece.

— Tive a impressão de que ele te conhecia — retruquei.

Ele sabia o nome dela, e pareceu a ter reconhecido.

Ela não disse mais nada e, logo depois, ouvimos o rangido no piso de tábuas. Erguemos a cabeça e vimos Will passando e estacando em seus passos assim que nos viu.

Seu cabelo desgrenhado era sexy pra caramba, e a calça jeans, com o botão aberto, pendia em seus quadris. Ele ficou ali parado, os olhos nos analisando de cima a baixo.

Eu ainda usava apenas a regata e calcinha, enquanto Alex vestia sua camiseta sem nada por baixo.

— Puta que pariu — resmungou, balançando a cabeça, e voltou a se dirigir à porta. — Caso queiram, podem usar a banheira. As roupas estão na cômoda. Eu vou tomar o café da manhã. Fiquem aqui. As duas.

A porta abriu e fechou outra vez, e me inclinei para ligar a torneira.

— Se você tem um plano de fuga — comentei —, por que ele não está desesperado para escapar? Eu o ouvi ontem. Ele não queria ir embora.

O que era bem estranho, para dizer a verdade. Era de se esperar que ele estivesse extasiado pela chance de ser resgatado, mas ele não parecia estar feliz com a presença de Alex.

Ele não parecia feliz por qualquer uma de nós estar aqui.

Os prisioneiros, às vezes, se acostumavam tanto com o regime de encarceramento, que achavam a alternativa de sair muito mais assustadora. Eles tinham uma casa, três refeições por dia, uma rotina...

Mais cedo ou mais tarde, a falta de esperança tão familiar era mais fácil de enfrentar do que um futuro promissor desconhecido.

Só que Will não era assim. Ele tinha uma casa, amigos, dinheiro, oportunidades...

Alguma coisa estava errada. Algo que ele não estava nos contando.

Alex balançou a cabeça, olhando para o local onde ele estivera há pouco.

— Não sei — admitiu. — Mas se conheço Will, é melhor não tentar deduzir nada. Ele sabe mais das coisas do que lhe damos crédito, e é muito mais paciente que um crocodilo.

Eu já estava há dias sem aparecer para trabalhar, sem atender ao telefone. Muito provavelmente um boletim de ocorrência de pessoa desaparecida deve ter sido registrado. Será que Martin chegou a ser notificado?

Não que ele se importasse, mas era bem capaz que ele se sentisse pressionado a resolver a situação. No entanto, ele não conseguiria me encontrar. Minha melhor alternativa era fugir com Alex e arrastar Will junto, se necessário, quando a hora certa chegasse. Não gostei nem um pouco da forma como Aydin olhou para ela ontem. Havia alguma coisa acontecendo.

Enquanto isso, eu fingiria estar do lado dele. Se demorasse até que a equipe de reabastecimento voltasse, eu não queria que ele me trancasse no porão para me manter escondida deles.

Will queria ficar a sós em seu quarto – para tomar banho, talvez –, e Alex desapareceu pela passagem secreta para fazer... seja lá o que ela fazia. Will me mandou voltar ao meu quarto e permanecer lá dentro, mas, é óbvio, que o ignorei e dei um jeito de ir até a estufa novamente, disposta a procurar ferramentas no galpão do jardim.

Eu não precisava mais delas para entrar nos túneis, mas elas podiam ser úteis para outras coisas, tais como armas, cavar um esconderijo, uma fuga...

Aydin, Micah e Taylor estavam malhando na academia, e eu não tinha certeza de onde Rory poderia estar, mas essa era a minha chance.

Saí pela porta da cozinha e atravessei o terraço, contornando a estufa para entrar no galpão. Na mesma hora, ouvi o ruído da cascata do outro lado, notando a umidade se impregnar na minha pele.

Como devia ser esse lugar no verão? Uma imagem cintilou na minha mente, onde eu me via sentada na varanda, lendo um livro enquanto me deliciava com o som da cachoeira ao longe.

Aquele pensamento quase me fez revirar os olhos. Eu esperava não ter que ficar aqui esse tempo todo para saber como esse lugar se parecia no verão.

Entrei no galpão úmido e localizei uma mesa de trabalho; peguei uma chave inglesa enferrujada, um martelo e algumas chaves de fenda, tentando encaixar tudo dentro dos bolsos até que avistei o cinto de ferramentas pendurado na parede. Com um sorriso, o retirei do gancho.

Perfeito.

Amarrei o cinto todo manchado ao redor da cintura, e o ajeitei na lateral do quadril, já que odiava o barulho que fazia contra as minhas coxas. Percebi esse detalhe quando construí o gazebo tantos anos atrás.

Peguei alguns pregos e alicates, pensando na obra que fiz como um projeto. O telhado em formato de chapéu de bruxa dava o charme à estrutura que construí com materiais que encontrei em St. Killian, depois de tantos anos de abandono. Eu queria que o gazebo tivesse a aparência antiga, como se ele sempre tivesse estado ali, talvez até antes da construção da cidade.

Não foi meu melhor trabalho, mas foi o primeiro, e terminar aquela obra foi uma realização.

Demorou bem mais do que deveria, porque parei de me importar com tudo, incluindo meu trabalho, por muito tempo. Passei meses sem tocar a obra, evitando de propósito a vila, só para que não tivesse que vê-lo ali. Por fim, consegui concluir a construção, mas não coloquei os lustres com os quais havia sonhado, porque teria sido doloroso demais me lembrar dele cada vez que olhasse para aquele gazebo.

Eu não queria construir ou projetar. Não queria fazer nada por causa dele.

Nada mais importava, enquanto eu lamentava a perda.

No entanto, consegui finalizar o trabalho, porque, mais uma vez, eu me obriguei a levantar e permanecer de pé. Assim como os livros de mesinha de centro, o gazebo se tornou mais um troféu que colecionei por viver mais um dia. Mas eu nunca o veria, pois a construção não estava mais lá.

Saí do galpão de jardinagem e pisei na grama molhada, mas ao invés de voltar para a cozinha, desviei o caminho até a estufa. Coloquei a escada que havia encontrado ontem sob os painéis de vidro que formavam o telhado e subi os degraus, me sentando no topo para refazer os elos da corrente enferrujada com o alicate, recolocando-a no lugar.

Eu não dava a mínima para este lugar, e sabia que estava fazendo aquilo ali para nada. Mas eu era assim, e me recusava a perder tempo esperando que minhas emoções fossem controladas. Se ocupar as mãos era o caminho para sobreviver a Will Grayson e à vontade de me entregar a ele de novo, então era isso o que eu faria.

A calmaria diante do caos.

A alternativa que me restava era perder tempo pensando em coisas que não podiam ser mudadas. Ele não disse que me amava ontem à noite. Embora não esperasse que retribuísse aos meus sentimentos, qualquer dúvida que pudesse ter quanto a isso, já não existia.

O passado estava morto e enterrado.

Apertei o elo com mais firmeza, acrescentando um reforço com o arame que guardei no avental. Dessa forma, o peso da vidraça não partiria a corrente outra vez. Assim que desci os degraus, puxei a manivela que acionava a abertura dos painéis de vidro e fiquei satisfeita ao ver que as vidraças agora abriam em sincronia.

Senti a pontada de orgulho diante do prazer de resolver um problema. Aquele sentimento familiar quase me fez pensar que era normal novamente.

Essa era a única parte de mim que eu manteria. Pelo menos, eu havia encontrado um trabalho do qual gostava, e era boa no que fazia.

Deixei a escada encostada à parede e saí da estufa, desviando do terrário de cobras escondido sob a terra, à esquerda. Sem pressa, voltei para casa em busca de algo mais em que pudesse passar o tempo.

Quem havia construído essa mansão, e por quê? Havia pouquíssimos objetos pessoais usados como decoração. Nada de retratos de família, caixas de joias ou relógios antiquados. Nada que delatasse a história da casa, ou mesmo o lugar onde ela se situava, com base em qualquer referência textual que encontrei. Eu não tinha pesquisado os livros da biblioteca para ver se estavam escritos em inglês, mas todos aqui falavam esse idioma, então...

Havia outras mansões como a *Blackchurch* espalhadas por aí? Era bem capaz que sim, certo? Talvez em diferentes partes do mundo? Com certeza, havia milhares de filhos rebeldes precisando de um corretivo. A ideia de alguma casa no topo de uma montanha no Nepal, ou cabanas nas profundezas da floresta tropical, quase me fez perder a cabeça. Havia um exército de merdinhas no mundo, sem dúvida.

Seguindo pelo corredor, virei um canto pouco antes de passar pela academia e deparei com portas duplas que sempre formam mantidas fechadas. Num impulso, decidi averiguar que cômodo poderia ser aquele.

Entrei em um salão de festas bem menor do que o que já tinha visto, em outra ala da casa. A pista de dança era cercada por paredes pintadas em um tom vermelho e ornadas com fileiras de arandelas douradas.

Um lustre se encontrava no chão, e quando olhei para o teto, não consegui ver nada por conta da penumbra. Fui até as janelas e abri as cortinas, o que me fez tossir quando uma nuvem de poeira circundou o ar. Recuei um passo e contemplei a bagunça ao redor.

Como diabos isso aconteceu?

A sala era linda e toda decorada com espelhos, madeira e cristais, e a única coisa fora de lugar era o lustre quebrado com seus estilhaços espalhados por todo o chão.

A peça devia ter mais do que a minha altura em largura, e encontrava-se pendendo para um lado com seus pingentes em formato de amêndoas espalhados ao redor. A luz do sol que se infiltrava pelas janelas criava um reflexo nos cacos de vidro, lançando pequenos arco-íris pelas paredes. Inclinei a cabeça para trás e inspecionei o teto mais uma vez, deparando com a fiação destruída e a manivela elétrica – que era usada para baixar o lustre em caso de manutenção ou limpeza – arrebentada. Fui até a parede perto da porta e girei o botão, e as luzes nas arandelas ao longo das paredes acenderam.

Ergui a cabeça mais uma vez, verificando a engrenagem da suspensão que parecia ainda estar intacta, felizmente. No mínimo, aquele lustre deve ter caído no chão quando estava sendo abaixado para limpeza ou conserto.

Bastava apenas erguê-lo novamente, porém o fio de aço estava arruinado.

A queda deve ter acontecido antes da minha chegada, porque, do contrário, eu teria ouvido o barulho ensurdecedor de qualquer lugar da casa. Talvez deva ter despencado muito antes da minha vinda. Como essa porta sempre esteve fechada, era bem capaz que a equipe de limpeza nunca tenha se importado em conferir o cômodo ou nem ao menos se importado com a bagunça.

Saí da sala e fui até o porão, atrás do quadro de energia. Depois de desligar o disjuntor específico da sala, peguei uma corda que eles usavam para amarrar os cervos que caçavam e busquei a escada perto da estufa. Reuni todos os itens e corri de volta ao salão, torcendo para que ninguém me impedisse. A melhor coisa sobre este lugar era que, por ser enorme, se tornava fácil não esbarrar nas pessoas que também moravam aqui.

Já que o fio de aço da manivela estava rompido – e era impossível substituí-la –, verifiquei os elos que conectavam o lustre ao suporte, para me certificar de que nenhum havia se perdido ou estivesse frouxo. Só então, montei a escada e usei a furadeira portátil que encontrei no galpão para fazer um furo na parede perto da lareira. Posicionei a broca, enrolei a manivela e comecei a escavar o reboco. Levei mais tempo do que o necessário, já que não possuía uma furadeira elétrica aqui. O trabalho quase equivalia ao que as cozinheiras em 1898 tinham que fazer quando queriam assar biscoitos para o jantar: era preciso bater a manteiga por um bocado de tempo, de forma manual.

Grunhi, sentindo os músculos queimando. Era um esforço inútil. Rosnei, nervosa, liberei a broca e enfiei o parafuso de gancho, enroscando até que encaixasse. Usei toda a força que eu tinha para torcer o parafuso antes de subir os trinta e dois degraus da escada e me sentar escarranchada no topo.

NIGHTFALL

Repeti o processo de furar um buraco na parede e rosquear um parafuso no teto, próximo ao suporte elétrico.

A escada balançou e meu coração quase parou, mas acelerei o processo e apertei o gancho, testando a firmeza com o meu peso. Aquilo não indicava que seria o suficiente para segurar o lustre no lugar, mas pelo menos era forte o bastante. Nunca me contentei em apenas cuidar das plantas arquitetônicas. Eu gostava mesmo era de colocar a mão na massa durante a construção de qualquer projeto.

Além do mais, adorava trabalhar sozinha, e era por isso que eu dava mais atenção aos pequenos projetos da empresa. As restaurações se tornavam muito mais pessoais dessa forma.

Desci da escada e amarrei a corda ao lustre, subindo mais uma vez para passar a corda pelo gancho fixo ao teto. Refazendo o percurso, desci e levei a escada até a parede, passando a extremidade da corda pelo outro parafuso em gancho.

Quando pisei no chão, novamente, enrolei a corda em volta da minha mão e fiz toda a força possível para puxar o lustre, ainda que devagar. Os pingentes em gotas e cacos se agitaram e tilintaram uns contra os outros, mas a luminária sequer se moveu do chão.

Merda. Quase ri por ter pensado que teria músculos fortes o bastante para fazer essa tarefa por conta própria.

Aquela coisa devia pesar mais de duzentos quilos. Arfando, tentei novamente, usando meu peso para puxar a estrutura, mas era impossível. Mesmo se eu conseguisse levantar o lustre do chão, ainda assim, eu não teria como sustentar o peso sozinha.

— Não, estou indo! — Ouvi Rory resmungar.

Dei um pulo, sobressaltada.

— Rory! — gritei, largando a corda e me endireitando. — Rory, você pode vir aqui?

Quando dei por mim, o vi parado à porta, sem camisa e com os olhos sonolentos como se tivesse acabado de acordar. Com os braços apoiados ao batente, ele arqueou uma sobrancelha, mas nem se deu ao trabalho de perguntar o que eu estava fazendo. Eu tinha quase certeza de que ele não estava nem aí.

— Você pode me ajudar? — perguntei, apontando para o lustre. — É muito pesado para le…

Ouvi sua risada e quando olhei para trás, percebi que ele havia ido embora sem nem ao menos me deixar concluir a frase.

Babaca!

Se ele e Micah ajudassem, a tarefa levaria menos de dez minutos. Ele tinha outro lugar para estar hoje?

Franzi os lábios e continuei avaliando o lustre, tentando descobrir o que fazer. Sempre havia uma maneira de resolver um problema.

Sempre encontrei uma maneira de realizar algo que eu precisava fazer.

Ou... sorri para mim mesma, quase sendo capaz de ver uma lâmpada acendendo acima da minha cabeça. *Sempre encontrei uma forma de conseguir com que outra pessoa fizesse algo que eu queria.*

Então fiquei martelando uma ideia...

Larguei o cinto de ferramentas e saí do salão em direção à cozinha. Peguei manteiga, ovos, açúcar e todos os outros ingredientes que havia memorizado quando minha avó me pedia para assar biscoitos depois que ela adoeceu. Ela adorava o cheiro que impregnava a casa, e queria que isso fizesse parte das minhas memórias, para que quando eu sentisse o cheiro de biscoitos ou pão de banana, eu me lembrasse dos tempos felizes ao lado dela e da minha mãe.

Depois de pré-aquecer o forno, peguei um par de panelas, uma tigela e comecei a misturar os ingredientes, misturando tudo até que formaram uma delícia achocolatada. O cheiro gostoso que circulou pelo ar me fez recordar das manhãs outonais, depois de passar um dia inteiro no mercado agrícola enquanto meu pai varria as folhas do chão.

Coloquei as duas panelas no forno, peguei uma maçã da vasilha sobre o balcão e comecei a comer, apenas esperando.

A cozinha aqueceu, o cheiro forte e gostoso se infiltrou pelo ar, e um arrepio deslizou pela minha pele quando senti meu estômago roncar.

— Que diabos é isso? — Ouvi Micah, finalmente, dizer no corredor.

Sorri internamente, reprimindo que o sorriso se alastrasse pelo rosto, e me virei para o forno, com a luva já a postos assim que o temporizador disparou. Sem pressa, retirei uma das formas do forno.

Colocando-o em cima da grade do fogão, testei a consistência e o ponto de cozimento ao enfiar uma faca no meio.

Micah entrou na cozinha, seguido por Alex e Rory, e seu olhar se fixou na forma, subindo lentamente pelo balcão como um gato safado e sexy, louco para enfiar as garras no doce. Ele respirou fundo, fechando os olhos.

— Isto é...?

— *Brownie*? — Alex concluiu por ele, me encarando, boquiaberta.

NIGHTFALL

— Você está fazendo *brownie*? — perguntou Rory.

Dei de ombros, pegando um garfo da gaveta e estendi a Micah, mas ele apenas se aproximou da forma e enterrou os dedos, chiando de dor por conta da massa quente. No entanto, mesmo assim, ele enfiou o punhado na boca.

Foi a vez de Rory ficar boquiaberto, e eu sabia que ele não queria ceder à vontade, mas estava louco para comer também. Ele arrancou o garfo da minha mão e cavou, ambos monopolizando o *brownie* sem um pingo de educação e com total descontrole.

Quer dizer, caramba. Não era como se eles não pudessem fazer um bolo a qualquer momento. Os ingredientes estavam todos aqui.

Rapidamente, cortei um pedaço antes que eles comessem tudo e coloquei em um prato quando Aydin, Will e Taylor entraram: todos atraídos pelo cheiro tentador.

Estendi o prato na direção de Aydin, sentindo os olhos de Will em mim enquanto ele se afastava da porta.

Aydin manteve o olhar fixo ao meu, satisfeito, e tentou pegar o prato, mas eu o afastei de brincadeira. Ele riu e o pegou, enfiando o garfo na mesma hora.

Dei uma olhada de relance em Will e me virei, desligando o forno e retirando mais uma fornada.

— Você devia ter colocado nozes neles — Rory resmungou.

Eu me virei, mostrando a ele a segunda forma, a superfície pontilhada com as nozes do caralho.

Micah parou de comer, olhando para a outra fornada, com a boca toda melada de chocolate.

Ele estendeu a mão para pegar mais, porém o afastei com um tapa.

— Preciso de ajuda com o lustre primeiro.

Rory semicerrou os olhos, mas pude detectar a sombra de um sorriso, porque ele sabia exatamente o que eu estava fazendo, e que havia vencido o embate.

Se ele quisesse comer *brownies* com nozes, então...

Ele suspirou.

— Micah? Taylor? Vocês podem me ajudar, por favor?

Seus ombros cederam, em desânimo, mas, mesmo assim, eles saíram da cozinha e seguiram Rory até o salão de festas.

Cortei duas fatias da nova assadeira.

— Wendy e os meninos perdidos — Aydin refletiu.

— E isso faz de você o Peter Pan? — perguntei.

Ele riu quando entreguei uma fatia a Alex e empurrei o outro prato na direção de Will. No entanto, Will deu um tapa no prato e na forma, fazendo com que tudo voasse para o chão.

Meus músculos retesaram quando tudo espatifou e se espalhou pelo piso da cozinha.

— Esta não é a Terra do Nunca — disse ele, aproximando-se da bancada e me encarando, com ódio. — Se fosse, você não estaria aqui, pois adultos não são permitidos.

Senti o nó retorcer meu estômago, mas não pestanejei.

Dando a volta, ele saiu dali em disparado, e Alex hesitou por um momento, me lançando um olhar de desculpas antes de finalmente ir atrás dele.

Aydin me observou, mas não dei a ele a chance de se meter na história. Virei as costas e peguei a tigela da pia, misturando os ingredientes novamente. Eu precisava manter as mãos ocupadas, porque essa era a única distração que eu tinha.

Eu entendi. *Você não se encaixa aqui, então pare de fingir.*

Aquilo nem sequer me surpreendeu ou incomodou.

Parecia que Aydin queria dizer algo, mas era hora de colocar sua lição à prova. Nada acontecia comigo. Eu, sim, acontecia com todo mundo. Et cetera, et cetera…

Depois que ele saiu, coloquei os *brownies* com nozes no forno, limpei os pratos e fiz um sanduíche que acabei não comendo, porque Micah e Rory voltaram e eu não queria ficar perto de ninguém.

— O temporizador vai acionar assim que estiver pronto — informei aos dois. — É só tirar do forno e desligar tudo em seguida.

Muito provavelmente, ambos deviam estar se perguntando por que precisei fazer outra fornada, mas saí dali antes que eles tivessem a chance de perguntar.

Apenas esqueça tudo isso.

O fato de ele ter desejado que eu ficasse com ele ontem à noite não teve nada a ver com a nossa história. Eu que fui boba e me permiti desfrutar do momento, pensando que aquilo significava mais do que realmente era quando ele me pegou em seus braços.

Eu nunca me encaixei com ele. Sempre soube disso, porque Thunder Bay era a Terra do Nunca, e os Cavaleiros, eram sua tribo, e eu odiava brincar. Eu não gostava de me *divertir*.

NIGHTFALL

387

E sair da cidade não havia me curado disso.

Entrei no salão de baile, vendo o lustre pendurado no teto. Suas lâmpadas acesas lançavam um brilho no chão. Eles limparam os estilhaços, acionaram o disjuntor outra vez e, quando dei por mim, estava descalça e girando pelo amplo salão, com os braços abertos e a cabeça inclinada para trás.

Era por esse motivo que eu amava projetar e construir coisas. Para dar vida ao mundo de alguém. Era a chance que eu tinha de voar, e só precisava de um pensamento bobo e feliz.

E eu realmente tive um. Apenas um ao qual me apeguei por todo esse tempo.

Encontrei um toca-discos perto da lareira e vasculhei uma velha arca logo abaixo, deparando com uma porção de discos de vinil empilhados.

Havia de tudo, desde *Mozart* a *Bennie Goodman* e *The Eagles*, porém, não havia nada deste século. Já devia fazer muito tempo que este lugar havia sido habitado por alguém.

Peguei qualquer um e coloquei no toca-discos, decidindo abraçar tudo o que eu mais odiava, incluindo essa música idiota. A agulha riscou a faixa de vinil, enquanto girava, e *If You Wanna Be Happy*, de Jimmy Soul, começou a tocar. Na mesma hora, dei um sorriso e me lembrei dos meus pais dançando essa mesma música, na cozinha, quando eu tinha cerca de sete ou oito anos.

Meu corpo se moveu e agitei os ombros, pulando e girando ao redor enquanto cantava. A música tomou conta do lugar, e, por alguns momentos preciosos, a culpa e tudo mais desapareceram.

Foda-se ele, por pensar que eu deveria ser bem-resolvida aos dezesseis anos. Foda-se ele, por exigir de mim o que eu não poderia dar a mim mesma. Ele, Aydin e Martin eram todos ditadores e nunca fui capaz de ouvir minha própria voz.

Nunca.

E era minha culpa. Eu deveria ter me expressado do jeito certo. Eu deveria ter gritado. E eu odiava admitir, mas a culpa foi minha por ter ficado quieta.

Eu não era adulta coisa nenhuma. Ele estava errado. Eu nunca cresci, de verdade. Sempre fui esse monte de folhas mortas, soprando ao vento e deixando as estações, seja lá quem fossem, entrarem e me mudarem, passando por cima de mim. Eu nunca lutei por nada antes.

Girei e girei, sentindo as lágrimas escorrendo pelo meu rosto até que alguém me segurou em seus braços. Abri os olhos e deparei com Micah me girando, enquanto eu envolvia sua cintura com as pernas.

Ele recostou a testa à minha, sorrindo de leve quando comecei a rir diante do saxofone que ressoava por toda a sala.

— *Se você quer ser feliz para o resto de sua vida* — nós dois cantamos —, *nunca transforme uma mulher bonita em sua esposa...*

Então ele girou e deu voltas, e eu comecei a rir com vontade quando o abracei, avistando todos os outros, à porta, nos observando.

Eles também devem ter ouvido a música.

Meu Deus, eu não estava nem aí. Ergui um punho cerrado e ambos começamos a cantar a letra da canção com mais vigor, rindo como idiotas. Ninguém tinha o direito de me dizer como eu deveria me sentir. Não mais.

Ninguém poderia me fazer sentir qualquer coisa que eu não permitisse. Eu estava no controle.

E estava mais do que pronta para uma aventura.

CAPÍTULO 28

EMORY

Nove anos atrás...

MEU IRMÃO PAROU EM FRENTE À ESCOLA, PISANDO NO FREIO COM FORÇA E colocando o carro em ponto-morto.

Eu não havia dormido nada na noite passada e, embora uma nuvem nublasse meu cérebro, me impedindo de ver tudo com clareza, eu não me sentia cansada.

Na verdade, era como se minha cabeça estivesse flutuando quase dois metros acima do meu corpo, completamente desligada e alheia.

— Você está muito bonita hoje — disse Martin.

Tentei forçar um sorriso.

— Obrigada.

Minha saia e camisa foram passadas a ferro, meu cabelo estava penteado e preso com um diadema, e a gravata que compunha o uniforme estava ajustada. Pela primeira vez, decidi vestir o caro blazer azul-marinho que ainda cabia em mim e que ele havia comprado no ano passado.

— Espero te encontrar em casa quando eu sair do trabalho.

Dei um aceno em concordância.

— Sinto muito, por tudo — murmurei, em voz baixa.

Senti seu olhar focado em mim, mas seu silêncio durou por um tempo até que sua voz ressoou no carro:

— Precisamos nos dar bem, Emmy. Eu sou tudo o que você tem. — Em seguida, ele bagunçou meu cabelo, rindo. — Quero dizer, eu sou legal, certo? Eu compro coisas pra você e te dou liberdade. Matriculei você nesta escola porque quero que tenha o melhor. Eu tento, não é?

Concordei com a cabeça, mais uma vez.

— Vou fazer um pouco daquela pipoca caramelada que você gosta, esta noite — falei.

Ele gemeu de satisfação e sorriu.

— Estamos combinados, então.

Desci do carro com a mochila sobre o ombro e acenei uma despedida antes de atravessar o estacionamento.

Não era sempre que acertávamos nossas diferenças com mínimo esforço, mas depois que cheguei em casa ontem à noite, nem sequer tentei dormir. Tomei banho outra vez, lavei o cabelo e me esfreguei e depilei, como se minha nova versão pudesse se transformar em uma armadura.

Limpei o quarto, arrumei a cozinha novamente e fiz bolinhos de canela, deixando-os assar enquanto eu me sentava à mesa e concluía o dever de casa; finalizei até mesmo o guia de estudo para o livro *As Vinhas da Ira*, que só deveria ser entregue na próxima semana.

Arrumei o material na mochila e me vesti com esmero – aplicando até um pouco de rímel –, antes de Martin chegar e encontrar a vida que considerava perfeita outra vez.

Eu não tinha como sair dessa situação. E não poderia matá-lo.

Eu precisava sobreviver, e, assim como na noite passada, quando disse a Damon que havia um rasgo na membrana, percebi com o passar das horas que não iria embora dali.

Algo havia se desconectado na minha mente, e cada memória de seus tapas no meu rosto ou de seus punhos socando meu estômago, ao longo dos anos, havia se transformado em um sonho que acontecia com outra pessoa.

Era como se eu não estivesse lá.

Como se não estivesse aqui agora.

Eu já não tinha forças ou energia necessária para me preocupar com nada.

As aulas da manhã passavam uma após a outra, e eu nem poderia afirmar se Will estava no primeiro horário, porque a aula pareceu terminar antes que eu percebesse que havia começado.

Encarei minha mesa, e a imagem do que presenciei na sala de luta livre se atropelou em meu cérebro. A lembrança inchava meu coração, mas o rasgava em pedacinhos de igual maneira.

Fiquei feliz por ele ter seus amigos. Eles o amavam e Will merecia estar cercado de pessoas, nunca sozinho.

No entanto, eu também odiava a ideia de outra pessoa, além de mim, poder fazê-lo feliz.

NIGHTFALL

Fazer Will feliz era uma sensação incrível.

Eu gostaria de ser a garota que fui no *The Cove*, todos os dias, mas isso se foi. O peso havia esmagado aquela faísca e eu não conseguia reunir forças para tentar qualquer coisa mais.

— Ai, minha nossa, não estou pronta para o início da temporada dos jogos de basquete — disse Elle, colocando a bandeja de almoço ao lado da minha na fila. — São cerca de duas semanas em que as programações vão coincidir com o futebol, então ficaremos sobrecarregadas.

— Eu, não — murmurei, seguindo em frente. — Saí da banda esta manhã.

— O quê?

Peguei uma porção de frango empanado e molho, sem nem ao menos olhar para ela.

— Minha avó está doente — expliquei, baixinho. — Ou *mais* doente, quero dizer. Preciso ficar em casa agora.

Nem me preocupei em falar com a diretora pessoalmente. Mandei um e-mail para ela, confiante de que meu irmão concordaria que me concentrar nos estudos e em meus projetos arquitetônicos seria uma melhor forma de investir meu tempo.

Quanto menos eu estivesse na escola – ou nos jogos ou no ônibus de transporte para os jogos fora de casa –, melhor.

— Vou me sentar com Gabrielle hoje — disse ela, de repente. — Nós temos que conversar sobre um… um projeto.

Ela pegou sua bandeja e passou por mim, seguindo em direção ao caixa, e não me dignei a olhar para cima ou responder.

A única amiga que eu poderia ter…

Eu não estava nem aí.

Paguei a refeição e fui até uma mesa vazia no canto do refeitório, coloquei os fones de ouvido e acionei a música no *iPod* escondido no bolso.

Levantei a cabeça por uma fração de segundo, imediatamente fixando meu olhar em Damon. Ele se encontrava sentado a vinte metros de distância em uma mesa circular abarrotada com seus amigos. O caos vibrava ao seu redor, mas ele permanecia imóvel e calmo como se fosse o centro de uma tormenta; era como se as lágrimas e a raiva da noite anterior nunca tivessem acontecido.

Eu estava esperando que a culpa começasse a me consumir, mas isso não aconteceu. Havia uma fagulha de preocupação, mas não havia absolutamente nada que pudesse fazer sobre isso agora, e eu não tinha certeza se teria feito algo diferente se pudesse voltar à noite anterior. Ele tinha muito mais a perder e era desleixado. Provavelmente, havia deixado evidências sobre ela.

De alguma forma, eu me senti mais no controle por não me importar da forma como pensei que faria.

Baixando o olhar, abri a caixinha de leite e do molho, sentindo-me estremecer quando *Army of Me* começou a tocar na *playlist*. No entanto, o ar ao meu redor começou a vibrar e ouvi uma batida diferente em meus ouvidos.

Retirei os fones de ouvido, olhei para cima e vi Will em cima de sua mesa de almoço.

Seus amigos estavam sentados e em silêncio, olhando para ele e rindo enquanto ele começava a dançar alguma música pop dos anos 80 ou 90, tirando o blazer da escola, a camisa e gravata abertas e pendendo como se ele fosse uma espécie de deus.

Ele ficaria incrível usando um terno algum dia.

Will pulou da mesa, movendo-se pelo ambiente enquanto os alunos gritavam e uivavam, e ele parecia...

Comecei a rir baixinho, sentindo o sorriso se espalhar pelo meu rosto.

Ele parecia estar dançando como Jean-Claude Van Damme, em *Kickboxer*.

Passe mais tempo comigo e talvez você descubra.

Meu sorriso se desfez lentamente, mas eu não conseguia desviar o olhar dele. Aquilo era para mim.

Senti a garganta pinicando como se tivesse engolido milhares de agulhas, observando-o dançar, e adorando ver o sorriso em seu rosto.

Relanceei um olhar para Damon novamente, vendo que ele não estava mais me encarando. Sua cabeça estava virada para o lado e seus olhos agora estavam fixos em outra mesa. Segui a direção de seu olhar, avistando Winter Ashby e Erika Fane sentadas e comendo, rodeadas por outros colegas.

O que ele estava fazendo com ela, ontem à noite, naquela moto? Podemos até ter criado um laço de uma forma que a maioria das pessoas nunca teria, mas eu também não era idiota. Damon trepava, abusava, usava e não havia nada ou ninguém a quem ele não atacasse. Eu não sabia qual era o interesse dele por ela, mas tinha certeza de que isso a machucaria.

— Desça daí! — gritou alguém.

Desviei o olhar de Winter e me concentrei outra vez em Will, vendo o Sr. Kincaid esbravejando por ele estar de pé sobre a mesa. A música nos alto-falantes cessou e todos riram enquanto ele ria e pulava de mesa em mesa.

A névoa que nublava minha cabeça, pelas últimas doze horas, começou a se dissipar um pouco e, por um instante, senti sua falta.

Ele ficaria todo satisfeito se fosse eu a dar o próximo passo agora, certo? Se eu me esgueirasse para dentro do seu quarto esta noite, ou ficasse enrolando na piscina, esperando que ele aparecesse...

Talvez, se ligasse para ele?

Erika Fane conduziu Winter Ashby para fora do refeitório, ambas despejando o lixo de suas bandejas antes de sair, e sendo observadas por Damon o tempo todo. Desviei o olhar de onde Will estava, colocando o fones mais uma vez e tentando voltar a comer.

Eu mal conseguia distinguir a música enquanto mordiscava a comida, ignorando os olhares que podia sentir na minha direção, bem como as risadas que provinham de sua mesa.

A sala começou a esvaziar, os alunos se preparando para a próxima aula, mas, então, o alarme de incêndio soou e a comoção tomou conta do lugar.

Peguei os fones, agora concentrada no ruído estridente e ensurdecedor do alarme e das luzes piscantes. Estremeci e me levantei da cadeira.

— Todos em fila única! — berrou um professor, e quando olhei ao redor, avistei Will e seus amigos já saindo pela porta.

Que diabos...? Havia um incêndio?

Ele olhou para mim por cima do ombro, enquanto seguia em frente, mas desviei o olhar e dei a volta na mesa.

Larguei a bandeja e corri para me posicionar na fila. Enquanto um professor nos guiava para fora do refeitório, outros passavam correndo para ver se todos os alunos haviam saído. O corredor estava abarrotado de estudantes desesperados para deixar o prédio, mesmo que nos orientassem para nos manter calmos e sem pânico.

— Não corram! — um deles gritou.

Enquanto outro dizia:

— Volte aqui. Você não vai ao banheiro.

Saímos em fila, todos nos dirigindo para o outro lado do estacionamento, à medida que a sirene ressoava sem cessar.

Olhei em volta, avistando Will sentado nos tijolos que circundavam a árvore e o canteiro de flores, com os cotovelos apoiados nos joelhos enquanto olhava para mim.

Victoria Radcliffe e Maisie Vos o ladeavam, e Tory colocou um braço sobre seus ombros, ostentando as unhas feitas de cem dólares enquanto conversava com outra pessoa.

Will apenas ficou ali sentado e, inquieta, virei de costas e cruzei os braços à frente do corpo.

— Onde está Damon Torrance? — Ouvi alguém perguntar.

Levantei a cabeça e vi o diretor circulando no meio da multidão.

— Ele estava no refeitório. Alguém viu para onde ele foi?

Examinei ao redor, procurando por duas cabeças de cabelo loiro e, por fim, avistei Erika, sozinha, conversando com uma professora e parecendo estar em pânico.

— Winter Ashby também está ausente! — gritei.

Kincaid olhou para mim e depois examinou a multidão. Franzindo os lábios, ele voltou para a escola.

— Por que estragar o tempinho prazeroso que ela, com certeza, está tendo, Emory?

Olhei por cima do ombro, deparando com o sorriso malicioso de Maisie. Todos em seu pequeno grupo estavam me encarando.

— Ela só tem quatorze anos — eu disse.

Quero dizer, dã.

A garota apenas riu.

— Por que você simplesmente não vai embora?

Meu olhar se desviou para Will, o calor se espalhando por todo o meu corpo. Ele apenas me encarou, dando um olhar divertido e debochado para mim. Ele não piscou nem uma única vez.

O desdém que vi ali foi como um chute no estômago, e em mais de dois anos estudando nesta escola, nunca havia me sentido tão como um peixe fora d'água, porque embora não desse a mínima para o que os outros pensassem de mim, eu me importava com a opinião dele.

Dei as costas a todos eles e me afastei, sentindo a mente turvar cada vez mais com a névoa incômoda. A agonia por desejá-lo acabou se transformando em um vício para a dor por ter que rejeitá-lo.

Passou a crescer e me consumir todos os dias, desde aquele momento.

Destruir a mim mesma, bem como a tudo o que eu mais amava e queria, se tornou a única coisa sob a qual eu tinha algum controle.

Eu poderia ignorá-lo durante as aulas. Poderia passar por ele nos corredores da escola e fingir que ele não existia.

Eu poderia fingir que estava acima de tudo e de todos, e que eles não eram nada.

E foi isso o que fiz.

O tempo passou, as estações mudaram, ele foi para a faculdade e, um ano depois, eu também fui embora dali.

O que eu não sabia, naquela época, era que o dano que causaríamos um ao outro estava apenas começando.

NIGHTFALL

CAPÍTULO 29
WILL

Dias atuais...

MICAH A COLOCOU DE VOLTA NO CHÃO, SEGUROU SUAS MÃOS E A GIROU OUTRA vez, antes de puxá-la para si. Eles dançaram e riram, e meu peito estufou com as sensações repentinas; meus braços pareciam pesar uma tonelada.

Não pude deixar de sorrir para mim mesmo enquanto a observava. Todos nós ouvimos a música, e um a um, descemos para o salão de baile.

Micah não conseguiu resistir, gravitando em sua direção na mesma hora, e somente quando ele a puxou para os seus braços é que vi as lágrimas correndo livres pelo rosto.

Ela deu um sorriso singelo, no entanto, e aquilo foi de partir o coração, porque eu sabia que a tinha feito chorar. Não importava quantas vezes eu dissesse a mim mesmo que ela merecia sofrer, isso não era da minha natureza.

Eu estaria perdido sem uma segunda chance também. Uma história sempre possuía dois lados, e tudo era apenas uma questão de perspectiva.

Mas descobrir que foi ela quem nos enviou para a prisão foi quase um alívio. Isso, finalmente, me deu permissão para odiá-la, ao invés de me sentir magoado por ter sido rejeitado inúmeras vezes.

Micah a afastou um pouco e fez com que ela girasse, na ponta dos pés, e os dois começaram a dançar um *twist* ou uma merda dessas. Por um instante, era como se não estivéssemos em *Blackchurch*. Éramos apenas amigos, passando um tempo juntos.

E, de repente, eu senti uma saudade absurda de casa.

— Vá até ela — Alex me encorajou.

Taylor, Aydin e Rory ficaram para trás – se divertindo com tudo aquilo –, e uma parte minha queria muito ir até lá. Vê-la daquele jeito era como estar em um universo paralelo.

Porém anos de decepção e dúvida me mantiveram enraizado no meu lugar.

—Ai! — Emmy gritou, de repente.

Levantei a cabeça e a vi cambalear, antes de Micah correr para ajudá-la a recuperar o equilíbrio.

Ela chiou e quando ergueu a perna, vi o sangue escorrendo na parte inferior de seu pé. Dei um passo em sua direção, mas Aydin se adiantou e correu até a pista de dança. Então estaquei em meus passos, apenas o observando.

— Ai... — resmungou ela, rindo em seguida quando olhou para o chão. — Merda, os cacos de vidro.

Aydin encarou Micah.

— Achei que você tivesse limpado essa merda.

— Eu limpei. — Apressou-se a esclarecer.

Aydin pegou Emmy no colo – as gotas escorrendo pelo seu calcanhar –, e meu sangue ferveu de ódio, a ponto de sentir náuseas só por vê-la em seus braços.

Puta que pariu. Se minha cabeça se concentrasse em apenas uma emoção em relação a ela, seria fantástico pra caralho. *Eu a odeio, mas ela é minha. Vá embora daqui, mas não com ele, porra!*

Ele passou por nós, carregando-a no colo, e seguimos em seu encalço. O tempo todo, meu olhar permanecia fixo nos braços de Emmy enlaçando o pescoço do filho da puta. Ele a levou escada acima – para seu quarto –, e a colocou na cama, e nós ficamos ali, à porta.

Ele poderia tê-la levado para a cozinha, já que havia um kit de primeiros socorros ali também.

Ela levantou o pé e o apoiou sobre o joelho, tentando evitar, provavelmente, que o sangue manchasse o carpete. No entanto, Aydin se ajoelhou e segurou seu pé, aplicando pressão com um pano para estancar o sangramento.

— Está tudo bem — ela garantiu, tentando se soltar para cuidar do ferimento por conta própria.

Ele não deu bola e inspecionou o corte, e aquilo me deixou mais irritado ainda. Ela pisou na porra de um caco de vidro. Ela era arquiteta. *Ela teve sua cota de farpas, idiota.*

Aydin ergueu o olhar e gesticulou com o queixo na direção dos caras.

— Tem uma garrafa de bebida na despensa — informou. — Vão se divertir.

NIGHTFALL

— É isso aí, porra! — comemorou Taylor, saindo do quarto.

Rory deu um tapa na barriga de Micah.

— Festa na piscina.

Ele deu uma risada e todos saíram, descendo as escadas, ficando apenas Alex e eu ainda ali. Olhei para o caras se distanciando escada abaixo, sentindo um frio na barriga. Eles estariam bêbados em uma hora.

Aydin os queria exatamente daquele jeito.

Eu me aproximei, observando os dois, já me preparando para o fato de que não seria capaz de me conter por mais tempo.

— Eu também quero uma garrafa — ela brincou.

Ele olhou para ela, com a sombra de um sorriso curvando seus lábios. Sem desviar o olhar, Aydin se esticou até a mesa de cabeceira e tirou uma garrafa e um copo do compartimento inferior, colocando tudo ao lado do abajur.

Ela sorriu quando o viu abrir a garrafa de uísque, servindo uma dose.

— Aqui está. — Entregou a ela.

Eu podia sentir o cheiro do líquido ambarino daqui, e minha língua, de repente, ficou seca quando ele voltou a se concentrar no pé dela.

Alex permaneceu perto da porta, e tudo o que eu mais queria era tirar Em daquele quarto, e mandar as meninas embora dali, mas eu tinha planos para Aydin, e ainda não estava pronto para colocar em ação. Por mais que essa decisão estivesse se tornando difícil a cada segundo.

Emmy apoiou o copo no colo, encarando o líquido.

— Meu irmão ficou tão bêbado com isso uma vez — disse ela —, que sou capaz de praticamente sentir o gosto como se tivesse acontecido ontem.

Aydin abriu a embalagem de um lenço antibacteriano com os dentes – o olhar fixo ao dela –, antes de limpar o sangue de seu pé.

— Nunca consegui entender por que ele me odiava tanto — ela continuou. — Tipo... de onde veio toda aquela raiva, sabe? Tínhamos bons pais que nunca abusaram de nós. Ele não foi maltratado. — Ela parou, ainda encarando o copo de vidro. — Mas ele sempre foi assim. Desde que me lembro, tudo tinha que ser perfeito. Meu cabelo. A roupa que eu usava. — Ela respirou fundo à medida que as lembranças inundavam sua mente. — Sempre tinha alguma coisa fora do lugar, então ele nunca estava satisfeito. Tudo o que eu fazia era errado.

Ela ficou em silêncio e eu me esqueci por completo dos outros ali no quarto, lembrando-me dos punhos sempre sujos e desabotoados da camisa do uniforme, além do cabelo solto que escondia seu rosto.

— Então passei a ficar quieta... — ela quase sussurrou. — Os acessos de raiva se tornaram cada vez piores. Daí começou a gritaria... No meio da noite, porque eu havia esquecido de esvaziar a máquina de lavar louça, ou porque o espelho do banheiro estava sujo. — Seu olhar se tornou distante, como se ela não estivesse mais aqui. — Fiz xixi na roupa uma vez, no jantar — revelou. — Eu tinha quinze anos.

Franzi o cenho, imaginando ter que enfrentar isso todos os dias depois da aula.

— Percebi que ele estava doente e que nada seria bom o suficiente — contou, enquanto Aydin fazia um curativo em seu pé —, então parei de tentar agradá-lo. Eu usaria minha roupa amarrotada e não pentearia o cabelo, porque já que ele me batia por qualquer motivo — ela encontrou o olhar de Aydin —... então ele que fosse à merda.

Percebi que ele continuava a observá-la, ambos mais perto um do outro – ele ainda segurava sua perna –, e nenhum deles se afastou.

— Eu quase nunca o via bêbado — prosseguiu —, mas uma noite ele desmaiou com um quarto da garrafa sobrando. Eu coloquei o uísque que restou numa garrafa de água, e levei para a escola.

Ela riu, porém um ar de tristeza cruzou seu semblante, como se estivesse se recordando do dia. Quando aquilo aconteceu? Será que eu tinha conversado com ela naquele dia? Será que sacaneei com ela? Eu fui gentil?

— Ele achou que tinha bebido tudo. Ele nunca soube. — Ela fez uma pausa antes de continuar: — Foi só uma vez, mas foi um bom-dia. Eu não senti nada. Nem mesmo a costela fraturada.

Com as sobrancelhas franzidas, pensei em Emory Scott bebendo uísque na aula de matemática ou cambaleando no refeitório, e em como deve ter sido fácil disfarçar, porque ninguém nunca a notou.

Ela precisava daquele uísque mais do que o ar que respirava naquele dia, e então eu entendi.

Meu Deus, eu totalmente entendi.

A gente consegue sorrir e rir, não apenas porque a cabeça parece estar mais leve, mas porque quando estamos bêbados ou chapados, é como tirar férias. Quando nos distanciamos das pessoas com quem convivemos sempre, dos mesmos lugares, do mesmo trabalho... é fácil não pensar nisso. É como uma pausa em relação a tudo que nos preocupa ou nos deixa ansiosos... Tudo o que torna nosso mundo pequeno e superficial, todos os interesseiros... E quando a gente fica chapado, é assim que as coisas funcionam. Isso simplesmente não importa. De repente, estamos vendo Machu Picchu da varanda de casa, sem nem precisar sair da cidade.

Ela ficou bêbada e passou a amar seu irmão novamente.

O que a tornou mais forte do que eu, foi o fato de que ela só fez isso uma vez.

Ela fechou os olhos enquanto levava o copo aos lábios, e dava para ver, pelo anseio em seu semblante, que ela queria fugir mais uma vez. Eu avancei e arranquei o corpo de sua mão, espalhando o uísque para todo lado quando o joguei para o outro lado.

O copo se chocou contra a parede, estilhaçando em pequenos pedaços. *Não faça isso.* Eu a encarei.

Prefiro arrancar meu braço do que vê-la fazer isso a si mesma. Se ela fosse assim, eu preferia isso a vê-la se tornar o que me tornei – alguém que precisava se machucar dia após dia para poder sorrir.

— Limpe isso — ordenou Aydin.

No entanto, fiquei ali, imóvel. Eu não sabia o que diabos queria fazer com ela ainda, mas isso – seja que porra era essa entre eles –, não ia acontecer. Ela não ia se redescobrir com Aydin Khadir. Era comigo.

— Ele não te salvou naquela época — Aydin disse a ela. — E não vai te salvar agora.

Ele a observou, e ela me encarou, e mesmo sabendo que era verdade quando ela disse que me amava, noite passada em sua cama, eu também tinha plena certeza de que Emmy era como um carvalho. Suas raízes eram firmes e profundas, e não seria o amor que salvaria o dia.

— Eu vou te salvar? — Aydin perguntou a ela.

— Não preciso de ninguém para me salvar. — Ela manteve o olhar fixo ao meu. — Eu tenho tudo sob controle.

— É isso mesmo. — Ele terminou o curativo e colocou seu pé apoiado no chão, limpando as mãos ao se levantar. — Eu quase consigo ver, você não? — perguntou ele, olhando para Alex e de volta para mim. — Os dois juntos? A forma como um combina com o outro? Ele penetrando o corpo dela, como já fez mais de mil vezes, e olhando em seus olhos durante o ato?

Fiquei tenso na mesma hora.

— Todas as vezes em que ele esteve a sós com ela, dentro dela, gozando e se esquecendo de você — disse ele a Emmy. — Você pode ver isso, certo?

Filho da puta.

— Mas não nos importamos — continuou ele —, não é mesmo? Não nos importamos que ele se jogue novamente na cama dela ao primeiro sinal de problema.

Flexionei a mandíbula, o cheiro dos lenços antibacterianos se infiltrando em minhas narinas. Meu cérebro estava torrado. Eu não sabia mais como obter o que queria sem recorrer a apenas pegá-lo.

— Vá em frente — Aydin me instigou, focando o olhar em Alex às minhas costas. — Transe com ela. Quero ver como era com vocês dois. Todas as coisas que ela deixou que fizesse o que quisesse com ela, porque é desse jeito que ela se esquece facilmente e segue em frente. — Então ele gesticulou para Em. — Nós vamos assistir.

Mas antes que pudesse reagir, ele me agarrou e me empurrou contra o colchão. Desabei e Emmy gritou, assustada, tentando se afastar quando Aydin cravou o joelho na minha barriga. Soltei um grunhido furioso no segundo em que ele envolveu meu pescoço com uma mão e me acertou com a outra.

Fechei os olhos com força, sentindo a dor latejante se alastrar pelo meu rosto, mas depois de um momento, inclinei a cabeça para trás, devagar, para encará-lo e pronto para mais.

Vamos lá...

Seus olhos me fuzilaram, e ele se inclinou, o hálito soprando sobre os meus lábios.

— Meus — ele arfou. — Todos vocês são meus. Você não vai embora. Eles não vão embora. E quando seus amiguinhos de merda chegarem, vou pendurá-los no porão pelos tornozelos como uma caça abatida.

Ele me puxou para fora da cama, e eu tropecei ao recuar antes de que ele avançasse e me desse um soco no estômago, me derrubando no chão.

— Will... — Alex deu um passo na minha direção.

No entanto, ergui a mão para impedi-la.

— Fique aí — murmurei. — Não se aproxime.

Demorou alguns segundos, mas consegui me levantar outra vez e o encarei, aceitando a surra, mas não deitado. *Posso ser apenas um jogador de equipe, mas sou forte.*

Ele se aproximou de mim, acertando outro soco no meu estômago. A bile subiu pela garganta, me fazendo curvar o corpo para recuperar o fôlego. Minha cabeça estava girando, mas eu não me renderia.

— Você não tem o que é preciso para ser alguém como eu — ele grunhiu, parando perto de mim.

NIGHTFALL

— Will... — Ouvi Emmy chamar meu nome.

E então Alex:

— O que diabos você está fazendo? — ela esbravejou comigo. — Faça alguma coisa!

— Ele não pode — Aydin disse, com escárnio. — Porque ele não tem espírito de liderança. Isso é tudo o que ele é. Você não consegue ver isso?

Endireitei a postura, vendo que ele encarava Alex.

— Você não vê? — gritou com ela outra vez.

Aydin distribuiu socos e chutes, e meus olhos lacrimejaram quando o fogo se alastrou pelo meu corpo combalido. Ele me derrubou e agarrou minha garganta à medida que rolávamos pelo chão. Eu não revidaria. Ainda não.

Ainda não.

Mas também não iria me acovardar. Era a única maneira. Homens como ele precisavam se sentir poderosos, mas ele não me respeitaria se eu suplicasse como Micah.

Ele precisava de mim.

Ele não seria capaz de amarrar os cadarços sem mim algum dia.

Sangue pingou do meu nariz; as costelas agonizavam. Sequer me dei conta das garotas em cima de nós, tentando nos separar, mas nós continuamos nosso embate, forçando-as a recuar. Travando os cotovelos, agarrei sua mandíbula e o empurrei para longe de mim. O suor brotou na minha testa, mas percebi que ele agora respirava com dificuldade, ostentando um imenso arranhão que, acidentalmente, deixei em sua bochecha.

— Vamos lá, me divirta — disse ele. — Deixe-me assistir, deixe sua garota assistir também, para que ela saiba exatamente o tanto que você sentiu falta dela durante o tempo em que estiveram separados.

— Eu senti falta dela — sussurrei, apenas para que ele pudesse ouvir. — Várias vezes ao dia, em uma variedade de lugares fascinantes.

Seus olhos incendiaram e ele rosnou:

— Vá se foder!

Comecei a rir, mesmo sentindo uma dor do caralho, vendo-o perder as estribeiras.

Por algum motivo, ele estava com ciúme e eu não sabia o motivo, mas lá estava. Ele tinha tesão por mim ou algo assim? Pela Alex, talvez?

— Vamos! — gritei. — Pode me bater de novo!

Pausa. Foda-se a pausa, porque estava na hora.

Ele afastou o punho e eu me preparei para o golpe, mas então algo se chocou contra a nuca dele.

Ele estremeceu, a dor visível em seus olhos, e então desabou. Olhei para Alex ali de pé, com uma luminária em punho.

Ele rolou para lado, sibilando por entre os dentes e com o olhar fixo ao dela.

— É melhor você estar preparada para terminar o que com...

Ela o acertou com a luminária outra vez, e ele tombou para trás, segurando o rosto agora ensanguentado.

— Alex... — ofeguei.

Puta merda.

Mas no instante seguinte, recebi um golpe no nariz com o mesmo objeto e uma dor lancinante se alojou na minha cabeça. Desabei no chão, ao lado de Aydin, e as meninas partiram para o ataque. Eu mal conseguia abrir os olhos marejados, mas senti quando uma delas agarrou meu cinto e começou a arrastar meu corpo flácido para a parede, tendo apenas vislumbres das duas tentando nos puxar.

Quando acordei e consegui abrir os olhos, notei meus braços amarrados. Olhei para cima e deparei com meu pulso direito atado à esteira, com uma das gravatas de Aydin, enquanto o outro encontrava-se preso ao dele com o meu cinto. Seu outro pulso também estava firmemente amarrado com seu cinto de couro, prendendo-se ao puxador da cortina.

Tentei mover os braços, e dei um grunhido enfurecido quando olhei para as duas.

— O que vocês estão fazendo? — esbravejei. — Que porra!

Elas perambulavam pelo quarto, nos ignorando enquanto faziam alguma coisa. Encarei Em, mas ela nem se dignava a olhar para mim. Não era eu que estava descontrolado aqui.

— Ei! — Micah exclamou; Rory e Taylor também vieram correndo até a porta. — O que diabos está acontecendo?

Emmy disparou e fechou a porta com um chute, enfiando uma cadeira por baixo da maçaneta.

— Isso é uma estupidez! — gritei.

Mas Aydin apenas riu, balançando a cabeça. Ele não se sentiu ameaçado por elas.

Emmy se serviu de outro copo de uísque e, em seguida, tirou a camiseta, ficando apenas com o short de Rory e o sutiã.

Ela tentou olhar por cima do ombro e pude ver uma mancha vermelha se formando em suas costas. Ela se machucou naquela briga? Lembrei-me delas, em cima da gente, brevemente, mas não sabia que ela havia caído.

Ela tomou um gole da bebida enquanto Alex inspecionava os danos.

— Estou bem — Em assegurou.

Alex se virou, com fogo em seus olhos enquanto nos encarava como se quisesse nos matar.

— Bem coisa nenhuma!

Ela enxugou o suor do rosto e entrou no banheiro, abrindo a torneira enquanto Emory bebia o uísque e se servia de outra dose. Ela ficou em silêncio, e eu continuei a puxar e puxar a esteira de seiscentos quilos como se realmente fosse capaz de me libertar. Que porra de plano era esse? O que elas vão fazer? Assumir o controle? Recrutar os outros?

Emory olhou para nós – ou para mim –, por trás de suas lentes e hesitou um momento antes de trazer seu copo e se sentar no tapete à nossa frente, só que longe o bastante para que não pudéssemos alcançá-la.

Mantive o olhar fixo ao dela, sem desviar em momento algum.

— Naquela vez em que você me levou para casa, depois daquele jogo fora de casa — disse ela —, nós paramos no *Cove*, e eu pensei uma coisa naquela noite.

Pensar foi tudo o que ela fez naquela noite. Na verdade, ela pensou demais.

— Um lado meu resistiu a você porque não queria te arrastar para a minha vida horrível — declarou. — Fiquei com vergonha e pau da vida… e sem esperança alguma. Eu não podia te dar nada.

Levantei a cabeça, permanecendo em silêncio.

— Mas outro lado meu também resistia a você porque temia estar apenas trocando uma forma de abuso por outro — explicou ela. — A forma como você me coagia, me pressionava… Como não me deixou em paz quando pedi… Quando tentou me aterrorizar.

Entrecerrei os olhos enquanto a observava. Eu não fui abusivo. Eu era um pouco mimado e arrogante, mas nunca quis machucá-la.

Ela baixou o olhar, tomando mais um gole.

— O pensamento foi embora tão rápido quanto veio — ela acrescentou —, porque eu queria você e, lá no fundo, tentei me agarrar com toda força à esperança que você emanava. Eu precisava daquilo. — Ela ergueu o olhar novamente. — Mas, agora, eu me pergunto se estava certa. Aqui estou eu, coberta de hematomas mais uma vez. Talvez o seu mundo seja tão ruim quanto o meu.

Balancei a cabeça, mas qualquer argumento que eu poderia ter, ficou entalado na garganta.

— O que você quer de mim? — ela perguntou, como se Aydin e Alex não estivessem no quarto. E então, com a voz mais firme, insistiu: — Hã? O que você quer?

Alex se sentou às costas dela, com um olhar desafiador por cima do ombro.

— Quem me colocou aqui dentro? — Emmy sondou. — Quem achou que eu deveria estar aqui com você? Damon, talvez? Michael?

— Talvez seja alguém que te odeie? — retruquei. — Seu irmão...?

Ela hesitou.

— Por que agora?

Soltei um grunhido ao tentar me erguer um pouco, usando o ombro para limpar o sangue que escorria do nariz.

— Acho que você sabe muito bem o porquê.

Trocamos um breve olhar, porque ela sabia sobre o que eu estava falando. Ela era sua ponta solta. A única outra pessoa que sabia o que eles haviam orquestrado para mandar meus amigos e eu para a prisão tantos anos atrás.

— Este lugar é bem caro — ela argumentou.

— Sua nova esposa tem muita grana.

— Ela tem? Eu nunca a conheci. — No entanto, ela rebateu minhas palavras: — Ele economizaria o dinheiro e me mataria se realmente pensasse que eu era uma ameaça.

— Será? — retruquei. — Na cabeça dele, tenho certeza de que ele pensa que te ama. Como Humbert Humbert[13]. — E então dei de ombros. — Talvez ele queira te dar uma lição, te fazer sofrer.

Para minha surpresa, um ar de diversão cintilou em seus olhos.

— Porque ele me ama muito, né?

Típico comportamento de abusador. Ele nunca a odiou, assim como a mãe de Damon nunca o odiou, ou nenhum de nós realmente detestou Rika enquanto roubávamos sua herança, sequestrávamos sua mãe e incendiávamos sua mansão. A mente doentia só é capaz de enxergar suas próprias intenções, e tudo o que eles fizeram e tudo o que fizemos justificou um fim.

O caminho para nos tornar as pessoas que queremos ser é sinuoso, na melhor das hipóteses. Tudo foi justificado porque todos nós éramos as vítimas da nossa história.

— Não há ninguém a quem possamos fazer sofrer mais, do que aqueles a quem amamos — Aydin interrompeu.

---

13   Vilão protagonista da obra Lolita, do autor Vladimir Nabokov.

NIGHTFALL

O braço dele estava apoiado ao meu, nossos pulsos roçando um ao outro à medida que tentávamos nos desvencilhar, mas quando olhei para Emmy, tudo o que pude ver foi a pele bronzeada do vale entre seus seios, além da barriga chapada. Eu quase podia sentir sua pele ao alcance dos meus dedos.

Ela estava tão perto. *Você ainda quer me abraçar?* Pisquei várias vezes, tentando me livrar do incômodo cada vez mais evidente na virilha.

— Você quer saber o que fiz para ser colocado aqui? — Aydin perguntou a ela. — Que merda horrível eu fiz?

Ela o observou e, apesar do frio que circulava no quarto, uma leve camada de suor se formou no meu pescoço e peito.

— Eu me recusei… a casar com uma pessoa — ele respondeu. — E foi isso.

Alex baixou o olhar, dando a impressão de que ela queria estar em qualquer outro lugar.

— E posso sair daqui quando quiser — Aydin continuou. — Desde que eu concorde com o casamento.

Eu realmente não sabia desse detalhe, mas isso não mudava nada. Eu conhecia Aydin antes de vir para cá. Ele ia sempre a Meridian e nós frequentávamos os mesmos clubes sociais e festas, embora nunca tenhamos nos encontrado.

— Você pensou que eu tivesse matado alguém? — ele debochou. — Ou que fodi minha própria irmã, talvez?

Provavelmente, de todos nós, ele tenha sido enviado aqui por uma coisa boba, mas era nítido que era capaz de coisas muito piores, porque ele conhecia as pessoas quase imediatamente ao conhecê-las. Aconteceu com Rory, Micah e Taylor. Até eu acabei ficando mais tempo do que o necessário aqui, por ele ter se mostrado muito difícil de manipular.

— Minha futura esposa é linda, inteligente, e vem da família certa — disse ele. — A esposa e mãe perfeita escolhida a dedo para construir um futuro ao meu lado. E eu estava totalmente de acordo… até uma noite.

— A artista… — concluiu Emmy.

Olhei para cima e vi que ambos se entreolhavam, antes de Aydin assentir. Artista? Como ela sabia alguma coisa sobre isso?

— O que ela fez? — perguntou Em.

Ele encarou as garotas, e eu segui a direção de seu olhar; tanto Emmy quanto Alex eram tão lindas que me senti de volta ao meu antigo quarto, na casa dos meus pais, aconchegado à minha maldita cama enquanto a luz da manhã incidia sobre os lençóis.

406   PENELOPE DOUGLAS

— Isto — respondeu ele.

Alex recostou o queixo no ombro de Emmy, e deslizou os dedos ao redor de sua cintura nua, acariciando-a.

— Isto? — provocou Alex.

Aydin e Alex se entreolharam, sem pestanejar, enquanto o pulso em meu pescoço latejava cada vez mais rápido.

— Eu apenas a observei pela tela do computador — disse ele, como se estivesse em transe —, e foi como se a pele do meu corpo tivesse rasgado, liberando toda a pressão à qual eu havia me acostumado a sentir a vida inteira. — Seu ritmo respiratório acelerou. — E então, fui capaz de, finalmente, respirar outra vez e vislumbrar cores e outras merdas destas. Eu me senti quente e, de repente, o mundo parecia tão diferente, porque...

Ele engoliu em seco quando Alex apoiou a palma da mão na barriga de Emmy, tocando-a de um jeito suave. Em ficou paralisada, mas depois de um momento, relaxou contra Alex, incentivando-a a prosseguir.

— Porque nenhuma lâmina corta tão fundo quanto algo tão bonito — ele sussurrou.

Cortes... Meu olhar se concentrou na tatuagem que fiz em seu ombro. Marcas de garras cravadas em sua pele para sempre.

— Ela tinha esses olhos... — Ele encarou Alex, desesperado e assustado, como se apenas a lembrança o machucasse. — Eu podia jurar que se estendesse a mão, seria capaz de tocá-la, tudo por causa da forma como ela olhou para mim e fez todo o resto desaparecer. Não me importei com o que poderia arriscar em perder — ele disse a ela. — Eu só precisava tê-la.

Olhei para Emmy, lembrando-me do quão teimosa sempre achei que ela fosse, mas, na verdade, ela simplesmente era sensata, e eu me ressentia por isso. Nossos mundos eram diferentes, meus amigos não a tratariam bem, e eu era extrovertido e adorava estar perto de pessoas, e ela preferia ficar sozinha. Éramos muito diferentes.

Mas em momentos como aquele, quando a segurei em meus braços no cinema, apenas confirmaram o que eu já sabia.

Valeria a pena.

— No entanto, quando finalmente criei coragem para reivindicá-la, percebi que ela havia sobrevivido sem mim — Aydin explicou. — E aquilo doeu. Estive a ponto de ficar louco, minha cabeça totalmente fodida, e ela... ela deixava todo mundo usufruir de algo que era meu. Eu havia me tornado apenas uma lembrança, alguém por quem ela não se interessava mais.

— Daí, ela se tornou uma puta por causa disso — disse Alex.

Ele manteve o olhar fixo ao de Alex, enquanto ela abaixava uma das alças do sutiã de Emmy, que pareceu não se importar com isso.

Mas Aydin respondeu:

— Não. — Ele encarou as meninas, vendo as mãos de Alex percorrendo o corpo de Em. — Ela coloca um pé na frente do outro, faz o que tem que fazer e vive honestamente. Ela não se envergonha e mantém o queixo erguido. — Sua voz era mais convicta. — Ela é leal, tem o sorriso afetuoso e os braços amorosos de uma mãe, é uma sobrevivente, e resolve todo e qualquer problema sem se preocupar com os danos.

Seu olhar se tornou mais sério, repleto de orgulho.

— Ela é uma valquíria, porra — disse ele. — E eu não quero mais ninguém.

Meu coração apertou quando olhei para Em, porque era tudo verdade. Nada mais importava. Se fosse para morrer por alguém, seria por ela. Naquele momento, eu não ligava para os seus pecados, se alguém mais a tocou além de mim, ou que nós dois éramos nossos piores inimigos.

Essa era a minha garota, com cicatrizes, alma despedaçada e tudo. E ela era linda.

Alex se levantou, a postura rígida enquanto recuava, lentamente. Aydin fez o mesmo, encarando-a o tempo todo.

Levando nossas mãos ainda amarradas à boca, ele começou a soltar o nó do cinto com os dentes. Alex respirava com tanta dificuldade, que de onde eu estava era capaz de ouvir.

O cinto afrouxou e eu me soltei, ambos nos virando para nos livrar das outras amarras.

Aydin grunhiu, pau da vida porque não conseguia se soltar, e Alex arfou quando ele arrancou o gancho da cortina com força, partindo em sua direção. Ela tentou correr para o banheiro, mas ele a agarrou e a puxou contra si.

— Toque-me — ele ofegou, em sua boca.

Ela começou a soluçar, se desfazendo em pedaços.

— Agora não! — gritou ela. — Não depois de tudo. Como você pôde fazer isso agora?

Ele afundou a boca em seu pescoço, segurando sua cabeça contra seu corpo e abraçando-a com força.

Olhei para Emmy, vendo seus olhos marejados. Ela se levantou e se afastou de mim, e eu avancei em sua direção, observando seus ombros nus e as alças do sutiã pendendo em seus braços.

Ela correu, mas consegui alcançá-la, e quando dei por mim, todos nós acabamos despencando no banheiro quando abri a porta. Braços e pernas entrelaçados, assim que liguei o chuveiro, então imprensei seu corpo à parede, devorando sua boca macia e carnuda. Mergulhei por entre seus lábios, acariciando sua língua com a minha, sentindo o calor se espalhar pela virilha à medida que me esfregava contra o seu corpo.

— Aceite isso, Emory — Aydin orientou, ao lado. — Deixe-o tocar seu corpo inteiro.

Encarei seus olhos, impressionado por ele achar que possuía algum poder sobre ela.

— Ele que tente me impedir — eu o desafiei, então perguntei a ela: — Você está pronta para isso?

— A menos que você esteja me dizendo para apertar o cinto de segurança — ela retrucou —, cala a boca, Will.

Com um sorriso, arranquei seu short, sutiã e a fiz se virar, puxando sua calcinha pelas coxas.

Ela gemeu e, com uma mão, retirei seus óculos e o coloquei na saboneteira, enquanto com a outra, envolvi os dedos ao redor de sua garganta.

— Isso não é mais um amor juvenil — sussurrei em seu ouvido, pressionando seus seios contra os azulejos do chuveiro. — Não é uma paixonite. Este é um homem que esperou tempo demais para te mostrar o que é capaz de fazer.

Então cobri sua boca com a minha outra vez e abri meu jeans.

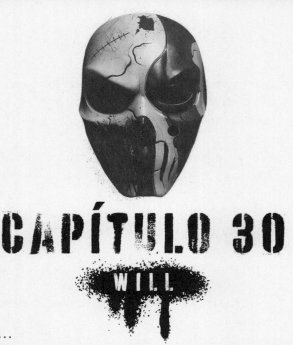

CAPÍTULO 30
WILL

Sete anos atrás...

Ouvi minha mãe chamando do piso inferior, e, em seguida, escutei as vozes masculinas e os passos apressados pela escada.

A porta do meu quarto foi aberta de supetão, e quando levantei a cabeça e olhei por cima do ombro – ainda deitado de bruços no colchão –, fiquei surpreso ao ver Kai parado à porta. Pisquei várias vezes, vendo que ele estava sem camisa e usando uma bermuda cargo.

— Você chega e não liga para a gente? — resmungou.

Minha cabeça estava latejando, e quando rolei na cama, gemi de dor. A faculdade não era nem um pouco legal comigo. Nunca tive tanta ressaca na vida.

Alguém empurrou a porta e então ouvi a voz de Damon:

— Droga. Achei que ele pelo menos estava acompanhado.

Eles entraram e quando olhei para o relógio, percebi que já eram dez e meia da manhã.

— Que porra, Will? — Kai rosnou. — Já se passaram meses, cacete. Quando você volta à cidade, tem que nos avisar.

— Só se passaram dez semanas — retruquei, pegando um cigarro em cima da mesinha de cabeceira. — Caralho, nós estivemos juntos nas férias, em Miami.

Kai se aproximou e arrancou o cigarro da minha boca antes que eu pudesse acendê-lo, e então entrou no banheiro e abriu a torneira.

Olhei para ele, e informei:

— Eu cheguei ontem à noite — suspirei. — Tarde da noite.

Não tive tempo hábil de entrar em contato com ninguém. Todos eles já haviam voltado há algumas semanas, para as férias de verão, mas eu não conseguia tolerar a ideia de voltar, e foi preciso minha mãe me ligar e despejar a ladainha. Aparentemente, todo mundo estava perdido sem mim, e se eu não desse as caras, ela bloquearia meu cartão de crédito. Tudo isso porque ela não aguentava mais Damon e Kai vindo todo dia aqui, para ver se eu havia chegado.

Era óbvio que ela só estava brincando, já que eu sempre fui seu menino de ouro.

Bem, eu não estava ansioso para conversar com meus pais para explicar que passei raspando pelo primeiro ano em Princeton. Eu odiava desapontá-los. A carta do meu orientador ainda se encontrava sobre a mesa de cabeceira, informando que eu havia faltado muitas aulas das matérias pré-requisito dos primeiros anos.

Era doloroso tentar me importar com essa merda. Eu não queria estar lá, mas acabei ficando em Nova Jersey mesmo depois do término do semestre, porque Thunder Bay era um deserto para mim.

Fazia quase dois anos, neste outono, desde que a toquei pela última vez, e nada estava melhorando. Esfreguei o rosto com as mãos, e então resmunguei quando Damon se sentou escarranchado no meu colo.

Fiz uma careta assim que senti o cheiro estranho que exalava dele, uma mistura de protetor solar e cigarros.

— Vão para a praia? — perguntei.

— De novo, você quer dizer — disse ele. — Fomos lá ontem, mas algumas garotas ficaram mais maduras, desde a última vez que as vimos de biquíni. — Ele me deu um tapa, gritando na minha cara: — É tempo de colheita!

— Sai de cima de mim, porra. — Mas não consegui segurar o riso. Era bom vê-los.

Talvez, em breve, eu me sentisse mais humano por estar em casa.

Ele saiu de cima de mim e Kai voltou com um copo d'água.

— Tem uma escova de dente sobrando? — Damon perguntou, indo para o banheiro.

Ele nem ao menos esperou por uma resposta, começando a vasculhar pelas gavetas abaixo da pia. Assim que encontrou uma embalagem, pegou uma das inúmeras escovas que minha mãe sempre mantinha ali. Ela sempre estava preparada para eventualidades.

Bebi a água e coloquei o copo na mesinha ao lado, enquanto Damon aplicava a pasta de dente na escova.

NIGHTFALL.

— Você viu a pequena Fane puritana ontem na praia? — ele perguntou a Kai. — A garota agora está toda arrogante. Admita que vai ser uma delícia...

Kai o olhou de cara feia.

— Meu Deus, você é um idiota completo. Que cara universitário volta para casa e continua a perseguir os rabos de saia do ensino médio? Vê se cresce, Damon.

— Eu vi você secando ela também — Damon retrucou e mostrou o dedo médio.

Eles devem tê-la visto na praia ontem.

— Além do mais, aquele rabo é do Michael — Kai salientou. — Ele só não sabe disso ainda, então nem pense em se engraçar com ela enquanto ele estiver fora.

Sentei-me na beirada da cama e enterrei a cabeça latejante entre as mãos. Eu não queria nada de sol e areia hoje. Não queria andar por esta cidade, sabendo que ela já tinha seguido em frente com a vida e que foi embora para começar seus cursos de verão da faculdade, na Califórnia.

Kai parou perto de mim e pegou o papel ao lado do abajur, lendo o conteúdo. Seu olhar astuto encontrou o meu, e então ele largou o documento no chão. Em seguida, começou a fuçar o resto das porcarias em cima da mesa de cabeceira: dinheiro, um frasco de comprimidos e um tubo com coca.

Ele entrecerrou os olhos e a mandíbula contraiu.

Abrindo a pequena gaveta, arrastei tudo o que havia em cima para dentro da gaveta, fechando com um baque.

— Deem o fora daqui — resmunguei, ignorando o julgamento em seu olhar. — Eu preciso tomar banho.

Damon enxaguou a boca, cuspiu e saiu do banheiro, mas Kai continuou me encarando com raiva.

— Um ou os dois vão acabar na cadeia, até o fim do ano, se não se controlarem — repreendeu. — Não posso controlar vocês como o Michael, porque já tenho coisa suficiente para lidar. Livre-se dessa merda, ou eu mesmo vou jogar fora.

Ele saiu do quarto, batendo a porta, e eu vacilei.

Ele ficou realmente surpreso? Minha personalidade cativante não surgiu da noite para o dia.

Várias horas depois, Kai tinha ido jantar com seus pais e Damon e eu nos dirigimos ao *The Cove*, na enseada, para apreciar a vista uma última vez. O sol ainda não tinha se posto, mas eu estava me sentindo imundo e pegajoso da praia; a única parte boa de tudo isso foi que suei tanto que acabei me livrando da ressaca.

— Este lugar parece uma cidade-fantasma — Damon murmurou, enquanto caminhávamos pelo estacionamento deserto, rumo ao *Cold Point*.

— Eles vão manter aberto até setembro, mas da próxima vez que voltarmos para casa, estará fechado.

Passei o olhar rapidamente pela entrada e bilheteria, avistando as vigas que sustentavam o navio pirata. Eu ainda podia ouvir o som de sua risada naquela noite.

Meu coração se apertou, em agonia. Deus, aquele vestido. Aquele sorriso. Emmy Scott feliz era a coisa mais linda do mundo.

— Você também parece um fantasma — Damon comentou.

Afastei-me dali e segui em direção ao penhasco.

— Estou bem — murmurei.

Eu ficaria... Em algum momento.

— Não está porra nenhuma — retrucou ele. — Aquela merda de garota...

— Já chega.

— Foda-se ela.

— Eu disse chega.

Relanceei um olhar furioso, e nós dois subimos até o pico da rocha. Encaramos o mar cinzento, vendo ao longe o farol da Ilha Deadlow, a única fonte de iluminação no horizonte que escurecia aos poucos.

Provavelmente, era uma boa coisa que o parque *Adventure Cove* encerraria suas atividades neste outono. Coisas precisavam morrer.

Olhei para baixo, avançando até a beirada, e observei a arrebentação das ondas contra a rocha.

— Tem alguém para você também, sabia? — zombei, dando um sorriso forçado.

— Eu nunca disse que não havia. — Ele soprou a fumaça do cigarro, jogando a bituca pelo penhasco. — Há alguém para mim. Eu vou tê-la, assim como aos meus filhos, mas não vou deixá-la me foder... ou arruinar Michael e Kai, do jeito que ela fodeu com a tua cabeça.

Suspirei, pensando no meu último ano no colégio e em todas as vezes em que ela cruzou comigo nos corredores, e passou por mim como se eu nunca tivesse estado dentro dela.

O orgulho era um filho da puta do caralho. Não dava para persegui-la e manter a minha autoestima, então solidifiquei minha postura e fiz o melhor que pude para ignorá-la também, mas sabe de uma coisa?

Eu ainda não gostava de mim mesmo.

— Eu teria sido bom com ela — murmurei, chutando um pedregulho pela beirada. — Eu *fui* bom para ela.

— E ela não confiava em você — acrescentou ele. — Ela é uma bocetinha arrogante e metida que se achava melhor do que todo mundo.

Desviei o olhar, suas palavras me deixando puto pra caralho. Ele estava tentando ser um amigo leal, mostrando que estava do meu lado, mas eu gostaria muito que ele calasse a boca. Emmy não era assim. Eu poderia estar com raiva dela, mas ninguém mais podia se sentir dessa forma.

No meu coração, ela ainda era minha garota.

— E você vai passar o resto da vida provando que ela se enganou — ele me disse. — Que ela perdeu o melhor.

Sim. Eu tentaria.

Inspirei fundo e inclinei a cabeça de um lado ao outro, para estalar o pescoço.

Ele estava certo. Já era hora de Will Grayson voltar à vida. Com ou sem ela.

— Vamos fazer a Noite do Diabo esta noite — comentei. — Estou no clima para reviver os bons e velhos tempos.

Ele sorriu, pronto como sempre.

Eu não tinha certeza de quando descobri tudo. Damon nunca me contou o que aconteceu naquela noite em que os flagrei no vestiário; ele disse apenas que se encontrou com Emory e ela o ajudou.

Com o passar do tempo continuei a observá-la, a realidade de sua rotina me dando todas as informações de que precisava, mas que estive cego demais para encarar antes. Os hematomas, arranhões e cortes não poderiam vir de outro lugar, que não a sua casa. Ela não tinha amigos. Não frequentava nenhum outro lugar, a não ser a escola, o cinema ou os locais onde fazia seus projetos.

A menos que ela participasse de algum clube da luta no submundo, bem debaixo do meu nariz, aquele babaca do caralho a estava agredindo.

Eu sabia o porquê ela não tinha me contado nada. Sabia por que ela achava que não poderia me contar.

Martin Scott era apenas uma das coisas em nosso caminho, mas eu tinha plena convicção de poderia lhe dar uma surra.

— Nós realmente queremos fazer isso? — Kai perguntou, a hesitação nítida em sua voz. — Lesão a um policial é um crime, tipo, um crime de verdade, Will. Todos nós entendemos isso, certo?

Ele se sentou no banco de trás, enquanto eu me sentei na frente, com Damon ao volante de um dos SUVs do pai.

Calcei as luvas, perdido na melodia de *Fire Up the Night*, enquanto encarava o outro lado da rua, vendo o policial Scott importunar um bando de adolescentes dentro de um carro que ele havia mandado encostar.

— Vá embora, se quiser — eu disse a ele.

Não era uma ameaça. Eu não esperava que ele me ajudasse, bem como não precisava do seu apoio. Kai tinha muito mais a perder, e não o julgaria por desistir disso. Não que eu não tivesse muito a perder. Eu simplesmente não me importava.

— O que ele está fazendo? — Damon comentou consigo mesmo, jogando a bituca do cigarro pela janela.

Martin Scott acompanhou uma garota até sua viatura, fez com que ela entrasse na parte de trás e, em seguida, se sentou ao volante e deu partida. Nós o seguimos desde a delegacia, assim que ele iniciou seu turno, e não muito tempo depois ele parou o carro dos adolescentes que circulava pela vila.

— Aquela é River Layton — falei, reconhecendo a aluna do segundo ano.

Ela tinha apenas dezesseis anos. O que diabos ele estava fazendo?

Ele se afastou do meio-fio, deixando o outro casal de adolescentes em seu carro, e se mandou dali com a menor de idade. Mas ao invés de seguir em direção à delegacia, ou virar à direita, para pegar o caminho da casa dela, próximo ao lugar onde eu morava, nas colinas, ele girou o carro em cento e oitenta graus e partiu em direção a *Falcon's Well*, na costa.

— Siga-o — instruí.

Damon engatou a marcha e saiu do estacionamento, disparando atrás dele pela estrada.

Já passava das dez e, embora as escolas estivessem fechadas no verão, as ruas não estavam muito movimentadas. Nesta época do ano, todas as festas rolavam na praia, ou nos iates dos pais ricos, ou em quintais com piscina.

Damon se distanciou um pouco, para não ser detectado, mas de onde estávamos, ainda conseguíamos ver as lanternas traseiras do veículo.

Vasculhei dentro da mochila e joguei a máscara prateada de Kai em sua direção, depois entreguei a preta de Damon, e, logo em seguida, encontrei a minha — branca com a listra vermelha —, deixando apenas a do Michael dentro da bolsa.

As luzes de freio acenderam à distância, e nós observamos o instante em que ele entrou na propriedade do armazém. Não sabíamos de nenhum evento rolando lá esta noite, então por que diabos ele estava levando a garota até lá?

Mantendo-se mais atrás, Damon parou no acostamento e desligou o motor. Nós todos descemos e puxamos o capuz de nossos moletons para cobrir as cabeças. O clima estava quente demais, mas os agasalhos eram necessários.

Era preciso isso e as máscaras para nos mantermos ocultos e, com sorte, não sermos reconhecidos nas filmagens. Todo mundo sabia muito bem quem estava por trás das máscaras, mas ninguém podia provar.

Começamos a correr por entre as árvores, em direção ao armazém que costumávamos frequentar, cientes de que a estrada acabava nas proximidades da fábrica abandonada.

Meu corpo estava coberto de suor, mas eu não conseguia focar em nada além deste momento.

Era tudo culpa dele. Mesmo que não fosse, era bom, finalmente, encontrar um culpado e me apegar à esperança de que não era por minha causa... Que ela terminou o que nem havia começado por causa dele, e não porque não me amava.

De qualquer forma, ele a espancava, porra, e agora que ela não estava mais sob o controle dele, eu poderia dar vazão à minha ira.

Depois desta noite, ele nunca mais encostaria a mão nela.

Parando perto das árvores alinhadas no limite da propriedade, e observando, através do estacionamento de brita, a velha fábrica de calçados com suas paredes escuras em ruínas, vimos o momento em que ele desligou a viatura. No entanto, ele permaneceu sentado ao volante, enquanto a garota se mantinha imóvel no banco traseiro. Ele movimentava a cabeça de um lado ao outro, nitidamente conversando com ela.

Por fim, ele abriu a porta do carro e foi até a porta traseira, entrando no veículo sem hesitar.

Exalei um suspiro audível. E quase dei um sorriso, já que qualquer consciência ou culpa que pudesse estar sentindo, simplesmente desapareceu.

O rosto dele estaria pior do que carne moída quando terminássemos o que havíamos ido fazer ali.

— Ele não tem mais Emmy para extravasar — disse Kai, pau da vida, colocando sua máscara.

Acenei em concordância, satisfeito por ele embarcar nisso. Eu precisava dele.

— Quer apostar quanto que meu pai o está protegendo também? — Damon comentou, ajeitando a sua. — Os filhos da puta do caralho são farinha do mesmo saco.

— Vamos mudar a vida dele para sempre — disparei, correndo até o carro, já cerrando os punhos, e com ambos me ladeando.

Queria que Michael estivesse aqui – quando agíamos como uma unidade, éramos muito melhores –, mas teríamos apenas que atualizá-lo assim que ele voltasse do treinamento de basquete em Atlanta.

— Não podemos deixar que eles ouçam nossas vozes — comentei, pegando a faca. — Então, apenas sussurrem.

Arremessei a adaga para Kai, que a desembainhou na mesma hora e a afundou no pneu, rasgando a borracha, enquanto Damon e eu abríamos uma das portas traseiras.

River gritou quando a puxei para fora do veículo, e logo em seguida, dei um soco na cara do babaca escroto. Eu o tirei do carro, vendo-o tossir e cuspir à medida que o sangue jorrava de seu nariz.

— Vá para casa — Damon ordenou a ela.

Seu olhar aterrorizado disparou entre nós, as lágrimas escorrendo pelo rosto, seja lá pelo que aquele filho da puta estivesse tentando fazer com ela.

No entanto, eu poderia adivinhar. *Você é menor de idade. Vou te levar para*

NIGHTFALL

417

casa, onde você deveria estar, mas pensando bem, não vou te levar ou ligar para os seus pais, relatando que encontrei drogas e bebidas alcóolicas no seu carro, desde que você fique aqui comigo por um tempinho e não conte a ninguém.

Jesus Cristo.

Eu me lancei em sua direção de novo, e dei um murro. E outro, e mais outro, antes de dar um chute em sua nuca assim que ele se levantou.

Filho da puta. Aquele filho da puta.

Ele queria machucar River, do mesmo jeito que machucou sua irmã – espancá-la, fazê-la chorar...

Ou pior...

E que Deus me ajudasse, porque se ele tivesse feito algo assim com a Emmy, eu não hesitaria por um segundo. Ele estaria morto.

River saiu correndo rumo à rodovia, enquanto Kai contornava o carro e rasgava os outros pneus. Abri a porta da frente, chutei o rádio e arranquei a porra da fiação, enquanto Damon fazia o mesmo com a câmera do painel; em seguida, ele a jogou no chão e esmagou com o pé.

Era bem provável que o policial já tenha desligado aquela merda quando trouxe a garota até este lugar deserto, mas eu não queria que ele tivesse a oportunidade de pedir ajuda a qualquer pessoa.

Peguei o celular dentro do bolso do moletom e o arremessei para Damon, por cima do teto do carro, antes de puxar o pedaço grosso de corda que eu havia levado comigo.

Aproximei-me do babaca e plantei o pé em suas costas, mantendo-o no chão.

— Não nos procure quando isso acabar — sussurrei para disfarçar a voz. — E nunca mais toque em mulher alguma. Nem em River Layton. Nem em Emory. Ninguém. — Inclinei-me, envolvendo a corda em seu pescoço. — Se descobrirmos que você fez isso outra vez, não te deixaremos ir embora numa próxima.

Ele arfou, sufocando, e grunhiu, desesperado. Fiz com que se virasse e o encarei pelas fendas da minha máscara. Seu olhar estreitou, como se estivesse tentando descobrir minha identidade.

Ele tentou revidar, rolou para longe e fez uma tentativa de se colocar de pé, mas em um segundo, todos nós partimos para cima dele, com socos e pontapés. Gesticulei com a cabeça para Kai, e nós três o levamos para o interior do armazém, amarrando seus pulsos e prendendo-os a uma viga de aço, acima da cabeça.

Demos um passo para trás, e os caras, provavelmente, estavam esperando que eu tivesse minha vez primeiro. Damon pegou o celular e começou a filmar. Parei por um instante apenas, pensando que era idiotice registrar aquilo, mas...

Umedeci os lábios, fervendo de ódio, e ainda sentindo o gosto do uísque que bebi pouco antes no carro.

Eu queria assistir àquele vídeo depois. Só para poder reviver o momento, para me deliciar em vê-lo sofrer uma vez atrás da outra.

— Olhe para mim — sussurrei.

Ele respirou fundo e eu me aproximei, retirando seu cinturão de serviço, largando tudo no chão.

— Olhe para mim — rosnei de novo, ainda em um tom de voz baixo.

Devagar, ele ergueu a cabeça e seu olhar encontrou o meu por trás da minha máscara. O canto de seus olhos enrugou quando ele me reconheceu.

E então... o idiota sorriu.

— Você acha que a culpa é minha? — perguntou ele, em voz baixa. — Por ela ter te rejeitado?

Cerrei os punhos.

Em seguida, ele começou a rir, os dentes manchados com seu próprio sangue.

— Eu teria ficado feliz — debochou. — Teria sido melhor ainda se ela ficasse grávida. Ter acesso a todo o seu dinheiro, poder e conexão? Seria impagável. Ela finalmente teria sido útil para mim.

Congelei, mal conseguindo respirar.

Ele cuspiu no chão, espirrando sangue que escorria de sua boca em cima de mim.

No entanto, eu não pestanejei em momento algum.

— Ela sabia que você era um fracassado — disse ele. — Que não deixaria de ser o mulherengo bêbado de sempre, e que nunca conseguiria se encaixar na vida dela.

Meu sangue borbulhou de tanta raiva.

Ele sabia exatamente quem éramos, mas eu não estava nem aí. O uso das máscaras, assim como os sussurros, serviam apenas para os vídeos.

Ele estava certo? Não, ele não estava certo. Ela não chegou a dizer com todas as letras, mas eu sabia que ela me amava. Eu pude sentir que ela me amava.

A culpa era dele. Ele fez com que ela se esquecesse de mim. Ele a deixou assustada.

NIGHTFALL

— Isto é apenas um lembrete — continuou ele —, de que ela se foi e está muito melhor sem você na vida dela. Já você nunca será alguém na vida. Nunca será o bastante.

Sacudi a cabeça, meu olhar incendiando.

Kai pigarreou às minhas costas.

— Não podemos ficar aqui para sempre, Will — sussurrou ele. — Vamos logo acabar com isso.

No entanto, Martin Scott apenas sorriu, ciente de que suas palavras estavam mexendo comigo.

— Ela nunca mais olhou pra sua cara — disse ele —, não é?

Perdi o fôlego por um segundo.

— Ela nunca te deu um telefonema. Desde que ela se formou e ficou livre, né?

Como ele sabia disso?

Ela poderia ter me ligado. Não havia razão para não fazer isso, ainda mais por ele não fazer mais parte de sua vida.

Ele riu de novo.

— Você nunca será o bastante.

Cerrei o punho e, com um grunhido frustrado, esmurrei seu rosto. Ele que fosse à merda.

Consegui conter um soluço a tempo.

Filho da puta.

Continuei espancando o babaca até arrancar o sorriso de seu rosto, até que minhas juntas dos dedos ficassem em carne-viva.

Eu podia sentir as lágrimas se derramando e rolando pelo meu rosto, podia sentir o mundo caindo à medida que eu o esmurrava repetidas vezes.

Vá se foder! Vá se foder!

Kai também atacou, gritando ameaças para que ele nunca mais se aproximasse de uma menor de idade outra vez, e eu continuei socando, chutando até que minhas mãos ensanguentadas latejaram. No entanto, eu apenas ria como um maníaco.

Até que ele desmaiou e eles tiveram que me arrastar à força para longe dele.

Largamos seu corpo na beira da estrada, saímos da área com o SUV de Damon e usamos um telefone descartável para informar à polícia o local onde poderiam encontrá-lo.

E não dei a mínima se minha atitude a traria de volta para mim ou não. O filho da puta teve o que mereceu. Se ele tivesse algum bom senso, manteria a boca fechada também, porque ele sabia que todos nós o vimos levar River Layton até lá.

Testemunhas.

Se ela falasse alguma coisa, ela poderia ser uma mentirosa, mas não todos os quatro.

Depois de deixar Kai, Damon pegou o trajeto da minha casa.

— Quer sair para beber? — perguntou ele.

Neguei com um aceno de cabeça. Eu tinha coisas melhores no meu quarto, mas ele não estaria disposto a isso.

— Vejo você amanhã. — Fechei a porta do carro e ele foi embora à medida que eu subia os degraus da minha casa, encarando o sangue em minhas mãos.

Eu não queria entrar ainda. Olhei para a mansão construída com pedras cinza, de três andares, uma adega e uma quadra de basquete nos fundos.

Eu era um cara sortudo.

E um fracassado do caralho.

Ele estava certo, e nem depois do que fiz, eu me sentia melhor. Então, dei a volta e me afastei, deixando a caminhonete e sentindo o celular queimando no meu bolso.

Eu não tinha desejo algum de assistir ao vídeo outra vez.

Percorri todo o caminho da entrada de veículos da propriedade e comecei a caminhar pela estrada rumo à vila, sob o breu da noite, pegando o telefone para deletar a porra do vídeo. Eu queria dar um sumiço naquela merda.

Queria deletar tudo ao meu respeito, porque eu me odiava tanto quanto ela.

— Ei, cara! — gritou alguém.

Levantei a cabeça e enfiei o celular no bolso antes que tivesse a chance de apagar o arquivo.

Bryce encostou o carro e me encarou pelo vidro aberto. Havia uma garota em sua companhia, e eu me inclinei para cumprimentá-los, com um sorriso forçado, escondendo as mãos ensanguentadas no bolso do moletom.

Ele me observou por um momento, sentindo que havia algo de errado.

— Você precisa de uma carona?

Neguei com um aceno.

— Não — retruquei —, mas valeu de qualquer jeito.

Ele balançou a cabeça, devagar, ainda inseguro.

— Tudo… bem, então.

NIGHTFALL

Ele acelerou estrada afora, e eu mais uma vez encarei minhas mãos, cansado dessa sensação que me consumia.

Scott estava certo. Já havia se passado quase dois anos, e eu ainda estava sofrendo enquanto ela agia como uma pedra de gelo. Nem um olhar, indício ou qualquer contato da parte dela.

Ela achava que eu não valia nada.

Andei e andei a esmo, passando pela vila e pelo gazebo que ela havia abandonado. Quando estive em casa, no último Natal, é que fiquei sabendo que ela nem sequer o havia concluído.

Eu não queria vê-la, assim como não queria ver nada que ela tenha colocado as mãos. Eu só queria que a dor que me martirizava fosse embora.

Quando me dei conta, estava andando pela casa do Damon, sendo guiado escada acima por uma das empregadas, e chegando ao terceiro andar. Bati à porta, ouvi alguns sussurros fracos e o som de seus passos, e lá estava ele. Ele devia ter acabado de sair do banho, porque estava vestindo uma calça folgada de pijama e sem camisa.

Quando me viu, arqueou as sobrancelhas, surpreso.

— Veio aqui para ver o caixão onde eu durmo? — zombou.

Olhei para sua cama, às suas costas.

— Parece confortável.

Seus olhos se tornaram ardentes, mas ele baixou o olhar, meio hesitante. Lágrimas inundaram meus olhos.

— Estou muito fodido — arfei.

— Eu sei. — Ele assentiu. — Mas entrar aqui não vai consertar nada.

Ele também era fodido pra caralho. O futuro não era brilhante para nenhum de nós.

— Apenas conserte por esta noite — sussurrei.

Mergulhe, destrua e me leve à perdição. Só por esta noite.

Ele se afastou para o lado para que eu pudesse entrar, e fechou a porta.

Um viciado detestável.

Pelo menos Sid[14] sabia tocar guitarra.

---

14   Referência a Sid Vicious, que fez parte da banda britânica Sex Pistols, nos anos 70, e fez história no cenário do punk rock. Sua vida foi conturbada em meio às drogas, um caso de assassinato, e acabou morrendo aos 21 anos de idade.

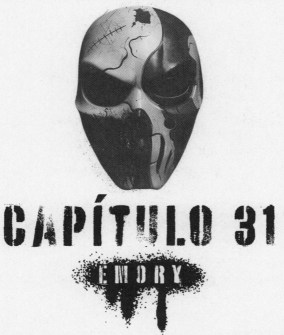

CAPÍTULO 31

EMORY

Dias atuais...

Arqueei as costas enquanto Will agarrava meu quadril e se impulsionava contra mim, penetrando meu corpo com vontade. Seu tamanho e espessura me encheram de uma forma tão deliciosa que mal consegui conter o gemido agudo.

— Aaahhh...

Virando a cabeça, sua boca cobriu a minha à medida que o vapor tomava conta do boxe do chuveiro. Ele puxava meus quadris para trás, uma vez após outra, me fodendo com força e sem interromper o beijo áspero.

Lambi sua língua e me entreguei por completo, me afastando apenas para pegar sua mão e posicionar entre minhas pernas. Ele acariciou meu clitóris em um ritmo lento, mas firme, esfregando em círculos.

— Eu não amo você — sussurrou em meu ouvido, antes de morder o lóbulo.

— Eu sei.

Ele afastou minha mão de cima da dele, e fez com que eu a apoiasse na parede em frente; em seguida, assumiu o controle outra vez da minha boceta e arremeteu contra mim até o fundo.

Fechei os olhos com força, gemendo.

Uma mão segurou a minha, e sem perceber, entrelacei os dedos aos de Alex.

— Diga que você se arrepende e sente muito — Will suspirou.

— Sim.

Ele se retirou de dentro de mim, girou meu corpo – fazendo com que tivesse que soltar a mão de Alex – e me levantou no colo.

— Diga — ele exigiu.

Envolvi seu corpo com meus braços e pernas, suspirando quando ele deslizou para dentro de novo.

— E o que vai acontecer depois? — pergunto. — Hein?

Depositei uma trilha de beijos em seu rosto e, em seguida, enterrei minha boca em seu pescoço, abraçando-o com força.

— Você vai conseguir o que quer e então vai parar? — sondei. — Eu não quero que você pare.

Seus quadris se moveram, as duas mãos espalmadas em minha bunda, e eu chupei a água que escorria de sua pele, lambendo e mordiscando o que estava ao alcance dos meus dentes, me deliciando com seu gemido.

— Não pare... — ofeguei. — Eu não te amo mais. Você é e sempre foi uma má influência.

— Mas você não quer que eu pare, hein? — Ele riu. — O encontro dos formandos da nossa turma vai acontecer no ano que vem e eu vou contar pra todo mundo o que você realmente gosta de fazer quando não está com o nariz enfiado em um livro. Vou contar que você gosta de mim e que adora se divertir comigo quando ninguém está olhando.

Incapaz de controlar meus gemidos, desabei de costas contra a parede de azulejos, e virei a cabeça, recostando a testa à de Alex. Eu não admitiria de forma alguma, mas meu orgasmo foi avassalador só por constatar a intensidade de seu desejo por mim.

Aydin imprensou o corpo de Alex contra a parede, ao meu lado, e o tempo todo ela me encarava enquanto ele a admirava, paralisado, exceto pela mão insidiosa que escorregava por baixo de sua camiseta. Ela suspirou, os lábios próximos aos meus, e, num piscar de olhos, Aydin retirou seu sutiã e o largou no piso de ladrilhos. Em poucos segundos a água começou a encharcar sua camiseta.

Ele era o motivo de ela estar aqui. Foi por isso que ela veio atrás de Will, ao invés de Michael. Era por causa de Aydin. Ela era sua artista, e deve ter descoberto que ele estava aqui, quando estava à procura de Will.

Novamente deslizando a mão por baixo de sua camiseta, ele foi subindo devagar desde a barriga sarada e por entre os seios; o tecido estava grudado à sua pele molhada, revelando os círculos escuros de seus mamilos intumescidos.

Em momento algum ela olhou para ele, e para acalmá-la, pressionei os lábios contra sua testa. A impressão que dava era que ela estava com medo, e se havia uma coisa que eu sabia a respeito de Alex Palmer, era que ela não costumava se assustar com facilidade.

Voltei a concentrar minha atenção em Will, agarrando-me a ele com mais firmeza, observando-o com a cabeça inclinada para trás, perdido no momento.

— Eu vou escorregar — arfei, assustada.

Ele me ajeitou em seu colo outra vez, e murmurou:

— Estou te segurando.

Com o cabelo molhado e colado ao meu rosto e pescoço, devorei sua boca, desejando estar de volta naquela sala de luta livre, tantos anos atrás, sem a timidez que me consumiu na época. Eu o teria amado e ficado lá com ele a noite toda se pudesse voltar no tempo.

— Dê um beijo na boca dela. — Ouvi Aydin dizer.

Olhei para o lado e flagrei Alex o encarando.

— Eu quero beijar a *sua* boca.

Ele balançou a cabeça e umedeceu os lábios, com uma expressão tranquila, mesmo que sua respiração estivesse irregular.

— Toque a boceta dela — sussurrou. — Como você fez naquela noite, enquanto eu observava tudo através da tela do computador.

Sua mão pairou acima de seu seio, roçando de leve pelo tecido, e Alex abriu a boca, em busca de ar.

— Toque-a — implorou ele, com os lábios a centímetros dos dela. — Transe com ela na minha cama, por mim.

Ela engoliu em seco.

— Não… — ela sussurrou. — Eu só faço as coisas que quero e quando do estou a fim, e nada disso é para te dar prazer.

— Nada? — perguntou ele, tocando os lábios dela com as pontas dos dedos. — Por ele você faz isso, mas não por mim?

Ela o encarou.

— Eu me sinto segura com ele. Com você, eu me sinto uma prostituta.

Com a mandíbula cerrada, Aydin flexionou os dedos sobre os seios de Alex, como se fossem garras. Seus mamilos duros eram visíveis pelo tecido molhado.

Will enfiou a cabeça na curva do meu pescoço, respirando com dificuldade e gemendo, e era nítido que estava perto de alcançar o clímax.

NIGHTFALL

Meu sangue borbulhou quando meu orgasmo veio com tudo. Gemi e choraminguei, sentindo minha boceta contrair ao redor de seu pau, retribuindo os movimentos a cada impulso que ele dava. Eu não estava nem aí para quem pudesse ouvir meus gritos durante o ápice do prazer.

Uma parte minha odiava Alex. Ela era linda, durona e tudo o mais que Aydin alegou que ela fosse na cama. Ela era mais amiga de Will do que eu, e o mais difícil de lidar: ela era deslumbrante por dentro e por fora.

Muito possivelmente, ela deve ter enfrentado muita merda pelo caminho, tendo em conta seu trabalho. Ela deve ter passado por momentos em que se viu em meio às lágrimas, mas sem permitir que as pessoas soubessem.

E lá estávamos nós, magoados e feridos, usando tudo isso como uma desculpa para nos destruir, enquanto ela continuava caminhando dia após dia, chegando cada vez mais perto daquilo que queria conquistar.

— E se eu *quiser* tocar em você um dia? — sussurrei para Alex, mas recostei a cabeça à de Will, abraçando-o com força. — E se eu quiser me livrar dos caras e ir para a cama contigo, só nós duas?

Will sorriu, ainda que não interrompesse o ritmo do nosso beijo intenso.

E se eu também me sentisse segura, e quisesse que ela soubesse que merecia coisa muito melhor do que Aydin e a forma como ela a estava tratando?

Alex engoliu em seco mais uma vez, e Will se moveu dentro de mim, à medida que os dois homens continuavam a nos observar.

Olhei para ela, vendo as gotas cintilando em sua pele enquanto Will mordiscava o canto da minha boca.

— O que você faria? — perguntou ela, nossas testas recostadas novamente. — Se os meninos não tivessem permissão para se juntar?

Não consegui disfarçar o sorriso.

— É, Emmy, o que você faria? — Will ofegou em meu ouvido.

Fechei os olhos, adorando me sentir no controle.

— Eu não seria capaz de me conter — respondi a Will, alto o suficiente para que Aydin e Alex ouvissem. — Eu trancaria a porta do quarto, apagaria a luz e subiria em cima dela. Eu chuparia seus seios de um jeito bem gostoso antes de abrir suas pernas e me acomodar entre elas.

O corpo de Will tremia à medida que ele arremetia cada vez mais rápido, enlouquecido, e quando desviei o olhar, vi que Aydin havia enfiado a mão por dentro da calça de Alex, e a esfregava por cima da calcinha. Ela segurou a mão dele, como se quisesse impedi-lo de prosseguir, mas sem realmente querer fazer isso.

— E depois? — Aydin direcionou a pergunta a mim, mas seu olhar estava concentrado nela; seu cenho estava franzido, em pura agonia.

— Eu a beijaria — murmurei. — Se eu estivesse no seu lugar, eu faria questão de sentir seu corpo pressionado ao meu enquanto a degustasse...

— Você gosta de saborear as coisas — Will me atormentou, gemendo. — Mostre pra mim... como você usaria sua boca...

Senti um calor aquecer meu ventre, escorrer pelas minhas pernas à medida que ele deslizava para dentro e para fora de mim.

— Qual é o gosto dela, Emory? — Aydin ofegou.

Dei uma olhada de relance, vendo as veias salientes e os músculos de seus antebraços flexionados enquanto ele a masturbava; os olhos fechados diante do prazer que o consumia.

— Quente — gemi, em uníssono. — Ela é quente e macia, e adoro sentir seu clitóris contra meus lábios enquanto a estou lambendo.

Aydin gemeu, e pude ver o volume rígido em sua calça, a mão de Alex agarrada com firmeza ao ombro musculoso.

— Abra os olhos — ordenou. — Olhe para mim.

Ela fez o que ele mandava, mantendo o olhar conectado enquanto recebia seu toque constante.

— Ela abre mais ainda os joelhos — continuei —, mantendo minha boca ali, porque a sensação é maravilhosa.

— Siiiim... — ela arfou, encarando-o ao morder o lábio inferior.

Então, me virei para Will.

— Minha língua a provoca... — Usei a ponta da língua para roçar as comissuras entre seus lábios. — E então mordisco seu clitóris, chupando gostoso. — Simulei o movimento com seu lábio superior, de leve a início, para chupar com vontade e lamber em seguida, só para provocá-lo.

Ele grunhiu contra a minha boca, e eu contraí as coxas, cavalgando-o e indo de encontro aos seus impulsos.

— Eu a lambo de cima a baixo. — Sacudi a ponta da língua no canto de sua boca, sem nunca desviar o olhar. — E brinco com ela por horas e horas, e ela fica cada vez mais gostosa, porque adora que alguém chupe sua boceta.

— Emmy... — Alex gemeu, inclinando a cabeça para trás. — Puta merda, garota...

— Mas sabe o que eu realmente quero fazer? — perguntei.

Will estremeceu.

— O quê?

NIGHTFALL

— Quero transar com ela... — ofeguei, mordiscando sua boca. — Eu quero deixá-la louca, quero me esfregar contra ela como um animal selvagem; quero transar até suar, para que ele se recorde daquilo que mais vai sentir falta quando se sentar como um rei pomposo à mesa do jantar, algum dia. Sozinho e sonhando com sua pequena valquíria o cavalgando, transando com seu homem, porque por mais que ele possa controlar tudo à sua volta, é ela a única que pode o controlar.

Alex gritou em seu orgasmo, enlaçando o pescoço de Aydin, seu corpo estremecendo com os espasmos. Com a cabeça inclinada para trás, e com o vapor e a ducha do chuveiro acariciando seu rosto, Aydin pairou os lábios acima dos dela.

Seus olhos brilhavam e a varriam de cima a baixo, como se ele estivesse em uma batalha interna para se conter e não a devorar com sua boca.

Meu corpo se movia para cima e para baixo, a boca colada à de Will, pela primeira vez na vida sem sentir um pingo de vergonha. Eu já não me importava com o que poderia acontecer adiante, ou se ele ainda estava com raiva de mim. Eu estava me sentindo bem, corajosa e chapada.

Rebolei os quadris, em busca do orgasmo, até que, finalmente... gritei ao gozar, me tremendo inteira quando meu ventre foi inundado por arrepios e espasmos deliciosos. Gemi, dando-me conta da pele das minhas costas agora esfoladas por ele me esfregar contra a parede. No entanto, ele ainda não havia acabado, e eu não era nem louca para pedir para parar.

— Diga o nome dele. — Ouvi Aydin dizer a ela.

Respirei fundo, sentindo um calor abrasivo percorrer cada centímetro do meu corpo.

— Diga o nome dele — ele ordenou, mais uma vez.

Olhei para Alex, ainda sendo acariciada duramente por ele, que tentava fazê-la gozar novamente.

— Por favor... — suplicou ele.

— Will? — ela arfou, confusa e aérea pelo orgasmo avassalador de antes.

— De novo.

— Will... — disse ela.

Congelei, sentindo o ritmo de Will desacelerar.

— Mais uma vez... — ordenou. — Outra vez.

O quê? Seus músculos flexionaram e eu observei seu semblante franzido em pura agonia.

Ela olhou para ele, com um olhar inquisitivo.

— Will... — Alex sussurrou.

— Quero que você gema o nome dele — rosnou ele, fodendo-a com os dedos.

Ela fechou os olhos, arquejando diante do clímax. Will e eu paramos nossos movimentos, apenas observando aos dois.

O que Aydin estava fazendo? Tudo pareceu diferente quando eu estava fantasiando com ela, porque minha intenção era que ele a visse através dos meus olhos... Mas o que ele achava que estava fazendo, virando a mesa? Não era a mesma coisa.

— Não consegue se lembrar do meu nome, então apenas diga o dele — ele debochou, intensificando o ritmo. — Vá lá no fundo da sua mente, onde eu não tenho importância alguma pra você, porque sei que já fez isso centenas de vezes, e eu sempre te observei gozar, sua vagabunda.

Ela começou a soluçar, sem derramar lágrimas, e ele se inclinou, acariciando-a com mais aspereza.

— Vamos, solte um gemido gostoso por ele, porque o pau dele deve ser bom demais, não é?

Will amoleceu em meu interior, e eu desci de seu colo, sentindo um frio repentino.

— Nunca foi só uma transa entre vocês — Aydin rosnou. — Vocês eram próximos. Ele gosta de você.

Baixei o olhar, e quando Will tentou erguer minha cabeça, com os dedos apoiados sob o meu queixo, eu me afastei de seu toque.

— Emmy... — murmurou ele.

Eles eram próximos. Talvez ele gostasse dela de um jeito que nós nunca poderíamos compartilhar. Uma espécie de confiança mútua e perfeita.

Eles eram, antes de tudo, amigos.

— Vamos lá, diga — ele insistiu. — Will, Will, Will...

Ela o empurrou, estapeando seu rosto, e Will também tentou afastá-lo dela, antes de puxar a calça jeans encharcada. Aydin enfiou a mão dentro da calcinha de Alex, mas a retirou antes que ela o empurrasse de novo.

Erguendo os dedos brilhantes, ele nos mostrou o quão molhada ela estava.

— Enquanto você esteve enterrado até o fundo nisso aqui — ele disse a Will —, ela estava triste e arrependida.

Seu olhar disparou na minha direção e Will congelou no lugar; Alex rapidamente ajeitou sua calça.

— É claro como cristal que só uma pessoa realmente sofreu durante o tempo em que estiveram separados — ele rosnou. — Então, ela não deve nada a você.

Eu não conseguia olhar para Will.

E parte de mim também não queria impedir que Aydin continuasse a dizer tudo aquilo – não porque era contra Will –, mas porque ele sempre encontrava uma maneira de me fazer sentir menos culpada.

Ele me empoderava – o que era muito estranho, já que eu tinha certeza de que ele me manteria acorrentada à sua cama, com uma coleira, quando nos conhecemos. Talvez, se eu tivesse crescido com ele, ao invés de Martin, meu mundo teria sido diferente.

Ele saiu do boxe, largou as roupas molhadas no chão e amarrou uma toalha ao redor da cintura. Em seguida, voltou ao quarto, nos deixando em um silêncio desconfortável. Deixei minhas roupas molhadas também e afastei a mão de Will com um safanão, quando ele tentou me impedir de sair dali.

Eu não estava com raiva... mas não sabia o que havia de errado. Eu só queria me vestir agora mesmo.

Envolvi meu corpo com uma toalha e fui em direção à porta do quarto, até que a voz imperativa de Aydin me conteve:

— Emory, venha aqui.

Olhei por cima do ombro e o vi dentro do *closet*, vasculhando as prateleiras do armário. Ele arremessou uma boxer vermelha e uma camiseta preta para mim, e quando as agarrei, lamentei o fato de ter esquecido o sutiã dentro do boxe.

O ruído da água cessou, e Will e Alex saíram do banheiro, direcionando seus olhares cautelosos para mim. Quando ele notou o que eu estava segurando, seu olhar firme se concentrou no meu.

— Venha aqui — ordenou.

Dei uma olhada de soslaio para Aydin, sem nem ao mesmo perceber.

— Não olhe para ele. — Will fechou a cara.

No entanto, continuei enraizada no lugar, ouvindo a voz tranquila de Aydin.

— Faça o que quiser, Emory — ele me disse. — Está tudo bem.

Meu coração estilhaçou mais do que já estava, e desviei o olhar, balançando a cabeça. Eu teria dado tudo para ouvir essas palavras vindo da boca de Will, ao menos uma vez. Ou do meu irmão.

Alguém para servir como um guia para mim. Eu não havia percebido o quanto sentia falta disso, desde a morte dos meus pais. Se Will ou Martin tivessem me dado liberdade, eu os teria amado muito mais. Isso era tudo o que devia ter feito. Ele só precisava ter me deixado ir até ele. Como no baile de formatura.

Eu só levava um pouco mais de tempo para entender as coisas. Não costumava mergulhar de cabeça no desconhecido, e Aydin parecia ter ciência disso.

E eu precisava admitir... que agora entendia o porquê ele era o alfa neste lugar.

— Emory... — Will disse.

Eu não me movi um centímetro.

Aydin se vestiu e eu apertei as peças de roupas entre meus dedos, sentindo a urgência em voltar ao meu quarto.

— Em... — disse ele, novamente, em voz baixa.

Lágrimas inundaram meus olhos, e em seguida ouvi a risada de escárnio de Aydin.

— Micah e Rory estão bêbados a esta altura do campeonato — disse ele, a Will —, e você vai embora daqui sem a única coisa que mais deseja.

Eu.

Aydin vestiu a camiseta e me encarou.

— Você surgiu na vida dele.

Nada surgiu na minha. Não fui uma vítima e esta foi a última vez que hesitei.

Vesti o short e enrolei o cós várias vezes, e Aydin saiu do quarto à medida que os olhos de Will abriam um buraco às minhas costas. Nem sequer havia vestido a camiseta, e ele também saiu furioso dali. Depois que a porta se fechou com um baque, olhei para Alex, ao lado.

Ouvimos um estrondo no andar inferior, e não passou nem um segundo, ela correu atrás deles. Vesti a camiseta, larguei a toalha no chão e prendi o cabelo molhado, disparando para fora do quarto também. Olhei de um lado ao outro, sem ver nada de diferente, até que ouvi o som de uma briga. Quando espiei por cima do corrimão, vi Aydin segurando Will com uma chave de braço, no chão do vestíbulo.

Merda.

Alex correu até eles, mas Will ergueu a mão.

— Não! — gritou ele. — Fique aí!

Ela parou e eu desci correndo as escadas, vendo-os rolando no chão. Aydin estava estrangulando Will com seu aperto, e ele mal conseguia respirar.

— Pare! — esbravejei.

Deitado acima do corpo de Aydin, Will lançou a cabeça para trás, tentando acertar o nariz de seu agressor, mas ele se desvencilhou do golpe a tempo. Os dois se engalfinharam, os cabelos escuros molhados e desgrenhados, e Will conseguiu se virar e agora tentava sufocar Aydin.

Eles espernearam, acertando tudo o que aparecia pela frente, e um candelabro despencou enviando as velas para o canto da sala. A luta prosseguia, e sem saber o que fazer, agarrei meu cabelo, em desespero. Will era capaz de lutar. Eu sabia disso, então, o que estava acontecendo?

E se ele não podia derrotar Aydin, por que foi atrás dele?

Já chega. Aqueles dois seriam trancados no porão esta noite.

Corri até a sala de estar e arranquei da parede uma peça de antiguidade – talvez da Primeira Guerra Mundial –, voltando ao vestíbulo disposta a apartar a briga. Dei um chute em Aydin para que ele largasse o Will, e ele desabou de costas no chão, no entanto, antes que pudesse partir para cima dele outra vez, apontei a arma – uma baioneta – em direção ao seu pescoço.

— Já chega! — gritei.

Eu tinha esquecido meus óculos no chuveiro, mas consegui ver claramente a sobrancelha arqueada, em surpresa, de Aydin. Will se levantou do chão e correu na direção dele outra vez, mas Alex o agarrou pela calça jeans e deu um tapa em sua cabeça.

Precisei segurar o riso, porque aquilo foi realmente engraçado.

Dois homens adultos...

Não tive tempo para fazer mais nada, no entanto. Taylor, Micah e Rory entraram no vestíbulo, com os corpos úmidos da piscina, e olharam para nós.

Por fim, o olhar de Taylor pousou na arma que eu mantinha apontada para Aydin, e, em um borrão, tudo aconteceu.

Will correu em direção a Taylor, Aydin se levantou de supetão do chão e se lançou contra Will; quando dei por mim, Taylor havia arrancado a arma da minha mão e jogado longe, mas com a outra, segurou minha nuca e esmurrou meu estômago.

Caí de joelhos, sentindo a bile subir à garganta diante da dor absurda. Comecei a tossir e meus olhos marejaram. Eu via tudo embaçado à minha frente, só conseguindo perceber os vultos tentando separar Will e Aydin. Taylor me levantou e me jogou contra os degraus da escada, segurando meu queixo com força enquanto pairava acima de mim.

— Estive esperando por esse momento — rosnou ele, entredentes.

Meu corpo foi assolado pela dor, e respirei fundo para recuperar o fôlego, sentindo o gosto do sangue na língua.

Um instante depois, alguém agarrou sua mão e o afastou de mim, e apenas ouvi seu grito quando ele se viu, de repente, de joelhos e com o dedo agora dobrado para trás. Ofegando, pisquei quando Aydin agarrou a arma e apoiou a lâmina no chão, atirando em seguida para amputar o dedo mínimo de Taylor.

Arregalei os olhos ao ver o sangue jorrando e escorrendo pelo piso de mármore, e todo mundo ficou quieto na mesma hora.

Taylor gritava, agonizando, mas Aydin não perdeu tempo. Ele fez com que se levantasse do chão e o jogou por cima do ombro, disparando rumo aos fundos da casa.

— Tragam Will também! — ordenou aos gritos.

O quê?

Meu olhar intercalou entre Rory e Micah, que pareciam inseguros, mas Rory cerrou os dentes e, em um movimento rápido, agarrou Will.

— Não! — Alex e eu reagimos ao mesmo tempo e avançamos em direção a eles, mas Micah nos empurrou para trás, protegendo Rory.

Mas que porra?

Micah o ajudou, e ambos obrigaram Will a caminhar, seguindo Aydin enquanto eu e Alex íamos em seu encalço. Peguei a arma outra vez, sentindo meu corpo coberto de suor, e vi quando Alex agarrou um castiçal. Nós duas agora estávamos armadas; o sangue de Taylor escorria pela lâmina, e seu dedo mínimo estava agora perdido em algum lugar.

Por que Aydin fez isso? Taylor era seu cachorrinho de estimação.

— Aydin, por favor — implorei.

Para onde ele os estava levando?

Ele abriu a porta do porão, desceu as escadas com os meninos e nós fizemos o mesmo, descendo os degraus de pedras às pressas. Vimos quando Rory e Micah largaram Will no chão, enquanto Aydin amarrava os pulsos de Taylor e o pendurava em um gancho acima de sua cabeça. Ele respirava com dificuldade, o rosto contorcido pela dor à medida que o sangue escorria pelo braço.

Em seguida, ele se virou para Will, mas nos lançou um olhar irritado.

— Segurem as duas! — ordenou a Micah e Rory.

— Não! — Empunhamos nossas armas, e eles pararam diante de nós. O confronto ficou em suspenso, mas Aydin se agachou ao lado de Will.

NIGHTFALL

Ele ficou lá, cabisbaixo, o sangue escorrendo do ferimento no canto de sua boca, sem fazer menção de lutar.

O que diabos há de errado com você?

Alex estava certa. Will poderia muito bem enfrentar esses caras. Meu Deus. Isso doía mais do que a porrada que levei no estômago, e eu não podia mais assistir.

— Gosto de você — Aydin disse a ele, desfazendo o nó de uma corda. — Achei que não seria capaz de gostar, mas a vida tem um senso de humor estranho, não é? Eu te vi várias vezes com ela, em festas. Eu te vi na companhia dela, em restaurantes. Então, vejam só, você aparece aqui, nosso novo detento.

Ela. *Alex.*

Aprumei a postura quando me dei conta de uma coisa: era uma estranha coincidência que, entre tantas pessoas nesse mundo, eles acabassem no mesmo lugar. Dois homens que conheciam Alex.

Sendo que um deles claramente detestava o outro por esse motivo.

— Lembra quando você me perguntou se eu poderia conseguir outras coisas além de álcool e cigarros? — ele questionou Will.

E eu engoli em seco. *Não*. Ele trouxe Will aqui. Por vingança ou para afastá-lo de Alex.

Meu Deus.

Mas então, de repente, Aydin se virou e gesticulou com o queixo, para mim.

O quê?

Meu coração quase parou, e Will rangeu os dentes.

— Seu filho da puta.

Avancei, largando a arma.

— Eu? — murmurei, já sabendo a resposta. — *Você* me trouxe aqui?

De todas as pessoas – e inimigos –, que poderiam ter algo contra mim caso soubessem meu segredo, acabou sendo alguém completamente desconhecido?

Não foi ele quem sentenciou Will à *Blackchurch*. No entanto, ele deu um jeito de me enfiar aqui dentro por vingança.

Aydin baixou o olhar e, em seguida, enrolou e apertou a corda ao redor dos pulsos de Will.

— Quero que ele saiba qual é a sensação — murmurou ele. — Quero que ele veja a única mulher capaz de causar uma dor absurda, só de olhar, exatamente por desejá-la tanto, dedicando tempo, lealdade e amor a outra pessoa. — Ele me encarou. — Eu quero que ele sinta isso.

Alex se aproximou de mim, respirando com dificuldade.

— Então por que você não tentou me seduzir? — contra-ataquei, antes que ela pudesse dizer alguma coisa. O que houve com toda aquela ladainha de irmão mais velho?

Ele apenas riu.

— A única coisa mais poderosa que o coração, é o cérebro, e foi muito mais útil entrar em sua mente do que em sua cama.

Balancei a cabeça, incrédula.

— Ou talvez você não quisesse me afastar do Will, mas, sim, ele, de Alex. Talvez sua intenção fosse magoá-la.

Ele deu de ombros.

— Tanto faz.

A sala ficou em silêncio, exceto pelos tremores de Taylor. Dei uma olhada de esguelha, nem um pouco preocupada com ele, mas Aydin teria que ajudá-lo. Fazer um curativo ou algo assim.

Segurei meu cabelo, puxando os fios, nervosa. Ele havia me trazido aqui. Mas isso significava que foi ele, também, quem me deu o estilete. Ele pensou que isso seria o suficiente para me proteger?

O piso acima de nós estalou – bem como as paredes de madeira –, e na mesma hora senti o cheiro de fumaça. Um trovão explodiu ao longe e as luzes piscaram. Ergui a arma outra vez e abri a boca para falar alguma coisa, mas Aydin se adiantou:

— Vocês dois vão ficar aqui embaixo — ele disse a Will —, e se Micah e Rory forem espertos, vão se manter na linha.

Em seguida, ele ordenou aos caras:

— Levem as garotas para o meu quarto. — Olhando para nós, acrescentou: — Irei ao encontro de vocês, senhoritas, em breve.

Fiquei tensa na mesma hora.

— Talvez elas queiram se exercitar um pouco hoje à noite — disse ele, olhando para Will. — Vou levá-las à piscina... para uma festinha a três. — Sua voz baixou, mas eu ainda podia ouvir a zombaria em seu tom. — Talvez Emmy finalmente realize aquela pequena fantasia dela, e faça um bom uso de Alex, como todo mundo já fez.

Disparei para frente, gritando:

— Will!

NIGHTFALL

Micah me agarrou, e eu soltei a arma, erguendo a palma da mão em direção ao nariz dele; Alex, em contrapartida, correu e agarrou o braço de Rory, girando-o em um golpe e o imprensando contra a parede. Sua cabeça se chocou contra a pedra, e eu me abaixei para pegar a baioneta outra vez, correndo até onde Will estava caído.

Aydin me impediu e me agarrou entre os braços, como uma refém, envolvendo meu corpo com tanta força quanto um cinturão de aço.

— Wendy, Wendy — ele zombou. — Então, é verdade. Uma garota vale mais que vinte rapazes, pelo jeito. Que bom que você está no meu time.

Sua boca se apossou da minha, a barba por fazer e o suor se esfregando contra meus lábios à medida que ele me devorava, roubando meu fôlego.

Will.

Grunhi, sentindo um soluço se alojar na garganta, agarrada à sua camiseta suja de sangue e tentando me afastar de seu beijo punitivo.

Ah, meu Deus.

Então... um sussurro soou ali perto – calmo, áspero e profundo.

— Só que você não é o Peter — disse ele.

Pisquei bem a tempo de ver Will parado às costas de Aydin, já sem suas amarras.

Passando um braço ao redor do pescoço de Aydin, Will agarrou seu pulso, afastou-o de mim e torceu seu braço com tanta força que Aydin gritou, caindo de joelhos no chão. Em um movimento rápido, Will apoiou o pé acima da articulação do ombro de Aydin, e logo um estalo agudo se fez ouvir, seguido pelo grito lancinante que soou pelo porão.

Boquiaberta, encarei Will que acabara de colocar Aydin de joelhos em dois segundos e sem esforço algum.

— Que diabos? — murmurei.

Alex e eu ficamos ali, imóveis, observando Will encarar Aydin prostrado no chão. Em sua mão havia uma faca serrilhada.

Onde ele conseguiu aquela faca?

Ele respirou fundo e endireitou a postura, arrancando os restantes da corda e embainhando a lâmina, antes de guardá-la no bolso.

— Will... — Dei um passo à frente.

Encarando o homem no chão de pedra, ele balançou a cabeça, sinalizando que eu ficasse quieta. Aydin tentou se levantar, mas Will acertou sua garganta com o punho.

Entrecerrei os olhos, incapaz de fazer qualquer outra coisa além de piscar, chocada.

Aydin arquejou, curvando-se sem conseguir falar ou respirar direito.

Will o circulou, sendo observado por Taylor, Rory e Micah, que permaneciam congelados e sem saber o que estava acontecendo.

— Eu estive na prisão — Will disse a Aydin. — Uma prisão de verdade. Você realmente achou que eu não tinha nada disso sob controle?

Aydin o encarou, com uma preocupação e perplexidade que nunca vi antes refletidas em seus olhos.

— Eu esperei… — Will continuou. — Estava preparado para ser o mais paciente possível até que você me acompanhasse.

Ele se abaixou, pairando sobre Aydin, e agarrou sua nuca, desferindo mais dois socos em seu rosto. O nariz de Aydin começou a sangrar, mas ele recuou e acertou Will, afastando-o com um safanão. Em seguida, ele rastejou até conseguir se levantar.

Os dois se encararam, em posição de combate. Aydin atacou Will, acertando o estômago dele com o ombro. Os dois caíram no chão e eu tropecei para frente, mas Micah estendeu o braço e me impediu.

— Eu quero ver isso — disse ele.

Relanceei um olhar preocupado para Will. Sua pele estava vermelha e o suor escorria pelas costas, mas ele rolou, bateu, deu uma joelhada, chutou e fez tudo com uma raiva incandescente no olhar.

Ele não estava se submetendo como o vi fazer desde que cheguei aqui. *Este* era o Will.

Sangrando e respirando com dificuldade, ele deu um soco no estômago de Aydin e se levantou, golpeando sua cabeça com um chute preciso.

— Seria perfeito — ele rosnou. — Sabia? Poder unir forças, de igual para igual, mas eu não queria conquistar sua confiança através do medo. Eu não queria te controlar com violência.

Aydin tentou se levantar, mas não conseguiu.

— Eu queria ser importante para você — Will disse a ele. — Se eu me tornasse imprescindível, você me seguiria para qualquer lugar.

Segui-lo? Sobre o que Will estava falando? Por que ele queria que Aydin o seguisse?

— Seria perfeito, porque você é um de nós — ofegou, circulando sua presa —, mas parece que não tenho mais tempo a perder contigo. Tudo isso porque sequer imaginei que você tinha seus próprios planos de vingança contra mim.

Ou seja, o fato de Aydin ter dado um jeito de me enfiar clandestinamente aqui.

NIGHTFALL

437

Ele fungou, limpando o sangue do rosto.

— Rory. — Indicou com o queixo uma mesa adiante, com um rolo de cordas. —Micah, ajude-o.

Eles amarraram Aydin – exausto e espancado demais para se debater enquanto os dois o continham. Então Will nos chamou:

— Alex — disse ele, retrocedendo em seus passos e observando tudo. — Emory.

Alex imediatamente se postou ao lado dele, mas eu estava paralisada.

Uma chama ardeu em seus olhos.

— Eu vou tocar o terror nessa porra e reduzir essa casa a cinzas se você hesitar por mais um segundo, caralho! — berrou e apontou para o lugar ao lado. — Agora!

Sobressaltada, senti o latejar pulsante por entre as pernas e rangi os dentes, indo em sua direção.

— Esse tempo todo… — Aydin suspirou. — Todos esses meses e as lutas… Você perdeu todas as vezes de propósito?

— Você não tem o que é preciso para ser alguém como eu — ele disse a Aydin, a voz rouca enviando calafrios na minha coluna.

Meu Deus.

Ele fingiu por todo esse tempo. Ele havia falsificado tudo. Por algum motivo, ele estava agindo aqui dentro, lentamente arrebanhando todos para o seu lado, e ele tolerou essa merda por meses só porque queria conquistar a lealdade de Aydin, mas sem usar de força física.

Micah e Rory terminaram de amarrar Aydin e se aproximaram de onde estávamos. Todos nós o encaramos ali caído no chão.

Will deu um passo à frente, como uma rocha firme e resoluta, e foi preciso inclinar a cabeça para vê-lo ali, de pé, ao meu lado.

— Você pode vir conosco — Will disse a ele. — Não quero Dinescu, mas posso levar você comigo.

Alex estava do outro lado de Will, um lampejo angustiado em seu olhar quando encarou Aydin.

No entanto, este apenas deu uma risada amarga.

— Pode me matar — disse ele.

Will ficou ali por mais um instante, absorvendo sua resposta quando outro trovão ressoou acima. Comecei a me afastar, com passos lentos. Os meninos se viraram e dispararam escada acima, enquanto eu observava Alex distanciar-se dele à medida que o calor em seu olhar aumentava.

— Você me queria — disse ela, afastando-se dele.

Ele assentiu, as mãos presas a uma encanação enferrujada, e tentou se sentar no chão.

— Agora eu só quero vencer.

Ela balançou a cabeça.

— Você já perdeu.

— Ainda não — retrucou ele. — Eu *sei* para onde você está indo, amor.

Os pelos dos meus braços se arrepiaram e ela hesitou por alguns instantes enquanto suas palavras pairavam no ar, mas então... nós duas nos viramos e disparamos pelas escadas, fechando a porta do porão com um baque.

— Alex...

— Não — resmungou, engolindo o choro. — Eu já esqueci o nome dele.

Continuamos correndo e um fedor se infiltrou pelas narinas assim que abrimos a porta. Inspirei várias vezes e perguntei:

— Que cheiro é esse?

Havia uma comoção no vestíbulo, e quando fomos até lá, estacamos em nossos passos. Chamas imensas engolfavam as cortinas, subindo pelo teto e se alastrando pelas paredes.

— Ai, meu Deus! — exclamou Alex.

Procurei Will e o vi saindo da cozinha com um extintor de incêndio. O calor chamuscou meu rosto e eu tropecei para trás enquanto ele tentava apagar as chamas. O fogo deve ter começado quando as malditas velas caíram no chão.

— Will! — gritei.

Precisávamos sair daqui e rápido. O vestíbulo estava sendo consumido, e as labaredas eram tão intensas que mal conseguiríamos alcançar com os jatos do extintor. Não havia como conter o incêndio. Comecei a tossir, sentindo a garganta arder por causa da fumaça.

— Will! — chamei de novo, mas ele estava concentrado em borrifar a espuma na porta, para apagar o fogo ao redor do batente.

Alex passou por mim, subindo as escadas às pressas.

— O que você está fazendo? — gritei, vendo as chamas lambendo as beiradas dos degraus.

— Tenho que pegar meu telefone via satélite! — retrucou. — Está na passagem secreta! Nós precisamos dele!

— Alex, não! — Will berrou.

Eu disparei para ir atrás dela, mas então ouvi um estrondo contra a porta da frente e estaquei em meus passos. Alex fez o mesmo, no meio da escada, e eu me virei, vendo Will à espera.

Outro estrondo destruiu as paredes à medida que a fumaça engolfava toda a sala. Meus olhos estavam ardendo, mas pisquei rapidamente para ver quem estava entrando pela porta.

Muito provavelmente, era alguma equipe de segurança. Algum alarme de incêndio deve ter disparado.

Ouvimos outra pancada, e então... a porta se abriu, dando espaço à fumaça que cobria o ambiente. Avistei vultos vestidos de preto da cabeça aos pés, por entre a névoa densa.

— Will! — alguém gritou.

Eu me agachei no chão, puxando a mão de Will para que ele fizesse o mesmo, fugindo da nuvem de fumaça que se acumulava no teto. Nós precisávamos respirar, mas...

— Esse pessoal é da segurança? — perguntei, tentando ver através da fumaça.

— Acho que não.

Eu ficaria feliz se fosse, mas eles poderiam querer nos transferir para outra *Blackchurch*. Eu precisava da minha arma.

— Will! — outra voz masculina soou. — Onde você está, porra?

Por que eles chamavam apenas por ele e não pelos outros?

— Will Grayson! — gritou a seguir uma mulher, tossindo.

Meus ouvidos aguçaram ao detectar algo familiar naquele timbre, e Will perdeu o fôlego ao meu lado.

— Ah, meu Deus... — sussurrou ele. Ele se levantou e me puxou pelo braço. — Aqui! — gritou ele.

Alex desceu correndo as escadas à medida que as figuras vestidas de preto se moviam através da fumaça. Avistei três homens altos com cordames e mochilas de paraquedas ao redor do peito.

— Por que caralho nós trouxemos essa porra de corda? — Kai Mori resmungou, olhando para Michael Crist. — Achei que você tivesse dito que teríamos que escalar as paredes ou alguma merda dessas.

Michael apenas sorriu e agarrou Will pelo pescoço, puxando-o para um abraço. Will ficou tenso como se estivesse chocado, mas depois de um momento, exalou:

— Até que fim você vieram por mim, hein?

— Sempre — disse outra voz.

Olhei para cima e vi Damon passando pela fumaça, rindo ao se abaixar e recostar a testa à do melhor amigo. Em seguida, uma mulher surgiu à vista, o rabo de cavalo loiro pendendo de um dos ombros e com a cabeça coberta por um gorro preto.

Erika Fane?

— Vamos dar o fora daqui, gente — ela disse, e então olhou por cima do meu ombro, chamando: — Alex!

Alex passou correndo por mim e se jogou nos braços da amiga.

— Você conseguiu... — ela suspirou, rindo.

Erika acenou com a cabeça.

— Estava preocupada?

Alex deu uma risadinha.

— Não. Claro que não.

Todos correram para o lado de fora, mas Alex e eu hesitamos, olhando para trás através da fumaça, em direção aos fundos da casa.

— Esperem! — gritou ela. — Tem mais gente ali!

Eles decidiram voltar, mas o fogo havia se espalhado pelo corredor, se alastrando pela cozinha e seguindo até a área da piscina.

Nós duas avançamos, sem pensar, por entre as chamas.

— Emmy! — gritou Will.

— Emory Scott? — Ouvi Damon dizer. — Alex, você não nos disse que ela estava aqui.

No entanto, ninguém teve tempo de explicar.

Espiei por entre as chamas, em busca de um caminho, mas não havia nenhum. Nós não podíamos deixá-los ali para morrer carbonizados. Alex e eu tentamos uma alternativa pela esquerda, direita, tentamos seguir em frente, mas braços fortes me puxaram de volta.

— Segurem ela — ordenou Will.

Quando me dei conta, estava sendo agarrada e colocada sobre o ombro de alguém, e, aos gritos, esperneei e tentei me soltar. Eu podia muito bem andar, porra.

— E não a coloque no chão — Will rosnou. — Ela gosta de dar trabalho.

Filho da puta!

— Lev! — alguém gritou.

Em seguida, ouvi alguém murmurar com um tal de David, mencionando Aydin e Misha.

Para onde estávamos indo?

NIGHTFALL

Saímos de casa debaixo de chuva, e no meu campo de visão, dava para ver o fogo já se alastrando pelas janelas e consumindo os cômodos do andar superior. A cada passo que nos distanciávamos da mansão, mais eu torcia para que Aydin conseguisse sair dali.

Encarei a porta de entrada, esperando ter um vislumbre dele saindo pelo vestíbulo. Eu não queria que ele morresse.

— Passe ela para mim — Micah rosnou.

Fui puxada para os braços de Micah, e quando olhei para cima vi que Michael havia me carregado para fora.

Rosnei para ele, na mesma hora.

— Eu cuido dela — Micah disse a ele.

Michael assentiu e correu adiante, e assim que se distanciou, Micah me colocou de pé e segurou minha mão, ambos correndo ao encontro dos outros. Olhei para a casa, por cima do ombro, e tropecei.

A estufa era separada da mansão. Não que eu gostasse daquelas cobras, mas era horrível, para qualquer ser vivo, padecer daquele jeito. Embora, eles deviam estar seguros ali.

Corremos pela floresta e mal reparei no frio quando o trovão rugiu acima e a chuva se intensificou.

— Onde estamos? — Will perguntou a eles.

— Você nunca vai adivinhar — Damon respondeu.

— Quanto tempo vai demorar para chegarmos em casa? — Will insistiu.

E todo mundo começou a rir, sabe-se lá porquê.

Passamos por entre as árvores, e fiquei sem ar, as pernas bambas por conta do cansaço.

— Micah… — implorei para que ele desacelerasse.

No entanto, ele apenas continuou me puxando, até que mais à frente, tentei realmente enxergar o que havia ali. Entrecerrei os olhos, piscando diversas vezes para clarear a visão. *Merda.* Eu precisava dos meus óculos.

Aquilo era… um trem?

Desviamos dos pedregulhos e folhas caídas, cruzando o limite onde as árvores ocultavam um trilho de trem que se estendia até perder de vista.

Será que Aydin sabia da existência desse trem? Com certeza, eles deviam saber. Nós não havíamos corrido por tanto tempo… talvez uns dez minutos.

Provavelmente ele tenha pensado que estava abandonado.

Todo mundo correu em direção ao vagão no meio da locomotiva preta belíssima e a vapor. A coisa parecia antiga, mas bem-cuidada. As janelas eram adornadas por cortinas, e a máquina zumbia em um ritmo constante.

— Vamos! — gritou Erika. — Vamos embora!

Depois de subir, olhei para trás em busca de qualquer sinal de Aydin ou Taylor.

Eu sei para onde você está indo, ele disse.

Não precisei nem mesmo fingir que não sabia também. De volta a Thunder Bay.

— Fechem as portas! — gritou Michael, e se pendurou em uma delas, acenando, provavelmente, para o condutor.

Assim que entramos, uma mulher de cabelo escuro segurou os pulsos de Will e cortou o bracelete que ele usava. Ela deu um beijinho na bochecha dele e, em seguida, também cortou as pulseiras de identificação de Micah e Rory, jogando tudo pela janela.

O trem se movimentava, e por um instante, perdi o equilíbrio, mas antes que pudesse olhar em volta para descobrir quem eram as outras garotas ali presente, alguém agarrou meu braço e fez com que eu me virasse bruscamente.

— Você hesitou — Will rosnou, o corpo coberto por fuligem. — No porão... você hesitou! De novo, porra! E você queria voltar por ele, quando nunca fez isso por mim. Nunca!

Vacilei por um segundo, lembrando-me do momento quando ele me chamou para ficar ao seu lado. Ele enxergou minha atitude como se eu estivesse a favor de Aydin, quando, na verdade, eu estava por conta própria.

— Will...

— Depois de tudo o que você fez com a gente, você hesitou! — gritou ele, pau da vida.

Os outros nos cercaram, em silêncio, e eu me senti observada como se fosse um rato e eles as cobras prestes a atacar.

— Do que você está falando? — Damon perguntou a ele. — O que você quer dizer com 'a gente'? O que ela fez?

Encarei Will, balançando a cabeça, devagar, implorando que ele não dissesse nada. *Aqui não. Por favor, aqui não. Agora não.*

Ele endireitou a postura e recuou alguns passos, finalmente saboreando o momento ao me ver encurralada.

— Foi por causa dela que todos nós fomos presos há sete anos — ele revelou.

CAPÍTULO 32
EMORY

Sete anos atrás... Alguns meses após a agressão a Martin Scott...

— Ei! — Thea gritou, entrando em nosso quarto.

Levantei a cabeça e a vi retirar a peruca de Mia Wallace, largando tudo no sofá, junto com a agulha de adrenalina que me fez moldar em seu peito, mais cedo. O namorado dela completaria a fantasia no estilo *Pulp Fiction*, como Vincent Vega, mas eles brigaram uma hora antes, e ela acabou indo à festa sozinha.

Cara idiota.

— Ei. — Dei um sorriso ao ver sua maquiagem toda borrada. — Se divertiu?

A julgar pelo batom espalhado em seu rosto, era bem capaz que 'Vincent' a encontrou lá e ambos fizeram as pazes.

— Humm, não me lembro. — Ela deu de ombros.

Bufei uma risada quando ela se jogou em cima de mim, com o bafo de cerveja se infiltrando pelas minhas narinas.

— Mas eu pensei em você. — Estendeu uma abóbora de Halloween já entalhada com um rosto feliz e desdentado. — Roubei do jardim de uma casa de fraternidade no meu caminho pra cá.

Eu ri, aceitando seu presente.

— Obrigada.

Cara, eu tive sorte com as minhas colegas de quarto.

Balancei a cabeça, colocando a abóbora sobre a escrivaninha. Depois de me formar, na última primavera, convenci Martin a usar a poupança guardada para a faculdade, para colocar a vovó em uma boa casa de repouso, porque eu não precisava do dinheiro. Eu havia ganhado uma bolsa de estudos graças aos meus projetos bacanas espalhados por Thunder Bay — provando que dava para revitalizar uma ruína e ainda manter seu charme. O gasto que a bolsa escolar não cobria, optei por pagar com um empréstimo. Foda-se.

Se eu pudesse, teria cuidado dela pessoalmente, mas meu irmão possuía uma procuração como responsável, e não abriu mão disso. Ele concordou, entretanto, quando expus as vantagens de ele ter a casa, finalmente, só para ele, além de conquistar o respeito e admiração das pessoas, já que elas pensariam que ele estava dando o seu melhor para nossa avó, com seus recursos escassos como servidor público.

Eu ligava para ela todos os dias, mas desde que saí de Thunder Bay, depois da formatura, nunca mais conversei com Martin. Concluí um estágio em São Francisco, durante o verão, e no fim de julho passei em casa para visitá-la, mas em seguida viajei para ajeitar a mudança para o dormitório.

— Você devia ter ido — disse Thea. — Pelo menos uma vez na vida, bastava dizer um sim. — Então ela começou a gemer, zoando: — Sim, sim, siiiim…

O que não faltava ali em Berkeley era festas e diversão, mas desde o início das aulas, dois meses antes, tive que me ajustar a um novo grupo de pessoas, a um ambiente diferente, e foi tudo muito mais difícil do que imaginei. O que era uma besteira, já que eu, particularmente, nunca me adaptei a Thunder Bay, mesmo tendo nascido e crescido lá.

Eu estava meio que com saudades de casa.

— Eu sempre estrago a diversão — comentei, com um meio sorriso. — Acredite.

Peguei uma caixa de fósforos da gaveta e acendi o pavio dentro da abóbora, o brilho flamejante ficando visível pela abertura dos olhos e da boca. Não devíamos acender qualquer coisa nos dormitórios, mas eles nunca saberiam.

Desliguei a luminária da escrivaninha e o breu tornou a vela bruxuleante um pouco assustadora.

Thea se despiu e vestiu seu robe, em seguida pegou o cestinho de banho e uma toalha.

— Feliz Halloween — cantarolou, preparando-se para ir ao banheiro.

No entanto, eu murmurei:

— Noite do Diabo.

— Hã?

Virei a cabeça, vendo-a ainda com a mão na maçaneta.

— O Halloween é amanhã — corrigi. — Hoje, é a Noite do Diabo.

— Tipo, no filme *O Corvo*?

Comecei a rir na mesma hora. Noite do Diabo, Noite das Travessuras, Noite do Repolho... Eu havia me esquecido que a maioria das pessoas que não eram de Thunder Bay – e, talvez, Detroit –, nunca tinha ouvido falar disso antes, a não ser nos filmes.

Ela se inclinou e conferiu o horário no relógio em sua escrivaninha.

— Bem, já passa de uma da manhã — informou. — Então, agora é Halloween. — Deu língua e saiu.

Touché.

Tirei os óculos e esfreguei os olhos cansados, fechando o livro de exercícios. Prendi os cartões de estudo com um elástico e coloquei a lanterna de abóbora em cima deles.

Então encarei a carranca iluminada.

— Emory Scott ama Will Grayson — murmurei.

Senti as lágrimas se acumulando na garganta.

Nunca disse a ele que o amava. O vazio se espalhou por dentro de mim ao longo dos meses, e embora cada vez que o ignorava, em seu último ano do ensino médio, eu me sentisse mais forte – orgulhosa por sobreviver a ele, Martin e Thunder Bay –, nunca me senti realmente uma vitoriosa.

O desejo por ele cresceu de uma forma exponencial, e se ele entrasse aqui agora, eu o deixaria me pegar no colo, envolveria minhas pernas ao redor de seu corpo e não pararia de tocá-lo pelo resto da noite.

Meus braços formigaram diante da necessidade de abraçá-lo.

Olhei para o Godzilla em cima das gavetas de papelaria sobre a escrivaninha. Eu fiz a coisa certa. Certo? Eu não queria que ele soubesse o que estava acontecendo naquela casa.

Eu tive que mandá-lo embora.

Mas me arrependi, e muito, por não ter confiado nele. Seja lá o que eu tinha a perder, já havia perdido mesmo. Eu deveria ter confessado que o amava, ter dito que não era culpa dele, e talvez um dia...

Talvez algum dia.

Sequei as lágrimas e peguei o telefone, tentada a ligar ou enviar uma mensagem – talvez para me desculpar, não sei –, mas, no mínimo, ele devia estar em Thunder Bay esta noite. Talvez ele tivesse voltado de Princeton para comemorar, embora não tenha voltado para casa no ano passado, quando eu estava no último ano.

Ou, talvez, ele não estivesse em casa e outros alunos tenham mantido a tradição depois que os Cavaleiros deixaram a cidade para cursar a faculdade.

Eu queria ver o meu lar.

Ao entrar no Instagram, pesquisei *#devilsnight* e cliquei em postagens recentes, a fim de ver qualquer coisa postada esta noite e...

Imagens e vídeos se atropelaram diante dos meus olhos, meu coração começou a martelar quando seus rostos surgiram na mesma hora, em uma enxurrada de posts.

Um sorriso curvou meus lábios, um calor lânguido me aqueceu por toda a parte quando tive um vislumbre de seu sorriso em uma imagem, e o rosto lindo — um pouco mais magro desde a última vez que o vi — em outra, encarando a câmera.

Reconheci a máscara vermelha de Michael, a prateada de Kai; uma postagem mostrava Damon beijando uma loira no chuveiro, mas então vi um vídeo circulando em uma das praças do vilarejo, e meu irmão ao fundo.

Peguei os óculos e os coloquei de volta, segurando o celular mais próximo ao rosto para avaliar o vídeo.

O que era aquilo?

Rapazes com capuzes pretos e máscaras espancavam meu irmão — pendurado pelas mãos em um quarto escuro. A luz da câmera o iluminou, e vi o sangue escorrendo pelo rosto; o cabelo escuro desgrenhado e suado.

Minha cabeça girou. *Não, não, não...*

Dei uma olhada de relance para a porta do quarto, preocupada com a volta de Thea, e coloquei os fones de ouvido, aumentando o volume do áudio.

— Ah! — Martin rosnou, o rosto contorcido pela dor.

Um dos caras de preto se aproximou dele e, por mais que eu tenha aguçado os ouvidos para tentar ouvir alguma coisa, tudo não passava de murmúrios. Depois de um minuto, ouvi a risada macabra de Martin e estremeci, lembrando-me daquele som.

Aquele vídeo foi de quando meu irmão foi agredido no verão passado. Ele tentou me contar na época, mas me recusei a atender o telefone, e só soube do ocorrido através da minha avó. Ele ficou hospitalizado por mais de uma semana, mas não dei a mínima. Ele teve foi muita sorte de eu não ter rezado para que morresse ali mesmo.

Perdi o fôlego ao ver um dos caras perdendo o controle, e espancando Martin com vontade, repetidas vezes. A cada golpe, o brilho do distintivo de prata do meu irmão cintilava.

Meu Deus...

Eu nem ao menos precisava ver seu rosto para reconhecê-lo. Outro cara apareceu e assumiu a vez, e quando o que estava golpeando Martin se virou e olhou para a câmera...

Meu coração quase parou de bater ao vê-lo levantar a máscara.

Will.

Não.

Ele sorriu e desligou a câmera, e senti a bile subindo pela garganta enquanto lia os inúmeros comentários. O vídeo havia viralizado.

Podia ser visto em toda parte, e todo mundo agora sabia que ele havia feito aquilo.

— Ah, meu Deus... — murmurei.

Passei para um outro vídeo e vi Damon e Winter Ashby no chuveiro, juntos, se beijando ou algo assim, então decidi denunciar o conteúdo no Instagram.

Ela era menor de idade, porra. Quem diabos postou essa merda?

Será que alguém havia furtado o celular?

O primeiro vídeo foi postado uma hora atrás, de um perfil *fake*, aparentemente, e o único Cavaleiro que não identifiquei em lugar nenhum foi Michael.

Retirei os fones e liguei para Martin, conferindo o horário. Se aqui já era uma da manhã, então lá já devia passar das quatro.

Ele não atendeu, então liguei novamente, sem sucesso. Hesitei por um instante, e tentei fazer contato com Will.

Novamente, nenhuma resposta.

Meu Deus, ele nem devia estar acordado a essa hora.

Fiquei sentada ali, as notificações de mensagens de antigos conhecidos da escola zumbindo, quando todos em Thunder Bay já deviam ter sido acordados com as notícias, loucos para me alertar sobre os vídeos do espancamento de Martin.

Inspirei e expirei várias vezes, para me acalmar. Tudo ficaria bem.

Não é? Eles se livrariam disso, com certeza.

Mas mesmo dizendo isso, eu sabia que não era verdade. Quem vazou os vídeos na internet fez isso claramente para que rolasse um julgamento da opinião pública. Mesmo que eles escapassem sem qualquer acusação, isso poderia fazer com que fossem expulsos de suas faculdades.

Além do mais, sem sombra de dúvida, esse era o tipo de coisa que traria vergonha às suas famílias.

Michael.

Por que ele não estava presente em nenhum deles?

Quem postou os vídeos estava de posse do celular. Michael estaria junto deles, já que, basicamente, era o líder dos Cavaleiros.

Então, aos poucos me dei conta de um fato: ou foi Michael quem vazou os vídeos, ou foi alguém que não queria constrangê-lo. Ou embaraçar a família Crist.

Eu não conseguia respirar direito, os pensamentos se atropelando na minha mente, até que comecei a entender. *Se alguém usasse a metade do cérebro, de jeito nenhum ignoraria o comportamento deles caso alguém vazasse esses vídeos no lugar certo, sabe? Dá pra imaginar a vergonha?*

Ah, não.

Fechei os olhos e suspirei.

— Porra.

O táxi percorreu as ruas de Thunder Bay horas depois, em um ritmo lento por causa da multidão nas ruas.

Parecia o *Mardi Gras*, só que ninguém estava se divertindo.

Havia câmeras e equipes de noticiários... e Will seria o centro de tudo isso, já que seu avô era senador.

Entramos no vilarejo e vi que o *Sticks* estava lotado, além das calçadas abarrotadas de gente. Todo mundo queria ficar onde a ação estava rolando, e até mesmo as crianças estavam no meio do tumulto.

Aquilo era tudo culpa minha. *Meus Deus, o que eu fiz?*

Depois de não conseguir falar com ninguém ao telefone, não pensei duas vezes e saí só com a roupa do corpo. Não arrumei nem mesmo uma mala, e só arrastei Thea para fora do banheiro para que ela me levasse ao aeroporto em seu carro.

Não consegui pegar um voo antes das seis da manhã, e por conta do fuso horário, só consegui chegar em Thunder Bay perto das seis da tarde. Somente durante a escala em Chicago foi que consegui ver mais alguns vídeos.

Eles foram presos.

E Martin, provavelmente, estava no paraíso.

Olhei ao redor, sem reconhecer quase ninguém na rua. Engoli em seco, querendo vê-lo fora dali. De volta à faculdade, onde ele pertencia.

Will.

Mas então senti o cheiro. Fogo.

Virei a cabeça, olhando em volta, e meu olhar pousou sobre a fita amarela de isolamento no alto da colina.

Meu estômago embrulhou na mesma hora.

— Pare — suspirei.

O motorista não me ouviu e continuou seguindo em frente.

— Pare! — gritei, procurando o dinheiro dentro do bolso.

Joguei o dinheiro no banco da frente enquanto o carro parava, e atravessei a rua correndo, por entre a multidão que gritava em frenesi.

Olhei para cima, avistando a madeira carbonizada, destroços por toda a parte e o telhado destruído.

Meu gazebo.

Por que... mas como...?

Dei a volta e olhei ao redor do vilarejo, e vi uma tábua de madeira cobrindo a vitrine estilhaçada da joalheria Fane.

O que diabos aconteceu aqui ontem à noite?

Meus olhos marejaram, mas rapidamente sequei as lágrimas e corri colina abaixo, sem conseguir respirar direito e empurrando as pessoas na minha frente.

Eu tinha construído aquilo. Nada mais parecia ter sido incendiado. Por que o gazebo?

Era como se eles tivessem tentado me apagar da cidade.

Com passos apressados, virei à direita, em uma rua mais tranquila, e entrei na delegacia. Abri a porta de supetão e fui em direção aos escritórios nos fundos.

— Emory! — alguém gritou.

No entanto, ignorei o chamado, muito provavelmente de algum policial que tentava me impedir de seguir em frente.

— Emmy! — gritou outra pessoa.

Estaquei em meus passos, empurrei as portas duplas e voei até alcançar a mesa do meu irmão. Ele não estava lá. Olhei para Bryan Baker que voltava para sua mesa com um café em mãos.

— Onde ele está?

— No banheiro — disse ele, tomando um gole. — Sente-se.

Saí dali em disparado, e entrei no banheiro masculino. Respirando com dificuldade, e com o corpo coberto pelo suor, senti que estava prestes a explodir. Eu daria um jeito de garantir que ele não saísse vitorioso hoje.

Martin estava usando um mictório, sem mais ninguém à vista.

Eu o encarei quando ele virou a cabeça, devagar, e me olhou de cima a baixo, nem um pouco surpreso em me ver.

Uma cicatriz se esticava em sua mandíbula enquanto ele falava:

— Você me decepcionou. — Fechou o zíper e se virou. — Por tantas coisas que você poderia ter voltado a Thunder Bay, você decidiu voltar justamente por isso? — Afivelou o cinturão. — Você não voltou por mim, quando eles me colocaram no hospital no verão passado.

— Solte eles — exigi.

Ele apenas riu, seguindo até a pia para lavar as mãos.

Eu me aproximei.

— Aquele vídeo é falso — afirmei, ainda calma. — Alguém editou as imagens e colocou seus rostos ali. Afinal, quem seria burro o suficiente para mostrar a identidade ao cometer um crime tão hediondo?

Ele arqueou uma sobrancelha, atento à história que inventei na viagem até aqui. Cruzei os braços à frente do corpo.

— Quer dizer, por que usar máscaras em primeiro lugar? Os Grayson, Mori e Torrance pagarão por qualquer especialista necessário para confirmar essa história, e tenho certeza de que eles ficarão muito gratos pela sua disposição em demonstrar total apoio às famílias.

Ele secou as mãos, com um sorriso irônico em seus lábios.

— E quanto a Griffin Ashby? — pressionou ele. — Devo ignorar a justiça que ele quer para a filha?

— Ela tem dezesseis anos — rosnei, baixinho. — Não doze. Essa lei é ridícula. Damon não a forçou a nada.

Ninguém achava, realmente, que ele tivesse a estuprado. E isso era nítido no vídeo. Claro, ele era desprezível, às vezes, e era muito bom em coagir as pessoas. Talvez ele tenha se aproveitado dela, afinal de contas, Winter era cega, mas...

Meu irmão, com toda a certeza, não tinha moral alguma para defender garotas novinhas.

NIGHTFALL

— Essas acusações não darão em nada. — Cheguei mais perto. — Tudo o que você vai conseguir, é acabar se transformando no inimigo.

Martin se mostrava muito à vontade, apenas ouvindo o que eu tinha a dizer. Por que ele estava tão tranquilo? Mesmo se ele estivesse confiante, ele não gostava quando eu o respondia. O que estava acontecendo?

— A cidade está destroçada hoje à noite — refletiu, me encarando com um brilho estranho no olhar. —Você viu o tumulto nas ruas? Os heróis de Thunder Bay estão mortos. É lindo ver isso. — Ele riu outra vez. — Cada um daqueles merdinhas está preso em uma cela. Com exceção de Michael Crist. Mas valeu a pena esperar, agora eu só preciso ser um pouquinho mais paciente.

O que diabos isso significava? Ele sabia quem postou os vídeos? Ele estava envolvido nisso?

— Vou contar a verdade pra todo mundo — afirmei. — Vou contar tudo o que você fez comigo. Will Grayson e Kai Mori se tornarão heróis.

Ele se aproximou e eu recuei um passo, me preparando para qualquer coisa, mas ele disse:

— Venha comigo, Emory. Eu quero te mostrar uma coisa.

Ele passou por mim e saiu pela porta do banheiro masculino. Eu mal conseguia engolir, sentindo o medo me consumir por dentro.

Muito tranquilo. Ele nunca agiu assim com tanta calma.

Eu me virei e o segui pelo corredor.

Ele sequer pestanejou com as coisas que falei. Ele realmente iria processar o neto de um senador por ter recebido uma surra merecida?

Abrindo uma porta à esquerda, ele entrou na sala mal iluminada e eu parei à porta, espiando o que havia ali dentro.

Havia uma divisória de vidro e uma mesa do outro lado, e vi somente as mãos de alguém algemado. Entrei devagarinho, e quando ergui a cabeça, vi Will sentado à mesa, sozinho. Kai e Damon não estavam em lugar algum.

Corri até o vidro e pressionei as palmas contra a superfície fria.

Ele estava abatido.

Mas o cheiro delicioso de seu perfume se infiltrou em minhas narinas, como se tivesse sido ontem que ele estava ao meu lado. Solucei, observando as olheiras, sentindo falta do sorriso fácil que era sempre presente.

— Vou dizer a todos que você está apaixonada por ele — disse Martin. — Você diria qualquer coisa para protegê-lo. Tenho certeza de que posso encontrar uma testemunha para alegar que já o viu juntos uma ou duas vezes. No *The Cove*, no ônibus escolar, não é?

Encarei Will. Eu sabia que alguém deve ter nos visto naquela noite, enquanto atravessávamos o estacionamento.

— Você tem alguma prova das suas alegações? — perguntou Martin. — Testemunhas? Fotos?

Cerrei os punhos quando meu irmão se postou ao meu lado e encarou Will por trás do vidro.

— Ele ateou fogo ao seu gazebo, Em. — Seu tom era firme. Calculado. — Ele tem trepado com qualquer rabo de saia, cheirado tudo o que pode inalar pelo nariz e enchido a cara com o que lhe promete um doce esquecimento pelos últimos dois anos — disse.

Entrecerrei os dentes, focando meu olhar no garoto adiante. *Olhe para cima. Deixe-me ver seus olhos.*

— E você ainda quer ser a prostituta dele, sua vagab...

— Os advogados deles vão tirá-los disso — rosnei, interrompendo suas ofensas. —A cidade inteira está do lado deles, e quem não estiver, com certeza, está do lado dos pais. Ninguém quer vê-los pagar.

Ele riu e suspirou.

— São as pessoas mais próximas a eles que não são nem um pouco confiáveis.

— O que você quer dizer?

No entanto, ele apenas continuou olhando pelo vidro. *O que ele sabe?*

— Quem vazou os vídeos? — exigi saber.

Ele apenas sorriu para si mesmo. Alguma coisa a mais estava acontecendo. Algo além do que um filho da puta se apoderando daquele celular.

Olhei para Will novamente, recostado à cadeira e encarando a mesa. Havia um vazio imenso naquele olhar.

Ele incendiou meu gazebo.

Ele me odiava. E não queria ter que 'me ver', em qualquer lugar desta cidade.

Meus olhos marejaram, mas antes que tivesse a chance de notar esse fato, Martin estendeu um envelope pardo na minha direção.

— O que é isto? — perguntei, confusa.

Abri o envelope e retirei o documento guardado ali dentro.

— Não consigo mais lidar com isso — disse ele. — Ela é toda sua agora. Você quer ser livre, então tudo bem, mas a leve com você.

O quê?

Folheei a papelada – a procuração da minha avó havia sido transferida para mim, e eu só precisava assinar. Essa era a única coisa que ele ainda possuía, e que era capaz de me controlar. A única coisa que me mantinha, de alguma forma, presente em sua vida. Por que ele a entregaria?

— Então devolva o meu dinheiro também — murmurei.

Eu não poderia cuidar dela sem os recursos.

No entanto, ele apenas deu uma risada de deboche.

— Não faço a mínima ideia do que você está falando.

Balancei a cabeça. A casa de repouso custava mais de sete mil por mês. Mesmo se eu largasse a faculdade e trabalhasse em três empregos, nunca seria capaz de pagar esse valor e ainda me sustentar. E eu não tinha dinheiro para levá-lo ao tribunal. E sabe-se Deus onde ele poderia ter enfiado o restante que não foi usado.

Martin foi até a mesa e pegou mais um envelope – um branco, desta vez. Ele o abriu e pegou tudo o que havia ali dentro e espalhou o conteúdo em cima da mesa. Reconheci na mesma hora as fotos instantâneas.

— Encontrei seu esconderijo por trás dos livros de mesa.

Ele levantou a cabeça e seu olhar encontrou o meu, ainda imóvel e amassando os documentos na minha mão, já que eu não conseguiria torcer seu pescoço.

Ele pegou uma fotografia minha – aquela com as costelas tomadas por hematomas de quando ele me chutou aos quinze anos.

— Sabe, isso me faz sentir um pouco mal — ironizou. — Ver tudo isso documentado, dessa forma, dá até a impressão de que você realmente viveu um inferno em casa.

Cheguei a pensar, na época, em tirar as fotos com o celular. As provas seriam indestrutíveis se eu armazenasse o arquivo na nuvem, onde poderia acessar e enviar para qualquer pessoa. Mas ele sempre verificava meu celular, então documentei o abuso, para quando precisasse, com uma velha câmera *Polaroid* por um tempo.

No entanto, eu fazia isso no início, quando achava que era inteligente e poderia usar como prova se tivesse que fugir para salvar minha vida. Eu havia parado de armazenar evidências quando tinha dezessete anos. Até então, apenas documentei cada detalhe que poderia reunir.

— Fiquei chateado no começo… quando encontrei isso. — Ele circulou a mesa, pegando outra fotografia e analisando. — Mas tudo é uma oportunidade, não é?

Estreitei o olhar, amassando ainda mais os papéis na minha mão.

— Não vou seguir o seu conselho — disse ele, largando a fotografia na mesa e enfiando as mãos nos bolsos da calça. — Eles serão acusados, mas o promotor irá sugerir um acordo judicial.

— Vá se foder! — gritei. — Eles não vão confessar merda nenhuma. Eles sempre vencerão.

— Estou começando a achar que é isso o que você quer que aconteça.

Contra ele? Claro que sim. Seja lá o que fizeram além disso, não era da minha conta. Eu iria embora da cidade esta noite.

Eu não seria capaz de manter a vovó em *Asprey Lodge*, mas me esforçaria ao máximo para pagar alguma casa de repouso decente em São Francisco. O que importava agora era que nós duas estávamos livres dele.

Martin se aproximou de mim, pegou o celular do bolso e procurou alguma coisa na galeria. Então ele o estendeu na minha direção, mas não o peguei. Apenas olhei para baixo e observei alguém com uma máscara branca com uma listra vermelha – Will – erguer o braço e arremessar uma garrafa de bebida com um pano em chamas no meu gazebo.

A câmera desfocou, mas ouvi o vidro estilhaçar e, em seguida, as chamas explodiram por toda parte; o *zoom* voltou a capturar a cena inteira à medida que meu trabalho era consumido pelo fogo.

Desviei o olhar, encarando Will por trás do vidro.

— Acabou — disse Martin. — Este é o fim de uma era. Eles vão confessar, não vão rebater as acusações. E você vai me ajudar a garantir que eles não façam isso.

Balancei a cabeça, em negativa. Eu nunca faria isso.

— Eles ficarão trancafiados por alguns anos — ele continuou. — Tempo suficiente para que eu e meus sócios consigamos controlar esta cidade, e então eles podem voltar para casa.

— E o que te faz pensar que eles não vão lutar contra isso? — pressionei, voltando a olhar para ele. — Você está louco.

— Porque se eles fizerem isso — disse ele, avançando lentamente —, serei forçado a expor um escândalo muito mais sombrio. Eles assediaram garotas no colégio, as ameaçaram, agrediram e as obrigaram a ir até as catacumbas... Tudo para que pudessem satisfazer seus desejos mais depravados. Eles não são meninos... são demônios.

Comecei a rir, baixinho. Ele *estava* louco. Eu seria a primeira a admitir que aqueles caras abusaram do poder que possuíam, mas depois de ajudar um deles a esconder um corpo, eu sabia, agora, que as pessoas eram mais complicadas do que isso.

NIGHTFALL

Tudo costumava ser preto e branco, até que percebi que era apenas sob a minha ótica. Eu criticava e julgava, porque pensar era difícil demais.

Eles não eram maus.

— Nem todas as meninas vão prestar queixa, mas já temos uma. — Ele foi até a mesa e espalhou minhas fotografias como se aquilo pudesse ser usado como prova contra eles. — E estou confiante de que mais aparecerão.

Eu o observei empurrar um papel sobre a mesa, colocando uma caneta em cima. Peguei o documento e comecei a ler.

— Ela vai assinar este documento, atestando a veracidade de suas afirmações — ele instruiu, e eu perdi o fôlego ao entender onde ele queria chegar. — Mesmo se não houver nenhuma conclusão, as acusações serão suficientes para arruinar suas vidas.

Dei uma lida rápida na declaração, detalhando como os caras me torturaram e me obrigaram a entrar nas catacumbas de St. Killian e... Olha só... eis aqui um monte de fotos para comprovar o abuso.

Meu Deus. Ele queria usar as *minhas* fotografias como evidência contra *eles*.

— Eu queria que você morresse — sibilei, com os olhos inundados pelas lágrimas.

— Mas posso dar um jeito de me livrar de tudo isso, Sr. Mori — zombou ele —, Sr. Torrance e Sr. Grayson. Eles são jovens, acabaram fodendo com tudo. Eles cumprirão um tempo de pena, sairão da cadeia e seguirão em frente com suas vidas. Será como se nunca tivesse acontecido. A garota ficará satisfeita com isso. Eu posso mantê-la com a boca calada. Talvez com uma pequena doação em dinheiro... para adoçar o negócio?

Engoli o nó na garganta. *Não.* Ele poderia tentar, mas isso nunca aconteceria. Eu nunca o deixaria me usar dessa forma.

— Quero dizer, na verdade, isso é uma bênção — continuou ele. — Se ela tiver permissão para denunciar, as coisas podem ficar muito pior para seus filhos.

— Vá se foder.

— Assine.

— Vá se foder!

Ele agarrou minha nuca e empurrou minha cabeça contra o papel, enfiando a caneta diante do meu rosto.

Rosnei, tentando me afastar da mesa.

— Assine e você está livre — afirmou, enquanto eu retrocedia até o vidro e o fuzilava com os olhos. — Você não precisa se sentir culpada. Quero dizer, o que está nesses vídeos é apenas uma pequena fração do que eles fizeram, Emory. Como eles se aproveitaram das pessoas, deixando que as fortunas e influência de suas famílias sempre os tirassem das enrascadas uma e outra vez.

Eu me virei, olhando para Will ainda sentado à mesa. Onde estava seu advogado?

Eu não vou... não vou te machucar. Meu corpo tremia com os soluços incontroláveis. Eu nunca vou te machucar novamente.

— Basta pensar em todas as mulheres que ele pegou — Martin salientou. — A vida toda que ele desperdiçou, sendo um fardo para a família, nunca fazendo nada de importante. Nada além dele mesmo. Ele só sabe tomar, Em. Isso é tudo o que ele faz. Ele trepa a torto e a direito, fode com tudo e sequer se lembra de você.

Fechei os olhos, prestes a cobrir os ouvidos.

— Eles merecem arcar com algumas consequências. Você sabe que estou certo. Eles cometeram crimes.

Não. Se aconteceu, aconteceu, mas eu não ajudaria Martin a enviá-los para a prisão.

— Aqueles vídeos não eram os únicos naquele telefone, sabia? — insistiu. — Se eles fossem pobres, já teriam ido parar na cadeia uma dúzia de vezes até hoje.

Parei, sentindo o sangue pulsar nos ouvidos.

Telefone...

— Isso é o que eles usavam para registrar os trotes, não é? — perguntou ele. — Um celular?

Eu o encarei, meu rosto coberto de lágrimas.

Martin deu de ombros, fingindo simpatia.

— Se mais vídeos viessem à tona... — prosseguiu — Incêndios criminosos, agressão, assaltos, roubo de veículos, arrombamento e invasão de domicílio, desvios sexuais... Fico aqui pensando o que aconteceria se estes vídeos fossem postados por aí...

Meu estômago embrulhou e eu endireitei a postura, enquanto o encarava, boquiaberta. Senti o vômito subir pela garganta, e a muito custo consegui contê-lo.

Não.

Ele pegou mais alguma coisa da mesa e me entregou: um cheque no valor de mais de trinta e sete mil dólares.

— O saldo do que sobrou — ele me disse. — E agora a procuração

NIGHTFALL

está transferida para você. Basta assinar. Você pode levá-la, e nunca mais teremos que nos ver novamente. Você será capaz de bancar uma casa de repouso de primeira qualidade. Além do mais, eles nem saberão que é você nas fotos. Seu rosto não aparece por inteiro, de qualquer maneira, e não estará no depoimento não-oficial que vou entregar à promotoria.

Encarei o cheque.

Ele estava me dando o que eu queria. Eu poderia transferir minha avó para algum lugar perto de mim, pagar por seus cuidados pelo tempo que ela ainda tivesse de vida, e nem precisaria parar de estudar.

Apoiei a palma da mão sobre o vidro, sentindo o calor onde todo o resto estava frio.

Ele tinha razão, não é? Eu fiquei sabendo que Will estava fazendo merda. Até mesmo em seu último ano no ensino médio, eu soube que ele ficava chapado o tempo todo. Ele mudaria suas atitudes se não fosse forçado a isso?

Eu só queria voltar para a faculdade e cuidar da minha avó. Eu merecia que coisas boas acontecessem na minha vida; eu já havia lutado o bastante, e se não cedesse e concordasse com isso, ele acabaria indo preso de qualquer maneira e por mais tempo. E se Martin soubesse quem vazou os vídeos? E se ele estivesse falando a verdade e pudesse fazer com que postassem muito mais?

Agarrei o pedaço de papel, pensando que tudo o que eu mais queria estava a uma assinatura de distância. Uma assinatura que eu nunca faria.

— Quero que você morra — sussurrei.

Ele ficou em silêncio por um tempo.

— Você sabe como é a vida dentro de uma casa de repouso mais barata? — perguntou, por fim.

Fechei os olhos, visualizando Damon Torrance com a mão ao redor do pescoço de sua mãe, e quase pude sentir. Eu queria saber qual era a sensação.

— Às vezes, os pacientes ganham uns hematomas do nada, ou ficam largados no chão, em cima de seus próprios resíduos corporais por horas… — continuou ele. — Ela não sabe o que diabos está acontecendo na metade do tempo, então não vai se importar.

Meu sangue ferveu, e todos os músculos dentro de mim se contraíram.

— Você está blefando — arfei. — Nem mesmo você não faria isso com ela.

Com o canto do olho, vi que ele havia se virado para mim.

— Ela foi transferida esta manhã — informou.

Eu me virei para encará-lo e então gritei, empurrando seu peito com as mãos e avançando para dar uma joelhada entre suas pernas.

— Filho da puta! — berrei.

Ele desabou no chão e meu corpo se moveu por conta própria. Eu não conseguia me conter. Afastei uma perna para dar um chute, mas ele agarrou meu tornozelo e conseguiu me derrubar.

Segurando minha nuca, ele agarrou um punhado de carne na minha cintura, cravando os dedos com brutalidade. Gritei e parti para cima dele, mordendo seu rosto. Martin uivou de dor, e eu o golpeei mais uma vez, acertando seu queixo antes que ele me agarrasse pela gola da camisa e me desse um tapa.

Eu me virei, e caí de volta no chão, mas consegui me colocar de pé, tossindo diante da dor aguda que se espalhou pelo meu rosto. Sem hesitar, chutei sua cabeça, e desferi mais um chute. E mais outro.

O gosto de cobre encheu minha boca à medida que o sangue jorrava da dele. Martin tentou se equilibrar de joelhos, mas caiu de novo.

Você nunca mais colocará a mão em mim.

Ao contrário de Damon, eu sabia realmente como esconder um cadáver.

Puxei uma cadeira e me sentei, com lágrimas silenciosas nublando meus olhos e sangue cobrindo meus dentes enquanto pegava o documento e a caneta. Enquanto me preparava para assinar, levantei a cabeça e olhei para Will por trás do vidro.

Eu poderia dizer a mim mesma todo tipo de coisa para aliviar minha consciência de que estava fazendo o bem.

Se eles não fossem quem são, iriam para a cadeia de qualquer maneira.

Eu estava salvando a pele deles, na verdade. Se mais vídeos viessem à tona, isso poderia aumentar a pena.

Eles cometeram crimes. E havia muitos outros que ninguém mais tinha conhecimento.

Mas o ponto mais importante aqui era... isso estava errado.

Rabisquei meu nome na parte inferior da declaração que convenceria suas famílias a aceitar as acusações para não arriscar que outras mais fossem apresentadas. Empurrei o documento pela mesa, e me levantei, pegando o cheque e a procuração. Fui até o vidro, desviando o olhar do meu reflexo à medida que me aproximava, sentindo a vergonha me varrer de cima a baixo.

— Alguns de nós sempre serão vítimas — sussurrei para ele. — Degraus de uma escada que outros escalam.

Will ergueu os olhos, de repente, e parecia estar olhando diretamente para mim. Como se pudesse me ver.

— Algumas pessoas não conseguem impedir o que acontece com elas — eu disse. — Elas simplesmente nasceram no lugar errado, na hora errada, com as pessoas erradas.

Will merecia sua vingança.

Eu tinha acabado de sacrificá-lo para comprar os últimos dias da minha avó.

— Ficarei à sua espera — sussurrei para ele.

Senti meu irmão se levantar do chão, fungando e grunhindo. Então me afastei em direção à porta, sem olhar para trás.

— Faça uma boa viagem de volta para casa — Martin ofegou. — Você nunca vai me ver novamente.

Abri a porta, sem me preocupar em limpar o sangue no meu rosto enquanto saía da sala.

Eu te vejo novamente. Will voltaria por nós dois.

CAPÍTULO 33
WILL

Dias atuais...

— Nós nos vingamos de Rika e Winter por nada! — Rosnei. — Passamos anos pensando que havíamos sido presos por causa dos vídeos, porra, quando, na verdade, foi por sua causa! *Eu* fiz isso com meus amigos. *Eu* trouxe você para a vida deles.

Eu não dava a mínima para a história que ela acabou de nos contar. Eu sabia que não tinha sido ideia dela. Sabia que ela não tinha nenhum problema com a gente. Ela simplesmente não ligava para mim. Como ela pôde deixar alguém pensar que fiz aquelas coisas com ela?

Eu me aproximei.

— Você tem alguma ideia de como é a prisão? — perguntei. Alex e eu estávamos encharcados, e Emmy baixou o olhar, o cabelo bagunçado cobrindo o rosto. — Você poderia ter feito qualquer coisa... poderia ter confessado tudo e me contado o que fez. Você poderia ter vindo até mim antes de assinar aquele maldito documento, e eu teria enviado sua avó para a melhor casa de repouso do país! — Minha voz se tornou mais áspera à medida que eu gritava: — Meus pais teriam quitado a sua faculdade! Você nunca mais teria que fazer as coisas sozinha, por conta própria, porra!

Isso aconteceu há anos. Se ela se sentisse mal, de verdade, pelo que havia feito, a culpa a teria consumido antes de confessar só agora. Mas não... Eu descobri tudo através do meu avô que, claro, sabia que tudo havia sido uma armação. Não dava para acreditar que meus pais e os de Kai não nos contaram sete anos atrás, mas eles, provavelmente, sabiam que iríamos rebater as acusações, então devem ter garantido que pegássemos uma sentença mais leve ao invés de arriscar.

O silêncio ao redor era palpável, enquanto o apito do trem ressoava do lado de fora. O tempo todo, observei seu queixo tremer e a dificuldade que sentia em respirar direito.

— Qual é? Você vai chorar agora? — zombei. — Hein? De novo?

Eu daria uma razão para ela chorar, porra. Eu podia entender a posição em que Martin a colocou. Podia até sentir certa simpatia. Mas, meu Deus, ela era cega? Tudo o que ela precisava fazer era me dizer. Confiar em mim. Pedir ajuda. Isso era tudo o que ela tinha que fazer!

— Olhe o que você fez comigo — falei, avançando e esmurrando meu peito coberto com as tatuagens que retratavam a casa e a vida que perdi antes mesmo de ir para a prisão. — Você me transformou nisso! — gritei diante de seu rosto. — Você!

Ela se encolheu, até que alguém me empurrou para trás. Tropecei e olhei para cima, deparando com o olhar furioso de Micah. Ele se meteu entre nós, e Rory se juntou a ele. Os dois se postaram diante de Emmy e me lançaram um olhar de advertência.

Mas que porra...? Levantei a cabeça, observando os meus caras – *meus caras* –, saindo em defesa dela ao invés de se colocarem ao meu lado.

Inacreditável.

Espiando por entre seus ombros, encontrei seu olhar mais uma vez.

— Eu me preocupei com você — eu disse a ela. — Por todos esses anos, mesmo depois de você ter me dispensado como se eu fosse lixo, nunca consegui deixar de te amar, não importava o quanto eu bebesse ou me drogasse, eu sempre pensava e me preocupava com você.

Ela permaneceu congelada, sem vacilar enquanto me encarava.

— Quando nada me dava motivo para sair da cama, mesmo vendo meus amigos se apaixonando e tendo filhos, e eu me sentia sozinho... — arfei, sentindo o nó na garganta e as lágrimas que eu me recusava a derramar. — O que você acha que foi a única coisa que me fez continuar respirando? — Meu tom endureceu quando cerrei a mandíbula. —No meu cérebro, eu sempre procurei por você. Nunca parei de procurar por você.

E ela deixou seu irmão dizer à minha família que, não somente eu não a amava, como também permiti que meus amigos abusassem dela como se ela não representasse nada para mim.

Quando ela era tudo.

Com brutalidade, eu disse, entredentes:

— Sai da minha frente, porra. — Engoli em seco. — E tudo bem, se você quiser se mandar desse maldito trem também. Pode ir, vá correndo de volta para ele.

Eu nunca mais vou te procurar.

Ela ficou ali por um momento, o olhar percorrendo todos no vagão, e, provavelmente, se perguntando como poderia salvar sua dignidade ou algo assim.

Mas então...

Ela se virou e se afastou, abrindo a porta para outro compartimento, ainda vestida com a camiseta e a boxer de Aydin. Assim que ela se foi, o silêncio pairou como um peso de dez toneladas no lugar.

Até que, depois de alguns instantes, alguém fez com que eu me virasse e enlaçou meu corpo; todos os meus amigos me cercaram enquanto Winter me abraçava.

— Você está bem? — ela perguntou. — O que aconteceu lá? Por que ela estava lá?

Eu não poderia falar nada agora. Eu mal conseguia respirar.

Misha me puxou contra o seu peito e me abraçou com força.

— O que podemos fazer? — perguntou ele. — Do que você precisa?

E então Damon perguntou:

— Você tem certeza de que está bem?

Levantei as mãos, sentindo o suor escorrer por cada um dos meus poros e o estômago embrulhar com a proximidade de todos.

— Eu não posso... — Recuei, tentando colocar distância entre nós. — Eu só... não posso agora, okay?

Mas Michael me agarrou mesmo assim.

— Você está bem?

Rosnei, me afastando.

— Não me toque. — Balancei a cabeça, sentindo a sala girar. — Não.

— Tudo bem — ele suspirou, com as mãos para cima. — Eu sinto muito.

Todos eles pararam e se afastaram, ficando em silêncio. Eu podia sentir seus olhares focados em mim enquanto todos se entreolhavam, porque eles não entendiam, e eu não poderia entrar no assunto agora.

Esfreguei os olhos, sentindo o cheiro familiar do porão em minhas mãos por causa da corda que usei para amarrar Aydin.

NIGHTFALL

Aydin.

Com as mãos em concha sobre o rosto, inspirei o cheiro da casa.

Eu não estava pronto. Eu ainda deveria estar lá, não deveria ter saído.

— Tenho que fazer alguns telefonemas — murmurei e me afastei em direção à porta. Estávamos a pelo menos cinco vagões de distância de onde as máquinas do motor funcionavam. Com sorte, Emmy devia estar escondida em algum lugar onde eu não tivesse que olhar para sua cara, porque eu estava tão puto que seria capaz de estrangulá-la agora.

— Seu nome está na porta da sua cabine — Ryen informou. — Tem roupas limpas lá dentro.

Abri a porta, o vento e o som das rodas nos trilhos ecoaram rapidamente, mas então Winter comentou antes que eu pudesse passar.

— Por que ele faria isso? — perguntou ela.

Estaquei em meus passos.

— Quem? — perguntou Banks.

— Martin Scott.

Fechei a porta, isolando o ruído externo e permaneci por mais um momento.

Winter continuou:

— Se o que Emory disse for verdade, por que ele fez todo esse esforço para garantir que os três fossem para a cadeia? É o dinheiro que manda ali em Thunder Bay. A presença ou ausência de vocês não o faria subir na carreira.

Fiquei ali ouvindo as palavras que pairaram no ar enquanto todos se mantinham em silêncio.

Banks chegou a uma conclusão antes de todo mundo:

— A não ser que ele estivesse de conluio com pessoas poderosas. Pessoas que queriam vocês na prisão.

Meu estômago embrulhou ainda mais.

— Você ouviu o que ela disse — Kai entrou na conversa. — Ele também tinha planos para Michael. Mas ele não conseguiu incriminá-lo por nada.

— Porque Trevor não queria que o nome de sua família fosse enlameado — disse Misha.

— Porque *Evans Crist* não queria sua família envergonhada — Rika corrigiu.

Fechei os olhos, nem um pouco surpreso. Meus amigos sacaram tudo de primeira.

— Filho da puta — murmurou Michael. — Não era por causa do Will, ou o ódio que sentia por ele. Seu avô estava prestes a ser reeleito naquele ano, e quase perdeu por causa do escândalo que saiu nos jornais.

— E quanto a Kai e Damon? — insistiu Banks.

Ninguém disse nada, até que eu, finalmente, falei:

— Evans sabia que Schraeder Fane prestava contas de Damon em seu testamento. — Como procurador de seus bens patrimoniais, ele tinha pleno conhecimento de quem Damon realmente era. — E se ele planejava casar Rika com Trevor, ele ia querer dividir a fortuna com Damon, e, consequentemente, com Gabriel.

— E Katsu Mori foi forçado a renunciar aos conselhos dos Bancos Mitchell & Young e Stewart — explicou Rika. — Ambos ajudaram a financiar os projetos imobiliários de Evans nos próximos anos.

— O que meu pai não estaria inclinado a apoiar, caso ainda integrasse os conselhos, já que odeia seu pai — Kai disse a Michael.

Tudo veio de uma vez. Os últimos sete anos sendo destrinchados diante de nossos olhos, como um labirinto percorrido por todos nós, um quebra-cabeças cujas peças finalmente foram encaixadas.

A quantidade de pessoas que nos manipularam como fantoches para seu próprio fim, e o tanto de tempo que perdi ao ignorar tudo isso e me manter apenas flutuando com a maré...

Quase desejei que pudéssemos voltar às noites em que sacaneávamos com Rika, no Delcour, quando ainda achávamos que tudo aquilo era culpa dela. Como tudo era simples, na época.

— Alex? — disse Rika. — Você está bem?

Olhei por cima do ombro, percebendo que Alex não havia falado nada desde que embarcamos. Ela se inclinou contra a janela, com os braços cruzados, enquanto encarava ao longe.

Depois de um momento, ela assentiu com a cabeça, mas não fez contato visual com ninguém, a postura sempre confiante, agora abatida.

— Só três de vocês vieram a bordo — Damon disse. — Onde estão os outros dois prisioneiros? Nossa pesquisa disse que havia cinco.

Mas nem Alex nem eu respondemos. A expressão atordoada em seu rosto mostrava o quanto se sentia derrotada.

Ela nunca o veria novamente.

No entanto, ela se endireitou, pigarreou e estalou os nós dos dedos.

— Preciso treinar. Agora.

— Comigo ou com a Rika? — perguntou Banks.

NIGHTFALL

Ela disparou em direção à porta onde eu ainda me encontrava.

— As duas. — Alex passou por mim e saiu do vagão, sendo seguida rapidamente por todas as meninas.

Hesitei apenas um momento antes de abrir a porta novamente.

— Preciso fazer essas ligações — disse eu, saindo.

Mas a voz de Michael soou atrás de mim:

— Alguém daquela casa virá atrás de nós?

Não voltei ou dei resposta alguma. Aydin Khadir era o problema seiscentos e cinquenta e três, e eu estava apenas no número quatro.

Encerrei a quarta chamada e larguei o telefone quando me levantei da cadeira. Eu ainda estava com o jeans úmido, mas ao invés de tomar um banho e trocar a roupa pelo terno que havia sido colocado em cima da cama, me virei e olhei pela janela.

A noite passava como um borrão, o mar no horizonte calmo e negro enquanto eu cerrava os punhos. Martin Scott ia virar picadinho. Ele merecia apodrecer em uma cova não identificada no meio da floresta, onde ficaria sozinho e esquecido.

O inferno pelo qual ele fez Emmy passar…

Eu estava com raiva e desapontado com ela, e nunca mais queria olhar na cara dela, mas por mais que odiasse admitir … talvez agora entendesse o porquê ela pensou que não tinha outra escolha.

Seu único erro imperdoável foram os anos de silêncio desde então…

Ela deveria ter nos procurado e tomado uma atitude. Como alguém consegue viver assim?

Eu não queria mais fazê-la sofrer. Eu só queria que ela sumisse da minha vida para sempre. Era óbvio agora que não havíamos sido feitos um para o outro, e que ela não era uma de nós.

Eu estava pronto para seguir em frente com a minha vida.

Fiquei tenso quando uma batida soou à porta, e segundos depois, pude ouvir a dobradiça ranger de leve.

— Ei — disse Misha, fechando a porta em seguida.

Respirei fundo e exalei, sua presença me fazendo sentir como se as paredes estivessem se fechando. Nós sempre fomos próximos, apesar da diferença de idade, mas eu odiava que ele tivesse se envolvido nesse rolo todo. Ele nunca gostou de drama, além de odiar meus amigos.

E passei muito tempo longe dele. Um tempo longo demais.

Eu me virei e o observei, vendo parte de uma tatuagem espreitar pela clavícula e o piercing em seu lábio cintilar sob a luz da cabine.

Inquieto, ele se balançou sobre os pés.

— Sinto muito ter levado tanto tempo pra te encontrar — murmurou.

Cruzei os braços sobre o peito e voltei para a mesa, dobrando os papéis em que anotei algumas coisas, guardando em seguida no bolso traseiro.

— Eu não estava esperando por um resgate.

— Seus malditos pais — resmungou. — Eles só...

— Não foram eles que me enviaram para lá — revelei.

Meus pais nunca fariam isso. Eles estavam ficando loucos, sem saber o que fazer comigo – e esconderam tudo isso do restante da família muito bem –, mas eles nunca desistiriam de mim assim.

— Foi o vovô? — adivinhou Misha.

— Não importa.

Eu não estava pronto para falar sobre a *Blackchurch*, nem como fui parar lá. Não até ter certeza de que meu plano funcionaria. As coisas ainda não estavam esclarecidas, e eu não queria confessar até que estivessem.

Misha ficou lá como todos os outros, porque as coisas haviam mudado, e demoraria um pouco antes de voltarmos ao normal. Isso se realmente voltassem, para dizer a verdade.

Ele deu uma risada debochada.

— Acho que me lembro de ter sido aconselhado por você, a não fazer tatuagens em partes visíveis do corpo quando estivesse vestindo um terno... — caçoou.

Deparei com seu olhar focado na tinta escura que agora cobria minhas mãos. Meu conselho continuava sendo o mesmo, mas foda-se. O último ano foi bem entediante.

Ele se aproximou, mas me recusei a olhar para ele.

— Você esteve ao meu lado, ou pelo menos tentou me apoiar quando a Annie morreu. Sinto muito por termos demorado tanto.

Suas mãos tremiam um pouco e eu podia detectar a tristeza em sua voz.

Levei um tempo para criar coragem e pronunciar as palavras:

— Eu sempre tive intenção de voltar para casa — assegurei. — Não se preocupe com isso.

Ele ficaria pau da vida quando descobrisse quem era, realmente, o culpado. Eu não queria que ele carregasse nenhuma culpa.

— Você está diferente — disse ele.

— Sim, eu cresci. — Concordei com um aceno.

— Eu gostaria que você não tivesse crescido.

Parei e o encarei.

— Você nunca viu o quanto todo mundo precisava de você. — Ele sorriu e o canto de seus olhos enrugaram de leve. — Você. Exatamente do jeito que você era.

Ninguém precisava de mim. Eu era um inútil. Mas já não era mais. A Noite do Diabo aconteceria dali a três dias, e Thunder Bay seria nossa, desimpedida, em quatro dias, no que dependesse de mim.

Misha parecia querer me abraçar ou algo assim – o que era estranho, porque ele não era do tipo carinhoso –, mas então ele se afastou e abriu a porta da cabine para sair. Eu queria ir atrás dele, mas... ao invés disso, peguei o telefone para fazer outra ligação.

Nada seria normal por um tempo para nenhum de nós. Eu tinha que me manter focado. Até que ouvi a voz de Damon:

— Eu preciso falar com ele.

Olhei para cima e o vi pairando acima de Misha, ainda parado à porta.

— Estou tentando sair, mas você não sai da frente, porra — Misha disse, com rispidez.

Damon forçou sua entrada na cabine, enviando meu primo aos tropeços pelo corredor, mas antes que ele pudesse fechar a porta, eu o impedi.

— Não posso agora — resmunguei. — Converso contigo mais tarde.

— Não...

— Eu não posso. — Eu o empurrei porta afora. — Por favor, cara...

Minha pulsação disparou, o sangue ferveu e meu cérebro ficou fora de controle. Eu tinha um tabuleiro de xadrez cheio de peças e estava jogando dos dois lados. Eu precisava pensar. Não havia tempo a perder. Ele poderia me fazer um cafuné mais tarde.

— Droga — Damon rosnou. — Você está me zoando?

— Eu não vou a lugar algum — garanti, ainda segurando a porta enquanto seu olhar me fuzilava do corredor. — Vejo você amanhã. Eu preciso dormir.

468   PENELOPE DOUGLAS

Revirando os olhos, ele cedeu e se virou, afastando-se dali.

— Tudo bem.

No entanto, me senti dominado pela culpa.

— Espere...

Ele parou e se virou, a camiseta branca amarrotada e a barra da calça preta quase cobrindo os pés descalços.

Um sorriso curvou os cantos dos meus lábios, quando perguntei:

— Então, qual é o nome dele?

Seus olhos cintilaram.

— Ivarsen.

Ivarsen. Meu coração aqueceu um pouco. Agora havia outro garotinho correndo por aí, ao lado de Madden, filho de Kai e Banks.

Senti o nó se formando na garganta. Eu queria ter presenciado o momento em que Winter ganhou o bebê.

— Próxima geração, hein?

— Mexa essa bunda e dê um jeito de nos alcançar — zombou.

Sim. Eu não via meus filhos num futuro próximo, mas... quem sabe, algum dia. Quando ele começou a se afastar, eu o chamei outra vez:

— Onde estamos? — perguntei.

Ele me encarou por um segundo.

— Ao norte da fronteira — disse ele. — Estamos cruzando a costa e passaremos sob a Ilha Deadlow para chegar em casa pela manhã.

Então, estávamos no Canadá. Onde diabos eles conseguiram arranjar esse trem? Havia um túnel sob o fundo do mar entre Deadlow e Thunder Bay? Ninguém se aventurava na pequena ilha ao largo da costa de nossa cidade, além de *Cold Point*, porque era cercada por um recife intransponível.

Aquilo lá era deserto, ou assim pensei.

— Desculpe por termos demorado tanto tempo para chegar lá — ele disse. — Nós encontramos um caminho indetectável e parte da pista estava em péssimo estado.

Tudo bem. Eu não precisava deles lá antes, mas não diria isso a ele.

— Apenas certifique-se... — Parei por um momento. — Certifique-se de que ela não pule do trem, okay?

Ela era teimosa pra caralho, e eu mesmo disse para fazer isso antes, mas eu estava louco... e não a queria morta. E, definitivamente, não queria que ela acabasse nas mãos de Aydin novamente. Em apenas cinco dias, ele a influenciou o bastante.

NIGHTFALL

Damon tentou reprimir o sorriso antes de se virar e sair, e, em seguida, fechei a porta, totalmente esquecido do celular em minha mão.

Fui até a cama e passei a mão por cima do terno preto, e arrepios deslizaram pela coluna só em desfrutar da sensação do tecido caro sob os dedos. Então vi a máscara que sempre usei. Eu a peguei e alisei a textura familiar, sendo tomado por lembranças e uma descarga de adrenalina por todos os momentos que eu queria guardar, apesar dos que queria esquecer.

Por um segundo, eu me senti como o velho Will, e olhei para a máscara branca com a listra vermelha no lado esquerdo, de repente, pronto para mais mil aventuras.

Um sorriso se alastrou pelo meu rosto. O que eu faria com Emory Scott quando voltássemos para Thunder Bay?

CAPÍTULO 34
EMORY

Dias atuais...

Bati à porta, tendo a certeza de que ela a fecharia na minha cara, mas eu precisava de algumas roupas, e realmente não conhecia as outras garotas o suficiente para pedir emprestado.

Quando não houve resposta, bati novamente.

— Alex — chamei.

Era o nome dela que estava marcado na porta da cabine, mesmo assim ninguém respondeu. Talvez ela estivesse dormindo. Eu não fazia ideia de que horas eram, depois que me escondi no vagão-restaurante escuro, à mesa. Não havia localizado nenhum relógio, celular ou um computador.

Girei a maçaneta e entrei na cabine, sentindo um medo súbito, mas sem saber o porquê. Ela podia não estar sozinha. E se ela estivesse com Will? No fundo, eu sabia que isso era ridículo, mas não pude evitar.

O luar se infiltrava pelas janelas, lançando uma fresta de luz por entre as cortinas. Fechei a porta ao olhar para o pequeno cômodo. Não havia ninguém, então não perdi tempo e fui até o armário, encontrando um jeans, uma camisa de flanela e um par de tênis. Eu precisava de calcinha e sutiã também, e quase decidi ficar sem, mas abri uma gaveta e avistei um monte de lingeries de renda.

Uma onda de calor percorreu minha pele.

Enfiei a mão dentro e senti a maciez do espartilho preto, subitamente com raiva por nunca ter me aventurado a usar esse tipo de coisa antes. Quando eu morava em casa, não queria usar nada que meu irmão desaprovasse, mas mesmo depois de ter ido embora, nunca me interessei pelo assunto.

Sem parar para pensar, peguei o espartilho e uma calcinha que fazia jogo, e vesti os dois, antes de colocar o jeans preto e abotoar a camisa xadrez azul.

Quando o apito do trem soou outra vez, olhei pela janela e entrecerrei os olhos. *Merda*. Eu queria meus óculos.

Calcei os tênis, amarrei os cadarços e, em seguida, desfiz os nós do meu cabelo emaranhado. Deixei a escova sobre a prateleira e vi que ela tinha também maquiagem e algumas joias, sempre preparada para qualquer eventualidade. Nós não éramos como família nem nada, mas eu a conhecia bem o suficiente.

Fechando o armário, saí da cabine e do vagão-dormitório e segui pelo corredor, passando por mais cabines privativas. Entrei em outro carro ferroviário com assentos virados em direção às janelas, bem como inúmeros frigobares servidos com vinho e champanhe.

Meus pés oscilaram diante do balanço do trem, à medida que eu passava por vários vagões imersos em penumbra.

Onde estava todo mundo? Eu precisava encontrar um celular para que pudesse ligar para o trabalho ou alguém.

Ao entrar em outro vagão, levantei a cabeça e deparei com uns dos rapazes. Estaquei em meus passos na mesma hora. As arandelas nas paredes de madeira escura mal iluminavam a sala; examinei seus rostos, quase ocultos nas sombras, mas não vi Will, Misha, Micah ou Rory entre eles.

Michael estava sentado em uma cadeira, o olhar fixo ao meu enquanto bebia alguma coisa; Kai se encontrava na janela, com os braços cruzados; e Damon estava recostado contra o bar, segurando um copo com líquido ambarino. Eu não conseguia ver seus olhos, mas sabia que ele estava olhando para mim.

Depois de Will, meu maior arrependimento estava relacionado a ele. Eu o observei matar uma pessoa e o ajudei a enterrar o corpo, e ele nunca contou a ninguém sobre meu envolvimento. Quando voltássemos para Thunder Bay, ele teria todo o direito de se vingar de mim.

— Eu não queria machucá-lo — murmurei. — Eu não queria prejudicar nenhum de vocês. Eu só queria protegê-la.

Eles não se moveram um centímetro ou falaram qualquer coisa, e Michael tomou mais um gole de sua bebida.

— Eu cometi um erro — revelei, sentindo-me desnuda diante de seus olhares predatórios. — Pensei que estava sozinha.

Minha voz se tornou quase um sussurro, mas por mais que eu odiasse ter que estar fazendo isso – e nunca, em um milhão de anos, teria imaginado que algum dia rastejaria diante deles –, eu sabia que precisava me desculpar. Eles mereciam isso, no mínimo.

— Sinto muito — murmurei. — Sinto muito mesmo.

Kai se virou e deu um passo em minha direção.

— Você acha que isso anula qualquer coisa?

Balancei a cabeça.

— Não.

— Você acha que algum dia confiaríamos que você nunca mais faria algo assim outra vez?

— Não.

— Você nos jogou para os lobos — ele rosnou, e mesmo na penumbra, pude ver os dentes brancos rangendo. — Você acha que suas palavras significam alguma coisa para nós? Suas desculpas? Sua explicação?

Engoli o nó que se formou na garganta e endireitei a postura, mas fechei a boca.

— Você é fraca — disse Michael. — E de jeito nenhum nós poderíamos confiar em você.

— Você teve anos para se manifestar e dizer a verdade — Kai salientou.

Eu concordei, com um aceno. *Sim. Isso é a pura verdade.*

— Foi difícil — Kai disse, sua voz embargada. — Nós não merecíamos isso.

Meu queixo tremia, com o choro contido, e tive que travar a mandíbula para não me desfazer ali mesmo.

— Will não merecia isso — ele continuou.

Eu sei. Só de pensar em Will em uma cela, rodeado por pessoas cruéis, trancafiado entre paredes cinzentas...

— Você não é boa o bastante para ele — Kai disse, por fim.

Levantei a cabeça e encontrei seu olhar, apesar do desejo de me curvar tamanha a dor que sentia por dentro.

Eu cometi um erro. Eu não era uma pessoa má.

Não era.

Eu me virei para sair dali, mas então ouvi a voz de Damon às minhas costas:

— Nós ateamos fogo na casa da Rika, Kai.

Eu me virei e olhei para ele, que encarava o amigo.

— Roubamos o dinheiro dela — continuou. — Eu a sequestrei e você obrigou a Banks a se casar contigo. Eu tentei matar o Will...

— Nós cometemos vários erros — Kai argumentou —, mas nunca faríamos isso de novo.

— Fale por si só — Damon disparou de volta. — O papel do vilão só é determinado por quem está contando a história.

Uma corrente elétrica deslizou sob minha pele e aquilo quase me fez sorrir em gratidão. Eles foram redimidos de seus erros, porque acreditavam que tinham motivos justificados.

Damon e Kai se entreolharam, e embora Kai fosse aquele com quem eu mais me identificava – por conta de seus conceitos arraigados sobre o certo e o errado –, Damon foi meu salvador em mais de uma ocasião na vida, e me provou que havia nuances cinza entre o branco e o preto.

Eles eram como *Yin* e *Yang*, e agora eu entendia.

— Você vai nos recompensar — Michael, finalmente, interpelou, me encarando o tempo todo. — Você vai ficar em St. Killian com Rika e comigo.

— Não.

— Sim — retrucou.

Ele queria ter certeza de que eu não fugiria da cidade. O que ele faria, então? Iria me trancafiar ali dentro? Parei por um instante, lembrando-me de que ele bem poderia fazer isso, já que ambos moravam em St. Killian. Havia uma masmorra à disposição ali. Ninguém ouviria meus pedidos de socorro.

— Eu tenho um lugar para ficar — rebati. — Em Thunder Bay.

Com os olhos entrecerrados e desconfiados, ele cedeu, provavelmente não querendo lidar com o aborrecimento também.

— Você não vai sair da cidade — ordenou ele. — E vai pagar sua dívida.

Eu me endireitei.

— Eu não vou sair da cidade.

Ele assentiu e Damon continuou bebendo seu drinque enquanto Kai me encarava.

Inquieta, não conseguia parar de me mover.

— Posso pegar emprestado o telefone de alguém, por favor?

No entanto, Michael apenas levou o copo à boca novamente, e resmungou:

— Peça a alguma das garotas. Estamos usando os nossos.

Eu me virei e revirei os olhos, me afastando. Segui pelo mesmo caminho que havia feito, passando de vagão em vagão: cozinha, restaurante, cabines – inclusive uma com o nome de Will Grayson marcado à porta –, e o que funcionava como uma sala de estar.

Nenhum deles estava usando seus telefones, mas pelo menos ele não me proibiu de usar um. Eu poderia até mesmo ligar para o meu irmão, em busca de ajuda.

O que eu nunca faria, era óbvio.

Eu estaria mais segura se pudesse pegar um avião de volta à Califórnia, assim que chegássemos em Thunder Bay, mas agora que tudo havia sido esclarecido, eu tinha plena consciência do que viria a seguir.

Fui eu quem os prejudicou. E eu precisava enfrentar as consequências disso, até o fim.

Pelo Will. Mesmo que ele nunca mais me quisesse, eu devia isso a ele.

Saindo do vagão vazio, avistei um movimento pela janelinha do próximo. Observei a garota de cabelo escuro segurando Alex em uma chave de braço. Abri a porta e deparei com uma academia, com esteiras, aparelhos de musculação e tapetes de treino.

Erika Fane se encontrava à esquerda, com os braços cruzados, enquanto Winter Ashby sentava-se escarranchada em um banco à direita. Quando a porta se fechou assim que entrei, todas se viraram e me encararam.

A de cabelo preto, que pairava sobre Alex, me fuzilou com os olhos verdes. Winter inclinou a cabeça de lado, aguçando os ouvidos.

— Essas roupas são minhas — disse Alex, ofegante.

Mordi o canto da boca.

— Sim, eu sei.

Entrecerrando os olhos, ela afastou a garota e se levantou. Sua pele estava úmida e brilhando de suor, e seu cabelo mais curto estava preso em um rabo de cavalo à nuca. Ela foi até a esteira e pegou uma toalha de rosto, enquanto Erika se aproximou, com os braços ainda cruzados sobre os seios.

— Alex nos contou tudo. — Seus olhos varreram meu corpo de cima a baixo. — Você está bem?

Concordei com um aceno.

— Obrigada por perguntar.

Ninguém havia perguntado isso até aquele momento.

Erika deu uma olhada de relance para Alex, que agora bebia água, e depois se virou para mim.

— Vamos deixar vocês a sós — disse, ao passar por mim.

— Não faça isso — Alex disse a ela.

Erika parou e Alex recolocou a tampa da garrafa, me encarando o tempo

NIGHTFALL

475

todo. Sua blusa branca de treino estava colada ao corpo suado. Observei a calça de ioga e os pés descalços à medida que ela se aproximava. Com as mãos apoiadas aos quadris, ela me fuzilava com o olhar.

— Por um segundo, você realmente ficou na dúvida sobre quem deveria escolher naquele porão, não é?

Levantei a cabeça e rebati:

— O que está te incomodando mais é o fato de que escolhi Will, ou que poderia escolher o Aydin?

Ela arqueou as sobrancelhas, e não fiquei satisfeita por tê-la irritado, mas também não me senti nem um pouco mal por isso. Ela e Will ainda não haviam entendido que eu não estava escolhendo entre os dois homens no quarto de Aydin.

Nada daquilo tinha a ver com eles.

Ela se aproximou, me encarando como se fosse minha juíza e júri.

— Você partiu o coração dele.

— Não seja tão modesta — ironizei, lembrando-me das zombarias de Will. — Tenho certeza de que você o confortou bastante por todos esses anos. Em sua cama, no chuveiro, na praia, contra a parede, no capô do carro e no banco de trás.

Ela rosnou e veio na minha direção, mas eu me desviei e a empurrei, antes que ela me acertasse.

— Eu não vou lutar com você.

— Não é você quem decide isso!

Ela tentou me bater, mas eu espalmei as mãos em seu peito e a afastei.

— E você não vai lutar comigo — eu disse a ela. — Estou cansada de sangrar.

O que aconteceu na minha cabeça, naquela casa, era a mesma batalha que sempre travei comigo mesma. A batalha sobre a forma como eu via o mundo e como ansiava ver. Eu precisava mudar, tanto quanto precisava de Will.

Eu precisava gostar de mim, tanto quanto o amava.

Eu a encarei, sentindo todos os olhares focados em mim. Eu meio que entendia sua raiva, porque senti o mesmo ciúme – ao pensar nela com Will – que ela estava sentindo agora, pensando que tive algo com Aydin. O conceito que ela tinha de mim e do que eu merecia não eram o problema.

— Eu vou reparar meu crime de tantos anos atrás — eu disse a ela —, mas o que acontece entre mim e Will não é da sua conta. Não dou a mínima se você é amiga dele, sua mãe ou Deus. Você não tem direito de ficar com raiva de mim. Isso não é sobre você.

Um brilho cintilou em seus olhos, e então ela inclinou a cabeça.

— Você está falando igualzinho a ele — disse ela, depois de um instante de silêncio. — Ele te pegou rápido, pelo jeito.

Ele.

Aydin.

Ela balançou a cabeça.

— Como um verdadeiro monstro manipulador...

— Como um pai — interrompi.

Não era do jeito que ela estava pensando. Eu mal conhecia Aydin e não queria dormir com ele. Ela não estava se atentando a algo muito mais complicado, e o estava reduzindo-o a nada para que coubesse em suas próprias percepções superficiais do mundo, para que pudesse entender algo que estava determinada a nunca compreender.

Eu não queria transar com ele.

Dei uma olhada de relance para as outras garotas, antes de me focar nela outra vez.

— Achei que as lembranças que eu tinha dos meus pais seriam mais firmes, já que quando eles morreram eu tinha quase 12 anos — declarei. — Não percebi que o fato de receber orientação, tira um peso das costas. Eu nem me dava conta disso, da falta que senti, até que pude ter isso novamente.

Aydin Khadir tinha um objetivo. Ele me sequestrou, me colocou em uma posição arriscada e me manipulou. Mas pessoas mudam pessoas e, embora ele não fosse um herói, não pude deixar de me sentir um pouco grata. Eu estava morrendo aos poucos antes de acordar em *Blackchurch*.

— Eu estava mais segura em uma casa cheia de criminosos do que com meu irmão, por causa de Aydin! — gritei. — Então você pode descontar sua raiva em mim, porque não vou me desculpar por ver algo de bom nele. Afinal, você também fez isso uma vez.

Ela ficou lá, imóvel e em silêncio, me fuzilando com o olhar, mas sua mandíbula flexionou.

Sempre forte. Aquilo era algo que eu amava nela. Ele a reinventou também, afinal de contas. Nem que tenha sido um pouquinho.

— Agora, posso usar o telefone de alguém? — perguntei.

Depois de um instante, Erika estendeu a mão e pegou o dela que estava no suporte da bicicleta ergométrica.

— Obrigada — agradeci quando ela me entregou, então me afastei para sair da sala. — Eu te devolvo em uma hora.

NIGHTFALL

Abri os olhos e encarei o teto, suspirando quando me movi entre dois corpos enormes que me ladeavam.

Cacete, está muito quente aqui.

Olhei para Micah, vendo seu rosto enterrado no travesseiro, e então virei a cabeça para observar o Rory. Seu cabelo loiro cobria os olhos e o braço estava dobrado sob a cabeça. Os dois estavam sem camisa, mas, felizmente, ainda conservavam as calças.

Depois que encontrei uma cabine e fiz o telefonema com o celular de Erika, eles bateram à minha porta e insistiram em ficar comigo, porque 'os mimadinhos sabichões que pensavam que suas merdas não fediam não iam me sacanear'.

Como se Micah e Rory não fossem nem um pouco mimados. No entanto, achei o gesto fofo, embora agora estivesse esprimida e morrendo de calor nessa cama pequena, enquanto a lua brilhava do lado de fora.

Ah, que se dane. Eu ficaria com todos os amigos que conseguisse arranjar agora. E eu gostava demais deles.

Sentando-me entre eles, escalei o corpo de Rory o mais silenciosamente possível, e desci da cama, olhando para os dois caras lindos e adormecidos. Um *serial killer* de um lado e o filho de um terrorista do outro. Cara, meus pais ficariam orgulhosos.

O que os dois estavam programando fazer depois que chegássemos em Thunder Bay? Eles não podiam ir para casa. Será que alguém iria atrás deles?

Atrás de Will?

Ainda de jeans e camisa, calcei os tênis de Alex e saí da cabine. As janelas estavam embaçadas por conta dos aquecedores internos, mas dava para ver a chuva torrencial que caía do lado de fora.

Eu precisava de comida. Não conseguia me lembrar da última vez em que comi qualquer coisa. Estava arrependida por não ter devorado aquele sanduíche que fiz quando estavam esperando os *brownies* saírem do forno hoje mais cedo.

Ou ontem, sei lá. Provavelmente, já passava da meia-noite agora.

Meu Deus, foi ontem que assei as fornadas de *brownies*? Que consertei o lustre caído? Que fiz amor com Will no chuveiro? Parecia que muita coisa havia acontecido desde então.

A cozinha ficava logo depois do vagão onde o bar funcionava. Desde a briga com ele, não o vi mais por ali. Nem quando estava à procura de um telefone, nem quando devolvi o celular de Erika cerca de uma hora depois. Muito menos hoje à noite, quando senti o cheiro de comida no carrinho que estava sendo empurrado pelo corredor. Ele passou direto pelo meu quarto, no entanto, e nem fez menção de parar por ali.

Foi estranho ter feito apenas um telefonema com o celular de Erika. Por algum motivo, achei que teria muito mais coisas para resolver, mas depois que liguei para a empresa e deixei uma mensagem, assegurando que estava bem, fiquei sentada um bom tempo sem saber a quem mais eu deveria contatar.

Martin não tinha motivo algum para se preocupar comigo, vovó havia morrido e eu não tinha mais ninguém. Nem amigos, para dizer a verdade. Nenhum animal de estimação. Nenhum homem à minha espera.

Acho que eu tinha uma consulta no dentista ontem, talvez...

Passei pelo próximo corredor e me aproximei da porta da cozinha, mas parei à porta quando ouvi um gemido em alto e bom tom.

— Aaaah... — ela gemeu.

Eu não sabia se era Erika, Winter ou uma das outras garotas, mas eu estava com tanta fome, que a pontada no estômago foi dolorosa. Eu precisava de alguma coisa para comer. Ou beber.

Andei nas pontas dos pés e dei uma olhada de esguelha pela porta, avistando as costas nuas de Winter Ashby, sentada em cima da bancada de alumínio da cozinha às escuras, com os braços ao redor do marido.

— Eu te amo — sussurrou ela, enquanto ele beijava seu pescoço.

Segurando seu rosto entre as mãos, ela pressionou os lábios aos dele em um beijo lento e demorado, antes de distribuir mais carícias pelas bochechas, nariz, testa e têmporas de Damon. Ele fechou os olhos e sorriu, respirando com dificuldade, como se estivesse em uma montanha-russa.

Meu corpo aqueceu, já que fiquei meio intrigada ao vê-lo tão entregue desse jeito, mas segui em frente e fui até o final do vagão, avistando, pela janelinha, um monte de gente no bar. Kai e sua esposa, Michael e Erika, e Alex. Will e seu primo não estavam em lugar nenhum, assim como os

NIGHTFALL

outros homens que os ajudaram em nosso resgate. Misha parecia estar com uma garota quando embarcamos no trem, mas não a vi por ali também.

A sala era pouco iluminada por arandelas espalhadas pelas paredes de madeira que emitiam uma luz amarelada que refletia nos sofás e cadeiras com estofados em cor vermelho-cereja.

Kai segurava sua mulher no colo, e sorriu quando ela cochichou alguma coisa em seu ouvido; Michael rodeou Erika e começou a preparar um coquetel para ela, adicionando uma quantidade imensa de tequila, o que a fez rir.

Meu olhar aterrissou em Alex, sentada em uma poltrona e com as pernas dobradas abaixo do corpo. Ela segurava um copo de bebida enquanto contemplava o nada pela janela.

Cerrei os punhos na mesma hora. Aydin podia estar morto. Ela nunca admitiria, mas eu sabia que era naquilo em que estava pensando.

Alguém se aproximou de mim por trás, mas nem ao menos precisei me virar para conferir, pois eu reconheceria seu perfume em qualquer lugar.

— Você sabia sobre Aydin e Alex? — perguntei a Will, ainda olhando para ela.

— Eu sabia só do que ela havia me contado — disse ele. — Sabia que ele existia, mas não fazia ideia do nome.

— Ele é apaixonado por ela.

— Ele não pode tê-la.

Virei a cabeça, tentada a encará-lo, porque o tom possessivo em suas palavras me assustou. No entanto, ele acrescentou:

— Ele é ruim para ela.

Olhei para Alex, mais uma vez, vendo-a sob um prisma que nunca vi antes. Os casais podiam a estar rodeando, e apesar de ela ter Will em quem se apoiar, ela nunca pareceu mais sozinha e perdida.

— E eu sou ruim para você, e você é ruim para si mesmo — continuei —, e Damon é ruim para o mundo, e Martin é ruim para mim… — Girei a maçaneta para abrir a porta do vagão. — O mundo é grande demais, Will.

Não podíamos excluir todas as pessoas que nos decepcionavam. Além do mais, por alguns deles ainda valia a pena lutar.

Entrei no bar e todos os olhares se voltaram para mim quando entrei, sendo seguida por Will.

— Acho que devíamos voltar — eu disse a todos. — Para *Blackchurch*.

— O quê? — Kai perguntou de supetão.

Com o cenho franzido, Michael emendou:

— Como é que é?

A porta se fechou e fiz contato visual com todos eles.

— Devíamos voltar e buscar aqueles a quem abandonamos.

— Não podemos voltar — disse Michael.

— Podemos, sim. — Balancei a cabeça. — A locomotiva tem uma marcha reversa.

Ele revirou os olhos e Kai se levantou, depois de tirar a esposa do colo.

— Uma equipe de segurança já estará lá. Se voltarmos, colocamos Will em perigo.

— Em primeiro lugar, Aydin e Taylor são pontas-soltas — salientei. — Você resgatou Will supondo que os outros prisioneiros não iam dar a mínima. Só que eles dão, e isso eu posso garantir. E em segundo lugar, Taylor Dinescu pode ir à merda, mas Aydin seria um aliado útil. Precisamos dele.

— *Você* precisa dele — retrucou Alex. — Aydin Khadir não nos merece. Essa é a diferença entre você e eu, Em. Posso sacrificar o que quero pelo bem dos outros.

— E o que você acha que eu fiz? — retruquei.

Eu queria Will mais do que qualquer outra coisa que já quis na vida. Eu queria tudo. Só não queria que ele vivenciasse a vida estressante que eu levava. Eu tinha vergonha, e precisava proteger a minha avó. Então, também me sacrifiquei, caralho.

Mantive o olhar focado ao de Alex. Era nítido o sofrimento que havia em seus olhos verdes, como sempre pude ver refletido nos meus. Ela achava que foi fácil para mim, porque acreditar nisso era muito mais cômodo.

Ela sabia da verdade.

Com os lábios franzidos, vi que ela tentava engolir o nó na garganta, mas sem conseguir. Depois de um segundo, ela tomou o resto de sua bebida de um gole só e girou a poltrona, encarando Michael e Erika enquanto colocava o copo vazio na mesa.

— Lembra daquela festa na piscina, quando o Michael e os caras te levaram na marra assim que você se mudou para o Delcour?

Erika assentiu e pulou da banqueta, indo ao encontro de Alex para se sentar ao seu lado.

— Aydin estava lá naquela noite — continuou contando. — Ele estudou em Yale com um dos companheiros de time de Michael, e fazia muito tempo que não nos víamos. — Ela fez uma pausa, e pude ver a lembrança

NIGHTFALL

481

brincando atrás de seus olhos. — Quanto mais eu bebia, mais o odiava e mais corajosa me tornava.

Por que ela o odiava tanto? Eu havia captado fragmentos da história em *Blackchurch*. Ele a queria, mas se negou a esse desejo por causa da pressão familiar. Ela sobreviveu sem ele.

Alex olhou para mim.

— Eu fui colega de quarto da namorada dele na faculdade, entendeu? — revelou. — Nós brincamos, uma noite, enquanto ele observava tudo pelo *Skype*. Foi assim que nos conhecemos.

Brincaram? Eu não conseguia imaginar isso. Não conseguia nem imaginar Aydin como um aluno de faculdade. Vivenciando a juventude como um verdadeiro ser humano.

No entanto, eu podia vê-la fazendo isso. Brincando com ele, provocando.

— Você deveria ter visto os olhos dele. — Alex fechou os dela por um momento enquanto todos ouviam. — Era como se ele estivesse sofrendo ou algo assim. Quase pude sentir sua respiração e o calor em seus braços. — Ela abriu os olhos, perdida em pensamentos. — E então, algumas noites depois, ele me quis para si, mas quando chegou a hora, ele arregou e a escolheu.

Permaneci quieta em meu lugar, e Will se sentou em um sofá à minha direita.

Indiferente, Alex deu de ombros.

— Mas... tudo bem. Ele não era meu, para início de conversa, então não tinha direito algum de achar ruim.

Ela suspirou audivelmente e continuou olhando para Erika.

— Na noite da festa na piscina, fiquei sabendo que eles não estavam mais juntos, e por mais que estivesse me sentindo poderosa por ele estar me devorando com os olhos, do outro lado da sala — ela disse —, eu não o deixaria vencer. Eu não era um bichinho de estimação esperando desesperada por um carinho.

— O que você fez? — perguntei.

Mas foi a voz de Will que ouvi em seguida:

— Você me deixou tirar sua blusa na piscina.

Um outro homem tirando sua blusa na frente dele...

— E ele estava olhando — aleguei.

Alex ergueu o queixo, orgulhosa, camuflando a dor de alguns momentos atrás.

— A vida continua — afirmou —, e a minha cama não estava fria. Eu queria que soubesse que eu não me importava com ele, e que não tinha vergonha de nada que tivesse feito. Ele não existia mais para mim.

E Aydin não podia ir atrás dela, mas também não queria mais sua noiva. Ele foi enviado para *Blackchurch* por causa disso.

Ela olhou para Will.

— Todo mundo olhou para mim, para suas mãos me tocando.

— Daí todo mundo ficou pelado na piscina — Will continuou.

O olhar de Alex se desviou.

— E ele viu a forma como nós dois nos olhávamos, e soube que havia me perdido.

— E o que você ganhou com isso? — perguntei.

Se havia uma pessoa que sabia o que era se manter firme, para que ninguém levasse a melhor, esse alguém era eu, mas ela estava se escondendo atrás de Will para afastar a solidão e o desespero.

Porque quando ambos alimentaram os vícios um do outro, eles se sentiram aceitos e não tiveram que enfrentar o caminho mais difícil pela frente.

Essa estrada era inevitável.

— Nem todo mundo nasce sabendo que seu caminho vai do ponto A ao B, Alex — eu respondi. — Você e Will são iguais. Você se senta lá em cima, em seu pedestal, com essas merdas de 'o amor vence tudo', e se recusa a entender que existem escolhas impossíveis que os outros têm que fazer, mas isso não significa que não amamos.

Minha voz se tornou mais áspera, e olhei ao redor, voltando a concentrar minha atenção nela outra vez.

— Isso é um saco? Sim! — esbravejei, sentindo o olhar de Will. — Mas você entende isso? Eu sei que sim. Às vezes, a incerteza parece mais arriscada do que simplesmente ficar com aquilo que é tão familiar. Leva tempo para arranjar coragem. Você não entende isso?

Todos eles podiam fazer o que quisessem no colégio, e agora, anos depois, em Thunder Bay, porque Damon estava certo. O vilão da história era apenas uma questão de perspectiva. Foi fácil demais para eles me julgarem, porque nas raras ocasiões em que eles mesmos não estavam fazendo merda nenhuma, eles davam esses esplêndidos ataques de hipocrisia quando se tratava de alguém de fora do grupinho.

— Você é tão hipócrita — rosnei, olhando ao redor da sala. — Todos vocês.

Sem hesitar, chutei uma mesa e o vaso decorativo acima tombou. Alex ficou tensa, mas seu olhar era fulminante.

Will se manteve sentado como uma estátua de gelo.

— Vocês não são bons o suficiente para mim — eu disse a eles e me virei, prestes a sair da sala.

Mas então ouvi o rangido da poltrona e a voz de Alex às minhas costas:

— Eu quero a minha camisa de volta — ela deixou escapar. — Agora.

Eu me virei, vendo-a de pé em uma atitude desafiadora e com a mão estendida.

— E meus tênis — disse ela.

— Vá se foder, Alex Palmer! — gritei, mostrando os dedos médios.

Ela veio para cima de mim, mas as luzes se apagaram, de repente. O trem chacoalhou e as rodas guincharam nos trilhos. Todos gritaram e eu perdi o equilíbrio, me chocando contra a parede e caindo de bunda no chão.

Recuei, confusa. Mas que porra?

A luz da lua lançou um brilho suave no vagão, Will tentou se levantar da cadeira onde estava, e Alex caiu de quatro na minha frente. Um dos caras praguejou e uma mulher gritou.

Arfei, assustada, olhando ao redor do compartimento escuro, vendo Will se endireitando ao mesmo tempo em que Michael se levantava e pegava seu telefone.

— O que foi isso? — Kai disparou.

— Está todo mundo bem? — Erika perguntou.

O trem tinha parado, mas quando olhei para cima, captei o brilho do olhar assassino de Alex, na escuridão. Bem ali, com todos distraídos ao redor.

O corpo de Will a três metros de distância aqueceu minha pele. Meu coração disparou quando senti seu olhar focado em nós duas.

— O que há de errado? — Michael perguntou.

Ele devia estar ao telefone, mas não desviei o olhar de Alex.

— Tudo bem, entendi. — Ouvi Michael dizer ao longe. — Sim, estamos bem. Envie um atendente para verificar o resto dos vagões. Obrigado.

Os botões da camisa cinza de Alex estavam abertos, e quando meu olhar pousou no vale entre seus seios, cravei as unhas no carpete.

— Os freios engataram para interromper a viagem — alguém disse. — Estávamos indo rápido demais. Não vai demorar muito para que o pátio ferroviário acione o interruptor e nos coloque em movimento novamente.

Mas ninguém respondeu a ele. Algo me atraiu, e quando olhei para cima, vi Will recostado ao assento, com os braços pendendo no encosto do sofá. Seu olhar ardente estava fixo ao meu.

Alex agarrou meu pé e eu respirei fundo, desviando o olhar para ela.

Ela me encarou e, lentamente... deslizou a outra mão pelo meu tornozelo, segurando a minha perna e arrancando o tênis. Um calor súbito correu em minhas veias.

O olho da tempestade. O olho da tempestade.

Respirei fundo e suspirei, acalmando a respiração quando me inclinei para trás e a deixei erguer minha outra perna para retirar o outro calçado.

A chuva açoitava as janelas, a floresta silenciosa do lado de fora sob a cobertura da noite. Michael acendeu uma vela, todos na sala apareceram ao fundo à medida que arrepios intensos percorriam meu corpo.

Todo mundo ficou em silêncio. Ali. Apenas nos observando.

Alex agarrou meu tornozelo.

— Não quero brigar... — murmurei.

Mas ela respondeu.

— E eu ainda quero a minha camisa.

Will não se moveu, mas o ouvi inspirando fundo.

As batidas martelaram meu peito, e senti seu olhar e um calor repentino se acumulando entre minhas pernas. Eu não conseguia pensar em nada.

Não havia medo. Nem dúvida. Apenas o momento. Não havia nada a perder que eu quisesse manter.

Lentamente, ergui meu corpo do chão e Alex fez o mesmo. Eu não ia me acovardar. Em seguida, desabotoei a camisa.

— Você acha que ele está morto? — Alex sussurrou, chegando mais perto.

— Não. — Deslizei os dedos abaixo, soltando um botão por vez. — Você sabe que ele não está.

Aydin havia destroçado sua vida por ela. Ele era cabeça-dura demais para morrer agora.

Abaixando a camisa pelos meus ombros, entreguei a peça a Alex, que imediatamente a largou no chão.

— Esse é o meu espartilho favorito — ela disse, sem interromper o contato visual.

Engoli em seco, sentindo um frio na barriga. Eu podia sentir seis pares de olhos focados na pele exposta dos meus seios e braços.

Com o olhar conectado ao dela, comecei a soltar os ganchos, pensando em seu corpo nu naquela festa; então me vi na mesma situação, diante de Will, sentindo o que ela sentiu quando Aydin a observava através da piscina.

NIGHTFALL

Com os outros olhando... Fiz questão de me manter firme e não recuar. Se isso a fizesse se sentir mais forte na frente de seus amigos, eu aguentaria.

Vamos ver até onde ela queria me pressionar.

Ela baixou a cabeça, o cabelo roçando minha bochecha enquanto roçava com dedo a renda que cobria minha barriga.

— Você fica gostosa nele.

Soltei o último gancho, sussurrando:

— É uma lingerie confortável.

Hesitando apenas um segundo, talvez me perguntando se alguém iria me impedir à medida que o olhar ardente de Will cobria minha pele, abri o espartilho e me desnudei diante de todos, sem desviar o olhar enquanto entregava a peça.

Mas ela não aceitou.

— E minha calça? — ordenou a seguir.

O ar frio fez com meus mamilos endurecessem, e eu olhei para o lado. Michael Crist, Kai Mori, Erika Fane, Will Grayson, todos me encaravam e...

Nove anos atrás, eu não teria dado esse prazer a eles. Agora, eu estava pensando em mim.

Danem-se eles. Alex e eu merecíamos isso.

Desabotoei o jeans e ela deslizou acima do meu corpo, puxando a calça devagar. Respirei fundo, fechando os olhos enquanto ela me ajudava a me livrar das peças de roupa, e quando ela se levantou outra vez, eu puxei contra mim – com nossas bocas pairando uma sobre a outra –, então deslizei meus dedos por dentro da boxer listrada que ela usava.

— Então você concorda, hein? — ela provocou.

— Sim. Acho que sim.

Empurrei a boxer pelas suas pernas e, em seguida, segurei a bainha da sua camiseta e comecei a levantar. Ela me encarou, mas antes que pudesse se preocupar comigo ou no que eu estava mergulhando de cabeça, eu retirei e puxei seu corpo contra o meu.

— Sim... — sussurrei contra sua boca, acariciando seu rosto, pescoço.

Agarrei um punhado de seu cabelo, beijando a ponta de seu nariz, a testa; deslizando os lábios por suas bochechas. Saboreei sua pele macia, sentindo-me tomada por uma necessidade desconhecida que não conseguia conter.

Enfiei os dedos dentro dela, e rangi os dentes, ambas ofegando enquanto ela gemia:

— Emmy...

Mas eu não queria parar. Devorei sua boca, beijando-a com vontade. Meus mamilos pressionaram os dela, e qualquer protesto que ela poderia ter, morreu em sua língua quando nossos gostos se misturaram; uma onda de choque me percorreu de cima a baixo quando senti seu toque aveludado.

Eu queria abrir os olhos, só para ver a expressão no olhar de Will e descobrir se ele estava embarcando nessa viagem comigo, mas já bastava saber que ele estava me observando.

Mordisquei seu lábio inferior e lambi o superior, incapaz de interromper o beijo que trocávamos. Agarrando suas mãos, eu a puxei contra mim, tirando minha calcinha enquanto arrancava a dela. Agora nuas, e com nossos corpos se tocando em todo lugar, eu não conseguia pensar.

Arfando, inclinei a cabeça para trás e fechei os olhos, sentindo sua boca deslizar pelo meu pescoço e descer pelo meu peito. Desesperada, segurei sua cabeça contra mim.

Ai, minha nossa... eu quero isso. Eu queria tudo. Eu queria que Will me visse da mesma forma como o vi naquela sala de luta livre, para que ele soubesse o que senti. Eu não estava com medo de cair em queda livre com ele, porque ele me fazia sentir segura, não importava o quão alto escalássemos.

Eu queria que ele me visse nos braços dela, e queria que eles assistissem.

— Tem certeza? — ela perguntou.

Inclinei a cabeça para frente outra vez, acariciando seu rosto enquanto seu hálito quente aquecia meus lábios.

Abri a boca, mas antes que pudesse dizer a ela para continuar, ouvi outra pessoa sussurrar:

— Não pare.

Com a boca seca e o corpo latejando de necessidade, olhei por cima do ombro de Alex e deparei com a esposa de Kai sentada no chão entre suas pernas, mal respirando enquanto olhava para nós. Ele se inclinou para frente, a mão firme em seu pescoço delicado e fazendo carícias suaves no rosto da esposa com o polegar. Sem desviarem o olhar em momento algum.

Michael segurava Erika no colo, recostada contra ele, a mão por dentro da camiseta e com os olhares fixos em nós também.

E era isso... Qualquer fagulha de hesitação ou dúvida foi completamente drenada de mim. Eu também queria *me* ver.

— Emmy... — Alex começou a dizer.

No entanto, agarrei sua nuca, nariz com nariz, encarando sua boca quando acariciei sua boceta com a mão.

NIGHTFALL

487

Ela gemeu, excitada.

— Emmy, nós temos q...

— Não fale — rosnei, baixinho, contra os seus lábios. — Eu quero você.

Ela estremeceu sob meu toque, lágrimas inundando seus olhos, então fiz com que ela se deitasse na *chaise-longue*. Ela se recostou, o cabelo castanho se espalhando por cima do estofamento quando desci sobre seu corpo, roçando os dedos em sua boceta e sentindo sua maciez.

Ela se contorceu, agarrando minha mão, mas não me afastou, e ouvi quando o clima na sala mudou. Respirações agudas e gemidos vindos de algum lugar.

Eu me abstive de olhar para Will, não querendo perder a coragem, enquanto Alex e eu nos acariciávamos. Suas mãos deslizaram pelo meu corpo, meus dedos tocavam seu rosto; nossos corpos colados e as bocas unidas em um beijo avassalador. Nossos seios se esfregavam e seus mamilos pontiagudos me enviaram um arrepio pela coluna.

— Eu vou lamber você — murmurei, penetrando-a com meus dedos e provocando seu clitóris.

Ela estremeceu.

— Não.

— Sim. — Segurei sua nuca e rebolei os quadris contra os dela, quase não conseguindo mais suportar o calor e o suor que aquecia nossos corpos. — Abra as pernas, Alex.

Eu a beijei, transando com ela, nossos gemidos se misturando com os outros arquejos na sala, e sua respiração e língua aqueceram minha boca, a ponto de eu quase implorar por isso. Eu queria tanto chupá-la.

Ela permaneceu imóvel por alguns segundos, e então... Suas coxas se separaram e eu sorri, arqueando as costas quando ela se levantou e puxou meu mamilo com os dentes.

— Will? — ofeguei, mantendo os olhos fechados enquanto ela me chupava. — Eu quero estar em um de seus vídeos.

Se eu me colocasse na mesma situação que eles, não haveria volta.

Alex gemeu.

— Você tem certeza? — ela zombou. — Você quer um vídeo seu me fodendo?

Caramba, sim. Inclinei a cabeça para baixo, capturando seus lábios, o gosto dela fervendo em meu sangue.

Mas então Will disse:

— O trem tem circuito-interno, baby — disse ele, com a voz áspera. — Canto superior direito, atrás de você.

Olhei por cima do ombro, vendo a pequena câmera de segurança preta perto do teto, o brilho da vela refletindo na lente escura. Tudo agora estava gravado.

Alex trilhou um caminho no meu pescoço com a língua.

— Me lambe agora...

Sim, senhora.

Sorrindo, mergulhei para mais um beijo intenso e gostoso, antes de empurrá-la de volta na *chaise* e descer pelo seu corpo escultural. Beijei seu seio, saboreando a pele com minha língua e chupando a carne macia. Dei atenção ao outro, massageando seus quadris enquanto mordiscava e chupava o mamilo.

Deslizando mais para baixo, ela ajustou o corpo e se recostou no sofá, e eu me ajeitei e aninhei entre suas pernas abertas. Hesitando apenas um segundo, para dar uma olhada, avistei a esposa de Kai em seu colo agora, nos encarando, em uma posição de *cowgirl* reversa; a mão dele se encontrava dentro da calcinha da esposa, a única peça que ainda restava em seu corpo. Michael e Erika também estavam entretidos um com o outro, mas mantendo o olhar focado em nós. Ela se encontrava sentada numa banqueta, com ele entre suas pernas.

Will não se moveu, os braços ainda sobre o encosto do sofá e o rosto oculto nas sombras.

Foda-se. Foda-se tudo.

Deslizei a língua pela fenda sedosa, sentindo a pele macia e flexível de sua boceta, e por mais que quisesse me refestelar ali, também queria que isso durasse para sempre. Eu queria prová-la.

Chupei seu clitóris, sentindo a pequena protuberância endurecer e latejar com o calor. Mordisquei os lábios, enfiando os braços por baixo de suas coxas para mantê-la cativa enquanto a lambia de novo e de novo, fazendo as mesmas coisas que eu gostava que Will fizesse comigo.

Com vontade, eu a chupei em minha boca e dei um beijo francês em sua boceta quente, meu próprio clitóris vibrando como um maldito sino.

Caralho, eu estava encharcada.

Mergulhei mais fundo ainda, afundando os dentes em sua coxa, beijando e mordendo cada maldito lugar que eu conseguia alcançar.

— Emmy! — gritou ela, passando os dedos pelo meu cabelo e se esfregando contra a minha boca.

Olhei para ela, os seios empinados e balançando enquanto ela fodia meu rosto, e segurei firme, sentindo seu corpo estremecer quando seu orgasmo atingiu o auge. O suor cobria sua testa e o vale entre seus seios, e minha cabeça girava, leve e quente.

Tudo estava quente. Ouvi um tecido sendo rasgado em algum lugar, seguido de um grito e um ofego, e sorri, mergulhando e chupando-a novamente com tanta força que ela agarrou meu cabelo e inclinou a cabeça para trás, dando um gemido longo e gostoso.

— Aaaah! — ela arquejava, gozando contra a minha língua. E eu adorei cada maldito segundo daquilo.

Eu tinha um coração. *Posso mergulhar e sentir.* Eu sabia disso agora.

Eu estava livre.

E agora era a minha vez. Subindo pelo seu corpo, lambi sua essência de meus lábios e levantei sua perna, encaixando a minha direita por baixo enquanto apoiava o pé esquerdo ao lado de seu quadril. Segurando sua perna com uma mão, comecei a me esfregar contra sua boceta, em um ritmo intenso e voraz, tentando aliviar a porra da necessidade em meu corpo.

— Ah, porra — ouvi Kai rosnar.

Eu me inclinei para trás, rebolando os quadris e virando só um pouquinho de lado para senti-la por inteiro, me deliciando com a visão de seus seios balançando.

Olhei para Kai e sua esposa, seus olhos fechados, suas costas contra seu peito e os dedos profundamente inseridos dentro dela enquanto ela enlaçava seu pescoço com um braço estendido para trás. Ele mordeu o lóbulo de sua orelha e ela virou a cabeça, devorando a boca do marido.

Erika estava nua, de frente para mim agora e com os dedos cravados no banquinho à medida que Michael chupava seu pescoço e a fodia por trás.

Inclinei a cabeça para trás, mantendo a posição de tesoura e sentindo minha boceta cada vez mais molhada enquanto eu me esfregava uma e outra vez, cada vez mais forte, contra Alex.

Recuperando-se de seu orgasmo, ela agarrou minha coxa e começou a me cavalgar de volta, sincronizada ao meu ritmo, e quando olhei por cima do ombro, percebi que Will ainda nos observava. O som de sua respiração resfolegante era o único sinal de que ele estava vivo.

— Ele te observa do mesmo jeito que Aydin fazia comigo — Alex disse, baixinho.

Massageei seu seio, com um toque faminto e possessivo.

— Isso não é para ele — sussurrei.

Isso era sobre nós. Era para ela saber que eu a enxergava, e que também sabia que havia muito mais para mim do que imaginei. Que eu poderia ir até o limite.

Eu era mais do que sempre achei que fosse.

— Ah, Emmy... — ela gemeu e nosso ritmo acelerou. — Sua boceta é tão gostosa. Puta que pariu...

— Sim... — choraminguei.

Meus seios balançaram e meu cabelo fez cócegas na parte inferior das minhas costas enquanto eu fodia sua boceta, e deixei os gemidos escaparem enquanto sentia meu orgasmo se aproximando cada vez mais.

— Ai, caralho... — Michael rosnou.

Todos ali nos observavam, os olhos de Michael e Erika se concentraram, e Kai e sua esposa arquejaram, perfurando-nos com olhares desesperados enquanto ele a fodia com os dedos.

— Vou gozar de novo — disse Alex.

Eu balancei a cabeça.

— Não goze ainda.

— Ah, caramba... — Ela fechou os olhos com força. — Mais duro...

Rebolei os quadris com força, seu clitóris esfregando contra o meu e fazendo o sangue correr em minhas pernas enquanto eu gemia e gritava, incapaz de conter o prazer.

— Puta merda... — gritei.

— Emmy!

— Não goze! — exigi, fazendo círculos contra ela e sentindo seu calor se misturar ao meu. — Eu quero mais. Eu não terminei com você. Eu não acabei ainda.

Eu queria gozar a noite toda.

Mas já estávamos lá. O corpo de Alex retesou, todos os músculos se contraíram e uma gota de suor escorreu pelas minhas costas quando meu orgasmo explodiu. A sensação era como se um raio houvesse se apossado do meu corpo.

Gritei tão alto que não me importei se o trem inteiro ouvisse. Espasmos percorreram meu corpo e eu desacelerei o ritmo; mechas de cabelo grudavam no meu rosto, a pele úmida e pegajosa à medida que uma onda de contentamento me varria de cima a baixo.

Minha nossa, isso foi sexy pra caralho.

— Merda... — murmurei.

— Não consegui segurar por muito tempo. — Ouvi Michael dizer. — Sinto muito, amor.

Erika deu uma risadinha, ainda ofegante.

NIGHTFALL

— Tudo bem. Eu gozei também. — E então ouvi ruídos de beijos molhados. — Eu te amo.

— Eu também te amo — disse ele.

Abrindo os olhos, encarei Alex e vi que ela tentava recuperar o fôlego, então me inclinei e recostei a testa em seu peito. Ela passou as mãos pelas minhas costas, me segurando apertado.

Pouco depois, a esposa de Kai chegou ao clímax, gemendo sob a penumbra do vagão, e eu quase sorri, mas não tinha forças.

Nunca teria imaginado que faria algo assim, mas não fiquei com vergonha. Nem um pouco. Eles pularam junto quando decidimos saltar do precipício.

Eu estava prestes a me levantar e enfrentar Will, quando algo escorregou ao redor do meu pescoço. Fui forçada a me levantar, sentindo a coceira na pele por conta do contato com uma corda.

Will me puxou contra seu corpo e eu inclinei a cabeça para trás, vendo-se abaixar a cabeça e roçar o lóbulo da minha orelha com os dentes.

— Não fique muito à vontade — ele sussurrou com a voz rouca. — Você ainda não saiu da prisão.

Ele agarrou meu seio, apertando-o como se fosse sua propriedade, e calafrios se espalharam pelo meu corpo quando o trem começou a se mover novamente.

Seu hálito quente soprou em meu ouvido:

— Está na hora de você ver as catacumbas.

Um arrepio percorreu minha coluna e meus mamilos enrijeceram quando me virei e olhei para ele.

— Eu não quero mais crescer — eu disse a ele. — Leve-me de volta a Thunder Bay.

De volta à Terra do Nunca.

Eu estava mais do que pronta.

CAPÍTULO 35

Dias atuais...

— Você vai lutar contra isso? — perguntei quando David a tirou do trem.

Ela sorriu, a corda que eu havia enrolado ao redor de seu pescoço, ontem à noite, agora amarrada também em seus pulsos.

— Eu nunca vou parar — debochou. — Eu juro.

Um sorriso ameaçou escapar, e eu gesticulei com o queixo para que David a levasse embora dali, antes que ela visse quanto poder ainda exercia sobre mim.

A noite passada foi uma loucura. O que ela estava fazendo comigo?

Ela foi incrível. Vê-la daquele jeito, viva, da mesma forma que agiu na estufa, e ciente de que as mentiras que contei a mim mesmo, só para me sentir melhor por tê-la perdido tantos anos atrás, eram completamente falsas.

Ela se encaixava conosco.

Ela foi *feita* para nós.

O que as pessoas não eram capazes de fazer, caso se sentissem seguras o suficiente para mergulhar de cabeça? Pois ela fez. Ela não precisava, mas a melhor parte de tudo é que não acho que ela estava pensando nisso. Ela apenas se deixou levar.

Eu queria tanto abraçá-la, mas precisei me conter com medo de machucá-la, tamanho era o meu desejo por ela. Meu pau estava duro pra caralho na noite passada, só por observá-las.

E Alex... A maneira como Emmy assumiu o controle foi ainda mais surpreendente, porque eu sabia que Alex não estava acostumada a isso. Foi lindo vê-la dominada, seduzida e cuidada, de forma que ela pôde se divertir ao invés de se sentir pressionada a dar prazer aos outros quando fosse a sua vez.

Felizmente, Emmy parecia não ter acordado ainda, embora o anoitecer já tivesse passado horas atrás. O feitiço não havia se quebrado, e ela ainda era... celestial.

Chegamos a Thunder Bay por volta das oito da manhã. Lev e David foram instruídos a levar Emory para St. Killian, e eles caminharam pela plataforma, sendo seguidos por Misha e as meninas. Os caras ficaram comigo no vagão que esvaziava aos poucos.

Avistei um emissário do lado de fora e estava prestes a avisar aos caras que os veria dali a pouco, quando, de repente, recebi um murro no estômago. Dobrei o corpo, mal conseguindo respirar, avistando apenas o borrão do movimento de Damon dando um murro no rosto de Kai e, em seguida, um soco no estômago de Michael.

— Argh! — Michael rosnou, ecoando minha própria reação.

— Cara, que porra é essa? — resmungou Kai, esfregando o queixo.

Levantei a cabeça e olhei para Damon, meu abdômen dolorido como se um nó houvesse se formado ali. Ele respirou fundo e apenas ajeitou as lapelas de seu terno.

— Espero nunca mais deparar com as minhas irmãs festejando em um bacanal estranho do caralho — afirmou ele. — Entenderam?

Ele não esperou por uma resposta. Com os lábios franzidos, saiu do trem enquanto nós três tentávamos recuperar a compostura.

Droga. Ele viu aquilo ontem à noite? Porra.

— Sempre esqueço que aquelas duas são irmãs dele — disse Michael, esfregando o estômago.

Kai começou a rir, balançando a cabeça.

— Merda...

Começamos a rir, e a cena de Damon entrando no vagão, e, recuando na mesma hora, se repetiu uma e outra vez na minha mente. Como não o tínhamos visto?

Coitado do D.

Estendi a mão para Kai.

— Me dê as suas chaves — disse eu. — Vá com o Michael, porque tenho algumas coisas a fazer.

Ele assentiu e largou as chaves na palma da minha mão, então agarrou minha nuca e me puxou para perto.

— Bem-vindo de volta ao lar. — E saiu do trem.

Era bom estar em casa. *Eu acho.*

— Leve Emory com você — instruí Michael. — Tranque ela lá embaixo. Eu chego lá daqui a pouco.

— Tudo bem.

Micah, Rory e eu saímos do trem e peguei o envelope do emissário quando passei por ele, não parando para nada enquanto rasgava o papel e retirava um celular dali de dentro. Liguei o aparelho e meu dedo pairou sobre os números do teclado, mas...

Eu não estava pronto. Não queria ter que enfrentar o mundo ainda e não tinha certeza do que diria aos meus pais se ligasse para eles.

Ou para o meu avô, irmãos ou outros amigos...

Calma...

Acionei o chaveiro e vi as luzes traseiras de um Porsche Panamera preto acenderem. Meu corpo formigou de prazer só em pensar em dirigir aquela máquina. Meu Deus, fazia tanto tempo. Os assentos de couro rangeram assim que me sentei, e eu inspirei o cheiro de carro novo, a euforia instantânea acalmando meu cérebro.

Porra, isso era bom.

Dei partida e o rádio imediatamente começou a tocar uma música do *Thousand Foot Krutch*, em seguida, pisei fundo no acelerador. Nós saímos do estacionamento, a velocidade e a música assumindo enquanto Rory recostava a cabeça e fechava os olhos, respirando com tranquilidade pela primeira vez desde que o conheci. Micah estava sentado no banco do passageiro ao meu lado, com a cabeça inclinada para fora da janela aberta, sorrindo e suspirando ao mesmo tempo que o vento soprava em seu rosto.

Sentimos falta dos pequenos e simples prazeres da vida, como a velocidade, o vento e a liberdade. Eu só precisava de um cheeseburger decente agora, daí me sentiria realmente em casa.

Acelerando pela cidade, passamos pelo *Cove*, por *Cold Point* e pelos outros bairros. Uma placa verde de 'Vende-se' estava fincada no gramado em frente a antiga casa de Emmy. O quintal estava uma zona, e eu sabia que Martin Scott passava mais tempo em Meridian do que ali, à medida que ele subia de patente no serviço público, mas não parei ali para analisar melhor a situação. Será que Emmy sabia que a casa estava à venda? Há quanto tempo havia sido anunciada? Era uma casa ótima em um bairro pequeno e pitoresco. Com certeza, haveria interessados, isso se já não tivesse aparecido alguém.

Virando à direita, passamos pelo vilarejo e pela catedral, então peguei a esquerda – passando em frente à minha antiga escola – e fomos em direção à casa dos meus pais, no alto da colina.

Eu bem que gostaria de adiar esse reencontro um pouco mais, ainda mais porque minha mãe não me deixaria sair dali facilmente, fazendo questão de reclamar que havia ficado preocupada; meu pai, em contrapartida, me interrogaria a respeito de cada detalhe até estivesse satisfeito com as explicações. No entanto, se os dois descobrissem que eu havia chegado à cidade, e que não fui até lá na mesma hora, a coisa poderia ficar feia.

Eu não tinha certeza do porquê trouxe Micah e Rory comigo. Talvez eu quisesse que eles vissem como era a minha vida aqui. Ou talvez tivesse ficado pau da vida por eles terem tomado o lado dela ontem, e só quisesse um pouco de tempo com os dois. Eu me esforcei por um tempo árduo e longo demais para forjar uma aliança com eles, para acabar perdendo ambos para minha pequena usurpadora. Embora, eu tenha que admitir que apreciei a lealdade deles a ela. Isso poderia ser útil.

Desci do carro e subi correndo os degraus da entrada de casa. Tudo parecia exatamente como era, desde antes de eu viajar mais de um ano atrás. Embora não soubesse onde estavam minhas chaves ou roupas, neste momento, eu tinha quase certeza de que devia haver um estoque das minhas coisas no Delcour.

Girei a maçaneta e abri a porta, sorrindo na mesma hora quando senti o cheiro das flores frescas que minha mãe fazia questão de manter por ali. O *hall* de entrada era grande, como em *Blackchurch*, mas o ambiente era claro e arejado, já que minha mãe era uma decoradora bem mais talentosa. O sorriso ainda se espalhava pelo meu rosto quando os caras me seguiram e olharam tudo ao redor.

— Olá? — Ouvi a voz de Meredith. — Quem está aí?

A governanta-chefe apareceu em um canto da casa, secando as mãos em um pano de prato. Seu cabelo se encontrava preso em um rabo de cavalo tão apertado, que as sobrancelhas quase tocavam a raiz.

Ela sorriu ao me ver.

— Will!

— Ei. — Abaixei o corpo e dei um beijo em sua bochecha. — Tem alguém aí da família em casa?

Eu não queria dar a ela a chance de fazer perguntas.

Ela sacudiu a cabeça.

— Não. Seus pais estão na Califórnia, a negócios, e não há mais ninguém aqui. Devo ligar para o Sr. e a Sra. Grayson?

— Não — disse eu, de pronto.

Isso era perfeito, para dizer a verdade. Eu sentia falta deles, mas tinha assuntos mais urgentes agora que seriam resolvidos com mais agilidade se eles ficassem fora do caminho.

— Quero fazer uma surpresa — acrescentei.

Ela olhou para Micah e Rory, e era nítido que queria perguntar mais coisas, mas também sabia que não era um bom momento para um bate-papo.

— Bem, é muito bom ver você.

— Sim, é bom te ver também.

— Vocês querem comer alguma coisa?

— Não — menti, lembrando-me de suas deliciosas caçarolas para o café da manhã. — Mas estarei de volta nos próximos dias. Quando chegarem em casa, diga aos meus pais que estou na cidade e que não pretendo ir a lugar nenhum.

Ela sorriu.

— Que bom. Sua mãe precisa de seu parceiro de *spinning* de volta.

Gemi, baixinho, e num piscar de olhos ela sumiu dali.

— Parceiro de *spinning*? — repetiu Rory.

— Cale a boca.

Micah deu uma risada de escárnio, e revirei os olhos.

Olhei em volta, pensando que minha intenção era pegar algumas coisas no meu quarto, mas agora já não estava com vontade.

— Você precisa de roupas ou algo assim? — Micah perguntou.

Não respondi à pergunta. Em vez disso, fui até a mesinha recostada à parede e abri a gaveta, tirando as chaves do carro e jogando-as para Micah.

— Pegue o Audi e me siga.

Saímos de casa e eles entraram no carro do meu pai enquanto eu dirigia o de Kai, e em seguida nos encaminhamos até o vilarejo. Encostamos no meio-fio, bem em frente ao cinema. Eu tinha algumas coisas para dar a eles, assim como precisava cuidar de uns assuntos, mas assim que peguei o envelope e saí do Porsche, olhei para cima e vi algo novo à distância.

O qu...?

As folhas farfalharam nas árvores e o cheiro de pizza que flutuou no ar, vindo do *Sticks*, se infiltrou em minhas narinas, mas nem me dignei a olhar quando alguém gritou:

— Ai, meu Deus! Will! Você voltou!

Meu olhar estava focado no alto da colina, bem no centro do parque do vilarejo.

De onde diabos aquilo apareceu?

Corremos pela rua, os caras em meu encalço, e meu coração disparou no peito ao observar o enorme e lindo gazebo de ferro forjado que fora construído no lugar daquele que incendiei anos atrás. Como se ele sempre tivesse estado lá, ao invés do de Emmy.

Logo após o incêndio, a cidade recolheu os escombros, e anos depois que saí da cadeia, sempre evitei o vazio que pairava à esquerda quando ia ao *Sticks*, ao cinema, ou à Taverna *White Crow*...

Fiquei fora daqui por menos de um ano e meio, desta vez, e mesmo assim alguém reconstruiu um gazebo no lugar do antigo?

Alguém tirou minha chance de corrigir meus erros.

Não que estivesse com pressa de fazer isso sozinho, e nem mesmo sabia se era o que queria fazer, ainda mais do jeito que sempre me irritava com ela, mas... Não gostei de ver minha chance arruinada dessa forma.

— Este era o tal gazebo? — perguntou Micah. — Achei que ela tinha dito que foi destruído num incêndio.

Eu me esqueci por completo que ela havia mencionado isso naquela noite, à mesa de jantar. Não me explicaria para eles, ainda mais porque não fazia ideia de quem havia construído aquilo ali, mas pensei na mesma hora: por que Michael ou Kai não impediram a construção? Eles deviam saber que eu tinha meus próprios planos para substituir aquela merda algum dia. Ou, no mínimo, eles deviam ter pensado que eu, *eventualmente*, estava planejando isso.

Levantei a cabeça e analisei a estrutura circular preta com quatro conjuntos de escadas posicionadas a norte, sul, leste e oeste, e que levavam ao patamar; o telhado aberto e as colunas que se juntavam ao topo não impediam a entrada de folhas ao vento e da chuva em uma tempestade. Hera se enrolava às grades de ferro, dando a impressão de que o gazebo se erguia da terra.

Era um *design* muito bonito, na verdade. Eu não teria feito melhor, se é que isso servia de consolo.

Bem, merda...

Suspirando, balancei a cabeça e me virei, encarando os caras enquanto abria o envelope.

— O carro é de vocês, por enquanto — informei.

Meus pais não se negariam a me emprestar o veículo pelo tempo que eu precisasse. Eles só não precisavam saber que não seria eu que o usaria. Entreguei a Rory outra chave e apontei para o prédio do cinema da nossa família às suas costas.

— Tem um apartamento lá em cima. Totalmente mobiliado, geladeira abastecida e é todo seu.

Olhando entre um e outro, entreguei a eles um celular e uma carteira. Com testa franzida em confusão, Rory abriu a carteira e examinou a licença de motorista, os cartões de crédito e o dinheiro, tudo entregue às pressas esta manhã na estação de trem.

Ele levantou a cabeça e retirou o cartão preto com seu nome impresso.

— Você não precisava fazer isso.

— Não fui eu que fiz.

Micah arqueou as sobrancelhas escuras e olhou para Rory, antes de se voltar para mim:

— Foram nossos pais?

Não o respondi. Eu fiz inúmeros telefonemas noite passada, mas não foi um milagre arranjar tudo isso em um curto espaço de tempo como, provavelmente, eles deviam estar pensando. Eu estava planejando tudo isso há muito tempo, e eu e meu pequeno *laptop*, escondido no meu quarto no sótão, tínhamos colocado as rodas para girar há muito tempo.

Eles agora tinham um carro, um lugar para ficar, dinheiro e não precisavam voltar para as famílias que os haviam despachado para *Blackchurch*. Aquele era o início de uma nova vida e era o mínimo que eles mereciam.

— Façam o que quiser — eu disse a eles. — Podem ficar, ir embora, jogar o dinheiro e os cartões no vaso sanitário... Vocês decidem.

Eu os queria aqui, mas eles tinham que querer também.

— Só me deem o fim de semana — pedi. — Daí vocês podem ver se querem construir uma vida aqui.

Eles se entreolharam, cientes de que poderiam ir a qualquer lugar, pelo menos por um tempo. Suas famílias só concordaram em deixá-los em paz, porque meus amigos e eu – Graymor Cristane – fizemos um acordo. No entanto, eu não os obrigaria a fazer nada que não quisessem.

— Se vocês ficarem — salientei —, se quiserem fazer parte do que somos, seus pais financiarão as cotas de vocês em nosso *Resort*. Senão, não se preocupem.

Eles poderiam se virar por conta própria. Ou podiam se juntar a nós.

NIGHTFALL.

— Thunder Bay é um lugar onde vocês não precisam se esconder — eu disse a eles.

Éramos uma família. Haviam puxado nosso tapete muito tempo atrás, mas não seríamos nós que sairíamos dali, e, sim, todos os outros.

Eu só precisava ouvir um 'sim' deles.

— Vou deixar vocês pensando sobre isso. Vamos para a casa de Michael — eu disse, liderando o caminho de volta para os carros. — Nós precisamos de comida.

— Não vou nem discutir sobre isso — Micah disse. — Estou faminto.

Então sorri para mim mesmo. Se eles estavam dispostos a ficar durante o café da manhã, provavelmente, a resposta deles não seria negativa.

Acabei não ficando na casa. Eu os deixei em St. Killian, onde o cozinheiro tinha servido o café da manhã, até que vi a mesa movimentada com todos os pais, seguranças e... Meu coração despencou ao ver as cabecinhas cobertas com cabelo escuro correndo ao redor da mesa.

Crianças.

Meu peito se partiu, e eu não sabia distinguir quem era Madden e quem era Ivarsen, mas não pude ficar ali. Eu só... não consegui. Corri de volta para o carro, fugindo, deixando meus meninos e Emmy para trás, e passei o resto do dia cuidando de zilhões de outras coisas que eu tinha que fazer, só para que não tivesse que pensar em tudo o que havia perdido enquanto estive fora.

Eu sabia disso, certo? Tanto Banks quanto Winter estavam grávidas quando fui para *Blackchurch*. Eu sabia o que estava acontecendo em casa. Mas foi tão difícil ver seus filhos pela primeira vez. Porque eu sabia que deveria ter estado lá.

E eu não estive lá.

Depois de queimar mil calorias em Hunter-Bailey, onde ainda era sócio – obrigado, Michael –, peguei algumas roupas e pertences de Delcour, fui ao banco e verifiquei minhas contas, desbloqueando tudo; em seguida, fiz mais alguns telefonemas e cuidei de outras tarefas menos importante. Além disso, tive uma reunião rápida no *White Crow*.

A cidade continuava tão bonita como sempre. O Campanário ainda estava em ruínas, a enseada ainda se encontrava tranquila à distância, e o túmulo de Edward McClanahan estava decorado com bugigangas da última peregrinação feita pelo atual time de basquete da Escola Preparatória de Thunder Bay. Dirigi por um longo tempo, passei pela velha casa de Emmy diversas vezes, além da velha escola, e evitei por completo a ponte onde quase me afoguei há dois anos.

Somente depois de transitar pela quinta vez pelos bairros ao redor da vila – o sol se pondo sob o crepúsculo –, foi que percebi que era *EverNight*.

Man or a Monster tocava no rádio enquanto velas tremulavam às janelas dos quartos de adolescentes e crianças, nos pisos superiores, cintilando com suas oferendas a Reverie Cross.

Quando a noite chegou e o frio penetrou meus ossos, tudo o que eu mais queria era um lugar quente e aquele cheiro que havia sido impregnado em mim ontem à noite.

Será que seu irmão sabia que estávamos na cidade? Não seria difícil para ele saber onde encontrá-la.

Virei o carro na direção de St. Killian, subindo pela encosta, e dava para sentir a brisa do mar sacudindo o carro à medida que eu passava pela casa de Damon, seguida da de Banks, dos pais de Michael, assim como pela propriedade da mãe de Rika. Acelerei pela estrada asfaltada e passei pelos pilares iluminados por candeeiros, seguindo pelo caminho para a antiga catedral.

As velas cintilavam em todas as janelas, cujos vultos podiam ser avistados através das cortinas no andar superior. Uma palhoça com uma pira acesa ornamentava o centro da entrada de veículos. O cascalho estalou sob os pneus assim que estacionei o carro.

O trajeto era lindo. Este lugar era lindo. Eles fizeram um bom trabalho.

Música e risos me saudaram assim que abri a porta e olhei para o interior da sala de jantar; a planta baixa e arejada estava muito bem-preservada, exceto pelas poucas paredes que haviam sido acrescentadas em pontos específicos para dar privacidade a alguns cômodos.

Winter se encontrava sentada no colo de Damon, rindo junto com Alex de alguma coisa que Rika dizia – provavelmente, algo relacionado ao casamento, já que a mesa estava repleta de anotações, revistas, flores, lanches e... smokings. Banks e Kai devem ter ido para casa, e Micah enviou uma mensagem mais cedo avisando que eles iam passar a noite no apartamento.

Eu não fazia ideia de onde Misha e Ryen podiam estar, mas era capaz que tivessem ido para a casa dele, ou a dela, em *Falcon's Well* – não muito longe daqui. Michael saiu da cozinha com um prato de sanduíches, devorando um enquanto se dirigia até eles.

No entanto, retrocedi alguns passos, antes que qualquer um deles pudesse me ver. Ouvi um pequeno murmúrio atrás de mim, e um frio na barriga me dominou quando me virei e atravessei o vestíbulo rumo ao salão de festas. Os lustres estavam acesos à meia-luz, sofás e cadeiras se espalhavam pela sala, e num canto, um cercadinho me chamou atenção. Uma cabecinha com o cabelo escuro e espetado estava de pé.

Eu me aproximei, admirando o menino de olhos azuis e cílios longos como os da mãe, com sobrancelhas escuras iguais às do pai, e senti meu queixo tremer com as lágrimas embargadas, porque ele era fofo demais.

Sem hesitar, eu me abaixei e o peguei no colo, o corpinho miúdo mais leve que o ar. Seu cheiro maravilhoso de bebê me deixou zonzo, e meus olhos marejavam de emoção.

As risadas corriam soltas na sala de jantar, enquanto meu corpo tremia com os soluços silenciosos e as lágrimas que agora desciam livremente pelo meu rosto à medida que eu contemplava aquele rostinho lindo. Damon tinha feito tudo isso sem mim. Ele estava indo tão bem – sem mim.

Eu deveria ter estado aqui quando seu filho nasceu. Eu ainda precisava conhecer Madden.

— Vou te levar para colher doces ou travessuras ano que vem, tá bom? — sussurrei para ele. — Vou levar você todos os anos a partir de agora. Vou comprar minha própria casa e estarei em cada um dos jogos de Michael e em cada um dos espetáculos de dança da sua mãe. Ah, também vou te dar os maiores presentes de aniversário. — Apoiei a bochecha em sua testa por um longo tempo. — E quando seus pais te deixarem comigo, para sair em um encontro sozinhos, vou deixar você acordado além do seu horário de dormir.

Ivar, Mads e o bebê que Winter estava carregando agora nunca saberiam que eu já estive ausente.

Eu o coloquei de volta no cercadinho e pressionei os lábios em sua cabeça. Em seguida, ajeitei a cobra de pelúcia entre seus bracinhos, rindo baixinho ao me lembrar do Godzilla que comprei para Em. Será que ela ainda o tinha?

Fui para os fundos da casa, desci as escadas para as catacumbas, reparando que Rika havia convencido Michael a não substituir os degraus de pedras irregulares com tábuas de madeira. Quanto tempo se passou desde que estive aqui? Na noite em que Damon, Winter e eu escapamos da morte naquela ponte?

As chamas artificiais que provinham das arandelas cintilavam pelo piso de madeira, por todo o trajeto que conduzia a dúzias de quartos aqui embaixo. Eu não tinha certeza em qual deles eles a haviam acomodado, mas girei a maçaneta da primeira porta que apareceu. Assim que a porta escancarou, entrei no quarto imerso em penumbra, e avistei a silhueta sob o lençol.

— Will? — murmurou, virando-se.

Ela esfregou os olhos sonolentos, e eu reparei no sutiã preto de renda sob o macacão jeans que usava, sentindo o pulso acelerar e meu pau estremecer na mesma hora.

Porra. Eu adorava quando ela vestia um macacão.

Admirei a pele bronzeada e o cabelo castanho se espalhando pelos braços; os seios cheios e os lábios rosados. A corda antes enrolada ao redor de seus pulsos, agora circulava seu pescoço – do mesmo jeito que eu havia colocado pela manhã –, e a folga do nó se acomodava entre os seios e se ocultava por dentro do macacão.

Não consegui conter o sorriso.

Sentando-se, ela se aproximou de mim e eu me postei à sua frente, encarando minha "Encrenquinha" que não havia mudado em nada desde que me irritou e me deixou com tesão por todo o ensino médio.

— Micah e Rory estão hospedados em um apartamento na cidade. — Acariciei seu rosto com os nódulos dos dedos. — Você quer ficar lá com eles?

Ela balançou a cabeça.

Dei atenção à outra bochecha, acariciando o que me pertencia e, em seguida, segurei seu queixo entre os dedos, com gentileza.

— Eles têm comida lá em cima — murmurei. — Você quer comer?

Novamente, ela negou com um aceno.

Inclinei sua cabeça para trás, adorando sua brincadeira. Isso me agradou pra caralho.

— Você quer ficar comigo? — zombei.

Lentamente, ela assentiu.

Peguei um estojo dentro do bolso do paletó e o coloquei sobre a mesinha de cabeceira.

— Encomendei outro par de óculos pra você.

Consegui convencer a Dra. Lawrence a entrar em contato com o oftalmologista de Emory, na Califórnia, para conseguir a receita mais recente.

NIGHTFALL

— Onde você arranjou esse macacão? — perguntei.

— Encontrei no armário da Rika.

— E você ficou aqui embaixo sozinha, apesar de a porta não estar trancada?

Ela não se mexeu.

A roupa, a corda, a disposição e a espera na cama... Eu me perguntei quando a briga viria, porque eu sabia que era inevitável, mas, meu Deus, eu amava o fato de ela não ter voltado a ser minha inimiga. Transar com ela nesta cama esta noite seria bom demais.

Fiz com que ela se levantasse da cama e me sentei no colchão, acomodando-a no meu colo com um abraço firme. O suor resfriava minha pele, e eu mal conseguia recuperar o fôlego, sentindo a cabeça girar com todos os acontecimentos do último ano somado às últimas vinte e quatro horas.

Por cinco minutos, eu precisava de algo em que me segurar.

Eu a abracei com mais força, me deliciando com o cheiro de seu cabelo, quase sendo capaz de sentir seu gosto. Se ela não tivesse aparecido em *Blackchurch*, eu realmente teria buscado minha vingança? Eu a teria perseguido na Califórnia e a feito pagar?

E como eu teria feito isso?

Fiquei sabendo sobre as fotos e as mentiras contadas há quase dois anos, logo após a morte do pai de Damon. Depois, passei cerca de seis meses tentando extravasar a raiva viajando pelo mundo, fugindo e bebendo antes de, finalmente, decidir o que fazer. Foi quando fui para *Blackchurch*.

Eu temia lidar com ela, porque apesar de sua traição, ainda assim, eu não queria perdê-la.

— Eu deveria ter procurado você — ela disse, por fim. — Eu gostaria de ter vindo até você para explicar tudo e enfrentar as consequências do que fiz.

Engoli o nó na garganta, ciente que não era tudo culpa dela. Eu também não estava totalmente isento da culpa. *Eu deveria ter ficado.* Quando ela me abandonou após a reunião na sala do diretor, e ameacei que poderia arranjar qualquer garota... Eu deveria ter ficado.

Ela não precisava de um namorado. Ela precisava de um amigo, e fui egoísta, arrogante e mimado. Eu deveria ter sido o que ela precisava, sempre que precisasse de mim. Ela não era obrigada a me dar seu coração só porque eu o queria.

Se eu realmente tivesse me importado com ela, teria sido mais paciente.

Afastei-a do meu colo e me levantei apressado, indo em direção à porta do quarto.

— Will…?

Eu não consigo. Não posso fazer isso agora. Fechei a porta, peguei a chave da parede e a tranquei ali dentro, para mantê-la em segurança.

— Will, não! — gritou ela, esmurrando a porta. — Não vá, por favor.

Encostei a testa na superfície de madeira, desesperado por ter ouvido estas palavras vindo de sua boca um milhão de vezes no passado.

— Will… — ela chamou, novamente. — Fique comigo.

Fechei os olhos com força, lutando contra a vontade de abrir a porta e me deitar naquela cama com ela.

— Fique comigo — suplicou.

Balancei a cabeça, tentando clareá-la.

— O que ele vai fazer se souber que você está na cidade? — perguntou ela.

Eu me virei e caminhei em direção às escadas.

— Ele já sabe.

Eu estava cansado dessa mesma história. Cansado de não poder tê-la. Cansado de Martin Scott. E mais cansado ainda por não poder aproveitar a vida que eu merecia.

Era hora de acabar com isso.

E já estava mais do que pronto para novas aventuras.

Subi as escadas e voltei para o interior da casa, rumo à sala de jantar. Contornei o canto e olhei para todos sentados à mesa. Damon parou de falar no meio da frase assim que eles se viraram ao me ver.

— Você tem alguma babá por aqui? — perguntei a Winter.

No entanto, foi Rika quem respondeu:

— Minha mãe pode ficar de babá.

Isso serviria.

— Vistam alguma roupa preta — eu disse a eles, saindo da sala. — Vamos.

— Por quê? — Alex gritou. — O que está acontecendo?

Mas eu já havia me afastado.

Fui para o carro de Kai e peguei uma mochila do porta-malas. Tirei o paletó e desabotoei a camisa social ali mesmo, na garagem, vestindo o suéter preto no lugar. Depois de jogar tudo no porta-malas, peguei o gorro preto e corri de volta para casa.

Em questão de minutos retirei da garagem a velha Mercedes Classe G de Michael e coloquei lá dentro todos os suprimentos necessários. Tudo isso ao mesmo tempo em que telefonava para Kai e Banks, assim como

NIGHTFALL

Micah e Rory. Com pressa, enfiei um sanduíche na boca enquanto todos corríamos para os veículos.

— Winter não vem? — perguntei a Damon quando ele se acomodou no banco do passageiro.

— Grávida, de jeito nenhum — respondeu. — Ela vai ficar com a… — gesticulou com a mão, como se não se lembrasse do nome — Christiane.

A mãe dele. A mãe biológica, claro.

E de Rika.

Parecia que agora ele tolerava a presença dela pelo bem das crianças – e por Rika –, mas ainda havia uma mágoa que não havia desaparecido desde a última vez em que estive na cidade, pelo jeito.

Sentei-me ao volante e afivelei o cinto de segurança, e Alex se acomodou no banco traseiro. Avistei Michael tentando chamar minha atenção da janela de seu Jaguar.

Eu simplesmente interrompi qualquer coisa que ele estivesse prestes a dizer:

— Só me siga! — gritei.

Não dando a ele a chance de discutir, disparei em sua classe G, acompanhado de Alex e Damon, enquanto Michael e Rika seguiam no outro carro.

Não demorou muito para chegarmos ao armazém, que normalmente ficava inativo o resto do ano, mas agora parecia estar funcionando como o famoso *Coldfield*, nome da Casa Mal-Assombrada que havia sido inaugurada em outubro.

Ali era onde festejávamos na época da escola, onde a fábrica abandonada se transformava em um *playground* para adolescentes que queriam passar o tempo ao lado de outros trezentos amigos mais próximos e regados a barris de cerveja.

Foi neste mesmo lugar que Misha compôs suas canções e se viu perdido quando o sofrimento pela morte de Annie se tornou um fardo pesado demais para suportar.

Foi aqui que Damon, Kai e eu espancamos o irmão de Emmy, enchendo a cara e sangrando os nódulos dos meus dedos até que não senti mais nada naquela noite.

E foi aqui que descobri que eu tinha algo a acrescentar e que valia a pena para o futuro que planejávamos.

— O que estamos fazendo aqui? — Michael perguntou assim que passamos pelas filas de clientes à espera para entrarem na atração.

Uivos e efeitos sonoros rangentes ecoaram pelo ar, à medida que a névoa que pairava sobre o chão se espalhava sob o som de *Pumped Up Kids*, do 3TEE-TH, nos alto-falantes. O cheiro de cachorro-quente e pipoca se infiltrou pelas minhas narinas, e gritos soaram às minhas costas quando os atores pularam em cima de um grupo de garotas. Homens e mulheres com máscaras assustadoras nos rodeavam, imóveis e encarando as pessoas com o intuito de assustá-las.

Kai e Banks nos alcançaram, e quando olhei mais à frente, depois do portão, avistei Rory e Micah próximos às barracas de bebidas. Sem parar por ali, sinalizei para que eles nos seguissem em direção ao armazém, passando pelas paredes de lonas erguidas para criar inúmeras câmaras e um túnel.

A escuridão fria e pegajosa pairava por todo o ambiente, clientes rindo e gritando e tentando fugir da equipe de cenografia pendurada nas vigas acima.

Entrei em uma sala e tirei um molho de trocentas chaves da mochila, até achar a que dava acesso às portas da área onde funcionava a sala do 'Cientista Louco' no parque. Depois que passamos por inúmeros tonéis efervescentes, com partes artificiais de corpos e globos oculares, destranquei a porta e instruí que todos entrassem.

Michael retrocedeu um passo, com os olhos entrecerrados.

— *Você* é o dono de *Coldfield*? — perguntou, chocado.

Dei um sorriso forçado. Eu paguei por isso. Ajudei a projetar tudo, mas contratei administradores para cuidarem de todo o resto. Participei das decisões somente quando estava a fim, ciente de que não estava apto a lidar com nenhum aspecto burocrático por um tempo. Daí contratei uma equipe que ficava por ali de tempos em tempos.

O que foi ótimo, já que estive fora por um tempo maior do que o programado.

Chegamos a um corredor e eu tranquei a porta, abrindo mais uma à frente e acendendo a luz em seguida. Paredes e degraus em pedra, como as catacumbas, escavavam o solo, a escuridão consumindo o que havia por baixo.

— O que é isso? — Rika quis saber.

Não consegui conter o sorriso que se formou nos meus lábios.

— Isto *aqui* é *Coldfield*.

A verdadeira *Coldfield*.

À medida que eu guiava o caminho, por um instante me arrependi de não ter chamado Misha para se juntar a nós — porque eu sabia que ele ia amar isso aqui —, mas não queria que ele se envolvesse. Não com isso.

Desci as escadas que serpenteavam pelos túneis iluminados por lampiões elétricos, e o barulho do rio e do mar ressoou pelas paredes ao nosso redor.

NIGHTFALL

Havia um trilho adiante, então larguei a mochila em um dos carrinhos com os vasilhames de gasolina que mandei que deixassem aqui ontem, depois de alguns telefonemas.

Kai olhou ao redor para as câmaras e túneis que se bifurcavam em direções diferentes.

— Não dá para acreditar que a gente não sabia que isso existia de verdade.

— Você sabia disso? — perguntou Banks.

No entanto, foi Damon quem respondeu enquanto olhava tudo à volta:

— Rolavam uns boatos da galera das antigas, mas nunca conheci ninguém que já tenha estado aqui antes.

— Que lugar é esse? — Rika me perguntou.

Conferi os suprimentos nos carros sobre os trilhos, para me certificar de que tudo havia sido feito conforme o instruído.

— Lembra quando nos disseram que a cidade foi colonizada nos anos trinta?

— Não é verdade? — brincou Rika.

Acenei com a cabeça.

— Não.

Isso foi uma mentira ou desinformação.

— Duzentos anos atrás, o rio se bifurcou em três córregos, ao invés de um só, e os colonos construíram pontes para que pudessem atravessá-los. — Fiz um gesto para que se sentassem. — Os arcos das pontes estavam profundamente enraizados na terra, criando vinte e uma câmaras, ou galerias, sob o solo.

Alex e Damon se sentaram no primeiro carro, enquanto Kai e Banks se acomodaram no segundo; Rika e Michael, Micah e Rory se instalaram no terceiro e quarto, respectivamente.

— Os comerciantes armazenavam suas mercadorias lá, e havia até tabernas e lojas — relatei, verificando as travas de segurança. — Com o passar dos anos, mudou de dono, e se popularizou entre contrabandistas, criminosos e piratas. Eles se esconderam e viveram aqui, conectando todos os cofres sob as três pontes com esses túneis, para que pudessem chegar a qualquer lugar da cidade sem serem detectados.

— Merda — Damon murmurou. — Isso é sensacional.

— Como você descobriu isso aqui? — insistiu Michael.

— Eu estava à procura.

Rory bufou uma risada e Micah sorriu, parecendo animado com tudo isso.

— Por esse motivo você comprou o armazém — deduziu Alex.

— Um deles. — Sentei-me no primeiro carro e puxei a trava. — Eu também gosto de casas mal-assombradas.

— Há outras entradas, além da do armazém? — Damon sondou.

Olhei por cima do ombro, e sorri para todos os outros.

— Por toda a cidade. E há ainda mais galerias subterrâneas em Meridian, entre Delcour e *Whitehall*.

— Que porra é essa? — Kai deixou escapar, mas seu tom demonstrava mais animação do que raiva.

Sua casa na cidade, o *Pope* e o *Sensou* se localizavam no distrito de *Whitehall* e ele teria muitos motivos para usar o sistema de transporte subterrâneo se quisesse. Especialmente se nós, e as pessoas que trabalharam para nós, fôssemos os únicos que soubessem disso.

— Acionem a alavanca para a terceira posição e apertem o botão verde — gritei de volta. — Depois disso, aproveitem o passeio até eu erguer braço, beleza? Em seguida, comecem a baixar a alavanca e engatem os freios.

Uma risadinha escapou de Alex enquanto ela se mexia animadamente no assento ao meu lado. Pensei em Emmy, presa no quarto nas catacumbas, mas ela não precisava estar aqui para isso.

— Vamos embora! — gritei.

Empurrando a alavanca para o nível três, apertei o botão, e o sistema hidráulico assobiou, nos fazendo cruzar os túneis a cerca de cinquenta quilômetros por hora.

Normalmente, eu iria um pouco mais rápido – numa quinta marcha –, mas esta era a primeira vez, e eu não queria que ninguém me perdesse de vista. Virando à esquerda, e depois à direita, senti o vento soprar em nossos cabelos, e Alex riu ao meu lado enquanto o túnel à frente nos engolia em um breu assustador. As roldanas das rodas abraçavam o trilho, sem necessidade de direção, já que eu não tinha construído um trajeto que levava a qualquer outro lugar da cidade ainda.

Entretanto, isso estava nos meus planos.

— Devíamos ter capacetes! — Damon gritou.

Capacetes? Boiola.

— Para as crianças, quero dizer! — esclareceu ele. — Você sabe que elas vão usar muito isso aqui.

Concordei com um aceno. Tudo bem, aquilo fazia sentido. Os meninos ficariam loucos, e quando fossem adolescentes, seria difícil mantê-los longe desse lugar.

Cruzamos sob o leito do rio, passando por mais galerias escuras sob o vilarejo e através da estrada que levava à ponte. Mais adiante avistei o quarto sinal vermelho, sendo que cada um deles representava uma parada e aquela era a nossa.

Ergui o braço, em alerta, e agarrei a alavanca para desacelerar aos poucos, para que Kai e Banks não acertassem minha traseira e causassem um engavetamento. Assim que os freios rangeram no trilho, gritei:

— Apertem o botão de novo!

Os vagões pararam e todos nós descemos, cada um catando os itens e galões de gasolina que estavam dentro dos carros.

— Estamos fazendo o que acho que estamos fazendo? — Kai sondou.

Mas não respondi. Eles queriam que o *The Cove* desaparecesse, e não me deixariam fazer as coisas por conta própria, então, nada mais justo que colocá-los para ajudar.

Subindo pela plataforma, passamos por uma porta e percorremos os túneis sob o parque temático. Quando o local ainda funcionava, os funcionários usavam esses túneis para evitar as multidões, caso precisassem atravessar o parque, e como forma de operar os brinquedos, mas tudo estava abandonado há anos.

Olhei de um lado ao outro, me assegurando de que não havia ninguém por ali. Eu não queria fatalidades ou testemunhas. O lugar estava vazio, no entanto.

— Oi, aqui é a Rika. — Ouvi Erika dizer às minhas costas. — Preciso que você vá ao corpo de bombeiros e solicite um caminhão emprestado. Traga-o para a enseada e conecte as mangueiras. Nós vamos precisar disso. E se apresse.

Rolou uma pausa quando quem estava do outro lado respondeu a ela.

— Obrigada — agradeceu e desligou.

Olhei para nossa prefeita por cima do ombro.

— Não posso cometer um incêndio criminoso e, propositalmente, colocar servidores públicos em risco, Will — ela explicou. — Lev e David conterão o fogo.

Assenti na mesma hora. *Bem pensado*. Esses dois ganhavam o suficiente para fazer qualquer coisa que pedíssemos. Saltei um corrimão e subi correndo as escadas. Passamos pela loja, o chão coberto de papéis e poeira à medida que entrávamos no parque.

As estrelas pontilhavam o céu noturno, a maresia se infiltrando pelas narinas enquanto caminhávamos pelo parque e observávamos a pintura descascada e a madeira podre dos silenciosos brinquedos e da roda-gigante.

Um nó se instalou na garganta, meu coração martelando no peito do mesmo jeito que senti quando a tive em meus braços na caminhonete, naquela noite após o jogo, e quando, na Noite do Diabo, anos atrás, ateei fogo ao projeto ao qual ela tinha se empenhado tanto em fazer, só para aniquilar sua presença torturante nesta cidade.

Eu não tinha certeza se ela me perdoaria por isso, algum dia, mas eu precisava tentar. Eu precisava saber se havia algo além disso para nós.

— Por que estamos fazendo isso, Will? — perguntou Banks.

Eu estava cansado de me explicar.

— Porque sim.

Eu estava cansado de viver no passado. Eu tinha um oceano de amanhãs para construir e estava pronto para seguir adiante com a minha vida.

Olhei para Michael e Rika.

— Fiquem com o lado oeste. — Então para Kai e Banks: — Você, depois dos balanços.

Os quatro correram para espalhar o combustível em mãos, o máximo que pudessem, e eu caminhei em direção ao navio pirata e *Cold Hill* com Alex e Damon.

— Você tem certeza de que não está fazendo isso por impulso? — perguntou Alex.

— Você tem certeza de que ele está sóbrio? — Damon perguntou a ela, caçoando.

— Calem a boca — resmunguei.

Eu sabia que muitas decisões que já havia feito na vida, podiam ser, no mínimo, classificadas como questionáveis, mas nem todas as minhas loucuras eram fruto de embriaguez.

Só algumas coisas.

Todos nós nos ocupamos em esvaziar os vasilhames ao redor dos brinquedos, cabines de jogos e antigas barraquinhas de alimentação, totalmente atentos ao entorno, mas eu só queria que todos se apressassem. Eu não iria me conter. Eu queria a certeza de nunca poder olhar para trás. Eu queria que o *Cove* desaparecesse.

Mas isso não significa que não era doloroso.

Cerrei a mandíbula, rodeando *Cold Hill* e os carrinhos, lembrando-me que em um deles, Em me deixou tocá-la e beijá-la.

O navio pirata onde ela gargalhou, e onde soube que estava completamente louco por aquela garota só em ver o brilho de seus olhos.

NIGHTFALL

511

Misha adorava este lugar também, e talvez tenha sido por este motivo que não o convidei para estar aqui esta noite. Ele, com certeza, tentaria me deter.

E eu precisava fazer isso.

— Da última vez que provocamos um incêndio, fomos presos — Damon disse.

O gazebo não foi o último incêndio que nós ou ele demos início, mas acho que ele decidiu 'esquecer' a casa de Rika e o *Sensou*.

— Não vou voltar para a cadeia — assegurei.

Arremessei alguns sinalizadores para ele e Alex, e joguei a lata de gasolina no meio dos brinquedos que íamos tocar fogo.

— Espalhe e dê um para Michael e Kai — eu disse a ele, gritando a plenos pulmões: — Vamos iluminar a porra do céu, porque Michael Crist vai se casar com Erika Fane em dois dias!

Eu sorri, colocando as mãos em concha ao redor da boca e uivando como um louco. Risos e mais uivos soaram ao redor do parque, e Rika gargalhou de empolgação.

Acendi meu sinalizador e olhei para Alex.

— Tem certeza? — ela perguntou, acendendo o dela. — Eu sei o que este lugar significa pra você.

— Foi uma noite. — Encarei a roda-gigante. — Eu preciso que minha vida seja mais do que apenas uma noite.

Lancei o sinalizador, observando-o pousar na plataforma, e bastou um momento para que uma chama lambesse tudo e começasse a se espalhar rapidamente. O fogo subiu até a roda-gigante, iluminando o vagão inferior e seu antigo assento de couro em chamas; as labaredas subiam cada vez mais, percorrendo de um carro ao outro enquanto todo o parque se iluminava com um brilho intenso.

O vento soprou e o calor do fogo aqueceu meu rosto, me fazendo fechar os olhos sem saber se queria chorar ou rir.

Michael Crist, Kai Mori, Damon Torrance e Will Grayson teriam seu *Resort* isolado à beira-mar, porque ficamos juntos até aqui, e construiríamos algo que duraria para sempre.

O calor deslizou sob minha pele, e não consegui mais me conter. Eu estava em casa.

Inclinando a cabeça para trás, soltei o uivo mais alto que pude extrair do meu âmago e ouvi todos eles – incluindo, as meninas –, fazendo o mesmo enquanto as labaredas cuspiam e crepitavam ao redor, a porra do lugar inteiro pegando fogo.

Encarei Alex, de olhos fechados e com a boca aberta em um 'O', e comecei a rir ao enganchar o braço em seu pescoço e dar um beijo babado em seu rosto.

Ela riu em uníssono com os outros, ainda contemplando as chamas cada vez mais altas e furiosas, e depois de mais alguns minutos, avistei Lev e David chegando ao estacionamento com o caminhão de bombeiros.

Deixaríamos o fogo fazer seu trabalho – apenas o tempo suficiente para que não sobrasse nada do lugar –, e então começaríamos a apagá-lo.

— Espere! — Ouvi alguém gritar. — Ei, espere!

Soltei Alex e olhei em volta, vendo Rika olhando para a parte de trás do parque.

— O que foi? — Parei ao seu lado.

Ela manteve o olhar fixo à distância, curvando o corpo para tentar visualizar melhor.

— Pensei ter visto alguma coisa. — Então olhou para mim. — Você tem certeza de que o lugar está vazio?

Eu acreditava que sim, mas, segundos depois, vi a porta pela qual havíamos entrado balançando ao vento, e, se houvesse alguém aqui, era ali que devia estar se escondendo.

— Os túneis! — alertei a todos. — Vamos!

Saímos em disparada, voltando para a loja e em direção ao subsolo. Em Thunder Bay não havia pessoas sem-teto, mas o estacionamento do parque estava deserto, e não havia nenhuma outra construção nas proximidades. Se Rika realmente viu alguém, a pessoa devia estar morando por aqui.

— Devíamos ter verificado o lugar antes — Michael disse, entredentes. — Caralho!

Nós corremos para os túneis, então para o trilho, e eu abri a porta, enviando Alex, Damon, Kai, Banks, Micah e Rory adiante.

— Os assentos invertem as posições — informei, sem fôlego. — Basta virar e voltar por onde viemos, do jeito que ensinei. É a quarta sinalização vermelha à frente.

Kai acenou com a cabeça, e todos pegamos a direção de *Coldfield*.

Damon olhou para mim, mas acenei com a cabeça, sabendo o que ele devia estar pensando.

— Vão em frente — eu disse. — Eu alcanço vocês em seguida.

NIGHTFALL

Estava prestes a empurrar Rika e Michael para o carrinho deles quando olhei por cima do ombro e o vi próximos a uma porta.

Fui até lá e perguntei:

— O que é isso?

Olhei para o cômodo e avistei uma cama, pôsteres e pichações em grafite nas paredes, além de um lâmpada acesa.

— O Misha não disse que ficou um tempo aqui embaixo, depois que a Annie morreu? — Rika perguntou.

— Sim.

Ela entrou no quarto e se abaixou, pegando um sanduíche – ou algo do tipo – pela metade e guardado em uma embalagem de alumínio.

— Tem alguém aqui — disse ela, apertando o pão fresco.

Ou a luz estava apagada quando chegamos, ou a porta estava fechada, porque passamos por esta câmara no caminho e não notamos nada.

Merda.

— Puta que pariu! — praguejou Michael.

Corremos escada acima, as chamas alaranjadas e brilhantes do lado de fora das vitrines das lojas, e disparamos pelo parque em busca da pessoa que estava por ali.

Não podíamos deixar ninguém se ferir. E seria fantástico se não houvesse testemunhas.

— Eu tenho certeza de que vi alguém — disse Rika. — E parecia uma menina.

— Tipo uma menina pequena? — perguntei.

Ela acenou com a cabeça.

— Merda! Ali! — gritou Michael, apontando.

Paramos para recuperar o fôlego e olhamos adiante dos balanços, vendo uma pequena figura parada em cima da casa de jogos.

Meu Deus, ela devia estar a cerca de dez metros de altura do chão.

Vestida de preto, a garota tinha uma longa trança loira pendendo pelo ombro e um gorro na cabeça, mas não dava para ver nada além disso que nos ajudasse a reconhecê-la.

— Ei, você! — Michael gritou para ela. — Venha aqui!

Ela se virou e desapareceu pelo telhado, e nós corremos atrás da garota, vendo os cadarços desamarrados de seus tênis se arrastando pelo chão quando pulou lá de cima.

— Peguem ela! — gritou Rika.

Michael disparou pelo caminho e agarrou o braço da garota antes que ela contornasse um brinquedo.

— Eu a peguei! — berrou, segurando-a entre os braços.

Mas então ela mordeu a mão de Michael e ele a soltou, xingando.

— Mas que porra...? — esbravejou.

Ela se esgueirou por entre as cabines, passou pela montanha-russa e desapareceu na floresta escura como breu.

— Merda! — Michael rangeu os dentes.

Sem fôlego, acabamos desistindo de correr em seu encalço.

— Ela estava morando ali embaixo? — Rika nos perguntou. — Ela não deve ter mais do que oito anos.

Eu olhei para ela.

— Você a reconheceu?

— Não. — Negou com um aceno. — Ela não é daqui.

Encarei as árvores por um momento, ouvindo Lev e David acionando as mangueiras para apagar o incêndio.

— Que bela prefeita você é. — Comecei a rir. — A garotinha do *Aliens*[15] estava mocozada no parque temático abandonado da cidade e você aí, experimentando vestidos de noiva.

Rika me deu um tapa na barriga e então segurou a mão de Michael, para inspecionar a mordida.

— Ela é guerreira, hein? — brincou, sorrindo para ele.

Ele rosnou.

— Ela vai voltar. Não vai conseguir ir muito longe a pé.

Se eu não o conhecesse, poderia até pensar que ele não estava preocupado com a segurança e o bem-estar da pestinha, e, sim, com a vingança em um futuro reencontro.

O som estridente das sirenes ecoou por todo o lugar, e quando olhei por cima do ombro, vi as luzes tão familiares de um carro da polícia entrando no estacionamento.

Isso foi rápido.

Na mesma hora, olhei para o Michael.

— Vão. Depressa.

Ele fez uma careta para mim.

— Andem logo! — gritei em um sussurro, se é que existia isso.

---

15 Referência à personagem 'Newt', de cerca de seis anos de idade, do filme *Aliens*, de 1986.

Não se preocupem comigo. Não mais.

Ele manteve o olhar conectado ao meu, mas antes que pudesse discutir, fui em direção às bilheterias e ao estacionamento.

Um único policial, vestido de preto com uma jaqueta grossa para a noite fria de outubro, se comunicava pelo rádio enquanto avaliava as chamas que consumiam o parque.

Ele notou a minha aproximação e parou de falar na mesma hora, suspirando em resignação.

— Will Grayson — murmurou. — Meu incendiário favorito.

Tirei o gorro e dei um sorriso.

— Ei, Baker. Como vai a família?

— Só crescendo. — Ele acenou com a cabeça, vindo ao meu encontro. — Minha esposa está grávida do bebê número três.

— É seu?

Ele arqueou a sobrancelha, nem um pouco impressionado.

Meu sorriso ampliou mais ainda.

— Você vai me obrigar a te algemar? — perguntou ele.

Neguei com um aceno de cabeça.

— Há algumas pessoas para quem eu queria dizer oi de qualquer maneira. Vamos.

CAPÍTULO 36
EMORY

Dias atuais...

— Emmy, acorde! — gritou alguém, sacudindo meu corpo.

Abri os olhos e me sobressaltei na mesma hora.

— O que foi? Quem está aí?

Não era a voz do Will.

Eu me sentei na cama e esfreguei os olhos sonolentos, levantando a cabeça quando alguém acendeu a luz, e avistei Rory e Micah andando pelo meu quarto. Peguei os óculos novos de cima da mesinha de cabeceira e os coloquei.

— O que vocês estão fazendo?

— Will foi preso. — Micah lançou algumas roupas na minha direção. — Ele começou um incêndio naquele parque, na enseada.

Hã?

— O *The Cove*?

Segurei as roupas contra o peito, tentando entender o que eles estavam dizendo, e sentindo o peito apertar dolorosamente.

Ele ateou fogo no *Cove*? E agora estava na cadeia?

Filho da puta. Rosnando, pulei da cama.

— Um dia! Nem um dia de volta à cidade e o filho da mãe está de volta à cela! — Desabotoei o macacão e vesti a camisa preta de manga comprida. — Argh!

Eles se viraram de costas e eu larguei o macacão no chão, vestindo a calça jeans e calçando os tênis de Alex antes de amarrar o cabelo em um rabo de cavalo.

Na cadeia… Lágrimas deslizaram pelo meu rosto. *De novo, não.*

— Você sabe quem o prendeu? — perguntei.

— Nós não conhecemos esta cidade — Micah retrucou, jogando uma jaqueta para mim. — O Damon vai tentar tirá-lo de lá, mas falamos para ele esperar porque queríamos te buscar aqui.

Balancei a cabeça, pau da vida.

— Eu vou matar aquele infeliz. O que diabos há de errado com ele?

Fechei o zíper do casaco e saí do quarto com eles, subindo as escadas às pressas.

Eu deveria deixá-lo mofar lá. Desta vez, a culpa era dele. Um ciclo interminável de nunca agir com reponsabilidade ou controlar seu comportamento. Esta não foi uma escolha. Era um hábito e eu não precisava dessa merda na minha vida.

Será que algum dia ele agiria como um homem? Como um pai? Okay, certo.

Dei um chute para abrir a porta. *Filho da put…*

— Vamos — eu disse a eles, saindo correndo de casa e indo para a garagem.

Damon estava ao lado de um Classe G que se parecia muito com o que Michael dirigia no colégio, e eu não fazia ideia de onde todos os outros estavam, mas ele me viu e se empertigou na mesma hora.

— De jeito nenhum. Ela não vai vir com a gente — disse ele.

Peguei as chaves da mão dele e dei a volta pela frente do carro.

— Ela está dirigindo, na verdade.

— Não, senhora. Não.

Eu o encarei por cima do capô.

— O que você vai fazer? — desafiei. — Eu o mandei pra cadeia uma vez. Você tentou matá-lo. Você realmente quer discutir comigo agora?

Se eu não tinha o direito, ele também não tinha.

Ele franziu os lábios, me dando um olhar de cima a baixo, para avaliar o oponente, mas calou a boca. Eu não era pior para Will do que ele, então ele podia engolir isso.

Todos nós entramos no carro e eu dei a partida, pisando fundo no acelerador e contornando a garagem.

Será que Martin estaria lá? Eu sabia que ele não morava ou trabalhava mais na cidade, mas ele ainda tinha alguma influência aqui, e se a polícia estava com Will Grayson em uma cela, com certeza, seria um bom motivo para tirá-lo da cama a esta hora.

Merda. Eu não queria ver o meu irmão. Eu não queria ter que ficar cara a cara com ele. Nosso relacionamento fraternal havia morrido há anos. *Will, você é um idiota.*

Acelerei pela cidade enquanto Micah me contava onde todos eles tinham ido esta noite e o que Will havia decidido fazer. Fiquei tentada a dar uma guinada com o carro e voltar para a catedral, a fim de sumir – ficar em algum lugar onde ele não pudesse me encontrar –, mas...

Eu deveria ter ido atrás dele anos atrás. E eu faria exatamente isso por ele, pelo menos uma vez. Pelo menos antes que isso acabasse.

Parando em frente à delegacia, observei através da rua, a figura sentada à mesa de recepção; não havia uma alma viva na vizinhança pacata àquele horário.

— Precisamos de uma distração — comentei com Damon. — Alguma ideia?

Ele continuou olhando pelo para-brisa, me ignorando, mas então... baixou o olhar e exalou, cedendo. Virando cabeça, ele disse para Micah e Rory:

— Desçam do carro.

O quê?

— Nem fodendo — resmungou Rory. — Nós vamos entrar.

— Faça ligação direta naqueles carros ali — Damon instruiu, virando-se e focando em Micah enquanto apontava para os veículos estacionados mais atrás na rua.

Micah ficou boquiaberto.

— Hã?

Mas Damon não explicou mais nada. Com o celular em mãos, ele discou um número e aguardou a chamada completar.

— Prefeita Fane? — debochou de Erika. — Dois idiotas estão fazendo um racha ao redor de Thunder Bay. Você pode ligar para a delegacia e solicitar que todas as unidades se dirijam a Delphi rumo ao leste? — ele perguntou e então esclareceu: — *Tooooodas* as unidades.

Ouvi a voz dela do outro lado da linha, e mesmo sem saber o que ela estava dizendo, era nítido que estava furiosa.

— Não seja idiota — debochou ele, puxando a corda do moletom. — O que mais você faz o dia todo?

A troca de farpas prosseguiu.

— Ah, não enche o saco — murmurou, e então ela disse outra coisa, cuja resposta dele foi sarcástica: — Sim, sua mãe...

Ele desligou e olhou por cima do ombro novamente para Micah.

— Como você sabia que eu era o único que sabia fazer ligação direta em um carro? — Micah perguntou.

— Porque é você que tem alguma porra para provar ao seu pai fracassado de merda — retrucou Damon. — A gente consegue reconhecer nossos iguais. Agora, vocês dois, se apressem.

Através do espelho retrovisor, vi os dois sorrindo de leve. *Isso aí, a quem eles queriam enganar?* Eles também gostavam de confusão.

Damon pegou umas barrinhas de proteína debaixo do assento e entregou a eles, ambos saltando do carro e correndo pelo quarteirão. Em minutos, faróis iluminaram o para-brisa traseiro do nosso carro, e um Mustang e um Jeep dispararam e desapareceram pela avenida.

— Qual é o plano? — Damon perguntou.

Encarei o policial dentro da delegacia.

— Não sei.

Para minha surpresa, um frio na barriga borbulhou diante da empolgação. Com um sorriso satisfeito, eu podia até não ter certeza do que estava fazendo, mas sabia que o plano ia funcionar.

— Assim que eu sair do carro, assuma o volante e verifique se todas as portas estão destrancadas — instruí. — Entendeu?

Ele assentiu e, depois de um momento, avistamos dois carros de polícia saindo dos fundos da delegacia, acionando as sirenes assim que passaram pela rua. Aquilo significava que Erika havia feito o telefonema, e o terceiro turno do plantão noturno era sempre mais tranquilo, a não ser na Noite do Diabo.

— E lá vamos nós — disse eu.

Eles seguiram na direção oposta de Micah e Rory, em direção a Delphi, e eu saí do carro, cobrindo a cabeça com o capuz do casaco. Por um segundo, estaquei em meus passos e decidi não me cobrir porra nenhuma. Martin saberia que eu estive aqui. Então, não havia razão em me esconder.

Enfiando as mãos nos bolsos, atravessei a rua correndo e subi a calçada, abrindo a porta e entrando na delegacia. O policial corpulento com o cabelo grisalho cortado rente ao couro e usando óculos levantou a cabeça e sorriu assim que me viu.

— Oi, Germaine — eu o cumprimentei.

— Emory Scott. — Ele inclinou a cabeça, retribuindo o sorriso. — Uau. Como você está, querida?

— Estou até bem — respondi. — O meu irmão está por aí?

— Ahn, não. — Ele riu. — Ele ainda conserva o escritório aqui, mas fica em Meridian agora. Você não soube que ele foi nomeado Comissário de polícia? Ele supervisiona todos os departamentos em um raio de cento e sessenta quilômetros. A maior parte de seu trabalho o mantém na cidade agora. — Ele enfiou alguns papéis em uma pasta de arquivo e a guardou em uma gaveta. — Mas ele vai chegar de manhã bem cedo para lidar com um detento, que ele faz questão que fique com a bunda plantada durante a noite.

Disfarcei o grunhido. Então ele sabia que Will estava aqui.

— Isso é bem a cara dele — cacoei, tentando camuflar a apreensão.

Pelo menos ele não voltou às pressas para cá para que pudesse resolver o assunto de uma vez. O que estava ótimo para mim.

— Tudo bem, então. Vou tentar falar com ele de manhã — suspirei. — Mas, só para garantir que não vamos acabar nos desencontrando, você pode deixar um recadinho na mesa dele?

Peguei o bloco de mensagens e a caneta ao lado do computador, mas ele me dispensou.

— Pode ir lá, querida — disse ele. — Você sabe o caminho.

Arqueei as sobrancelhas, surpresa. Sério? Achei que teria que tentar passar furtivamente quando ele fosse colocar o recado no escritório de Martin, mas aqui estava eu, conseguindo um passe livre.

Dei a volta no balcão, em direção às portas duplas.

— Ele está naquele escritório gigante agora?

— Isso é bem a cara dele, não é? — resmungou Germaine.

Sempre achei que Germaine não gostasse muito do meu irmão. Martin tinha apenas 34 anos e subiu rapidamente de patente em Thunder Bay e, depois, em Meridian. Ele tinha astúcia, mas eu suspeitava que teve ajuda e apoio ao longo do caminho. Germaine devia ter uns cinquenta e poucos anos... e ainda estava fazendo serviço burocrático.

— Obrigada! — gritei. — É bom te ver.

— Digo o mesmo.

Empurrei as portas, encontrando a delegacia inteira vazia, um rádio tocando em algum lugar e computadores com suas telas ligadas. Fui em direção às celas e peguei o molho de chaves de cima da mesa do Bruckheimer, olhando para cima para fazer contato visual direto com a câmera de circuito interno no canto.

Cerrei os dentes, nervosa. *É melhor isso funcionar.* Se ele viesse atrás de Will, ele teria que vir atrás de mim também, agora que fui vista, e isso seria constrangedor para ele.

NIGHTFALL

521

Empurrei a porta e vi Will de pé na cela, sozinho, e com os braços pendurados para fora das grades. Abaixei a cabeça e procurei pela chave certa, sentindo o coração martelar no peito. Nós tínhamos que sair daqui e rápido.

Eu não queria saber se ele tinha uma cela para si mesmo na prisão, ou se Kai ou Damon estavam com ele. Eu só queria que ele saísse daqui.

Enfiei a chave na fechadura, com a mão trêmula, e ele me encarou à medida que eu abria a porta. No entanto, Will fechou a grade outra vez.

— O que você pensa que está fazendo? — resmunguei.

Droga. Tentei puxar a porta mais uma vez, mas ele a segurou com força, me impedindo de abrir.

— Tenho um encontro com seu irmão amanhã de manhã — afirmou ele.

Que diabos? Eu o encarei, irritada, e ajeitei os óculos sobre o nariz, querendo gritar com o idiota, mas precisávamos dar o fora daqui.

Puxei a porta novamente, rosnando quando ela não cedeu um centímetro.

— Quem te deixou sair do quarto? — perguntou ele.

— Will! — implorei. — Por favor!

Poderíamos conversar mais tarde, pelo amor de Deus.

Tentei puxar a porta de novo, mas ele enfiou as mãos por entre as grades e agarrou o cós da minha calça, me puxando para perto. Sua boca se chocou contra a minha, e, por um segundo, fiquei perdida nas sensações.

Minha nossa… Meus nervos estavam em chamas. Eu o queria fora daqui, longe de Martin.

Eu o queria…

Eu o queria.

Gemi quando sua língua acariciou a minha, e mal registrei o que ele estava fazendo até que o ar frio atingiu meus seios e sua mão deslizou pelo meu jeans, entre as minhas pernas.

Ele me acariciou e abaixou a cabeça para chupar um mamilo, através das barras de ferro.

— Vamos ser pegos — atestei.

Mas ele não estava me dando ouvidos. Quando ficou de pé outra vez, segurei seu rosto entre as mãos enquanto sua boca pairava sobre a minha, e ele deslizou os dedos sobre o meu clitóris.

— Que bom que você não me visitou na prisão — sussurrou ele. — Eu não seria capaz de ficar só te olhando através daquele vidro do caralho por mais de dois anos.

Eu o beijei, angustiada pela tortura que a grade entre nós infligia.

Nunca mais.

— Invadindo a cadeia para me tirar de trás das grades? — zombou. — Ele vai te esganar por causa disso.

Ofegante, eu o beijei de novo.

— Ele tem que passar por você primeiro, não é?

Ele sorriu, seu ego gostando do som disso.

— Ah, com certeza.

— Por favor, amor. — Puxei a porta mais uma vez. — Por favor?

Eu o beijei novamente, gemendo e, finalmente, ele me soltou.

— Ele que se foda. Vamos embora daqui.

Tropecei para trás e ajeitei minhas roupas. Em seguida, Will abriu a porta e segurou minha mão, me puxando pelo caminho. Corremos de volta para a área dos escritórios e joguei as chaves de volta na mesa do Bruckheimer, disparando apressadamente pela porta dos fundos.

Atravessamos a rua correndo, sendo golpeados pelas gotas frias da chuva, até chegar ao carro que nos aguardava.

— Entrem! — gritou Damon. — Depressa!

Nós nos jogamos no banco traseiro e Damon acelerou pela rua. Pulei para a terceira fileira de assentos, para ficar de olho no para-brisa traseiro. Eu queria me assegurar de que não fomos vistos e nem estávamos sendo perseguidos. As únicas coisas visíveis, no entanto, eram os relâmpagos que rasgavam o céu e as gotas furiosas que martelavam o asfalto.

Eu me virei, a tristeza, candura ou tesão agora esquecidos, e enfrentei Will.

— O que diabos você estava pensando? — rosnei, pau da vida.

Filho da mãe. Eu podia até ter sido enredada em sua teia com aquele beijo sedutor lá dentro, mas sexo nunca foi um problema para nós.

— Eu tinha um plano — explicou ele.

— Você tinha?

Ele se virou e olhou para mim.

— Eu terei de enfrentá-lo em algum momento, Emmy — ele esbravejou. — E posso me divertir pra caralho ao mesmo tempo.

— Ainda não sabemos quem te colocou em *Blackchurch*! — resmunguei, entredentes, cada vez mais zangada. — Se você se meter em mais problemas, quem sabe o que vai acontecer? Você não aprendeu nada! Absolutamente nada. Você não tem ideia de como planejar seus movimentos e manter a discrição até a hora de atacar. Você é como um touro em uma loja de porcelanas. Quando você vai crescer? Quando vai aprender a ser paciente?

Estávamos há um dia nessa merda, e ele já tinha ido parar na prisão de novo.

Eu perdi as estribeiras.

— É por isso que não te amo! — berrei.

Então ele se virou para mim, com o cenho franzido e um olhar ardente que me perfurou. Quando dei por mim, ele havia pulado para o banco de trás e me empurrado contra o estofado, pressionando o corpo ao meu.

— Ah, você me ama, sim — disse ele, chupando meu lábio inferior. — Você é louca por mim e pode não ser loira, ter dezoito anos ou se chamar Heidi, mas você é minha, caralho. Você é a minha "Encrenquinha". — Ele puxou minha camiseta, junto com o sutiã, e chupou meu mamilo com voracidade. — E você vai poder até passear com meus cachorros algum dia, se quiser, mas eu, com certeza, vou arrancar a sua calcinha em cima da minha mesa, e ainda vou deixar você fingir que não adora quando faço isso antes de te dar um cheque assinado. — Ele agarrou meu pescoço, abaixando a minha calça com a outra mão e me beijando com vontade. — Você nunca vai se livrar de mim.

Eu tentei empurrá-lo.

— Will...

— Nunca.

Ele se meteu entre as minhas pernas, mergulhando a língua em minha boca, e fazendo meu mundo girar quando seu corpo quente cobriu o meu.

Sem sentido, gemi baixinho.

— Hmm... — alguém murmurou, e eu pisquei, só então notando que o carro havia parado. — Tudo bem, uau. Eu... hmm... adoraria assistir isso, na verdade — Damon resmungou —, mas Winter poderia considerar uma traição se ela não estiver aqui também. Eu vou descer e entrar em casa, e você vai ficar me devendo uma, Will.

Damon abriu a porta e saiu sob a chuva torrencial.

Consegui empurrar Will para longe de mim e me levantei.

— Eu vou entrar também.

Abrindo a porta traseira, desci apressadamente do Mercedes, percebendo que estávamos no vilarejo. Então comecei a correr debaixo da chuva em direção à catedral.

— Ah, olha que surpresa... — Will gritou às minhas costas. — Ela está fugindo de novo.

Eu me virei.

— Isso se chama dar um pé na sua bunda, Grayson! Fique olhando, porque vou te mostrar de novo como se faz.

Corri mais rápido ainda, olhando para o pequeno parque e reparando no pequeno gazebo onde antes eu havia construído o meu.

Entrecerrei os olhos, tentando distinguir melhor. *O que...?*

Mas então braços fortes enlaçaram meu corpo e me fizeram virar de frente. Esmurrei o peito de Will e ele perdeu o equilíbrio, levando-nos ao chão encharcado à medida que a chuva açoitava nossos rostos furiosamente.

Eu o golpeei mais uma vez, empurrando meus óculos no topo da cabeça.

— Você incendiou o *The Cove*! — gritei.

Como ele pôde fazer isso? O gazebo e agora isso? Era como se ele estivesse determinado a se autodestruir e não deixar nenhuma lembrança que ambos compartilhávamos.

Ele me puxou para o seu colo bem ali, no meio da rua, as pessoas sentadas sob o toldo da Taverna *White Crow* arfando, chocadas, e se levantando para conferir o que estava acontecendo.

Sentei-me escarranchada sobre ele, segurando a gola de seu suéter com força. No entanto, antes que pudesse continuar a briga, ele disse:

— Ainda tenho o ônibus.

O ônibus.

Nosso ônibus?

Fiz uma pausa, encarando seus cintilantes olhos verdes da cor do mar, vendo-o piscar para afastar as gotas de chuva.

— Eu não preciso do *Cove* — murmurou. — Preciso de mais recordações com você.

Respirei com dificuldade, mas não consegui me mover enquanto as lágrimas nublavam meus olhos.

— Memórias que não se contaminaram com todos os anos separados logo depois — explicou ele.

Todos que nos observavam à distância desvaneceram, e eu olhei para seu cabelo bagunçado agora grudado à cabeça e à testa, gotas escorrendo pelo seu rosto lindo, e tudo o que eu mais queria no mundo era poder admirá-lo para sempre.

— Eu vou construir tudo contigo agora — ele sussurrou, a boca cálida pairando sobre meus lábios. — Faremos Thunder Bay juntos, Em. Eu te amo.

Eu te amo.

Fechei os olhos, o rosto contorcido pelas lágrimas profusas. Meu Deus, eu estava exausta. Tão cansada, que cheguei a ansiar pelos dias em que Martin batia em mim, porque aqueles também foram os dias em que vi Will rindo na escola e jogando basquete com seus amigos.

NIGHTFALL

O dia em que ele se sentou comigo no cinema e contou suas piadas, e a noite em que me levou para andar de montanha-russa, como um casalzinho, de mãos dadas. Por apenas algumas horas.

Saindo de seu colo, sentei-me ao seu lado, deixando suas palavras se instalarem em meu coração à medida que me perguntava para onde diabos íamos a partir daqui.

— Você veio atrás de mim — disse ele.

Sim. Sim, eu fui.

Não precisei procurar uma desculpa, porque eu sabia por qual motivo havia ido atrás dele.

— Eu não podia perder você outra vez — afirmei, encarando a rua à frente.

Respirei fundo e inclinei a cabeça para trás, deixando a chuva resfriar minha pele enquanto pensava a respeito do meu futuro e em todas as coisas que achei que dariam certo para mim sem ele.

Eu amava Will Grayson pra caralho. Eu queria compartilhar todas as refeições ao lado dele, queria maratonar a série de filmes *Missão: Impossível* com ele, além de deixar que ele me engravidasse quando e sempre que quisesse.

Ele se levantou e ficou de pé, pairando acima de mim.

— Eu amo você — disse ele, novamente. — Mas vou deixar que você vá embora.

Ele começou a se afastar, meu coração se partindo em dois, e eu balancei a cabeça.

Não.

Ele não podia me deixar ir. Ele não podia seguir em frente sem mim. Tudo o que passamos – tudo – significava algo. Tudo significou alguma coisa.

Não foi?

Não era assim que nós devíamos acabar.

Nada acabou.

— Você quer se casar comigo? — perguntei, respirando com dificuldade e sentindo o coração disparar.

Lentamente, me levantei e me virei para encará-lo, vendo-o parar de repente.

Ele ficou lá, congelado, sem se virar, mas estava tudo bem. Eu não tinha certeza se poderia fazer isso se ele olhasse para mim.

Meu Deus, minha boca estava tão seca que eu mal conseguia engolir.

— Eu te amo — falei, e pelo canto do olho, pude ver as pessoas nos filmando com seus telefones, mas não me importei. — Eu sou louca por você e tenho certeza de que vou te matar em algum momento, mas... Deus, eu te amo tanto e quero que você se case comigo. — Mais lágrimas escorreram pelo meu rosto enquanto as palavras saíam embargadas: — Case comigo, Will Grayson. — Corri e o abracei de costas, envolvendo meus braços ao redor dele. — Você pode se casar comigo? Posso me casar com você?

Eu o segurei apertado, recostando o rosto às suas costas e sentindo a água da chuva se acumular entre meus lábios.

Ele ia rir de mim. Ele, provavelmente, estava assustado ou talvez com raiva. Eu propus casamento a ele, sem nem saber se era essa sua intenção, para início de conversa.

Merda...

Mas então, ele se virou, me levantou do chão e me beijou, pressionando seus lábios nos meus e imprensando meu corpo contra a lataria de um carro estacionado.

O riso disparou ao nosso redor, e eu o enlacei com meus braços e pernas, me deliciando com sua boca voraz e o calor de seu corpo.

Eu gemi, beijando-o uma vez após outra.

— Isso é um sim?

Ele riu e me colocou de pé. Pisquei rapidamente para afastar as gotas de chuva, observando-o vasculhar o bolso em busca de alguma coisa. Quando retirou a mão, estava segurando entre os dedos uma aliança *vintage* no estilo vitoriano, com um diamante em forma de lágrima; a banda de platina era cravejada de mais joias, e se alojava entre mais dois aros ornamentados. Era quase como três alianças em uma só, com quase três centímetros de largura.

— É uma antiguidade — disse Will, deslizando a joia no meu dedo, com a mão trêmula.

— É da sua família?

— É sua agora. — Ele encontrou meu olhar. — Tem sido sua por quase dez anos.

Eu o encarei, sentindo as lágrimas turvando minha visão. Ele realmente ia me pedir em casamento?

Segurei seu rosto entre as mãos e olhei no fundo de seus olhos, nossos narizes quase se tocando enquanto nossa vida, até este ponto, passava pela minha cabeça.

A piscina no ginásio da escola e a sensação de seu corpo junto ao meu no cinema.

A dança no baile e seus braços ao meu redor, quando me pegou no colo e me levou para a sua cama em *Blackchurch*.

O cheiro inebriante de sua caminhonete e a chuva açoitando as janelas do ônibus, nos escondendo lá dentro.

Havia muito mais do que brigas e mágoas.

— Vou me casar com você — sussurrei.

Ele assentiu.

— Já estava na hora de você se ligar nisso.

Comecei a rir, beijando-o com vontade, ao som dos aplausos efusivos vindos da taverna.

Will riu contra meus lábios.

— Precisamos sair daqui — disse ele.

Segurei sua mão e o puxei pelo caminho. Eu conhecia o lugar perfeito.

— Vamos.

Correndo em direção à catedral, passamos por inúmeras poças d'água e viramos à direita, disparando para o gramado entre a igreja e a calçada.

— Aonde vamos? — gritou ele.

— Vamos encontrar um refúgio.

As portas principais estariam fechadas agora, mas, anos atrás, descobri que o Padre Behr nunca trancava a porta do porão, só para que o velho Sr. Edgerton pudesse dormir por ali, com seu uísque, ao invés de enfrentar sua esposa, caso estivesse bêbado como um gambá.

Assim que entramos, atravessamos corredores estreitos e subimos outro lance de escadas, adentrando a nave da igreja. Levei Will até a galeria e corri para o peitoril da janela, erguendo o pedaço de madeira que eu tinha pregado ali anos atrás, pegando o chaveiro em formato de incensário oculto por trás.

— O que é isso? — Will perguntou, procurando por algum sinal de testemunhas.

Mas não o respondi. Eu o conduzi pela porta, subi as escadas de concreto e coloquei a chave, abrindo a porta da *Sala Carfax*. Passei uma olhada rápida ao redor, inspirando o cheiro de mofo, chuva e madeira.

Tudo escuro, nenhum sinal de vida, e a cama ainda estava lá. Eu não me importava com mais nada.

Fechando a porta, larguei a chave no chão e enlacei o corpo de Will, mordiscando e chupando seus lábios com vontade, porque eu estava faminta.

— Eu te amo — ofeguei, desabotoando minha calça jeans e me livrando da peça.

Ele tirou minha camiseta, e meus óculos caíram no chão junto com ela.

— É melhor mesmo.

Sem me afastar de sua boca, tirei a calcinha e o sutiã e fiquei completamente nua enquanto arrancava o elástico do cabelo. Will me pegou no colo e o enlacei com as pernas, sentindo as pontas molhadas do meu cabelo tocando minha pele enquanto ele nos levava para a cama.

— Rápido — implorei.

Meu corpo estava latejando. Eu o queria dentro de mim.

Ele me acomodou na cama e arrancou a camisa, tirou os sapatos e se livrou do resto das roupas; o abdômen trincado e as tatuagens pretas me fizeram esfregar as coxas uma à outra com a necessidade.

Meu.

Will subiu na cama, se posicionou acima de mim, e eu apenas abri as pernas enquanto ele se encaixava e me penetrava devagar, embainhando seu pau. *Chega de espera.*

— Aaah… — gemi, arqueando as costas.

— Não durma esta noite — ele arfou, bombeando os quadris e pairando sobre minha boca. — Não quebre isso. Não quebre o feitiço.

Eu o puxei para mim, o calor se acumulando em meu ventre enquanto mordiscava seu ombro, pescoço e boca, incapaz de obter o suficiente.

— Eu te amava ontem à noite — disse a ele. — E ainda te amava esta manhã. Eu ainda estarei aqui. Ainda serei sua, amanhã e todos os dias depois.

Ele se ergueu um pouco, sem interromper o ritmo enquanto olhava para baixo entre nós, observando seu pau se afundar dentro de mim.

— Sinto muito por tudo — murmurei.

— Eu também, amor. — Ele me beijou. — Eu deveria ter ficado. E sinto muito por ter ido embora. Me desculpe por ter deixado você naquele dia, no corredor da escola.

Ele me atingiu bem no fundo e meus olhos começaram a revirar diante do prazer intenso.

— Você e eu contra o mundo — sussurrou ele, acelerando o ritmo e a intensidade.

— Sempre — afirmei.

Então me agarrei a ele com firmeza, enquanto ele deslizava dentro de mim uma vez atrás da outra, arremetendo entre minhas pernas, ambos nos perdendo pelo resto da noite no calor e frenesi por, finalmente, estarmos juntos.

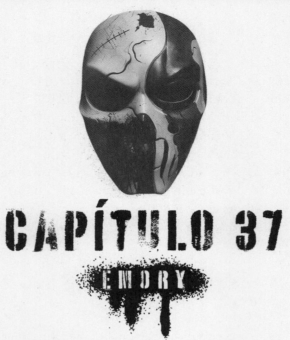

CAPÍTULO 37
EMORY

Dias atuais...

Horas depois, um toque estridente ressoou e eu abri os olhos, estremecendo com a luz que se infiltrava pelas janelas.

— Alô? — Ouvi Will responder.

Rolei e me aconcheguei às suas costas, tentando manter o calor da noite passada.

Ele me abraçou pela noite inteira, alternando os momentos de pura magia ao me acordar no meio da madrugada para transar, e minha vontade agora era matar quem nos incomodava tão cedo. Eu não tinha planejado deixar a *Sala Carfax* hoje.

— Uh, só um minuto — ele disse e se virou, me puxando contra o peito. — Ei, desculpe ter te acordado. — Ele beijou meu nariz. — Rika está no telefone.

— Ela quer falar comigo? — resmunguei.

Ele colocou o celular na minha mão, mas mantive os olhos fechados, bocejando ao sentir a aliança cálida em meu dedo anelar tilintando contra o telefone.

Eu sorri, lembrando de tudo o que aconteceu na noite passada.

— Alô? — murmurei.

— Então, ouvi dizer que você está noiva — ela zombou.

Abri os olhos, franzindo o cenho na mesma hora.

— Como...?

Mas então me liguei. Os vídeos. As pessoas estavam filmando na rua.

Fantástico.

— Consegue dar um jeito de me encontrar? — ela perguntou. — Só você? Só eu?

Observei Will ainda com os olhos fechados e esfregando o polegar em círculos lentos no meu ombro.

— Onde? — perguntei.

— *The Carriage House*, em Meridian.

— Agora?

— Daqui a uma hora — ela esclareceu.

Beijei o traçado de uma das tatuagens no peito de Will, incapaz de conter o desejo de roçar a pele macia com meus lábios.

— Duas — eu disse a ela.

Eu não poderia deixá-lo ainda.

— Vejo você em breve — retrucou ela.

Encerramos a ligação e eu sorri, subindo em cima dele e sentindo seu corpo ganhar vida abaixo do meu à medida que um sorriso se espalhava por seus lábios.

Sim, você sabe o que estou querendo, então venha aqui.

Will tentou me convencer a ficar com seu carro, mas eu teria que arranjar vaga em estacionamento, então, em vez disso, preferi pegar um Uber para Meridian.

Desci do Jeep Cherokee, fechando o zíper da jaqueta de couro marrom e olhei para a placa da *The Carriage House*, nem mesmo precisando espiar pelas janelas para ver a variedade de vestidos de noivas lá dentro.

Eu sabia que lugar era esse. Por que ela me queria aqui?

Pedir a alguém para fazer um trajeto de quase uma hora, só para falar com você significava algo sério, e eu realmente já tive drama o suficiente para durar uma vida inteira.

Eu tinha certeza de que ela não estava com raiva de mim, já que estávamos todos nus no mesmo ambiente, duas noites atrás, mas isso não significava que éramos amigas.

Ainda.

O Uber se afastou e os sons da cidade ressoaram pelo ar com suas buzinas e os burburinhos da multidão de pedestres que atravessavam de um lado ao outro.

Olhei para a aliança no meu dedo e não contive o sorriso ao pensar em como se encaixava com perfeição. Como se o tivesse usado a vida toda.

Fui em direção à loja e prendi o cabelo em um rabo de cavalo, enfiando as mãos, em seguida, dentro dos bolsos, para me aquecer contra o vento frio.

Depois de encerrar a ligação com Erika, mais cedo, acessei meu banco e cancelei todos os meus cartões de débito e crédito, pois não fazia ideia de onde havia ido parar a minha carteira depois que fui sequestrada em São Francisco. Em seguida, transferi o dinheiro que ainda possuía para a conta ainda ativa no banco em Thunder Bay, e fui a uma loja para comprar algumas roupas, tudo sob a proteção de Micah e Rory.

Ainda bem que eu não precisaria substituir os óculos, já que Will fez aquilo por mim. Agora eu seria capaz de enxergar Martin, caso ele viesse atrás de mim – o que, estranhamente, ainda não havia feito. Era como se a prisão de Will nunca tivesse acontecido.

Ele viria atrás de nós? Será que Will estava pronto?

Abri a porta e entrei na loja aparentemente vazia, passando pelas vitrines e araras de roupas. Quando cheguei à área dos provadores, avistei Erika de pé em uma plataforma, usando um vestido lindo de seda e lantejoulas, o corpete justo e o decote em forma de coração complementando seu corpo com perfeição. Seu cabelo fluía em ondas pelas costas à medida que ela avaliava seu reflexo por todos os ângulos em um espelho.

Winter estava sentada por perto, falando baixinho ao telefone enquanto passava os dedos sobre a folha de uma caderneta de anotações no colo. Observando com mais atenção, percebi que ela arrastava os dedos da direita para a esquerda, provavelmente lendo algo em Braile.

A esposa de Kai também se encontrava relaxada contra uma poltrona de estofado branco, digitando em seu *laptop*. Onde estava Alex?

Pigarreando, anunciei minha presença:

— Hmm, oi… — eu disse, por fim.

Todas levantaram a cabeça e Winter parou o que fazia, concentrando-se na direção da minha voz. Erika se virou, os olhos azuis cintilantes.

— Ei.

Ela era linda, e com aquele vestido, podia ser descrita como majestosa.

Adentrei um pouco mais a sala, chegando perto enquanto agarrava, dentro do bolso, o celular que Will me deu. Eu tinha que admitir que estava tentada a sair correndo dali. Nunca me senti confortável em grupinhos de mulheres. Só a presença de Erika Fane já me intimidava, ainda na época da escola, e ela era dois anos mais nova que eu.

Ela olhou para mim, e eu levei um tempo para endireitar a postura e manter o olhar conectado ao dela.

— Então… — Fez uma pausa.

Então…

No entanto, ela continuou me encarando.

Meu Deus, o que houve? Senti meu rosto esquentar, me perguntando se o interrogatório viria agora e se poderia ser culpa da cena de sexo no trem, o fato de eu ter enviado seus amigos para a prisão anos antes, ou o resgate de Will ontem à noite, mas, na verdade, ela segurou minha mão e olhou para o meu anel de noivado, sua própria aliança cravejada de diamantes cintilando sob a luz.

Ela me diria que eu não era boa o suficiente para ele.

Ela me diria que eles não podiam confiar em mim.

Mas ao invés disso, ela perguntou:

— Você está feliz?

Se eu estava feliz?

Confusão e alívio me atingiram de uma só vez, e então… uma risada espontânea escapou dos meus lábios. Não fui capaz de conter o riso de emoção que vibrava dentro de mim.

— Isso é tudo que eu queria saber — disse Erika, sorrindo. — Parabéns.

— Obrigada.

Bem, até que isso foi fácil. Ela me encarou com aqueles olhos calorosos e ouvi as outras duas desejarem os 'parabéns' também.

— Nunca fomos devidamente apresentadas. — Estendeu a mão. — Erika Fane, mas você pode me chamar de Rika.

Segurei sua mão e retribuí o cumprimento.

— Emory Scott.

A esposa de Kai deixou de lado seu *laptop* e se levantou, oferecendo-me sua mão.

— Nikova Mori, mas todos me chamam de Banks.

— Banks — repeti, e então me lembrei. — Nikova — murmurei baixinho, depois perguntei: — Nik? Você é irmã de Damon?

Ela pareceu surpresa, balançando a cabeça.

— Isso mesmo.

E então Rika entrou na conversa novamente.

— E eu também, na verdade.

Hã?

No entanto, ela acenou com a mão no ar.

— É uma longa história, mas a gente te explica tudo mais tarde.

Ela e Banks não eram parentes, certo? Do contrário, aquela coisa no trem ganhava contornos muito mais estranhos agora.

— Winter Torrance. — A outra garota se aproximou devagar, estendendo as duas mãos.

Eu as segurei entre as minhas.

— É bom conhecer todas vocês.

— E você conhece a Alex — disse Rika, gesticulando com a cabeça e voltando à plataforma.

Olhei por cima do ombro e a vi recostada à parede, a bolsa ao lado enquanto nos observava atentamente, quase como se estivesse aguardando um convite para se juntar a nós.

Desde que saímos daquele trem, eu não a havia visto, e não tinha certeza se ela queria falar sobre alguma coisa.

Eu me virei de volta para Rika, e disse:

— Você está linda. Esse vestido é para uma ocasião especial?

— É meu vestido de noiva.

Seu vestido de noiva?

Winter subiu na plataforma e passou as mãos pelo tecido, tocando o rosto de Rika na sequência.

— É vermelho. — Ela sorriu. — Eu posso sentir isso.

O vestido era composto por um corpete tomara-que-caia vermelho, adornado com bordados dourados ao redor dos seios, e parecia ter sido feito especialmente para ela. Seu longo cabelo loiro caindo solto pelas costas dava o complemento perfeito. A cor não era nem um pouco convencional, mas por que aquilo me surpreendeu? Por que ela não deveria fazer o que quisesse?

Rika, de repente, respirou fundo e baixou a cabeça, lágrimas furtivas escorrendo pelo rosto.

— Melhor fazer isso agora e não no altar, eu acho — ela brincou, rindo ao erguer a cabeça. Por um instante, ela parecia um pouco perdida, dando a impressão, finalmente, de ser humana. — São tantas emoções, sabe? Meu estômago está embrulhado... Michael nunca deixou de me causar essa sensação...

Eu conseguia me identificar com seu sentimento. Não importava o quanto você achasse que fosse forte, era o cara que possuía seu coração que, realmente, tinha o verdadeiro poder.

Banks caçoou:

— Ai, isso é tão fofo. Você o ama tanto que ele te deixa com náuseas.

Bufei uma risada e Rika e Winter explodiram em gargalhadas.

— Para ser sincera, sim — Rika resmungou com Banks, brincando.

Ela fez uma volta em cima da plataforma, e o vestido farfalhou ao redor e pelo chão.

— Ele é minha vida — disse ela —, e eu não poderia estar mais feliz com isso. Nada valeria a pena sem ele. — Ao se virar, ela olhou para nós e segurou a mão de Winter enquanto dizia: — Eu amo vocês, sabia? Adoro estar me lançando nisso de cabeça, mas não queria fazer isso sozinha. — Sua voz estava embargada. — Obrigada por serem minha família.

Eu não tinha tanta certeza de que ela me 'amava' — talvez gostasse de mim, pelos eventos mais recentes —, mas ela estava um pouco bêbada de amor, então aceitei. Eu esperava estar tão feliz assim no dia do meu casamento.

Ela respirou fundo e depois bateu palmas.

— Tudo bem, chega! — Enxugou as lágrimas. — Champanhe para todos, e traga os vestidos!

— Hã? — Winter perguntou.

No entanto, antes que Rika pudesse responder, duas araras com vestidos foram empurradas até ali, assim como uma bandeja com taças do espumante dourado foi servida.

— Para que isso? — Banks perguntou a Rika.

Uma senhora levou a bandeja para Rika, e ela pegou uma taça para si.

— Escolham suas cores favoritas e vão experimentar os vestidos para que os ajustes possam ser feitos — Rika informou.

Olhei para as araras, deparando com vestidos longos caindo no chão em cores prateadas, pretas, brancas e douradas.

Isso significava que ela queria que também estivéssemos elegantes... ou nos queria como suas madrinhas?

— Rika, esses são incríveis — disse Banks, guiando Winter até os vestidos. — Tem certeza?

NIGHTFALL

Ela não respondeu, e simplesmente olhou para mim.

— Espero que encontre algo de que goste.

— Eu não ac...

— Escolha — interrompeu meu protesto.

Então ela se virou com a taça em mãos, enquanto a costureira verificava o ajuste.

Observei Banks e Winter vasculharem por entre as roupas, sorrindo e rindo como adolescentes, embora eu soubesse que ambas fossem mães agora.

O que Rika estava pensando? Eu não poderia ser uma madrinha – o que imaginei que era o caso ali. Era de se esperar que ela vestisse suas damas, não os convidados. Entretanto, ainda assim, fui até as araras e vi Banks escolher um vestido preto, à medida que Winter roçava diferentes tecidos com as mãos.

Peguei um lindo vestido cintilante com mangas compridas e cintura marcada e um decote singelo, mas Alex me empurrou para o lado e escolheu um prateado brilhante ornado com bordados cinza-escuro, com decote em V mais acentuado e alças finas.

— Este — ela disse.

Ergui a peça de roupa, pensando que não havia a menor possibilidade de usar roupa íntima com aquilo. Não era tão transparente, mas o tecido era diáfano e se agarrava a quase todas as curvas do corpo.

Banks e Winter desapareceram por trás dos provadores, quando perguntei a ela:

— Você não deveria estar experimentando um?

— Eu já tenho o meu.

Com o vestido em mãos, ela me levou para uma pequena sala e desabotoou as cortinas brancas, nos fechando ali dentro. Em questão de minutos, eu estava sem roupa, apenas com os saltos altos, e sendo ajudada por Alex a experimentar o vestido. Ela me virou e começou a fechar os ganchos às costas. Senti a pele formigar com o seu toque, receosa de que ela estivesse preocupada.

Eu só não fazia ideia com o quê. Havia muitas coisas para resolver por agora, mas eu queria conversar com ela. Desde que saímos de *Blackchurch*, não soubemos de nenhuma repercussão e se houve algum sobrevivente do incêndio.

Ela não teve o encerramento que deveria ter com ele. E ele poderia estar morto agora.

— Margaritas e pizza hoje à noite? — brinquei.

Will iria pirar se eu desse um sumiço, mas ele estava bem, enquanto ela, não.

— Tenho um trabalho hoje — murmurou, prendendo o último gancho.

Um trabalho... Demorou apenas um instante para que eu tirasse minhas conclusões. Ela tinha um encontro.

— Não — disse eu.

— Não há nada de errado com o que eu faço, Emory.

— Foi isso o que disse a ele quando ele tentou te impedir?

Seus olhos dispararam para os meus, e eu soube naquele momento que tinha acertado em cheio. Aydin deveria ter se esforçado mais, mas ele chegou a tentar, certo? Ele foi atrás dela.

Ela aprumou a postura e eu enrolei meu rabo de cavalo em um coque no alto da cabeça, observando meu reflexo no espelho.

— Nós somos iguais, sabia? — comentei. — Teimosas demais para o nosso próprio bem. Ele foi atrás de você, mas seu coração estava endurecido, e não havia nada a fazer a não ser continuar colocando um pé na frente do outro e nunca olhar para trás, certo?

Eu a conhecia porque eu *me* conhecia. Nós éramos iguais.

Lágrimas inundaram seus olhos e ela balançou a cabeça para si mesma.

— Eu gostaria de ter feito amor com ele apenas uma vez.

— Então por que você não fez?

— Porque ele não pagaria por isso — ela retrucou, o brilho de orgulho cintilando em seus olhos.

A dor atingiu meu coração.

Soltei o coque improvisado e a abracei com força. Ela ficou petrificada por um momento, mas então senti se desfazer quando soluçou silenciosamente contra meu ombro. Eu a abracei com mais força, com meu rosto enfiado na curva de seu pescoço enquanto ela rodeava meu corpo com os braços.

Desperdicei tempo demais por sentir medo de tudo – guardando rancor, deixando meu orgulho me conduzir –, mas não havia nada a perder em tentar. E era isso. Às vezes, tínhamos apenas uma chance. Ambos estavam destruindo um ao outro, exatamente como Will e eu estivemos fazendo, mas o pior de tudo era que ela poderia não ter outra oportunidade com Aydin.

Eu tive muita sorte.

Nós nos abraçamos por mais um minuto, até que ela fungou e se afastou, enxugando as lágrimas.

— Merda — ela sussurrou, me olhando de cima a baixo. — Ele vai ficar de pau duro em três segundos quando te vir usando esse vestido, sabia?

NIGHTFALL

537

Comecei a rir na mesma hora, visualizando Will me vendo usar uma roupa sexy pela primeira vez na vida. Eu poderia até mesmo fazê-lo sofrer durante a cerimônia, me sentando longe dele.

Eu me virei e observei o traje, pensando que se usasse o cabelo solto com alguns cachos, o visual ficaria perfeito. Eu me sentia linda.

— Você e Will sempre foram próximos — comentei com ela. — Melhores amigos.

— Você não tem nada com que se preocupar, Em.

— Eu sei. — Não era isso que eu queria dizer. — Eu confio em você. Encontrei seu olhar através do espelho enquanto ela afofava o vestido e verificava a cintura.

— Preciso pedir que você faça uma coisa por mim — disse eu.

Ela acenou com a cabeça.

— Estou dentro. Do que você precisa?

Abri a boca para dizer a ela, mas ouvi alguém me chamar de fora do provador:

— Emory, você está bem?

— Ahn... — Olhei para Alex e depois para as cortinas, ciente de que não tínhamos tempo para isso agora. — Vamos conversar mais tarde — sussurrei para Alex, e então gritei: — Sim, já estou saindo.

Nós duas deixamos o provador e Erika ainda se postava à plataforma, com Banks e Winter pouco à frente e trajando seus vestidos dignos de uma entrega de Oscar.

Rika sorriu para mim.

— Ficou perfeito em você.

— Acho que vou apenas erguer um pouco a bainha — disse a costureira, com um coque no alto da cabeça e uma blusa preta abotoada até o pescoço.

— Você vai conseguir ajustar a tempo? — perguntou Rika.

— Pode deixar comigo.

Rika assentiu e eu me aproximei, girando diante dos espelhos.

— Isso é para o casamento? — perguntei a ela.

— Se você tiver gostado.

Eu, definitivamente, amei o vestido.

Com um sorriso, eu respondi:

— Eu amei de paixão.

Seus olhos animados se voltaram para Winter.

— E, então, o vestido ficou bom, Winter? Não está muito apertado?

A outra garota loira, com o cabelo ondulado platinado e solto por cima do ombro, roçou os dedos pelo vestido branco composto de penas brancas, como um cisne.

— Adoro a sensação — disse ela, com a voz suave. — Não dá nem vontade de usar... Ele não terá paciência com os botões, e isso vai acabar em pedaços no chão do nosso quarto.

Banks começou a rir e eu bufei uma risada. *Como alguém tão suave e gentil havia se apaixonado por Damon Torrance, pelo amor de Deus?*

Mas... acho que depois de vê-lo completamente enfeitiçado por ela, na cozinha do trem, era nítido que aquela garota era exatamente o tipo dele.

Rika olhou para Banks, que deu de ombros, apreensiva em admitir que gostou de seu vestido preto com as alças pendendo soltas pelos ombros, e um corpete que deixava os seios quase expostos pelo decote. Para dizer a verdade, ela parecia majestosa.

— Está perfeito. Você acertou em cheio — disse ela a Rika. — Isso é totalmente a minha cara.

— Que bom. — Rika assentiu e olhou para todas nós, com um sorriso malicioso brincando em seus lábios. — Porque eu tenho uma ideia.

CAPÍTULO 38
WILL

Dias atuais...

EU VOU MATÁ-LA. ELA MONOPOLIZOU EMMY PELAS ÚLTIMAS TRINTA E SEIS horas sem dar nenhum aviso, sem nem ao menos perguntar se estava tudo bem. Não rolou nenhuma explicação além da desculpa esfarrapada sobre precisar de uma noite só de meninas, enquanto ainda era solteira.

Eu não tinha chegado a conversar com Em, porque Rika confiscou todos os telefones celulares, e se enfiou com Alex, Banks, Winter, Emory e Ryen no Delcour desde ontem de manhã.

Quero dizer, que porra é essa? Eu havia acabado de reconquistar a garota, e o medo era uma constante na minha mente, preocupado que ela mudasse de ideia sobre se casar comigo, caso eu não a lembrasse o tempo todo de quão gostoso eu era.

Lev e David entraram carregando seis fardos de bebida, distribuindo-as enquanto Kai engraxava os sapatos e Michael arrumava o cabelo na frente do espelho.

Todos nós estávamos entocados em St. Killian, enquanto pais e avós gritavam lá embaixo, tentando obrigar todo mundo a entrar nas limusines. O sol estava se pondo no horizonte, e o bom e velho DMX tocava no sistema de som ao lado.

Micah pegou uma garrafa de champanhe da mão de Rory, e tomou uma dose generosa; Damon puxou Misha pelo colarinho, arrumando sua gravata e, em seguida, agarrou sua cabeça, inspecionando uma mecha em seu cabelo.

— O que...? — caçoou. — Isso é azul? Argh!

Misha deu um tapa nele e Damon o empurrou, pegando uma cerveja e revirando os olhos.

— Fique ligado — Damon disse a ele.

Misha se sentou ao meu lado e eu tomei um grande gole da minha garrafa d'água.

— Você vai vê-la em uma hora — ele me assegurou.

Nervoso, ingeri mais um pouco de água.

— Rika poderia ter nos avisado que ia levar todas as garotas para passarem a noite com ela.

— Isso é bom pra que você sinta saudades.

— Já tenho sentido isso há muito tempo — resmunguei, observando Michael amarrar os sapatos e entornar a garrafa de cerveja. — Estou cansado de sentir falta dela.

— Você acha que se ela estiver fora das suas vistas, ela vai ter tempo de mudar de ideia?

— Não.

Sim. Meu primo era inteligente pra caralho.

Dei um sorriso e ele fez o mesmo, terminando de tomar sua própria bebida.

Kai se aproximou e pegou mais uma garrafa, mas parou e me encarou por um segundo.

— Isso te incomoda? — perguntou ele. — Não precisamos beber.

Seu olhar estava focado na garrafa d'água que eu tinha em mãos.

— Não. — Suspirei. — Estou bem. Só quero estar aqui inteiro por ela.

Ele destampou a garrafa, as gotas de condensação escorrendo pelo vidro, e eu me lembrei do prazer que sentia ao beber aquilo ali, mas não desta vez. A bile subiu pela garganta quando pensei em todas as vezes que enchi a cara para que o tempo passasse rápido, ou quando acordava no dia seguinte de ressaca e me sentindo uma merda, totalmente paranoico por ter dito ou feito alguma coisa estúpida, tendo que arcar com as consequências disso.

Agora eu sabia que poderia fazer muito mais coisa do que imaginei que fosse capaz. E eu estava cansado do meu antigo eu.

Mas eu podia alimentar um vício diferente. Se Damon podia beber na minha frente, eu poderia muito bem fumar na frente dele. Levantando-me de supetão da cadeira, peguei o maço e o isqueiro de dentro do bolso da camisa de Rory e acendi um cigarro já esperando que Michael reclamasse por eu estar fumando em sua casa.

NIGHTFALL

No entanto, ele estava muito ocupado rindo com Kai, e não disse nada.

— Foi divertido ontem à noite — disse Micah.

Emmy me contou o que eles fizeram ontem para me tirar da prisão, e para minha total surpresa, ela estava certa. O fato de ela ter se envolvido na delegacia mudou as coisas, e quem havia assumido o caso estava mantendo tudo em sigilo. O que me deixava puto, já que Martin ainda não tinha se manifestado sobre o ocorrido.

— Contanto que você não seja pego, é muito divertido — respondi.

Coloquei uma mochila em cima da cadeira e retirei dali de dentro duas máscaras ao estilo do jogo *Army of Two*, pretas e com uma pintura que simulava as bandagens de uma múmia. Em seguida, entreguei aos dois.

Micah olhou para mim, confuso.

— Para mais tarde — eu disse. — É a Noite do Diabo.

Seus olhos se arregalaram quando se lembraram do que Emmy havia lhes contado, e ambos se entreolharam, rindo baixinho.

— Parece que você e seus amigos ditam as leis em Thunder Bay — comentou Micah.

— Na verdade, é o oposto. — Dei uma tragada no cigarro. — Não há hora de dormir aqui.

Rory jogou a máscara de volta na cadeira.

— Alguém vai vir atrás de nós?

— Sem sombra de dúvida.

Micah riu.

— Aí, sim.

Talvez não esta noite, mas, com certeza, a hora chegaria.

— Vocês abasteceram os carros? — Michael perguntou a alguém, e quando olhei por cima do ombro, o vi conversando com David e Lev.

— Sim — os dois concordaram em uníssono.

Michael então olhou ao redor.

— Os telefones celulares de todo mundo estão devidamente carregados?

Todos respondemos afirmativamente.

— E as crianças? — perguntou ele, a seguir.

— As babás vão nos encontrar lá — Damon respondeu.

Michael ficou ali parado, os ombros retesados diante de tudo se encaminhando conforme o planejado.

— Você está pronto? — perguntei a ele.

Ele abriu um sorriso e respirou fundo, exalando o ar lentamente.

— Sim — disse ele. — Vamos embora.

Descemos as escadas às pressas, rindo e conversando, as pisadas pesadas me fazendo lembrar de todas as vezes que corremos como um grupo unido e coeso.

Saindo para o ar noturno, sob o som de *Let the Sparks Fly*, vindo da *playlist* do celular de alguém, um *déjà vu* me atingiu no segundo em que pensei na última vez que ouvi aquela música. Rika tinha dezesseis anos, estava no carro conosco, e foi nossa última noite realmente boa por um longo tempo.

Os cascalhos rangiam sob nossos pés, garrafas de bebidas em mãos – no caso, água para mim –, à medida que saíamos pela parte dos fundos da casa.

— Não vamos de carro? — perguntei, percebendo que todos continuavam andando.

Michael negou com um aceno de cabeça.

— Não preciso ser levado até o altar — ele anunciou. — Quero chegar em grande estilo com meus amigos, do jeito como tudo começou e como vai continuar.

Kai apertou seu ombro, e todos seguimos pela estrada.

— Sempre.

David e Lev guiavam os SUVs pelo acostamento, à nossa frente, caso precisássemos de transporte mais tarde, mas nós continuamos andando pela rodovia escura, avistando as luzes brilhantes nas propriedades pelas quais cruzávamos.

Fogueiras estavam acesas em vários lugares, o cheiro de madeira e especiarias impregnava o ar; as decorações de Halloween de cada casa se iluminavam, e as chamas bruxuleantes dentro das lanternas de abóbora me arrancaram um sorriso.

Um uivo ecoou, e quando olhei para trás, vi Michael com as mãos em concha ao redor da boca, rugindo com vontade pelas copas das árvores.

— Eu vou me casar com a pequena Rika Fane, filhos da puta! — Michael gritou, e nós o imitamos, entoando nosso grito de guerra noite adentro.

— Uhuuuuu! — Nós nos juntamos a ele.

Michael deu um tapa nas minhas costas e disse:

— Vamos buscar minha garota.

Com cervejas e garrafas em mãos, caminhamos pela rodovia, avistando nossos vizinhos entrando em seus carros e seguindo seu caminho; uma Mercedes passou por nós, quase andando na contramão, já que tomávamos a maior parte da pista.

NIGHTFALL

543

— Você vai se atrasar! — Bryce riu, com o corpo projetado para fora da janela do passageiro.

Michael estendeu os braços.

— Até parece que eles vão começar sem mim!

Bryce acenou e o carro se afastou, e eu balancei a cabeça ao ritmo da música, vendo Micah e Rory compartilharem a cerveja, rindo e sussurrando entre si.

— Você sabe que eles podem começar sem você se ela criar juízo, né? — debochei dele. — Lembra quando sequestramos a mãe dela, roubamos todo o seu dinheiro e ateamos fogo na casa dela? Bons tempos aqueles...

— Que porra é essa? — Rory disparou, chocado. — Você não está falando sério.

No entanto, Michael deu uma risada zombeteira, se defendendo:

— Damon a 'apagou' com clorofórmio, carregou minha garota como um saco de farinha em cima do ombro e a levou para o meio do oceano.

— Estávamos nos conectando — D retrucou. — Você só está com ciúmes.

— Estou feliz que seu 'vínculo' não foi parar debaixo das roupas dela antes que descobrissem que são irmãos — rebati. — Dá pra imaginar essa merda?

Damon enganchou o braço no meu pescoço, e me puxou para baixo, e ambos começamos a rir enquanto fingíamos estar lutando.

— Estou começando a achar que temos que agarrar essa garota e a Emory e fugir daqui — Micah murmurou para Rory.

Afastei Damon com um empurrão e endireitei a postura, arrumando meu terno.

— Nós a amamos muito — assegurei aos dois. — Nós morreríamos por ela e um pelo outro. Erika Fane é uma mulher de sorte.

— Sim, ela é — Kai concordou, então olhou para Michael. — Você está bem?

Quando nos concentramos em Michael, vimos que uma camada de suor recobria sua testa e ele respirava com dificuldade.

— Meu coração está martelando — ofegou, deixando escapar uma risada nervosa —, como naquele dia em que entramos em sua aula de matemática e eu a vi pela primeira vez depois de meses afastados.

Kai sorriu, apertando seu ombro.

— É uma sensação boa.

Porra, era mesmo. E a coisa era melhor ainda quando sabíamos que o sentimento era recíproco. Meu Deus, eu já sentia falta de Emmy. Quando ela estava comigo anteontem, foi como se um novo mundo se abrisse, e eu pudesse ver décadas à frente, desfrutando cada vez mais um do outro.

Eu sabia que ela era a única garota para mim.

Assim que descemos a colina, entramos no vilarejo e Misha entregou a Damon sua garrafa de cerveja pela metade, que foi ingerida quase em um gole só pelo meu amigo mais do que feliz em ajudar.

Eu estava adorando ver a interação de ambos nos últimos dias. Misha se tornou filho único depois da morte de Annie. Nenhum deles tinha um irmão, e se o pai de Misha se casasse com a mãe de Damon – e Rika –, eles seriam, teoricamente, parentes.

Os dois viviam brigando ao longo dos anos, mas um vínculo estava se formando ali. Acho que quanto mais a gente amadurece, mais percebe o quanto precisamos dos outros. Seria bom para Damon ter um irmão.

As pessoas lotavam as ruas à frente; *Light Up the Sky* ressoava na maior altura do *Sticks*, o trânsito de veículos bloqueado enquanto os restaurantes e a taverna fervilhavam de clientes. Os comerciantes estavam servindo as melhores refeições esta noite, tudo sendo pago pela Graymor Cristane.

À medida que nos aproximávamos, as pessoas se concentravam em nós.

— Will! — Simon se aproximou, segurou minha mão em um cumprimento e enlaçou meu pescoço.

— Ei — cumprimentei, retribuindo o abraço.

— Parabéns — alguém disse a Michael.

— Obrigado.

Os *food trucks* se alinhavam no meio-fio, distribuindo comida e bebidas; garrafas de champanhe estouravam em todo lugar, a vila inteira iluminada apenas pelos lampiões a gás que circulavam as calçadas.

Essa seria uma cerimônia não-convencional, pelo que fiquei sabendo. Eles não queriam pompa e circunstância, desejando apenas um momento agradável ao redor da cidade.

Abrindo caminho por entre as pessoas – velhos amigos e novos moradores –, avistei o atual time de basquete com seus casacos da escola, todos amontoados no teto e no capô de um Hummer. O que estava à frente inclinou o queixo para mim quando fiz contato visual, o que logo deduzi que devia ser o capitão.

Achei até fofo da parte deles. Estar aqui para isso como sempre fizemos questão de estar para os McClanahan. Alguém estava ensinando esses jovens do jeito certo.

NIGHTFALL

545

O gramado do parque estava vazio e limpo, exceto pelas cadeiras disponíveis para nossos familiares próximos, à medida que nos aproximávamos do gazebo. Misha se afastou para ir ao encontro de Ryen, que se encontrava sentada na segunda fileira; Micah e Rory ocuparam os dois assentos reservados para eles, e Damon e Kai procuraram por suas mulheres. No entanto, só avistei Ivarsen com Christiane, ao lado de Matthew Grayson, e Madden nos braços de Katsu Mori sentado ao lado da esposa.

Os pais de Michael estavam acomodados na primeira fileira, sua mãe sorrindo de orelha a orelha e mandando um beijo para ele sob o olhar severo do pai, que mantinha um sorriso cínico no rosto, como se estivesse apenas ganhando tempo.

Puta que pariu.

Mas Michael sabia o que eu estava pensando e me puxou para frente novamente.

— Mais tarde — disse ele. — Não essa noite.

— Eu sei.

Ele e seu pai nunca se deram bem, e nunca duvidei da lealdade e do compromisso de Michael em levar nossos planos até o fim. Mas isso não significa que eu não estivesse louco por isso.

Relanceei o olhar rapidamente pela multidão outra vez. Onde diabos estava Emmy? Também não tinha visto Winter ou Banks, e eu esperava que isso não significasse nada.

Subimos os degraus para o gazebo e admirei o telhado aberto, notando os cristais pendurados nas folhas das árvores que pairavam acima.

O círculo de ferro forjado se estendia por cerca de cinco metros de diâmetro, enquanto as trepadeiras se enrolavam nas grades e vigas, alinhando-se ao telhado que se conectava a uma ponta. No entanto, o espaço onde deveria haver vidraças para impedir a entrada da chuva ou da luz do sol, se encontrava aberto, deixando as copas das árvores à vista.

A juíza de paz de meia-idade, com cabelo castanho curto e batom cor de vinho, e que celebraria o casamento, estava parada de pé bem no meio.

Inclinei-me para Damon.

— Quem construiu este gazebo?

Mas ele apenas deu de ombros, sem olhar para mim.

Ele não sabia? Ele esteve aqui o tempo todo. Como isso poderia ter sido construído sem que ele soubesse de alguma coisa?

Michael caminhou até parar diante da juíza e alinhou a gravata. Nós o ladeamos e ficamos à espera da comitiva de Rika.

Eu mal podia esperar para ver Emmy. Rika sempre pensava em tudo, então eu sabia que ela, provavelmente, arranjaria um vestido para ela, mas eu também esperava que elas tivessem passado um tempo divertido juntas. Eu queria que ela gostasse dos meus amigos. Eles eram uma família e eram importantes para mim.

— Então, você vai ser um Crist? — Kai provocou Michael. — Ou um Fane?

— Cale a boca — respondeu Michael, com rispidez.

Kai e Damon começaram a rir baixinho. Do que se tratava aquilo?

Antes que eu pudesse perguntar ao que se referia a piadinha, a música cessou, o burburinho da multidão esmaeceu, e todos focamos nosso olhar adiante. Na mesma hora, senti os arrepios se espalhando pelo meu corpo.

Até que enfim.

— Michael — sussurrou Kai.

Olhei para Kai, e nosso olhar seguiu a direção do dele, mais à frente no início do caminho que até o gazebo.

E ela estava ali parada, e um nó se alojou na minha garganta, por alguma razão, quase me colocando a ponto de explodir.

Merda.

Rika olhou para Michael, trajando um vestido vermelho ousado e ardente, mantendo o olhar focado ao dele. Ele foi até a beira da escada, encarando-a com intensidade pela distância que se estendia em cerca de vinte metros.

Ela havia se transformado em uma linda mulher. A pele de seus ombros nus brilhava à luz das lâmpadas, o longo cabelo loiro cascateando pelas costas em cachos soltos, e o vestido vermelho, composto por camadas de seda que se espalhavam de sua cintura e pelas pernas, enfatizam a pessoa deslumbrante e forte que ela era. Bordados dourados decoravam o corpete e brincos de ouro compridos e grossos quase alcançavam seus ombros.

A multidão a rodeava, mas deixou o caminho livre à sua frente.

Uma singular melodia de piano acompanhada de violinos começou a tocar e, sem desviar o olhar do de Michael, ela começou a andar em sua direção.

Olhei por toda a parte, procurando por Emmy, mas as outras três ainda não estavam em lugar nenhum.

Michael ficou paralisado, respirando profundamente enquanto a observava se aproximar, como se estivesse agoniado. Sua mandíbula contraída e os olhos marejados de Rika eram os sinais que me mostravam que tudo aquilo era intenso demais.

NIGHTFALL

Era uma vez, uma garota que nos deixou maravilhados quando se juntou à nossa aventura durante uma noite inteira...

Ela não mudou absolutamente nada.

Subindo as escadas, sem precisar de ninguém para conduzi-la ou entregá-la, Rika segurou a mão de Michael e sorriu.

— Ei — disse ela.

Então ele se abaixou e suspirou ao recostar a testa à dela, com a boca pairando a centímetros da garota que ele amava.

No entanto, Kai o puxou para trás, para que se afastasse.

— Isso é daqui a pouco, cara.

Rika e Michael começaram a rir, e Michael a observou umedecer os lábios, sentindo uma dificuldade absurda em desviar o olhar. Segurando sua mão, ele a guiou até a juíza, mais do que preparado.

Sem me importar muito com o protocolo, eu me postei à frente deles.

— Onde estão as meninas? — sussurrei.

Rika se virou para mim com um sorrisinho estranho como se soubesse de um segredo.

Então, seus olhos se focaram em algo além do gazebo, e quando seguimos a direção de seu olhar, vimos as garotas paradas nos três distintos acessos que levavam ao gazebo.

O que...?

Fui até o outro lado, e Kai e Damon seguiram a direção das escadarias, e só então pude admirar Emmy ali de pé, em um vestido prateado e com o cabelo escuro solto às costas, o olhar fixo ao meu.

Winter se encontrava à minha esquerda, usando um vestido de penas brancas, enquanto Banks estava à direita, vestida de preto.

O que elas estavam fazendo?

Elas estavam...?

Então perdi o fôlego quando cheguei à conclusão.

Puta merda.

— Você concorda? — Ouvi Rika murmurar.

— Vem aqui — sussurrou Michael, e ouvi o som de beijos. — Eu amo você.

Lembrei-me de Rika planejando se casar com Michael em St. Killian, nos penhascos e sob o céu da meia-noite, de acordo com suas palavras.

Senti a emoção me percorrer de cima a baixo. Acho que ela teve uma ideia melhor.

As três começaram a caminhar na nossa direção, e quando Damon deu um passo à frente para encontrar Winter no meio do caminho, Rika o impediu.

— Ela quer fazer isso sozinha, Damon.

Ele parou, as três percorrendo seus respectivos caminhos até nós, o corpo de Damon tensionado, os olhos focados em cada passo que ela dava.

Era isso, então, o que Rika estava planejando. Por isso ela sumiu com as meninas.

Olhei por cima do ombro e avistei Alex sentada com os pais de Kai, usando um vestido azul-escuro.

Meu coração estava acelerado e enlouquecido, meu rosto ostentando um sorriso amplo enquanto Emmy subia as escadas.

Isso estava acontecendo de verdade? Nós realmente faríamos isso?

Alheio a qualquer outra pessoa à medida que o meu mundo girava, estendi a mão e a ajudei a subir o restante dos degraus.

— Acho que dessa vez, você bem que poderia me beijar, né? — Ouvi Banks dizer a Kai.

E então Damon segurou a mão de Winter.

— Você está tão linda que chega a doer, caralho — disse ele.

Mas eu mal conseguia engolir, sentindo a garganta seca.

Seu vestido, seu corpo, cada curva... Como era o decote às costas? Cacete...

— Você está pronta para isso? — ela perguntou baixinho, parecendo esperançosa.

Senti o anel em seu dedo, meus olhos percorrendo seus seios.

Emory Scott. O que...?

Ela segurou meu queixo e me obrigou a olhar para cima, tentando reprimir o riso a todo custo.

— Você está pronto para isso? — ela perguntou, novamente.

Eu concordei com um aceno entusiasmado.

— Sim, para sempre agora.

Ela tirou o anel e me entregou para que eu pudesse me casar com ela, e então agarrou meu braço quando seguimos até o centro do gazebo.

Damon passou os braços em volta de Winter, segurando-a contra seu corpo e sem desviar o olhar dela, enquanto Banks se apoiava em Kai, de pé ao seu lado.

Eles eram os únicos realmente casados, mas seu primeiro casamento foi um evento bem tenso. Fiquei feliz por estarmos todos aqui. Isso era mais do que perfeito.

NIGHTFALL

— Bem-vindos — disse a celebrante quando a música suavizou. — Michael e Erika...

Mas então as luzes se acenderam acima de nós, e todos inclinamos as cabeças para trás, ouvindo a multidão arfar em êxtase e a juíza ficar em silêncio.

Os cristais que vi acima do telhado eram, na verdade, pequenas lâmpadas que formavam uma espécie de lustre. Uma dúzia delas, penduradas nas árvores, ganhando vida e iluminando as folhas, galhos, e parecendo um outro mundo lá em cima.

Emmy respirou fundo e eu olhei para ela, vendo seu queixo trêmulo e uma lágrima prestes a escorrer de seu olho.

— Ai, meu Deus — ela murmurou.

Ela parecia adorar lustres, não é?

Estendendo a mão, limpei a lágrima brilhante iluminada em sua pele sedosa.

— Michael e Erika — a celebrante recomeçou. — Damon e Winter. Kai e Nikova. William e Emory.

Todos nós olhamos para ela, e eu tomei fôlego, sentindo o olhar de Em concentrado em mim.

— Vocês estão felizes? — perguntou a juíza.

Exalei com força, rindo baixinho, e todos os outros também riram por um instante. A juíza acenou com a cabeça, sem precisar de mais respostas.

— Estou orgulhosa de ter visto todos crescerem aqui, e mais do que animada para ver tudo o que será construído no futuro de vocês.

Apertei a mão de Emmy, emocionado.

— As alianças, por favor?

Segurei a aliança de Emmy, enquanto Michael fazia o mesmo com a de Rika, bem como Damon e Kai com os anéis que tiraram dos dedos de suas esposas minutos atrás. Mas então, todas elas abriram as mãos para revelar as alianças que haviam feito para nós.

Olhei para baixo e vi os aros de platina com um brasão desconhecido gravado na peça. Um crânio com chifres protuberantes pairando sobre um leito de relva onde uma serpente repousava, contra um fundo todo escuro. Quando olhei à nossa volta, meio confuso, percebi que Kai também estava recebendo a mesma joia, e só pude deduzir que Michael e Damon também estivessem, embora não conseguisse distinguir daqui. Eu não estava entendendo nada.

De toda forma, adorei o anel.

— O que há de errado? — Ouvi Michael sussurrar.

— N-Nada — disse Rika. — Pensei ter visto alguma coisa.

— Michael e Erika? — continuou a celebrante. — Vocês prometem que não importa o que façam, o farão como um só?

Eles sorriram um para o outro.

— Sim, prometemos.

— Damon e Winter? — a juíza perguntou a seguir: — Vocês prometem dar o seu melhor um ao outro?

— Sim — disseram em uníssono, seguros e confiantes.

— Kai e Nikova?

Meu coração martelou dentro do peito, e uma camada fina de suor se formou na minha pele.

— Vocês prometem que o outro nunca estará sozinho? — perguntou a mulher.

— Sim — responderam eles, e mesmo sem olhar, eu sabia que ambos estavam sorrindo.

— E William e Emory?

Abaixei a cabeça, mantendo o olhar fixo ao de Em.

Eu estava tão nervoso que temia perder o controle ali mesmo.

— Vocês prometem acreditar um no outro e ficar juntos?

Engoli em seco. Era claro que sim, porra.

— Sim — respondemos.

A celebrante parou por um momento, depois prosseguiu:

— Vocês prometem colocar a família em primeiro lugar?

— Sim. — Foi a nossa resposta em conjunto.

— Prometem nunca quebrar essas promessas?

Eu sorri para ela.

— Prometemos.

Deslizamos as alianças um no outro ao mesmo tempo, e quando o aro platinado envolveu meu dedo, senti como se também estivesse envolvendo meu coração.

— Michael e Erika, eu agora os declaro marido e mulher.

— Uhuuuu! — Ouvi alguém gritar, e todos nós rimos enquanto Michael e Rika se beijavam.

— Damon e Winter? — disse a juíza. — Eu os declaro marido e mulher.

Ele segurou seu rosto e a beijou com vontade, mesmo depois que a juíza já havia se afastado.

— Kai e Nikova, eu os declaro marido e mulher.

NIGHTFALL

— Vem cá — disse Kai, pressionando a boca à da esposa, que tentava abafar o riso.

Banks estava dando uma risadinha. Meu Deus, isso era chocante.

O pulso em meu pescoço disparou, e a sensação era como se eu estivesse prestes a sofrer um ataque cardíaco.

Olhei bem no fundo dos olhos de Em, sussurrando:

— Eu te amo, querida.

— Que bom — ela me disse. — Porque eu meio que não estava tomando anticoncepcional naquele dia na estufa, como aleguei.

Hã? Meus olhos se arregalaram e eu congelei por um momento. Então, bufei uma risada e me abaixei para devorar seus lábios antes mesmo que a juíza desse o aval.

É isso aí, porra.

— William e Emory — pigarreou a juíza, tentando nos fazer interromper o beijo.

Mas antes que ela pudesse nos declarar marido e mulher, um trovão retumbou à distância, e eu estremeci, abrindo os olhos.

Que diabos foi aquilo?

Afastei-me de Emmy, ouvindo gritos e berros enquanto nos virávamos e procurávamos ao redor pela origem do barulho.

E então nós vimos. Além da catedral, ao longe e no céu escuro em direção a *Cold Point*, havia uma nuvem de fogo e fumaça subindo cada vez mais alto, como a explosão de uma bomba atômica.

Meu Deus.

— O que é aquilo? — gritou Damon.

— É perto do *Cove* — falei. Eu sabia exatamente o que era aquilo e a única coisa que poderia ter acontecido.

As pessoas começaram a correr e eu agarrei a mão de Em para que saímos às pressas do gazebo. Procurei pelas crianças, Misha, Ryen e Alex, mas então algo chamou minha atenção, e quando entrecerrei os olhos, avistei a garotinha que esteve aquele dia na enseada. Ela ainda estava vestindo roupas pretas e imundas, com o gorro enfiado na cabeça, e estava olhando diretamente para nós.

— Que diabos? — rosnei. — Michael!

— O que foi?

Apontei na direção dos carros estacionados próximos ao meio-fio na frente do *Sticks*.

— Pegue a garota!

Será que foi isso que Rika pensou ter visto pouco antes?

— Ah, que merda! — ele exclamou.

Mantendo a mão de Emmy entrelaçada à minha, corremos juntos em direção à garotinha, e a vimos se virar e tentar passar pela multidão enquanto um carro saía do beco e um carrinho de comida bloqueava sua outra saída.

Ela escorregou no asfalto, em meio ao caos, mas eu cambaleei para frente e agarrei seu braço bem a tempo. Quando a puxei contra mim, ela começou a espernear e agitar os braços para me acertar.

— Me solta! — esbravejou.

Enlacei seu corpo miúdo que se debatia e se contorcia, e ela impulsionou a cabeça para trás, acertando meu nariz. O que fez com que uma dor absurda subisse pela minha cabeça.

Caralho.

— Ei, ei — murmurou Rika, pegando-a dos meus braços. — Está tudo bem. Ninguém vai te machucar.

Ela se ajoelhou, o tecido vermelho do vestido se espalhando pelo chão, e segurou as mãos da garotinha.

— Eu prometo — disse ela. — Ninguém vai te machucar. Só queremos ter certeza de que você está bem.

— Estou bem — resmungou e testou se soltar. — Me solta!

Damon a segurou com firmeza pelo ombro. No entanto, Rika olhou para ele e disse:

— Pode soltá-la.

Ele franziu o cenho, mas fez o que foi pedido, e Rika sorriu para a menina, tentando acalmá-la.

— Eu vi você assistindo ao casamento — comentou ela, enquanto as pessoas corriam desnorteadas ao nosso redor. — Você gostou? Minha mãe disse que eu deveria ter usado branco.

A menina fez uma careta, mas não se afastou, os olhos curiosos percorrendo os brincos e o cabelo loiro de Rika.

Esfreguei o rosto com a mão. *Jesus Cristo*. Não tínhamos tempo para isso. Alguém explodiu a enseada, os moradores estavam em um frenesi, a maioria deles, provavelmente, se mandando para lá para conferir por conta própria, e essa garota esteve lá na outra noite e agora aqui? Isso estava conectado.

— Só que eu gosto de vermelho — Rika insistiu. — Você gosta de vermelho?

A menina apenas olhou para ela e, após um momento, estendeu a mão e tocou o brinco de Rika, fascinada.

— Você sabe o que foi aquilo no *The Cove*, querida? — perguntou Rika.

Ela olhou ao redor, o medo estampado em seus olhos.

Rika inclinou o queixo para ela.

— Está tudo bem.

A menina engoliu em seco, até conseguir dizer:

— Não. Eu saí de lá na noite em que vocês tacaram fogo em tudo.

— Sinto muito por isso — Rika disse a ela. — Não sabíamos que você morava lá.

— Eu já tinha saído do meu esconderijo quando vocês chegaram — ela explicou. — Quando os homens atravessaram o túnel vindo do mar algumas horas antes.

Meus olhos dispararam para Michael, vendo Micah, Rory e todos os outros se juntando a nós.

— Os homens? — sondou Rika.

A menina acenou com a cabeça.

— Como eles eram? — Rory perguntou a ela.

— Um se parecia com ele. — Ela apontou para Michael. — Mas tinha o cabelo mais escuro.

Cabelo mais escuro e olhos castanhos.

Aydin.

— O outro estava ferido — disse ela. — Alguma coisa na mão dele, sei lá.

Taylor.

— Qual é o seu nome? — perguntou Rika.

Mas a criança deu mais uma olhada de relance para todos nós, e conseguiu se soltar das mãos de Erika. Em seguida, ela se esgueirou entre Alex e Em e sumiu no meio da multidão.

— Espere, não! — Rika gritou e Banks ainda tentou correr atrás da menina.

Mas ela se foi.

No entanto, isso não importava agora.

Lancei um olhar para Micah, Rory e, então, Em.

— Aydin e Taylor — murmurei.

Eles assentiram em concordância.

O trem passava por baixo da Ilha Deadlow. Eu não sabia como eles haviam chegado tão longe, ou se receberam alguma ajuda, mas o túnel, com certeza, poderia ter se conectado aos túneis *Coldfield* e *Cove*, também.

Michael balançou a cabeça.

— Duas noites atrás...

Eles estavam aqui há dois dias.

Filhos da puta.

— E eles acabaram de anunciar sua presença — disse Kai, olhando para a nuvem negra que se dissipava no ar ao longo do litoral.

A cidade parecia um verdadeiro enxame à nossa volta, pessoas entrando apressadas em seus carros, outras conversando descontroladamente.

— Tirem os vestidos — Michael disse às meninas. — Todo mundo se encontra em *Coldfield* em trinta minutos! Vamos!

CAPÍTULO 39
EMORY

Dias atuais...

Lev e David levaram todo mundo para casa, nos SUVs, para que pudéssemos trocar de roupa. As crianças e os avós estavam em segurança na casa dos pais de Kai, sob os cuidados de Katsu e Vittoria.

Saímos em disparada pela estrada escura, vestindo casacos e até mesmo luvas de couro preto. Banks havia me emprestado um par, pois a noite estava fria, mas eu tinha quase certeza de que era porque ela não queria que eu deixasse impressões digitais.

Eu não discuti com aquilo, já que ela tinha mais experiência nesse assunto. As garotas me atualizaram ontem à noite sobre tudo que aconteceu ao longo dos anos – Delcour, o *Pope*, Pithom, Evans Crist, Gabriel Torrance –, e tudo que os caras fizeram de errado – e certo – em sua busca por vingança.

E Trevor. Eu sabia que ele estava morto, mas nunca soube qual havia sido a causa de sua morte. Tudo deveria ter me deixado apavorada. Era muita coisa para digerir.

Mas não pude evitar quando algo borbulhou dentro de mim enquanto Will dirigia, ainda sem conseguir raciocinar como fugir nem havia se passado pela minha cabeça. Mesmo com o medo retorcendo meu estômago em nós, eu não queria estar em nenhum outro lugar.

Sentindo que ele estava olhando para mim, cobri a cabeça com o gorro preto e retribuí seu olhar, admirando-o em seu moletom preto, as veias inchadas em suas mãos tatuadas que seguravam o volante com força. Ele me deu mais uma olhada de esguelha, abrindo e fechando a boca como se quisesse dizer alguma coisa.

— Pare de olhar para mim — eu disse, olhando para a frente. — Eu vou e você não vai me impedir.

Eu sabia que ele estava preocupado com a bagunça em que acabou me enfiando, mas ele estava esquecendo que essa bagunça era minha também. Eu não fugiria nunca mais.

Entramos em *Coldfield*, o lugar lotado, chocados em perceber que a explosão na estrada *Old Pointe* fez foi tirar as pessoas de casa, ao invés de se refugiarem lá dentro. Will nem se preocupou em procurar uma vaga para estacionar, e parou atrás de dois carros, bloqueando-os.

Outro SUV parou atrás de nós e todos desceram dos dois carros.

Will e eu caminhamos até a traseira do veículo e abrimos o porta-malas. Ele vasculhou uma mochila e entregou as máscaras a todos, mas ninguém fez menção de usá-las ainda.

Misha e Ryen vieram correndo até nós, vestidos com roupas normais e prontos para agitar geral. Will estreitou os olhos para seu primo, fazendo uma pausa.

— O que você acha que está fazendo?

Misha apenas se abaixou e pegou uma máscara preta com uma listra azul.

— Isso pertence a alguém?

Will suspirou.

— Você não precisa estar aqui, cara. Não precisa estar envolvido nessa merda.

O primo apenas olhou para ele, sem pestanejar.

— Sim, eu sei. Mas eu quero estar aqui.

Ele prendeu a máscara em seu cinto e vasculhou a mochila, escolhendo uma toda branca para Ryen.

Will olhou de um ao outro, com um sorriso se alastrando lentamente pelo rosto.

— A minha alcateia cresceu — disse ele, fingindo estar embargado com lágrimas de mentira ao ver o primo se meter na briga com ele. — Tenho mais dois novos lobos.

— Cala a boca — Ryen resmungou, com um sorriso.

Misha bufou uma risada, os três sorrindo de orelha a orelha com a referência ao filme *Se beber, não case!*.

Misha e Ryen se afastaram, e embora eu não soubesse muita coisa sobre os dois, sabia apenas que Misha não era um Cavaleiro, e nem era o típico garoto riquinho de Thunder Bay. Will fazia parte de sua família, entretanto, e ele estava aqui pela família.

NIGHTFALL

Will pegou mais uma máscara da bolsa, uma amarela com sangue ao redor da boca e dos olhos.

— Eles podem estar nos distraindo — Micah disse a ele. — Nos atraindo até aqui para que possam destruir a cidade enquanto damos voltas.

— Eles não têm nada a ganhar — Will disse a ele. — A rixa deles é com a gente. Eles querem nos confrontar. E não vão dificultar para que os encontremos.

Então ele estendeu a máscara para mim.

— Monstros de verdade não usam máscaras — caçoei.

Ele deu de ombros.

— Monstros de verdade também podem se incomodar em ser identificados. Sem máscara, não vai rolar diversão para você.

Ah, o meu homem estabelecendo as regras. Isso me deixou com tesão.

No entanto, escolhi uma máscara preta para combinar com a branca que ele usava, sendo que as duas possuíam uma grossa listra vermelha no lado esquerdo.

— Eu gostei dessa — disse eu.

Ele sorriu e pegou a dele, fechando a porta traseira e trancando o carro.

— Martin pode estar lá — ele comentou quando entramos em *Coldfield*, para que pudéssemos entrar furtivamente na enseada sem sermos detectados.

— Ou pode não estar — salientei.

Mas ele balançou a cabeça, abrindo caminho no meio da multidão.

— De alguma forma, não acho que somos sortudos o bastante para que tudo isso não esteja conectado, Emory.

Conectado...

Desacelerei os passos, pensando em Martin, Evans Crist, Aydin...

Quem colocou Will em *Blackchurch*? Ainda não sabíamos. Quem tinha algo a ganhar com isso?

Aydin e Taylor estavam na cidade há dois dias. Por que esperar tanto tempo para anunciarem sua presença? O que eles estiveram fazendo?

Assim como Micah e Rory, as famílias de Aydin e Taylor também poderiam ser aliados úteis para alguém.

Evans sabia que Will havia escapado de lá e agora... Senti o peito apertar. Evans deve ter sido a pessoa que colocou Will em *Blackchurch*. E ele estava ligado a Martin.

Dois dias já haviam se passado.

Dois dias.

558   PENELOPE DOUGLAS

Levantei a cabeça e olhei ao redor, por toda a parte, de rosto em rosto ali dentro daquela casa mal-assombrada.

Muito tempo para planejar...

Merda.

— Esperem! — gritei, e então virei a cabeça e berrei mais alto ainda ao ver todo mundo seguindo em frente. — Esperem!

Todos se viraram e olharam para mim, e fui correndo até eles, encontrando Will na metade do caminho.

— Eles estão aqui há dois dias — comentei, sendo cercada por todos. — Dois dias. O que eles estiveram fazendo? Passeando pelos pontos turísticos?

— Eles estavam se preparando — sugeriu Michael.

— Não — eu disse a ele, vasculhando toda a área em busca de qualquer ameaça. — Eles não estão sozinhos.

Todos me encararam, boquiabertos.

— Eles não vieram até aqui sem ajuda — esclareci em voz alta.

Os administradores de *Blackchurch* os teriam enviado para casa ou para outra instalação. Eles escaparam e chegaram aqui com a ajuda de alguém, ainda mais levando em conta a rapidez.

Uma figura imóvel chamou minha atenção, e eu fiquei surpresa, vendo-o parado no meio da multidão, olhando diretamente para mim enquanto as pessoas se movimentavam ao seu redor em um borrão.

Meu corpo inteiro aqueceu.

Ele usava uma máscara – um demônio pintado de preto –, e eu o encarei à medida que ele me observava, as batidas do meu coração retumbando em meus ouvidos.

Coldfield continuava em plena atividade, pessoas correndo, gritando e rindo como se estivessem festejando ao som de *Highly Suspicious* nos alto-falantes.

— Talvez os pais deles? — Rory ventilou a hipótese, e Micah balançou a cabeça, sem saber ao certo.

No entanto, eu me adiantei e o respondi:

— Não.

— O que você está querendo nos dizer? — Alex interveio.

Na mesma hora, olhei para Will.

— Tudo está conectado. Evans Crist solicitou a ajuda de Martin para debilitar seus pais enviando todos vocês para a prisão, mas ele não previu que vocês se organizariam por conta própria quando saíssem. Com o tempo, vocês se tornaram uma ameaça à qual ele também precisava lidar.

— Meu pai pode ter feito alguma merda — Michael entrou na conversa — pelo qual ele vai pagar, mas ele tem se mantido quieto há anos.

— Mas, ainda assim esteve mexendo os pauzinhos — retruquei. — E se ele tiver enviado Will para *Blackchurch* para enfraquecer vocês da mesma forma que fez com seus pais, anos atrás? — Olhei para os caras. — Vocês não deram andamento ao *resort* na ausência de Will, afinal. Isso significa que o plano dele funcionou.

Relanceei o olhar à direita, mais uma vez, vendo a mesma figura de antes ainda ali parada. Ou poderia ser alguém muito parecido a ele, já que usava o mesmo agasalho com o capuz cobrindo a cabeça, e a máscara preta, o rosto.

Olhei para o outro lado, vendo o cara de antes, no mesmo lugar. Os dois estavam me encarando.

— E se ele tiver ficado sabendo do momento em que Will conseguiu fugir? — perguntei a Michael. — E se ele tiver aliciado os outros detentos e os tiver trazido para cá com o apoio de suas famílias? E se Aydin e Taylor estivessem hospedados na casa dos seus pais esse tempo todo?

Ninguém disse nada, as rodas girando em suas cabeças enquanto se entreolhavam, como se tivessem chegado a um acordo de que havia a possibilidade de Aydin vencer esta noite.

— Aydin nunca se envolve em alguma coisa a não ser que tenha certeza de que pode vencer — Alex disse, em voz baixa. — Ela está certa. Ele não está sozinho.

Eu me aproximei um pouco mais deles.

— Eles, provavelmente, estiveram no casamento — salientei, indicando a multidão com o olhar. — Eles têm nos seguido o tempo todo.

Olhei de um lado ao outro, por entre a multidão outra vez, e vi quando os 'demônios', lentamente, começaram a se aproximar; como se estivessem nos cercando como um maldito exército. Só então nossa turma percebeu a chegada de um após o outro, cientes de que estávamos acuados.

— As máscaras — murmurei — demoníacas. É como o bando deles se identifica.

— Merda — Rika sussurrou, olhando ao redor do parque.

Nosso número era o suficiente para derrotar Evans Crist, já que éramos onze acrescidos com mais dois – Micah e Rory –, mas talvez não agora, se Evans tivesse aliançado as famílias de Aydin e Taylor. E se ele tivesse Martin e a polícia como apoio?

Estávamos muito ferrados.

Rika segurou minha mão e me puxou em direção ao armazém, e todos nós nos amontoamos ali dentro, correndo pelo lado externo do labirinto de túneis escuros; quando nos enfiamos por trás de uma parede, nos bastidores, a equipe cenográfica se assustou ao nos ver ali.

Rika tirou o moletom e arrancou a máscara.

— Emmy, troque comigo.

Ela pegou minha máscara e prendeu em seu cinto.

— Alex, troque com a Banks — ela orientou.

Eu permaneci imóvel.

— Eles estão vindo atrás de todos nós — salientei.

Não adiantava esconder minha identidade quando ela estava em perigo também.

No entanto, ela respondeu:

— Aydin e Taylor irão atrás de vocês duas primeiro.

Tudo bem, talvez ela tivesse razão. E se Martin estivesse aqui esta noite, eu, definitivamente, seria um alvo.

Tirei o casaco e joguei para ela, vestindo seu moletom no lugar enquanto Alex e Banks faziam o mesmo.

— Vão para a passagem subterrânea — Will disse a todos. — Em e Alex irão com Rika e Michael.

Passagem subterrânea?

Mas antes que pudesse fazer perguntas, Ryen entrou na conversa:

— Acho que seria melhor se não nos separássemos.

— Vamos conseguir avançar mais rápido e com mais facilidade desse jeito — ele disse a ela.

Segurei seu rosto entre as mãos e o beijei, sem fôlego:

— Eu quero ir com você.

Ele acariciou minha bochecha.

— Nós vamos nos encontrar no *Cove*. Eu tenho que levá-los para longe da cidade, e quero dar a todos vocês uma chance de fugir antes que eles os alcancem.

Colocamos nossas máscaras e cobrimos nossos cabelos com os capuzes.

— Vocês dois vão com Kai e Banks — Will instruiu Misha e Ryen. Então indicou Rory e Micah com o queixo. — E vocês ficam com Lev, Damon e Winter.

Eles assentiram, colocando suas novas máscaras. Aquilo quase me arrancou um sorriso. Will tinha pensado em tudo, não é?

— Despistem eles — comentou. — Deixei a porta destrancada. Vão para o *Cove* pelo subterrâneo.

— Sim — todos responderam em uníssono, entrando no labirinto novamente, com Damon e Winter liderando o caminho.

Mas antes que eu pudesse sair, Will me agarrou e puxou contra o peito, erguendo a minha máscara para me dar um beijo intenso e abrasador.

Eu amo você.

— Não se machuque — sussurrei contra sua boca.

Assenti em concordância e ele me encarou.

— Ainda vou me casar com você.

Então ele abaixou a minha máscara e me empurrou para fora do nosso esconderijo.

Sim, não tínhamos exatamente terminado a cerimônia e eu queria concretizar tudo logo de uma vez.

Rika segurou minha mão e me puxou para correr atrás de Michael e Alex, e quando olhei por cima do ombro, vi Will seguindo na direção oposta. Ele desapareceu em um canto, e eu respirei fundo, uma sensação horrível se formando na barriga.

Merda.

Eu não estava gostando de nada daquilo.

Nós seguimos apressados pela casa mal-assombrada, rumo à ala do 'Cientista Louco' enquanto Rika rapidamente me informava que Will havia comprado *Coldfield* como um disfarce para... bem, *Coldfield*, e o sistema de transporte subterrâneo que ele descobriu. Eu tinha ouvido falar do parque temático assombrado que havia surgido em Thunder Bay nos últimos anos, mas nunca tinha estado aqui.

Eu mal podia esperar para ver a cidade lá embaixo.

Nós nos movemos o mais rápido possível, tentando não chamar a atenção, mas não consegui ver para onde os outros tinham ido até que vi Damon arrancando um lençol ensanguentado e o jogando sobre Winter, em seguida, levantando-a em seus braços como se ela fosse sua última vítima.

Ela deve ter dito algo, porque seus lábios se moveram, sussurrando de volta para ela, até que a cutucou entre as pernas antes que desaparecessem em um túnel.

Não havia mais ninguém à vista, e eu mantive os olhos atentos enquanto nos esgueirávamos pela parte da casa de bonecas em tamanho real, a névoa flutuando ao redor de nossos pés à medida que a escuridão se infiltrava pelas vigas acima.

Passei por manequins com pele esverdeada e apodrecida, cortes de cabelo estilo anos cinquenta e roupas retrô, as articulações delineadas em preto para fazer com que parecessem marionetes, mas quando deslizei, olhando de um lado ao outro, um deles ganhou vida e saltou na minha frente. Dei um grito e já estava prestes a esmurrar a pessoa, mas me contive e desviei do caminho.

Olhei por cima do ombro, e o vi assumir o mesmo lugar para assustar a próxima vítima, como se estivesse congelado em uma pose assustadora; no entanto, assim que voltei a me concentrar adiante outra vez, alguém se postou em nosso caminho: uma forma escura usando uma máscara demoníaca.

Alex, Rika, Michael e eu paramos, vendo que mais um se interpunha para impedir a nossa fuga. Eu tinha quase certeza de que eles não sabiam onde ficava a entrada para *Coldfield*, porque não teriam feito questão de nos deter se soubessem para onde estávamos indo. Eles poderiam ter nos seguido, ao invés disso, mas havia muitos deles do lado de fora antes, provavelmente até mais que eu não tenha visto.

— Vamos! — gritei.

Eu me virei e corri por entre as alas da casa mal-assombrada, descendo um túnel e subindo por uma escada frágil em seguida, com Alex e Rika em meu encalço e Michael protegendo a retaguarda.

Corri pelo último andar e empurrei a porta com força, entrando aos tropeços no telhado do armazém. Máquinas de névoa seca e luzes estroboscópicas funcionavam a todo vapor, derramando-se sobre a festa abaixo com decorações, ceifeiros e anjos maus balançando contra o vento, criando um ar macabro sobre o pátio.

Havia tendas altas protegendo os suprimentos da chuva, e eu segurei a mão de Alex, com Rika e Michael nos seguindo enquanto atravessávamos o telhado para o outro lado. Se pudéssemos descer pela escada de incêndio com rapidez o bastante, poderíamos despistá-los e chegar a *Coldfield*.

Olhei à esquerda, no entanto, e imediatamente estaquei em meus passos, respirando com dificuldade ao avançar até a beirada do telhado e contemplar a escuridão abaixo.

— Emmy! — Michael esbravejou. — O que você está fazendo?

Não consegui reprimir o sorriso quando olhei para a floresta em labirinto mais além, lobos uivando e corujas piando nos alto-falantes, com um ônibus estacionado no meio da multidão, atrás do armazém, uma luz vermelha sinistra acesa no interior.

NIGHTFALL

Nosso ônibus. Ele realmente disse a verdade e o guardou.

Meu coração doeu por ele ter pensado nisso.

— Emory! — Michael rosnou de novo, e eu me sobressaltei, vendo-o descer logo atrás de Rika pela saída de incêndio.

Alex correu e agarrou minha mão, me puxando, mas então uma figura sombria se esgueirou por entre as barracas e me deu um empurrão tão forte no peito que acabei voando e aterrissando com a bunda no chão.

O mundo se embaralhou à minha frente, e levei um segundo para voltar a respirar normalmente. Mas então pestanejei, assustada, quando o vi segurando Alex pela garganta enquanto ela se debatia.

— Ei! — Ouvi Michael gritar.

Eu me levantei de um pulo e vi Alex arrancando a máscara demoníaca da pessoa, revelando Taylor por trás; ela enganchou a perna ao redor das deles, e com um golpe certeiro conseguiu derrubá-lo no chão do telhado.

Taylor caiu de costas, com o corpo de Alex acima, e ele grunhiu, afastando a mão para esbofetear o rosto dela. Arfando, ela tombou para o lado, mas antes que ele a imprensasse com o corpo, dei um chute entre suas pernas.

Ele gritou, curvando-se em posição fetal e eu me lancei em cima dele, socando seu rosto suado. Taylor estremeceu, tentando se proteger, e eu o esmurrei com tanta força que a dor rastejou do meu punho ao braço.

Alguém me levantou de cima dele, ainda arfando por trás da máscara, e quando pensei em arrancá-la do rosto, lembrei que o local estava equipado com câmeras de segurança e decidi obedecer às instruções de Will.

— Vamos — Michael disparou, me puxando pela mão.

Todos nós corremos, passando pela lateral do prédio, descendo a escada de incêndio até chegar ao chão. As pessoas passavam correndo, indo em direção ao palco quando o locutor começou o show, com *Devil Inside* retumbando nos alto-falantes.

Levantei a cabeça e vi os demônios mascarados contornando a lateral do prédio e nos seguindo.

— Vamos! — gritei.

Até que meus olhos foram atraídos por uma figura imóvel, me fazendo estacar assim que percebi que se tratava de Martin. Ele estava de pé na entrada, do outro lado da praça de alimentação, usando jeans, pulôver preto e com o cabelo escuro perfeitamente penteado.

Ele me encarou o tempo todo com a mão enfiada no bolso. Havia um sorriso cínico em seus olhos que não era visível nos lábios.

Na mesma hora, senti o formigamento percorrer meu corpo inteiro diante do desafio explícito em seu olhar.

— Emmy! — chamou Rika. — Emmy, vamos embora!

Ele olhou para mim. E eu não conseguia me mover.

Perdi o fôlego, um pé querendo recuar, e o outro querendo avançar para atacá-lo até que minhas mãos estivessem ensanguentadas.

Um grito se alojou na garganta.

Eu não consigo me mover.

E então, uma pequena mão segurou a minha, a pele fria e áspera por conta da sujeira e fuligem.

Ao olhar para baixo, engoli em seco quando vi uma menina me encarando.

Quem...?

— Vamos — ela sussurrou.

Cabelo loiro, com cerca de oito ou nove anos de idade, ela estava vestida de preto, com exceção da barra da camiseta branca que despontava por baixo do casaco. Com um boné preto e uma trança pendendo no ombro, ela sorriu e me puxou. Eu a segui, olhando para Michael e Rika em busca de uma resposta, mas eles apenas a encaravam, boquiabertos e igualmente confusos.

Ela me soltou e correu adiante, sumindo no meio da lona que cobria uma área do armazém. Em seguida, se arrastou para passar por baixo de uma entrada.

— Por aqui! — gritou ela.

Hesitamos por apenas um segundo antes de a seguirmos, com Michael em nosso encalço. Nós rastejamos, ralando mãos e joelhos, e a terra fria umedeceu o tecido do meu jeans; a garotinha liderava o caminho por baixo do piso, olhando por sobre o ombro para conferir se estávamos logo atrás.

— Você tem certeza de que sabe para onde está indo? — Michael perguntou.

— Essa cidade é minha — ela retrucou.

Ele riu apesar de estarmos fugindo às pressas, mas não tive tempo de perguntar de onde aquela garota havia surgido e se realmente estava nos levando a um lugar seguro.

No momento, não tínhamos nenhuma escolha.

Ela parou, de repente, e se levantou para arrancar uma tábua acima da cabeça, escalando o buraco até entrar no armazém, direto na ala do 'Cientista Louco' novamente.

Assim que todos entramos e nos situamos, Michael pegou a criança e a colocou sobre o ombro, disparando pelo caminho.

NIGHTFALL

— Ai, meu Deus, eu posso andar. — Ela tentou erguer o corpo. — Cara!

Mas ele não parou em momento algum, à medida que avançávamos pelo laboratório, sem ninguém na nossa cola. Michael carregou a criança para dentro do túnel, comigo, Rika e Alex atrás, mas então estaquei em meus passos, com um pressentimento.

Olhei por cima do ombro, através da porta do laboratório de química, e entrecerrei os olhos ao avistar um grupo de figuras vestidas de branco na outra sala. Eles pareciam estátuas, com buracos negros dando lugar aos olhos, como se estivessem nos observando.

Senti um arrepio deslizar pela minha pele, o medo se alastrando quando me vi paralisada no lugar. Então encarei seus rostos, sacando a verdade.

Eu simplesmente soube.

Um deles virou a cabeça e meu coração quase saltou pela boca. Gritei, ciente de que poderia nem mesmo ser um deles... mas suspeitando mesmo assim. Merda.

Entrei no túnel, fechei a porta e corri atrás dos outros, tropeçando em uma pedra quando olhei por cima do ombro. Cambaleei e consegui me equilibrar, correndo até o trilho.

Micah, Rory e Lev já estavam no carro à frente, com travas de segurança fixas, e eu mal tive tempo de resgatar o fôlego quando eles dispararam com o carrinho, sumindo de vista.

Restavam apenas dois carros, então, com sorte, isso significava que todos os outros já haviam saído. Depois que todo mundo prendeu as travas, Michael acionou o carro e eu olhei para trás, vendo a porta do túnel começar a se abrir.

Will...

Alguém me agarrou e me empurrou para o assento.

— Will! — gritei, já devidamente afivelada. — Michael, não!

— Rápido — Rika gritou para ele, com a garotinha em seu colo. — Vamos!

O carro disparou, meu pescoço deu um solavanco e eu me virei no assento, vendo as luzes se distanciando cada vez mais.

—Não! — gritei.

Restava apenas um carro. Se alguém tivesse nos visto – se aquele fantasma não fosse um ator e tivesse nos seguido –, Will não conseguiria transporte para chegar ao *Cove*.

Cobri o rosto com as mãos enquanto o vento frio resvalava pelo meu corpo. Nós não devíamos ter nos separado. Senti meus olhos marejados, em desespero.

Depois de uma curva, comecei a sentir as gotas de água pingando acima de nós – o que só poderia indicar que estávamos passando por baixo do rio –, e algumas luzes esparsadas marcavam o caminho percorrido.

Michael diminuiu a velocidade e eu me segurei, avistando uma plataforma adiante, até que o freio guinchou contra o trilho e as travas de segurança puderam ser retiradas.

— Will! — gritei, angustiada. — Nós deixamos o Will! Aydin estava lá! Eu sabia que era ele no laboratório.

Subi correndo a plataforma, atrás deles.

— E se Will não conseguir passar por ele? — perguntei. — Nós temos que voltar.

Michael puxou Rika e a garota para cima.

— Will queria você fora de lá. Nós precisamos ficar juntos.

— Não!

— Ele não vai fracassar — Rika assegurou, me encarando com seriedade. — Ele não vai fracassar, Em, e vai chegar aqui em breve.

Parei, de repente, com o olhar fixo ao dela. Eu não podia deixar de voltar por ele.

Eu não podi...

Mas então a garotinha puxou minha mão.

— Vamos! — ela gritou.

Tentei impedi-la, mas antes que pudesse argumentar, Michael a agarrou e a girou pelos ombros.

— Não tão rápido — disse ele. — Quem é você? Pode me dizer agora e depressa.

Ela se endireitou, fechando a boca com um bico.

—E por que você está morando aqui no *Cove*? — pressionou ele.

Ela estremeceu e tentou fugir, mas ele a segurou com mais firmeza. Meu olhar se voltou para o túnel, mas não ouvi a aproximação de nenhum outro carro.

Eu nunca tinha visto aquela criança antes, mas, aparentemente, todos eles já haviam se encontrado com ela.

— Athos — ela respondeu, por fim. — Meu nome é Athos.

Como o mosqueteiro?

— E seu sobrenome? — perguntou Michael.

— Eu não tenho um.

Ele franziu o cenho.

— Você tem um. Você não nasceu aqui, garota.

— Talvez eu tenha sido teletransportada para estudar sua espécie.

Alex bufou uma risada, e a menina segurou a mão de Rika e retrocedeu um passo, se aproximando dela para se afastar de Michael, a quem encarava com uma cara feia.

Ele se levantou, lhe dando o mesmo tratamento da cara emburrada.

— O quê?

— Eu vi o que sua espécie gosta de fazer com as mulheres naquela caverna na praia — ela disse a ele.

Rika arfou, cobrindo a boca, mas seu sorriso era nítido e quase se juntou à risada solta de Alex.

— Você viu aquilo? — perguntou ele, de olhos arregalados.

A garotinha deu uma olhada em Michael de cima a baixo.

— *Hmph*!

Ele balançou a cabeça e a agarrou, colocando-a por cima do ombro outra vez enquanto nos incentivava a continuar.

— Vamos!

— Tem medo de que eu escape de vocês de novo? — ela reclamou.

Corremos pelo túnel escuro, dessa vez todo de concreto e com inúmeras portas ao redor. Subindo as escadas às pressas, adentramos a velha loja que havia sido fechada junto com o *Cove* há muitos anos, e seguimos rumo ao parque, com a roda-gigante surgindo à distância.

— Vamos dar um jeito de sair daqui — Michael me disse, ainda correndo —, e procurar meu pai, para que possamos acabar com ele e o Scott de uma vez por todas.

Acabar com...?

— Você está de acordo com isso? — ele me perguntou.

Respirei com dificuldade, percebendo que teria que aceitar a oferta de Alex para treinar no dojo em algum momento, a fim de entrar em forma.

— Você quer dizer... tipo, matá-lo?

Ele sorriu.

— Eu estava pensando em uma ilha acessível apenas por um trem.

Blackchurch. Ele queria enviar meu irmão e seu pai para *Blackchurch*.

Eu sorri de volta.

— Estou super de acordo com isso.

Damon, Winter e todos os outros saíram de trás de uma cabine de jogos com algumas outras figuras mascaradas – segurança extra, pelo jeito. E quando olhei para trás, vi Damon e Banks segurando as mãos de Winter para ajudá-la a correr com eles.

— Estou contigo, amor — disse ele.

— Onde está o Will? — perguntou Misha, olhando em volta.

Eu só sabia que ele não estava aqui. Peguei meu celular e desbloqueei a tela, pronta para ligar para ele, mas então notei pessoas à frente e desacelerei os passos quando distingui Martin e uma equipe de homens e mulheres entrando no parque, já focados em nós.

Ah, não.

Paramos quando eles bloquearam nossa saída, e eu examinei a área novamente, ainda sem avistar Will entre nós. Como Martin chegou aqui tão rápido? Como ele sabia para onde estávamos vindo?

— Sai da frente. — Ouvi Michael dizer a ele.

Estávamos preparados para lutar contra Aydin e Taylor, mas isso?

Porcaria.

Michael deu um passo à frente, e nós nos postamos às suas costas enquanto ele confrontava Martin. Eu me juntei a ele, me recusando a ficar escondida.

Martin olhou para mim.

— Nunca mais nos vimos — disse ele, dando um passo em minha direção, um coldre amarrado no ombro e todos os seus subordinados armados e prontos para a ação.

As lembranças se atropelaram na minha mente, quase as mesmas palavras que ele havia dito naquela última vez, tantos anos atrás.

Era como se tivesse sido ontem.

Ele se abaixou e segurou a minha mão, Michael retesou ao lado, pronto para atacar caso ele me machucasse. Entrecerrei os dentes, enojada com a sensação pegajosa de sua pele contra a minha.

O olho da tempestade. Lembrei-me das palavras de Aydin uma e outra vez.

Martin olhou para o meu anel.

— Eu não fui convidado.

Cerrei o punho e, gentilmente, me afastei de seu toque.

— Não foi mesmo.

O olho da tempestade...

— Eles já sabem de tudo. — Ergui o queixo. — É tarde demais.

Todos aqui sabiam da mentira que contamos e que foi orquestrada por ele, para enviá-los para a prisão. Mas ele apenas abriu um sorriso e riu, e um calafrio rastejou pela minha pele.

— Você acha que isso me assusta? — perguntou ele. — Isso foi pouco comparado com as decisões que tomei desde então. E não sou o único com merda a perder caso eu seja apanhado.

O que isso significava? Meu olhar disparou para os policiais às suas costas. Alguns deles eu consegui reconhecer.

— Esses policiais nos conhecem — eu disse. — Você acha que eles vão mesmo fazer isso? Todos eles?

Eles feririam Michael Crist, Kai Mori, Damon Torrance e Will Grayson, sem mencionar Erika Fane?

Ele apenas zombou, com sarcasmo.

— Eles não estão de serviço neste horário, Emmy.

Olhei para todos eles mais uma vez, reparando nas armas e roupas normais, sem nenhum distintivo à vista.

Ouvimos passos no asfalto às nossas costas, e quando virei a cabeça avistei Aydin vindo pelo parque, pela mesma direção de onde viemos. Seguido por um grupo de pessoas com máscaras demoníacas, ele olhou para nós, seu suéter preto fechado até o queixo e o cabelo liso caindo sobre a testa.

Fogo lampejou em seu olhar quando ele nos bloqueou por trás, com Martin nos cercando pela frente.

— E eu tenho muito mais comigo — Martin caçoou e então gritou: — Evans?

Eu me virei e meus olhos dispararam de Martin para a figura que passava por entre a multidão, então vi Evans Crist avançar em um terno azul-marinho de três peças, com o cabelo grisalho penteado para o lado.

Evans. Martin costumava chamá-lo de Sr. Crist, mas como ele próprio estava se tornando poderoso, parecia que se considerava seu igual.

— Filho da puta — Michael cuspiu.

Damon entrou na conversa, dizendo às nossas costas:

— Estamos prontos quando você estiver — assegurou a Michael.

Michael assentiu com a cabeça, ainda de frente para o pai, ambos com o mesmo porte físico. Evans olhou para o filho mais velho, e eu não conseguia nem imaginar o que devia estar se passando pela cabeça de Michael agora.

Ele matou o irmão, Trevor. Ele mataria seu pai também?

— Não fui eu quem disse a Trevor para postar aqueles vídeos quando ele encontrou o celular — Evans disse a Michael. — Mas ele me contou tudo depois. Ele sabia que seria útil para mim se Katsu, Gabriel e os Grayson perdessem a credibilidade com alguns problemas familiares orquestrados. — Sorriu para si mesmo. — Alguns deles funcionaram a meu favor, outros, não.

Katsu perdeu a posição como acionista em dois conselhos de bancos por um tempo e Gabriel perdeu acordos de negócios. Mas o avô de Will continuou senador, apesar do escândalo.

— Mas daí, nós nos tornamos poderosos — Michael acrescentou.

Evans assentiu.

— Rika se tornou prefeita, Kai está revitalizando *Whitehall*, Damon é o herdeiro de Rika, sem mencionar que ele está preparando Banks para o cenário político nacional... — ele listou todas as suas preocupações. — E Will descobriu *Coldfield*, e agora controla o sistema de tráfego subterrâneo entre Thunder Bay e Meridian. Quero dizer, se você tivesse um manual de como me fazer suar, seria isso. — Ele riu. — Tenho que admitir que você me impressionou e muito, Michael. Eu gostaria de ter você ao meu lado.

— Mas não é para isso que você e eu fomos feitos — respondeu o filho.

Evans balançou a cabeça.

— Não, você está certo. Mas você está bem acima da média.

Avaliei as armas e o tamanho do bando que acompanhava Aydin e Martin, ciente de que estávamos em desvantagem. Não poderíamos lutar contra eles com uma espada e nossos punhos.

Isso não poderia ir tão longe.

Encontrei o olhar de Martin, e disse:

— Ele influenciou sua carreira e te ajudou a subir alguns degraus, mas ele vai se dar mal. A hora de se salvar é agora.

— Ele assassinou meu pai — em tom de súplica, Rika interveio.

Ele não escaparia impune. A menos que matassem todos nós, Martin estava do lado que sairia perdendo. Mas então Evans começou a rir, encarando Martin; um olhar astuto se passando entre os dois.

Meu estômago embrulhou.

— Quem você acha que cortou os cabos do freio? — Evans perguntou a Rika. —Alterou o relatório policial? Destruiu o veículo antes que pudesse ser inspecionado?

Ela se lançou para ele, mas Michael a puxou de volta, ficando cara a cara com o pai. Um dos seguranças se postou atrás dele, pronto para agarrar sua arma.

— Eu te prometo — disse Michael —, que não conto nada disso à minha mãe se você for embora dessa cidade. Ela nunca terá que saber de nada disso.

— Não cabe a você me proteger, Michael — alguém falou.

Lentamente, nós nos viramos, as duas figuras mascaradas que não reconheci antes, agora ladeando Kai e retirando as máscaras e capuzes. Christiane Fane estava à esquerda, com lágrimas nos olhos, enquanto Delia Crist, a mãe de Michael, se postou à direita, a franja de cabelo castanho quase lhe cobrindo os olhos.

Kai deu de ombros, em um pedido silencioso de desculpas.

— As crianças estão seguras — garantiu. — Não deu para impedi-las, cara. Sinto muito.

Elas devem tê-lo encurralado na casa de seus pais, e ele acabou tendo que inseri-las no meio, às escondidas.

Christiane deu um passo à frente, sem desviar o olhar de Evans enquanto ia direto até ele; o cabelo loiro – exatamente como o de Rika – preso em um rabo de cavalo à nuca, a fisionomia frágil e plácida indicando que seria incapaz de fazer mal a alguém.

Ela parou diante dele, ambos se encarando, e então… estapeou o rosto de Evans, fazendo-o cambalear para o lado.

A equipe às costas deles enrijeceu a postura, e eu cerrei os punhos, me preparando para uma eventualidade. Ele respirou fundo, piscando e em choque, e então se aprumou outra vez e a encarou.

Ela deu outro tapa nele, do mesmo lado, mas ele só virou a cabeça dessa vez. Ele cerrou a mandíbula, aguentando firme um tapa após o outro. Nem sequer me importei com o fato de que ela não dizia nada, limitando-se a descontar sua raiva daquela forma pelo que ele fez ao seu marido e pelos anos de tortura desde então.

Evans grunhiu após o quinto golpe, inspirando o ar por entre os dentes cerrados.

— Tirem essa vadia de cima de mim — ele rosnou para alguém, por fim.

Martin correu para agarrá-la e nós avançamos, mas assim que Christiane ergueu a mão para esbofeteá-lo novamente, Damon empurrou Martin para trás, e disse:

— Não toque nela. — Então Will se enfiou no meio e segurou o pulso de Christiane, para contê-la.

Meu coração quase saltou uma batida. *Will.*

Com a máscara presa ao cinto e o olhar terno concentrado na mãe de Rika, ele disse:

— Vou amarrá-lo mais tarde e deixar você se divertir um pouco mais, tudo bem?

Ela olhou para ele, aparentando estar perdida em pensamentos por um instante, mas então abriu um sorriso largo. Ela se virou, as lágrimas escorrendo pelo rosto enquanto olhava para o chão, e embora Damon, Michael e eu tivéssemos tantos problemas com as pessoas que nos criaram, era nítido que nem todos os pais eram inimigos.

Damon colocou o dedo sob o queixo dela e a obrigou a olhar para ele.

— Levante a cabeça — disse, com rispidez. — E deixe de ser covarde. Você é minha mãe, pelo amor de Deus.

Ele olhou para frente, mas ela o encarou com um olhar saudoso e repleto de amor quando ele segurou sua mão e a levou de volta para o grupo. Assim que ela se postou ao lado da Sra. Crist, esta segurou sua mão em um apoio solidário.

Evans cuspiu sangue e depois se endireitou, consertando a gravata e respirando fundo.

— Esse sempre foi o verdadeiro problema com vocês, meninos — Evans disse. — Não importa o quão inteligente vocês possam ser ou em quantas ocasiões provaram ser oponentes astutos e espertos, no final das contas, vocês sempre recorreram à violência. — Ele olhou de Michael para Will, debochando da ameaça de Will em amarrá-lo. — Você nunca conseguiu manter a atenção concentrada em um jogo mais duradouro, não é? Amigos e meninas eram mais importantes, e a gratificação imediata era o que mais importava, quando você sempre deveria ter percebido que não podia confiar em ninguém. Os Crist não nasceram para perder. — Ele olhou para Michael. — Nós já nascemos vencedores.

E eles iriam vencer outra vez. Estávamos em grande desvantagem numérica, e Evans e Martin podiam acabar enviando todo mundo para *Blackchurch* esta noite.

— Veja o seu avô, por exemplo — disse ele a Will. — Não há nenhum ressentimento, porque não somos amigos. E isso nos dá mais possibilidades de vencer. Juntos, ganhamos tempo para atrasar seu projeto do *resort*.

— O avô dele? — repetiu Kai.

Então, uma baforada de fumaça flutuou no ar, e todos nós olhamos por entre os policiais, deparando com o Senador Grayson aparecendo detrás de uma bilheteria e vindo na nossa direção enquanto fumava um charuto.

Cerrei a mandíbula.

Ele estava usando um elegante terno preto, com uma camisa social azul clara e uma corrente de ouro do relógio saindo do bolso do colete.

Na verdade, eu nunca o tinha visto pessoalmente antes, o que não era de se estranhar, já que ele passou mais tempo em DC do que Thunder Bay nos últimos vinte anos.

Mas eu o reconheci na mesma hora.

Ele parou atrás de Evans, dando uma longa tragada em seu charuto e com a expressão fria e imperturbável.

Merda. Olhei para Will ao meu lado, o olhar estoico em seu rosto me deixando mais nervosa ainda. Se o Sr. William Grayson estava aqui, pessoalmente, isso era um péssimo sinal.

Era quase certeza de que todos seríamos mandados para *Blackchurch*. Ou pior.

— Vocês dois? — Michael perguntou, percebendo o que estava acontecendo.

— Velha guarda… — Damon deu um passo à frente. — Você vai morrer antes de nós. Baixa a bola.

— Acalme-se, porra — ralhou por entre os dentes cerrados.

— Calma é o caralho — ele resmungou. — Eu me livrei dos meus pais, agora é a vez dos dois fazerem a parte de vocês. Se virem e lidem com isso, ou vou dar uma de surtado como naquele filme *Colheita Maldita*, porra.

Fui até o Senador Grayson em alguns passos.

— Você colocou Will em *Blackchurch*?

— Mmmm…

Meu estômago embrulhou quando Evans sorriu. Deu para ver direitinho de onde Michael puxou o sorriso.

Eles eram um time? Eles se livraram de Will juntos?

— Seus desgraçados — disse Michael.

Evans olhou por cima do ombro para o senador.

— Você já foi chamado de coisa pior.

— Sim — ele debochou.

— Que bom que você veio até mim — disse Evans, virando-se, mas ainda conversando diretamente com o Senador Grayson. — Estou feliz que pudemos ajudar um ao outro.

— Eu também — disse o Sr. Grayson. — Eu aprendi muito.

— Ele é seu neto — argumentei. — Por quê?

O senador olhou além de mim para Will.

— Ele sabe o porquê.

Senti Will parar ao meu lado, ele e o avô se encarando.

— Porque eu gostava de ir para a balada — Will disse.

O Sr. Grayson assentiu em concordância.

— Você carece de moderação, sim.

— E porque eu não estava indo a lugar nenhum.

— E caindo bem rápido.

Will se aproximou de seu avô lentamente, e o outro homem o encontrou na metade do caminho.

— Porque eu precisava de tempo para pensar — Will refletiu.

— Espero que você tenha entendido.

— E porque sou fraco.

— Como um gatinho — o senador brincou.

Will inclinou a cabeça e o Sr. Grayson revirou os olhos.

— Um filhotinho.

Will olhou para ele.

— Tudo bem, um cachorrinho — o senador cedeu, aplacando o neto.

Eu estava confusa com as brincadeiras quase calorosas entre os dois. O que estava acontecendo?

— Porque eu sou rebelde — Will assentiu.

E o Senador Grayson sorriu, aproximando-se do neto.

— Ah, além da conta.

— E porque eu era motivo de vergonha.

O Sr. Grayson encarou Will, com os olhos entrecerrados com o ceticismo.

— Nunca — respondeu ele.

Exalei um suspiro.

— Então por que você o colocou em *Blackchurch*?

Pela porra do dinheiro? Por causa do *resort*? Para atrapalhar a Graymor Cristane? Por quê?

O Senador Grayson sorriu, lançando um olhar amoroso ao neto.

— Porque ele me pediu — disse ele.

Então Will começou a rir, ambos com os mesmos olhos verdes brilhantes quando se jogaram um nos braços do outro, rindo em meio ao abraço apertado.

Meu estômago deu um nó. O quê?

— Que porra é essa? — Damon retrucou.

Evans ficou boquiaberto, sem entender nada enquanto observava os outros dois.

Will pediu para que o avô o mandasse para *Blackchurch*? O quê?

— Senti saudades — Will disse ao avô.

O Senador Grayson segurou o rosto de Will entre as mãos, observando-o depois de tanto tempo separados.

— Senti saudades também, garoto.

CAPÍTULO 40
WILL

Dias atuais...

Abracei o vovô mais uma vez, inspirando o cheiro de seu charuto e loção pós-barba. Havia um nó na garganta tentando controlar a onda de alívio. Porra, eu senti falta dele.

— O que diabos está acontecendo? — Damon retrucou.

— Will! — Banks gritou em seguida.

Eu me afastei do meu avô, cuja presença era sempre um conforto. Sempre.

Ele era uma constante. Tão confiável quanto a maré, e mesmo que eu duvidasse do que estava fazendo, nunca duvidei dele. Ele estava sempre certo.

— Você demorou um tempo longo demais — ele me disse.

— Eu sei. — Eu o soltei. — Temos muito o que conversar.

Ele queria me tirar de *Blackchurch* meses atrás, e novamente há um mês. E mais uma vez, uma semana atrás. Eu sempre fui seu neto favorito. *Sem ofensa, Misha.*

Ele olhou por cima do ombro para os policiais de folga que acompanhavam Martin.

— Vão para casa, senhores.

Eles assentiram, alguns lançando um olhar rápido para o chefe, mas cientes de que a proteção de um senador superava a ameaça de um comissário de polícia.

— Seu filho da puta — Evans rosnou quando os policiais se afastaram dali, deixando o parque. Apenas algumas pessoas permaneceram ali com o senador.

Percebi pelo olhar trocado entre Martin e Evans, que ambos haviam compreendido que foram ludibriados.

— Não confie em ninguém, certo? — vovô debochou de Evans.

Tentei desfazer o sorriso largo no rosto enquanto olhava para o pai de Michael, mas não consegui.

— Parece que meu jogo duradouro foi um pouco mais longo que o seu, pelo menos.

Ele pensou que meu avô tinha se juntado a ele, ao me enviar a *Blackchurch* para foder com os planos da Graymor Cristane, e que se meteu na história para ajudar a proteger todo o legado financeiro deles, mas ele não percebeu que *eu* era o legado de meu avô, e William Aaron Paine Grayson sempre escolheria a família antes de tudo.

Na verdade, esse plano de ação já havia sido posto em prática há muito tempo.

— O que diabos está acontecendo? — Michael se aproximou de nós, o olhar focado no meu avô. — Você sabia? Você sabia sobre a participação do meu pai em tudo?

— Will sabia — respondeu ele.

Eu me virei e olhei para meus amigos, todos eles me encarando com uma mistura de raiva, confusão e inquietação.

Eu não queria olhar para Emmy, mas não consegui evitar, e enfrentei minha quase esposa com a verdade que escondi desde o momento em que ela chegou a *Blackchurch*.

— Eu me mandei para *Blackchurch* — informei, e então olhei para todos os outros. — Porque meu objetivo era fazer amigos. Para ver se eu conseguiria encontrar outras pessoas como nós: filhos que precisam de um lar e um objetivo pelo qual lutar e viver.

Micah, Rory e Aydin apareceram na minha visão periférica, e eu não tinha ideia de onde Taylor poderia estar. Quando cheguei aos túneis, todos os carros haviam sumido e percebi que Aydin ou alguém deve tê-los seguido por ali, seja pelo trilho ou a pé. Foi aí que voei para o meu SUV e vim direto para cá.

— E não lhe ocorreu nos contar esse segredo? — Winter argumentou.

— Nós estávamos preocupados.

— Achamos que você tinha ido embora — Damon acrescentou. — Talvez para sempre, caralho!

Encarei todos eles, sabendo exatamente o que eles estavam sentindo. Eu entendia por que todos estavam pau da vida. Eu também estaria.

Mas…

Baixei o olhar, as velhas dúvidas aflorando.

— Tive medo de falhar — murmurei, em voz baixa.

Não poderia me comprometer com algo, garantindo a todos que teria sucesso, quando eu sabia que era inteiramente possível que isso não acontecésse. E para piorar, isso nem ao menos os surpreenderia, porque o mínimo que eles esperariam era que eu fracassasse.

Eu não seria capaz de suportar se acabasse provando que eles estavam certos. Recrutar Micah e Rory não foi o único obstáculo a ser vencido em *Blackchurch*. Eu também estava ficando sóbrio.

— Vocês são todos mais fortes do que eu. — Levantei a cabeça. — Sempre foram. Eu não conseguia mais olhar nos olhos de vocês, não conseguia mais encará-los. Então quando meu avô me contou sobre as fotos e o falso relatório policial que nos obrigou a aceitar o acordo antes de irmos para a prisão, comecei a investigar mais a fundo. Por que Martin faria isso? — Dei um olhar de relance por cima do ombro, vendo-o ainda parado ali, congelado. — Quem poderia o estar ajudando, e que teria tudo a ganhar caso fôssemos afastados daqui?

Meus olhos vagaram para Damon, Kai e depois, Michael.

— Eu sabia que vocês dariam um jeito de ajudar — eu disse a eles. — Sabia que fariam qualquer coisa que eu pedisse.

— Então você foi para *Blackchurch* a fim de recrutar? — Kai perguntou, gesticulando para Micah e Rory. — De forma que pudessem se juntar a nós?

— Para que *eu* pudesse me juntar com algo útil — rebati. — Eu precisava me reabilitar, e eu tinha que fazer algo direito sozinho. Eu tinha que ir a algum lugar onde pudesse encontrar pessoas poderosas que precisassem de nós também. — Encontrei o olhar de Michael. — Nós precisávamos deles. Se fôssemos enfrentar seu pai e Martin Scott e vencer.

— E, ainda assim — Evans se intrometeu na conversa —, eu tenho Khadir e Dinescu.

— Você não tem nada — retrucou Aydin, dando um passo à frente. — Eu não estou te seguindo.

Ele estalou os dedos e sua turma de mascarados recuou, batendo em retirada.

Ele olhou para Will e disse:

— Estou aqui apenas para me divertir.

Mantive o olhar fixo ao dele, ciente de que ele estava aqui para buscar muito mais do que isso.

NIGHTFALL.

579

Com a ameaça agora nivelada, de igual para igual, Michael avançou e agarrou o pai pelo colarinho da camisa, esmurrando seu rosto em cheio. Evans cambaleou para trás, tropeçando nas pernas, mas Michael o segurou firme e o puxou de volta, não o deixando escapar.

Damon riu ao meu lado.

Michael se inclinou para o rosto do pai, rosnando baixo:

— Algum dia, você e eu vamos ter uma conversa séria — disse ele. — Mas vou te dar alguns anos para pensar no que você quer me dizer. Agora, vá andando por conta própria até o carro. Não obrigue a minha mãe a te ver sendo conduzido.

Evans Crist respirava com dificuldade, o medo estampado em seu rosto enquanto, com certeza, quebrava a cabeça para pensar em uma forma de se livrar dessa. No entanto, alguém se aproximou e o agarrou, levando-o à força para fora do parque enquanto o resto dos policiais os acompanhava.

— Eu vou cuidar disso a partir daqui — meu avô alegou. — Ligue para Jack se quiser que o outro seja extraído também.

— Obrigado, vovô.

Seu assistente tinha sido tão confiável quanto ele, mantendo contato constante comigo em *Blackchurch* e mantendo meu avô informado de tudo.

Ele olhou para mim e sorriu.

— Tomem cuidado. Todos vocês — disse ele. — Estarei na taverna se precisar de mim.

Concordei com um aceno e o observei se afastar, assim como Evans e todos os policiais. Eu me virei, vendo apenas o nosso grupo, o de Aydin e Martin para enfrentar.

Micah se aproximou de mim.

— Você precisava do poder de nossas famílias então? — perguntou ele. — Por causa da conexão deles e um possível investimentos no seu *resort*? Você nos usou por causa das nossas famílias?

— Quer me usar também, por conta da influência da minha família? — rebati. — Eu pedi para você me dar até o fim de semana. Eu escolhi você, os dois. Agora é a vez de vocês escolherem.

Nós precisávamos deles, mas eu não convidaria ninguém para o grupo se não acreditasse que eles pertencessem aqui. Micah Moreau e Rory Geardon eram meus amigos e, em nenhum momento, tive plena confiança de que Michael e todos os outros também os considerariam assim.

Eu me virei para Aydin, endireitando os ombros.

— Se manda daqui.

Ele olhou por cima do meu ombro.

— Ele pode ser útil para mim.

Martin Scott?

Aydin Khadir não tinha interesse em dinheiro, poder ou negócios. Sua satisfação na vida vinha de brincar com as pessoas, e colocar as mãos em Scott iria me manter envolvido, Emmy prisioneira e Alex em sua vida como resultado.

— Eu vou dizer pela última vez — murmurei, entredentes. — Vá embora.

Em se aproximou, ficando ao meu lado e de frente para ele.

Ele a usou em *Blackchurch*, mas, mesmo assim, ele a orientou quando ninguém nunca o fez.

Por esse motivo, eu o deixaria sair daqui com os próprios pés.

Quando ele a encarou, algo que não consegui identificar se passou em seus olhos.

— Você está com medo, Emory? — perguntou ele.

Sua voz permaneceu tão tranquila e neutra quanto seu corpo.

— Eu sou o olho da tempestade. E você?

Ele virou a cabeça, olhando para Alex, o desejo se estendendo entre eles com tanta força que era quase palpável.

— Eu sou a tempestade — ele murmurou.

Alex ficou enraizada, Aydin ali, imóvel, como se fosse uma bomba-relógio. Pelo canto do olho, avistei um movimento, mas antes que pudesse identificá-lo, Winter disse:

— Ouvi uma arma sendo engatilhada. — Ela prendeu o fôlego.

Dei uma olhada de relance para Aydin, vendo a sombra de um sorriso em seus lábios, e então Martin pegou a arma no coldre e eu me virei, ciente de que o inferno estava prestes a explodir.

— Lev, pegue a criança! — gritei. — Agora!

Lev agarrou a menina e correu, todos se dividindo para enfrentar Martin, outros para encarar a turma de Aydin.

Olhei para Em.

— Arranje um esconderijo.

— Você está me zoando? — ela esbravejou.

E então ela correu, e deu um chute no peito de Martin, fazendo-o perder o controle da arma que caiu no chão.

NIGHTFALL

Em uma fração de segundos, o lugar desabou no caos.

Gritos e berros ressoaram, alguém derrubou Winter, e ela deu uma joelhada no saco do agressor antes que Damon a alcançasse e arrancasse o cara de cima dela.

A arma de Martin retiniu pelo asfalto e ele tentou pegá-la, mas Em a chutou para longe. Eu estava prestes a me lançar sobre ele, mas ela se adiantou e partiu para cima do irmão, um olhar furioso à medida que lutava contra ele.

Eu me virei para Aydin, que estava mais do que disposto a entrar na briga.

— Eu vou sair daqui com uma delas — ele me informou.

Corri em sua direção, gritando:

— Você não vai conseguir sair daqui.

Você teve essa chance.

Soquei seu rosto e o derrubei, todos ao nosso redor lutando e grunhindo. Eu queria me assegurar de que Winter estava bem; alguém estava apontando a arma e prestes a atirar? Será que Lev conseguiu sair em segurança com a criança?

Onde estavam as mães? Jesus.

Aydin me arremessou longe e subiu em cima de mim, me prendendo no chão; seu punho acertou em cheio o meu queixo, meus dentes ferindo a gengiva na mesma hora.

Alguém gritou e outros praguejaram, o sangue de Aydin pingou na minha mão de onde escorria do nariz. Trocamos socos e pontapés, até que ele me agarrou pela gola do casaco e me empurrou com força contra o asfalto; meus ouvidos zumbiram quando uma dor aguda perfurou meu crânio.

— Porra! — grunhi, empurrando-o para longe de mim.

Consegui ficar de pé e dei um chute em seu rosto, arremessando-o para trás, então me postei às suas costas e envolvi seu pescoço em um mata-leão. Segurando-o com força, olhei para trás, vendo Emmy no chão, sendo contida pelo irmão que a estapeava.

Não.

Meu aperto afrouxou e Aydin conseguiu alavancar o corpo e me lançar por cima da cabeça, retribuindo o chute que lhe dei no rosto enquanto eu ainda estava no chão. Senti a dor explodir por toda a parte, a visão nublar, e antes que me desse conta, ele me chutou outra vez, e mais uma, então montou em cima de mim e distribuiu uma sequência de socos.

Minha boca encheu de sangue, e eu mal conseguia abrir os olhos, mas agarrei seu suéter e o puxei para o lado; nós dois rolamos pelo chão, em uma confusão de punhos e dedos ao redor da garganta um do outro.

Até que algo perfurou o ar, zumbindo em meus ouvidos, e eu me sobressaltei, parando ao mesmo tempo que Aydin.

Isso foi um...? Um tiro?

Aydin olhou para mim, os olhos furiosos se tornando devastados. Ele virou a cabeça, olhando por cima, e quando segui sua linha de visão, avistei Alex ali, imóvel.

Tudo parou, de repente.

A luta cessou, e os gritos e rosnados silenciaram enquanto seu pulôver preto se tornava mais escuro ainda com a mancha úmida do buraco em seu peito.

Tudo se despedaçou dentro de mim.

Meu Deus.

Desviei o olhar na direção de onde Martin estava deitado no chão, e o vi com a arma em punho e apontada para Alex. Emmy estava deitada de costas, e havia tentado interferir, mas não conseguiu a tempo.

Empurrei Aydin para longe e corri na direção de Martin, chutando a pistola de sua mão e, em seguida, dei um chute com a sola da bota em seu rosto. Ergui Emmy do chão e estava prestes a acudir Alex, quando vi Aydin correndo até ela e pegando-a nos braços antes que ela caísse no chão.

Seus olhos se moviam, mas ela não piscava, como se estivesse em choque. Um fio de sangue escorreu de sua boca, e agarrei um punhado do meu cabelo, desesperado, esperando que o sangue tenha sido resultado da briga, e não de uma perfuração nos pulmões.

— Estou chamando uma ambulância! — gritou alguém.

Todos correram até ela enquanto Aydin pressionava a ferida com a mão, aplicando pressão e respirando com dificuldade enquanto as lágrimas enchiam seus olhos e ele a embalava.

— Olhe para mim — disse ele, arrancando um pedaço da camisa para cobrir o ferimento. — Concentre-se no meu rosto.

O tiro a acertou entre o ombro e o peito, próximo à articulação do braço.

— Tamborile uma canção com os dedos para mim, tudo bem? — disse ele, sem fôlego.

— Prefiro me concentrar em seu rosto — sussurrou ela, estendendo a mão e tocando sua bochecha.

Ele diminuiu a velocidade com que a embalava, incapaz de olhar para ela enquanto uma lágrima escorria pelo seu queixo.

NIGHTFALL

— Exceto seu cabelo — ela caçoou. — Você parece um integrante de banda K-Pop, Aydin.

Ele olhou para ela, sem palavras pela primeira vez em sua vida. Então, começou a rir.

— Achei que você odiasse topetes — argumentou ele.

— E odeio.

Ele riu de novo, inclinando a cabeça dela para cima.

— Você me leva para cortar o cabelo, então — murmurou ele, abaixando a cabeça e abraçando-a com firmeza. — Qualquer coisa que te faça feliz. Eu farei o que você quiser.

Um soluço escapou dele, mas ele conseguiu se controlar e tentou se levantar com ela no colo. Kai, no entanto, se abaixou e a tomou em seus braços.

— Sai de cima dela — disse ele.

Kai a carregou, e todos o seguimos pelo estacionamento.

— A ambulância está a caminho — Damon informou.

— Espere. — Aydin foi atrás dela.

Mas eu me virei e dei um soco nele, fazendo-o desabar outra vez no chão.

— Vá se foder! — esbravejei.

Eu podia ouvir Kai à frente:

— Você está bem? Alex, fale comigo. Fique com a gente.

O grupo que acompanhava Aydin nos cercou, mas ele apenas ficou ali, no chão, não nocauteado, mas qualquer vontade de se meter em um confronto simplesmente desapareceu. Ele só ficou lá, olhando para ela enquanto o sangue escorria pelo seu rosto.

Procurei por todos os meus amigos... inteiros, ainda bem, embora Banks estivesse mancando e Misha carregasse Ryen no colo, com os lábios colados aos dela. A culpa me dominou na mesma hora, mesmo que soubesse que nada daquilo havia acontecido por nossa causa. Só queríamos um pouco de retribuição. Evans nos mandou para a prisão com a ajuda de Martin.

Não queríamos esse confronto. Só queríamos que os dois fossem embora, porque de outra forma não estaríamos seguros.

Mas ainda doía. Eu não queria nunca mais ver Emmy, Misha, Ryen, ou qualquer um deles em perigo.

Olhei para Em ao meu lado, um pouco de sangue em seu rosto, e rapidamente sequei, tentando limpar a pele. No entanto, ela me impediu.

— Tive de revidar — ela me disse. — Agora ele sabe. Agora ele sabe que nunca mais vou apanhar sem revidar.

E eu a puxei contra o meu corpo, abraçando-a com força.

Ela era como nós. Eu diria exatamente a mesma coisa e, embora odiasse arriscar perdê-la, ela não era uma flor indefesa. E agora consegui entender por que Michael deixou Rika nos acompanhar em tudo o que eles fizeram. Ela queria sentir isso também.

Isso não significava que eu não poderia defender sua honra, claro.

Agora era a minha vez.

— Venha aqui, filho da puta. — Fui até Martin, mas quando me virei, ele se levantou e fugiu às pressas.

Onde diabos ele pensava que estava indo?

Ele correu até a entrada, mas Damon se virou, rapidamente conduzindo Winter aos cuidados de Rika enquanto se preparava para deter a fuga de Martin. Corri ao encontro dele e o babaca parou, procurando uma saída enquanto se virava na minha direção e depois de volta para Damon, percebendo que estava encurralado.

Tentando se safar, porque era estúpido demais para desistir, ele se enfiou entre a roda-gigante e o prédio de armazenamento, provavelmente pensando que nos despistaria sob a cobertura dos brinquedos e das cabines de jogos.

Damon foi para a esquerda, eu fui para a direita, ambos correndo atrás dele rumo à escuridão e com o litoral à vista além dos penhascos. Contornei a roda-gigante, olhando de um lado ao outro, e então o vi correndo ao longo de *Cold Point* na noite escura como breu.

Grunhi, disparei atrás dele com toda a força do meu ser. Estendi a mão, apenas cerca de um metro de distância entre mim e o penhasco que desembocava no mar, e o empurrei, vendo-o tropeçar no chão antes de me jogar em cima dele. Dei um soco em seu rosto, e nós dois rolamos pelos pedregulhos. Martin montou em cima de mim, mas se levantou e tentou recuar.

Eu me coloquei de pé, o mar agitado às minhas costas, e ele olhou para mim, virando a cabeça e vendo Damon surgir por trás, cercando-o novamente.

Seus olhos dispararam para os meus, e pude ver explícito em seu olhar. A raiva. O desafio.

Eu vi o momento em que seus lábios franziram, ele inspirou fundo e o olhar aguçou, com a decisão já tomada em sua cabeça.

Ah, merda.

Ele se lançou em um ataque e não tive tempo de me mover para fora do caminho antes que seu corpo se chocasse contra o meu, enviando nós dois voando pela beirada do penhasco.

Meu coração quase saltou pela boca. *Emmy…*

Gritos ecoaram acima e eu perdi o fôlego, a mente paralisada pelo medo, porém me incapacitando de gritar.

Não, não, não…

Quase fechei os olhos, mas me recusei a ceder. Eu iria olhar aquele filho da puta na cara, não dando a ele a satisfação de vislumbrar o meu pavor.

Era isso.

Nós nos separamos, mas mantive o olhar fixo ao dele.

Eu te amo, Em. Eu amo vo…

Caí na superfície, branco cintilando atrás das pálpebras; cada nervo do meu corpo crepitou como a ponta de um fio desencapado. Flutuei, sentindo-me desvanecer, os ecos desaparecendo enquanto eu me afastava cada vez mais.

Branco, branco… e nada mais.

Mas então, de repente, a dor percorreu meu corpo, pescoço e cada articulação, e eu abri os olhos, prendendo a respiração.

Não foi ar que inspirei. A água encheu minha boca e eu me debati, olhando ao redor e deparando com o oceano – acima, abaixo e ao redor.

Nós despencamos direto na água. Não sobre as rochas.

Comecei a me afogar e não tive tempo de fazer um inventário de meus membros ou de onde Martin estava. Eu tinha que respirar.

Esperneando pelas águas furiosas e movimentando os braços, subi à superfície, cuspindo água e tossindo enquanto tentava limpar os pulmões. Finalmente, respirei fundo, ouvindo a onda se chocar às minhas costas. Eu me virei e não tive tempo de respirar novamente antes que ela arrebentasse sobre mim.

Fui empurrado para baixo da água, sendo levado pela corrente, e olhei para baixo, vendo nada além do abismo. Olhei para cima e avistei a lua através da água.

Um soluço se alojou no peito quando mais uma vez tentei alcançar a superfície, mas sem conseguir chegar até lá. Eu conhecia esse sentimento.

O peso do bloco de concreto em volta do meu tornozelo, sentindo a corda antes frouxa se esticar e me puxar para baixo, e não importava o quanto eu me debatesse e tentasse nadar, eu não poderia superar isso.

Nadei e nadei, lutando para chegar ao topo antes que as ondas me empurrassem contra as rochas, mas então algo agarrou meu pé. Com um chute, desesperado, vi Martin emergir e enlaçar meu pescoço com o braço.

A espuma escorria pela minha boca a cada grunhido que eu dava, sentindo-nos afundar enquanto o ar era expelido de nossos corpos.

Eu lutei e me contorci contra o seu agarre. O que diabos ele estava fazendo?

Mas eu sabia. Ele se recusava a se render, e faria questão de me levar com ele.

Eu me virei e me debati, tentando me soltar de seu agarre, mas sem ter onde me apoiar para conseguir alavancar o corpo, nós continuávamos afundando.

Mordi e me curvei para frente, tentando afastá-lo de mim, porém meus pulmões se contraíram e agonizaram, e tudo o que eu queria fazer era abrir a boca para puxar ar, mas ao olhar para cima, já não consegui nem ao menos distinguir a lua.

Eu não conseguia ver nada além da imensidão escura do oceano, enquanto o frio nos cobria, nos engolindo.

Em.

Mantive o olhar focado na superfície, vendo-a se distanciar cada vez mais, meu corpo se fundindo às profundezas agora. Longe demais para voltar.

Assim como no acidente no rio, quando o SUV começou a se encher de água, eu soube que só me restavam mais alguns instantes.

O ar havia sumido, eu podia sentir meu peito apertado em busca de oxigênio, assim como o frescor reconfortante da água.

Então fechei os olhos. *Você ainda quer me abraçar?* ela perguntou.

Eu podia ouvi-la em minha cabeça. *Amo você, Will.*

Não.

Eu abri os olhos, lutando.

Não.

Impulsionei a cabeça para trás, acertando seu nariz com meu crânio e nadando para longe de seu alcance quando ele, por fim, me soltou.

Ele me agarrou outra vez, e eu continuei subindo à superfície, mas não consegui ir muito longe porque ele segurou firme. Martin agarrou meu braço, sem querer me soltar de jeito nenhum, e eu não conseguia me livrar dele. A superfície estava tão perto... apenas se eu pudesse chegar até lá...

Ele tinha que me soltar.

Nadando por trás dele, agarrei seu rosto, sua mão ainda segurando meu braço com firmeza e se recusando a me soltar.

NIGHTFALL

Porra.

Cravei os dedos em sua pele, hesitando apenas por um momento, e então... Girei de uma vez, sentindo o pescoço estalar em minhas mãos. Meus dedos estavam trêmulos quando seu corpo ficou flácido e derivou no fundo do oceano à medida que as bolhas flutuavam de sua boca.

Por um momento, eu o observei se afastando, só para me certificar de que ele estava realmente morto, e então comecei a nadar com força, um braço após o outro rumo à superfície, parando somente quando consegui respirar fundo.

Tossi, cada centímetro do meu corpo agonizando enquanto recuperava o fôlego e erguia a cabeça para olhar para *Cold Point*.

— Eu sobrevivi — ofeguei, com os olhos fechados e rindo. — Puta merda. Como diabos eu voltaria lá para cima?

Continuei nadando até as rochas, tentando ultrapassar a onda que vinha na minha direção, e consegui escalar um rochedo, mesmo sentindo a fraqueza nos braços. Com os punhos cerrados, tensionei cada fibra muscular do meu corpo, só para garantir que não havia danos.

Olhando acima, para o penhasco, notei as silhuetas escuras e o feixe de luz das lanternas apontadas para baixo, até que vi algo se arrastando pela parede do penhasco em minha direção. Pulei sobre as rochas, seguindo até a beirada e vi uma corda repleta de nós para que eu pudesse escalar.

Onde eles conseguiram isso?

Entretanto, não esperei nem mais um segundo. Olhei por cima do ombro, só para me assegurar de que Martin não surgiria do nada, e comecei a escalar a corda, esforçando-me em agarrar cada nó com as mãos e os pés, subindo uma etapa de cada vez.

Emmy.

Meu corpo inteiro doía, mas nunca me senti melhor.

Um sorriso se espalhou pelo meu rosto na mesma hora. Estava acabado. *Deus, acabou.*

Nada poderia me impedir. Nem meus membros exaustos, nem o frio, nem os hematomas e cortes.

Eu venci, e a primeira coisa que faria com ela quando o clima ficasse mais ameno seria levá-la para o mar, a bordo do Pithom. Eu queria nadar.

Chegando ao topo, Micah e Damon me puxaram pela beirada e eu desabei no chão, tentando recuperar o fôlego.

A garotinha de antes – aquela que flagramos aqui na outra noite – se ajoelhou ao meu lado, sorrindo. Achei que Lev a tivesse tirado daqui. Mas eu estava feliz por ela não ter ido, afinal.

— Aquela corda era sua? — ofeguei.

Ela assentiu em concordância, e só então percebi que seus olhos eram de cores diferentes. Um azul, um castanho.

— Tem um montão de cavernas lá embaixo que ninguém conhece. Eu exploro, às vezes.

Jesus. Quem era essa menina e de onde ela veio? Mas, honestamente, eu estava de boa sem saber. Poderia até parecer estranho para algumas pessoas, mas nada mais parecia estranho para mim. Eu gostava de mistério. Quanto mais, melhor.

Lancei um olhar ao redor, notando que talvez Kai, Michael, Misha e as garotas, provavelmente, já tenham saído para acompanhar Alex ao hospital.

— Onde está Em? — perguntei ao Damon.

Ele olhou à sua volta e deu de ombros.

Na mesma hora, fiquei tenso. Ela estava bem ao meu lado antes de eu perseguir Martin. Ela não teria ido embora. Eu me levantei e os afastei com um empurrão, correndo de volta para o parque e vasculhando a área atrás dela.

Aydin estava aqui. Seu pessoal estava aqui. Martin e Evans já eram.

Quem...

Todos correram atrás de mim quando, por fim, me dei conta.

— Taylor — murmurei, olhando para Micah e Rory. — Vocês viram o Taylor?

Eu não o tinha visto, mas a menina disse ter visto alguém com uma mão ferida chegar duas noites atrás.

Ele estava com ela.

Corri para o estacionamento, com os caras ao meu encalço, mas assim que cheguei lá, estaquei em meus passos quando vi um pequeno grupo de homens vestidos de preto ao lado de um comboio de carros.

Quem diabos eram esses agora?

Um dos homens, com o porte físico de um lutador, com músculos protuberantes sob a camiseta preta, deu um passo à frente. Seu cabelo escuro brilhava ao luar, a barba bem-aparada.

— Senhor Grayson? — perguntou ele.

Abri a boca para responder, mas Micah parou ao meu lado e colocou a mão no meu peito, me impedindo.

— Como você nos encontrou? — perguntou ao cara.

O brutamontes apenas sorriu com cinismo.

— Até parece que ele nunca sabe onde você está, Sr. Moreau.

NIGHTFALL

Micah deu uma risada de escárnio, desviando o olhar.

E então liguei os pontos: Stalinz me mandou reforços. Esse grupo era aliado.

— Onde você precisa de nós? — perguntou o cara.

Eu me aproximei e abri a porta do carro dele, entrando sem hesitar.

— Venha logo atrás da gente. Quando eu acenar para você ultrapassar, bloqueie o carro que eu estiver seguindo.

Dei partida no veículo, sem perder mais tempo. Damon, Micah e Rory entraram no carro e eu acelerei, saindo do parque e virando à esquerda, em direção a *Falcon's Well* e ao atalho para a casa de Evans Crist. Esse era o único lugar em que pude pensar. Se ele não estava aqui esta noite, então ele não sabia que Evans tinha sido preso.

Soquei o volante, furioso. Ninguém – e quero dizer, ninguém – se interporia em nosso caminho outra vez.

Nunca mais.

Pisei fundo no acelerador e fiz uma curva acentuada à direita; Damon agarrou o painel à frente, em busca de apoio, enquanto eu dirigia à toda para as colinas. Se ele já tivesse adentrado pelos portões dos Crist, eu arrebentaria aquela porra toda só para entrar naquela casa e resgatar a minha garota, caralho.

Mais dois SUVs dos Moreau nos seguiam colados, e eu passei voando sobre as lombadas na rodovia, ultrapassando veículos e uma caminhonete lotada de adolescentes dispostos a festejar a Noite do Diabo.

Então avistei os faróis traseiros mais à frente, reconhecendo um dos carros de Evans – um Rover azul-escuro – acelerando pela estrada.

Eu sorri e coloquei o braço para fora da janela, acenando para que o motorista do carro de trás avançasse à minha frente; diminuí um pouco a velocidade, de forma que não tivesse que frear bruscamente logo mais.

O homem de Moreau passou em alta velocidade, ultrapassou o Rover e deu uma guinada com o volante, parando, de repente, e bloqueando o caminho.

Taylor desviou, e meu coração quase parou de bater quando ele caiu numa vala; o carro balançou para cima e para baixo até atolar meio de lado, os pneus ainda girando sob o veículo parado.

Pisei no freio, no acostamento da estrada, enviando cascalho para todo lado quando parei de uma vez. Pulei para fora do carro e corri até o Rover, abrindo a porta do motorista na mesma hora. Quando consegui arrancar Taylor lá de dentro, dei um soco em seu rosto.

Eu o observei cair no chão, nocauteado.

— Agora acabou — rosnei.

Abrindo a porta traseira, vi Emmy deitada no banco de trás, tentando se levantar enquanto esfregava a cabeça.

— Argh… — ela gemeu, meio grogue. — Ele golpeou a minha cabeça.

Ela encontrou meu olhar, e pestanejou, assustada, quando me viu. Agora desperta, ela pulou para fora do carro e me abraçou.

— Eu vi você despencar de *Cold Point*! — gritou, aos prantos.

Eu a abracei com força, me deliciando com o cheiro de seu cabelo e a sensação de seu corpo delgado entre meus braços.

— Estou bem — afirmei.

Ela se afastou, ainda boquiaberta.

— Está bem?

Precisei reprimir o riso. Ela não sabia sobre o Pithom ou o acidente no rio – ambas as vezes em que quase me afoguei, como uma espécie de destino que eu teimava em adiar.

Mas esta noite, eu saí vitorioso.

— Sim — concordei. — Despencar até que foi uma coisa boa, na verdade, mas explicarei mais tarde.

Ela me abraçou de novo e, finalmente, dei um suspiro de alívio, sendo dominado pela sensação de paz e dever cumprido. Finalmente, tudo havia acabado.

— E o Martin? — perguntou ela.

Engoli em seco, abraçando-a mais apertado.

— Sinto muito, amor.

Foi tudo o que pude dizer. Eu matei seu irmão. Gostaria de não ter feito isso, mas ela não era dele, assim como ele não era dela. Éramos sua família agora, e ele era uma ameaça.

Era ele ou eu.

— Não posso perder *você* — disse ela, ao meu ouvido. — Eu preciso de você.

Enterrei meu rosto na curva do seu pescoço, sentindo, finalmente, tudo ter início. Minha vida. Nossa vida.

Nós vencemos.

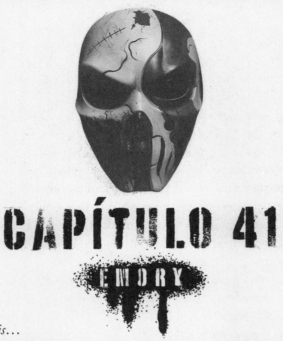

CAPÍTULO 41

EMORY

Dias atuais...

A polícia e a Unidade de Busca e Resgate trouxeram o corpo de Martin, mas assim que o colocaram na maca, tive que desviar o olhar.

Arrebentado, morto e pequeno. *Deus, ele parecia tão pequeno.*

Eu não tinha certeza do que estava sentindo, mas não podia vê-lo daquele jeito. Eu sabia que era ele ou nós. Eu não me arrependia de nada, porque ele fez suas escolhas e me forçou a assumir uma posição em que tive que escolher, mas depois de uma vida inteira sofrendo abusos dele, não foi uma decisão difícil.

Não havia escolha.

Isso ainda confundia minha cabeça, porém, e tudo o que vi quando olhei para seu corpo foi o filho dos meus pais. O irmão que vi crescer.

Não dava para acreditar que ele agora estava morto.

Taylor foi preso e Jack Munro estava em contato com a família dele, provavelmente providenciando que ele se juntasse a Evans no transporte para outro destino desconhecido, já que *Blackchurch* havia sido destruída no incêndio.

Micah e Rory tiveram que depor à polícia, mas garantimos a eles que estaríamos na delegacia pela manhã para dar mais detalhes necessários. Tive a sensação de que, com a presença do avô de Will na cidade, não seríamos interrogados exaustivamente.

Aydin correu atrás de nós quando saímos apressados do elevador em direção ao corredor, avistando todo mundo do lado de fora da porta de vidro com a cortina fechada.

— Ei, como ela está? — perguntei ao Michael enquanto ele, Damon e Kai pararam na frente da porta.

Mas Aydin passou por nós.

— Saiam da frente — ordenou ele.

Michael cruzou os braços e apenas o encarou.

— Eu sou um médico — Aydin salientou. — Eu posso ajudar.

— Ela já está recebendo o melhor atendimento médico possível — Michael disse a ele. — Você não é necessário. Boa noite.

Aydin continuou ali parado, enfrentado Damon e Kai que ladeavam Michael, como uma espécie de muralha.

Minha vontade era intervir e ajudá-lo, mas uma parte minha sabia que eles estavam certos. Ele se importava com ela, mas gostava dela o bastante? Quanto tempo ele ficaria por aqui? Ela não precisava de mais sofrimento.

Aydin respirava com dificuldade, tentando se acalmar, a cabeça dando voltas ao concluir que não seria capaz de vencer uma briga com os quatro, já que Will havia se juntado aos amigos para proteger Alex, enquanto eu me afastava com as meninas.

Ele se virou, prestes a ir embora, mas então simplesmente parou, deixando escapar um suspiro.

— E se eu me casar com ela? — perguntou ele.

Meu coração quase saltou uma batida, Rika e eu nos endireitamos enquanto meu olhar alternava entre ele e os meninos.

Aydin girou de volta, encarando-os.

— Se eu prometer me casar com ela, você me deixaria entrar?

Michael entrecerrou o olhar.

— Não. — Ele não acreditava nele. — Ainda quer se casar com ela? — zombou.

Será que Aydin estava dizendo isso apenas para que pudesse entrar ali? Ou ele estava, realmente, falando sério?

Damon avançou e agarrou o colarinho de Aydin, dando um soco em sua barriga. Eu estremeci, mais do que farta de toda a violência desta noite.

Aydin cambaleou e curvou o corpo para frente, grunhindo, mas Damon o puxou de volta, endireitando sua camisa.

— Sim — ele arfou. — Eu ainda quero me casar com ela.

Tive que reprimir um sorriso.

Kai recuou um pouco e deu um soco no rosto de Aydin, que apenas virou a cabeça e estremeceu.

— Porra — ele rosnou.

Mas depois de um momento, ele se virou e os encarou novamente.

— Dê o fora daqui — Michael disse a ele.

— Não.

Michael agarrou sua camisa, segurou-o com força e deu outro soco em seu queixo. Os braços de Aydin permaneceram ao lado, os punhos cerrados, mas ele não fez nenhum movimento para revidar.

O sangue escorria do canto da boca à medida que ele respirava com dificuldade e enfrentava a dor que estavam infligindo a ele.

Lentamente, ele se virou outra vez e encarou os caras, de cabeça erguida e pronto para mais. Ele sabia o que aconteceria com ele se partisse o coração de Alex. Ele já devia ter se ligado nesse fato agora, e ainda estava aqui.

Eu olhei para Michael.

— Se ela aceitar seu pedido — Michael disse a ele —, e você não seguir em frente, nós o mataremos.

Eu sorri internamente.

Kai inclinou a cabeça.

— Ela merece um grande casamento todo custeado por você. — Ele olhou para Aydin. — E você ainda terá que convidar a todos nós. Você vai dar a ela a festa da sua vida e homenageá-la na frente da porra do mundo inteiro. Está entendendo?

Ele assentiu. Sem escondê-la. Sem vergonha.

— Ela merece um lindo vestido, flores e um jantar chique com uma banda — Will aconselhou, levantando o dedo. — Nada de DJ. Estou pensando em um dia de casamento. No parque *Boston Common*, talvez.

— Humm, isso parece bacana — Damon murmurou, olhando de Will para Aydin. —Eu gosto dessa ideia.

Banks deu uma risada e cobriu a boca com a mão, todas nós nos divertindo com o planejamento do casamento sendo feito por eles.

— E uma lua de mel — Kai adicionou — em um bangalô privado, em Bali, com serviço de primeira classe.

— E você vai nadar com ela, os dois pelados — Will exigiu. — E ter jantares à luz de velas.

— Tudo bem — rosnou Aydin, tentando calar a boca deles.

— E você não vai poder tocar nela até a noite de núpcias — Michael disse a ele.

Os olhos de Aydin dispararam, a postura retesou.

— O quê?

Todos eles permaneceram em silêncio, mantendo-se firmes.

Ah, cara.

— Eu nunca a beijei — Aydin disse, entredentes. — Eu quero abraçá-la. Eu quero…

— Quando você for o marido dela — esclareceu Michael.

Franzi os lábios para segurar o riso. Eles eram adoráveis.

Aydin fervilhava de raiva, e dava para ver que a história seria muito diferente se fosse apenas ele e Michael.

— Tudo bem — ele, finalmente, respondeu.

Quando estava prestes a passar por Michael, Damon disse:

— E mais uma coisa.

Aydin parou.

— Jesus, o que é agora?

— Encontre-nos em *Sensou* amanhã à noite. Às dez — Damon disse a ele.

— Por quê?

Damon sorriu.

— Ter Alex significa que você fará parte da família, e existem duas maneiras de ser iniciado em nossa gangue. Se você quiser estar no nosso grupo, você pode aceitar levar uma surra ou…

— Damon! — Rika repreendeu.

Os caras começaram a rir e Damon se acalmou, olhando para Rika como uma criança de quatro anos dizendo: *'o que eu fiz?'.*

O que…? Olhei para todos eles, sem entender nada. O que ele estava prestes a dizer?

— Eu só estava brincando — resmungou ele.

Balancei a cabeça, fazendo uma nota mental para averiguar o que havia por trás daquela piadinha mais tarde.

Afastando-me da parede, passei pelos caras.

— Nós vamos entrar primeiro — eu disse a Aydin. — Espere sua vez.

Assim que entramos no quarto, vimos uma enfermeira ajustando os monitores de Alex. Meu olhar foi direto para sua figura deitada na cama. O ombro estava enfaixado, o braço contido pela bandagem, e a camisola hospitalar e cobertores a mantinham aquecida.

Ela já havia passado pela cirurgia a esta altura, já que demorou cerca de duas horas depois que passamos pela polícia e até que encontrassem o corpo de Martin.

NIGHTFALL

595

Eu precisava tirar uma foto dela. Alex ia ficar pau da vida quando visse seu cabelo desgrenhado desse jeito.

As meninas e eu a rodeamos, e seus olhos começaram a abrir. Eu me inclinei um pouquinho para a frente, odiando ver a palidez de seus lábios. Alex sempre fez questão de usar batons.

— Só por alguns minutos, pessoal — avisou a enfermeira e saiu do quarto.

— Como você está? — perguntei enquanto Will fechava a cortina lá fora.

A cabeça de Alex balançou um pouco.

— Eu me sinto tão bem agora.

Rika riu baixinho, inclinando-se do outro lado.

— Um pouco chapada, né?

— Siiiiim… — disse ela, parecendo muito satisfeita com isso.

— Acho que Aydin quer ficar pelado com você, nesta cama, nesse exato momento — eu disse a ela.

— Ele é tãããão adorável. — Ela piscou, parecendo sonolenta. — Você viu os músculos dele naquela camiseta? Eu me arrepieeeei todiiiinha.

— Puta que pariu… — Damon resmungou, se afastando.

— Ele quer se sentar aqui contigo esta noite, mas nós queremos ficar — comentei. — Ele pode te ver amanhã. Se você quiser.

Ela não disse nada, mas depois de um instante, seus olhos se abriram e ela respirou fundo, parecendo mais alerta.

— Ele pode entrar — ela nos disse. — Vá acordar aquela juíza para finalizar o casamento.

Neguei com um aceno de cabeça.

— Não, podemos fazer isso amanhã.

— Esta noite.

Ela encontrou meu olhar, e eu afastei o cabelo de seu rosto; Rika se abaixou deu um beijo em sua testa.

— Vejo vocês mais tarde — disse ela.

Mas…

— Vão… — ela ordenou. — E não se larguem por… pelo menos umas oito horas.

Eu ri, mas fechei a boca, desistindo da discussão. Eles tinham coisas a dizer um ao outro, de qualquer maneira. Ela precisava ficar sozinha com ele.

— Mande-o entrar, tá bom? — Alex pediu quando começamos a sair.

— Vamos deixar o Lev aqui do lado de fora — Michael disse, em voz alta.

— Por quê? — perguntou Alex. — Estou em perigo?

— Ele é um… — parei de falar, procurando as palavras certas — uma espécie de supervisor de castidade, na verdade.

— Hã?

— Boa noite! — Saímos sem nos preocupar em explicar.

Nós deixaríamos isso para Aydin. Eles tinham uma longa noite pela frente, especialmente porque a ordem de não 'tocar', dada por Michael, dependia completamente da capacidade de Lev de enfrentar Aydin sozinho. Quer dizer, ele parecia um boxeador, mas eu não estava confiante.

— Venha de pijama, não dou a mínima — disse Will ao telefone. — Estamos esperando no gazebo.

Segurei seu braço quando ele encerrou a ligação com a juíza – pelo jeito –, e nós saímos do hospital. Rika estava conversando com Michael, baixinho. Eu sabia que ela estava preocupada com a criança. Ela pediu a David para levar a garota para St. Killian durante a noite, enquanto as coisas se ajeitavam no *Cove* e aqui, mas se eu a conhecia agora, dava para ver que uma ideia estava se formando em sua cabeça.

Dentro de dez minutos, nós oito estávamos de volta na frente da juíza – que usava seu robe preto sobre jeans desta vez –, e eu olhei para Will, soprando uma mecha de cabelo do meu rosto.

— Você ainda pode fugir — ele zombou.

— Talvez depois disso. — Fiz uma dancinha com meu jeans surrado e o rosto sujo. — Quando você for legalmente obrigado a vir atrás de mim, claro.

Martin passou pela minha mente, assim como meus pais, a vovó, e percebi que eu na verdade, não tinha uma única pessoa aqui para somar a esta família. Eu era sozinha, não tinha muito a oferecer a essas pessoas, mas começaria minha nova vida amanhã com tudo o que sempre quis.

Eu tinha irmãos que se importavam comigo agora. Aydin, Rory e o belo Micah, sua gentileza e presença que me deixaram tão à vontade em *Blackchurch* quase de imediato.

Eu tinha uma carreira, estudo e a *Sala Carfax*. Eu também tinha Will às minhas costas… e na minha frente, disposto a levar um tiro por mim, se eu estivesse em perigo.

Eu confiava em mim agora. Nunca mais fugiria ou me esconderia.

Pessoas felizes não temem a morte, porque não há nada mais que elas queiram da vida do que o que têm agora.

Eu sorri, porque já não tinha nenhum medo algum.

Finalmente, eu estava livre.

— Tudo bem — disse a juíza.

Todos nós nos posicionamos do mesmo jeito que estivemos cinco horas atrás, agora vestidos com roupas casuais e um pouquinho sujas de sangue aqui e ali.

— Michael e Erika — disse ela. — Damon e Winter. Kai e Nikova. William e Emory.

Will desviou o olhar para a mulher.

— Já passamos dessa parte — disse ele. — Você pode simplesmente terminar de onde parou?

— Will… — repreendi, baixinho.

Ele olhou para mim.

— Tenho *Godzilla vs. Kong* no projetor do cinema, só esperando por nós.

Fiquei boquiaberta.

— Já? Mas ele ainda nem foi lançado!

Ele me deu uma olhada do tipo *'por favor'*.

Bufei uma risada e encarei a juíza.

— Sim, se apresse.

Eu gostaria de me tornar uma Grayson.

O grupo começou a rir e a mulher concordou.

— Michael e Erika… Eu agora os declaro marido e mulher — ela disse a eles.

Eles se beijaram e a juíza passou ao próximo.

— Damon e Winter? Eu os declaro marido e mulher.

Mordi o lábio inferior, me aproximando um pouco mais de Will e já preparada.

— Kai e Nikova? — ela continuou. — Eu os declaro marido e mulher.

Kai rosnou antes de beijar Banks com força.

— E William e Emory, eu agora os declaro… marido e mulher.

Eu me lancei para frente e o beijei profundamente, gemendo baixinho quando ele envolveu meu corpo com os braços fortes; a aliança no meu dedo solidificando o que devíamos ter notado, anos atrás, que nunca poderia ser impedido.

Nem mesmo no laboratório de química, no cinema ou na minha primeira noite em *Blackchurch*, enquanto ele estava oculto nas sombras daquela cozinha.

— Vivam por seu amor — disse a juíza —, amem sua vida e toquem o terror.

Comecei a rir contra seus lábios, o frio na minha barriga me percorrendo de cima a baixo e sob o ritmo acelerado das batidas do meu coração.

Aplausos e saudações irromperam ao redor do vilarejo, a multidão ainda vadiando no *Sticks* e na taverna, pois era apenas meia-noite ainda.

— Comecem a aventura de suas vidas — a celebrante nos disse.

— Obrigada — agradeci e me virei de frente a ela.

Todos nós nos abraçamos, bem como à juíza, e avistei Misha, Ryen, Micah e Rory vindo em nossa direção quando começamos a descer as escadas. O avô de Will deixou um grupo de homens do lado de fora do *White Crow* e tirou o charuto da boca quando veio até nós. Eu não havia percebido que ele ainda estava por aqui.

— Parabéns — disse ele a Will, envolvendo o neto em um grande abraço.

— Obrigado — Will murmurou.

O Senador Grayson segurou a minha mão e me deu um beijo na bochecha.

— Parabéns, querida.

— Obrigada, senhor.

Ele olhou para Will.

— Eu vou deixar você se ajeitar direitinho na sua casa e tal, então nos falaremos em algumas semanas, okay?

— Pode deixar.

Eles se abraçaram novamente, e Will disse ao avô:

— Obrigado por tudo.

— Ei, cara — Micah chamou, gesticulando para Will.

Will me encarou, olhando entre mim e seu avô.

— Eu já volto. — Então depositou um beijinho na minha testa.

Eu o observei ir até Micah, provavelmente para verificar como as coisas estavam com a polícia. Só então, olhei para o senador.

— Eu meio que me sinto mal pela decisão de última hora de realizar o casamento hoje — comentei. — Seus pais nem mesmo estavam aqui.

Pareceu perfeito demais quando Rika sugeriu, mas se ele quisesse celebrar um casamento cheio de pompa, eu também teria adorado.

Ele deu de ombros.

— Meu filho e nora amam aquele menino até o fim dos tempos — ele brincou. — Uma coisa eu posso te garantir: eles ficarão felizes só pelo fato de ele estar feliz. E... vocês podem, muito bem, realizar outra cerimônia, é claro. Já vou te adiantar que a mãe dele não vai se recusar a oferecer uma recepção adequada, então prepare-se.

Eu ri. Estava tudo bem. Isso era bom demais, na verdade.

NIGHTFALL

— Cuide dele. — Ele tocou meu braço, inclinando-se. — Ele meio que é o meu favorito.

— Argh! — resmungou Misha, quando passou por nós.

Reprimi a risada, e o Sr. Grayson lançou um olhar para seu outro neto.

— Aquele dali é igualzinho a mim — sussurrou ele. — Muito parecido mesmo comigo.

— Então, é claro, que vocês não se dão bem — brinquei.

— Nem um pouco. — Ele olhou para Misha com um sorriso gentil. — Eu gosto do estilo dele, no entanto. Eu tinha uma bela jaqueta de couro preta na minha época.

Eu poderia imaginar isso. O homem devia ter uns oitenta anos, mas parecia ter cinquenta e cinco. Alto como Will, com um cabelo incrível.

— Obrigada por ter tomado conta dele, Senador Grayson — agradeci. — Quando eu não pude, quero dizer. — Olhei para trás, vendo Will sendo cumprimentado e sorrindo, cercado por seus amigos, sua cidade e todas as possibilidades que viriam à frente. — Pelo menos ele teve seus amigos todos aqueles anos. Eu costumava implicar com eles na escola, mas eles realmente começaram algo incrível, não é? As próximas gerações terão muita dificuldade em superar os primeiros Cavaleiros.

Senhor ajude nossos filhos, se eles seguirem o caminho dos pais...

Mas quando ele não disse nada, voltei minha atenção para ele, notando o sorriso tímido enquanto ele olhava para mim.

— Eles não foram os primeiros — disse ele. — E, por favor, me chame de AP.

AP?

O quê?

Antes que pudesse reagir, ele beijou minha bochecha novamente e se virou, caminhando de volta para a taverna. Eu fiquei lá, paralisada, tentando me lembrar onde tinha ouvido aquele nome antes.

AP, AP...

Alguém segurou minha mão e acompanhei Will, meus pés se movendo por vontade própria enquanto nos organizávamos para tirar uma foto.

E então me dei conta. Reverie Cross. Melhor amigo de Edward McClanahan e namorado de Reverie Cross. O boato de que Reverie pode não ter pulado. O boato de que Edward ou seu amigo ou os dois...

Meu Deus.

Olhei novamente para AP, vendo-o numa conversa profunda com Banks, e me virei para Will com os olhos arregalados.

— AP? — deixei escapar, gesticulando para seu avô.

Sr. William Aaron Paine Grayson.

O canto dos lábios de Will se curvou.

— Bem, você nunca vai ficar entediada comigo, pelo menos, certo?

Eu estava boquiaberta, mas então... uma risada borbulhou, já sem saber como reagir a mais nada, especialmente depois dos eventos desta noite.

Caramba... Depois de ajudar Damon a enterrar um corpo, ser sequestrada, fugir naquele trem e tudo o que aconteceu esta noite, suponho que um mistério de assassinato que ocorreu sessenta anos atrás poderia esperar por mais uma noite ou duas.

Entediada, ele disse.

Não, Will Grayson. Esse era um problema que você e eu nunca teríamos.

CAPÍTULO 42
EMORY

Dias atuais...

— Então, você quer uma lua de mel? — Will perguntou, acariciando meu braço enquanto me segurava em seus braços.

— Se você quiser.

Seu corpo vibrou abaixo do meu com uma risada.

— Isso é que é empolgação.

Eu sorri, deslizando a mão por baixo da camisa, ainda deitados em uma pilha de lona de tecido no chão atrás do palco. A passarela pairava acima de nós, fios, cordas e cabos pendurados em todos os sentidos, e eu não conseguia nem lembrar sobre o que era o filme na noite passada, porque nas duas vezes que tentamos assisti-lo, tudo o que fizemos foi 'assistir' um ao outro. Eu não conseguia desviar meu olhar dele.

— Não tenho pressa em sair daqui de novo se você quiser esperar. — Eu me aninhei contra seu corpo quente. — Eu só quero você agora. A Torre Eiffel ou as ruínas maias ou o que quer que você tenha planejado simplesmente seriam um desperdício, quando tudo o quero é isto.

Estávamos separados por muito tempo e eu ardia em necessidade.

Deslizando a perna sobre seu quadril, meu jeans largado em algum lugar no chão e meu sutiã sabe-se lá onde, subi em seu corpo quando suas mãos acariciaram minhas coxas e agarraram minha bunda.

— Talvez possamos ficar por aqui e dar um passeio no Campanário, ou no cemitério — caçoei, beijando as tatuagens em seu braço e peito. — Fazer uma escalada, degustar da melhor culinária que Thunder Bay tem a oferecer. — Mordisquei seu mamilo, puxando-o e lambendo-o. — *Muitas* degustações.

Ele estremeceu e sorriu, puxando-me mais para cima para beijar minha boca. Tudo que eu queria ver no mundo agora era ele suado, molhado, andando pelado da nossa cama para o chuveiro, ou amarrado debaixo de mim...

Ele apoiou os braços à nuca, e eu distribuí beijos pelo seu corpo, me esfregando em todo lugar.

— Estou financiando a compra da minha antiga casa — comentei, mordiscando seu pescoço e contado a novidade enquanto ele estava fraco. — Não precisamos morar lá. Só não estou pronta para perdê-la ainda.

Quando vi que estava à venda, pedi que Alex fosse ao corretor de imóveis – depois que saímos da loja de vestidos – para que meu irmão não soubesse que era eu quem estava comprando. Eu ainda poderia me decidir em vendê-la, só que quando eu estivesse pronta.

Ele conteve meus avanços, olhando para baixo enquanto seus polegares esfregavam círculos no meu rosto.

— Tem tantas lembranças ruins, Em.

Eu sei. Mas...

— Me recuso a dar a ele esse tipo de poder — eu disse ao meu marido. — É a casa da minha família. Minha avó cresceu lá. Minha mãe e eu também.

Essa casa era mais do que apenas Martin.

Ele olhou bem dentro dos meus olhos e, depois de um momento, acenou com a cabeça.

— Okay.

Eu me abaixei e beijei seus lábios, uma carícia suave, lenta e profunda à medida que o esfregava por cima do jeans.

Arfando, ele começou a rir.

— Ah, amor, por mais que não queira que você se vista, eu preciso comer. — Ele gemeu enquanto eu continuava. — Você pode ficar aqui? Vou pegar alguns pãezinhos, café ou algo assim, que tal?

À menção dos pãezinhos, meu estômago roncou.

Merda. A comida viria bem a calhar, mas eu não queria que ele me deixasse.

— Vou com você — informei.

— É mesmo? — Ele se levantou e me deu um selinho. — Tudo bem, então.

Vestimos nossas roupas amarrotadas da noite anterior. Eu estava meio ansiosa para dar uma passada no hospital e ver Alex, além de checar com a polícia para ter certeza de que não havia nada pairando sobre nossas cabeças por causa da morte do Martin.

NIGHTFALL

A ficha ainda não havia caído direito, exceto pelo leve baque no meu peito quando pensava na queda dos dois, daquele penhasco. Eu deveria estar arrasada, certo?

Por alguma razão, eu não o odiava. Mas havia aquele rasgo na membrana novamente, minhas emoções confusas e embaralhadas. Seu fim não poderia ter acontecido de nenhuma outra maneira.

Saímos do cinema e trancamos as portas, e o tempo todo Will manteve nossos dedos entrelaçados ao me levar à confeitaria, passando pelo *Sticks*. Quando olhei na direção do gazebo, avistei Damon escarranchado na grade e desconectando as luzes que haviam sido instaladas para a cerimônia.

Parei e olhei para Will.

— Você pode arranjar uma mesa? Eu já volto.

Ele seguiu meu olhar, vendo seu amigo no topo da colina e depois olhou para mim outra vez.

— Tudo bem.

Ele me beijou e saiu, e eu coloquei uma mecha do cabelo atrás da orelha, atravessando a rua correndo. Folhas alaranjadas e vermelhas caíam das árvores, e a brisa fria pinicou meu nariz, mas lá estava Damon, camiseta preta e sem casaco enquanto o vento agitava seu cabelo escuro.

Com as decorações penduradas nos postes, as pessoas transitavam e iam para o trabalho vestidas com fantasias para o Halloween.

Parei, olhando para ele e observando o belo trabalho, a construção sólida e a fundação, assim como o tilintar dos cristais presos às árvores à medida que o lustre farfalhava ao vento.

— Projetei um gazebo parecido com este — disse a ele. — Mas com mármore em vez de ferro forjado.

Olhei para ele, intencionalmente, e ele apenas me relanceou um olhar, mas ficou em silêncio.

— Gosto do ferro forjado — comentei. — Foi uma boa escolha.

Ele encontrou meu projeto e o construiu. O que fiz depois que perdi a paixão pelo outro, e que me obriguei a concluir, em vez de fazer do jeito certo.

Saltando do parapeito, ele se abaixou, pegou algo e jogou por cima, pela lateral, em meus braços. Peguei a lata de café, reconhecendo o recipiente amarelo-mostarda.

— Nós a encontramos quando estávamos cavando a nova fundação — ele me disse.

Eu abri a lata, deparando com o que já sabia que estaria ali dentro: um saco plástico com a gravata, o bracelete do parque de diversões e a caixa vazia das balinhas de caramelo que eu e Will comemos em nosso primeiro encontro.

Senti o nó se instalar na garganta.

— Obrigada.

Ele desceu as escadas e parou ao meu lado, ambos olhando para o belo trabalho que ele fez.

— Obrigada por ter feito isso. Está mil vezes melhor do que imaginei.

— Bem, vamos combinar — respondeu ele. — Aquele outro gazebo foi um trabalho de amador.

Eu ri. *Sim, obrigada.*

Um sorriso brincou em seus lábios enquanto ele estudava seu trabalho.

— Foi nesse aqui que você colocou seu coração. Gostei da ideia dos lustres.

Eu queria perguntar a ele por que ele fez isso. Por que se esforçou tanto e dispendeu seu tempo, mas eu sabia que ele só responderia com um comentário petulante. Talvez ele tenha achado que me devia algo depois que o ajudei naquela noite no cemitério, ou talvez tenha se sentido culpado pelo incêndio.

— Eu tentei impedi-lo — comentou, olhando para mim. — Bom, meio que tentei. De qualquer maneira, peço desculpas.

Honestamente, aquela foi a menor mágoa que Will e eu havíamos causado um ao outro. E eu amei o novo gazebo.

Voltei a fechar a lata, com muito medo de erguer os olhos ao dizer:

— Você me deu a chave da *Sala Carfax*, não foi?

A BMW em que saímos do cemitério era a mesma que estava do lado de fora da minha casa naquela noite em que recebi a chave. Foi onde deixei as plantas do novo gazebo. E onde ele as encontrou.

Finalmente, ele assentiu

— Como alguém me deu uma vez.

— Como você sabia que eu descobriria?

Ele poderia ter deixado um bilhete me instruindo a chegar à catedral. Mas ele apenas deu de ombros.

— Eu ia à igreja todas as quartas-feiras, e cheguei a te ver saindo de lá, às vezes. — Ele olhou para mim. — Depois de ver os hematomas no chuveiro, imaginei que o destino estava tentando me dizer algo.

Então, ele passou adiante quando já não precisava mais da chave. Como deveria ter feito. Nove anos depois, eu ainda estava com ela.

NIGHTFALL

605

Estar a par daquele mistério em Thunder Bay foi o que me manteve conectada, ao menos em uma parte, com esta cidade, mesmo depois de anos afastada dali. Eu não consegui abrir mão disso.

Talvez agora eu pudesse.

— Ajudou durante aqueles dois últimos anos em casa — murmurei. — Obrigada.

Eu poderia não ter sobrevivido se não tivesse aquele lugar onde sabia estar segura. Mesmo que raramente o tenha usado.

Ele começou a se afastar, mas eu o detive.

— Tenho que contar a Will sobre aquela noite — comentei. — Eu só queria avisar você.

Suas costas ficaram rígidas e ele não se virou para olhar para mim, mas sabia do que eu estava falando. Eu não poderia continuar a esconder do Will o fato de que o ajudei a ocultar um corpo.

Damon suspirou.

— Obrigado pelo aviso. Estarei esperando a surra.

Eu comecei a rir.

— É só manter a Winter por perto. Ele não vai bater em você com uma mulher grávida ao lado.

Ele balançou a cabeça e continuou andando.

— Ele só vai fazer com que ela me espanque por ele — resmungou.

Depois de um mês esplêndido, tendo que ficar quase de cócoras para conseguir sair do colchão localizado no chão da minha antiga casa, e sempre usando o serviço de entrega para comida chinesa, podíamos dizer que éramos felizes além da conta, mal deixando a cama ou encontrando os outros amigos. Entretanto, acabamos nos decidindo por tomar posse da casa de Christiane Fane, no alto da colina.

Como ela foi morar com Matthew Grayson, Will alegou algumas vantagens sobre a mudança, mesmo que não precisássemos de tanto espaço.

Os inimigos pareciam ser um risco ocupacional para a empresa Graymor Cristane, e nossa família precisava de mais proteção do que um bairro vitoriano oferecia.

Isso sem mencionar que algum dia nossos filhos iriam usufruir da proximidade com seus amigos. Kai e Banks ficavam na casa dos Torrance quando estavam na cidade; Damon e Winter moravam na antiga mansão dos Ashby; Michael e Rika possuíam a casa de St. Killian, e nós agora estávamos na antiga mansão dos Fane, sendo que a empresa deles estava comprando e entregando a escritura para Will, sem nenhum encargo. Logo, morávamos todos no mesmo trajeto, seguindo a estrada para os assombrados penhascos da costa de Thunder Bay.

Eu estava feliz, e ao longo dos meses de comemoração dos feriados, da chegada da neve e do primeiro dia quente da primavera, era impossível reprimir o sorriso, ainda que o sofrimento por causa dos eventos passados estivesse presente, mas com uma intensidade mais leve.

Micah e Rory decidiram rir da cara do perigo, no entanto, e decidiram ficar com a minha casa na cidade; Micah absolutamente adorou a vida simples. Ele e as famílias de Rory estavam mais do que felizes agora que seus filhos haviam adquirido independência financeira, então resolveram deixá-los em paz.

— Amor, eu preciso de você! — Will gritou lá de baixo.

Mordi o lábio inferior para abafar o sorriso, com a mão ainda trêmula. Observei o terceiro teste de gravidez que fiz esta manhã, o risquinho a mais bem evidente no tom rosa-escuro.

Não era de admirar que eu tivesse engravidado, e fiquei até surpresa por não ter acontecido antes, já que Will sempre dava um jeito gostoso de me 'atacar'.

Embrulhei o bastão em papel higiênico e o joguei na lata de lixo, encarando meu reflexo sorridente no espelho ao afofar meu cabelo.

William Grayson IV.

Gritei e então cobri a boca com a mão, quase dando com a língua nos dentes. Winter havia entrado em trabalho de parto algumas horas atrás, e Will estava tentando acordar Ivarsen e Madden de seus cochilos para que pudéssemos ir ao hospital. Tínhamos ficado de babás durante a noite toda para dar uma folga aos pais.

— Por favor, amor! — gritou ele, um pouco estressado.

Comecei a rir e saí do banheiro, descendo as escadas com o *beagle* de

Will, Diablo, correndo atrás de mim. Encontrei meu marido no vestíbulo, e o observei agarrar o pé de Ivar e puxá-lo de volta para que pudesse calçar a meia.

Bufei uma risada quando o garotinho com menos de dois anos deu uma risadinha, achando graça, enquanto Madden observava toda a interação.

Passei a alça da bolsa pela cabeça, peguei a bolsa de fraldas já cheia de lanches, suquinhos e brinquedos e peguei Madden no colo, saindo de casa para o colocar na cadeirinha do carro. Will poderia lidar com Ivar. Eu podia jurar que o bebê provocava constantemente o tio por achar que Will estava em dívida com ele por ter sumido por tanto tempo.

Depois de afivelar Madden, ataquei o garotinho com um montão de beijos, e Will se encarregou de Ivar, que esperneava e gritava, morrendo de rir.

A camisa de Will agora ostentava uma bela mancha de suco de frutas, e sua expressão indicava que, se ele pudesse, daria um soco na cara de Damon assim que o encontrasse, porque ele tinha certeza de que o senso de travessura de Ivar era inteiramente culpa do amigo, e não de Winter.

Assim que me ajeitei ao volante, peguei os livros de Will do assento do passageiro e os joguei no chão atrás do meu banco. Além dos empreendimentos imobiliários da empresa, a inovação no *resort* e a ajuda que ele dava a Winter em sua organização humanitária, Will havia começado o curso superior. Ele não queria voltar para a faculdade ou conviver com pessoas mais jovens do que ele, mas queria fazer algo mais com sua vida, além do que já fazia com os rapazes.

Então ele agarrou a oportunidade. E eu o amava demais por isso. Eu não tinha certeza se ele queria ser advogado ou veterinário ou sei lá o quê, mas eu meio que conseguia vê-lo ao comando de uma editora algum dia. O que viria a calhar, porque eu não tinha talento para ajudar William IV com sua lição de literatura. No entanto, a matéria fluía facilmente para Will.

Ele terminou de prender Ivar na cadeirinha e abriu a porta do passageiro, deslizando em seu assento.

— Do que você está sorrindo? — perguntou ele, afivelando o cinto.

Tentei reprimir o sorriso na mesma hora.

— Eu sinto muito. Eu vou parar.

Ele riu, e eu passei a mão pelo seu cabelo, ajeitando os fios. Os meninos tinham nos deixado exaustos nestas últimas vinte e quatro horas.

— Porra, amor — ele gemeu ao sentir o toque das minhas mãos.

Mas então ouvimos Ivar gritar atrás de nós:

— Borraaaa!

E a palavra era muito parecida com…

— Merda — Will murmurou, olhando para trás. Nós dois estávamos com os olhos arregalados.

Franzi o cenho e tentei amenizar:

— Ah, qual é. Você sabe que ele já herdou isso do pai.

Não fomos nós que lhe ensinamos os palavrões.

— E quando Mads repetir isso para o Kai? — retrucou Will, preocupado com Banks e Kai ficando putos.

Eu apenas balancei a cabeça. *Ah, tá.*

— Se você não fizer um alvoroço, rapidinho eles vão esquecer.

As crianças tendiam a não repetir comportamentos pelos quais não obtinham uma reação. E não era como se fôssemos capazes de proteger as crianças da influência de Damon Torrance para sempre.

Nós nos dirigimos para o hospital, talvez um pouco acima do limite de velocidade, Will apresentando os meninos ao *Disturbed* pela primeira vez. Ivar balançou a cabeça ao som da música de *heavy metal*, mas o sempre tranquilo Mads apenas ficou ali, observando tudo com a mesma postura estoica do pai.

Seria interessante ver o que uma garota traria para a nova família, já que Damon estava convencido de que o recém-nascido era uma menina, embora eles tenha optado em não saber o sexo antes do parto.

Depois que pegamos os meninos e as bolsas, corremos para o hospital e nos encaminhamos ao terceiro andar, deparando com o corredor lotado com a família enquanto Winter gritava dentro do quarto.

Estremeci, de repente, ciente de que em breve eu não seria apenas uma espectadora daquela situação, já que estaria fazendo o mesmo no próximo outono, se meus cálculos estivessem certos.

— Aaaaah! — urrou, a fresta aberta da porta sendo o suficiente para que ouvíssemos em alto e bom tom.

— Como está indo? — perguntei, entregando Mads para sua mãe enquanto Rika pegava Ivar do colo de Will.

Outro grito perfurou o ar e uma enfermeira passou correndo por nós, entrando no quarto.

— Deve estar perto agora — disse Alex, com o celular ao ouvido, o diamante cintilando em seu dedo.

NIGHTFALL

Aydin precisou viajar às pressas para Chicago esta manhã, para uma reunião, mas provavelmente estava voando de volta agora. Ele e Alex haviam assumido a maior parte das responsabilidades de Evans Crist, e ambos passavam mais tempo em Meridian. Era nítido que os dois adoraram isso, já que amavam os ruídos e agitação da cidade.

Michael se sentou em uma cadeira ao lado de Athos, fascinado ao vê-la jogar em algum aplicativo do celular, usando fones de ouvido enormes.

Ele apontou para alguma coisa e ela o empurrou, não querendo ajuda.

— Papai, pare com isso.

Ele sorriu, olhando para ela agora, ao invés do jogo.

Quando Athos foi adotada no último inverno, eles disseram que ela poderia chamá-los do que quisesse, mas em questão de semanas ela deixou claro que adorou o fato de ter se tornado a filha deles. E ela queria que todo mundo soubesse que Michael e Rika eram seus pais.

E quem não adoraria? Ela tinha tudo o que poderia desejar na vida e, com certeza, sabia disso. No entanto, os sortudos foram os dois por a terem encontrado.

— O quê? — Damon gritou de dentro do quarto.

Todos nós paramos e nos entreolhamos.

— É um menino? — ele deixou escapar. — Tem certeza?

Nós nos inclinamos e tive que morder os lábios para conter o riso.

Ouvimos o choro estridente de um bebê, o som de passos atrapalhados e o grunhido brincalhão de Damon:

— Argh, o que vou fazer com você?

— Damon! — Winter o repreendeu. — Eu vou te matar. É melhor você amá-lo. Você o ama, né?

Houve uma pausa e então encontrei o olhar arregalado de Alex.

Drama...

Damon e eu agora administrávamos uma empresa de arquitetura e construção; ele construía, e eu projetava, logo, me acostumei com seu estranho senso de humor.

Por fim, ele respondeu:

— S-sim — gaguejou, não soando convincente. — Sim, claro, amor. Mas tipo, você tem certeza de que não tem mais nada aí dentro ou algo assim?

— Damon!

Will desabou contra a parede, o corpo tremendo com as risadas, e eu balancei a cabeça, estendendo os braços e tirando Ivar, que se contorcia todo, do colo de Rika. Eu o coloquei no chão, segurei sua mãozinha para dar uma voltinha no corredor, sendo seguidos na mesma hora por Will.

Outro menino. Seria, no mínimo, interessante.

Olhei para Will, contemplando sua expressão divertida, mas era nítido que as rodas em sua cabeça estavam girando.

— Você está triste? — perguntei.

— Por que eu estaria triste?

Dei de ombros e me recostei à parede, mas Ivar estendeu os bracinhos para que eu o pegasse no colo.

— Ele tem dois filhos à sua frente agora.

— Não é uma competição, Emmy. — Will se inclinou ao meu lado, e estendeu o dedo para que Ivar o envolvesse com sua mãozinha. — Estou bem. Estou estudando agora, de qualquer maneira. Temos muito tempo. Teremos nossa família e preencheremos todos aqueles quartos. Seja daqui a três, cinco ou dez anos.

— Ou oito meses — comentei, sentindo a pele formigar de ansiedade.

— Oito... mais ou menos.

Ele ficou quieto por um instante, e quando finalmente levantei a cabeça, o flagrei me encarando meio sem fôlego.

— Você está falando sério? — ele murmurou.

Não consegui conter a emoção.

— Você está pronto?

Ele me agarrou e me beijou, rindo contra os meus lábios.

— Para você sempre estarei pronto para qualquer coisa.

E com a longa e tortuosa estrada que tivemos que trilhar para chegar até aqui, era impossível não confiar na veracidade de suas palavras. Eu o beijei, certa de que nada nublaria a minha felicidade ao lado dele por um segundo sequer.

Essa sempre foi nossa história.

Nós queremos o que queremos.

NIGHTFALL

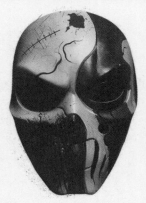

Muito obrigada por ter lido *Nightfall*. Seu apoio e incentivo ao longo dos anos manteve esta série em andamento, e realmente espero que você tenha gostado.

Bons livros, para mim, acabam como se fossem um novo começo. Vire a página para ler o epílogo, mas esteja ciente de que tudo termina com uma intriga – ou duas – só para garantir aos leitores que a diversão e o mistério ainda prosseguem em Thunder Bay.

Se você gosta de suas histórias muito bem-resolvidas, sinta-se à vontade para encerrar o livro aqui. Se você estiver animado para ver o que todos estão fazendo, continue lendo e divirta-se!

EPÍLOGO
WILL

Dez anos depois...

— Eu quero dirigir — brincou Em.

Firmei as catracas por baixo do carro, prendendo tudo ao trilho, mas mantive os freios acionados enquanto as crianças colocavam a trava de segurança. Em seguida, apertei o botão verde, acendendo os faróis.

— Sua mãe deve dirigir, crianças? — perguntei.

— Não!

Eu ri baixinho, com meu capacete em mãos enquanto Emmy sentava sua bunda no assento ao meu lado no vagão.

— Por sua causa, temos que usar capacetes agora — Finn resmungou com ela.

— Nós só perdemos o controle uma vez — Em retrucou. — Uma vez!

— Pai, por favor? — Indie implorou, do assento às minhas costas.

Dei uma risada sarcástica. É claro que eu não deixaria a mãe deles dirigir. Ela tinha o mesmo pé de chumbo que eu, mas as crianças se sentiam mais seguras comigo no controle.

— Vou me lembrar disso, Indie — Em repreendeu a mais velha. — Quando você tiver idade suficiente para dirigir, posso não ser tão indulgente.

Olhei por cima do ombro para nossa filha, seus olhos castanhos demonstrando certa culpa por conta do nosso segredinho não compartilhado.

Mas Emmy percebeu a nossa troca de olhar, e me encarou, irritada.

— Você não fez isso — ela reclamou. — Você a deixou dirigir essa coisa?

Dei de ombros, me virando e ouvindo nossa outra garota, Finn, rindo.

— Ela consegue alcançar os pedais.

— Ela tem nove anos!

— Você a deixou pintar o cabelo — salientei, como se isso fosse muito pior. — Sem me consultar, para falar a verdade. Por que ainda sou casado com você?

— Por vingança. — Ela girou para frente novamente, encarando a trilha à frente e murmurando: — Tornar minha vida miserável deve ser prazeroso pra você.

Comecei a rir, me inclinei e enganchei o braço em seu lindo pescoço, puxando-a contra mim. Pressionei meus lábios aos dela, incapaz de conter o avanço da minha boca pela bochecha, nariz e por cima dos óculos até a testa. Ela adorava ser beijada e suas pálpebras se fecharam quando se transformou em mingau na minha mão.

Meu Deus, ela era divertida. Feliz, infeliz, triste e gostosa – nunca deixei de ser grato por ela fazer parte da minha vida. Seus pontos fortes me tornavam um cara sortudo por fazer parte da dela, e suas fraquezas extraíram o que havia de melhor em mim. Enfrentei todas as intempéries com ela, como nunca havia feito com ninguém mais. E depois de dez anos, duas filhas e um filho – e a imensa alegria que tivemos em criá-los –, eu sabia, sem sombra de dúvida, que tudo valia a pena.

Acariciei sua pele macia com meu polegar e inspirei o cheiro de seu cabelo.

— Amo você.

— Estamos esperando… — Indie Jones Grayson gemeu, respondendo antes que sua mãe pudesse retribuir minhas palavras.

Eu ri e me afastei.

— Todo mundo afivelado?

— Siiiim! — eles gritaram em uníssono.

— Capacetes?

— Sim! — gritou William II, antes de suas irmãs, sentado no banco atrás de Em.

Ele era na verdade William IV, mas como eu era Will, e não gostávamos de Willy, Bill ou Billy, então todos decidiram chamá-lo de II. Que se transformou facilmente em Seg, redução de Segundo.

— Segurem seus telefones! — gritei, estendendo a mão para apertar o botão.

Assim que dei partida, o sistema hidráulico começou a funcionar embaixo de nós, impulsionando-nos para a frente, e em instantes estávamos trafegando pelo túnel, primeiro a cinquenta quilômetros por hora, e, em seguida, a quase setenta.

PENELOPE DOUGLAS

— Mais rápido! — gritou Finn.

O carro balançou, sacudindo-se sobre o trilho; o vento frio açoitava nossos rostos, mas Em mal conseguia conter o sorriso largo enquanto se segurava nas barras laterais.

Com o passar dos anos, liberamos o trilho inteiro entre Thunder Bay e Meridian, reduzindo o trajeto de uma hora de automóvel para quatorze minutos. Normalmente, usaríamos um vagão maior, mas quando íamos de casa em casa, na cidade, optei por acrescentar uma via secundária com carros avulsos para as incursões rápidas de ida e volta. Pegamos o túnel subterrâneo para a casa dos meus pais para jantar mais cedo, e agora tínhamos que voltar para o outro lado da cidade, sob o rio, e subir para St. Killian esta noite.

Percorremos a via imersa na penumbra, subimos algumas ladeiras e descemos rapidamente, sentindo aquele frio gostoso na barriga. As crianças riam e davam gritos histéricos às nossas costas. Agarrei a coxa de Em, compartilhando a mesma sensação. Nada superava uma queda livre.

Exceto talvez uma coisa...

Olhei para ela e vi que segurava o óculos em uma mão, com os olhos fechados e um sorriso aberto, e com a outra, estendida para trás, envolvia o tênis de Seg, como se o estivesse segurando. Ele tinha apenas cinco anos e, nas raras ocasiões em que ela o deixava passear assim, ficava nervosa. Já havíamos viajado dessa forma uma centena de vezes, e eu não colocaria meus filhos em risco. Ela sabia disso.

No entanto, eu adorava ver esse lado maternal dela. Era sexy pra caralho.

O carrinho deu um mergulho, o ar se tornou mais frio – porque estávamos abaixo do rio –, mas durou apenas alguns segundos antes de subirmos outra vez. Em seguida, abaixei a alavanca e diminuí a velocidade do carro.

— Aaaah... — as crianças resmungaram.

Eles mal sabiam que a diversão deles estava apenas começando. Na verdade, toda a nossa diversão, já que eu e Em também brincaríamos esta noite.

Assim que paramos por completo, removemos os capacetes e destravamos os cintos de segurança. Quando subimos para a plataforma, ajudei as meninas e Emory pegou Seg no colo. Endireitei o terno e gravata, segurei as mãos das minhas filhas e as guiei em direção às catacumbas, subindo as escadas até o grande vestíbulo da catedral.

Finn e Indie se soltaram na mesma hora e correram para sair pela porta da frente.

— Quando os sinos tocarem, vão para a frente da casa — gritei para que as duas ouvissem. — Imediatamente!

NIGHTFALL

— Tá bom! — retrucaram.

William II passou por mim, a cara enfiada no *tablet*.

— Fale comigo, Pateta! — eu disse.

— Eu ouvi você — ele respondeu sem olhar para os lados.

Balancei a cabeça quando passei pela porta que dava para o jardim da frente, avistando meus filhos se juntarem à filha de Kai, Jett, e alguns de seus amigos. Os olhos de Seg não haviam sequer se desviado da tela do eletrônico.

— Essas crianças de hoje... — murmurei.

Emory tocou meu ombro, tentando me tranquilizar mais uma vez em relação ao fato de que o garoto não ia querer jogar basquete algum dia.

— Vou dar uns telefonemas antes da coisa toda começar — ela disse, tentando disfarçar a risada. — Guarde suas forças para mim. Vai ser uma noite e tanto.

— Promete? — Olhei por cima do ombro enquanto ela voltava para casa. Ela deu uma piscadela e se virou.

Descendo as escadas, observei as crianças brincando – a filha de cinco anos de Damon, Octavia, em sua usual calçola de pirata, meias-calças pretas, blusa branca e uma espada falsa amarrada às costas. Ninguém diria àquela criança que os piratas modernos eram muito diferentes de Jack Sparrow. Ela queria ser do jeito dela.

Olhei ao redor e não vi os meninos, então Damon e Winter ainda não devem ter chegado. Octavia provavelmente veio com Kai e Banks, já que ela e Jett tinham quase a mesma idade e eram amigas.

Algo chamou minha atenção à direita, e quando olhei, avistei Madden sentado em cima de uma árvore. Vestido em um terno preto, cabelo escuro perfeitamente alinhado e a pele de porcelana, ele parecia afiado como uma faca. Havia um livro aberto em seu colo, mas sua atenção estava concentrada nas crianças brincando abaixo.

Ou em uma criança, na verdade.

Subi as tábuas de madeira e o alcancei a cerca de cinco metros de altura, o olhar se voltando para o livro.

— Oi — eu disse.

— Oi.

Contive o sorriso diante de sua resposta séria. Nunca imaginei que alguém pudesse ser mais sisudo do que Kai, mas seu filho levava o prêmio. Quantas crianças de onze anos vestiam calça bem-passada e paletó engomado, e com o cabelo sem apresentar um único fio fora do lugar?

— Onde está seu pai? — perguntei.

Ele deu de ombros.

— Em algum lugar lá dentro.

Eu o observei encarando o livro, mas sem ler nada. Então, mais uma vez, lancei um olhar para as crianças.

Ele nunca se juntava a eles. Só brincava sozinho. Ou com sua prima, Octavia. Ela era a única que conseguia arrancar um sorriso dele.

— O que você está pensando? — perguntei a ele.

Mais uma vez, ele deu de ombros.

— Está tudo bem na escola?

Ele acenou com a cabeça, mas ainda não olhou para mim.

— Você tem planos para coletar doces ou travessuras com seus amigos amanhã à noite? — insisti.

Lentamente, ele balançou a cabeça.

— Eu realmente não gosto de doces.

— Venha para *Coldfield*, então — eu disse a ele. — Posso arranjar um lugar pra você no meio dos atores.

Ele continuou imóvel, mas vi a mandíbula flexionar.

— Ou... talvez operando a iluminação nas tumbas? — caçoei. — Algo nos bastidores?

Ele me deu um olhar de soslaio, mas sem me encarar. No entanto, não negou com a cabeça como antes, e resolvi salvar seu orgulho, já que ele não daria o braço a torcer.

— Pego você amanhã às três — falei.

Ele assentiu.

Bom. Ele podia até não gostar de estar rodeado de pessoas, mas isso não significava que não pudesse encontrar seu lugar no mundo. Anos atrás, seus professores manifestaram a preocupação de que ele pudesse estar no espectro autista, mais precisamente o que chamavam de Asperger. Não que isso tenha afetado seus estudos. Ele era excelente na escola.

Socialmente, ele só não era igual às outras crianças, mas ele era capaz de se socializar em situações que lhe interessavam, como treinar com seu avô ou passar um tempo com Octavia. Ele se recusou a ver um especialista, e Kai não queria obrigá-lo a ser o que os outros consideravam como algo normal. Quer dizer, olhe para nós, por exemplo. Se fôssemos parâmetros para considerar o que seria normal, era melhor que Mads não mudasse nunca.

Comecei a descer a escada, mas então ouvi sua voz.

NIGHTFALL

— O que é *L'appel du vide*? — perguntou ele.

Parei e o encarei, seus olhos tão escuros quanto piscinas negras.

— Onde você ouviu isso?

— De algumas crianças na escola — ele murmurou.

Pigarreei e olhei à volta, em busca de seus pais, ciente de que este dia chegaria, mas nunca imaginei que tivesse que explicar isso para os filhos dos outros, a não ser para os meus. Será que ele perguntou ao Kai?

Recuei um passo e olhei bem dentro de seus olhos.

— *L'appel du vide* é o que une nossa família — eu disse a ele. — É uma ideia que nos conecta, porque todos nós acreditamos nela.

— Como uma religião?

Hesitei por um momento, sem ter certeza se era dessa forma que eu poderia descrever, mas então assenti.

— Tipo isso — respondi e continuei: — Michael, Rika, Winter, Damon, Emory, eu, sua mãe e seu pai... Foi desse jeito que percebemos que não estávamos sozinhos no mundo.

— Eu sou parte disso?

Entrecerrei os olhos.

— É isso que as crianças da escola dizem?

Ele desviou o olhar e se concentrou novamente em Octavia, no gramado.

— Eles têm muito medo de mim para dizer qualquer coisa.

Grunhi baixinho. Era isso que temíamos. Mads, com certeza, conseguia se virar por conta própria, mas nossos sobrenomes intimidavam as pessoas.

Foi muito bom termos nos encontrado e formado nossa família, mas para os de fora, provavelmente, parecia... Bem, eu não fazia ideia do que poderia parecer. Tudo o que eu sabia era que quanto mais poderosos fôssemos – quanto mais bem-sucedidos –, mais inimigos encontraríamos, e as pessoas sempre tentariam nos derrubar. Nossos filhos ouviriam histórias sobre nós. Histórias sobre nossas vidas, a Noite do Diabo e as catacumbas continuavam sendo inventadas nesse exato momento, sem sombra de dúvida. Eles teriam que lidar com a pressão de nosso legado.

Ou não.

— Você é quem quiser ser, Mads — afirmei. — Nunca se esqueça disso. Não olhe para o mundo através dos olhos de outra pessoa, exceto os seus. Nem através dos olhos do seu pai, dos meus... nem de ninguém.

Queríamos construir algo novo – algo duradouro –, mas sempre soubemos que os tempos mudariam e nossos filhos iriam querer uma vida própria.

Mads poderia até não querer assumir o legado, mas caso ele quisesse, algum dia, eu tinha certeza de que a máscara lhe cairia muito bem.

Sem pressão.

Ele deu um arremedo de sorriso, o máximo que conseguiu se obrigar a demonstrar, e eu sorri de volta, descendo as tábuas.

Indie e Jett estavam sentadas em uma toalha de piquenique, tagarelando, enquanto Finn e Seg se encontravam deitados na grama, fuçando seus telefones.

Relanceei outro olhar a Mads, agora observando atentamente Octavia duelar contra o tronco de uma árvore com sua espada, e quando inclinei a cabeça mais para trás, reparei nas nuvens negras quase alcançando as copas das árvores.

Entrei em casa, procurando pelos adultos. Ainda estávamos esperando a chegada de Alex, Aydin, Micah, Rory...

— Os serviços de emergência estarão de prontidão, caso a tempestade tropical Esme se desvie. — Ouvi Banks anunciar à medida que eu me aproximava do escritório.

Parei à porta e a vi sentada atrás da mesa, com uma estante repleta de livros às suas costas; o abajur lançava uma luz suave pelo ambiente. Havia um operador de câmera a filmando à frente.

— Mas devo insistir que tentem permanecer em casa, porque há a expectativa de ventos fortes — Banks continuou. — O toque de recolher entra em vigor a partir das oito da noite, e isso inclui as festividades da Noite do Diabo.

Dei um sorriso e meu olhar se conectou ao dela, que vacilou por um segundo. Ela usava uma blusa azul-escuro, o cabelo preto alinhado e os lábios rubros.

— Por favor, evitem áreas de baixo relevo e propensas a inundações, e mantenham lanternas e pilhas facilmente acessíveis — ela disse aos cidadãos. — Não recomendamos a evacuação, mas mantenham-se informados sobre o progresso da tempestade de acordo com os canais de emergência. Tenham cuidado e fiquem dentro de casa. — Ela olhou para a câmera. — Obrigada.

— E... estamos fora do ar — anunciou o assistente.

Banks desfez a expressão compenetrada e suspirou, levantando-se da cadeira. Comecei a rir quando vi que ela usava uma calça jeans que manteve oculta por baixo da mesa. Algumas coisas nunca mudavam.

Ela deu a volta na mesa, com o telefone agora em mãos.

— Já havíamos conversado sobre você não mencionar a Noite do Diabo — o assistente comentou, correndo ao lado dela.

Ela não desacelerou os passos ao sair do escritório.

— Sim, nós conversamos sobre isso.

Aparentemente, a palavra 'diabo' deixava alguns eleitores nervosos, então o gerente de campanha de Banks estava tentando mudar o nome da tradição. Mas ela não se preocupava nem um pouco com isso. Banks fazia o que queria.

Parei ao seu lado e a acompanhei.

— Você sabe que ninguém vai ficar esta noite em Thunder Bay, não é? Afinal, era a Noite do Diabo.

— Claro que sei disso.

Sim. Como representante do nosso distrito, ela teve que entrar ao vivo e solicitar que todos ficassem em casa só para cumprir um protocolo.

— Onde está o Kai? — perguntei.

— Malhando com o pai dele. — Ela olhou para o telefone. — Daqui a pouco ele chega.

Contornei o corrimão e comecei a subir a escada.

— Você fica tão sexy na câmera.

Ela se virou, andando de costas em direção à cozinha, e piscou para mim.

— Se isso me eleger para senadora em uma semana, está ótimo.

Com uma risada, subi a escada apressadamente. A campanha havia sido exaustiva, mas com o apoio do meu avô, eu tinha grandes esperanças.

Atravessei o corredor e fui até a biblioteca para esperar por Damon, porque eu sabia que esse era o primeiro lugar para onde ele vinha quando chegava aqui, mas ao passar pelo quarto de Rika e Michael, parei e espiei.

Michael estava de pé no final da cama, com o cabelo molhado e uma toalha enrolada na cintura, segurando Aaron, de apenas seis meses, contra o peito.

Quando Rika engravidou no ano passado, Michael quase desmaiou. Eles ficaram tão felizes com Athos, o *resort* e tudo o que faziam por ali, em St. Killian, que pararam de tentar.

Na mesma hora, eles saíram e compraram tudo, mas o primeiro banho do bebê foi um tremendo pesadelo. Eles prepararam a pequena banheira, loções e brinquedos, e o garotinho gritou o tempo todo. Michael não ia tentar isso de novo. Contra as ordens médicas, ele entrou no chuveiro com o bebê no colo, que nunca mais chorou ao tomar banho. Ele só queria ficar nos braços do pai.

Observei Michael balançar de um lado ao outro, ninando e admirando o bebê, como se não pudesse acreditar que ele existia.

Eles o batizaram com meu nome, já que sou o favorito deles.

Sem querer interromper, recuei e continuei andando até o final do corredor. Abri a porta e vi Rika de pé, perto da mesa, mexendo no monitor preso à parede, organizando seus arquivos, ou sei lá o que estava fazendo.

— Oi — cumprimentei.

Ela levantou a cabeça e respondeu:

— Ei.

Fui até o sofá e me joguei ali, me sentindo esgotado. Eu estava ficando velho. Simplesmente isso.

— Como está sua mãe? — perguntei.

Ela olhou para mim enquanto vasculhava os papéis em sua mesa.

— Está bem. Ela e o Matthew estão em uma viagem à caça de antiguidades pela Nova Inglaterra. Ela adora administrar aquela loja com ele — refletiu. — Como nunca teve que trabalhar antes, estou feliz por ver que ela encontrou algo que gosta de fazer.

Suspirou, satisfeita.

— Misha e Ryen ainda estão em Londres com as crianças — comentou. — Acho que ele realmente gosta de lá.

— Sim, acho que ele não volta tão cedo.

Eles tinham um menino e uma menina agora e, como ele era músico, e Ryen era decoradora, eles podiam ir a qualquer lugar.

— Você sente falta dele? — Rika brincou, passando a mão pela tela novamente.

— O tempo todo — admiti. — Mas ele não desperdiça um minuto de seu tempo levando uma vida que não quer. É isso que me deixa feliz. Mesmo que me incomode que a vida que ele deseja não seja a mesma que nós vivemos.

Ela deu uma risada sarcástica, abrindo o arquivo do projeto de reconstrução da ponte que Emory e Damon estavam fazendo.

— Ele estará aqui quando for preciso — ela me assegurou.

Eu sabia disso.

— Todo mundo já chegou? — perguntou ela.

— Ainda estamos esperando o Kai, Alex e...

E então gritos e berros ecoaram no piso inferior, como se estivéssemos em um zoológico, e eu suspirei.

— E Damon e Winter estão finalmente aqui — concluí.

Meu olhar estava focado na porta, e contei os segundos – cinco no total – até que Damon entrou voando pela sala, com Gunnar gritando às suas costas.

NIGHTFALL

— Quero um abraço! — berrou o garoto.

Ofegante, Damon fechou a porta e a escorou com o corpo, como se houvesse um urso atrás dele.

— Tenho muitos filhos, porra — ele suspirou, com o rosto suado e o cabelo desgrenhado.

Tentei reprimir o sorriso, diante das batidas frenéticas que seus filhos davam à porta.

Ele estremeceu.

— Onde estão?

Aparentemente, as crianças deram um sossego e saíram dali, e só então Damon foi direto para ela. Em seguida, tirou alguns livros da prateleira e pegou o estoque de cigarros, abrindo um maço.

— Rika, que merda é essa? — Ele olhou para ela. — Isso deveria durar um mês.

— Eu estava muito estressada — ela retrucou. — Além disso, foi você que quase acabou com o último maço.

Balancei a cabeça, observando Damon enfiar um na boca. Os dois haviam se limitado a um pacote por mês, e como todos passavam mais tempo aqui do que em qualquer outro lugar – e Damon não confiava em si mesmo com a responsabilidade –, Rika ficou de guardar o pacote de cigarros.

A porta do escritório se abriu e Fane Torrance, o filho número três de Damon, entrou correndo.

— Quero um abraço da máquina de abraços! — exigiu o menino de sete anos.

Damon desviou do filho, tentando fazer o isqueiro funcionar desesperadamente.

— A máquina de abraços precisa ser recarregada — ele murmurou, com o cigarro entre os lábios.

Rika passou por ele e pegou Fane no colo, colocando-o sobre o ombro.

— Vamos, garotinho — disse ela ao sobrinho. — Vamos procurar a tia Banks para uma tortura de cócegas. Papai precisa de um tempo.

Ela saiu, levando o menino risonho com ela, e fechou a porta. Damon soltou uma baforada de fumaça, finalmente exalando, e desabou ao meu lado no sofá. Com a cabeça inclinada para trás, contra o encosto, deu mais uma tragada e soprou a fumaça.

— Eu realmente amo esses moleques — ele suspirou. — Mas nunca tenho um minuto de sossego. Se eu quiser minha esposa, tenho que emboscá-la na porra do chuveiro.

— Talvez você *deva* ficar longe dela — salientei. — Ela fica grávida toda vez que você respira perto dela.

Ele riu, e eu ouvi a bagunça que os meninos faziam do lado de fora. Seu mais velho, Ivarsen, era apenas um pouco mais novo que Madden. Gunnar nasceu em seguida, pois Damon queria uma filha a todo custo. Quando isso não aconteceu, ele continuou a procriar, conseguindo mais dois filhos – Fane e Dag – antes que Octavia finalmente chegasse. Winter teve cinco abençoados anos de descanso para respirar desde então.

— Você castrou ela, né? — perguntei, arrancando o cigarro dele e dando uma tragada.

— Por quê?

Comecei a rir. Ele reclamava o tempo todo que as crianças não o deixavam ter Winter só pra ele, mas era bem capaz de ter feito um acordo com a mulher para tentar uma irmãzinha para Octavia.

Ele pegou o cigarro de volta e se levantou, caminhando até a janela para espiar o jardim. Eu o observei, reparando no terno amarrotado e o cabelo bagunçado. Damon podia até aparentar ter tudo sob controle, mas eu sabia que sua casa devia ser um caos total todos os dias.

No entanto, ele parecia tão jovem quanto na época da escola. A felicidade estampada em seu rosto era resultado de ter seus filhos, esposa, lar e amor.

— Por que você queria tanto uma filha? — perguntei a ele.

Sempre achei que o que ele queria mesmo era ter uma 'garotinha do papai', mas ele não a superprotegia; ele a tratava da mesma forma que os meninos. Porém, embora amasse todos os filhos, ele e Octavia eram parecidos em tudo. Ela foi a única que puxou seus olhos e cabelos negros, que, segundo rumores, saltariam gerações.

— Não sei — murmurou, olhando pela janela. — Toda vez que pensei em ter minha própria família algum dia, sempre havia uma garotinha na equação.

Ele fez uma pausa, sorrindo para o que quer que estivesse acontecendo lá fora.

— Quero dizer, olhe para elas — ele me disse. — Banks, Winter, Em, Rika... As mulheres só são vulneráveis, porque são as últimas a aprender a lutar. Eu quero colocar uma mulher como elas no mundo.

Eu não tinha dúvidas de que ela daria trabalho também. Meus filhos eram muito mais mansos e eu era grato por isso. Com exceção de Indie. Ela não pensava antes de agir, e Em me culpava como se eu pudesse controlar os meus genes.

Uma buzina soou do lado de fora e Damon deu uma última tragada.

— Micah e Rory... — ele anunciou e soprou a fumaça.
Então me levantei do sofá.
— Então agora só temos que esperar a Alex. — Fui até a porta. — Vou atrás da minha esposa.
— A despensa da cozinha tem um cantinho que fica fora de vista — debochou. — Tenho certeza de que Dag foi concebido lá, caso você precise de um pouco de privacidade.
Saí dali, sorrindo internamente. Em gostava mesmo era das catacumbas.

Dez das crianças se amontoaram no ônibus de luxo com três babás, enquanto Athos ficou conosco, e a mãe de Michael levou Aaron para passar a noite. Ela ainda era dona da casa dos Crist, mas raramente ficava por lá, optando por levar o bebê de volta para a cidade, para seu apartamento em Delcour.

As outras crianças também estavam sendo encaminhadas para Meridian, onde ficariam em segurança e longe do litoral e da tempestade iminente, e passariam a noite em uma festa de pijama na casa do Kai – com jogos, filmes e guloseimas. Marina estaria lá com Lev e David, então eu não tinha dúvidas de que nossos filhos estariam seguros e com muito açúcar no sangue em uma hora.

O sol havia se posto duas horas atrás, e eu observei as luzes traseiras do ônibus desaparecendo rodovia abaixo, enquanto o sino do Campanário anunciava o horário com suas badaladas. Eu sorri, pensando em como amava aquele som.

Depois que todas as folhas caíssem nas próximas semanas, seria possível ver, por entre as árvores, a lanterna que Emmy instalou quando restaurou a torre anos atrás.

A chama sempre presente de Reverie Cross estaria pendurada no campanário.

O portão se fechou, e os lampiões pendurados nas colunas de ferro forjado tremeluziram com suas chamas acesas, à medida que as folhas das árvores dançavam com o vento forte. Ajeitei a gravata, ouvindo o crepitar das chamas ao meu redor.

Retirei o cigarro que roubei do esconderijo de Damon e Rika do bolso da camisa, fui até uma das piras espalhadas ao redor do chafariz, e me abaixei para acendê-lo.

— Você tem certeza de que ela está pronta? — Damon perguntou às minhas costas.

— Ela vai participar da reunião — Michael disse a ele. — E só.

Athos.

Lentamente, entramos de volta em casa e trancamos a porta. Segurei a mão de Emmy, sentindo minha velha gravata do ensino médio enrolada em seu pulso enquanto descíamos para as catacumbas.

Ao longo dos anos, ela usou esta gravata de diversas formas. E toda vez, meu coração disparava só em pensar que ela a havia guardado por tanto tempo, armazenando nossas lembranças debaixo do gazebo porque uma parte dela nunca conseguiu me esquecer. Emocionado, apertei sua mão mais uma vez.

A chuva ainda não havia começado, mas a catedral gemia sob a pressão do vento forte, e consegui sentir o cheiro da terra úmida quanto mais descíamos sob o solo, com arrepios percorrendo o meu corpo.

O silêncio deixava o ar carregado, a incerteza e as preocupações ao longo do último mês se concentraram nesta noite. Estaríamos comemorando mais tarde, mas primeiro... precisávamos cuidar de alguns negócios.

— Se você preferir ficar de fora... — Michael disse para Micah, quando nos sentamos à mesa comprida no grande salão.

Mas eu me meti na conversa, antes de ele responder:

— Ele está bem — assegurei a Michael.

Dei um aperto no ombro de Micah, sentindo seus músculos tensionados. Ele estava nervoso, mas sem razão. Micah e Rory faziam parte desta família. Ele não estava sozinho e não precisava se esconder. Ele se sentaria deste lado da mesa com dignidade.

Michael tomou seu lugar ao centro; o terno, camisa e gravata totalmente pretos como os de Damon, enquanto Kai e eu optamos por um toque mais colorido no traje. Rika se sentou ao lado de Michael, usando um tomara-que-caia vermelho e elegante com calça preta justa e tênis. Normalmente, as mulheres se vestiam bem para o conclave, mas talvez tivessem que dar uma corridinha esta noite.

Athos sentou-se ladeada pelo pai e Kai, seguido de Banks, sendo que as cadeiras próximas ainda estavam vazias e à espera de Aydin e Alex. Sentei-me ao lado de Rika, seguido de Emmy, Damon e Winter e Micah e Rory.

NIGHTFALL

O cheiro de umidade das paredes de pedra e o brilho do lustre acima da longa mesa de madeira sempre me fez sentir como se fôssemos aqueles vampiros legais do filme *Anjos da Noite*, mas Emmy jurava que éramos mais parecidos aos Volturi.

— Onde estão Alex e Aydin? — sussurrei para Michael.

Ele balançou a cabeça.

— Ligue para eles.

Já passava das sete. Eles deviam ter chegado horas atrás. Os dois não tinham filhos, então não era isso que os atrasava.

Peguei o celular, prestes a ligar para Aydin, mas então Alex entrou com gotas de chuva pontilhando suas costas nuas expostas pela blusa preta, fios de seu cabelo grudados ao rosto. Ela usava o colar que todas as mulheres ostentavam, com o mesmo brasão que combinava com nossos anéis, enquanto uma sombra de sorriso se formava em seus lábios.

Ela se sentou na outra ponta da mesa, o queixo erguido e a respiração acelerada quando Aydin entrou em seguida, com uma sobrancelha arqueada e um arranhão na bochecha.

— Onde vocês estavam? — Banks sussurrou para ela.

Ela apenas balançou a cabeça ao mesmo tempo que Aydin se sentava entre as duas.

— Eu tive que arrancá-la da lancha, porque ela queria espionar sem a presença de vocês.

— Alex — Kai repreendeu.

Mas eu apenas ri baixinho. Ela era dona de uma empresa de investimento, fazia parte dos conselhos de administração dos dois bancos dos quais o pai de Kai se aposentou, era sócia no *resort*, sócia da empresa de arquitetura de Damon e Em, ajudava na organização humanitária de Winter, em prol de crianças famintas, e ainda ajudava Banks em sua campanha eleitoral, além de auxiliar Rika, quando necessário. Mesmo assim, tudo isso não havia entorpecido o impulso infantil de Palmer para fazer travessuras. Ela ainda era uma menina perdida, pronta para matar piratas.

Fiquei feliz que Aydin conseguiu tirá-la de lá, porque eu não estava nem um pouco a fim de correr atrás dela naquela ilha esta fôite, ainda mais com a tempestade se aproximando.

Ficamos ali sentados, olhando para o corredor e esperando a chegada de nossos convidados.

Eu me inclinei na cadeira e perguntei a Micah:

— Há quanto tempo você não os vê?

Ele olhou para mim.

— Tenho cinco irmãos, mas você foi meu padrinho. Isso responde a sua pergunta?

Sim. Os Moreau eram leais ao seu sobrenome, não uns aos outros. Aqueles não eram seus irmãos. Nós, sim.

Ouvimos o eco do som de uma porta se fechando no corredor escuro como breu, e todos nós nos levantamos.

— Não os cumprimentem com aperto de mãos, Michael — Micah disse, em voz baixa. — Eles precisam conquistar nosso respeito. Não facilite as coisas.

— Eu sei.

— E eles não estão aqui para manter o *status quo* — Micah salientou, dando dicas a Michael sobre como lidar com sua família. — Houve mudança de guarda. Eles vão tentar estabelecer uma identidade diferente da do meu pai. Esteja pronto.

— Já estou. — Michael abotoou o terno enquanto o que parecia ser um exército marchando pelo corredor se aproximava cada vez mais.

— Quase desejei ter te mandado de volta para o seu pai te moldar — resmunguei para Micah. — Mas acho que ele teve que passar o negócio para o mais velho.

Micah e Rory estavam conosco desde então, mas sabíamos que seu pai iria morrer algum dia e teríamos que lidar com seus irmãos.

— Meu pai não repassaria seus negócios para alguém só por ser um filho mais velho — Micah apontou. — Ele passaria para quem pudesse manter seu legado.

Um arrepio, de repente, me percorreu de cima a baixo, pois não gostei nem um pouco de ouvir aquilo.

As pisadas constantes contra o piso de madeira se tornaram cada vez mais altas, e eu aprumei a postura, vendo Crane, o segurança de Damon, guiando os convidados até aqui.

— Aí vêm eles — disse Micah.

Crane se afastou para um canto, atrás da nossa mesa, e os seis irmãos de Micah – cinco irmãos e uma irmã – entraram na sala, em formação de V.

Dei uma olhada de relance para Athos, a respiração e postura firmes mesmo para seus dezoito anos e estando em uma sala cheia de terroristas pela primeira vez.

Porra.

NIGHTFALL

627

Emil Moreau liderava a matilha, e se dirigiu até a única cadeira vazia à nossa frente, enquanto o resto o flanqueava.

Ele não era o mais velho. Eu estudei o dossiê extensivamente e sabia tudo sobre eles. Kaiser nasceu primeiro. Ele estava mais à direita, o cabelo escuro espesso e cortado baixinho, enquanto Valentin e Victor eram os próximos, seguidos por Hadrien, o segundo filho mais novo ao lado de Micah, e então Eslem, a única garota na ponta à esquerda. Eles estavam todos em ordem por idade atrás de Emil, as mãos cruzadas às costas como soldados.

Exceto pela filha. As dela estavam entrelaçadas à frente.

— Bem-vindos — disse Michael, apontando para a cadeira. — Por favor.

Emil se sentou, cruzando uma perna sobre a outra, o cabelo castanho-avermelhado penteado para trás, o rosto magro e pálido lhe dando uma aparência de elfo. Ele lançou um olhar para Micah, prestando atenção ao irmão mais novo do outro lado da mesa. Na mesma hora, o clima ficou tenso.

— Eu ouvi muito sobre você. — Michael voltou a se sentar, assim como nós. — Você fugiu de Oxford antes de competir nas Olimpíadas.

— E terminei em sexto lugar — Emil acrescentou, o sotaque indistinguível.

O pai deles era francês e sírio, mas eles possuíam mães diferentes. Apenas Micah e Eslem eram frutos da mesma garota sérvia. E digo garota, porque ela tinha dezesseis anos quando Micah nasceu, e dezoito quando deu à luz a Eslem e morreu no parto.

— Mas nas Olimpíadas — Michael insistiu —, seu pai deve ter ficado orgulhoso.

— Ficou mesmo. — Emil assentiu, recostando-se à cadeira. — Meu pai aprovava a derrota. Isso significa que apenas os nossos melhores ficam à nossa frente.

— Espero que isso continue sendo verdade — Michael disse a ele. — Tivemos um imenso prazer em fazer negócios com ele nos últimos dez anos.

Emil deu um sorriso forçado e um nó retorceu meu estômago, ciente de que não seria assim tão fácil.

Micah era dono de parte do *resort*, mas todos sabíamos de onde vinha o dinheiro. Nós fazíamos vista grossa, porque Stalinz Moreau não traficava drogas e nem mulheres. Com o passar dos anos, acabamos nos acomodando, pois ele não tinha interesse em atrapalhar nossos negócios. Ele pegava seus doze por cento, seu nome não constava em nada, e tínhamos que manter Micah – e por conseguinte, Rory – longe de problemas. Todo mundo saía ganhando.

628   PENELOPE DOUGLAS

— Você só tolerava o meu pai por causa do Micah — disse Emil — e porque ele investiu em sua empresa.

Michael inspirou fundo, o rosto já não tão inexpressivo.

— Não é... segredo que nós concordamos em muito pouco. Mas conseguimos trabalhar juntos. A cooperação mútua era muito boa para os nossos negócios.

— Boa, mas não ótima — Emil respondeu, a voz estranhamente calma. — Meu pai estava envelhecendo. Ele achou que tinha dinheiro suficiente e perdeu de vista o que estávamos construindo.

— Que era...?

— Um legado que sobreviveu — Emil respondeu. — Ele deveria ter renunciado há muito tempo.

Micah se mexeu na cadeira, inquieto, e eu analisei os rostos de seus irmãos; Kaiser tinha um ar sério, Valentin olhava para o chão, Victor encarava Winter, inclinando a cabeça como se ela fosse uma refeição, e Hadrien e Eslem mantinham os olhares alheios, mas ainda assim, ouvindo cada palavra.

— Sua parte foi mais do que justa — disse Michael. — Isso deveria ser o bastante para manter a amizade. Você não gosta de amigos?

— Nós não somos como nosso pai.

— Cooperativo?

— Fraco — Emil disparou de volta, sem perder o ritmo. — Amigos são imprevisíveis. Os segredos, por outro lado, sempre têm valor, e sua família é bem-provida nisso, não é?

— Assim como a sua — respondeu Michael.

Os olhos de Emil se voltaram para Micah, um ar desdenhoso e que prometia alguma coisa.

— Vamos aumentar sua porcentagem para vinte e quatro por cento — afirmou Michael. — Isso nos mantém amigos.

— Acho que você se enganou. — Os lábios de Emil franziram em um sorriso. — Precisamos da metade. Metade nos mantém educados.

Ergui o queixo, tentando parecer inabalável, mas meus olhos se concentraram na garota novamente. Ela encarava o tampo da mesa, despreocupada, praticamente sem piscar.

— Eu sei do que sua família é capaz — o irmão de Micah disse, nos encarando. — Mas com todo o respeito, você sabia os riscos que corria ao se envolver com a minha. Você pode ser o pesadelo da sua cidadezinha, porque aqui você dita as regras, mas as táticas mudam quando se está

NIGHTFALL

629

jogando com outros que têm seu próprio jogo. Pessoas de bem não têm coragem de fazer o que é necessário para se agarrar ao que possuem. E vai demorar muito. Para vencer. — Ele entrecerrou os olhos, focado em Michael. — O quão longe você está disposto a ir?

Balancei a cabeça, dando uma risada, e todos os olhos se voltaram para mim.

— Não somos os únicos jogando — eu disse a ele. — Somos apenas representantes de seis famílias. Contra uma. O que você realmente quer?

Ele tinha um determinando número de pessoas trabalhando para eles. Nós tínhamos uma dinastia em formação. Ele estava realmente aqui para nos declarar inimigos? Podíamos até não mandar matar pessoas, mas tínhamos estômago para isso.

No entanto, seu olhar se voltou e se fixou na adolescente loira ao lado de Michael.

Parei de respirar por um momento, um suor frio cobrindo minha testa. Victor, Kaiser, Valentin e Hadrien fizeram o mesmo, os olhares maliciosos concentrados na linda garota com olhos de cores diferentes e o cabelo preso em uma trança solta.

Eslem manteve-se firme à frente, mas imutável.

Eu a estudei. O cabelo castanho em seu próprio estilo intrincado de tranças e que mantinham o rosto livre. O casaco preto justo comprido até os joelhos e as botas subindo até as panturrilhas.

Ela era a única usando luvas.

A voz fria e áspera de Michael me assustou.

— É melhor você desviar o olhar da minha filha em 3... 2...

Emil apenas deu uma risada abafada, baixando o olhar.

— Ela pode ser a representante da sétima família — disse ele a Michael. — Nós gostamos dela.

Nós gostamos dela.

Ele não queria metade do *resort*. Ele queria algo muito mais valioso. Uma posição no meio da nossa família para sempre.

Olhei para Eslem novamente, ainda olhando para a mesa à frente com um brilho em seus olhos, mesmo tão jovem.

Equilibrada. Calma. E completamente ciente.

Exalei todo o ar dos meus pulmões, sentindo a pulsação latejar em meu pescoço.

Era ela a herdeira.

Ela que estava no comando. Não Emil.

— Envie-a para a Ilha Deadlow hoje à noite para comemorar conosco — Emil disse a Michael. — Nós a traremos de volta.

Michael se levantou e nós rapidamente fizemos o mesmo.

Ele alisou o terno e disse:

— Nós celebramos a Noite do Diabo em Thunder Bay.

A Ilha Deadlow não ficava tão distante do litoral, seu farol era visível daqui, mas era cercada por uma costa irregular, e muito difícil de se chegar. Especialmente com a tempestade que se aproximava.

Ninguém jamais pensou em construir alguma coisa ali, por conta de sua inacessibilidade, mas de alguma forma, eles o fizeram. Entre a faixa costeira e a floresta da ilha, havia uma grande casa que os Moreau desfrutavam, sazonalmente, quando não estavam dormindo de cabeça para baixo como vampiros.

Emil se levantou, e os seis membros da família Moreau se endireitaram.

— Acho que você ficará surpreso para onde a maré o levará esta noite, senhor Fane — disse ele.

Então ele fez uma mesura para a filha de Michael; Valentin e Victor, às suas costas, a encararam com lascívia.

— Athos — disse ele, despedindo-se.

Girando, um por um, todos saíram, as solas dos sapatos atravessando o corredor em direção à porta por onde entraram.

Mas Eslem ficou enraizada no lugar, permanecendo na sala.

Eu a observei olhando para Athos, a mulher mais jovem não se movendo um centímetro sequer sob o escrutínio, e retribuindo o olhar à altura.

Quem queria Athos? Todos eles?

Ou apenas um?

Os olhos escuros de Eslem a encaravam, sua presença, de repente, mais imponente do que dos cinco irmãos juntos.

— Vejo você em breve — ela sussurrou para Athos.

Então olhou para os pais dela, antes de se afastar dali.

Ninguém respirou por um tempo até que ouvimos a porta se fechar e a tranca ser acionada no final do corredor. No entanto, esperamos Crane voltar, para ter certeza de que estávamos, realmente, sozinhos.

Michael se virou, ordenando a Crane:

— Eu a quero em Delcour, com todas as entradas bloqueadas, e leve David e Lev de volta à cidade imediatamente.

— Não! — gritou Athos.

— O lugar mais seguro para ela é conosco — Rika argumentou.

NIGHTFALL

— Concordo com Michael — Damon interrompeu. — Tire-a da cidade. Agora.

— Você acha que eles vão se importar se é a Noite do Diabo ou não? — Banks empurrou a cadeira para trás e deu a volta na mesa. — Podemos deixá-la segura esta noite, mas não há como impedi-los de voltar amanhã ou no dia seguinte.

— Não vou me esconder — Athos disse ao pai, com uma mecha de cabelo caindo sobre o rosto. — Não sou um tesouro para ser protegido. Provavelmente, sou uma distração, de forma que eles consigam manter vocês preocupados comigo, ao invés de proteger alguma coisa que eles realmente querem aqui.

— Eles a queriam na ilha esta noite — Kai apontou. — É ela que eles querem, e vão destruir esta cidade vindo atrás disso. Se não formos para a Ilha Deadlow, eles trarão a guerra para Thunder Bay.

— Não vou para aquela ilha — disse Rika.

— Se eles quiserem a gente lá, vão encontrar um jeito de nos atrair até lá — Alex disse a ela.

— Ela precisa ficar trancada a sete chaves — Aydin disse a Michael. — Se um daqueles merdas a engravida, você nunca mais vai conseguir escapar daquela família.

— Ei, seu doido do caralho! — Damon ladrou, mandando Aydin calar a boca.

Aydin esfregou a têmpora com o dedo médio, nada discretamente.

Athos revirou os olhos para os tios, permanecendo firme e olhando para o pai.

— Vou ficar — disse ela. — O que eu aprendo ao me esconder? É sua responsabilidade me ensinar a sobreviver sem você algum dia.

Michael olhou para ela, todos ao nosso redor em silêncio enquanto víamos Rika e o marido serem os primeiros a enfrentar o dia que todos temíamos, mas sabíamos que estava por vir.

Athos não podia mais ser protegida. Ela era uma bela jovem e herdeira de uma família poderosa à qual ajudaria a liderar um dia depois de nossa partida.

Ela estava certa. Ela precisava aprender.

Michael engoliu o nó na garganta, e então... colocou a mão por baixo do tampo da mesa e tirou uma caixa, hesitando por um momento antes de entregá-la à sua filha.

Ela abriu a embalagem e puxou o papel de seda, tirando uma meia-máscara vermelha igual à de seu pai. Só que esta não era uma máscara de plástico, de *paintball*. Era de couro, no formato de um crânio, bem leve e ajustada e que cobria a metade superior de seu rosto, deixando a boca livre.

Seu queixo tremia, e os olhos se voltaram para o pai.

— A *Morte Vermelha*? — ela sussurrou.

Ela amava Edgar Allan Poe.

Ele sorriu para ela, e todos nós pegamos nossas próprias máscaras do compartimento abaixo do tampo.

As garotas vestiram seus casacos; Banks com um cinto de facas em volta da coxa coberta pelo jeans preto; Winter amarrou sua venda vermelha de cetim; Emmy com suas luvas com ganchos e Rika com uma katana amarrada às costas.

Não tínhamos ideia do que os Moreau iriam fazer esta noite, mas segurei a mão de Em, olhei para Athos enquanto ela vestia sua máscara e, com um frio na barriga, agarrei a minha com a mão livre.

Caminhamos até a entrada do corredor por onde eles haviam acabado de passar; a porta dos fundos que dava para a floresta a apenas trinta metros de distância. Quando todo mundo estava pronto com suas máscaras a postos, senti a adrenalina correr em minhas veias.

— Vocês me protegem — disse Michael.

— Vocês estão ao meu lado — Kai continuou.

— Ou vocês estão no meu caminho — o resto de nós concluiu.

— Sejamos Lilith — disseram as meninas.

Athos puxou a Morte Vermelha sobre os olhos, e todos começamos a caminhar quando ela sussurrou:

— Nunca Eva.

FIM

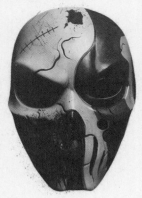

Obrigada por ler este romance! Espero que a série Devil's Night tenha sido uma experiência gratificante para você e quero agradecer a todos os leitores pelo entusiasmo, paciência e paixão por este universo nos últimos cinco anos. Seu apoio foi fundamental para validar todos nós que realmente ouvimos o chamado do vazio.

DATAS DE ANIVERSÁRIOS

Garotos:
Michael Julian Crist: 30 de agosto
Kai Genato Mori: 28 de setembro
Damon Kirsan Torrance: 19 de outubro
William Aaron Paine Grayson III: 9 de maio
Aydin Markus Khadir: 16 de outubro

Garotas:
Erika Isla Fane: 5 de novembro
Nikova Sarah Banks: 8 de novembro
Winter Sutton Ashby: 19 de janeiro
Emory Sophia Scott: 14 de julho
Alex Zoe Palmer: 16 de dezembro

Linha do tempo:
Consulte a linha do tempo em pendouglas.com.

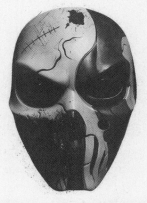

AGRADECIMENTOS

Aos leitores, quero agradecer muito por toda a ajuda e apoio ao longo dos anos. Adoro me conectar *online* com você, me divertindo e socializando, mas as redes sociais têm um jeito engraçado de me atrair e, antes que eu perceba, já é meio-dia! Não que seja perda de tempo, de forma alguma, mas percebi que sou mais bem-sucedida em alcançar meus objetivos e me manter organizada, quanto mais disciplinada sou sobre a forma como gasto o meu tempo. Então, obrigada a vocês que suportaram meus longos períodos *offline*. Vocês entendem que só porque alguém não está fazendo posts diários, não significa que grandes coisas não estejam acontecendo.

Obrigada também a todos que enviaram e-mails nesta primavera, enquanto eu estava escrevendo 'desconectada', apenas para dizer o quanto amam as minhas histórias e o quanto amam meu cérebro. Hahaha. Isso me faz sorrir e me ajuda a manter a criatividade. Mal posso esperar para mostrar o que vem a seguir.

À minha família – meu marido, por assumir tantas tarefas no ano passado. Sério. sério. Os papéis certamente se inverteram entre nós desde que nos conhecemos, e sou grata por você estar aqui para cuidar de tantas coisas, de forma que eu possa usar meu tempo para fazer o trabalho que amo. Provavelmente, isso vai parecer ridículo, mas ainda não tenho ideia de como usar a máquina de lavar louça que compramos há quatro meses, então só para avisar... Você pode começar a limpar meus próprios pratos agora. O livro acabou!

E à AydanCakes – minha filha, minha garota com chutes poderosos e movimentos de dança estranhos assim como sua mãe... Eu te amo muito. Obrigada por ser incrível durante esse período em casa, na quarentena, por cooperar com o ensino *online* e por me deixar ganhar no Uno, de vez em quando. No entanto, você nunca me vencerá no *Scrabble*, porque sou a ESCRITORA da família. Boo-yah.

À Dystel, Goderich & Bourret LLC – obrigada por estarem sempre disponíveis em me ajudar a crescer todos os dias. Eu não poderia estar mais feliz.

Às PenDragons – meu Deus, senti saudades de todos vocês. Foram tantos dias, especialmente um mês em quarentena, em que me desesperei para passar algum tempo com vocês. Eu precisava de pessoas e realmente aprecio que vocês sejam meu lugar feliz garantido. Obrigada por me darem uma tribo e valorizar as histórias que amo.

À Adrienne Ambrose, Tabitha Russell, Tiffany Rhyne, Kristi Grimes, Lee Tenaglia e Claudia Alfaro – minhas incríveis administradoras de grupos do Facebook! Não se pode dizer o suficiente sobre o tempo e a energia que vocês empreendem livremente para criar uma comunidade para os leitores e para mim. Vocês são altruístas, incríveis, pacientes e necessárias. Obrigada.

À Vibeke Courtney – minha revisora independente que repassa cada movimento feito com um pente-fino. Obrigada por me ensinar a escrever e usar as palavras de forma correta.

À Charlene Tillit – obrigada por estar disponível para verificar meu francês! Você foi de uma grande ajuda.

A todos os leitores maravilhosos, especialmente no Instagram, que fazem artes e banners para os livros e nos mantêm animados, motivados e inspirados... obrigada por tudo! Adoro o ponto de vista de vocês, e peço desculpa se acabo deixando de visualizar alguma coisa quando estou *offline*.

A todos os blogueiros e *bookstagrammers* – há muitos para citar, mas sei quem vocês são. Eu vejo as postagens e as marcações, e todo o esforço que vocês fazem. Vocês gastam seu tempo livre lendo, resenhando e divulgando, e fazem isso de graça. Vocês são o sangue vital do mundo literário, e sabe-se lá o que seria de nós sem vocês. Obrigada por seus esforços incansáveis. Vocês fazem isso por paixão, o que torna tudo ainda mais incrível.

A cada autor e aspirante a autor – obrigada pelas histórias que vocês compartilharam, muitas das quais me tornaram uma leitora feliz em busca de um válvula de escape maravilhosa, e uma escritora melhor, tentando viver de acordo com seus padrões. Escrevam e criem, e nunca parem. A voz de vocês é importante e, contanto que venha do seu coração, é certa e boa.

PLAYLIST

* 99 Problems – Jay-Z (não disponível no Spotify)
* #1 Crush – Garbage
* A Little Wicked – Valerie Broussard
* Apologize – Timbaland, One Republic
* Army of Me – Björk
* Believer – Imagine Dragons
* Blue Monday – Flunk
* Down with the Sickness – Disturbed
* Everybody Wants to Rule the World – Lorde
* Fire Up the Night – New Medicine
* Hash Pipe – Weezer
* Highly Suspicious – My Morning Jacket
* History of Violence – Theory of a Deadman
* If You Wanna Be Happy – Jimmy Soul
* In Your Room – Depeche Mode
* Intergalactic – Beastie Boys
* Light Up the Sky – Thousand Foot Krutch
* Man or a Monster (feat. Zayde Wølf) – Sam Tinnesz
* Mr. Doctor Man – Palaye Royale
* Mr. Sandman – SYML
* Old Ticket Booth – Derek Fiechter and Brandon Fiechter
* Party Up – DMX
* Pumped Up Kicks – 3TEETH
* Rx (Medicate) – Theory of a Deadman
* Satisfied – Aranda

* Sh-Boom – The Crew Cuts
* Teenage Witch – Suzi Wu
* Devil Inside – INXS
* Touch Myself – Genitorturers
* White Flag – Bishop Briggs
* Yellow Flicker Beat – Lorde
* You're All I've Got Tonight – The Cars

SÉRIE DEVIL'S NIGHT

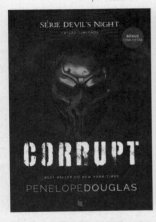

A The Gift Box é uma editora brasileira, com publicações de autores nacionais e estrangeiros, que surgiu no mercado em janeiro de 2018. Nossos livros estão sempre entre os mais vendidos da Amazon e já receberam diversos destaques em blogs literários e na própria Amazon.

Somos uma empresa jovem, cheia de energia e paixão pela literatura de romance e queremos incentivar cada vez mais a leitura e o crescimento de nossos autores e parceiros.

Acompanhe a The Gift Box nas redes sociais para ficar por dentro de todas as novidades.

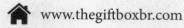 www.thegiftboxbr.com

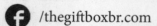 /thegiftboxbr.com

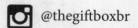 @thegiftboxbr

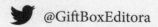 @GiftBoxEditora

Impressão e Acabamento | Gráfica Viena
Todo papel desta obra possui certificação FSC® do fabricante.
Produzido conforme melhores práticas de gestão ambiental (ISO 14001)
www.graficaviena.com.br